OS DETETIVES SELVAGENS

ROBERTO BOLAÑO

Os detetives selvagens

Tradução
Eduardo Brandão

13ª reimpressão

COMPANHIA DAS LETRAS

Copyright © 1998 by Roberto Bolaño
Publicado originalmente pela Santillana Ediciones
Generales, em junho de 2002, na Espanha.

O tradutor agradece a Lourdes Hernández
por sua ajuda com os mexicanismos.

Título original
Los detectives salvajes

Capa
Raul Loureiro
sobre
Sem título (1994), óleo sobre tela de
Rodrigo Andrade. 190 x 220 cm

Preparação
Valéria Franco Jacintho

Revisão
Otacílio Nunes
Marise Simões Leal

Dados Internacionais de Catalogação na Publicação (CIP)
(Câmara Brasileira do Livro, SP, Brasil)

Bolaño, Roberto
  Os detetives selvagens / Roberto Bolaño ; tradução Eduardo
Brandão. — 1ª ed. — São Paulo : Companhia das Letras, 2006.

  Título original: Los detectives salvajes.
  ISBN 978-85-359-0874-9

  1. Romance mexicano I. Título.

06-4601   CDD-861

Índice para catálogo sistemático:
1. Romance : Literatura mexicana 861

Todos os direitos desta edição reservados à
EDITORA SCHWARCZ S.A.
Rua Bandeira Paulista, 702, cj. 32
04532-002 — São Paulo — SP
Telefone: (11) 3707-3500
www.companhiadasletras.com.br
www.blogdacompanhia.com.br
facebook.com/companhiadasletras
instagram.com/companhiadasletras
twitter.com/cialetras

*Para Carolina López e Lautaro Bolaño,
venturosamente parecidos.*

"— O senhor quer a salvação do México?
Quer que Cristo seja nosso rei?
— Não."

Malcolm Lowry

Índice

I. MEXICANOS PERDIDOS NO MÉXICO (1975), 13

II. OS DETETIVES SELVAGENS (1976-1996), 143
1. Amadeo Salvatierra, rua República de Venezuela, perto do Palácio da Inquisição, México, DF, janeiro de 1976, 145
Perla Avilés, rua Leonardo da Vinci, Mixcoac, México, DF, janeiro de 1976, 146
Laura Jáuregui, Tlalpan, México, DF, janeiro de 1976, 150
Fabio Ernesto Logiacomo, redação da revista *La Chispa*, esquina da rua Independencia com a Luis Moya, México, DF, março de 1976, 153
Luis Sebastián Rosado, cafeteria La Rama Dorada, Coyoacán, México, DF, abril de 1976, 156
Alberto Moore, rua Pitágoras, Navarte, México, DF, abril de 1976, 162
Carlos Monsiváis, andando pela rua Madero, perto de Sanborns, México, DF, maio de 1976, 164
2. Amadeo Salvatierra, rua República de Venezuela, perto do Palácio da Inquisição, México, DF, janeiro de 1976, 166
Perla Avilés, rua Leonardo da Vinci, Mixcoac, México, DF, maio de 1976, 167

Pele Divina, num quarto no topo de um edifício da rua Tepeji, México, DF, maio de 1976, 171
Laura Jáuregui, Tlalpan, México, DF, maio de 1976, 173
Luis Sebastián Rosado, festa na casa dos Moore, mais de vinte pessoas, jardim com refletores no gramado, Las Lomas, México, DF, julho de 1976, 173
Angélica Font, rua Colima, Condesa, México, DF, julho de 1976, 177
3. Manuel Maples Arce, passeando pela Calzada del Cerro, bosque de Chapultepec, México, DF, agosto de 1976, 180
Barbara Patterson, num quarto do Hotel Los Claveles, esquina das avenidas Niño Perdido e Juan de Dios Peza, México, DF, setembro de 1976, 181
Amadeo Salvatierra, rua República de Venezuela, perto do Palácio da Inquisição, México, DF, janeiro de 1976, 184
Joaquín Font, rua Colima, Condesa, México, DF, outubro de 1976, 184
Jacinto Requena, café Quito, rua Bucareli, México, DF, novembro de 1976, 185
María Font, rua Colima, Condesa, México, DF, dezembro de 1976, 191
4. Auxilio Lacouture, Faculdade de Filosofia e Letras, Unam, México, DF, dezembro de 1976, 194
5. Amadeo Salvatierra, rua República de Venezuela, perto do Palácio da Inquisição, México, DF, janeiro de 1976, 204
Joaquín Font, Casa de Saúde Mental El Reposo, Camino del Desierto de los Leones, nos arredores de México, DF, janeiro de 1977, 205
Joaquín Vázquez Amaral, caminhando pelo campus de uma universidade do Meio Oeste americano, fevereiro de 1977, 207
Lisandro Morales, rua Comercio, em frente do jardim Morelos, Escandón, México, DF, março de 1977, 209
Laura Jáuregui, Tlalpan, México, DF, março de 1977, 214
6. Rafael Barrios, café Quito, rua Bucareli, México, DF, maio de 1977, 218
Joaquín Font, Casa de Saúde Mental El Reposo, Camino del Desierto de los Leones, nos arredores de México, DF, março de 1977, 219
Amadeo Salvatierra, rua República de Venezuela, perto do Palácio da Inquisição, México, DF, janeiro de 1976, 221
Felipe Müller, bar Céntrico, rua Tallers, Barcelona, maio de 1977, 224
7. Simone Darrieux, rue des Petites Écuries, Paris, julho de 1977, 229

Hipólito Garcés, avenue Marcel Proust, Paris, agosto de 1977, 233
Roberto Rosas, rue de Passy, setembro de 1977, 237
Simone Darrieux, rue des Petites Écuries, Paris, setembro de 1977, 240
Sofía Pellegrini, sentada nos jardins do Trocadero, Paris, setembro de 1977, 241
Simone Darrieux, rue des Petites Écuries, Paris, setembro de 1977, 241
Michel Bulteau, rue de Téhéran, Paris, janeiro de 1978, 243
8. Amadeo Salvatierra, rua República de Venezuela, perto do Palácio da Inquisição, México, DF, janeiro de 1976, 247
Felipe Müller, bar Céntrico, rua Tallers, Barcelona, janeiro de 1978, 249
Mary Watson, Sutherland Place, Londres, maio de 1978, 250
Alain Lebert, bar Chez Raoul, Port Vendres, França, dezembro de 1978, 265
9. Amadeo Salvatierra, rua República de Venezuela, perto do Palácio da Inquisição, México, DF, janeiro de 1976, 276
Joaquín Font, Casa de Saúde Mental El Reposo, Camino del Desierto de los Leones, nos arredores de México, DF, março de 1979, 280
Jacinto Requena, café Quito, rua Bucareli, México, DF, março de 1979, 281
Luis Sebastián Rosado, estúdio na penumbra, Coyoacán, México, DF, março de 1979, 282
Angélica Font, rua Colima, Condesa, México, DF, abril de 1979, 286
10. Norman Bolzman, sentado num banco do parque Edith Wolfson, Tel-Aviv, outubro de 1979, 291
11. Amadeo Salvatierra, rua República de Venezuela, perto do Palácio da Inquisição, México, DF, janeiro de 1976, 302
Lisandro Morales, pulqueria La Saeta Mexicana, nos arredores de La Villa, México, DF, janeiro de 1980, 307
Joaquín Font, Casa de Saúde Mental El Reposo, Camino del Desierto de los Leones, nos arredores de México, DF, abril de 1980, 309
12. Heimito Künst, deitado em sua mansarda, Stuckgasse, Viena, maio de 1980, 311
María Font, rua Montes, perto do Monumento à Revolução, México, DF, fevereiro de 1981, 324
13. Rafael Barrios, sentado no living de sua casa, na Jackson Street, San Diego, Califórnia, março de 1981, 330
Barbara Patterson, na cozinha de sua casa, na Jackson Street, San Diego, Califórnia, março de 1981, 331

José "Urubu" Colina, café Quito, avenida Bucareli, México, DF, março de 1981, 334

Verónica Volkow, com uma amiga e dois amigos, embarque internacional do aeroporto do México, DF, abril de 1981, 335

Alfonso Pérez Camarga, rua Toledo, México, DF, junho de 1981, 337

14. Hugo Montero, tomando uma cerveja no bar La Mala Senda, rua Pensador Mexicano, México, DF, maio de 1982, 340

15. Jacinto Requena, café Quito, rua Bucareli, México, DF, julho de 1982, 352

Xóchitl García, rua Montes, perto do Monumento à Revolução, México, DF, julho de 1982, 353

Rafael Barrios, no banheiro de sua casa, na Jackson Street, San Diego, Califórnia, setembro de 1982, 355

Barbara Patterson, na cozinha de sua casa, na Jackson Street, San Diego, Califórnia, outubro de 1982, 356

Luis Sebastián Rosado, estúdio na penumbra, rua Cravioto, Coyoacán, México, DF, março de 1983, 357

16. Amadeo Salvatierra, rua República de Venezuela, perto do Palácio da Inquisição, México, DF, janeiro de 1976, 365

Joaquín Font, hospital psiquiátrico La Fortaleza, Tlalnepantla, México, DF, março de 1983, 370

Xóchitl García, rua Montes, perto do Monumento à Revolução, México, DF, janeiro de 1984, 372

Luis Sebastián Rosado, estúdio na penumbra, rua Cravioto, Coyoacán, México, DF, fevereiro de 1984, 375

17. Jacinto Requena, café Quito, rua Bucareli, México, DF, setembro de 1985, 378

Joaquín Font, hospital psiquiátrico La Fortaleza, Tlalnepantla, México, DF, setembro de 1985, 379

Xóchitl García, rua Montes, perto do Monumento à Revolução, México, DF, janeiro de 1986, 381

Amadeo Salvatierra, rua República de Venezuela, perto do Palácio da Inquisição, México, DF, janeiro de 1976, 386

18. Joaquín Font, rua Colima, Condesa, México, DF, agosto de 1987, 390

Andrés Ramírez, bar El Cuerno de Oro, rua Avenir, Barcelona, dezembro de 1988, 396

Abel Romero, café El Alsaciano, rue de Vaugirard, perto do Jardim de Luxemburgo, Paris, setembro de 1989, 409
19. Amadeo Salvatierra, rua República de Venezuela, perto do Palácio da Inquisição, México, DF, janeiro de 1976, 411
Edith Oster, sentada num banco da Alameda, México, DF, maio de 1990, 414
Felipe Müller, sentado num banco da praça Martorell, Barcelona, outubro de 1991, 436
20. Xosé Lendoiro, Terme di Traiano, Roma, outubro de 1992, 440
21. Daniel Grossman, sentado num banco da Alameda, México, DF, fevereiro de 1993, 462
Amadeo Salvatierra, rua República de Venezuela, perto do Palácio da Inquisição, México, DF, janeiro de 1976, 472
22. Susana Puig, rua Josep Tarradellas, Calella de Mar, Catalunha, junho de 1994, 476
Guillem Piña, rua Gaspar Pujol, Andratx, Maiorca, junho de 1994, 483
Jaume Planells, bar Salambó, rua Torrijos, Barcelona, junho de 1994, 490
23. Iñaki Echavarne, bar Giardinetto, rua Granada del Penedés, Barcelona, julho de 1994, 497
Aurelio Baca, Feira do Livro, Madri, julho de 1994, 497
Pere Ordóñez, Feira do Livro, Madri, julho de 1994, 498
Julio Martínez Morales, Feira do Livro, Madri, julho de 1994, 498
Pablo del Valle, Feira do Livro, Madri, julho de 1994, 500
Marco Antonio Palacios, Feira do Livro, Madri, julho de 1994, 503
Hernando García León, Feira do Livro, Madri, julho de 1994, 505
Pelayo Barrendoáin, Feira do Livro, Madri, julho de 1994, 508
Felipe Müller, bar Céntrico, rua Tallers, Barcelona, setembro de 1995, 509
24. Clara Cabeza, parque Hundido, México, DF, outubro de 1995, 514
María Teresa Solsona Ribot, academia Jordi's Gym, rua Josep Tarradellas, Malgrat, Catalunha, dezembro de 1995, 524
25. Jacobo Urenda, rue du Cherche Midi, Paris, junho de 1996, 539
26. Ernesto García Grajales, Universidade de Pachuca, Pachuca, México, dezembro de 1996, 563
Amadeo Salvatierra, rua Venezuela, perto do Palácio da Inquisição, México, DF, janeiro de 1976, 565

III. OS DESERTOS DE SONORA (1976), 569

I. MEXICANOS PERDIDOS NO MÉXICO (1975)

2 de novembro
Fui cordialmente convidado a fazer parte do realismo visceral. Claro que aceitei. Não houve cerimônia de iniciação. Melhor assim.

3 de novembro
Não sei muito bem em que consiste o realismo visceral. Tenho dezessete anos, meu nome é Juan García Madero, estou no primeiro semestre de Direito. Não queria estudar Direito, e sim Letras, mas meu tio insistiu e acabei cedendo. Sou órfão. Serei advogado. Foi o que disse ao meu tio e à minha tia, depois me tranquei no quarto e chorei a noite inteira. Ou, pelo menos, boa parte dela. Depois, com aparente resignação, entrei na gloriosa Faculdade de Direito, mas ao fim de um mês me inscrevi na oficina de poesia de Julio César Álamo, na Faculdade de Filosofia e Letras, e dessa maneira conheci os real-visceralistas, ou visce-realistas, e até mesmo vice-realistas, como às vezes gostam de se chamar. Até então eu havia assistido quatro vezes à oficina e nunca havia acontecido nada, o que é um modo de falar, porque observando bem sempre aconteciam coisas: líamos poemas, e Álamo, conforme seu humor, elogiava ou pulverizava os textos; alguém lia, Álamo criticava, outro lia, Álamo criticava. Às vezes Álamo se chateava e pedia que nós (que

naquele momento não líamos) também criticássemos, então criticávamos, e Álamo começava a ler jornal.

O método era perfeito para que ninguém ficasse amigo de ninguém ou para que as amizades se cimentassem na doença e no rancor.

Por outro lado, não posso dizer que Álamo fosse um bom crítico, embora sempre falasse da crítica. Hoje creio que falava por falar. Sabia o que era uma perífrase, não muito bem, mas sabia. Não sabia, porém, o que era uma pentapodia (como todo mundo sabe, na métrica clássica esse é um sistema de cinco pés), tampouco sabia o que era um nicárqueo (um verso parecido com o falêucio), nem o que era um tetrástico (uma estrofe de quatro versos). Como sei que ele não sabia? Porque cometi o erro, no primeiro dia da oficina, de lhe perguntar. Não sei em que estaria pensando. O único poeta mexicano que sabe de cor essas coisas é Octavio Paz (nosso grande inimigo), os demais nem têm idéia, pelo menos foi o que me disse Ulises Lima minutos depois de eu me integrar e ser amistosamente aceito nas fileiras do realismo visceral. Fazer essas perguntas a Álamo foi, como não demorei a perceber, uma prova de minha falta de tato. A princípio pensei que o sorriso que me dirigiu fosse de admiração. Logo me dei conta de que não passava de desprezo. Os poetas mexicanos (suponho que os poetas em geral) detestam que lhes recordem sua ignorância. Mas não me atemorizei e, depois de ele destroçar um par de poemas meus na segunda sessão de que participei, eu lhe perguntei se sabia o que era um *rispetto*. Álamo pensou que eu lhe exigia *respeito* a meus poemas e desatou a falar da crítica objetiva (para variar), que é um campo minado por onde deve transitar todo jovem poeta, etcétera e tal, mas não o deixei prosseguir e, após lhe esclarecer que nunca em minha curta vida eu havia pedido respeito a minhas pobres criações, tornei a formular a pergunta, desta vez tentando pronunciar com a maior clareza possível.

— Não me venha com merda, García Madero — Álamo disse.

— Um *rispetto*, querido mestre, é um tipo de poesia lírica, amorosa, para ser mais exato, semelhante ao *strambotto*, que tem seis ou oito hendecassílabos, os quatro primeiros em forma de sirvente e os seguintes construídos em parelhas. Por exemplo... — eu já me dispunha a lhe dar um ou dois exemplos, quando Álamo se levantou de um pulo e deu por encerrada a discussão. O que aconteceu em seguida está envolto em brumas (apesar de eu ter boa memória): lembro da risada de Álamo e das risadas dos quatro ou cinco colegas de oficina, possivelmente coroando uma piada às minhas custas.

Outro, em meu lugar, não teria posto novamente os pés ali, mas, apesar de minhas infaustas recordações (ou da ausência de recordações, no caso tão ou mais infausta que a retenção mnemotécnica destas), na semana seguinte lá estava eu, pontual como sempre.

Creio que foi o destino que me fez voltar. Era minha quinta sessão na oficina de Álamo (mas pode ter sido a oitava ou a nona, ultimamente notei que o tempo se encolhe ou se estica a seu arbítrio), e a tensão, a corrente alternada da tragédia se sentia no ar, sem que ninguém conseguisse explicar a que isso se devia. Para começar, estávamos todos presentes, os sete aprendizes de poeta inscritos inicialmente, coisa que não havia acontecido nas sessões precedentes. Também: estávamos nervosos. O próprio Álamo, normalmente tranqüilo, mal se agüentava. Por um momento pensei que talvez houvesse acontecido algo na universidade, uma fuzilaria no campus de que eu não estivesse a par, uma greve surpresa, o assassinato do decano da faculdade, o seqüestro de um professor de Filosofia ou algo do gênero. Mas nada disso havia acontecido, e a verdade era que ninguém tinha motivos para estar nervoso. Pelo menos objetivamente, ninguém tinha motivos. Mas a poesia (a verdadeira poesia) é assim: ela se deixa pressentir, se anuncia no ar, como os terremotos que, segundo dizem, alguns animais especialmente aptos a tal propósito pressentem. (Esses animais são as cobras, as minhocas, os ratos e certos pássaros.) O que aconteceu em seguida foi tumultuado mas dotado de algo que, mesmo correndo o risco de ser cafona, eu me atreveria a chamar de maravilhoso. Chegaram dois poetas real-visceralistas, e, a contragosto, Álamo os apresentou a nós, embora só conhecesse pessoalmente um deles; o outro conhecia de ouvir falar, ou seu nome não lhe era estranho, ou alguém lhe havia falado dele, mas mesmo assim o apresentou.

Não sei o que eles teriam ido fazer lá. A visita parecia claramente de natureza beligerante, embora não isenta de um matiz propagandístico e proselitista. A princípio, os real-visceralistas se mantiveram calados ou discretos. Álamo, por sua vez, adotou uma postura diplomática, levemente irônica, de esperar os acontecimentos, mas, pouco a pouco, ante a timidez dos estranhos, foi se encorajando, e ao cabo de meia hora a oficina já era a mesma de sempre. Então começou a batalha. Os real-visceralistas puseram em dúvida o sistema crítico que Álamo adotava; este, por sua vez, chamou os real-visceralistas de surrealistas de araque e de falsos marxistas, sendo apoiado no embate por cinco membros da oficina, ou seja, por todos menos por um cara muito magro, que andava sempre com um livro de Lewis Carroll debaixo do braço e que quase nunca falava, e por mim, atitude que com toda franqueza me deixou surpreso, pois os que apoiavam Álamo com tanto ardor eram os mesmos que recebiam com atitude estóica suas críticas implacáveis e que agora se revelavam (o que me pareceu surpreendente) seus mais fiéis defensores. Nesse momento decidi pôr meu grão de areia e acusei Álamo de não ter idéia do que era um *rispetto*; intrepidamente, os real-visceralistas reconheceram que eles também não sabiam o que era isso, mas minha observação lhes pareceu pertinente e assim afirmaram; um deles me perguntou que idade eu tinha, eu disse que tinha dezessete anos e tentei explicar mais uma vez o que era um *rispetto*. Álamo estava rubro de raiva; os membros da oficina me acusaram de pedante (um disse que isso não passava de academicismo meu); os real-visceralistas me defenderam; já embalado, perguntei a Álamo e à oficina em geral se pelo menos lembravam o que era um nicárqueo ou um tetrástico. E ninguém soube me responder.

A discussão não acabou, contrariamente ao que eu esperava, num quebra-pau generalizado. Sou obrigado a reconhecer que eu teria adorado. E, embora um dos membros da oficina tenha prometido a Ulises Lima que um dia iria quebrar a cara dele, no final não aconteceu nada, quer dizer, nada violento, ainda que eu tenha reagido à ameaça (que, repito, não foi dirigida a mim) garantindo ao ameaçador que eu me punha à sua inteira disposição em qualquer canto do campus, no dia e na hora que ele quisesse.

O fim do sarau foi surpreendente. Álamo desafiou Ulises Lima a ler um de seus poemas. Este não se fez de rogado e tirou do bolso do blusão uns papéis sujos e amarfanhados. Cacete, pensei, esse panaca se meteu sozinho na boca do lobo. Creio que fechei os olhos de pura vergonha por ele. Há momentos para recitar poesias e há momentos para boxear. Para mim, aquele era um destes últimos. Fechei os olhos, como já disse, e ouvi Lima pigarrear. Ouvi o silêncio (se isso é possível, embora eu duvide) um tanto incômodo que foi se fazendo à sua volta. E finalmente escutei sua voz, que lia o melhor poema que eu jamais havia ouvido. Depois Arturo Belano se levantou e disse que estavam procurando poetas que quisessem participar da revista que os real-visceralistas pretendiam publicar. Todos gostariam de se inscrever, mas depois da discussão se sentiam meio sem jeito e ninguém abriu o bico. Quando a oficina terminou (mais tarde que de costume), fui com eles até o ponto de ônibus. Era muito tarde. Como não passava nenhum ônibus, decidimos tomar juntos um táxi-lotação até a praça Reforma e de lá fomos andando até um bar da rua Bucareli, onde ficamos até tarde falando de poesia.

Não tirei muita coisa a limpo. O nome do grupo de certo modo é uma piada e de certo modo é algo totalmente sério. Pelo que entendi, muitos anos atrás houve um grupo vanguardista mexicano chamado de real-visceralistas, mas não sei se eram escritores, pintores, jornalistas ou revolucionários. Foram ativos, também não sei bem, na década de 20 ou 30. Evidentemente eu nunca tinha ouvido falar desse grupo, mas isso deve ser imputado à minha ignorância em assuntos literários (todos os livros do mundo estão esperando quem os leia). Segundo Arturo Belano, os real-visceralistas se perderam no deserto de Sonora. Depois mencionaram uma tal de Cesárea Tinajero ou Tinaja, não me lembro, acho que a esta altura eu discutia aos berros com um garçom por causa de umas garrafas de cerveja, e falaram das *Poesias* do conde de Lautréamont, algo nas *Poesias* relacionado à tal Tinajero, depois Lima fez uma asseveração misteriosa. Segundo ele, os atuais real-visceralistas andavam para trás. Como para trás?, perguntei.

— Andam de costas, olhando para um ponto mas se afastando dele, em linha reta, rumo ao desconhecido.

Eu disse que me parecia perfeito andar dessa maneira, mas na realidade não tinha entendido nada. Pensando bem, é a pior forma de andar.

Mais tarde chegaram outros poetas, alguns real-visceralistas, outros não, e a barafunda se tornou impossível. Por um momento pensei que Belano e Lima tinham se esquecido de mim, ocupados que estavam em conversar com quantas personagens estapafúrdias se aproximassem da nossa mesa, mas, quando começava a amanhecer, eles me perguntaram se eu queria pertencer ao bando. Não disseram "grupo" ou "movimento", disseram bando, e isso me agradou. É claro que respondi que sim. Foi muito simples. Um deles, Belano, apertou minha mão, disse que eu já era um dos deles, depois cantamos uma ranchera. Isso foi tudo. A letra da canção falava dos povos perdidos do norte e dos olhos de uma mulher. Antes de começar a vomitar na rua, perguntei se os olhos eram os de Cesárea Tinajero. Belano e Lima olharam para mim e disseram que sem dúvida nenhuma eu já era um real-visceralista e que juntos iríamos mudar a poesia latino-americana. Às seis da manhã peguei outro táxi-lotação, desta vez sozinho, que me trouxe até Lindavista, bairro onde moro. Hoje não fui à universidade. Passei o dia inteiro trancado no quarto escrevendo poemas.

4 de novembro
Voltei ao bar da rua Bucareli, mas os real-visceralistas não apareceram. Enquanto os esperava, comecei a ler e a escrever. Os assíduos do bar, um grupo de bêbados silenciosos e meio patibulares, não tiraram os olhos de mim.

Resultado de cinco horas de espera: quatro cervejas, quatro tequilas, um prato de sopes, que deixei pela metade (estavam meio estragados), leitura completa do último livro de poemas de Álamo (que levei precisamente para debochar dele com meus novos amigos), sete textos escritos à maneira de Ulises Lima (o primeiro sobre *sopes* que fediam a caixão, o segundo sobre a universidade: eu a via destruída, o terceiro sobre a universidade: eu corria nu no meio de uma multidão de zumbis, o quarto sobre a lua do DF, o quinto sobre um cantor morto, o sexto sobre uma sociedade secreta que vivia sob os esgotos de Chapultepec e o sétimo sobre um livro perdido e sobre a amizade) ou, mais exatamente, à maneira do único poema que conheço de Ulises Lima e que não li, mas escutei, e uma sensação física e espiritual de solidão.

Um par de bêbados tentou se meter comigo, mas, apesar da minha idade, tenho caráter suficiente para encarar qualquer um. Uma garçonete (ela se chama Brígida, conforme soube, e dizia se lembrar de mim por causa da noitada que eu passara ali com Belano e Lima) me acariciou os cabelos. Foi uma carícia como que sem querer, ao ir atender outra mesa. Depois se sentou um instante comigo e insinuou que meu cabelo era comprido demais. Era simpática, mas preferi não responder. Às três da manhã voltei para casa. Os real-visceralistas não apareceram. Será que não voltarei a vê-los?

5 de novembro
Sem notícias dos meus amigos. Faz dois dias que não vou à faculdade. Também não penso em voltar à oficina de Álamo. Esta tarde fui de novo ao Encrucijada Veracruzana (o bar da Bucareli), mas nem sinal dos real-visce-

ralistas. É curioso: um estabelecimento dessa natureza sofre mutações se visitado de tarde, de noite e mesmo de manhã. Qualquer um diria que são bares diferentes. Esta tarde, o lugar parecia muito mais imundo do que é na realidade. As personagens patibulares da noite ainda não estão presentes, a clientela é, como dizer, mais fugidia, mais transparente, mais pacífica também. Três empregados de escritório, de baixo escalão, provavelmente funcionários públicos, completamente bêbados, um vendedor de ovos de tartaruga-verde com o cesto vazio, dois colegiais, um senhor grisalho sentado a uma mesa comendo *enchiladas*. As garçonetes também são diferentes. Às três de hoje eu não as conhecia, se bem que uma delas se aproximou de mim e me disse de supetão: você deve ser o poeta. A afirmação me perturbou, mas também, devo reconhecer, me lisonjeou.

— Sim, senhorita, sou poeta. Mas como sabe?
— Brígida me falou de você.
Brígida, a garçonete!
— E o que foi que ela disse, senhorita? — perguntei, sem me atrever ainda a tratá-la por você.
— Que você escrevia poesias muito bonitas.
— Isso ela não pode saber. Nunca leu nada meu — falei corando um pouco, porém cada vez mais satisfeito com o rumo que a conversa tomava. Também pensei que Brígida poderia perfeitamente ter lido alguns dos meus versos: por cima do meu ombro! Isso já não me agradou tanto.

A garçonete (chamada Rosario) me perguntou se eu poderia lhe fazer um favor. Eu deveria ter respondido "depende", conforme meu tio me ensinou (à exaustão), mas sou assim e respondi claro, de que se trata?
— Queria que fizesse uma poesia para mim — ela disse.
— Está bem. Um dia desses faço uma pra você — disse, pela primeira vez a tratava por você, e, já embalado, pedi que me trouxesse outro tequila.
— Por minha conta — ela disse. — Mas a poesia você faz para mim agora.

Tentei explicar que um poema não se escreve assim, sem mais nem menos.
— E a que se deve tanta pressa?
A explicação que ela me deu foi um tanto vaga; ao que parece se tratava de uma promessa feita à Virgem de Guadalupe, alguma coisa relacionada com a saúde de alguém, um familiar muito querido e muito saudoso que

havia desaparecido e voltara. Mas o que um poema tinha a ver com tudo isso? Por um instante pensei que bebera demais, que estava havia muitas horas sem comer e que o álcool e a fome estavam me desconectando da realidade. Mas logo pensei que não era para tanto. Precisamente uma das premissas preconizadas pelo realismo visceral para escrever poesia, se bem me lembro (a verdade é que eu não poria a mão no fogo), era a desconexão transitória com certo tipo de realidade. Seja como for, o caso é que àquela hora escasseavam os fregueses do bar, de modo que as outras duas garçonetes foram se aproximando de minha mesa e eu me achava rodeado, numa posição aparentemente inocente (realmente inocente), mas que a qualquer espectador desavisado, um polícia por exemplo, não pareceria assim: um estudante sentado e três mulheres de pé ao seu lado, uma delas roçando seu ombro e braço esquerdos com sua anca direita, as outras duas com as coxas grudadas na beira da mesa (beira que certamente deixaria marcas nessas coxas), levando um inocente papo literário, mas que, visto da porta, poderia parecer qualquer outra coisa. Por exemplo: um proxeneta em pleno colóquio com suas pupilas. Por exemplo: um estudante arredio que não se deixa seduzir.

Decidi acabar logo com aquilo. Então me levantei do jeito que pude, paguei, deixei minhas carinhosas saudações para Brígida e fui embora. Na rua o sol me cegou por alguns segundos.

6 de novembro
Hoje também não fui à faculdade. Levantei cedo, peguei o ônibus com destino à Unam, mas desci antes e dediquei boa parte da manhã a vagar pelo centro. Primeiro entrei na Librería del Sótano e comprei um livro de Pierre Louys, depois atravessei a rua Juárez, comprei um sanduíche de presunto e fui comê-lo sentado num banco da Alameda. A história de Louys, mas sobretudo as ilustrações, provocou em mim uma ereção cavalar. Tentei ficar de pé e andar, mas, com o pau naquele estado, era impossível andar sem provocar os olhares e o conseqüente escândalo não só das passantes, mas dos pedestres em geral. De modo que voltei a sentar, fechei o livro e limpei as migalhas da jaqueta e da calça. Por um bom tempo fiquei observando o que me pareceu um esquilo, que se movia cautelosamente pelos galhos de uma árvore. Ao cabo de dez minutos (aproximadamente), eu me dei conta de que não era um esquilo, mas um rato. Um rato enorme! A descoberta me encheu

de tristeza. Ali estava eu, sem poder me mexer, e a vinte metros, agarrado num galho, um rato explorador e faminto em busca de ovos de passarinho, ou de migalhas arrastadas pelo vento até a copa das árvores (duvidoso), ou lá o que fosse. A angústia subiu até o pescoço e tive náuseas. Antes de vomitar, eu me levantei e saí correndo. Ao cabo de cinco minutos a bom passo, a ereção desapareceu.

De noite, estive na rua Corazón (paralela à minha rua) vendo uma partida de futebol. Os que jogavam eram amigos meus de infância, embora dizer amigos de infância talvez seja excessivo. A maioria ainda está na escola preparatória,* outros pararam de estudar e trabalham com os pais ou não fazem nada. Desde que entrei para a universidade, o fosso que nos separava se ampliou de repente, e agora somos como seres de dois planetas distintos. Pedi para jogar. A iluminação da rua Corazón não é muito boa, mal se via a bola. Além do mais, a cada tanto passavam automóveis, e tínhamos que parar. Levei dois pontapés e uma bolada na cara. Basta. Vou ler Pierre Louys mais um pouco e depois apagar a luz.

7 de novembro
A Cidade do México tem catorze milhões de habitantes. Não voltarei a ver os real-visceralistas. Tampouco voltarei à faculdade ou à oficina de Álamo. Veremos como me arranjo com meus tios. Terminei o livro de Louys, *Afrodite*, e agora estou lendo os poetas mexicanos mortos, meus futuros colegas.

8 de novembro
Descobri um poema maravilhoso. Sobre seu autor, Efrén Rebolledo (1877-1929), nunca me disseram nada em minhas aulas de literatura. Vou transcrevê-lo:

El vampiro
Ruedan tus rizos lóbregos y gruesos
por tus cándidas formas como un río,
y esparzo en su raudal, crespo y sombrío,
las rosas encendidas de mis besos.

---

* Escola de ensino médio que prepara para o ingresso na universidade. (N. T.)

*En tanto que descojo los espesos
anillos, siento el roce leve y frío
de tu mano, y un largo calosfrío
me recorre y penetra hasta los huesos.*

*Tus pupilas caóticas y hurañas
destellan cuando escuchan el suspiro
que sale desgarrando las entrañas,*

*y mientras yo agonizo, tú sedienta,
finges un negro y pertinaz vampiro
que de mi sangre ardiente se sustenta.**

Da primeira vez que o li (há algumas horas), não pude evitar de me trancar a chave em meu quarto e me masturbar enquanto o recitava uma, duas, três, até dez ou quinze vezes, imaginando Rosario, a garçonete, de quatro em cima de mim, pedindo que lhe escrevesse um poema para aquele ser querido e chorado, ou me rogando que a cravasse na cama com meu pau ardente.

Já aliviado, tive tempo para refletir sobre o poema.

O "caudal crespo e sombrio" não oferece, creio eu, nenhuma dúvida de interpretação. O mesmo não ocorre com o primeiro verso da segunda quadra, "enquanto teus anéis solto em arquejos", que poderia muito bem se referir ao "caudal crespo e sombrio", um a um esticados ou desembaraçados, mas onde a palavra *arquejos* talvez oculte um significado distinto.

Os anéis também não estão muito claros. Serão os do pêlo pubiano, os cachos da cabeleira do vampiro ou as *diferentes* entradas do corpo humano? Numa palavra, ele a estaria sodomizando? Creio que a leitura de Pierre Louys ainda gravita em meu espírito.

* O vampiro: Rolam teus cachos escuros e sobejos / por tuas cândidas formas como um rio, / e esparjo em seu caudal, crespo e sombrio, / as rosas ardentes dos meus beijos. // Enquanto teus anéis solto em arquejos, / sinto o leve roçar e o leve frio / da mão tua, e mui longos calafrios / me percorrem até os ossos, malfazejos. // Tuas pupilas caóticas e estranhas / rebrilham quando escutam o suspiro / que me sai lacerando as entranhas, // e enquanto eu agonizo, tu, sedenta, / és qual um negro e pertinaz vampiro / que com meu sangue ardente se sustenta.

9 de novembro
Resolvi voltar ao Encrucijada Veracruzana, não porque espere encontrar os real-visceralistas, mas para ver Rosario mais uma vez. Escrevi para ela uns versinhos. Falo de seus olhos e do interminável horizonte mexicano, das igrejas abandonadas e das miragens dos caminhos que levam à fronteira. Não sei por quê, mas creio que Rosario é de Veracruz ou de Tabasco, pode até ser de Iucatã. Vai ver que disse isso. Pode ser que seja só imaginação minha. Talvez a confusão se deva ao nome do bar, e Rosario não seja nem vera-cruzense nem iucateque, mas do DF. Em todo caso, achei que uns versos que evocassem terras diametralmente diferentes das dela (no caso de ela ser vera-cruzense, coisa de que duvido cada vez mais) seriam mais promissores, pelo menos no que concerne às minhas intenções. E aconteça o que tiver que acontecer.

Esta manhã perambulei pelos arredores da Villa pensando em minha vida. O futuro não parece muito brilhante, ainda mais se eu continuar faltando às aulas. No entanto, o que me preocupa mesmo é minha educação sexual. Não posso passar a vida batendo punheta. (Minha educação poética também me preocupa, mas é melhor não enfrentar mais de um problema de cada vez.) Será que Rosario tem namorado? Se tiver, será um cara ciumento e possessivo? É moça demais para ser casada, mas também não posso descartar essa possibilidade. Creio que gosto dela, evidentemente.

10 de novembro
Encontrei os real-visceralistas. Rosario é de Veracruz. Todos os real-visceralistas me deram os respectivos endereços e dei a todos eles o meu. As reuniões são realizadas no café Quito, na Bucareli, um pouco mais acima do Encrucijada, e na casa de María Font, em Condesa, ou na casa da pintora Catalina O'Hara, em Coyoacán. (María Font, Catalina O'Hara, esses nomes evocam algo em mim, embora ainda não saiba o quê.)

Quanto ao mais, tudo terminou bem, ainda que tenha chegado a ponto de acabar em tragédia.

As coisas aconteceram assim: por volta das oito da noite cheguei ao Encrucijada. O bar estava cheio, e a clientela não podia ser mais miserável e sinistra. Até havia, num canto, um cego que tocava acordeão e cantava. Mas não arredei pé e ocupei o primeiro lugar vago que enxerguei no balcão. Rosario não estava. Informei-me com a garçonete que me atendeu, e esta me chamou de impulsivo, volúvel e presunçoso. Com um sorriso, vejam só, como se nada disso lhe parecesse de todo ruim. Francamente, não entendi o que queria dizer. Depois perguntei de onde era Rosario, e ela me disse que era de Veracruz. Perguntei também de onde ela era. Do DF, simplesmente, disse. E você? Sou o cavaleiro de Sonora, eu lhe disse de supetão, sem saber por quê. Na realidade nunca estive em Sonora. Ela riu, e poderíamos ter continuado o papo por um bom tempo, mas ela precisou atender a uma mesa. Brígida, esta sim, estava e, quando eu já pedia minha segunda tequila, ela se aproximou e me perguntou o que estava acontecendo. Brígida é uma mulher de expressão sisuda, melancólica, ofendida. A imagem que eu tinha dela era diferente, mas daquela vez eu estava bêbado, e agora não. Eu lhe disse e aí, Brígida, quantos anos. Eu tentava dar impressão de desenvoltura, de alegria até, mas não posso dizer que estivesse alegre. Brígida pegou minha mão e a levou ao coração. Dei um pinote, e minha primeira intenção foi me afastar do balcão, talvez sair correndo do bar, mas agüentei firme.

— Está sentindo? — perguntou.

— O quê?

— Meu coração, seu boboca, não sente meu coração bater?

Com a ponta dos dedos explorei a superfície que me era oferecida: a blusa de linho e os peitos de Brígida emoldurados por um sutiã que adivinhei pequeno demais para contê-los. Mas nem sinal de batidas.

— Não estou sentindo nada — falei sorrindo.

— Meu coração, seu bobo! Não o escuta bater? Não sente como se despedaça pouco a pouco?

— Desculpe, mas não ouço nada.

— E como vai ouvir com a mão, seu babaca? Só lhe peço que sinta. Seus dedos não sentem nada?

— Para dizer a verdade... não.

— Que mão gelada — Brígida disse. — Que dedos mais bonitos, dá pra ver que você nunca precisou trabalhar.

Eu me senti observado, estudado, penetrado. Os bêbados patibulares que estavam no balcão se interessaram pela última observação de Brígida. Preferi não enfrentá-los por enquanto e declarei que ela se enganava, que evidentemente eu precisava trabalhar para pagar os estudos. Brígida agora aprisionava minha mão como se estivesse lendo as linhas do meu destino. Isso me interessou, e eu me despreocupei dos potenciais espectadores.

— Não seja sonso — disse. — Não precisa mentir para mim, eu conheço você. É um filhinho de papai, mas tem grandes ambições. E tem sorte. Vai chegar aonde quiser. Mas aqui vejo que você se perderá várias vezes, por culpa sua, porque não sabe o que quer. Precisa de alguém que esteja com você nos bons e nos maus momentos. Estou errada?

— Não, certíssima, continue, continue.

— Aqui não — Brígida disse. — Esses paus-d'água enxeridos não têm por que ficar sabendo do seu destino, não acha?

Pela primeira vez me atrevi a olhar abertamente para os lados. Quatro ou cinco bebuns patibulares acompanhavam com atenção as palavras de Brígida, um até contemplava minha mão com uma fixação sobrenatural, como se fosse sua própria mão. Sorri para todos, não queria que se zangassem, queria lhes dar a entender dessa maneira que eu não tinha nada a ver com aquela história. Brígida me deu um beliscão nas costas. Tinha os olhos ardentes, como se estivesse a ponto de começar uma briga ou de se pôr a chorar.

— Aqui não podemos conversar, venha comigo.

Eu a vi cochichar com uma das garçonetes, depois me fez um sinal. O Encrucijada Veracruzana estava cheio, e acima das cabeças dos fregueses se erguia uma nuvem de fumaça e a música do acordeão do cego. Vi as horas, quase meia-noite, o tempo, pensei, tinha passado voando.

Fui com ela.

Nós nos metemos numa espécie de adega e depósito estreito e comprido, onde se empilhavam as caixas de garrafas e o material de limpeza do bar (detergentes, vassouras, água sanitária, um utensílio de borracha para limpar vidros, uma coleção de luvas de plástico). No fundo, uma mesa e duas cadeiras. Brígida me indicou uma. Sentei-me. A mesa era redonda, e sua superfície estava coberta de moscas e nomes, a maioria ininteligíveis. A garçonete ficou de pé, a poucos centímetros de mim, vigilante feito uma deusa ou uma ave de rapina. Talvez esperasse que eu lhe dissesse para sentar. Comovido com sua timidez, assim fiz. Para minha surpresa, ela se sentou no meu colo. A situação era incômoda, mas em poucos segundos notei com espanto que minha natureza, divorciada do meu intelecto, da minha alma, até dos meus piores desejos, endurecia meu pau até um limite impossível de dissimular. Brígida certamente percebeu meu estado, pois se levantou e, depois de tornar a me estudar do alto, me propôs um *guágüis*.

— Um quê?... — fiz.

— Um *guágüis*. Quer que faça um *guágüis*?

Olhei para ela sem entender, mas, feito um nadador solitário e exausto, a verdade foi pouco a pouco abrindo caminho no mar negro da minha ignorância. Ela me devolveu o olhar. Tinha os olhos duros e planos. E uma característica que a distinguia de todos os seres humanos que eu até então conhecia: olhava sempre (em qualquer lugar, em qualquer situação, acontecesse o que acontecesse) nos olhos. O olhar de Brígida, decidi então, poderia ser insuportável.

— Não sei do que está falando — respondi.

— De chupar teu pau, meu anjo.

Não tive tempo para responder, e talvez tenha sido melhor assim. Sem parar de olhar para mim, Brígida se ajoelhou, puxou meu zíper e meteu meu pau na boca. Primeiro a glande, à que ministrou várias mordidinhas, que nem por serem leves foram menos inquietantes, depois o pênis inteiro sem dar mostras de engasgar. Ao mesmo tempo, com a mão direita foi percorrendo meu baixo ventre, meu estômago e meu peito, e me dando, a intervalos regulares, umas porradas cujos roxos ainda conservo. A dor que senti provavelmente contribuiu para tornar meu prazer mais especial, mas ao mesmo tempo evitou que ele viesse. De vez em quando Brígida levantava os olhos de seu trabalho, sem com isso soltar meu membro viril, e procurava meus olhos. Eu então fechava os meus e recitava mentalmente versos soltos do poema "O vampiro", que mais tarde, ao repassar o incidente, percebi não serem em absoluto versos soltos do poema "O vampiro", e sim uma mistura diabólica de poesias de origem variada, frases proféticas de meu tio, recordações infantis, rostos de atrizes adoradas durante minha puberdade (a cara de Angélica María, por exemplo, em preto-e-branco), paisagens que giravam como que arrastadas por um turbilhão. A princípio tentei me defender das porradas, mas, ao verificar a inutilidade dos meus esforços, dediquei minhas mãos à cabeleira de Brígida (tingida de castanho-claro e não muito limpa, pelo que pude verificar) e às suas orelhas, pequenas e carnudas, embora de uma dureza quase sobrenatural, como se nelas não houvesse um só grama de carne ou gordura, só cartilagem, plástico, não, metal apenas amolecido, de que pendiam dois grandes aros de prata falsa.

Quando o desenlace era iminente, e eu, devido à conveniência de não gemer, erguia meus punhos e ameaçava um ser invisível que rastejava pelas paredes da adega, a porta se abriu de repente (mas sem ruído), apareceu a cabeça de uma garçonete e de seus lábios saiu uma breve advertência:

— Aguas.

Brígida cessou de imediato seu afã. Então se levantou, me olhou nos olhos com uma expressão de pesar e depois, me puxando pelo casaco, me levou até uma porta que eu ainda não havia notado.

— Até outra vez, meu anjo — disse com uma voz muito mais rouca do que a usual, enquanto me empurrava para o outro lado.

Sem tempo nem de piscar, eu me encontrei no banheiro do Encrucijada Veracruzana, uma peça retangular, comprida, estreita e escura.

Dei uns passos à deriva, ainda aturdido pela celeridade dos fatos que haviam acabado de acontecer. O local fedia a desinfetante, e o chão estava úmido, em alguns trechos encharcado. A iluminação era escassa, para não dizer nula. Entre as pias rachadas, vi um espelho; eu me olhei de esguelha; o nitrato de prata respondeu com uma imagem que me eriçou os pêlos. Em silêncio, procurando não chapinhar no chão em que escorria, como notei nesse momento, um tênue rio procedente de uma das latrinas, me virei e me aproximei do espelho, mordido pela curiosidade. Ele me devolveu um rosto cuneiforme, vermelho-escuro, perolado de suor. Dei um pulo para trás e por pouco não caí. Num dos reservados havia alguém. Percebi que o sujeito resmungava, maldizia. Um bêbado patibular, sem dúvida. Então alguém me chamou por meu nome:

— Poeta García Madero.

Vi duas sombras junto dos mictórios. Estavam envoltas em nuvens de fumaça. Duas bichas, pensei, duas bichas que sabem meu nome?

— Poeta García Madero. Aproxime-se, homem.

Embora a lógica e a prudência me indicassem que eu deveria procurar a porta de saída e que sem mais tardar eu deveria cair fora do Encrucijada, o que fiz foi dar dois passos na direção da fumaceira. Dois pares de olhos brilhantes, como de lobos no meio de um vendaval (licença poética, pois eu nunca vi lobos; vendavais, sim, e não combinam muito bem com a estola de fumaça que envolvia os dois caras), estavam me observando. Ouvi a risada deles. Hi hi hi. Recendia a marijuana. Fiquei mais tranqüilo.

— Poeta García Madero, o instrumento está pendurado.

— O quê?

— Hi hi hi.

— O pênis... Está de fora.

Levei a mão à braguilha. Efetivamente, na pressa e com o susto, não tinha conseguido guardar o passarinho. Enrubesci, pensei em xingar a mãe deles, mas me contive, alisei a calça e dei um passo em sua direção. Eles me pareceram desconhecidos e tentei penetrar a escuridão que os envolvia e decifrar seus rostos. Em vão.

Então uma mão e depois um braço surgiram do ovo de fumaça que os protegia e me ofereceram o baseado.

— Não fumo — falei.

— É *mota*, poeta García Madero. Golden Acapulco.

Neguei com a cabeça.

— Não gosto — disse.

O barulho vindo da sala ao lado me sobressaltou. Alguém erguia a voz. Um homem. Depois alguém gritava. Uma mulher. Brígida. Imaginei que o dono do bar estava batendo nela e quis ir em sua defesa, mas a verdade é que Brígida não tinha muita importância para mim (na realidade, não tinha nenhuma). Quando eu estava a ponto de dar meia-volta na direção do bar, as mãos dos desconhecidos me agarraram. Então vi os rostos deles saírem do fumacê. Eram Ulises Lima e Arturo Belano.

Dei um suspiro de alívio, quase bati palmas, disse que tinha estado à procura deles por muitos dias, depois esbocei outra tentativa de ir acudir a mulher que gritava, mas eles não deixaram.

— Não se meta em encrencas, esses dois estão sempre assim — Belano disse.

— Que dois?

— A garçonete e o patrão.

— Mas ele está batendo nela — falei, e, de fato, o som das bofetadas agora era claramente audível. — Não podemos deixar.

— Ah, que é isso, poeta García Madero — Ulises Lima disse.

— De fato não podemos deixar, mas às vezes os barulhos nos enganam. Ouça o que estou dizendo, vá por mim — Belano disse.

Tive a impressão de que sabiam muitas coisas do Encrucijada e gostaria de lhes ter feito algumas perguntas a respeito, mas não fiz, para não parecer indiscreto.

Ao sair do banheiro, a luz do bar feriu meus olhos. Todo mundo falava aos berros. Outros cantavam acompanhando a melodia do cego, um bolero, pelo menos assim me pareceu, que falava de um amor desesperado, de um amor que os anos não podiam aplacar, e sim tornavam mais indigno, mais ignóbil, mais atroz. Lima e Belano carregavam três livros cada um e pareciam estudantes como eu. Antes de sair nos aproximamos do balcão, ombro a ombro, pedimos três tequilas, que tomamos de um só gole, depois saímos rindo. Ao abandonar o Encrucijada, olhei para trás pela última vez, com a vã esperança de ver Brígida aparecer na porta do bar, mas não a vi.

Os livros que Ulises Lima trazia eram:

Manifeste électrique aux paupières de jupes, de Michel Bulteau, Matthieu Messagier, Jean-Jacques Faussot, Jean-Jacques N'Guyen That, Gyl Bert-Ram-Soutrenom F. M., entre outros poetas do Movimento Elétrico, nossos pares da França (suponho).

Sang de satin, de Michel Bulteau.

Nord d'été naître opaque, de Matthieu Messagier.

Os livros que Arturo Belano trazia eram:

Le parfait criminel, de Alain Jouffroy.

Le pays où tout est permis, de Sophie Podolski.

Cent mille milliards de poèmes, de Raymond Queneau. (Este último fora xerocado; e os cortes horizontais exibidos pela xérox, somados ao desgaste próprio de um livro manuseado em excesso, o transformavam numa espécie de flor de papel espantada, com as pétalas eriçadas para os quatro pontos cardeais.)

Mais tarde nos encontramos com Ernesto San Epifanio, que também carregava três livros. Eu lhe pedi que me deixasse anotar os títulos. Eram estes:

Little Johnny's confession, de Brian Patten.

Tonight at noon, de Adrian Henri.

The lost fire brigade, de Spike Hawkins.

11 de novembro

Ulises Lima mora numa água-furtada de um edifício da rua Anáhuac, perto da Insurgentes. O habitáculo é minúsculo, três metros de comprimento por dois e meio de largura, e os livros se acumulam por toda parte. Pela única janela, diminuta como um olho-de-boi, é possível ver as águas-furtadas dos prédios vizinhos em que — segundo Ulises Lima diz que Monsiváis diz — ainda hoje se fazem sacrifícios humanos. No quarto só há um colchão no assoalho, que Lima enrola de dia ou quando recebe visitas e utiliza como sofá; tem também uma mesa minúscula, cuja superfície é totalmente coberta por sua máquina de escrever, e uma única cadeira. As visitas obviamente precisam se sentar no colchão, ou no chão, ou ficar de pé. Hoje éramos cinco: Lima, Belano, Rafael Barrios e Jacinto Requena, e quem ocupou a cadeira foi Belano, o colchão foi Barrios e Requena, Lima ficou de pé o tempo todo (inclusive às vezes dando voltas por seu quarto) e eu me sentei no chão.

Falamos de poesia. Ninguém leu nenhum poema meu, mas todos me tratam como mais um real-visceralista. A camaradagem é espontânea e magnífica!

Por volta da nove da noite apareceu Felipe Müller, de dezoito anos e que, portanto, até minha irrupção, era o mais moço do grupo. Depois fomos todos jantar num café chinês e ficamos até as três da manhã andando e falando de literatura. Concordamos plenamente que é preciso mudar a poesia mexicana. Nossa situação (pelo que pude entender) é insustentável, entre o império de Octavio Paz e o império de Pablo Neruda. Quer dizer: entre a espada e a parede.

Perguntei a eles onde eu poderia comprar os livros com que estavam na outra noite. A resposta não me surpreendeu: são roubados da livraria Francesa da Zona Rosa e da livraria Baudelaire, da rua General Martínez, perto da rua Horacio, na Polanco. Também quis saber algo sobre os autores, e todos eles juntos (o que um real-visceralista lê é lido ato contínuo pelos demais) me instruíram sobre a vida e a obra dos elétricos, de Raymond Queneau, de Sophie Podolski, de Alain Jouffroy.

Felipe Müller me perguntou, talvez um pouco alto, se eu sabia francês. E eu lhe respondi que, com um dicionário, poderia me virar. Mais tarde lhe fiz a mesma pergunta. E você, sabe francês, mano? Sua resposta foi negativa.

12 *de novembro*
No café Quito encontro Jacinto Requena, Rafael Barrios e Pancho Rodríguez. Eu os vi chegar por volta das nove da noite e lhes fiz sinal, da minha mesa, à qual já estava havia umas três horas proveitosamente investidas na escrita e na leitura. Apresentam-me a Pancho Rodríguez. Ele é baixote,

como Barrios, tem cara de guri de doze anos, embora tenha vinte e dois. Quase à força simpatizamos. Pancho Rodríguez fala pelos cotovelos. Graças a ele fico sabendo que, antes da chegada de Belano e Müller (que apareceram no DF depois do golpe de Pinochet e, portanto, não são do grupo primigênio), Ulises Lima havia publicado uma revista com poemas de María Font, de Angélica Font, de Laura Damián, de Barrios, de San Epifanio, de um tal de Marcelo Robles (do qual não ouvi falar) e dos irmãos Rodríguez, Pancho e Moctezuma. Segundo Pancho, um dos dois melhores jovens poetas mexicanos é ele, o outro é Ulises Lima, de quem se declara o melhor amigo. A revista (dois números, ambos de 1974) se chamava *Lee Harvey Oswald* e fora integralmente financiada por Lima. Requena (que ainda não pertencia ao grupo) e Barrios corroboram as palavras de Pancho Rodríguez. Nela estava a semente do realismo visceral, Barrios diz. Pancho Rodríguez não é da mesma opinião. Para ele, *Lee Harvey Oswald* deveria ter continuado, fora extinta bem no melhor momento, quando a gente começava a se conhecer, disse. Que gente? Os outros poetas, claro, os estudantes de Filosofia e Letras, as minas que escreviam poesia e assistiam regularmente às cem oficinas abertas como flores no DF. Barrios e Requena não concordam, embora falem com saudosismo da revista.

— Há muitas poetisas?

— Chamá-las de poetisas pega mal — Pancho disse.

— São poetas — Barrios disse.

— Mas há muitas?

— Como nunca houve antes na história do México — Pancho disse. — Basta você levantar uma pedra para encontrar uma mina escrevendo suas coisinhas.

— E como Lima foi capaz de financiar sozinho *Lee Harvey Oswald*?— perguntei.

Para mim parecia prudente naquele momento não insistir no tema poetisas.

— Ah, poeta García Madero, um cara como Ulises Lima é capaz de fazer qualquer coisa pela poesia — Barrios disse, sonhadoramente.

Depois falamos sobre o nome da revista, que me pareceu genial.

— Vamos ver se entendi. Os poetas, segundo Ulises Lima, são como Lee Harvey Oswald. É isso?

— Mais ou menos — Pancho Rodríguez respondeu. — Eu tinha sugerido o nome *Los bastardos de sor Juana*, que soa mais mexicano, mas nosso mano é louco pelas histórias dos gringos.

— Na realidade, Ulises acreditava que já existia uma editora com o nome de Lee, mas estava enganado e, quando percebeu seu equívoco, resolveu pôr esse nome em sua revista — Barrios disse.

— Uma editora?

— A P.-J. Oswald, de Paris, que publicou um livro de Matthieu Messagier.

— E o tonto do Ulises achava que a editora francesa se chamava Oswald por causa do assassino. Mas o nome dela era Pê Jota Oswald, e não Ele Agá Oswald. Quando se deu conta do engano, decidiu se apropriar do nome.

— O nome do francês deve ser Pierre-Jacques — Requena disse.

— Ou Paul-Jean Oswald.

— A família dele tem dinheiro? — perguntei.

— Não, a família de Ulises não tem dinheiro — Requena disse. — Na realidade, a família dele é a mãe, não é? Eu, pelo menos, não conheço mais ninguém.

— Eu conheço toda família dele — Pancho disse. — Conheci Ulises Lima muito antes de vocês todos, muito antes de Belano, e a mãe dele é sua única família. E garanto que não tem grana.

— Então como conseguiu financiar dois números de uma revista?

— Vendendo *mota* — Pancho disse. Os outros dois ficaram calados, mas não o desmentiram.

— Não posso acreditar — falei.

— Pois é isso. A grana vem da marijuana.

— Caralho.

— Ele vai buscar em Acapulco e distribui entre seus fregueses do DF.

— Cale a boca, Pancho — Barrios disse.

— Calar a boca, por quê? O cara não é um puta real-visceralista? Por que vou calar a boca, então?

13 de novembro
Hoje acompanhei Lima e Belano o dia todo. Andamos, pegamos metrô, ônibus, táxi-lotação, voltamos a andar, e o tempo todo não paramos de con-

versar. De vez em quando paravam e entravam em alguma residência, então eu tinha de ficar na rua, esperando. Quando lhes perguntei o que estavam fazendo, eles me disseram que levavam a cabo uma investigação. Mas acho que entregam marijuana em domicílio. Durante o trajeto li para eles os últimos poemas que eu tinha escrito, uns onze ou doze, creio que gostaram.

14 de novembro
Hoje fui com Pancho Rodríguez à casa das irmãs Font.

Estava havia umas quatro horas no café Quito, já tinha ingerido três cafés com leite, e meu entusiasmo pela leitura e pela escrita começava a definhar quando apareceu Pancho e me pediu que o acompanhasse. Aceitei encantado.

As Font vivem em Condesa, numa elegante e bonita casa de dois andares com jardim na frente e pátio nos fundos, na rua Colima. O jardim não é nada do outro mundo, tem uma ou duas árvores raquíticas e a grama não está bem aparada, mas o pátio dos fundos é outra coisa: ali as árvores são grandes, há plantas enormes, de folhas de um verde tão intenso que até parecem pretas, um tanque coberto de trepadeiras (no tanque, não me atrevo a chamá-lo de fonte, não há peixes, mas um submarino de pilhas, propriedade de Jorgito Font, o irmão caçula) e uma edícula completamente independente da casa grande, que em outros tempos deve ter feito as vezes de cocheira ou de estábulo e que atualmente as irmãs dividem.

Antes de chegarmos, Pancho me avisou:

— O pai de Angélica está meio lelé. Se você vir alguma coisa esquisita, não se assuste, faça como eu faço e não dê bola. Se ele ficar muito inconveniente, a gente dá um trato nele e pronto.

— Um trato? — eu disse, sem saber direito o que me propunha. — Você e eu? Na casa do homem?

— A mulher dele ficaria eternamente grata. O cara está completamente pirado. Há coisa de um ano passou uma temporada no hospício. Mas não diga isso às Font, em todo caso não diga que fui eu que lhe disse.

— Então o cara está louco — comentei.

— Louco e quebrado. Até outro dia tinham dois carros, três empregadas e davam festas o tempo todo. Não sei que fios entraram em curto na cabeça do coitado, mas o caso é que um dia pirou. Agora está arruinado.

— Mas manter esta casa deve custar uma nota.

— É deles e é o único bem que lhes resta.

— Que fazia o senhor Font antes de enlouquecer? — perguntei.

— Era arquiteto, mas muito ruim. Foi ele que diagramou os dois números da *Lee Harvey Oswald*.

— Caralho.

Quando tocamos a campainha, veio nos abrir a porta um sujeito careca, de bigode e com pinta de pirado.

— É o pai de Angélica — Pancho sussurrou.

— Foi o que imaginei — respondi.

O sujeito se aproximou do portão a passos largos, olhou para nós com um olhar que expelia ódio concentrado, e eu me alegrei por estar do outro lado do portão. Depois de hesitar alguns segundos, como se não soubesse o que fazer, abriu o portão e avançou em nossa direção. Dei um pulo para trás, mas Pancho estendeu os braços e o cumprimentou efusivamente. O homem se deteve então e estendeu uma mão vacilante antes de nos liberar a entrada. Pancho saiu andando rapidamente para a parte dos fundos da casa e eu o segui. O pai das Font voltou à casa grande falando sozinho. Enquanto íamos por um corredor cheio de flores que exteriormente estabelecia um acesso entre o jardim da frente e o pátio dos fundos, Pancho me explicou que um outro motivo de desassossego do senhor Font era sua filha Angélica:

— María já perdeu a virgindade — Pancho disse. — Angélica ainda não, mas está a ponto de perder também, o velho sabe e isso o enlouquece.

— Como é que ele sabe?

— Mistérios da paternidade, suponho. O caso é que passa o dia pensando quem será o gaiato que vai desvirginar sua filha, e isso é demais para um homem só. No fundo, eu o entendo, se estivesse no lugar dele também estaria desse jeito.

— Mas ele tem alguém em mente ou desconfia de todos?

— Desconfia de todos, claro, mas há dois ou três descartados: os veados e a irmã dela. O velho não é bobo.

Não entendi nada.

— Ano passado Angélica ganhou o prêmio de poesia Laura Damián, imagine só, com dezesseis anos apenas.

Nunca na vida tinha ouvido falar desse prêmio. Conforme Pancho me contou depois, a poetisa Laura Damián tinha morrido antes de fazer vinte anos, em 1972, e seus pais criaram o prêmio em sua memória. Segundo Pancho, o prêmio Laura Damián era um dos mais apreciados pela gente especial do DF. Olhei para ele como se lhe perguntasse com os olhos que raio de imbecil você é, mas Pancho, como eu esperava, não se deu por achado. Depois ergui os olhos para o céu e tive a impressão de que uma cortina se mexia numa das janelas do segundo andar. Talvez fosse apenas uma corrente de ar, mas não parei de me sentir observado até transpor o umbral da edícula das irmãs Font.

Só estava María.

María é alta, morena, de cabelos negros e muito lisos, nariz reto (absolutamente reto) e lábios finos. Parece de boa índole, mas não é difícil adivinhar que suas cóleras podem ser prolongadas e terríveis. Nós a encontramos de pé no meio da sala, ensaiando passos de dança, lendo sor Juana Inés de la Cruz, ouvindo um disco de Billie Holiday e pintando com ar distraído uma aquarela onde aparecem duas mulheres com as mãos entrelaçadas, aos pés de um vulcão, rodeadas de riachos de lava. Ela nos recebeu friamente a princípio, como se a presença de Pancho lhe fosse incômoda, mas a tolerasse por respeito à irmã e porque, afinal de contas, a edícula do pátio não é só dela, mas das duas. Para mim ela nem olha.

Para piorar, eu me dou ao luxo de fazer uma observação um tanto banal sobre sor Juana, o que a predispõe ainda mais contra mim (um trocadilho nada oportuno sobre os arquifamosos versos: "Hombres necios que acusáis / a la mujer sin razón, / sin ver que sois la ocasión / de lo mismo que culpais" e que tentei depois, em vão, remediar recitando estes: "Deténte, sombra de mi bien esquivo, / imagen del hechizo que más quiero, / bella ilusión por quien alegre muero, / dulce ficción por quien penosa vivo").*

Então, de repente estávamos ali os três, mergulhados num silêncio tímido ou áspero, depende, e María Font nem sequer olhava para nós, embora de vez em quando eu olhasse para ela ou para sua aquarela (ou, melhor dizendo, eu a espiava e espiava sua aquarela), e Pancho Rodríguez, a quem a hos-

---

* "Homens néscios que acusais / a mulher sem razão, / sem ver que sois a ocasião / daquilo mesmo que culpais [...]" "Detém-te, sombra do meu bem esquivo, / imagem do feitiço a que mais miro, / bela ilusão por quem alegre expiro, / doce ficção por quem penosa vivo".

tilidade de María ou do pai dela não parecia ter a menor importância, examinava os livros assobiando uma canção que, pelo que pude ouvir, não tinha nada a ver com o que Billie Holiday estava cantando, até que por fim apareceu Angélica e então entendi Pancho (ele era um dos que pretendiam desvirginar Angélica!) e quase entendi o pai das Font, se bem que para mim, devo admitir francamente, a virgindade não tem a menor importância (eu mesmo, sem ir mais longe, sou virgem. A não ser que se considere a felação interrompida de Brígida um desvirginamento. Mas isso é fazer amor com uma mulher? Não deveria simultaneamente ter lhe chupado o sexo para considerar que de fato fizemos amor? Para que um homem deixe de ser virgem deve introduzir o pau na vagina de uma mulher e não na sua boca, no seu cu ou na sua axila? Para considerar que fiz de verdade amor devo previamente ejacular? Isso tudo é muito complicado).

Mas voltando ao que eu ia dizendo. Angélica apareceu e, a julgar pela maneira como cumprimentou Pancho, ficou claro, pelo menos para mim, que ele tinha certas possibilidades sentimentais com a poetisa premiada. Fui fugazmente apresentado e deixado de lado outra vez.

Os dois abriram um biombo que dividia a sala, depois se sentaram na cama, e os ouvi conversar em sussurros.

Eu me aproximei de María e fiz umas tantas observações sobre a qualidade de sua aquarela. Nem sequer olhou para mim. Optei por outra tática: falei do realismo visceral e de Ulises Lima e Arturo Belano. Considerei também (intrepidamente: os sussurros do outro lado do biombo me deixavam cada vez mais nervoso) uma obra real-visceralista a aquarela que tinha diante dos meus olhos. María Font olhou para mim pela primeira vez e sorriu:

— Quero que os real-visceralistas se fodam.

— Pensei que você fizesse parte do grupo, quer dizer, do movimento.

— Por nada deste mundo... Se pelo menos tivessem arranjado um nome menos nojento... Sou vegetariana. Tudo que ressoa a vísceras me dá náuseas.

— Que nome você teria dado?

— Ah, sei lá. Seção Surrealista Mexicana, talvez.

— Creio que já existe uma Seção Surrealista Mexicana em Cuernavaca. Além do mais, pretendemos criar um movimento em escala latino-americana.

— Em escala latino-americana? Não me faça rir.
— Bem, a longo prazo é o que queremos, se não entendi mal.
— E você, de onde saiu?
— Sou amigo de Lima e Belano.
— Como é que nunca te vi por aqui?
— É que os conheci faz pouco...
— Você é o cara da oficina de Álamo, não é?

Enrubesci, na verdade não sei por quê. Admiti que tínhamos nos conhecido lá.

— Quer dizer que existe uma Seção Surrealista Mexicana em Cuernavaca — María disse pensativa. — Quem sabe eu não deveria ir viver em Cuernavaca.

— Foi o que li no *Excelsior*. São uns velhinhos que se dedicam a pintar. Um grupo de turistas, creio.

— Cuernavaca é onde mora Leonora Carrington — María disse. — Não estaria se referindo a ela?

— Nãããão — respondi. — Não tenho a menor idéia de quem é Leonora Carrington.

Ouvimos então um gemido. Não era de prazer, soube na mesma hora, mas de dor. Só então me dei conta de que fazia um tempinho que não se ouvia nada do outro lado do biombo.

— Tudo bem, Angélica? — María perguntou.

— Claro que sim, vá dar uma volta, por favor, e leve esse cara — a voz abafada de Angélica Font respondeu.

Com uma expressão de desagrado e fastio, María jogou os pincéis no chão. Pelas manchas de tinta que pude apreciar nas lajotas, compreendi que não era a primeira vez que sua irmã lhe pedia um pouco mais de privacidade.

— Venha comigo.

Eu a segui até um canto afastado do pátio, junto de um muro alto coberto de trepadeiras, onde havia uma mesa e cinco cadeiras de ferro.

— Você acha que eles estão...? — perguntei e me arrependi de imediato de minha curiosidade, que desejava dividir. Por sorte María estava irritada demais para me dar atenção.

— Trepando? Não, nem pensar.

Por um instante permanecemos em silêncio. María tamborilava com os dedos na superfície da mesa, e eu cruzei as pernas um par de vezes e me dediquei a estudar a flora do pátio.

— Bem, está esperando o quê? Leia seus poemas — ela disse.

Li e li até uma perna ficar adormecida. Ao terminar, não me atrevi a perguntar se ela tinha gostado. Depois María me convidou para um café na casa grande.

Na cozinha, encontramos sua mãe e seu pai cozinhando. Os dois pareciam felizes. Ela os apresentou a mim. O pai já não tinha o aspecto de abilolado e se mostrou bastante amável comigo; perguntou o que eu estudava, se era possível conciliar as leis com a poesia, como ia o bom Álamo (parece que se conhecem ou que, na juventude, foram amigos). A mãe falou de assuntos vagos de que mal me lembro: creio que mencionou uma sessão de espiritismo em Coyoacán, a que tinha ido havia pouco, e falou da alma penada de um cantor de rancheiras da década de 40. Não sei se dizia isso como piada ou a sério.

Na frente da televisão, encontramos Jorgito Font. María não lhe dirigiu a palavra nem o apresentou. Tem doze anos, cabelos compridos e se veste como um mendigo. Chama todo mundo de *naco*. Diz à mãe, olhe, *naca*, vou fazer isto, ao pai, escute, *naco*, à irmã, minha boa *naca* ou minha paciente *naca*, e a mim disse e aí, *naco*.

Os *nacos*, pelo que sei, são os índios urbanos, os índios citadinos, mas talvez Jorgito empregue a palavra em outra acepção.*

15 *de novembro*
Hoje, novamente em casa das Font.

As coisas, com ligeiras variantes, aconteceram exatamente como ontem.

Pancho e eu nos encontramos no café chinês El Loto, de Quintana Roo, perto da Glorieta de Insurgentes, e, depois de tomar vários cafés com leite e de ingerir algumas coisas mais sólidas (que eu paguei), fomos para Condesa.

Mais uma vez o senhor Font atendeu à campainha, e seu estado em nada se diferenciava do de ontem, pelo contrário, avançava a passos largos pelo caminho da loucura. Os olhos lhe saltavam das órbitas quando aceitou

---

* Também significa, em gíria, "brega", "grosso". (N. T.)

a mão jovial que Pancho, impassível, lhe ofereceu; quanto a mim, não deu sinal de me reconhecer.

Na edícula só estava María: pintava a mesma aquarela de ontem e segurava na mão esquerda o mesmo livro de ontem, mas no toca-discos soava a voz de Olga Guillot, e não a de Billie Holiday.

Seu cumprimento foi igualmente frio.

Pancho, por sua vez, repetiu a rotina do dia anterior e se sentou numa cadeirinha de vime, enquanto esperava a chegada de Angélica.

Desta vez evitei expressar qualquer juízo de valor sobre sor Juana e me dediquei primeiro a espiar os livros, depois, ao lado de María mas mantendo prudente distância, a aquarela. Esta sofrera mudanças substanciais. As duas mulheres na encosta do vulcão, que eu me lembrava estarem numa atitude hierática, em todo caso séria, agora se beliscavam no braço; uma delas ria ou fingia rir; a outra chorava ou fingia chorar; nos riachos de lava (pois continuavam sendo vermelhos ou avermelhados) boiavam caixas de sabão em pó, bonecas carecas e cestas de vime repletas de ratos; as roupas das mulheres estavam rasgadas ou apresentavam remendos; no céu (ou pelo menos na parte superior da aquarela), uma tormenta estava em gestação; na parte inferior, María havia transcrito o boletim meteorológico do dia para o DF.

O quadro era horroroso.

Depois chegou Angélica, radiante, e ela e Pancho tornaram a abrir o biombo separador. Fiquei um instante pensando enquanto María pintava: já não tinha a menor dúvida de que Pancho me arrastava para a casa das Font para que eu a entretivesse, enquanto ele e Angélica se dedicavam a seus assuntos. Não me pareceu muito justo. Antes, no café chinês, eu tinha lhe perguntado se ele se considerava um real-visceralista. Sua resposta fora ambígua e extensa. Falara da classe operária, de drogas, de Flores Magón, de algumas figuras de proa da Revolução Mexicana. Depois disse que seus poemas apareceriam na revista que Lima e Belano iriam publicar em breve. E, se não publicarem os meus, podem ir pra puta que os pariu, disse. Não sei por quê, mas tenho a impressão de que a Pancho só interessa ir para a cama com Angélica.

— Tudo bem, Angélica? — María perguntou, quando começaram, calcados nos de ontem, os gemidos de dor.

— Tudo bem, tudo. Pode ir dar uma voltinha?

— Claro — María disse.

Mais uma vez nos instalamos resignadamente junto à mesa de ferro, debaixo da trepadeira. Eu estava, sem motivo aparente, com o coração destroçado. María começou a contar histórias de sua infância e da infância de Angélica, umas histórias decididamente chatas, dava para notar que ela as contava unicamente para matar o tempo e que eu fingia me interessar por elas. O primário, as primeiras festas, a escola preparatória, o amor que ambas sentiam pela poesia, a vontade de viajar, de conhecer outros países, *Lee Harvey Oswald*, onde ambas publicaram, o prêmio Laura Damián que Angélica tinha ganhado... Chegando a esse ponto, não sei por quê, talvez porque María tenha se calado por um momento, quis saber quem tinha sido Laura Damián. Foi pura intuição. María respondeu:

— Uma poeta que morreu muito moça.
— Isso eu sei. Aos vinte anos. Mas quem era? Como é que nunca li nada dela?
— Você leu Lautréamont, García Madero? — María perguntou.
— Não.
— Então é normal que não saiba nada de Laura Damián.
— Eu sei que sou um ignorante, desculpe.
— Não quis dizer isso. Só que você é moço demais. Além disso, o único livro publicado de Laura, *La fuente de las musas*, só existe em edição não comercial. É um livro póstumo, bancado por seus pais, que gostavam muito dela e eram seus primeiros leitores.
— Devem ter muito dinheiro.
— Por que acha isso?
— Se podem bancar do próprio bolso um prêmio anual de poesia, é que têm muito dinheiro.
— Bem, não vamos exagerar. Não deram tanto dinheiro assim a Angélica. Na realidade, o prêmio vale mais pelo prestígio do que pela satisfação econômica que oferece. E o prestígio também não é excessivo. Lembre que é um prêmio que só se concede a poetas com menos de vinte anos.
— A idade que Laura Damián tinha ao morrer. Que mórbido.
— Não é mórbido, é triste.
— E você foi à entrega do prêmio? Os pais entregam o prêmio em pessoa?
— Claro.
— Onde? Na casa deles?

— Não, na faculdade.

— Que faculdade?

— De Filosofia e Letras. Laura estudava lá.

— Caralho, que mórbido.

— Não estou vendo morbidez nenhuma. Acho que mórbido é você, García Madero.

— Sabe de uma coisa? Me incomoda você me chamar de García Madero. É como se eu te chamasse de Font.

— Todo mundo te chama assim, não sei por que eu deveria chamar de outro jeito.

— Bom, deixe pra lá. Conte mais coisas de Laura Damián. Você nunca se candidatou ao prêmio?

— Sim, mas foi Angélica quem ganhou.

— E, antes da Angélica, quem ganhou?

— Uma garota de Aguascalientes que estuda medicina na Unam.

— E antes?

— Antes, ninguém, porque o prêmio não existia. Ano que vem talvez eu torne a me candidatar, talvez não.

— E o que fará com o dinheiro, se ganhar?

— Vou para a Europa, certamente.

Por alguns segundos ficamos ambos em silêncio, María Font pensando em países desconhecidos, e eu pensando em todos os homens desconhecidos que fariam amor com ela sem piedade. Quando dei por isso, tive um sobressalto. Será que eu estava me apaixonando por María?

— Como Laura Damián morreu?

— Atropelada por um carro em Tlalpan. Era filha única, seus pais ficaram arrasados, acho que a mãe até tentou o suicídio. Deve ser triste morrer tão moça.

— Deve ser tristíssimo — eu disse, imaginando María Font nos braços de um inglês de dois metros, quase albino, que lhe enfiava uma língua comprida e rosada entre os lábios finos.

— Sabe a quem você deveria perguntar sobre Laura Damián?

— Não, a quem?

— A Ulises Lima. Era amigo dela.

— Ulises Lima?

— É, quase nunca se separavam, estudavam juntos, iam ao cinema juntos, emprestavam livros um ao outro, sabe, eram muito bons amigos.

— Não sabia — falei.

Ouvimos um barulho vindo da edícula e por um instante ficamos na expectativa.

— Que idade tinha Ulises Lima quando Laura Damián morreu?

María demorou a responder.

— Ulises Lima não se chama Ulises — disse com uma voz rouca.

— Quer dizer que esse é o nome literário dele?

María fez um sinal afirmativo com a cabeça, os olhos perdidos nos intrincados desenhos da trepadeira.

— Como ele se chama, então?

— Alfredo Martínez ou coisa que o valha. Esqueci. Mas, quando o conheci, não se chamava Ulises Lima. Foi Laura Damián quem lhe pôs esse nome.

— Caralho, que notícia!

— Todos diziam que ele estava apaixonado por Laura. Mas acho que nunca foram para a cama juntos. Tenho a impressão de que Laura morreu virgem.

— Aos vinte anos?

— Claro, por que não?

— Bom, se é claro...

— Triste, não é?

— Muito triste. E que idade tinha então Ulises ou Alfredo Martínez?

— Um pouco menos, dezenove ou dezoito.

— A morte de Laura deve ter sido um choque para ele, imagino.

— Ficou doente. Dizem que esteve à beira da morte. Os médicos não sabiam o que ele tinha, só que estava indo para o outro mundo. Fui visitá-lo no hospital, ele estava com o pé na cova. Mas um dia ficou bom e aí acabou tudo, tão misteriosamente quanto havia começado. Depois Ulises largou a universidade e fundou a revista, você a conhece, não é?

— *Lee Harvey Oswald*, sim, conheço — menti. Ato contínuo me perguntei por que, quando estivera na água-furtada de Ulises Lima, não me deixaram ver um número, nem que apenas para folhear.

— Que nome mais horrível para uma revista de poesia.

— Eu gosto, não acho tão ruim assim.
— É de péssimo gosto.
— Que nome você teria posto?
— Não sei. Seção Surrealista Mexicana, talvez.
— Interessante.
— Sabe que foi meu pai que diagramou toda revista?
— Pancho me disse alguma coisa assim.
— É o melhor da revista, o projeto gráfico. Agora todo mundo odeia meu pai.
— Todo mundo? Todos os real-visceralistas? Mas por que o odiariam? Ao contrário.
— Não, não os real-visceralistas, os demais arquitetos de seu estúdio. Suponho que invejem o carisma que ele tem com os jovens. O caso é que não o suportam e agora o estão fazendo pagar caro. Por causa da revista.
— Por causa da *Lee Harvey Oswald*?
— Claro, uma vez que meu pai a compôs no estúdio, agora o responsabilizam por tudo que acontece.
— Mas o que acontece?
— Mil coisas. Está se vendo que você não conhece Ulises Lima.
— Não, não conheço — falei —, mas estou começando a ter uma idéia.
— É uma bomba-relógio... — Maria disse.
Nesse momento me dei conta de que já havia escurecido e que não podíamos nos ver, só nos ouvir.
Ollie, preciso te dizer uma coisa, ainda há pouco menti. Nunca tive a revista nas mãos e morro de vontade de dar uma olhada. Pode me emprestar?
— Claro, posso te dar uma, tenho vários exemplares.
— Pode me emprestar também um livro de Lautréamont?
— Posso, mas este você vai ter que me devolver mesmo, é um dos meus poetas favoritos.
— Prometo — falei.
María entrou na casa grande. Fiquei sozinho no pátio e por um instante me pareceu mentira que lá fora fosse o DF. Depois ouvi vozes na edícula das Font, e uma luz se acendeu. Pensei que fossem Angélica e Pancho, pensei que logo Pancho viria me procurar no pátio, mas não aconteceu nada. Quando María voltou com dois exemplares da revista e com *Os cantos de*

Maldoror, também se deu conta de que as luzes da edícula estavam acesas e por alguns segundos ficou na expectativa. De repente, quando eu menos esperava, ela me perguntou se eu ainda era virgem.

— Não, claro que não — menti pela segunda vez naquela tarde.
— E foi difícil deixar de ser?
— Um pouco — disse, depois de pensar um instante na resposta.

Notei que sua voz estava rouca outra vez.

— Você tem namorada?
— Não, claro que não — disse.
— E com quem fez isso, então? Com uma puta?
— Não, com uma garota de Sonora, que conheci ano passado — disse. — Só nos vimos três dias.
— E não fez com mais ninguém?

Fiquei tentado a lhe contar minha aventura com Brígida, mas decidi que era melhor não.

— Com mais ninguém — disse, e me senti péssimo.

16 de novembro

Telefonei para María Font. Disse a ela que queria vê-la. Supliquei que nos víssemos. Marcamos encontro no café Quito. Ao chegar, por volta das sete, vários caras a acompanham com o olhar, desde o momento em que entra até se sentar à mesa em que a espero.

Está linda. Veste uma blusa oaxaquenha, jeans bem justo e sandálias de couro. Traz a tiracolo uma mochila marrom-escura, com desenhos de cavalinhos de cor creme nas bordas, cheia de livros e papéis.

Pedi-lhe que lesse um poema para mim.

— Não seja chato, García Madero — ela disse.

Não sei por quê, sua resposta me entristeceu. Eu tinha, creio, uma necessidade física de ouvir seus poemas. Mas talvez o ambiente não fosse o mais indicado, o café Quito é um fervedouro de vozes, gritos, risos. Devolvi a ela o livro de Lautréamont.

— Leu? — María perguntou.
— Claro — respondi — , nem dormi de noite, lendo. Também li a *Lee Harvey Oswald*, é uma revista estupenda, pena que não seja mais publicada. Adorei seus textos.

— E ainda não foi para a cama?

— Ainda não, mas me sinto bem, superacordado.

María Font me olhou nos olhos e sorriu. Uma garçonete se aproximou e lhe perguntou o que iria tomar. Nada, María disse, já vamos embora. Na rua lhe perguntei se tinha alguma coisa para fazer, e ela me disse que nada, só que o café Quito não lhe agradava. Andamos pela Bucareli até o Paseo de la Reforma, nós o atravessamos e seguimos pela avenida Guerrero.

— Este é o bairro das putas — María disse.

— Não sabia — eu disse.

— Me dê o braço, não quero que me confundam.

A verdade é que de início não notei nenhum sinal que distinguisse aquela rua das que acabávamos de deixar para trás. O movimento era igualmente denso, e a multidão que circulava pelas calçadas em nada se diferenciava da que fluía pela Bucareli. Mas depois (talvez influenciado pela advertência de María) fui percebendo algumas diferenças. Para começar, a iluminação. A iluminação pública da Bucareli é branca, na avenida Guerrero era mais para uma tonalidade ambarina. Os automóveis: na Bucareli era raro encontrar um carro parado junto à calçada, na Guerrero abundavam. Os bares e cafeterias na Bucareli eram abertos e luminosos, na Guerrero, apesar de abundantes, pareciam voltados para si mesmos, sem vidraças para a rua, secretos ou discretos. Para terminar, a música. Na Bucareli não existia, tudo era barulho de máquinas ou de pessoas, na Guerrero, à medida que a gente se embrenhava nela, principalmente entre as esquinas de Violeta e Magnolia, a música tomava conta da rua, a música que saía dos bares e dos carros parados, que saía dos rádios portáteis e que caía das janelas iluminadas dos edifícios de fachada escura.

— Gosto desta rua, um dia ainda vou morar aqui — María disse.

Um grupo de putinhas adolescentes estava parado junto de um velho Cadillac estacionado no meio-fio. María parou e cumprimentou uma delas:

— Oi, Lupe, que bom ver você.

Lupe era muito magra e tinha cabelos curtos. Ela me pareceu tão bonita quanto María.

— María! Nossa, mana, quanto tempo! — exclamou, depois lhe deu um abraço.

As que acompanhavam Lupe continuaram encostadas no capô do Cadillac. Os olhos delas pousaram em María e a escrutaram parcimoniosamente. Para mim mal olharam.

— Achei que você tinha morrido — María disse de repente. A brutalidade da afirmação me deixou gelado. A delicadeza de María tem essas crateras.

— Estou vivíssima. Mas quase, quase. Não é, Carmencita?

A tal Carmencita fez *"iche"* e continuou estudando María.

— Quem largou a vida foi Gloria, você conheceu ela, né? Puta decepção, mana, mas ninguém gostava daquela dona mesmo.

— Não, não a conheci — María disse com um sorriso nos lábios.

— Os homens levaram ela — Carmencita explicou.

— Alguém fez alguma coisa? — María perguntou.

— Xongas — Carmencita disse. — Pra quê? A dona tava piradinha com suas histórias secretas. Pentelhava todo mundo, então nem pensar.

— Que triste — María disse.

— E você, como vai na universidade? — Lupe perguntou.

— Mais ou menos — María disse.

— Aquele cara ainda tá de olho em você?

María riu e olhou para mim.

— A colega aqui é dançarina — Lupe disse às amigas. — A gente se conheceu na Dança Moderna, aquela escola que fica na Donceles.

— Vai tirar chinfra pra cima de outra! — Carmencita falou.

— É verdade, Lupe era da Escola de Dança, sim — María disse.

— E por que é que agora pega homem? — perguntou uma que até esse momento não havia falado, a mais baixinha de todas, quase anã.

María olhou para ela e deu de ombros.

— Não quer tomar um café com leite com a gente? — perguntou.

Lupe consultou o relógio no pulso direito, depois olhou para as amigas.

— É que estou trabalhando.

— Rapidinho, depois você volta — María disse.

— À merda o trabalho, volto já — Lupe disse e saiu andando com María. Eu as segui.

Viramos à esquerda na Magnolia, até a avenida Jesús García. Depois rumamos outra vez para o sul, até Héroes Revolucionarios Ferrocarrileros, onde nos metemos numa cafeteria.

— É esse cara que é a sua transa agora? — ouvi Lupe perguntar a María. María riu novamente.

— É só um amigo — respondeu; e para mim: — Se o cafifa da Lupe aparecer por aqui, você vai ter que defender nós duas, García Madero.

Pensei que era gozação. Depois pensei na possibilidade de que falasse a sério e a situação me pareceu francamente interessante. Naquele momento eu não imaginava outro incidente melhor para ficar bem diante dos olhos de María. Eu me sentia feliz, com a noite inteira à nossa disposição.

— Meu macho é um grosso — Lupe disse. — Não gosta que eu ande por aí com desconhecidos. — Era a primeira vez que ela falava olhando diretamente para mim.

— Mas eu não sou uma desconhecida — María disse.

— Não, mana, você não.

— Sabe como conheci Lupe? — María perguntou.

— Não tenho a menor idéia — respondi.

— Na Escola de Dança. Lupe era namorada de Paco Duarte, o dançarino espanhol. O diretor da escola.

— Ia vê-lo uma vez por semana — Lupe disse.

— Não sabia que você aprendia dança — comentei.

— Eu não aprendo nada, só ia lá pra trepar — Lupe disse.

— Não estava me referindo a você, mas a María.

— Desde os catorze anos — María disse. — Muito tarde para ser uma boa dançarina. O que é que eu posso fazer...

— Mas você dança superbem, mana. Superesquisito, mas lá todos são meio doidões. Você já viu María dançar? — Respondi que não. — Ficaria louco com ela.

María fez um gesto negativo com a cabeça. Quando a garçonete apareceu, pedimos três cafés com leite, e Lupe pediu também um sanduíche de queijo sem feijão.

— Não digiro direito — explicou.

— Como está seu estômago? — María perguntou.

— Mais ou menos. Às vezes dói muito, outras vezes até esqueço que existe. São os nervos. Quando não agüento mais, puxo um fuminho e pronto. E você? Não vai mais à Escola de Dança?

— Menos que antes — María disse.

— Esta garota me deu o maior flagra uma vez, no escritório do Paco Duarte — Lupe contou.

— Tive um frouxo de riso que quase morri — María disse. — Não sei por que caí na gargalhada. Vai ver que eu também estava apaixonada pelo Paco e, na verdade, tive um ataque histérico.

— Quer saber, não acredito, mana, aquele pinta não é seu tipo.

— E o que você tinha com o tal Paco Duarte? — perguntei.

— Pra dizer a verdade, nada. Eu o conhecia de uma vez na avenida e, como ele não podia ir lá, nem eu na casa dele, ele é casado com uma gringa, eu ia vê-lo na Escola de Dança. Mas acho que era disso que o sacana gostava. De me comer no escritório dele.

— E o seu cafifa deixava você se aventurar tão longe da sua área? — perguntei.

— E você lá sabe qual é minha área, cara? Você lá sabe se tenho cafifa ou não?

— Calma, desculpe se eu a ofendi, mas é que María disse agorinha mesmo que o seu cafifa era um cara violento, não disse?

— Eu não tenho cafetão nenhum, carinha. Tá pensando o quê? Que só por estar conversando comigo já pode me insultar?

— Calma, Lupe, ninguém está insultando você — María disse.

— Esse babaca insultou meu homem — Lupe disse. — Se por acaso ele o ouvir, ele fode com você, carinha, acaba com sua raça num instantinho. Garanto que você ia gostar da rola do meu homem.

— Ei, não sou homossexual.

— Os amigos de María são todos veados, é bem sabido.

— Lupe, não fale mal dos meus amigos. Quando ela ficou doente — María disse para mim —, eu e Ernesto a levamos para o hospital, para que tratassem dela. Tem gente que logo esquece o que se faz por ela.

— Ernesto San Epifanio? — perguntei.

— É — María confirmou.

— Ele também aprende dança?

— Aprendia — María respondeu.

— Ai, Ernesto, que boas lembranças tenho dele. Lembro que ele sozinho me levantou e me enfiou correndo num táxi. Ernesto é veado — Lupe me explicou —, mas é forte.

— Não foi o Ernesto que botou você no táxi, sua sacana, fui eu — María disse.

— Naquela noite achei que iria morrer — Lupe disse. — Estava ótima e de repente fiquei enjoada, vomitando sangue. Cubos de sangue. Acho que, no fundo, não teria ligado se morresse. A única coisa que fazia era me lembrar do meu filho, da promessa quebrada e da Virgem de Guadalupe. Tinha enchido a cara até sair do ar, pouco a pouco, e, como não me sentia bem, a anã que você viu agorinha mesmo me ofereceu uma carreirinha. Dei azar. A cheirosa devia estar batizada, ou eu é que já estava muito mal, o caso é que comecei a morrer num banco da praça San Fernando, e foi aí que apareceu minha camaradinha aqui e o amigo dela, a bicha angelical.

— Você tem um filho, Lupe?

— Meu filho morreu — Lupe disse, olhando fixamente nos meus olhos.

— Mas então qual a sua idade?

Lupe sorriu. Seu sorriso era grande e bonito.

— Que idade você me dá?

Preferi não me arriscar e não disse nada. María passou a mão pelo ombro dela. Ambas se entreolharam e sorriram, ou piscaram o olho, não sei.

— Um ano menos que María. Dezoito.

— Nós duas somos de Leão — María disse.

— E você? Qual o seu signo? — Lupe perguntou.

— Não sei, para dizer a verdade nunca me preocupei com isso.

— Então você é o único mexicano que não sabe o próprio signo — Lupe disse.

— Em que mês você nasceu, García Madero? — María perguntou.

— Em janeiro, seis de janeiro.

— Você é de Capricórnio, que nem Ulises Lima.

— O famoso Ulises Lima? — Lupe quis saber.

Eu lhe perguntei se o conhecia. Tinha medo que me dissessem que Ulises Lima também freqüentava a Escola de Dança. Vi a mim mesmo, durante uma microfração de segundo, dançando na ponta dos pés num ginásio vazio! Mas Lupe disse que conhecia só de ouvir falar, que María e Ernesto San Epifanio viviam falando dele.

Depois Lupe começou a falar do filho morto. O bebê morrera com quatro meses. Tinha nascido doente, e Lupe havia prometido à Virgem que deixaria a rua se seu filho ficasse bom. Durante os três primeiros meses manteve a promessa, e a criança, segundo ela, pareceu melhorar. Mas no quarto mês precisou voltar a rodar bolsinha, e o menino morreu. A Virgem o tirou de mim, porque quebrei minha jura. Naquela época, Lupe morava num edifício da Paraguay, perto da praça de Santa Catarina, e deixava o filho com uma velha, que cuidava dele de noite. Certa manhã, voltando para casa, alguém lhe contou que seu filho tinha morrido. Foi assim, Lupe disse.

— Não é culpa sua, não seja supersticiosa — María disse.

— Como que não é minha? Quem foi que quebrou a promessa? Quem disse que iria deixar esta vida, e não cumpriu o prometido?

— E por que então a Virgem não a matou, em vez de matar seu filho?

— A Virgem não matou meu filho — Lupe rebateu. — Ela o levou embora, o que é bem diferente, mana. A mim ela castigou com a falta dele, e ele, ela levou para uma vida melhor.

— Ah, bom, se é assim que você vê a coisa, não tem problema, né?

— Claro, assim fica tudo solucionado — eu disse. — E quando vocês se conheceram? Antes ou depois do menino?

— Depois — María respondeu. — Quando esta aqui ia doidona pela vida. Acho que você queria morrer, Lupe.

— Se não fosse pelo Alberto, eu teria esticado a canela — Lupe suspirou.

— Alberto é o seu... namorado, imagino — falei. — Conhece ele? — perguntei a María, e ela fez um gesto positivo com a cabeça.

— É o cafetão dela — María disse.

— É, mas a dele é muito maior que a do seu amiguinho — Lupe disse.

— Não está falando de mim, está?

María riu.

— Claro que está falando de você, seu bocó — disse.

Fiquei todo vermelho, depois caí na risada. María e Lupe também riram.

— Qual o tamanho da do Alberto? — María perguntou.

— Do tamanho da faca dele.

— E qual o tamanho da faca? — María perguntou.

— Deste.

— Não exagere — eu disse, se bem que melhor teria sido mudar de assunto. Para tentar remediar o irremediável, falei: — Não existe faca tão grande assim — eu me senti pior.

— Ai, mana, e como é que você pode se sentir em segurança com essa faca? — María perguntou.

— Ele tem a faca desde os quinze anos, quem deu pra ele foi uma puta da Bondojo, uma grinfa que já empacotou.

— Mas você mediu o pirulito com a faca ou falou isso só por falar?

— Uma faca grande assim é um trambolho — insisti.

— Ele é que mede, eu não preciso medir pirulito nenhum, tô pouco me lixando, ele é que mede, e mede o tempo todo, uma vez por dia, no mínimo, diz que é pra ver se não encolheu.

— Ele tem medo que o bilau encurte? — María perguntou.

— Alberto não tem medo de porra nenhuma, é um truta à vera.

— Então por que esse negócio da faca? Juro que não entendo — María disse. — E nunca, por acaso, cortou o pinto com ela?

— Uma vez ou outra, mas de propósito. Ele maneja a faca muito bem.

— Quer dizer que seu namorado cafifa às vezes faz cortes no pênis por gosto? — María perguntou.

— Isso mesmo.

— Não posso acreditar.

— Mas é verdade. De repente acontece, não todos os dias, né? Só quando está nervoso ou muito pau da vida. Mas medir, só medir mesmo, quase sempre. Ele diz que é bom pra sua macheza. Diz que é um costume que aprendeu em cana.

— Esse cara deve ser um psicopata — María disse.

— Você é que é delicada demais, mana, e não entende dessas coisas. Que mal tem, pergunto eu? Todos os caras estão sempre medindo o pau. O meu mede à vera. E com uma faca. Além do mais, essa faca quem deu de presente pra ele foi sua primeira mina, que foi uma mãe pra ele.

— E é verdade que o pau dele é tão grande assim?

María e Lupe caíram na gargalhada. A imagem de Alberto foi se ampliando e adquirindo um caráter ameaçador. Não desejei mais nem que ele aparecesse por ali, nem defender heroicamente as garotas.

— Uma vez, num puteiro de Azcapotzalco, fizeram um torneio de boquete, e tinha uma coroa lá que ganhava todas. Não havia quem fosse capaz de engolir as picas que aquela veterana engolia, inteirinhas. Então Alberto levantou da mesa onde estávamos e disse esperem um instantinho que vou resolver um negócio. Os que estavam na nossa mesa disseram já liquidou o assunto, Alberto, dá pra ver que o conheciam. Eu soube mentalmente que a pobre coroa tinha sifu. Alberto se plantou no meio da pista, sacou o pirocaço, botou o bicho em posição de combate com dois ou três tapinhas e o enfiou na boca da campeã. Ela era dura na queda mesmo, e encarou a parada. Começou a engolir o pau bem devagarinho entre as exclamações de assombro. Então Alberto a agarrou pelas orelhas e enfiou a pemba inteira. Tá esperando o quê?, disse, e todo mundo caiu na gargalhada. Nos primeiros segundos a coroa pareceu que ia agüentar, mas logo engasgou e começou a sufocar...

— Caralho, que animal, o seu Alberto — falei.

— E aí, o que aconteceu? — María perguntou.

— Nada. A coroa começou a dar porrada no Alberto, a tentar se livrar dele, e o Alberto ria, ria, e lhe dizia oa, égua, oa, égua, como se estivesse montado numa égua chucra, tá me entendendo?

— Claro, como se estivesse num rodeio — falei.

— Eu não gostei daquilo e berrei pare, Alberto, você vai arrebentar com ela. Mas acho que ele nem me escutou. Enquanto isso, a cara da coroa ficava cada vez mais congestionada, vermelha, os olhos arregalados (quando chupava as picas, fechava os olhos), e empurrava Alberto pelas virilhas, sacudia o Alberto desde os bolsos da calça até o cinto, vamos dizer. À toa, claro, porque a cada sacudida que ela dava pra se soltar, o Alberto dava um puxão nas orelhas dela pra impedir. E ele estava louco pra ganhar, dava pra ver de cara.

— Por que ela não mordeu o cacete dele? — María perguntou.

— Porque era uma farra de amigos. Se tivesse feito isso, Alberto a teria matado.

— Você está piradete, Lupe — María disse.

— Você também, estamos todas piradas, não estamos?

María e Lupe deram uma gargalhada. Eu quis saber o fim da história.

— Não aconteceu nada — Lupe disse. — A velha não agüentou mais e vomitou feito uma condenada.

— E o Alberto?

— Desceu do bonde andando um pouco antes, claro. Viu que ia

esporrar e não quis manchar a calça. Deu um pulo que nem de tigre, só que pra trás, de modo que não caiu nem uma gotinha nele. O pessoal aplaudiu até queimar as mãos.

— E você está apaixonada por esse energúmeno? — María perguntou.

— Apaixonada, apaixonada mesmo, não sei. Gosto pacas dele, isso sim. Você também gostaria, se estivesse no meu lugar.

— Eu? Está louca.

— Ele é muito macho — Lupe disse com um olhar perdido para além da vidraça —, essa é que é a verdade. E me entende melhor que ninguém.

— Ele te explora melhor que ninguém, é o que você quer dizer — María rebateu se jogando para trás e batendo na mesa com as mãos. Com a porrada, as xícaras pularam.

— Calminha, não fique assim, mana.

— É verdade, não fique assim, ela tem direito de fazer o que quiser da vida dela — eu disse.

— Você não se meta, García Madero, você está enxergando essas coisas de fora, não entende porra nenhuma do que estamos falando.

— Você também enxerga de fora. Caralho, você mora com seus pais, você não é puta, desculpe, Lupe, não falei para ofender.

— Eu sei, você não me ofende não, carinha — Lupe disse.

— Cale a boca, García Madero — María falou.

Obedeci. Por um instante nós três ficamos em silêncio. Depois María começou a falar do Movimento Feminista e citou Gertrude Stein, Remedios Varo, Leonora Carrington, Alice B. Toklas (tocá-las até gozar, Lupe disse, mas María não deu bola), Unica Zurn, Joyce Mansour, Marianne Moore e outras de cujo nome não me lembro mais. As feministas do século XX, imagino. Também citou sor Juana Inés de la Cruz.

— Esta é uma poeta mexicana — expliquei.

— E freira também, eu sei — Lupe disse.

17 de novembro
Hoje fui à casa das Font sem Pancho. (Não posso andar pendurado no Pancho o dia todo.) Mas ao chegar comecei a me sentir nervoso. Pensei que o pai de María fosse me enxotar a porradas, que eu não saberia como tratá-lo, que ele pularia em cima de mim. Não tive coragem de tocar a campainha

e por um tempo fiquei dando voltas pelo bairro pensando em María, em Angélica, em Lupe e na poesia. Também, sem querer, comecei a pensar na minha tia, no meu tio, no que até agora era a minha vida. Eu a vi prazerosa e vazia, e soube que nunca mais voltaria a ser assim. Alegrei-me profundamente com isso. Depois, a bom passo voltei caminhando até a casa das Font e toquei a campainha. O senhor Font apareceu na porta e de lá me fez um sinal, como que me dizendo não vá embora, espere um pouco, já vou abrir. Depois desapareceu, mas a porta só ficou entreaberta. Passado um momento, tornou a aparecer e atravessou o jardim arregaçando a manga da camisa, com um largo sorriso no rosto. A verdade é que o achei bem melhor. Abriu a porta para mim, disse você é o García Madero, não é?, e me estendeu a mão. Eu lhe disse como vai o senhor, e ele falou me chame de Quim, nada de senhor, nesta casa não se usam esses formalismos. No início não entendi como queria que eu o chamasse e perguntei Kim? (li Rudyard Kipling), mas ele respondeu não, Quim, diminutivo de Joaquín em catalão.

— Então, tá bom, Quim — falei com um sorriso de alívio, de alegria até. — Eu me chamo Juan.

— Não, é melhor eu continuar chamando você de García Madero. Todos te chamam assim — ele disse.

Depois me acompanhou ao longo de um trecho pelo jardim (ele me levava pelo braço) e, antes de me largar, disse que María tinha lhe contado o que havia acontecido ontem.

— Eu lhe agradeço, García Madero — disse. — Jovens como você há poucos. Este país está se afundando na merda e não sei como vamos resolver isso.

— Fiz o que qualquer um teria feito — respondi, meio sem saber o que dizer.

— Até os jovens, que, em tese, são a esperança de mudança, estão virando todos uns maconheiros que não saem da zona. Isso não tem jeito, isso só se conserta com a revolução.

— Estou totalmente de acordo, Quim — falei.

— Segundo minha filha, você se comportou como um cavalheiro.
Encolhi os ombros.

— Ela tem umas amizades que nem te conto, você vai conhecer — ele disse. — Em parte, não me incomoda. A gente precisa conhecer pessoas de todas as classes, às vezes é necessário se ensopar de realidade, não é? Acho que foi Alfonso Reyes que disse isso, pode ser, não tem importância. Mas às vezes María se excede, não acha? Eu não a critico por isso, que se ensope de realidade, mas só se *ensope*, não se *arrisque*, não é? Porque, se você se ensopa demais, se arrisca a se tornar *vítima*, não sei se acompanha meu raciocínio.

— Acompanho, sim — falei.

— Vítima da *realidade*, principalmente se você tem amigos ou amigas, como diria, magnéticos, não é? Gente que inocentemente atrai as desgraças ou que atrai os *carrascos*. Está me acompanhando, não é, García Madero?

— Claro que sim.

— Por exemplo, essa Lupe, a mocinha com quem vocês estiveram ontem. Eu também a conheço, não se iluda, esteve aqui em casa, comendo conosco e dormindo, uma noite ou duas, não vou exagerar, não tem nada uma noite ou duas, mas é que essa moça tem *problemas*, não é? Atrai os problemas, era a alguém assim que eu me referia quando falava de gente magnética.

— Entendo — eu disse. — São como um ímã.

— Exatamente. E neste caso o que o ímã atrai é uma coisa ruim, muito ruim, mas, por ser muito moça, María nem se dá conta e não vê o perigo, não é? O que ela quer é fazer o *bem*. Fazer o bem para os que necessitam, sem se preocupar com os riscos que isso acarreta. Numa palavra, minha pobre filha quer que a amiga dela, ou a conhecida dela, abandone a vida que leva.

— Estou percebendo aonde o senhor, quer dizer, você, Quim, quer chegar.

— Está percebendo aonde quero chegar? E aonde eu quero chegar?

— Está falando do cafetão da Lupe.

— Muito bem, García Madero, esse é o ponto. O cafetão de Lupe. Porque para ele, me diga, o que é a Lupe? Seu meio de vida, seu trabalho, seu escritório, numa palavra, seu emprego. E o que faz um empregado quando fica sem emprego, hem? Diga, o que faz.

— Fica com raiva.

— Fica com uma raiva *enorme*. E de quem vai ficar com raiva? De quem lhe fez perder o emprego, disso não há dúvida, não vai ficar com raiva do vizinho, embora possa ficar também, mas em primeiro lugar vai ficar com raiva de quem o deixou sem seu ganha-pão, claro. E quem é que está lhe puxando o tapete para que fique sem seu ganha-pão? Minha filha, ora. Então, ele vai ficar com raiva de quem? Da minha filha, ora. E, de passagem, da família dela, você sabe como é essa gente, as vinganças costumam ser horrorosas e indiscriminadas. Há noites, juro, que tenho pesadelos horríveis — riu um pouco, olhando para o gramado, como se se lembrasse dos pesadelos —, de deixar o mais peitudo de cabelo em pé. Às vezes sonho que estou numa cidade que é a Cidade do México, mas que ao mesmo tempo não é a do México. Quer dizer, uma cidade desconhecida, mas a conheço de outros sonhos. Não estou te chateando?

— Claro que não, que idéia.

— Como eu ia dizendo, é uma cidade vagamente desconhecida e vagamente conhecida. E dou voltas por ruas intermináveis tentando achar um hotel ou uma pensão em que queiram me hospedar. Mas não encontro nada. Só encontro um mudo nojento. E o pior de tudo é que está entardecendo, e sei que, quando a noite cair, minha vida não vai valer nada, não é? Vou estar, como se diz, à mercê das forças da natureza. É terrível esse sonho — acrescentou, pensativo.

— Bem, Quim, vou ver se as meninas estão.

— Claro — ele disse, mas sem soltar meu braço.

— Depois eu passo para me despedir — falei, só para dizer alguma coisa.

— Gostei muito do que você fez ontem, García Madero. Gostei que tenha cuidado de María e que não se animasse diante de tantas putas.

— Que é isso, Quim, só tinha Lupe... E as amigas das minhas amigas são minhas amigas — afirmei, enrubescendo até a ponta da orelha.

— Bem, vá visitar as meninas, acho que estão com outro convidado, aquele quarto é mais concorrido do que... — não achou a comparação e riu.

Afastei-me dele o mais depressa que pude.

Quando estava a ponto de entrar no pátio, eu me virei. Quim Font continuava lá, rindo baixinho e olhando para as magnólias.

18 de novembro
Voltei hoje à casa das Font. Quim veio abrir e me deu um abraço. Na

edícula encontrei María, Angélica e Ernesto San Epifanio. Os três estavam sentados na cama de Angélica. Quando entrei, juntaram inconscientemente seus corpos, como para me impedir de ver o que compartilhavam. Acho que esperavam Pancho. Ao se darem conta de que era eu quem chegava, seus rostos relaxaram.

— Você deveria se acostumar a trancar a porta à chave — Angélica disse. — Assim não levaríamos esses sustos.

Ao contrário do rosto de María, o de Angélica é muito branco, mas com uma tonalidade que eu não saberia dizer se olivácea ou rosada, creio que olivácea, com os pômulos salientes, a testa ampla e os lábios mais volumosos que os da irmã. Ao vê-la, melhor dizendo, ao ver que ela olhava para mim (das outras vezes que estivera lá na verdade ela *nem* olhara para mim), senti que uma mão de dedos compridos e finos, mas ao mesmo tempo muito forte, se fechava sobre meu coração, imagem que certamente não agradaria a Lima e a Belano, mas que cai como uma luva no que senti então.

— Não fui a última a entrar — María disse.

— Foi a última, sim. — O tom de Angélica era seguro, quase autoritário, e por um momento pensei que parecia ser a irmã mais velha, e não a mais moça. — Passe o trinco na porta e se sente em algum lugar — ela me ordenou.

Fiz o que me disseram. As cortinas da edícula estavam corridas, e a luz que entrava era verde com estrias amarelas. Sentei-me numa cadeira de madeira, junto a uma das estantes, e perguntei o que estavam vendo. Ernesto San Epifanio ergueu o rosto e me estudou por alguns segundos.

— Não foi você que tomou nota dos livros que eu carregava outro dia?

— Foi. Brian Patten, Adrian Henri e outro que agora não lembro.

— *The lost fire brigade*, de Spike Hawkins.

— Esse mesmo.

— Já comprou? — O tom era ligeiramente sarcástico.

— Ainda não, mas vou comprar.

— Vai precisar ir a uma livraria especializada em literatura inglesa. Nas livrarias normais da cidade você não vai encontrar.

— Sim, sim, Ulises me falou de uma livraria a que vocês vão.

— Ai, Ulises Lima — San Epifanio disse, acentuando bem os is. — Na certa vai te mandar à livraria Baudelaire, onde há muita poesia *francesa*, e pouca poesia *inglesa*... E quem somos nós?

— Nós? Nós quem? — perguntei surpreso. As irmãs Font continuavam se olhando e trocando uns objetos que eu não podia ver. De vez em quando riam. O riso de Angélica era como um manancial.

— Os usuários da livraria.

— Ah, os real-visceralistas, claro.

— Não me faça rir. Nesse grupo só quem lê é Ulises e seu amiguinho chileno. Os outros são um bando de analfabetos funcionais. Parece que só o que fazem nas livrarias é roubar livros.

— Mas depois provavelmente os lêem, não? — concluí meio irritado.

— Não, você está enganado, depois dão de presente a Ulises e a Belano. Estes dois lêem, contam para eles, e eles saem por aí se gabando de terem lido Queneau, por exemplo, quando a verdade é que se limitaram a *roubar* um livro de Queneau, não a lê-lo.

— Belano é chileno? — perguntei, tratando de desviar a conversa para outro tema e porque, além do mais, sinceramente, eu não sabia.

— Não tinha dado por isso? — María disse sem erguer os olhos do que estava vendo.

— Sim, notei um sotaque um pouco diferente, mas achei que talvez fosse, sei lá, tamaulipeco ou iucateco...

— Achou que parecia iucateco? Ai, García Madero, bendita inocência. Achou que Belano parecia iucateco — San Epifanio disse às Font, e os três caíram na risada.

Eu também ri.

— Não parece iucateco, mas poderia ser — falei. — Além do mais, não sou um especialista em iucatecos.

— Pois não é iucateco. É chileno.

— E faz tempo que vive no México? — perguntei só para dizer alguma coisa.

— Desde o putsch do Pinochet — María respondeu sem erguer a cabeça.

— Desde muito antes do golpe — San Epifanio disse. — Eu o conheci em 1971. Mas depois ele voltou para o Chile, e, quando ocorreu o golpe, ele veio de novo para o México.

— Mas nós duas não te conhecíamos até então — Angélica disse.

— Belano e eu fomos muito amigos nessa época — San Epifanio disse.

— Tínhamos dezoito anos e éramos os poetas mais moços da rua Bucareli.

— Posso saber o que estão vendo? — perguntei.

— Umas fotos minhas. É possível que não lhe agradem, mas se quiser pode vê-las também.

— Você é fotógrafo? — perguntei ao me levantar e ir até a cama.

— Não, sou só poeta — San Epifanio respondeu, abrindo um lugar para mim. — A poesia já mais do que me basta, mas um dia vou cometer a vulgaridade de escrever uns contos.

— Tome — Angélica me passou um montinho de fotos já vistas por elas —, precisa vê-las seguindo uma ordem cronológica.

Havia ali umas cinqüenta ou sessenta fotos. Todas tiradas com flash. Todas eram do interior de um cômodo, certamente um quarto de hotel, menos duas, em que se via uma rua noturna, mal iluminada, e um Mustang vermelho com algumas pessoas dentro. O rosto dos que se encontravam no Mustang estavam borrados. O resto das fotos mostrava um rapaz de uns dezesseis ou dezessete anos, mas pode ser que só tivesse quinze, louro, de cabelos curtos, uma garota talvez dois ou três anos mais velha e Ernesto San Epifanio. Sem dúvida havia uma quarta pessoa, a que tirava as fotos, mas essa nunca aparecia. As primeiras fotos eram do rapaz louro, vestido e, depois, paulatinamente com menos roupa. A partir da foto número quinze aparecia San Epifanio e a moça. San Epifanio vestia uma jaqueta roxa. A garota, um elegante vestido de festa.

— Quem é ele? — perguntei.

— Cale a boca, veja as fotos e depois pergunte — Angélica disse.

— É meu amor — San Epifanio disse.

— Ah. E ela?

— É a irmã mais velha dele.

Lá pela foto número vinte o rapaz louro começava a se vestir com a roupa da irmã. A moça, que não era tão loura e parecia um pouco gordinha, fazia gestos obscenos para o desconhecido que os fotografava. San Epifanio, pelo contrário, mantinha-se, ao menos nas primeiras fotos, senhor de si, sorridente mas sério, sentado numa poltrona de couro sintético ou na beira da cama. Tudo isso, porém, não era mais que ilusão, pois, a partir da foto trinta ou trinta e cinco, San Epifanio também se despia (de pernas compridas e braços compridos, seu corpo parecia excessivamente magro, esquelético, muito mais do que realmente era). As fotos seguintes mostravam San Epifanio beijando o pescoço do adolescente louro, seus lábios, seus olhos, suas costas, seu cacete erguido a meio pau, seu pau duro (por sinal, um pau notável num rapaz de aparência tão delicada), ante o sempre atento olhar da irmã, que às vezes aparecia de corpo inteiro, às vezes só se via parte de sua anatomia (um braço e meio, a mão, alguns dedos, a metade do rosto), e até, em certas ocasiões, apenas sua sombra projetada na parede. Devo confessar que nunca na vida tinha visto nada parecido. Ninguém, é claro, tinha me avisado que San Epifanio era homossexual. (Só Lupe, mas Lupe também dissera que eu era homossexual.) De modo que tratei de não exteriorizar meus sentimentos (que eram, no mínimo, confusos) e continuei olhando. Como eu temia, as fotos seguintes mostravam o leitor de Brian Patten enrabando o adolescente louro. Senti que corava e de repente me dei conta de que não sabia como, de que maneira, iria olhar para as Font e para San Epifanio quando terminasse o exame das fotos. O rosto do rapaz enrabado se contorcia numa careta que supus de prazer e de dor. (Ou de teatro, mas isso só pensei bem mais tarde.) O rosto de San Epifanio parecia por instantes se aguçar, como uma lâmina de barbear ou uma faca intensamente iluminada. E o rosto da irmã observadora passava por todas as fases gestuais possíveis, desde uma alegria brutal até a mais profunda melancolia. Nas últimas fotos se viam, em diferentes poses, os três deitados na cama, fingindo dormir ou sorrindo para o fotógrafo.

— Coitado desse cara, parece que está aí à força — comentei para provocar San Epifanio.

— À força? A idéia foi dele. É um pervertidinho.

— Mas você gosta dele com toda sua alma — Angélica disse.

— Gosto dele com toda minha alma, mas coisas demais nos separam.

— Tipo o quê? — Angélica perguntou.

— O dinheiro, por exemplo, eu sou pobre, e ele é um garoto rico e mimado, acostumado com luxo, viagens, com o fato de não lhe faltar absolutamente nada.

— Pois aqui não parece nem rico nem mimado, há fotos verdadeiramente sinistras — falei, num ímpeto de sinceridade.

— A família dele tem muito dinheiro — San Epifanio disse.

— Então poderiam ter ido a um hotel um pouco melhor, a iluminação é de filme de Santo.

— Ele é filho do embaixador de Honduras — San Epifanio disse ao me lançar uma olhada funesta. — Mas não conte isso a ninguém — acrescentou em seguida, arrependido por ter me confessado seu segredo.

Devolvi o maço de fotos, que San Epifanio guardou no bolso. A poucos centímetros de meu braço esquerdo estava o braço nu de Angélica. Tomei coragem e a olhei no rosto. Ela também me olhava. Acho que enrubesci ligeiramente. Eu me senti feliz. Estraguei tudo na hora.

— Pancho não apareceu hoje? — perguntei feito um imbecil.

— Ainda não — Angélica respondeu. — O que achou das fotos?

— Fortes — falei.

— Só fortes? — San Epifanio se levantou e foi se sentar na cadeira de madeira onde eu antes estivera. Dali me observou com um de seus sorrisos afiados.

— Bem: têm sua poesia. Mas, se eu te dissesse que me pareceram poéticas, estaria mentindo. São fotos estranhas. Eu diria que é pornografia. Não num sentido pejorativo, mas acho que é pornografia.

— Todo mundo tende a classificar as coisas que escapam à sua compreensão — San Epifanio disse. — As fotos o excitaram?

— Não — respondi com veemência, se bem que na verdade eu não estivesse nada seguro. — Não me excitaram, mas não me desagradaram.

— Então não é pornografia. Para você, em todo caso, não deveria ser.

— Mas gostei — admiti.

— Então diga somente isso: você gostou, não sabe por que gostou, mas isso não tem maior importância, ponto final.

— Quem é o fotógrafo? — María perguntou.

San Epifanio olhou para Angélica e riu.

— Isso sim é segredo. A pessoa me fez jurar que eu não diria a ninguém.

— Mas a idéia foi de Billy, que importância tem quem foi o fotógrafo? — Angélica disse.

Quer dizer que o filho do embaixador de Honduras se chama Billy; muito apropriado, pensei.

Depois, não sei por quê, desconfiei que as fotos tinham sido tiradas por Ulises Lima. E ato contínuo pensei na nacionalidade de Belano, novidade para mim. Depois fiquei olhando para Angélica, mas sem que ela percebesse muito, principalmente quando ela não olhava para mim, a cabeça metida num livro de poesia (*Les lieux de la douleur*, de Eugène Savitzkaya), do qual só emergia para intervir na conversa agora travada por María e San Epifanio sobre a arte erótica. Depois tornei a pensar na possibilidade de as fotos terem sido tiradas por Ulises Lima e me lembrei também do que ouvira no café Quito, que Lima traficava drogas, e, se traficava drogas, o que era quase um fato, pensei, também poderia traficar outras coisas. E nisso eu estava quando apareceu Barrios, de braços dados com uma americana muito simpática (estava sempre sorrindo), chamada Barbara Patterson, e uma poetisa que eu não conhecia, chamada Silvia Moreno; então começamos todos a fumar marijuana.

Bem mais tarde, lembro vagamente (não pelo efeito da *mota*, que mal senti), alguém tornou a puxar o assunto da nacionalidade de Belano, talvez eu, não sei, e todos começaram a falar dele, quer dizer, a falar mal dele, menos María e eu, que em determinado momento como que nos distanciamos do grupo, física e espiritualmente, mas mesmo de longe (talvez por efeito da *mota*) eu ainda continuava ouvindo o que diziam. Também falavam de Lima, das viagens dele pelo Estado de Guerrero e pelo Chile de Pinochet, arranjando marijuana a ser revendida a romancistas e pintores do DF. Mas de que maneira Lima podia ir comprar marijuana no outro extremo do continente? Ouvi risadas. Acho que também ri. Acho que ri muito. Estava de olhos fechados. Eles disseram: Arturo obriga Ulises a trabalhar muito mais, os riscos agora são maiores, e a frase ficou gravada em minha mente. Pobre Belano, pensei. Depois María me pegou pela mão e saímos da edícula, como quando Pancho estava lá e Angélica nos punha para fora, só que desta vez Pancho não estava e ninguém nos tinha posto para fora.

Depois acho que dormi.

Acordei às três da manhã, estava estirado ao lado de Jorgito Font.

Levantei de um pinote. Alguém havia tirado meus sapatos, minha calça e minha camisa. Procurei a roupa às cegas, tentando não acordar Jorgito. A primeira coisa que encontrei foi minha sacola, com meus livros e meus poemas, no chão, aos pés da cama. Um pouco adiante, estendidas numa cadeira, encontrei a calça, a camisa e o blusão. Os sapatos não estavam em lugar nenhum. Eu os procurei debaixo da cama, e só encontrei vários pares de tênis pertencentes a Jorgito. Depois de me vestir, fiquei pensando na possibilidade de acender a luz ou sair descalço. Acabei me aproximando da janela, sem me decidir por nenhuma das duas opções. Ao abrir as cortinas me dei conta de que estava no segundo andar. Contemplei o pátio escuro e, atrás de umas árvores, a edícula das Font levemente iluminada pela lua. Não demorei a perceber que não era a lua que iluminava a edícula, mas uma luminária acesa bem debaixo de minha janela, um pouco à esquerda, fixada do lado de fora da cozinha. A luz era mínima. Tentei enxergar a janela das Font. Não vi nada, só galhos e sombras. Por alguns segundos avaliei a possibilidade de voltar para a cama e dormir até amanhecer, mas me ocorreram vários motivos para desistir. Primeiro: até então eu nunca havia dormido fora de casa sem que meus tios soubessem; segundo: sabia que iria ser impossível pegar novamente no sono; terceiro: precisava ver Angélica, mas para quê?, esqueci, porém senti então a necessidade urgente de vê-la, de espiá-la dormir, de me agachar aos pés de sua cama feito um cachorro ou uma criança (metáfora horrível, mas certeira). De modo que deslizei até a porta e mentalmente disse adeus, Jorgito, obrigado por ter me dado um cantinho, cunhado (que vem do latim *cognatus*), e, tomando coragem com essa palavra, tomando impulso, saí felinamente do quarto para um corredor escuro como a noite mais negra, ou como um cinema em que tudo se houvesse esboroado, inclusive alguns olhos, e fui tateando pelas paredes até encontrar, após um périplo prolongado e angustiante demais para relatá-lo em detalhe (além do mais, detesto detalhes), a sólida escada que ligava o segundo andar com o primeiro. Já ali, imóvel feito uma estátua de sal (ou seja, palidíssimo e com as mãos paralisadas num gesto metade enérgico, metade dubitativo), eu me vi diante de duas opções. Ou procurava a sala e o telefone e ligava imediatamente para meus tios, que naquela altura já deviam ter acordado mais de um honesto policial, ou procurava a cozinha, que, segundo minhas recordações, ficava à esquerda, junto a uma espécie de sala de refeições de uso diário. Pesei os prós e os contras de ambas as linhas de ação e optei pela mais silenciosa, que era a de abandonar o quanto antes a casa grande da família Font. Não foi alheia à decisão a repentina imagem ou devaneio de Quim Font sentado na escuridão, numa bergère, envolto numa leve nuvem de enxofre avermelhado. Com grande esforço consegui me acalmar. Na casa todos dormiam, embora ali, ao contrário do que acontecia em minha casa, não se ouvissem os roncos de ninguém. Transcorridos alguns segundos, o bastante para me convencer de que nenhum perigo, pelo menos nenhum perigo iminente, pairava sobre mim, comecei a andar outra vez. Naquela ala da casa, o brilho da luminária do pátio clareava tenuemente meu caminho, e não demorei a me encontrar na cozinha. Ali, abandonando minha até então extrema cautela, fechei a porta, acendi a luz e me deixei cair numa cadeira, esgotado, como se houvesse percorrido um quilômetro ladeira acima. Depois abri a geladeira, então me servi um copo de leite até a borda e fiz um sanduíche de presunto e queijo, com molho de ostras e mostarda de Dijon. Quando acabei de comer, ainda estava com fome, de modo que preparei um segundo sanduíche, desta vez de queijo, alface e pepino em conserva, guarnecido com duas ou três variedades de chile. Este segundo sanduíche não aplacou minha larica, daí decidi buscar algo mais sólido. No fundo da geladeira, numa vasilha de plástico, encontrei os restos de um frango com *mole*;* em outro recipiente encontrei um pouco de arroz, os restos da comida daquele dia, suponho, depois procurei pão de verdade, não de forma, e comecei a preparar a ceia. Para beber, escolhi uma garrafa de Lulú sabor morango, cujo gosto na realidade é mais de azedinha. Comi sentado na cozinha, em silêncio, pensando no futuro. Vi tornados, furacões, maremotos, incêndios. Depois lavei a panela, o prato, os talheres, catei as migalhas e abri o ferrolho da porta que dava para o pátio. Antes de sair, apaguei a luz.

    A edícula das Font estava fechada por dentro. Bati uma vez e sussurrei o nome de Angélica. Ninguém respondeu. Olhei para trás, as sombras do pátio, o tanque que se erguia como um animal irascível me dissuadiram de voltar ao quarto de Jorgito Font. Tornei a bater, desta vez mais forte. Esperei uns segundos e resolvi mudar de tática, então me desloquei uns metros para a esquerda e dei umas batidinhas com a ponta dos dedos no vidro frio da janela. María, disse, Angélica, María, abram, sou eu. Depois fiquei em silêncio, à espera de algum resultado, mas dentro da edícula ninguém se mexeu. Exasperado, o mais correto seria dizer exasperadamente resignado, eu me arrastei outra vez até a porta e me deixei escorregar com as costas apoiadas nela, o olhar perdido. Intuí que finalmente ficaria ali, adormecido, de uma maneira ou de outra aos pés das irmãs Font, feito um cachorro (um cachorro molhado pela noite inclemente!), como algumas horas antes eu próprio,

---

* Molho preparado com diversas variedades de chile (pimenta), ervas, chocolate etc. Um clássico da cozinha mexicana. (N. T.)

de forma imprudente e intrépida, havia desejado. De bom grado teria chorado. Para enfrentar as pesadas nuvens que pairavam sobre meu futuro imediato, comecei a repassar todos os livros que deveria ler, todos os poemas que precisaria escrever. Depois pensei que, se dormisse, provavelmente a empregada dos Font iria me encontrar ali e trataria de me acordar, evitando meu vexame ao ser encontrado pela senhora Font, por uma de suas filhas ou por Quim Font em pessoa. Se bem que, se este último me encontrasse, argumentei com alguma esperança, provavelmente pensaria que eu havia sacrificado uma noite de plácido sono por uma fiel vigilância de suas filhas. Se me acordarem oferecendo um café com leite, concluí, nada estará perdido, se me acordarem a pontapés e me botarem pra correr sem maiores explicações, não haverá mais nenhuma esperança para mim e, ainda por cima, como explicaria ao meu tio que atravessei o DF inteiro descalço? Creio que foi essa perspectiva que tornou a me acordar, talvez o desespero tenha feito com que eu, inconscientemente, desse com a nuca na porta, mas o caso é que de repente ouvi uns passos dentro da edícula. Segundos depois a porta se abriu, e uma voz sussurrada e sonolenta me perguntou o que eu estava fazendo ali.

Era María.

— Fiquei sem sapato. Se tivesse encontrado, teria ido embora para casa — expliquei.

— Entre — María disse. — Sem fazer barulho.

Eu a segui com as mãos estendidas, feito um cego. De repente tropecei em alguma coisa. Era a cama de María. E a ouvi me mandar deitar, depois a vi voltar por onde viera (a edícula das Font é grande *mesmo*) e fechar sem ruído a porta que tinha ficado entreaberta. Não a ouvi voltar. A escuridão então era total; passados alguns instantes, embora eu estivesse sentado na beira da cama e não deitado, como ela tinha mandado, distingui o contorno da janela através das enormes cortinas de linho. Então senti que alguém se metia na cama, se deitava e, depois, mas não sei quanto tempo se passou, senti que essa pessoa se levantava ligeiramente, provavelmente se apoiando no cotovelo, e me puxava para si. Pelo hálito soube que estava a poucos milímetros do rosto de María. Seus dedos percorreram meu rosto, do queixo aos olhos, fechando-os, como que me convidando a dormir, sua mão, uma mão ossuda, baixou o zíper de minha calça e procurou meu pau; não sei por quê, talvez de nervoso, afirmei que não estava com sono. Eu sei, María disse, eu também não. Depois tudo se transformou numa sucessão de fatos concretos, ou de nomes próprios, ou de verbos, ou de capítulos de um manual de anatomia desfolhado como uma flor, inter-relacionados caoticamente. Explorei o corpo nu de María, o glorioso corpo nu de María, num silêncio contido, embora de bom grado eu teria gritado, comemorando cada recanto, cada espaço macio e interminável que encontrava. María, menos recatada que eu, ao cabo de pouco tempo começou a gemer, e suas manobras, inicialmente tímidas ou comedidas, foram se tornando mais abertas (não encontro agora outra palavra), guiando minha mão para os lugares a que esta, por ignorância ou despreocupação, não chegava. Foi assim que soube, em menos de dez minutos, onde estava o clitóris de uma mulher e como deveria massageá-lo ou mimá-lo ou pressioná-lo, sempre, isso sim, nos limites da doçura, limites que María, por sinal, transgredia constantemente, pois meu pau, bem tratado nas primeiras investidas, logo começou a ser martirizado entre as suas mãos; mãos que em certos momentos pareciam, na escuridão e entre a confusão dos lençóis, garras de falcão puxando-o com tanta força que temi que quisesse arrancá-lo, e em outros momentos pareciam anões chineses (os dedos eram os chinesinhos!) investigando e medindo os espaços e os condutos que comunicavam meus testículos com o pau e entre si. Depois (mas antes havia baixado a calça até os joelhos) montei em María e o enfiei nela.

— Não goze dentro — María disse.

— Vou tentar — falei.

— Que tentar o quê, cara! Não goze dentro!

Olhei para os dois lados da cama enquanto as pernas de María se entrelaçavam e se desentrelaçavam sobre minhas costas (quisera ter continuado assim até morrer). Ao longe discerni a cama de Angélica e a curva das cadeiras de Angélica, como uma ilha contemplada de outra ilha. Súbito, senti que os lábios de María chupavam meu mamilo esquerdo, quase como se mordesse meu coração. Dei um salto e enfiei o pau inteiro de um só golpe, com ganas de cravá-la na cama (as molas começaram a ranger espantosamente e eu parei), ao mesmo tempo que beijava seus cabelos e sua testa com a máxima delicadeza, e ainda me sobrava tempo para me perguntar como era possível que Angélica não acordasse com o barulho que estávamos fazendo. Nem percebi o gozo chegar. Claro, consegui tirar fora, sempre tive bons reflexos.

— Não gozou dentro? — María perguntou.

Jurei-lhe ao ouvido que não. Por uns segundos nos dedicamos apenas a respirar. Perguntei se ela tinha tido orgasmo, e sua resposta me deixou perplexo:

— Gozei duas vezes, García Madero, não notou? — perguntou com toda seriedade do mundo.

Respondi sinceramente que não, que não tinha notado nada.

— Ainda está duro — María disse.

— Parece que sim — eu disse. — Posso meter de novo?

— Tudo bem — ela respondeu.

Não sei quanto tempo passou. Outra vez pulei fora. Desta vez não pude conter meus gemidos.

— Agora me masturbe — María disse.

— Não teve nenhum orgasmo?

— Não, desta vez não tive nenhum, mas foi gostoso mesmo assim. — Pegou minha mão, selecionou o indicador e o guiou ao redor do clitóris. — Beije o bico dos meus peitos, pode morder também, mas no começo bem de leve — disse. — Depois, morda um pouco mais forte. E com a mão me pegue pelo pescoço. Me acaricie o rosto. Ponha os dedos na minha boca.

— Não prefere que eu... te chupe o clitóris? — perguntei numa tentativa vã de encontrar as palavras mais elegantes.

— Não, por enquanto não, com o dedo basta. Mas beije as tetas.

— Que peitinhos lindos você tem. — Fui incapaz de repetir a palavra *tetas*.

Eu me despi sem sair de sob os lençóis (tinha começado a suar de repente) e ato contínuo comecei a executar as instruções de María. Seus suspiros primeiro e seus gemidos depois tornaram a endurecer minha pica. Ela se deu conta e acariciou meu pau com a mão até não poder mais.

— O que foi, María? — sussurrei no ouvido dela temeroso de ter lhe machucado a garganta (aperte, sussurrava ela, aperte) ou de ter mordido forte demais um bico.

— Continue, García Madero — María sorriu no escuro e me beijou.

Quando terminamos, ela me disse que tinha gozado mais de cinco vezes. Para mim, na verdade, era difícil admitir tal coisa, que considerava fantástica, mas, quando ela me deu sua palavra, não tive remédio senão acreditar.

— Em que está pensando? — María perguntou.

— Em você — menti; na realidade pensava em meu tio, na Faculdade de Direito e na revista que Belano e Lima iriam publicar. — E você?

— Nas fotos — respondeu.

— Que fotos?

— As de Ernesto.

— As fotos pornográficas?

— É.

Nós dois trememos em uníssono. Estávamos com os rostos grudados. Conversávamos, falávamos, graças aos nossos narizes separadores, mas mesmo assim senti com meus lábios os dela se moverem.

— Quer fazer de novo?

— Quero — María disse.

— Bom — falei, meio tonto —, se na última hora você se arrepender, é só me avisar.

— Me arrepender de quê? — María perguntou.

A parte interna das suas coxas estava ensopada com meu sêmen. Senti frio e não consegui evitar de suspirar profundamente no momento em que voltei a penetrá-la.

María gemeu, e comecei a me mexer com entusiasmo cada vez maior.

— Tente não fazer muito barulho, não quero que Angélica nos ouça.

— Tente você não fazer barulho — rebati e acrescentei: — O que você deu a Angélica para ela dormir tão profundamente assim? Um sonífero?

Nós dois rimos baixinho, eu sobre a nuca dela, e ela enfiando a cara no travesseiro.

Ao terminar eu não tinha ânimo (do latim *animus*, e este da palavra grega que designa *sopro*) nem sequer para perguntar se tinha sido bom para ela, a única coisa que eu queria era adormecer devagarinho com María em meus braços. Mas ela se levantou e me obrigou a me vestir e a segui-la em direção ao banheiro da casa grande. Ao sair no pátio notei que já amanhecia. Pela primeira vez naquela noite pude ver com um pouco mais de clareza a figura de minha amante. María vestia uma camisola branca, com bordados vermelhos nas mangas, e tinha os cabelos presos com uma fita ou um pedaço de couro trançado.

Depois de nos enxugarmos pensei em ligar para casa, mas María disse que meus tios certamente estavam dormindo e que eu poderia telefonar mais tarde.

— E agora? — perguntei.

— Agora vamos dormir um pouco — María disse passando o braço pela minha cintura.

Mas a noite ou o dia ainda me reservava uma derradeira surpresa. Na edícula, encolhidos num canto, descobri Barrios e sua amiga americana. Os dois roncavam. Eu os teria acordado de bom grado com um beijo.

19 de novembro

Tomamos café da manhã todos juntos. Quim Font, a senhora Font, María e Angélica, Jorgito Font, Barrios, Barbara Patterson e eu. O desjejum consistiu em ovos mexidos, fatias de presunto frito, pão, geléia de manga, geléia de morango, manteiga, patê de salmão e café. Jorgito tomou um copo de leite. A senhora Font (ela me deu um beijo na bochecha ao me ver!) fez umas tortinhas que chamou de crepe, mas que não se parecem nem um pouco com crepes. O resto do café da manhã foi preparado pela empregada (cujo nome não sei ou esqueci, o que me parece imperdoável); os pratos, Barrios e eu lavamos.

Depois, quando Quim foi trabalhar e a senhora Font começou a planejar seu dia de trabalho (trabalha, foi o que me disse, como jornalista numa nova revista dedicada à família mexicana), resolvi finalmente ligar para casa. Só encontrei minha tia Martita, que, ao me ouvir, começou a gritar feito uma louca e depois a chorar. Após uma série ininterrupta de invocações à Virgem, chamamentos à responsabilidade, relatos fragmentados da noite "que eu tinha feito meu tio passar", advertências num tom mais cúmplice do que recriminatório do castigo iminente que meu tio seguramente matutava naquela manhã, pude por fim falar e garantir que estava bem, que tinha passado a noite com uns amigos e que não voltaria para casa "antes de o sol se pôr", pois pretendia ir correndo para a universidade. Minha tia prometeu que ela própria ligaria para meu tio no trabalho e me fez jurar que, durante o tempo que me restava de vida, telefonaria para casa sempre que resolvesse passar a noite fora. Por uns segundos refleti sobre a conveniência de ligar pessoalmente para meu tio, mas finalmente decidi que não era necessário.

Então me deixei cair numa poltrona e não soube o que fazer. Tinha o resto da manhã e o resto do dia à minha disposição, isto é, tinha consciência de que estavam à minha disposição e nessa medida me davam a impressão de serem diferentes de outras manhãs e outros dias (em que eu era uma alma penada, errando pela universidade ou por minha virgindade), mas assim de cara não soube o que poderia fazer, tantas eram as possibilidades que se ofereciam.

A ingestão de alimentos — comera feito um lobo enquanto a senhora Font e Barbara Patterson falavam de museus e famílias mexicanas — tinha produzido uma leve sonolência e havia despertado ao mesmo tempo o desejo de voltar a trepar com María (para quem, durante o café-da-manhã, evitara olhar e, quando o fizera, tinha procurado adaptar meu olhar ao conceito de amor fraterno ou de desinteressada camaradagem que supus seu pai reconheceria; este evidentemente não mostrou o menor espanto ao me encontrar em hora tão matinal instalado à sua mesa), mas María se preparava para sair, Angélica se preparava para sair, Jorgito Font já tinha ido, Barbara Patterson estava no chuveiro, e só Barrios e a empregada vagavam como restos de um naufrágio inominável pela ampla biblioteca da casa grande, de modo que, para não atrapalhar e por uma leve ânsia de simetria, atravessei pela enésima vez o pátio e me instalei na edícula das irmãs, onde as camas estavam por fazer (o que deixava claro que era a empregada, ou criada, ou doméstica — ou aguerrida naca, como Jorgito a chamava — que se encarregava delas, detalhe que, em vez de diminuir minha consideração por María, só a aumentava, dotando a garota de um pontinho frívolo e despreocupado que não lhe caía nada mal) e contemplei o teatro do meu "pórtico para a maravilha", ainda úmido, e, embora conforme manda o figurino eu devesse ter começado a chorar ou a rezar, o que fiz foi cair numa das camas por fazer (a de Angélica, como comprovei mais tarde, não a de María) e adormecer.

Quem me acordou foi Pancho Rodríguez, ao me brindar com uma série de porradas (inclusive um pontapé, mas disso não estou seguro) por todo o corpo. Só minha boa educação me impediu de cumprimentá-lo com um murro na cara. Depois de lhe dar bom-dia, saí ao pátio e lavei o rosto no tanque (o que indica que eu ainda estava dormindo), com Pancho nas minhas costas murmurando palavras ininteligíveis.

— Não tem ninguém em casa — falou. — Precisei pular a grade para entrar. O que você está fazendo aqui?

Disse que tinha passado a noite ali (acrescentando, para desdramatizar, pois o latejar do nariz de Pancho me alarmou, que Barrios e Barbara Patterson também tinham dormido lá), depois tentamos entrar na casa grande pela porta dos fundos, a da cozinha, e pela porta principal, mas ambas estavam fechadas a sete chaves.

— Se um vizinho nos vir, vai avisar a polícia — falei —, vai ser difícil explicar que não estamos tentando roubar.

— Estou pouco me lixando. Gosto de xeretar de vez em quando a casa das minhas gatas — Pancho disse.

— Olhe — eu disse ignorando o comentário de Pancho —, acho que vi uma cortina se mexer na casa ao lado. Se a polícia aparecer...

— Venha cá, você trepou com a Angélica? — Pancho perguntou de repente, parando de olhar pelas janelas da frente da casa dos Font.

— Claro que não — garanti.

Não sei se ele acreditou ou não em mim. O caso é que nós dois pulamos a grade e empreendemos retirada de Condesa.

Enquanto andávamos (em silêncio, pelo parque España, pela Parras, pelo parque San Martín, pela Teotihuacán, por onde só transitavam naquela hora donas-de-casa, empregadas e vagabundos), pensei no que María me dissera sobre o amor e sobre a dor que o amor faria tombar sobre a cabeça de Pancho. Quando chegamos à Insurgentes, Pancho havia recuperado seu bom humor e falava de literatura, ele me recomendava autores, procurava não pensar em Angélica. Depois pegamos a Manzanillo, desviamos pela Aguascalientes e rumamos de novo para o sul, pela Medellín, até chegar à rua Tepeji. Paramos diante de um edifício de cinco andares, e Pancho me convidou para almoçar com sua família.

Subimos de elevador até o último andar.

Lá, em vez de entrar, como eu esperava, num dos apartamentos, subimos pela escada até o topo do prédio. Um céu cinzento, mas brilhante como se houvesse ocorrido um ataque nuclear, nos recebeu em meio a uma profusão vibrante de vasos e flores multiplicados nos corredores e na lavanderia.

A família de Pancho morava em dois quartos na água-furtada do edifício.

— Temporariamente — Pancho explicou —, até termos grana para uma casa nas redondezas.

Fui apresentado formalmente à sua mãe, dona Panchita, a seu irmão,

Moctezuma, de dezenove anos, poeta catuliano e sindicalista, e a seu irmão menor, Norberto, de quinze, que estava na escola preparatória.

Durante o dia um dos quartos desempenhava as funções de sala de almoço e de televisão, e de noite era o quarto de Pancho, de Moctezuma e de Norberto. O outro era uma espécie de guarda-roupa ou de closet gigantesco, onde também ficavam a geladeira, os utensílios de cozinha (o fogão, portátil, era posto no corredor durante o dia e neste quarto durante a noite) e o colchão em que dona Panchita descansava.

Quando começamos a comer, a nós se juntou um tal Pele Divina, de vinte e três anos, vizinho de quarto, apresentado como poeta real-visceralista. Pouco antes de ir embora (muitas horas depois, o tempo passou voando), perguntei outra vez ao vizinho como se chamava, e ele disse Pele Divina com tamanha naturalidade e segurança (muito mais do que eu teria empregado para dizer Juan García Madero) que por um momento cheguei a acreditar que, nos meandros e pântanos de nossa República mexicana, existia de fato a tal família Divina.

Depois de almoçar, dona Panchita se dedicou às suas telenovelas favoritas, e Norberto tratou de estudar, com os livros espalhados em cima da mesa. Pancho e Moctezuma lavaram os pratos num tanque do qual se via boa parte do Parque de las Américas e, mais além, as massas ameaçadoras — como que vindas de outro planeta, um planeta, de resto, inverossímil — do Centro Médico, do Hospital Infantil, do Hospital Geral.

— O bom de morar aqui, se você não ligar para o aperto — Pancho disse —, é que está perto de tudo, bem no coração do DF.

Pele Divina (que, evidentemente, Pancho e seu irmão, e até dona Panchita, chamavam de Pele) nos convidou para ir ao seu quarto, onde guardava, disse, um pouco de marijuana da última festa.

— É pra já, meu irmão — Moctezuma disse.

O quarto de Pele Divina, ao contrário dos dois quartos que os Rodríguez ocupavam, era um exemplo de nudez e austeridade. Não vi roupa jogada no chão, não vi utensílios domésticos, não vi livros (Pancho e Moctezuma eram pobres, mas, nos lugares mais insuspeitos da casa deles, pude ver exemplares de Efraín Huerta, Augusto Monterroso, Julio Torri, Alfonso Reyes, o já citado Catulo traduzido por Ernesto Cardenal, Jaime Sabines, Max Aub, Andrés Henestrosa), só um colchonete, uma cadeira — não tinha mesa — e uma mala de couro, de boa qualidade, onde guardava sua roupa.

Pele Divina vivia sozinho, se bem que, por suas palavras e pelas dos irmãos Rodríguez, deduzi que não fazia muito tempo tinha morado ali uma mulher (com o filho), ambos terríveis, que, ao irem embora, levaram grande parte dos móveis.

Ficamos um tempo fumando marijuana e apreciando a paisagem (que, como já disse, era composta basicamente das silhuetas dos hospitais, de um sem-fim de cortiços semelhantes àquele em que estávamos, no topo dos edifícios, e de um céu de nuvens baixas que se moviam lentamente para o sul), depois Pancho começou a contar sua aventura daquela manhã na casa das Font e seu encontro comigo.

Fui inquirido a esse respeito, desta vez pelos três, mas não conseguiram me arrancar nada que eu já não houvesse dito a Pancho. A certa altura começaram a falar de María. Pelas palavras deles, muito enroladas, tenho a impressão de que entendi que Pele Divina e María tinham sido amantes. E que ele estava proibido de entrar na casa da família Font. Quis saber por quê. Eles me explicaram que a senhora Font os flagrara uma noite enquanto trepavam na edícula. Na casa grande estavam dando uma festa em homenagem a um escritor espanhol que acabara de chegar ao México, e, em determinado momento da festa, a senhora Font quis lhe apresentar sua filha mais velha, ou seja, María, e não a encontrou. Assim, saiu à sua procura de braços dados com o escritor. Quando chegaram à edícula, ela estava de luzes apagadas; lá no fundo ouviram um barulho como que de pancadas, pancadas rítmicas e sonoras. A senhora Font na certa não pensou no que fazia (se tivesse refletido antes de agir, Moctezuma disse, teria levado o espanhol de volta à festa e voltado sozinha para verificar o que estava acontecendo no quarto da filha), mas, bem, ela não pensou e acendeu a luz. No fundo da edícula descobriu, horrorizada, María, vestindo unicamente uma blusa, com a calça abaixada, chupando o pau de Pele Divina, enquanto este lhe dava tapas nas nádegas e no sexo.

— Tapas com força — Pele Divina disse. — Quando acenderam a luz, olhei para o rabo dela e vi que estava todo vermelho. Pra dizer a verdade, eu me assustei.

— Por que você batia nela? — perguntei com raiva e temendo ficar vermelho.

— Ué, porque ela tinha pedido, meu caro inocêncio — Pancho respondeu.

— Não posso acreditar — repliquei.

— Já se viram coisas muito mais estranhas — Pele Divina disse.

— A culpa disso tudo é de uma francesa que se chama Simone Darrieux — Moctezuma disse. — Sei que María e Angélica convidaram a tal Simone para uma reunião feminista e, quando saíram, andaram conversando sobre sexo.

— Quem é essa Simone? — perguntei.

— Uma amiga de Arturo Belano.

— Eu me aproximei delas. E aí, companheiras, cumprimentei, e as sacanas estavam falando do marquês de Sade — Moctezuma contou.

O resto da história era previsível. A mãe de María quis dizer alguma coisa, mas não pôde. O espanhol, que segundo Pele Divina empalideceu visivelmente ante a visão do traseiro erguido e oferecido da María, pegou a senhora Font pelo braço com a solicitude que se usa com os doentes mentais e a arrastou de volta para a festa. No repentino silêncio que de repente se fez na edícula, Pele Divina os ouviu conversar no pátio, palavras rápidas, como se o safado do espanhol estivesse propondo algo desonesto à pobre senhora Font, encostada na fonte. Mas logo percebeu os passos deles se afastando em direção à casa grande, e María lhe disse para continuarem.

— Nisso então é que não posso mesmo acreditar — falei.

— Juro pela minha velha — Pele Divina disse.

— Depois de terem sido flagrados, María quis continuar fazendo amor?

— Ela é assim — Moctezuma disse.

— Como é que você sabe? — perguntei, a cada segundo mais inflamado.

— Eu também trepei com ela — Moctezuma respondeu. — Não existe no DF uma mina mais acesa do que essa, mas eu nunca bati nela, isso não, dessas coisas esquisitas eu não gosto. Mas ela sim, pelo que me consta.

— Eu não bati nela, panacão, o caso é que María estava obcecada pelo marquês de Sade e queria experimentar as tais chicotadas na bunda — Pele Divina disse.

— Isso é típico da María — Pancho comentou —, ela é muito coerente com suas leituras.

— E continuaram trepando? — perguntei. Ou sussurrei, ou berrei, não me lembro, o que me lembro é que dei vários tapas seguidos no baseado e que precisaram repetir várias vezes que passasse o fininho, que ele não era só pra mim.

— Pois é, continuamos trepando, quer dizer, ela continuou chupando minha pica e eu continuei batendo no rabo dela com a mão aberta, mas cada vez com menos força ou cada vez com menos vontade, acho que a aparição da mãe dela me afetou, a mim sim, e eu meio que não tinha mais vontade de trepar, meio que tinha esfriado e só queria me levantar e quem sabe até dar um pulo na festa, parece que estavam lá uns poetas famosos, o espanhol, Ana María Díaz e o senhor Díaz, os pais de Laura Damián, o poeta Álamo, o poeta Labarca, o poeta Berrocal, o poeta Artemio Sánchez, a atriz de tevê América Lagos, mas também meio que tinha medo de que a mãe da María pintasse por lá de novo, só que desta vez acompanhada do puto do arquiteto; aí sim ia ser chato.

— Os pais de Laura Damián estavam lá? — perguntei.

— Os pais da casta diva em pessoa — Pele Divina respondeu — e outras celebridades, pode crer, gosto de prestar atenção nos detalhes, eu tinha visto todos eles antes, pela janela, tinha cumprimentado o poeta Berrocal, houve uma época que freqüentei a oficina dele, não sei se ele se lembrava de mim. Acho que também estava com fome, só de imaginar as coisas que estavam comendo na outra casa me dava água na boca. Não me incomodaria de aparecer lá com María, claro, e cair matando em cima daquela comilança. Eu me sentia numa *nice*, devia ser por causa do boquete. Mas a pura verdade é que eu não pensava no boquete, entende? Não pensava nos lábios de María, nem na sua língua que envolvia meu pau, nem na sua saliva que naquela altura escorria pelos pentelhos dos meus culhões...

— Não estique a história — Pancho disse.

— Não ponha tanto creme nos seus tacos — seu irmão disse.

— Não seja cansativo — eu disse para não ficar para trás, embora na realidade eu me sentisse esgotadíssimo.

— Bom, o caso é que acabei dizendo. Disse a ela: María, vamos deixar para outra ocasião ou para outra noite. Geralmente a gente trepava aqui, na minha casa, sem limite de tempo, se bem que ela nunca ficou uma noite inteira, sempre ia embora às quatro da manhã ou às cinco, e era um saco, porque eu sempre me oferecia para acompanhá-la, não ia deixar que fosse pra casa sozinha àquelas horas. Mas ela me disse continue, não pare, não tem problema. Entendi que me dizia para continuar dando tapas na bunda, o que você teria entendido? — a mesma coisa, Pancho disse —, de modo que recomecei as porradas, bem, com uma mão eu batia e com a outra acariciava o clitóris e os peitos dela. A verdade é que, quanto antes acabássemos, melhor. Eu estava disposto. Mas, é claro, não ia gozar antes dela. E a safada demorava horrores, e isso acabou por me irritar e eu ia batendo nela cada vez com mais força. Na bunda, nas pernas, mas também na xoxota. A princípio, o som, o som dos tapas, não é muito agradável, desconcentra a gente, é como um troço cru demais num prato em que as coisas estão cozidas, mas com o tempo meio que se integram ao que você está fazendo, e os gemidos dela, os de María, também se integram, cada porrada produz um gemido, e vai crescendo, e chega um momento em que você sente a bunda dela ardendo, e as palmas das mãos também ardem, e a piroca começa a latejar como se fosse um coração, *plonc, plonc, plonc*...

— Não carregue nas tintas, mano — Moctezuma disse.

— É a pura verdade. Ela estava com meu pau na boca, mas não o apertava nem chupava, só o acariciava com a ponta da língua. Como um revólver no coldre. Saca a diferença? Não como um revólver na mão, mas como um revólver no coldre ou na cartucheira, não sei se me explico. E ela também latejava, latejava a bunda dela, as pernas, os lábios da vagina e o clitóris, eu sei porque entre uma porrada e outra eu a acariciava, passava a mão ali, e percebia isso, o que me deixava mais excitado e eu tinha de fazer o maior esforço para não gozar. Ela gemia, mas quando eu batia ela gemia mais. Quando não batia gemia muito (eu não podia ver o rosto dela), mas, quando batia, eram muito mais fortes os gemidos, quero dizer, como se lhe partissem a alma, e a mim eles davam vontade é de virá-la e enfiar o caralho nela, mas isso nem pensar, ela teria ficado brava, é o ruim da María, as coisas com ela são fortes mas têm que ser do jeito dela.

— O que aconteceu depois? — perguntei.

— Ela gozou, eu gozei, e foi só.

— Foi só? — Moctezuma perguntou.

— Foi só, juro. Nos limpamos, quer dizer, eu me limpei, me penteei um pouco, ela vestiu a calça e fomos ver como estava a festa. Lá nos separamos. Foi esse o meu erro. Me separar dela. Fui conversar com mestre Berrocal, que estava sozinho num canto. Depois se juntou a nós o poeta Artemio Sánchez e a mina que estava com ele, uma fulana de uns trinta anos que diz-que era secretária de redação da revista *El Guajolote*, e eu na lata perguntei se não precisava de poemas, contos ou textos filosóficos para a revista, disse a ela que tinha material inédito de sobra, falei das traduções do meu irmão Moctezuma, e, enquanto papeava, ia procurando com o rabo do olho a mesa dos canapés, porque estava com uma fome do cacete, então vi aparecer de novo a mãe de María seguida de seu pai e um pouco mais atrás o famoso poeta espanhol, e aí se acabou o que era doce: eles me puseram no olho da rua com a advertência de nunca mais pôr os pés na casa deles.

— María não fez nada?

— Pois é, não fez nada. No começo fiz como quem não estava entendendo direito de que se tratava, como se a história não fosse comigo, mas depois, mano, para que dissimular, ficou claro que iam me botar dali pra fora feito um cachorro vagabundo. O que achei chato é que fizessem isso na frente do mestre Berrocal, falando sério, o cara na certa estava rindo por dentro, enquanto eu retrocedia em direção à porta. E pensar que houve um tempo em que poderia dizer que o admirava.

— Admirar Berrocal? Que babaca você era, Pele — Pancho disse.

— A verdade é que no início ele se portou bem comigo. Vocês não sabem como é, vocês são do DF, foram criados aqui, eu cheguei sem conhecer ninguém e sem um puto no bolso. Faz três anos isso, eu tinha vinte e um. Foi como uma corrida de obstáculos. E Berrocal foi supercorreto comigo, ele me recebeu em sua oficina literária, me apresentou a pessoas que podiam me arranjar trabalho, foi em sua oficina que conheci María. Minha vida parece um bolero — Pele Divina disse com uma voz subitamente sonolenta.

— Bom, continue: Berrocal olhava para você e ria — falei.

— Não, ele não ria, mas acho que ria por dentro, sim. Artemio Sánchez também olhava para mim, mas estava tão de porre que nem entendeu o que estava acontecendo. E a secretária de redação da *El Guajolote*, acho que ela era quem estava mais espantada, e não lhe faltavam motivos porque a cara da mãe de María era das que deixam você de cabelo em pé, juro que pensei que talvez ela estivesse armada. E eu, apesar dos pesares, retrocedia lentamente, se bem que, meus irmãos, vontade é que não me faltava de sair em disparada dali; e ia lentamente por não perder a esperança de ver María aparecer, de que María abrisse caminho entre os convidados e entre seus pais e me desse o braço ou passasse a mão pelo meu ombro, María é a única mulher que conheço que não abraça os homens pela cintura mas sim pelos ombros, e me tirasse dali de uma forma decente, quer dizer, que saísse dali comigo.

— E ela apareceu?

—Aparecer, não apareceu. Eu a vi, isso sim. Mostrou a cabeça, durante um segundo, por entre os ombros e as cabeças de uns caras.

— E fez o quê?

— Nada, puta que pariu, não fez nada.

— Quem sabe não o viu — Moctezuma disse.

— Claro que me viu. Olhou nos meus olhos, mas do jeito dela, sabem como ela é, às vezes olha a gente e é como se não visse ou como se atravessasse a gente com o olhar. Depois sumiu. Daí eu falei para mim hoje você perdeu, companheiro, não banque o difícil, caia fora numa boa. Comecei a me retirar com classe, e nisso a filha-da-puta da mãe da María partiu pra cima de mim, eu pensei que a velha no mínimo ia me dar um chute nos bagos, um tapa na cara, sei lá, pensei, acabou a retirada em ordem, é melhor eu dar no pé, mas a esta altura a filha-da-puta já estava em cima de mim, como se fosse me beijar ou me morder, e sabem o que me disse...

Os irmãos Rodríguez não abriram a boca, na certa sabiam a resposta.

— Xingou você?

— Ela disse: que vergonha, que vergonha, só isso, mas umas dez vezes pelo menos e a menos de um centímetro do meu rosto.

— Parece mentira que essa bruxa escrota tenha parido María e Angélica — Moctezuma disse.

— Já se viram casos mais esquisitos — Pancho disse.

— Você continua sendo amante dela? — perguntei.

Pele Divina me ouviu, mas não respondeu.

— Quantas vezes trepou com ela? — perguntei.

— Nem me lembro mais — Pele Divina respondeu.

— Que perguntas são essas? — Pancho indagou.

— Nada, curiosidade — falei.

Naquela noite saí tarde da casa dos irmãos Rodríguez (almocei com eles, jantei com eles, provavelmente poderia ter ficado para dormir com eles, a generosidade deles era ilimitada). Quando cheguei à Insurgentes, ao ponto de ônibus, compreendi na mesma hora que não tinha mais vontade nem força para a comprida e bizantina discussão que me aguardava em casa.

Pouco a pouco foram passando os ônibus que eu deveria tomar, até que finalmente me levantei do meio-fio onde estava sentado meditando e espiando o tráfego, melhor dizendo, os faróis dos carros que iluminavam meu rosto, e iniciei a caminhada rumo à casa da família Font.

Antes de chegar, telefonei. Jorgito atendeu. Pedi que chamasse a irmã. Logo em seguida María atendeu. Queria encontrá-la. Ela me perguntou onde estava. Disse que perto da casa dela, na praça Popocatépetl.

— Espere umas duas horas — ela disse — e depois venha. Não toque a campainha. Pule a grade e entre sem fazer barulho. Estarei esperando.

Suspirei profundamente, quase disse a ela que a desejava (mas não disse), depois desliguei. Como não tinha dinheiro para ir a uma cafeteria, fiquei na praça mesmo, sentado num banco, escrevendo meu diário e lendo um livro com poemas de Tablada que Pancho tinha me emprestado. Ao cabo de duas horas exatas, eu me levantei e dirigi meus passos para a rua Colima.

Olhei de ambos os lados antes de pular e me encarapitar na grade. Deixei-me cair procurando não estragar as flores que a senhora Font (ou a empregada) cultivava naquele lado do jardim. Depois caminhei pelo escuro em direção à edícula.

María estava me esperando debaixo de uma árvore. Antes que eu dissesse alguma coisa me deu um beijo na boca. Sua língua entrou até minha garganta. Recendia a cigarro e comida cara. Eu recendia a cigarro e a comida barata. Mas as duas comidas eram boas. Todo medo e toda tristeza que eu sentia evaporaram na hora. Em vez de irmos à edícula, fizemos amor ali mesmo, de pé debaixo da árvore. Para que ninguém ouvisse seus gemidos, María me mordeu o pescoço. Antes de gozar, tirei o pau (María fez ahhh quando tirei, talvez demasiado abruptamente) e ejaculei na grama e nas flores, suponho. Na edícula, Angélica dormia profundamente ou fingia dormir profundamente, e fizemos outra vez amor. Depois me levantei, sentia o corpo como se o quebrassem e sabia que, se eu dissesse a María que a desejava, a dor sumiria de imediato; mas não disse nada e examinei com o olhar os cantos mais distantes, para ver se descobria Barrios e Patterson dormindo num deles, mas não havia ninguém, só as irmãs Font e eu.

Depois começamos a conversar, Angélica acordou, acendemos a luz e ficamos conversando até tarde. Falamos de poesia, de Laura Damián, do prêmio homônimo e da poeta morta, da revista que Ulises Lima e Belano pensavam publicar, da vida de Ernesto San Epifanio, de como seria a cara de Huracán Ramírez, de um pintor amigo de Angélica que morava em Tepito e dos amigos de María na Escola de Dança. Depois de muita conversa e de muitos cigarros, Angélica e María adormeceram, apaguei a luz, deitei na cama e mentalmente fiz amor com María outra vez.

20 de novembro
Militâncias políticas: Moctezuma Rodríguez é trotskista. Jacinto Requena e Arturo Belano foram trotskistas.

María Font, Angélica Font e Laura Jáuregui (a ex-companheira de Belano) pertenceram a um movimento feminista radical chamado Mexicanas ao Grito de Guerra. Provavelmente foi nele que conheceram Simone Darrieux, amiga de Belano e divulgadora de certo tipo de sadomasoquismo.

Ernesto San Epifanio fundou o primeiro Partido Comunista Homossexual do México e a primeira Comuna Proletária Homossexual Mexicana.

Ulises Lima e Laura Damián planejavam fundar um grupo anarquista: resta o rascunho de um manifesto de fundação. Antes, aos quinze anos, Ulises Lima tentou participar do que restava do grupo guerrilheiro de Lucio Cabañas.

O pai de Quim Font, também chamado Quim Font, nasceu em Barcelona e morreu na batalha do Ebro.

O pai de Rafael Barrios militou no sindicato clandestino dos ferroviários. Morreu de cirrose.

O pai e a mãe de Pele Divina nasceram em Oaxaca e, segundo o próprio Pele Divina, morreram de fome.

21 de novembro
Festa na casa de Catalina O'Hara.

De manhã falei com meu tio por telefone. Ele me perguntou quando eu pretendia voltar. Sempre, respondi. Depois de um silêncio embaraçoso (na certa não entendeu minha resposta, mas não quis admitir), meu tio me perguntou em que eu andava metido. Em nada, respondi. Esta noite quero você em casa como Deus manda, disse, ou agüente as conseqüências, Juan. Ouvi minha tia Martita chorando atrás dele. Claro, falei. Pergunte se ele está se drogando, minha tia disse a ele, mas meu tio disse ele já a ouviu e depois me perguntou se eu tinha dinheiro. Para o ônibus, respondi, e não pude falar mais.

Na realidade, não me sobrava dinheiro nem para o ônibus. Mas as coisas logo tomaram um rumo imprevisto.

Na casa de Catalina O'Hara encontrei Ulises Lima, Belano, Müller, San Epifanio, Barrios, Barbara Patterson, Requena e a namorada, Xóchitl, os irmãos Rodríguez, Pele Divina, a pintora que divide o ateliê com Catalina, além de muita gente desconhecida, de que eu nem tinha ouvido falar, pessoas que apareceram e desapareceram como um rio escuro.

Quando María, Angélica e eu chegamos, a porta estava aberta e, ao entrar, vimos somente os irmãos Rodríguez, que estavam sentados na escada que dá no segundo andar, compartilhando um fino de marijuana. Nós os cumprimentamos e nos sentamos ao lado deles. Creio que nos esperavam. Depois Pancho e Angélica subiram, e ficamos sozinhos. Da parte de trás da casa chegava uma música sinistra, aparentemente tranquilizadora, isto é, com sons de passarinhos, patos, sapos, do vento, do mar, até de passos de gente na terra ou na relva seca, cujo conjunto, porém, resultava assustador, como se fosse a música de fundo de um filme de terror. Depois chegou Pele Divina, beijou María no rosto (olhei para o outro lado, para uma parede cheia de gravuras de mulheres ou de sonhos de mulheres) e começou a conversar conosco. Não sei por quê, talvez por timidez, enquanto eles conversavam (Pele Divina era assíduo da Escola de Dança, estava na onda de María), fui me desconectando paulatinamente, me retraindo, e comecei a pensar nos estranhos fatos que havia vivido naquela manhã na casa dos Font.

No início tudo transcorrera de forma natural. Eu me sentara à mesa para participar do café-da-manhã da família, a senhora Font me dera bom-dia amavelmente, Jorgito nem olhara para mim (estava meio adormecido), ao chegar a criada me dirigira um cumprimento que demonstrava simpatia; até então tudo bem, tão bem que a certa altura eu chegara a pensar que talvez pudesse ficar morando na edícula de María para o resto da vida. Mas então apareceu Quim, e só de vê-lo fiquei todo arrepiado. Parecia não ter dormido a noite inteira, parecia recém-saído de uma sala de torturas ou de uma jogatina de carrascos, estava com os cabelos revoltos, os olhos avermelhados, não tinha feito a barba (nem tomado banho), e as mãos estavam sujas, no dorso delas parecia haver manchas de iodo e nos dedos manchas de tinta. Claro que ele não me cumprimentou, mas eu lhe dei bom-dia da maneira mais afável possível. Sua mulher e suas filhas o ignoraram. Passados alguns minutos, eu também o ignorei. Seu café foi muito mais frugal que o nosso: ingeriu duas xícaras de café preto, depois fumou um cigarro amarrotado que tirou, não do maço, mas do bolso, olhando para nós de uma maneira singular, como se nos desafiasse, mas, ao mesmo tempo, como se não nos visse. Terminado o desjejum, ele se levantou e me pediu que o acompanhasse, porque queria falar um instante comigo.

Olhei para María, olhei para Angélica, não vi na fisionomia delas nada que me aconselhasse a desobedecer, acompanhei-o.

Era a primeira vez que entrava no escritório de Quim Font, e o tamanho do cômodo me surpreendeu, era muito menor que os outros da casa. Amontoavam-se ali, na mais total desordem, fotos e projetos presos com percevejos nas paredes ou esparramados pelo chão. Uma prancheta e uma banqueta, os únicos móveis, ocupavam mais da metade do espaço do escritório. Recendia a fumo e suor.

— Trabalhei quase a noite toda, não consegui fechar os olhos — Quim disse.

— Ah, é? — falei, enquanto pensava que tinha me ferrado, que Quim na certa me ouvira chegar na noite anterior, vira María e eu através da única e exígua janelinha do escritório e agora eu iria levar o maior esculacho.

— É, olhe só as minhas mãos — disse.

Estendeu as duas mãos na altura do peito. Tremiam consideravelmente.

— Em algum projeto? — perguntei amavelmente, enquanto olhava os papéis estendidos em cima da mesa.

— Não — Quim disse —, numa revista, numa revista que vai sair em breve.

Não sei por quê, mas pensei no ato (ou soube, como se ele mesmo tivesse dito) que se referia à revista dos real-visceralistas.

— Vou dar uma surra na mãe de todos os que me criticaram, fique sabendo — ele disse.

Eu me aproximei da mesa e estudei os diagramas e desenhos, levantando lentamente as folhas que se amontoavam na mais total desordem. O projeto de revista era um caos de figuras geométricas e nomes ou letras traçadas a esmo. Não tive a menor dúvida de que o pobre senhor Font estava à beira de um colapso nervoso.

— O que é que você acha, hem?

— Interessantíssimo — falei.

— Esses bobalhões vão ver o que é vanguarda, não é? E ainda estão faltando os poemas, está vendo? Aqui é que vão os poemas de vocês.

O espaço que me assinalou estava cheio de riscos, riscos que imitavam a escrita, mas também havia ali pequenos desenhos, como nas histórias em quadrinhos, quando alguém solta um xingamento: cobras, bombas, facas, caveiras, ossos cruzados, pequenas explosões atômicas. Quanto ao mais, cada página era um compêndio das idéias descabidas de Quim Font sobre projeto gráfico.

— Olhe, este é o logotipo da publicação.

Uma cobra (que talvez sorrisse, mas que, mais provavelmente, se contorcia num espasmo de dor) mordia o próprio rabo com uma expressão gulosa e sofredora, os olhos cravados como alfinetes no hipotético leitor.

— Mas ninguém ainda sabe como a revista vai se chamar — eu disse.

— Tanto faz. A cobra é mexicana e, além do mais, simboliza a circularidade. Leu Nietzsche, García Madero? — perguntou bruscamente.

Confessei, com pesar, que não. Depois examinei cada uma das páginas da revista (eram mais de sessenta), e, quando já me dispunha a sair, Quim me perguntou como iam minhas relações com sua filha. Disse-lhe que bem, que María e eu nos entendíamos cada dia melhor, depois optei por me calar.

— Nós, pais, sofremos muito — falou —, principalmente no DF. Quantos dias faz que você não dorme em casa?

— Três noites — disse.

— E sua mãe não está preocupada?

— Telefonei para casa, sabem que estou bem.

Quim olhou para mim de alto a baixo.

— Você não está com muito bom aspecto, rapaz.

Dei de ombros. Ficamos os dois um momento sem dizer nada, pensativos, ele tamborilando sobre a mesa e eu olhando velhos projetos de casas ideais (que provavelmente Quim nunca chegaria a ver concretizados) presos com percevejos nas paredes.

— Venha comigo — ele disse.

Eu o acompanhei até seu quarto, no segundo andar, que era umas cinco vezes maior que seu escritório.

Ele abriu o closet e tirou uma camisa esportiva verde.

— Vista, vamos ver se fica bem em você.

Hesitei um instante, mas os gestos de Quim eram peremptórios, como se não houvesse tempo a perder. Deixei minha camisa nos pés da cama, uma cama enorme em que poderiam dormir Quim, a mulher e os três filhos, e enfiei a camisa verde. Caía bem.

— É sua — Quim disse. Depois enfiou a mão no bolso e me estendeu umas notas: — Para você convidar María para tomar um refresco.

A mão tremia, o braço estendido tremia, o outro braço, que pendia do lado, também tremia, e com o rosto fazia trejeitos horríveis, que me obrigavam a manter a vista ocupada em qualquer outro ponto. Agradeci, mas disse que aquilo eu não poderia aceitar.

— Que estranho! — Quim disse. — Todo mundo aceita meu dinheiro, minhas filhas, meu filho, minha mulher, meus empregados — usou o plural, apesar de naquela altura eu saber perfeitamente que ele não tinha nenhum empregado, no máximo a empregada, mas ele não se referia à empregada —, até meus chefes adoram meu dinheiro, tanto que ficam com ele.

— Muito obrigado — falei.

— Pegue e ponha no bolso, cacete!

Peguei o dinheiro e guardei. Era bastante, mas não tive a fleuma necessária para contá-lo.

— Assim que puder, devolvo — disse.

Quim se deixou cair de costas na cama. Seu corpo fez um barulho abafado, depois vibrou. Por um instante me perguntei se não seria uma cama d'água.

— Não se preocupe, rapaz. Estamos neste mundo para ajudar um ao outro. Você me ajuda com minha filha, eu o ajudo com uns trocados para os seus gastos, digamos, uma mesada extra, não?

Sua voz soava cansada, ele parecia a ponto de cair esgotado e dormir, mas seus olhos continuavam abertos contemplando nervosamente o teto.

— Gostei de como a revista ficou, vou calar o bico de todos esses caras — disse, mas a voz dele já era um sussurro.

— Ficou perfeita — falei.

— Claro, não é à toa que sou arquiteto — ele disse. E, depois de um instante: — Nós também somos artistas, o que acontece é que dissimulamos bem pra caramba, não?

— Claro que sim — concordei.

Tive a impressão de que ele roncava. Olhei para o rosto dele: estava de olhos abertos. Quim?, chamei. Não respondeu. Devagarinho, eu me aproximei e toquei no colchão. Alguma coisa dentro deste respondeu ao meu gesto. Bolhas do tamanho de uma maçã. Dei meia-volta e saí do quarto.

Passei o resto do dia com María e atrás de María.

Choveu umas duas vezes. Quando acabou de chover da primeira vez, um arco-íris se formou. Da segunda vez, não se formou nada, nuvens negras e a noite no vale.

Catalina O'Hara é ruiva, tem vinte e cinco anos, um filho, está separada, é bonita.

Também conheci Laura Jáuregui, que foi companheira de Arturo Belano. Fui à festa com Sofía Gálvez, o amor perdido de Ulises Lima.

As duas são bonitas.

Não, Laura é *muito* mais bonita.

Bebi além da conta. Os real-visceralistas pululavam por toda parte, porém mais da metade era na realidade formada por estudantes universitários disfarçados.

Angélica e Pancho saíram cedo da festa.

Em determinado momento da noite, María me disse: o desastre é iminente.

22 de novembro

Acordei em casa de Catalina O'Hara. Enquanto tomava o café-da-manhã, bem cedinho (María não estava, o resto da casa dormia), com Catalina e seu filhinho Davy, que ela precisava levar para o berçário, lembrei-me de que na noite anterior, quando só restávamos uns poucos, Ernesto San Epifanio dissera que existia literatura heterossexual, homossexual e bissexual. Os romances, geralmente, eram heterossexuais, já a poesia era absolutamente homossexual, os contos, deduzo, eram bissexuais, mas isso ele não disse.

Dentro do imenso oceano da poesia, distinguia várias correntes: bichonas, bichas, bicharocas, bichas-loucas, bonecas, borboletas, ninfos e bâmbis. Walt Whitman, por exemplo, era um poeta bichona. Pablo Neruda, um poeta bicha. William Blake era uma bichona, sem sombra de dúvida, e Octavio Paz, bicha. Borges era bâmbi, quer dizer, de repente podia ser bichona e de repente simplesmente assexuado. Rubén Darío era uma bicha-louca, na verdade a rainha e o paradigma das bichas-loucas.

— Na nossa língua, é claro — esclareceu —, no vasto mundo o paradigma continua sendo Verlaine, o Generoso.

Uma louca, segundo San Epifanio, estava mais próxima do hospício florido e das alucinações em carne viva, enquanto as bichonas e as bichas vagavam sincopadamente da Ética à Estética, e vice-versa. Cernuda, o querido Cernuda, era um ninfo e, em ocasiões de grande amargura, um poeta bichona, enquanto Guillén, Aleixandre e Alberti podiam ser considerados bicharoca, boneca e bicha, respectivamente. Os poetas tipo Carlos Pellicer eram, via de regra, bonecas, enquanto poetas como Tablada, Novo, Renato Leduc eram bicharocas. De fato, a poesia mexicana carecia de poetas bichonas, embora algum otimista pudesse pensar que aí se enquadravam López Velarde ou Efraín Huerta. Bichas, em compensação, abundavam, do maldoso (mas por um segundo escutei mafioso) Díaz Mirón até o conspícuo Homero Aridjis. Deveríamos remontar a Amado Nervo (vaias) para encontrar um poeta de verdade, quer dizer, um poeta bichona, e não um bâmbi como o agora famoso e reivindicado potosino Manuel José Othón, pesadão como ele só. E falando de poetas pesados: borboleta era Manuel Acuña e ninfo dos bosques da Grécia, José Joaquín Pesado, perenes cafetões de certa lírica mexicana.

— E Efrén Rebolledo? — perguntei.

— Uma bicha menorzíssima. Sua única virtude é ser, se não o único, o primeiro poeta mexicano a publicar um livro em Tóquio, *Rimas japonesas*, 1909. Era diplomata, claro.

O panorama poético, afinal de contas, era basicamente a luta (subterrânea), o resultado da pugna entre poetas bichonas e poetas bichas para se apropriarem da *palavra*. As bicharocas, segundo San Epifanio, eram poetas bichonas no sangue, que, por fraqueza ou comodidade, acatavam — se bem que nem sempre — os parâmetros estéticos e vitais das bichas. Na Espanha, na França e na Itália os poetas bichas foram legião, ele dizia, ao contrário do que poderia pensar um leitor não excessivamente atento. O que acontecia era que um poeta bichona feito Leopardi, por exemplo, reconstrói de alguma maneira os bichas feito Ungaretti, Montale e Quasimodo, o trio da morte.

— Do mesmo modo, Pasolini retoca a bichice italiana atual, vejam o caso do pobre Sanguinetti (com Pavese eu não me meto, era uma bicha-louca triste, exemplar único de sua espécie, nem me meto com Dino Campana, que come em mesa à parte, a mesa das bichas-loucas terminais). Para não falar da França, grande língua de fagocitadores, em que cem poetas bichonas, de Villon à nossa admirada Sophie Podolski, apascentaram, apascentam e apascentarão com o sangue de suas tetas dez mil poetas bichas com sua corte de bâmbis, ninfos, bonecas e borboletas, excelsos diretores de revistas literárias, grandes tradutores, pequenos funcionários e grandíssimos diplomatas do Reino das Letras (ver, se for o caso, o lamentável e sinistro discorrer dos poetas da *Tel Quel*). E nem falemos da bichice da Revolução Russa, em que, se tivermos que ser sinceros, só houve um poeta bichona, um só.

— Quem? — alguém lhe perguntou.
— Maiakovski?
— Não.
— Essenin?
— Também não.
— Pasternak, Blok, Mandelstam, Akhmatova?
— Muito menos.
— Diga de uma vez, Ernesto, estou roendo as unhas de curiosidade.
— Só um — San Epifanio disse —, e tiro já a sua dúvida, mas este sim, bichona das estepes e das neves, bichona da cabeça aos pés: Khlebnikov.

Houve opiniões para todos os gostos.

— E na América Latina quantas bichonas de verdade podemos encontrar? Vallejo e Martín Adán. Ponto, parágrafo. Macedonio Fernández, talvez? Os demais, bichas tipo Huidobro, borboletas tipo Alfonso Cortés (se bem que este tem versos de bichona autêntica), bonecas tipo León de Greiff, ninfos embonecados tipo Pablo de Rokha (com rompantes de bicha-louca que teriam enlouquecido Lacan), bicharocas tipo Lezama Lima, falso leitor de Góngora, e, com Lezama, todos os poetas da Revolução Cubana (Diego, Vitier, o horrível Retamar, o penoso Guillén, a inconsolável Fina García), com exceção de Rogelio Nogueras, que é um encanto e uma ninfa com espírito de bichona desvairada. Mas continuemos. Na Nicarágua dominam borboletas tipo coronel Urtecho ou bichas com vontade de bâmbis, tipo Ernesto Cardenal. Bichas também os Contemporâneos do México...

— Não! — Belano gritou. — Gilberto Owen, não!

— De fato — prosseguiu imperturbável San Epifanio —, *Morte sem fim* é, com a poesia de Paz, a Marselhesa dos nervosíssimos e sedentários poetas mexicanos bichas. Mais nomes: Gelman, ninfo, Benedetti, bicha, Nicanor Parra, bicharoca com um quê de bichona, Westphalen, bicha-louca, Enrique Lihn, bicharoca, Girondo, borboleta, Rubén Bonifaz Nuño, boneca borboleteante, Sabines, boneca embonecada, nosso querido e intocável Josemilio Pe, bicha-louca. E voltemos à Espanha, voltemos às origens (vaias): Góngora e Quevedo, bichas; são Juan de la Cruz e frei Luis de León, bichonas. Está dito tudo. E agora algumas diferenças entre bichas e bichonas. As primeiras pedem até em sonhos um pau de trinta centímetros que as arrombe e fecunde, mas na hora da verdade é uma dificuldade que Deus me livre ir para a cama com seus cafetões da alma. Já as bichonas parece que vivem permanentemente com uma estaca lhes remexendo as entranhas, e, quando se olham num espelho (ato que amam e odeiam com toda alma), descobrem em seus próprios olhos cavos a identidade do Bofe da Morte. *Bofe*, para bichonas e bichas, é a palavra que atravessa ilesa os domínios do nada (ou do silêncio, ou da alteridade). Quanto ao mais, e com boa vontade, nada impede que bichas e bichonas sejam bons amigos, que se plagiem com finura, se critiquem ou se elogiem, se publiquem ou se ocultem mutuamente no furibundo e moribundo país das letras.

— E Cesárea Tinajero? É uma poeta bichona ou bicha? — alguém perguntou. Não reconheci a voz.

— Ah, Cesárea Tinajero é um horror — San Epifanio disse.

23 de novembro
Contei a María que o pai dela me dera dinheiro.

— Você acha que sou uma puta? — indagou.

— Claro que não!

— Então não aceite a grana desse velho louco! — falou.

Naquela tarde fomos a uma conferência de Octavio Paz. No metrô, María nem me dirigiu a palavra. Angélica nos acompanhou, e ali, na Capilla

Alfonsina, nós nos encontramos com Ernesto San Epifanio. Na saída, fomos a um restaurante na rua Palma servido por octogenários. O restaurante se chamava La Palma de la Vida. De cara me senti incomodado. Os garçons, que de um momento para o outro iriam morrer, a indiferença de María, como se já estivesse cansada de mim, o sorriso de San Epifanio, distante e irônico, e até Angélica, que estava como sempre, me pareceram uma armação, um comentário jocoso sobre minha própria existência.

Para cúmulo, segundo eles, eu não havia entendido nada da conferência de Octavio Paz, pode ser que tivessem razão, eu só havia prestado atenção nas mãos do poeta, que marcavam o compasso das palavras que ia lendo, seguramente um tique adquirido na adolescência.

— Este cara é um compêndio de incultura — María disse —, o exemplar típico da Faculdade de Direito.

Preferi não responder. (Embora me ocorressem várias respostas.) Em que pensei então? Em minha camisa que fedia. No dinheiro de Quim Font. Na poeta Laura Damián, morta tão moça. Na mão direita de Octavio Paz, em seus dedos indicador e médio, em seu dedo anular, em seus dedos polegar e mindinho, que cortavam o ar da Capilla como se com isso fosse embora *nossa* vida. Pensei também na minha casa e na minha cama.

Depois apareceram dois sujeitos de cabelo comprido e calça de couro. Pareciam músicos, mas eram alunos da Escola de Dança.

Por um bom tempo deixei de existir.

— Por que você me odeia, María? O que foi que eu fiz? — eu lhe perguntei no ouvido.

Ela olhou para mim como se eu lhe falasse de outro planeta. Não seja ridículo, disse.

Ernesto San Epifanio ouviu a resposta dela e sorriu para mim de forma inquietante. Na realidade, todo mundo ouviu, e todos sorriram para mim como se eu estivesse enlouquecendo! Acho que fechei os olhos. Tentei entrar em alguma conversa. Tentei falar dos poetas real-visceralistas. Os pseudomúsicos riram. Em algum momento María beijou um deles, e Ernesto San Epifanio me deu uns tapinhas nas costas. Lembro que peguei a mão dele no ar ou lhe agarrei o cotovelo e lhe disse, olhos nos olhos, que ficasse tranquilo, que eu não precisava de nenhum tipo de consolo. Lembro que María e Angélica resolveram ir embora com os dançarinos. Lembro que me ouvi gritar em algum momento da noite:

— A bufunfa do seu pai, eu fiz por merecer!

Mas não me lembro se María estava lá para me ouvir ou se eu já estava sozinho.

24 de novembro

Voltei para casa. Voltei à faculdade (mas não entrei). Gostaria de dormir com María. Gostaria de dormir com Catalina O'Hara. Gostaria de dormir com Laura Jáuregui. Às vezes gostaria de ir para a cama com Angélica, mas Angélica a cada minuto que passa está com mais olheiras, mais pálida, mais magra, mais ausente.

25 de novembro

Hoje só vi Barrios e Jacinto Requena no café Quito, e nossa conversa foi meio melancólica, como se estivéssemos na véspera de algo irreparável. De qualquer modo, rimos bastante. Contaram-me que uma vez Arturo Belano iria dar uma conferência na Casa del Lago e que, quando chegou sua vez de falar, esqueceu tudo, acho que a conferência era sobre poesia chilena, e Belano improvisou um bate-papo sobre filmes de terror. Em outra vez, quem deu a conferência foi Ulises Lima, e ninguém apareceu. Assim conversamos até fecharem.

26 de novembro

Não encontrei ninguém no café Quito, e não tinha a menor vontade de sentar numa mesa e ler no meio do bochicho tristonho daquela hora. Por algum tempo andei pela Bucareli, telefonei para María, não a encontrei, passei duas vezes pelo Encrucijada Veracruzana, na terceira entrei, e lá, junto ao balcão, vi Rosario.

Achei que ela não iria me reconhecer. Eu mesmo, por momentos, não me reconheço! Mas Rosario olhou para mim, sorriu e, um tempinho depois, o tempo de atender uma mesa cheia de bêbados patibulares, veio para onde eu estava.

— Escreveu minha poesia? — perguntou enquanto se sentava ao meu lado. Rosario tem olhos escuros, negros eu diria, e cadeiras largas.

— Mais ou menos — respondi com uma levíssima sensação de triunfo.

— Deixe-me ver, leia para mim.

— Meus poemas não são para ser recitados, mas para ser lidos — disse. Creio que José Emilio Pacheco afirmou há pouco coisa semelhante.

— Por isso mesmo, leia — Rosario disse.

— O que eu quero dizer é que o melhor é você mesmo o ler.

— Não, é melhor você. Se eu ler, não vou entender mesmo.

Peguei ao acaso um dos meus poemas mais recentes e li.

— Não entendi — Rosario disse —, mas tanto faz, eu lhe agradeço.

Esperei por um instante que me convidasse a ir para a adega. Mas Rosario não era Brígida, dava para ver de cara. Comecei então a pensar no abismo que separa o poeta do leitor e, quando me dei conta, já estava profundamente deprimido. Rosario, que tinha ido atender outras mesas, voltou para junto de mim.

— Escreveu uns versinhos para Brígida também? — perguntou me olhando nos olhos, com as pernas roçando a beira da mesa.

— Não, só pra você — disse.

— Já me contaram o que aconteceu outro dia.

— O que aconteceu outro dia? — perguntei tentando me mostrar frio, amável também, mas frio.

— A pobre da Brígida chorou por sua causa — Rosario disse.

— Como assim? Você viu?

— Todas vimos. Está louca por você, senhor poeta. Você deve ter um jeito especial com as mulheres.

Acho que fiquei vermelho, mas ao mesmo tempo me senti lisonjeado.

— Não é nada... de especial — murmurei. — Ela te contou alguma coisa?

— Contou muitas coisas, quer que eu diga quais?

— Pode dizer — falei, embora na realidade não estivesse muito certo de querer ouvir as confidências de Brígida. Quase instantaneamente me irritei com isso. O ser humano é mal-agradecido, disse a mim mesmo, esquecidiço, ingrato.

— Aqui não — Rosario disse. — Daqui a pouco vou tirar uma hora de folga. Sabe onde fica a pizzaria do gringo? Me espere lá.

Disse que assim faria e saí do Encrucijada Veracruzana. Lá fora o dia tinha ficado nublado, e um vento forte obrigava as pessoas a andar mais depressa que de costume ou a se proteger na entrada das lojas. Ao passar pelo café Quito dei uma olhada, mas não vi nenhum conhecido. Por um instante pensei em ligar outra vez para María, mas não liguei.

A pizzaria estava cheia, e a gente comia de pé os pedaços que o gringo em pessoa cortava com uma enorme faca de cozinha. Observei por algum tempo. Pensei que o negócio provavelmente lhe rendia bastante dinheiro e fiquei contente, porque o gringo parecia simpático. Ele fazia tudo: preparava a massa, punha tomate e mussarela, punha as pizzas no forno, cortava, entregava aos fregueses amontoados no balcão, preparava mais pizzas, e começava tudo de novo. Tudo, menos receber e dar o troco. Dessa operação se encarregava um rapaz de uns quinze anos, moreno, de cabelo muito curto e que a cada instante consultava o gringo em voz baixinha, como se ainda não soubesse direito os preços ou fosse ruim de matemática. Passado mais um tempo, notei outro detalhe curioso. O gringo nunca se separava de sua enorme faca de cozinha.

— Cheguei — Rosario disse me puxando pela manga.

Na rua, ela não parecia a mesma do Encrucijada Veracruzana. Ao ar livre, sua fisionomia era menos firme, suas feições mais transparentes, volatilizadas, como se na rua corresse o risco de se transformar na mulher invisível.

— Vamos dar uma voltinha, depois você me convida para alguma coisa, OK?

Saímos em direção à Reforma. Rosario me tomou o braço ao atravessar a primeira rua, e não largou mais.

— Quero ser como sua mãe — falou —, mas não me interprete mal, não sou uma puta feito Brígida, eu quero te ajudar, tratar bem de você, quero estar com você quando se tornar famoso, minha vida.

Essa mulher deve estar louca, pensei, mas não disse nada, limitei-me a sorrir.

27 de novembro
Tudo está se complicando. Estão acontecendo coisas horríveis. De noite acordo gritando. Sonho com uma mulher com cabeça de vaca. Seus olhos me fitam fixamente. Na realidade, com uma tristeza comovente. Para completar, tive uma pequena conversa de "homem para homem" com meu tio. Ele me fez jurar que eu não tomo drogas. Não, disse a ele, não tomo drogas,

juro. Nada de nada?, meu tio disse. O que quer dizer com isso?, eu disse. Como o que quero dizer com isso?, ele rugiu. É, o que quer dizer, seja um pouco mais preciso, por favor, eu disse me encolhendo como um caracol. De noite telefonei para María. Não estava, mas falei um instante com Angélica. Como vai?, perguntou. Para dizer a verdade não estou muito bem, eu disse, na realidade estou bem mal. Está doente?, Angélica perguntou. Não, nervoso. Também não estou muito bem, Angélica disse, só durmo. Gostaria de ter lhe perguntado mais coisas, de ex-virgem para ex-virgem, mas não perguntei.

28 de novembro
Continuam acontecendo coisas horríveis, sonhos, pesadelos, impulsos que sigo e que estão completamente fora do meu controle. Como quando tinha quinze anos e não parava de me masturbar. Três punhetas por dia, cinco punhetas por dia, nada bastava! Rosario quer casar comigo. Disse a ela que não acredito no casamento. Bem, ela riu, casar, não casar, o que quero dizer é que PRECISO viver com você. Viver junto, perguntei, na MESMA casa? Claro, na mesma casa, ou no mesmo QUARTO, se não tivermos dinheiro para ALUGAR uma casa. Até numa cova, disse, não sou nada EXIGENTE. Seu rosto brilhava, não sei se de suor ou de pura fé no que dizia. A primeira vez que transamos foi na casa dela, num cortiço perdido do bairro de Merced Balbuena, a poucos passos da Calzada de la Viga. O quarto estava cheio de postais de Veracruz e de fotos de artistas de cinema presas com percevejos nas paredes.

— É a primeira vez, gatinho? — Rosario me perguntou.
Não sei por quê, disse que sim.

29 de novembro
Eu me movimento como que arrastado pelas ondas. Hoje fui, sem que ninguém me convidasse e sem avisar, à casa de Catalina O'Hara. E a encontrei por acaso, acabava de chegar, estava de olhos vermelhos, sinal inequívoco de que tinha chorado. De início não me reconheceu. Perguntei por que chorava. Histórias de amor, disse. Tive que morder a língua para não lhe dizer que, se precisava de alguém, ali estava eu, disposto para o que desse e viesse. Tomamos um uísque, estou precisando, Catalina disse, depois fomos

buscar seu filho no berçário. Catalina guiava feito uma suicida, fiquei enjoado. Na volta, enquanto eu brincava com o menino no banco de trás, ela me perguntou se eu queria ver seus quadros. Disse que sim. No fim das contas, demos cabo de meia garrafa de uísque, e Catalina, depois de pôr o filho para dormir, tornou a chorar. Não se aproxime, disse para mim mesmo, ela é MÃE. Depois pensei em túmulos, em trepar em cima de um túmulo, em dormir em cima de um túmulo. Por sorte, poucos minutos depois chegou a pintora com quem ela divide a casa e o ateliê, e os três juntos fomos preparar o jantar. A amiga de Catalina também é separada, mas evidentemente leva a vida muito melhor. Enquanto comíamos, não parou de contar piadas. Piadas de pintores. Eu nunca tinha ouvido uma mulher contar piadas tão boas (infelizmente não me lembro de nenhuma). Depois, não sei por quê, começaram a falar de Ulises Lima e Arturo Belano. Segundo a amiga de Catalina, havia um poeta de dois metros de altura e que pesava cem quilos, sobrinho de uma funcionária da Unam, que estava atrás deles para lhes dar uma surra. Eles, sabendo disso, tinham sumido. Mas essa versão não convenceu Catalina O'Hara; segundo ela, nossos amigos andavam atrás dos papéis perdidos de Cesárea Tinajero, ocultos em hemerotecas e sebos do DF. Saí de lá à meia-noite e, chegando à rua, não soube de repente para onde ia. Liguei para María, disposto a lhe contar toda minha história com Rosario (e de passagem o *affaire* na adega com Brígida) e lhe pedir perdão, mas o telefone tocou, tocou, e ninguém atendeu. Toda a família Font havia desaparecido. De modo que dirigi meus passos para o sul, para o quarto de Ulises Lima. Quando cheguei lá, não havia ninguém, então acabei indo para o centro, mais uma vez, para a avenida Bucareli. Chegando lá, antes de ir ao Encrucijada, dei uma olhada pelas vidraças do café Amarillo (o Quito já tinha fechado). Numa mesa vi Pancho Rodríguez. Estava sozinho diante de um café-com-leite consumido pela metade. Tinha um livro na sua frente, a mão sobre as páginas para evitar que ele se fechasse, e seu rosto estava contraído numa expressão de dor intensa. De vez em quando fazia caretas, que, vistas da vidraça, eram pavorosas. Ou o livro que ele lia o afetava de maneira dilacerante, ou estava com uma tremenda dor de dente. Em determinado momento, levantou a cabeça e olhou para todos os lados, como se intuísse que estava sendo observado. Eu me escondi. Quando tornei a olhar, Pancho continuava lendo, e de seu rosto havia desaparecido a expressão de dor. No

Encrucijada, Rosario e Brígida trabalhavam naquela noite. Primeiro veio Brígida. Em sua expressão percebi raiva, rancor, mas também o sofrimento dos que foram repelidos. Sinceramente, fiquei com pena! Todo mundo sofre! Pedi uma tequila e ouvi impassível o que ela tinha a me dizer. Depois veio Rosario e disse que não gostava de me ver de pé ao balcão, escrevendo feito um órfão. Não tem nenhuma mesa desocupada, respondi, e continuei escrevendo. Meu poema se chama "Todos sofrem". Pouco me importa se estão me olhando.

30 de novembro
Ontem à noite aconteceu uma coisa terrível. Eu estava no Encrucijada Veracruzana, encostado no balcão, escrevendo indistintamente meu diário e alguns poemas (posso pular de um assunto para o outro sem o menor problema), quando Rosario e Brígida começaram a xingar as respectivas mães no fundo do café. Os bêbados patibulares rapidamente tomaram partido de uma ou de outra e começaram a atiçá-las com tanta energia que perdi a concentração necessária para escrever, de modo que decidi me mandar o mais depressa possível daquele antro.

Na rua o ar fresco, ignoro que horas eram, mas era tarde, fustigou meu rosto e, enquanto eu andava, fui recuperando se não a inspiração (existe a inspiração?), pelo menos a disposição e a vontade de escrever. Virei no Relógio Chinês e caminhei na direção da Ciudadela, em busca de um café onde pudesse prosseguir meu trabalho. Atravessei o jardim Morelos, vazio e fantasmagórico, mas em cujos recantos se adivinha uma vida secreta, corpos e risos (ou risadinhas) que debocham do passeante solitário (foi o que me pareceu então), atravessei a Niños Héroes, atravessei a praça Pacheco (que homenageia o avô de José Emilio e que estava vazia, mas então sem sombras e sem risos), e, quando já me dispunha a seguir pela Revillagigedo em direção à Alameda, Quim Font surgiu ou se materializou numa esquina. Levei um susto mortal. Vinha de paletó e gravata (mas havia *alguma coisa* no terno e na gravata, eles não combinavam de jeito nenhum) e arrastava uma moça, que ele mantinha firmemente segura pelo cotovelo. Vinham em minha direção, mas pela calçada oposta, demorei alguns segundos para reagir. A moça que Quim arrastava não era Angélica, como irracionalmente supus ao vê-la, mas sua estatura e seu físico contribuíam para a confusão.

A disposição da moça em seguir Quim era manifestamente pouquíssima, mas tampouco se poderia dizer que opunha muita resistência. Quando cheguei à altura deles, íamos pela Revillagigedo rumo à Alameda, olhei fixamente para os dois, como que para ter certeza de que aquele transeunte noturno era mesmo Quim e não uma visão, então ele também me viu e não demorou mais de um segundo para me reconhecer.

— García Madero! — gritou. — Homem, venha cá!

Atravessei a rua tomando ou demonstrando que tomava precauções inúteis (pois nesse momento não passava nenhum veículo pela Revillagigedo), talvez para adiar por alguns segundos meu encontro com o pai de María. Quando alcancei a outra calçada, a moça levantou a cabeça e olhou para mim. Era Lupe, que eu tinha conhecido em Guerrero. Não deu sinal de se lembrar de mim. Claro, a primeira coisa que pensei foi que Quim e Lupe procuravam um hotel.

— Você até parece caído do céu, homem! — Quim Font exclamou.

Cumprimentei Lupe.

— Oi — ela disse, com um sorriso que me gelou o coração.

— Estou procurando um refúgio para esta senhorita — Quim disse —, mas não acho nenhum hotel decente no bairro.

— Hotel é o que não falta por aqui — Lupe disse. — Diga que você não quer gastar dinheiro.

— Dinheiro não é problema. Se tem, tem, se não tem, não tem.

Só então notei que Quim estava nervosíssimo. A mão com que mantinha Lupe agarrada tremia de forma espasmódica, como se o braço de Lupe estivesse carregado de eletricidade. Ele piscava os olhos ferozmente e mordia os lábios.

— Algum problema? — perguntei.

Quim e Lupe olharam para mim por uns instantes (os dois pareciam a ponto de explodir), depois riram.

— Uma pá de problemas — Lupe respondeu.

— Conhece algum lugar em que possamos esconder esta mademoiselle? — Quim perguntou.

Podia estar nervosíssimo, sem dúvida, mas estava felicíssimo também.

— Não sei — eu disse só para dizer alguma coisa.

— Na sua casa é impossível, não é? — Quim disse.

— Absolutamente impossível.

— Por que você não me deixa resolver sozinha os meus problemas? — Lupe disse.

— Porque ninguém escapa da minha solidariedade! — Quim respondeu piscando o olho para mim. — Além do mais, porque sei que você não seria capaz de resolvê-los.

— Vamos tomar um café-com-leite — eu disse — e logo pensaremos em alguma coisa.

— Não esperava outra coisa de você, García Madero — Quim disse. — Sabia que você não iria me deixar na mão.

— Ué, encontrei você por puro acaso! — falei.

— Acaso, acaso — Quim disse, respirando a plenos pulmões, como o titã da rua Revillagigedo —, acaso é o cacete. Na hora da verdade tudo está escrito. Era o que os merdas dos gregos chamavam de destino.

Lupe olhou e sorriu para ele como se sorri para os loucos. Vestia uma minissaia e um suéter preto. O suéter me pareceu ser de María, ao menos tinha o cheiro de María.

Voltamos a andar, viramos à direita na rua Victoria até a rua Dolores. Lá entramos num café chinês. Sentamos em frente de um cara de aspecto cadavérico, que lia um jornal. Quim inspecionou o local, depois se trancou por uns minutos no banheiro. Lupe o acompanhou com os olhos, e por um instante seu olhar me pareceu o de uma mulher apaixonada. Nesse momento não tive a menor dúvida de que tinham ido para a cama ou de que pensavam em fazer isso nos próximos minutos.

Quando Quim voltou, tinha lavado as mãos, o rosto e passado água nos cabelos. Como não havia toalha no banheiro, não tinha se enxugado, e a água escorria pelas têmporas.

— Estes lugares me trazem a lembrança de um dos momentos mais horríveis da minha vida — falou.

Depois ficou calado. Lupe e eu também permanecemos em silêncio por um momento.

— Quando eu era moço, conheci um mudo, melhor dizendo um surdo-mudo — Quim prosseguiu após uma breve reflexão. — O surdo-mudo freqüentava a cafeteria de estudantes a que íamos, eu e um grupo de amigos da Faculdade de Arquitetura. Entre eles o pintor Pérez Camargo, vocês na certa conhecem a obra dele ou ouviram falar dele. E na cafeteria sempre encontrávamos o surdo-mudo, que vendia esferográficas, brinquedos, folhetos com a linguagem dos surdos-mudos impressa, enfim, coisas sem importância, para arranjar mais uns pesos. Era um camarada simpático e às vezes vinha se sentar à nossa mesa. Para dizer a verdade, acho que alguns o consideravam, de maneira bastante estúpida, o mascote do grupo e acho que mais de um, por pura brincadeira, aprendeu alguns sinais da linguagem dos surdos-mudos. Ou pode ser que o próprio surdo-mudo lhes tenha ensinado, não lembro mais. Mas uma noite entrei num café chinês como este, só que ficava em Narvarte, e de supetão dei com o surdo-mudo. Não sei que diabo eu estava fazendo ali, não era um bairro que eu freqüentasse assiduamente, talvez estivesse saindo da casa de uma amiga, o caso é que eu estava um pouco alterado, digamos que passando por uma das minhas depressões cíclicas. Era tarde. O chinês estava vazio. Eu me sentei ao balcão ou a uma mesa junto da porta. No começo pensei que eu fosse o único freguês do café. Mas, quando me levantei e fui ao banheiro (para fazer minhas necessidades ou chorar à vontade!), encontrei o surdo-mudo na parte de trás do café, numa espécie de segundo salão. Ele também estava sozinho, lia um jornal, e não me viu. Como são as coisas! Quando passei, ele não me viu, e eu não o cumprimentei. Não me senti capaz de suportar sua alegria, suponho. Mas quando saí do banheiro, de alguma maneira tudo tinha mudado e resolvi cumprimentá-lo. Ele continuava ali, lendo, eu lhe disse olá, mexi um pouco na mesa dele para que notasse minha presença. Então o surdo-mudo ergueu a vista, parecia meio adormecido, olhou para mim sem me reconhecer e me disse olá.

— Caralho — falei, e meus pêlos se arrepiaram.

— Estamos em sintonia, García Madero — Quim disse olhando para mim com simpatia —, eu também fiquei com medo. O fato é que a duras penas me controlei para não sair fugindo daquele chinês desconhecido.

— Não sei de que você teve medo — Lupe disse.

Quim não lhe deu bola.

— Com grande esforço me controlei para não sair dando gritos — disse. — O que me reteve foi a certeza de que até então o surdo-mudo não havia me reconhecido e a obrigação de pagar minha despesa. Mas não fui capaz de terminar o café-com-leite e, assim que me vi na rua, saí correndo sem nenhuma vergonha.

— Eu imagino — falei.

— Foi como ver o demônio — Quim disse.

— O cara falava sem nenhum problema — falei.

— Sem nenhum problema! Ergueu os olhos e me disse olá. E tinha até um bonito timbre de voz, pô!

— Não era o demônio — Lupe disse —, pode ser, nunca se sabe, mas não acredito que nesse caso fosse o demônio.

— Cara, não acredito no demônio, Lupe, é uma maneira de falar — Quim disse.

— O que você acha que ele era? — perguntei.

— Um cagüete. Um informante da polícia — Lupe disse com um sorriso de uma orelha a outra.

— Tem razão, é verdade — eu disse.

— E por que iria se aproximar da gente fingindo que era mudo? — Quim perguntou.

— Surdo-mudo — falei.

— Ora, porque vocês eram estudantes — Lupe disse.

Quim olhou para Lupe como se fosse beijá-la.

— Como você é inteligente, Lupita.

— Não deboche de mim — ela disse.

— Estou falando sério, caralho.

À uma da manhã saímos do café chinês e fomos procurar um hotel. Lá pelas duas finalmente encontramos um na Río de la Loza. No caminho me explicaram o que estava acontecendo com Lupe. O cafetão dela tinha tentado matá-la. Quando perguntei o motivo, disseram que era porque Lupe não queria mais trabalhar de tarde, e sim estudar.

— Parabéns, Lupe — disse a ela. — E o que é que você vai estudar?

— Dança contemporânea — ela respondeu.

— Na Escola de Dança, junto com María?

— Lá mesmo. Com Paco Duarte.

— E se matriculou direto, sem fazer nenhum exame?

Quim olhou para mim como se de outra dimensão:

— Lupe também tem seus amigos influentes, García Madero, e todos nós estamos dispostos a ajudá-la. Não vai precisar fazer nenhuma merda de exame.

O hotel se chamava La Media Luna, e, ao contrário do que eu esperava, depois de ir ver o quarto e de conversar uns segundos a sós com o recepcionista, Quim Font se despediu de Lupe lhe desejando boa-noite e recomendando que nem lhe passasse pela cabeça sair dali sem avisar. Lupe se despediu da gente na porta do quarto. Não nos acompanhe, Quim disse a ela. Mais tarde, quando íamos na direção da Reforma, ele me explicou que fora obrigado a dar uma gorjeta ao recepcionista para que aceitasse Lupe sem fazer muitas perguntas, mas principalmente, se fosse o caso, sem dar muitas respostas.

— O medo que tenho — disse para mim — é que o cafetão dela visite todos os hotéis do DF.

Sugeri que talvez a polícia pudesse resolver o caso ou pelo menos impedir que aquele sujeito fizesse alguma coisa.

— Não seja bobo, García Madero, esse tal Alberto tem amigos na polícia. Como você acha que ele organiza suas redes de prostituição? Todas as putas do DF são controladas pela polícia.

— Homem, é difícil acreditar nisso, Quim — falei. — Pode ser que haja policiais que levem uma grana para fazer vista grossa, mas todos...

— O negócio da prostituição no DF e em todo México é controlado pela polícia, fique sabendo logo de uma vez — Quim disse. E ao fim de um instante acrescentou: — Estamos sozinhos nesta.

Na Niños Héroes pegou um táxi. Antes de entrar me fez prometer que, no dia seguinte, estaria na casa dele logo nas primeiras horas.

1º de dezembro
Não fui à casa das Font. Passei o dia todo trepando com Rosario.

2 de dezembro
Encontrei Jacinto Requena passeando pela Bucareli.

Fomos comprar dois pedaços de pizza no gringo. Enquanto comíamos, ele me disse que Arturo havia feito o primeiro expurgo no realismo visceral.

Fiquei gelado. Perguntei quantos éramos agora. Cinco, Requena disse. Suponho que eu não esteja entre eles, falei. Não, você não, Requena disse. A notícia me proporcionou grande alívio. Os expurgados eram Pancho Rodríguez, Pele Divina e três poetas que eu não conhecia.

Enquanto fico na cama com a Rosario, pensei, a poesia mexicana de vanguarda experimenta suas primeiras fissuras.

O dia todo deprimido, mas escrevendo e lendo como uma locomotiva.

3 de dezembro
Devo reconhecer que na cama me dou melhor com Rosario do que com María.

4 de dezembro
Mas quem eu amo? Ontem choveu a noite inteira. Os corredores que dão para o pátio do cortiço pareciam as cataratas do Niágara. Fiz amor registrando tudo. Rosario estava fantástica, mas, em respeito ao sucesso do experimento, preferi não dizer nada. Gozou quinze vezes. Nas primeiras, precisei lhe tapar a boca para que não acordasse os vizinhos. Nas últimas, fiquei com medo de que fosse ter um ataque cardíaco. Às vezes parecia desmaiar nos meus braços, outras vezes se arqueava como se um fantasma estivesse brincando com sua coluna vertebral. Eu gozei três vezes. Depois saímos os dois para o corredor e nos banhamos na chuva que caía do corredor de cima. É estranho: meu suor é quente e o suor de Rosario é frio, reptiliano, e tem um sabor agridoce (o meu é nitidamente salgado). Ao todo, ficamos quatro horas trepando. Depois Rosario me enxugou, se enxugou, arrumou o quarto num piscar de olhos (é incrível o quanto essa mulher é ativa e prática) e foi dormir, porque no dia seguinte teria que ir trabalhar. Eu me instalei à mesa e escrevi um poema que intitulei "15/3". Depois li William Burroughs até o amanhecer.

5 de dezembro
Hoje trepei com Rosario da meia noite às quatro e meia da manhã e tornei a cronometrá-la. Gozou dez vezes, eu duas. Mas o tempo que levamos para fazer amor foi maior que o de ontem. Entre poema e poema (enquanto Rosario dormia), fiz alguns cálculos matemáticos. Se em quatro horas a gente goza quinze vezes, em quatro horas e meia deveria gozar dezoito vezes, e de maneira nenhuma dez. Isso deveria valer para mim. Será que a rotina já começa a nos afetar?

Depois tem María. Penso nela todo dia. Gostaria de vê-la, trepar com ela, falar com ela, ligar para ela, mas na hora H sou incapaz de dar um só passo em sua direção. E depois, quando examino friamente meus encontros sexuais com ela e os com Rosario, sem dúvida nenhuma sou obrigado a reconhecer que com Rosario me dou muito melhor. Pelo menos aprendo mais!

6 de dezembro
Trepei com Rosario das três às cinco da tarde. Ela gozou duas vezes, talvez três, não sei, prefiro deixar esse número como um enigma, e eu duas vezes. Antes de ela sair para trabalhar, contei a história de Lupe. Contrariamente ao que eu esperava, ela não manifestou nenhuma simpatia por Lupe nem por Quim nem por mim. Também falei a Rosario de Alberto, o cafetão de Lupe, e para minha surpresa ela demonstrou compreendê-lo muito bem, condenando apenas, e certamente não de forma taxativa, sua ocupação de gigolô. Quando eu lhe disse que o tal Alberto poderia ser uma pessoa perigosa e que havia o risco de que, se encontrasse Lupe, lhe deixasse uma cicatriz, ela respondeu que uma mulher que abandona seu homem merece isso mesmo e muito mais.

— Mas você não tem que se preocupar, minha vida — disse —, esses problemas você não tem, graças a Deus você tem seu verdadeiro amor ao seu lado.

A declaração de Rosario me entristeceu. Por um instante imaginei esse Alberto que eu não conhecia, com seu pau enorme, sua faca enorme, um olhar feroz, e pensei que, se o encontrasse na rua, Rosario se sentiria atraída por ele. Também: que de alguma maneira esse homem se interpunha entre María e mim. Por um instante, imaginei Alberto medindo o pau com sua faca de cozinha e imaginei as notas de uma canção cheia de evocações e sugestões, embora seja incapaz de dizer de que tipo, que entrava pela janela (uma janela sinistra!) com o ar da noite, e tudo somado me causou grande tristeza.

— Não desanime, minha vida — Rosario disse.

E também imaginei María fazendo amor com Alberto. E Alberto batendo nas nádegas da María. E Angélica fazendo amor com Pancho Rodríguez (ex-real-visceralista, graças a Deus!). E María fazendo amor com Pele Divina. E Alberto fazendo amor com Angélica e com María. E Alberto fazendo amor com Catalina O'Hara. E Alberto fazendo amor com Quim Font. E no segundo seguinte, como diz o poeta, imaginei finalmente Alberto avançando por um carpete de corpos manchados de sêmen (um sêmen cuja densidade e cuja cor enganavam a vista, pois parecia sangue e merda) em direção a um morro onde estava eu, parado feito uma estátua, embora com todas as minhas forças quisesse fugir, descer correndo pela encosta contrária e me perder no deserto.

7 de dezembro
Hoje fui ao escritório de meu tio e disse a ele:
— Tio — falei —, estou vivendo com uma mulher. É por isso que não vou dormir em casa. Mas nem o senhor nem minha tia precisam se preocupar, porque continuo a ir à faculdade e pretendo me formar. Fora isso, estou indo muito bem. Tomo um bom café-da-manhã. Como duas vezes por dia.
Meu tio olhou para mim sem se levantar de sua mesa.
— Com que dinheiro você pretende viver? Arranjou trabalho ou é ela que o sustenta?
Respondi que ainda não sabia e que, por enquanto, de fato, era Rosario que cobria meus gastos, que por sinal eram muito frugais.
Ele quis saber quem era a mulher com quem eu vivia, contei quem era. Quis saber o que ela fazia. Contei, talvez edulcorando um pouco as prosaicas arestas do trabalho de garçonete de um bar. Quis saber que idade ela tinha. A partir desse momento, contra meu propósito inicial, tudo foram mentiras. Admiti que Rosario tinha dezoito anos, quando é quase certo que tem mais de vinte e dois, pode ser até que vinte e cinco, mas calculo isso no chute, nunca lhe perguntei, não me parece correto lhe arrancar essa informação, se ela não toma a iniciativa de dá-la.
— Só lhe peço que não se comporte como um bobalhão — meu tio disse, e me passou um cheque de cinco mil pesos.
Antes que eu me despedisse, ele pediu que eu ligasse de noite para minha tia.
Fui ao banco descontar o cheque, depois dei umas voltas por umas livrarias do centro. Apareci no café Quito. Da primeira vez não encontrei ninguém. Almocei lá e voltei para o quarto de Rosario, onde fiquei lendo e escrevendo até tarde. De noite voltei e encontrei Jacinto Requena morto de

tédio. Com exceção dele, foi o que Requena me garantiu, nenhum real-visceralista punha o nariz no café. Todos têm medo de encontrar Arturo Belano por lá, medo sem o menor fundamento, aliás, pois o chileno não aparecia havia dias. Segundo Requena (que dos real-visceralistas é sem dúvida o mais fleumático), Belano começou a expulsar mais poetas do grupo. Ulises Lima se mantém num discreto segundo plano, mas pelo visto apóia as decisões de Belano. Pergunto a ele quem foram os expurgados desta vez. Requena diz o nome de poetas que não conheço e o de Angélica Font, Laura Jáuregui e Sofía Gálvez.

— Expulsou três mulheres! — não consegui deixar de exclamar.

Estão na corda bamba Moctezuma Rodríguez, Catalina O'Hara e ele próprio. Você, Jacinto? Pois é, esse Belano está muito maquiavélico, Requena disse, resignado. E eu? Não, de você ninguém falou até agora, Requena disse com voz vacilante. Pergunto a ele o motivo dessas expulsões. Não sabe. Reforça sua primeira opinião: uma loucura temporária de Arturo Belano. Depois me explica (mas isso *eu já sei*) que Breton costumava praticar sem a menor discrição esse esporte. Belano imagina ser Breton, Requena diz. Na realidade, todos os *capo di famiglia* da poesia mexicana imaginam ser Breton, suspira. E os expulsos, o que dizem? Por que não formam um novo grupo? Requena ri. A maioria dos expulsos, ele diz, nem sequer sabe que foi expulsa! E os que sabem estão pouco se lixando para o real-visceralismo. Até se poderia dizer que Arturo lhes fez um favor.

— Pancho está se lixando? Pele Divina está se lixando?

— Eles talvez não. Quanto aos outros, só lhes tiraram um peso das costas. Agora podem ir embora tranqüilamente com as hostes dos Poetas Camponeses ou com os puxa-sacos de Paz.

— Acho muito pouco democrático o que Belano está fazendo — eu disse.

— Pois é, a pura verdade é que não é muito democrático mesmo.

— Deveríamos procurá-lo, dizer isso pra ele — eu disse.

— Ninguém sabe onde ele está. Ele e Ulises sumiram.

Ficamos por um instante observando a noite da Cidade do México pelas vidraças do bar.

Lá fora a gente anda depressa, encolhida, não como se esperasse uma tempestade, mas como se a tempestade já houvesse chegado. No entanto, ninguém parece ter medo.

Mais tarde, Requena começou a falar de Xóchitl e do filho que iriam ter. Perguntei como ele iria se chamar.

— Franz — Requena disse.

8 de dezembro

Já que não tenho o que fazer, resolvi procurar Belano e Ulises Lima nas livrarias do DF. Descobri o sebo de Plínio, o Jovem, na Venustiano Carranza. A livraria de Lizardi, na Donceles. O sebo de Rebeca Nodier, na Mesones com a Pino Suárez. Em Plínio, o Jovem, o único funcionário era um velhote que, depois de atender obsequiosamente um "estudioso do Colégio do México", não demorou a adormecer numa cadeira posta junto de uma pilha de livros, e me ignorou soberanamente; dele roubei uma antologia da *Astronômica*, de Marco Manilio, prefaciada por Alfonso Reyes, e o *Diário de um autor sem nome*, de um escritor japonês da Segunda Guerra Mundial. Na livraria Lizardi creio ter visto Monsiváis. Sem que ele notasse, eu me aproximei para ver que livro ele havia folheado, mas, quando cheguei perto dele, Monsiváis se virou, me encarou fixamente, creio que esboçou um sorriso e, com o livro bem agarrado e ocultando o título, foi falar com um dos funcionários. Atiçado por sua atitude, subtraí um livrinho de um poeta árabe chamado Omar Ibn al-Farid, editado pela universidade, e uma antologia de jovens poetas americanos da City Lights. Quando saí, Monsiváis já não estava lá. No sebo Rebeca Nodier, quem atende é a própria Rebeca Nodier, uma anciã de mais de oitenta anos, completamente cega, vestida de um branco recalcitrante que combina com sua dentadura; armada de um cacete, e alertada pelo ruído, pois o piso é de madeira, ela se apresenta de imediato ao visitante do sebo, sou Rebeca Nodier etc., para finalmente perguntar por sua vez o nome do "amante da literatura" a quem tem "a honra de conhecer" e para se informar sobre o tipo de literatura que a pessoa procura. Eu lhe disse que me interesso por poesia, e a senhora Nodier, para minha surpresa, disse que todos os poetas são uns vagabundos, mas que na cama não são nada maus. Principalmente se não têm dinheiro, disse. Depois perguntou minha idade. Dezessete anos, respondi. Ui, mas o senhor ainda é um garoto, exclamou. E logo em seguida: não está pensando em roubar alguns dos meus livros, está? Eu lhe garanti que nem morto. Conversamos um momento, depois fui embora.

9 de dezembro

A máfia dos livreiros mexicanos não deixa nada a dever à máfia dos literatos mexicanos. Livrarias visitadas: a Librería del Sótano, num porão da avenida Juárez, onde os empregados (numerosos e impecavelmente uniformizados) me submeteram a uma vigilância rigorosa, da qual pude escapar com um livro de poemas de Roque Dalton, um de Lezama Lima e um de Enrique Lihn. A livraria Mexicana, atendida por três samurais, na rua Aranda, perto da praça de San Juan, onde roubei um livro de Othón, um de Amado Nervo (magnífico!) e um bem fininho de Efraín Huerta. A livraria Pacífico, na Bolívar com a 16 de Septiembre, onde roubei uma antologia de poetas americanos traduzida por Alberto Girri e um livro de Ernesto Cardenal. De tarde, depois de ler, escrever e trepar um pouco, o sebo do Horacio, na Correo Mayor, atendido por duas gêmeas, de onde saí com um romance de Gamboa, *Santa*, para dar de presente a Rosario, com uma antologia de poemas de Kenneth Fearing traduzida e prefaciada por um tal de doutor Julio Antonio Vila, na qual se trata, de forma um bocado imprecisa e cheia de interrogações, de uma viagem feita pelo poeta Fearing ao México na década de 50, "viagem nefanda e frutuosa", o doutor Vila diz, e com um livro de budismo escrito pelo aventureiro da Televisa, Alberto Montes. Em vez do livro de Montes, teria preferido a autobiografia do ex-campeão mundial de peso-pena Adalberto Redondo, mas um dos inconvenientes de roubar livros — principalmente para um aprendiz como eu — é que a escolha depende da oportunidade.

10 de dezembro

Livraria Orozco, na Reforma, entre a Oxford e a Praga: *Nueve novísimos poetas espanhóis*, *Corps et biens*, de Robert Desnos e *O informe de Brodie*, de Borges. Livraria Milton, na Milton com Darwin: *Uma noite com Hamlet e outros poemas*, de Vladimir Holan, uma antologia de Max Jacob e uma antologia de Gunnar Ekelof. Livraria El Mundo, na Río Nazas: uma seleção de poemas de Byron, Shelley e Keats, *O vermelho e o negro*, de Stendhal (que já li) e *Aforismos*, de Lichtenberg, traduzidos por Alfonso Reyes. De tarde, enquanto arrumava meus livros no quarto, pensei em Reyes. Reyes poderia ser minha guarida. Lendo somente ele ou os autores de que ele gostava, a gente poderia ser imensamente feliz. Mas isso é fácil demais.

11 de dezembro

Antes eu não tinha tempo para nada, agora tenho tempo para tudo. Vivia metido em ônibus e metrôs, obrigado a percorrer a cidade de norte a sul pelo menos duas vezes por dia. Agora me desloco a pé, leio muito, escrevo muito, faço amor todos os dias. Em nosso quarto no cortiço, já começa a crescer uma pequena biblioteca, produto dos meus furtos e das minhas visitas às livrarias. A última, a livraria Batalla del Ebro: seu dono é um velhinho espanhol chamado Crispín Zamora. Acho que simpatizamos um com o outro. A livraria, é claro, está a maior parte do tempo deserta, e dom Crispín gosta de ler, mas não desdenha passar horas inteiras falando do que for. Eu também às vezes preciso falar. Confessei a ele que visitava sistematicamente as livrarias do DF procurando dois amigos desaparecidos, que roubava livros porque não tinha dinheiro (dom Crispín me deu imediatamente de presente um exemplar de Eurípedes editado por Porrúa e traduzido pelo padre Garibay), que admirava Alfonso Reyes porque ele não só sabia grego e latim, mas também francês, inglês e alemão, que eu não ia mais à universidade. Ele acha graça de tudo o que conto a ele, menos de eu não estudar, pois ter uma profissão é necessário. A poesia lhe causa desconfiança. Ao lhe esclarecer que eu era poeta, disse que *desconfiança* não era na realidade a palavra exata e que ele havia conhecido alguns. Quis ler meus poemas. Quando os levei para ele, notei que ficou um pouco perplexo, mas, acabada a leitura, não disse nada. Só me perguntou por que eu utilizava tantas palavras malsoantes. O que o senhor quer dizer, dom Crispín?, perguntei. Blasfêmias, grosserias, palavrões, insultos. Ah, isso, eu disse, bem, deve ser por causa do meu caráter. Quando me despedi esta tarde, dom Crispín me deu de presente *Ocnos*, de Cernuda, e me pediu que estudasse esse poeta, que também, por certo, tinha um caráter dos mil demônios.

12 de dezembro

Depois de acompanhar Rosario até a porta do Encrucijada Veracruzana (fui cumprimentado efusivamente por todas as garçonetes, inclusive por Brígida, como se eu tivesse me tornado um membro do sindicato ou da família, todas elas convencidas de que vou me tornar alguém importante na literatura mexicana), meus passos me levaram sem nenhum plano preconcebido até a Río de Loza, até o hotel La Media Luna, onde Lupe se hospeda.

Na recepção, uma espécie de compartimento forrado de papel de parede com motivo de flores e veados sangrando, muito mais sinistro do que eu me lembrava, um sujeito gorducho, de costas largas e cabeçorra, disse para mim que nenhuma Lupe estava hospedada ali. Exigi ver o registro. O recepcionista disse que era impossível, que o registro era absolutamente confidencial. Argumentei que se tratava de minha irmã, separada de meu cunhado, e que eu vinha precisamente lhe trazer o dinheiro para pagar o hotel. O recepcionista devia ter uma irmã em circunstâncias parecidas, pois imediatamente se fez mais compreensivo.

— Sua irmã é uma moreninha bem magrela que atende pelo nome de Lupe?

— Ela mesma.

— Espere um instantinho, que vou chamá-la.

Enquanto o recepcionista subia para buscá-la, dei uma olhada no registro. Na noite de 30 de novembro havia entrado uma tal de Guadalupe Martínez. Também nesse mesmo dia tinha se hospedado uma Susana Alejandra Torres, um Juan Aparicio e uma María del Mar Jiménez. Levado por meu instinto pensei que Susana Alejandra Torres era a Lupe que eu procurava, e não Guadalupe Martínez. Resolvi não esperar que o recepcionista descesse e subi de três em três a escada até o segundo andar, quarto 201, onde se hospedava Susana Alejandra Torres.

Bati só uma vez. Ouvi passos, uma janela se fechando, cochichos, mais passos, e finalmente a porta se abriu e dei de cara com Lupe.

Era a primeira vez que a via tão maquiada. Tinha os lábios pintados de um vermelho intenso, os olhos com rímel, as bochechas cobertas de purpurina. Ela me reconheceu na mesma hora:

— O amigo de María — exclamou com não dissimulada alegria.

— Deixe-me entrar — falei. Lupe olhou para trás, depois me franqueou a entrada. O quarto era uma barafunda de roupas de mulher esparramadas pelos cantos mais inesperados.

Soube logo que não estávamos sozinhos. Lupe vestia um penhoar verde e fumava sem parar. Ouvi um ruído no banheiro. Lupe olhou para mim, depois para a porta do banheiro, que estava encostada. Imaginei que deveria ser um cliente. Mas então vi, atirado no chão, um papel com desenhos, o projeto da nova revista real-visceralista, e a descoberta me deixou alarmado.

Pensei, de maneira bastante ilógica, que María estava no banheiro, pensei que Angélica estava no banheiro, não sabia como eu iria justificar minha presença no hotel La Media Luna.

Lupe, que não tirava os olhos de mim, notou minha descoberta e disparou a rir.

— Pode sair, é o amigo da sua filha — gritou.

A porta do banheiro se abriu, e apareceu Quim Font metido num robe branco. Estava com os olhos chorosos e restos de batom no rosto. Ele me cumprimentou efusivamente. Na mão, Quim trazia a pasta com o projeto da revista.

— Está vendo, García Madero — falou —, sempre trabalhando, sempre de olhos bem abertos.

Depois me perguntou se eu havia passado em sua casa.

— Hoje não fui — respondi, e tornei a pensar em María, e tudo me pareceu insuportavelmente sórdido e triste.

Sentamos os três na cama, Quim e eu na beira, Lupe debaixo do lençol. Pensando bem, a situação era insustentável!

Quim sorria, Lupe sorria, eu sorria, e nenhum de nós se atrevia a dizer nada. Um desconhecido teria conjecturado que estávamos ali para fazer amor. A idéia era macabra. Só de pensar nisso senti um tremor na barriga. Lupe e Quim continuavam sorrindo. Só para dizer alguma coisa comecei a falar do expurgo que Arturo Belano estava fazendo nas fileiras do realismo visceral.

— Já era hora — Quim disse —, é preciso pôr para fora os aproveitadores e os ineptos. Só devem ficar no movimento as almas puras, como você, García Madero.

— Isso é verdade — admiti —, mas também acho que quantos mais formos, melhor.

— Não, a quantidade é uma ilusão, García Madero. No caso em questão, cinco ou cinqüenta é a mesma coisa. Eu já tinha dito isso a Arturo. Cortar cabeças. Reduzir o círculo interno até transformá-lo num ponto microscópico.

Tive a impressão de que ele desvairava, eu não disse nada.

— Aonde iríamos chegar com um panaca como Pancho Rodríguez, me diga?

— Não sei — respondi.

— Por acaso você acha que ele é um bom poeta? Um exemplar de artista mexicano de vanguarda?

Lupe não abria a boca. Só olhava para nós e sorria. Perguntei a Quim se sabia alguma coisa de Alberto.

— Somos poucos e seremos menos ainda — Quim disse enigmaticamente. Não soube se ele se referia a Alberto ou aos real-visceralistas.

— Expulsaram Angélica também — falei.

— Minha filha Angélica? Puxa, esta sim é uma notícia, homem, eu não sabia. Quando foi?

— Não sei, quem me contou foi Jacinto Requena — expliquei.

— Uma poeta que ganhou o prêmio Laura Damián! Não é para qualquer uma, certamente! Não digo isso por ser minha filha, não!

— Por que não vamos dar uma volta? — Lupe sugeriu.

— Cale a boca, Lupita, que estou pensando.

— Vá se catar, Joaquín, não me mande calar a boca, não sou sua filha, tá bom?

Quim riu silenciosamente. Um riso furtivo que mal perturbou seus músculos faciais.

— Claro que não é minha filha. Você é incapaz de escrever três palavras sem um erro de ortografia.

— Está pensando que sou analfabeta, seu babaca? Claro que sou capaz.

— Não, não é — Quim disse, fazendo um esforço descomunal para pensar. Na cara dele se desenhou uma expressão de dor que me lembrou a que vira no rosto de Pancho Rodríguez no café Amarillo.

— Vamos, faça um teste comigo.

— Não deveriam ter feito isso com Angélica. Esses canalhas brincam com a sensibilidade alheia de uma maneira que me dá vertigens. Era bom comermos alguma coisa. Estou ficando tonto — Quim disse.

— Não desconverse, faça um teste — Lupe disse.

— Pode ser que Requena tenha exagerado, pode ser que Angélica tenha pedido seu desligamento voluntário. Como tinham expulsado Pancho...

— Pancho, Pancho, Pancho. Esse filho-da-puta não existe. Não é ninguém. Angélica está pouco se lixando se o expulsam, se o matam ou se lhe dão um prêmio. É uma espécie de Alberto — acrescentou em voz baixa e apontando com a cabeça para Lupe.

— Não fique assim, Quim, eu disse isso porque foram namorados, não é?
— O que você disse, Quim? — Lupe perguntou.
— Nada que lhe diga respeito.
— Então faça um teste comigo, cara. Quem você acha que eu sou?
— Raiz — Quim disse.
— Essa é fácil. Me dê papel e lápis.
Arranquei uma folha do meu caderninho e a passei para ela com minha Bic.
— Chorei tanto — Quim disse, enquanto Lupe se aprumava na cama, joelhos para o alto, o papel apoiado nos joelhos —, tanto e tão inutilmente.
— Tudo vai se arranjar — falei.
— Você já leu Laura Damián? — ele me perguntou com ar ausente.
— Não, nunca.
— Pronto, olhe aqui — Lupe disse, mostrando o papel a ele. Quim franziu o cenho e disse: regular. — Dite outra, mas desta vez que seja difícil de verdade.
— Angústia — Quim disse.
— Angústia? Fácil.
— Preciso falar com minhas filhas — Quim disse —, preciso falar com minha mulher, com meus colegas, com meus amigos. Tenho que fazer alguma coisa, García Madero.
— Calma, você tem tempo, Quim.
— Escute, nem uma palavra disso a María, hem?
— Fica entre nós dois, Quim.
— Como me saí? — Lupe perguntou.
— Muito bem, García Madero, o que for, será. Vou lhe dar o livro de Laura Damián.
— Como me saí, hem? — Lupe me mostrou o papel. Tinha escrito a palavra *angústia* com perfeição.
— Melhor é impossível — respondi.
— Misóssofa — Quim disse.
— O quê?
— Escreva a palavra *misóssofa* — Quim disse.
— Cacete, esta sim é difícil — Lupe disse e se aplicou à escrita em seguida.

— Disto, então, nem uma palavra a minhas filhas. A nenhuma das duas. Conto com sua palavra, García Madero.

— Claro — garanti.

— Agora é melhor você ir embora. Vou continuar dando umas aulas de espanhol a esta anta, depois eu também vou entrar em ação.

— Está bem, Quim, qualquer hora dessas nos vemos.

Ao me levantar da cama, ele se mexeu, e Lupe murmurou alguma coisa, mas não ergueu os olhos do papel em que escrevia. Vi uns borrões. Estava se esforçando.

— Se você vir Arturo ou Ulises, diga que o que fizeram não está nada certo.

— Se eu os vir — disse eu dando de ombros.

— Não é uma boa maneira de fazer amigos. Nem de conservá-los.

Fiz como se achasse graça.

— Está precisando de dinheiro, García Madero?

— Não, Quim, de maneira nenhuma, obrigado.

— Você sabe que pode contar comigo. Eu também já fui jovem e aloprado. Agora vá embora. Daqui a pouco nós vamos nos vestir e sair para comer alguma coisa.

— Minha esferográfica — falei.

— O quê? — Quim disse.

— Estou indo. Preciso de minha esferográfica.

— Deixe-a terminar — Quim disse, espiando Lupe por cima do ombro.

— Olhe, que tal? — Lupe disse.

— Escreveu errado — Quim disse —, eu deveria lhe dar umas tantas chicotadas.

Pensei na palavra *misóssofa*. Acho que nem eu teria escrito certo de primeira. Quim se levantou e foi ao banheiro. Quando saiu, trazia na mão uma esferográfica negra e dourada. Piscou o olho para mim.

— Devolva a Bic para ele e escreva com isto — disse.

Lupe devolveu minha Bic. Até logo, eu lhe disse. Ela não respondeu ao meu cumprimento.

13 *de dezembro*
Liguei para María. A senhorita María não está. Quando volta? Não sei,

quem gostaria de falar? Não quis dizer meu nome, desliguei. Fui ao café Quito para ver se havia alguém por lá, mas foi inútil. Liguei novamente para María. Ninguém atendeu. Fui andando até a Montes, onde mora Jacinto. Não havia ninguém. Comi um sanduíche na rua e terminei dois poemas iniciados ontem. Novo telefonema à residência dos Font. Desta vez atendeu uma voz de mulher não identificável. Perguntei se era a senhora Font.

— Não, não sou — a voz disse num tom que me deixou arrepiado.

Evidentemente, não era a voz de María. Tampouco a da empregada com quem havia falado pouco antes. Só me restava Angélica ou uma estranha, talvez uma amiga de uma das irmãs.

— Quem está falando?

— Com quem deseja falar? — a voz disse.

— Com María ou com Angélica — eu disse, ao mesmo tempo que me sentia idiota e atemorizado.

— Sou eu, Angélica — a voz disse. — Quem está falando?

— Juan — respondi.

— Oi, Juan, como vai?

Não pode ser Angélica, pensei, é absolutamente impossível. Mas também pensei que naquela casa eram todos loucos e que podia, sim, ser possível.

— Estou bem — respondi, trêmulo. — María está?

— Não — a voz disse.

— Bem, ligo mais tarde — falei.

— Não quer deixar recado?

— Não! — disse, e desliguei.

Medi minha temperatura com a mão. Devia estar com febre. Nesse momento desejei estar com meus tios, em minha casa, estudando ou vendo tevê, mas compreendi que não havia retorno, que só tinha Rosario e o quarto de cortiço de Rosario.

Sem que me desse conta, creio que desandei a chorar. Caminhei a esmo pelas ruas do DF e, quando quis me orientar, percebi que me encontrava numas ruas feiosas de Anáhuac, entre arvorezinhas agonizantes e paredes descascando. Entrei numa cafeteria da rua Texcoco e pedi um café com leite. Foi servido morno. Não sei quanto tempo fiquei ali.

Quando saí já era noite.

115

De outro telefone público liguei de novo para a casa das Font. Atendeu a mesma voz de mulher.
— Oi, Angélica, sou Juan García Madero — falei.
— Oi — a voz disse.
Senti náuseas. Na rua uns garotos jogavam futebol.
— Vi seu pai — disse. — Estava com Lupe.
— Como?
— No hotel onde pusemos Lupe. Seu pai estava lá.
— O que ele fazia lá? — uma voz sem inflexões, como se estivesse falando com a lua, pensei.
— Companhia a ela — respondi.
— Lupe está bem?
— Feito uma rosa — disse. — Quem não parecia muito bem era seu pai. Parecia que tinha chorado, mas quando cheguei melhorou.
— Ah — a voz fez. — E por que estaria chorando?
— Não sei — disse. — De arrependimento, talvez. Ou talvez de vergonha. Ele me pediu que não lhe contasse.
— Que não me contasse o quê?
— Que eu o tinha visto lá.
— Ah — a voz fez.
— Quando María vai chegar? Sabe onde ela está?
— Na Escola de Dança — a voz disse. — Eu também estava de saída.
— Para onde?
— Para a universidade.
— Bom, então até logo.
— Até logo — a voz disse.
Voltei a pé até a Sullivan. Quando atravessava a Reforma, na altura da estátua de Cuauhtémoc, ouvi me chamarem.
— Mãos ao alto, poeta García Madero.
Ao me virar, vi Arturo Belano e Ulises Lima, e desmaiei.
Quando voltei a mim, estava no quarto de Rosario, deitado, com Ulises e Arturo, um de cada lado da cama, tentando em vão me fazer tomar um chá que tinham acabado de preparar para mim. Perguntei a eles o que acontecera, disseram que eu tinha desmaiado, que tinha vomitado e depois desatara a dizer incoerências. Contei a eles do meu telefonema à casa das Font. Disse

que isso é que me deixara doente. De início não acreditaram em mim. Depois ouviram com atenção uma versão detalhada das minhas últimas aventuras e deram seu veredicto.

Para eles, o problema estava em que não era com Angélica que eu tinha falado.

— E isso, por sinal, você sabia, García Madero, por isso você ficou doente — Arturo disse —, por causa da péssima impressão.

— O que é que eu sabia?

— Que era outra pessoa, e não Angélica — Ulises disse.

— Não, eu não sabia — contestei.

— Inconscientemente, sabia — Arturo disse.

— Mas então quem era?

Arturo e Ulises riram.

— Na realidade, a solução é facílima e divertida.

— Pare de provocar e desembuche — falei.

— Pense um pouco — Arturo disse. — Vamos, use a cabeça: era Angélica? Claro que não. Era María? Muito menos. Quem sobra? A empregada, mas na hora que você ligou ela não costuma estar em casa, além do mais você já tinha falado com ela antes e teria reconhecido sua voz, não é verdade?

— É verdade — reconheci. — A empregada com certeza não era.

— Quem sobra? — Ulises perguntou.

— A mãe da María e Jorgito.

— Jorgito não deve ter sido, não é?

— Não, não pode ter sido Jorgito — admiti.

— E você imagina María Cristina fazendo um teatro desses?

— María Cristina é o nome da mãe de María?

— É sim — Ulises disse.

— Não, claro que não. Mas então quem? Não sobra mais ninguém.

— Alguém bastante doido para imitar a voz de Angélica — Arturo disse me encarando. — A única pessoa naquela casa capaz de fazer uma piada perturbadora.

Contemplei ambos enquanto a resposta ia pouco a pouco se formando em minha cabeça.

— Está esquentando... — Ulises disse.

— Quim — eu disse.
— Não tem outro — Arturo disse.
— Que filho-da-puta!

Mais tarde me lembrei da história do surdo-mudo que Quim me contara e pensei nos malfeitores de crianças, que, na infância, foram crianças maltratadas. Mas, agora que escrevo isso, não consigo ver com a mesma clareza de então a relação de causa e efeito entre o surdo-mudo e a mudança de personalidade de Quim. Depois saí feito uma fera para a rua e gastei várias moedas em inúteis telefonemas para a casa de María. Falei com a mãe dela, com a empregada, com Jorgito e, na última hora da noite, com Angélica (desta vez sim, a Angélica verdadeira), mas María nunca estava, e Quim não quis atender em nenhuma ocasião.

Belano e Ulises Lima me acompanharam por um tempo. Enquanto eu dava os primeiros telefonemas, leram meus poemas. Disseram que não estavam mal. O expurgo do real-visceralismo é só uma brincadeira, Ulises disse. Mas os expurgados sabem que não passa disso? Claro que não, porque nesse caso não teria a menor graça, Arturo disse. Quer dizer que ninguém foi expulso? Claro que não. E o que vocês andaram fazendo esse tempo todo? Nada, Ulises disse.

— Tem um filho-da-puta que quer nos pegar — reconheceram mais tarde.
— Mas vocês são dois, e ele é só um.
— Só que não somos violentos, García Madero — Ulises disse. — Em todo caso, eu não, e agora Arturo também não.

De noite, entre um telefonema e outro à casa das Font, estive com Jacinto Requena e Rafael Barrios no café Quito. Contei a eles o que Belano e Ulises tinham me dito. Devem estar averiguando coisas de Cesárea Tinajero, disseram.

14 de dezembro
Ninguém dá NADA aos real-visceralistas. Nem bolsas de estudo, nem espaço em revistas, nem mesmo convites para irem a lançamentos de livros ou a leituras.

Belano e Lima parecem dois fantasmas.

Se *simón* significa sim e *nel* significa não, o que significa *simonel*?

Hoje não me sinto muito bem.

15 de dezembro

Dom Crispín Zamora não gosta de falar da Guerra Civil Espanhola. Eu lhe perguntei por que então batizou sua livraria com um nome capaz de evocar feitos marciais. Confessou que não foi ele quem o escolheu mas o dono anterior, um coronel da República que se cobrira de glória naquela batalha. Nas palavras de dom Crispín, percebo um tom de ironia. Falo, a seu pedido, do realismo visceral. Depois de fazer algumas observações do tipo "o realismo nunca é visceral", "o visceral pertence ao mundo onírico" etcétera, que me deixam um tanto desconcertado, ele postula que não resta aos rapazes pobres outro remédio senão a vanguarda literária. Pergunto a ele a que se refere exatamente com a expressão *rapazes pobres*. Não sou precisamente um exemplar de *rapaz pobre*. Pelo menos não no DF. Mas logo penso no quarto de cortiço que Rosario divide comigo, e meu desacordo inicial começa a se desvanecer. O problema da literatura, assim como o da vida, dom Crispín diz, é que no fim a pessoa sempre se torna um canalha. Até esse ponto eu tinha a impressão de que dom Crispín falava por falar. De fato, eu estava sentado numa cadeira, enquanto ele não parava de se mexer, mudando livros de lugar ou tirando a poeira das pilhas de revistas. Em determinado momento, no entanto, dom Crispín se virou e me perguntou quanto eu cobraria para ir para a cama com ele. Vi que não está com pesos sobrando, só por isso me atrevo a lhe fazer essa proposta. Fiquei gelado.

— Está me estranhando, dom Crispín — falei.

— Homem, não me leve a mal, sei que sou velho, por isso lhe proponho uma transação, digamos uma recompensa.

— O senhor é homossexual, dom Crispín?

Mal formulei a pergunta, soube que era idiota e enrubesci. Não esperei sua resposta. Pensou que eu fosse homossexual? E não é?, dom Crispín disse.

— Ai, ai, ai, que mancada! Pelo amor de Deus, me desculpe, homem — dom Crispín disse, e desatou a rir.

A vontade de sair fugindo da La Batalla del Ebro, que experimentei a princípio, se evaporou. Dom Crispín me pediu que lhe cedesse a cadeira porque a risada poderia lhe provocar um ataque cardíaco. Quando se acalmou, entre renovadas escusas, pediu que eu o entendesse, que ele era um homossexual tímido (isso para não falar da minha idade, Juanito!) e que tinha perdido toda prática na difícil, quando não enigmática, arte da paquera. Você deve estar achando, e com razão, que sou uma besta, disse. Depois me confessou que fazia pelo menos cinco anos que não se deitava com ninguém. Antes que eu me fosse, insistiu, devido a todo aquele aborrecimento, em me dar de presente a obra completa de Sófocles e de Ésquilo, editada por Porrúa. Disse-lhe que não tinha havido aborrecimento nenhum, mas me pareceu impertinente não aceitar o presente. A vida é uma merda.

16 de dezembro
Adoeci de verdade. Rosario me obrigou a ficar de cama. Antes de ir trabalhar, foi pedir uma garrafa térmica emprestada a uma vizinha e me deixou meio litro de café. Mais quatro aspirinas. Estou com febre. Comecei e terminei dois poemas.

17 de dezembro
Hoje um médico veio me examinar. Olhou o quarto, olhou meus livros, tirou minha pressão e apalpou diferentes partes do meu corpo. Depois foi conversar com Rosario num canto, em sussurros, mexendo os ombros para dar maior força às suas palavras. Quando ele se foi, perguntei a Rosario que história era aquela de chamar um médico sem antes me consultar. Quanto gastou?, perguntei. Isso não importa, gatinho, o que importa é você.

18 de dezembro
Esta tarde eu estava tremendo de febre quando a porta se abriu e apareceram minha tia, meu tio, seguidos por Rosario. Pensei que estivesse tendo uma alucinação. Minha tia se atirou na cama e me cobriu de beijos. Meu tio se manteve firme, esperou que minha tia se desafogasse, depois me deu uns tapinhas no ombro. Não demoraram a vir as ameaças, as recriminações e os conselhos. Numa palavra, queriam que eu fosse imediatamente para casa ou, em vez disso, para um hospital, onde pretendiam me submeter a um check-up exaustivo. Eu me neguei. No fim, houve ameaças, e, quando foram embora, eu ria aos gritos e Rosario chorava feito uma Madalena.

19 de dezembro
De manhã cedinho, vieram me visitar Requena, Xóchitl, Rafael Barrios e Barbara Patterson. Perguntei quem tinha lhes dado meu endereço. Ulises

e Arturo, disseram. Ou seja, já apareceram, falei. Apareceram e tornaram a desaparecer, Xóchitl disse. Estão terminando uma antologia de jovens poetas mexicanos, Barrios disse. Requena riu. Não era verdade, segundo ele. Pena: por um momento fiquei esperançoso de que incluíssem textos meus nessa antologia. O que estão fazendo é juntar dinheiro para irem à Europa, Requena disse. Juntar como? Vendendo *mota* a torto e a direito, Requena disse. Outro dia, vi os dois lá pelos lados da Reforma, com uma mochila cheia de Golden Acapulco. Não posso acreditar, eu disse, mas me lembrei que, da última vez que os vira, tinham de fato uma mochila. Me deram um pouco, Jacinto disse, e tirou um pouco da erva. Xóchitl me disse que eu não deveria puxar fumo no estado em que estava. Disse-lhe que não se preocupasse, que já me sentia bem melhor. Você é que não deve fumar, Jacinto disse, se não quiser que nosso filho saia tarado. Xóchitl disse que a marijuana não causava nenhum dano ao feto. Não puxe fumo, Xóchitl, Requena disse. O que prejudica o feto são as coisas ruins, Xóchitl disse, a comida ruim, a bebida ruim, os maus-tratos da mãe, não a marijuana. Por via das dúvidas, não fume, Requena disse. Se ela quiser puxar um fuminho, que puxe, Barbara Patterson disse. Não se meta, sua gringa, Barrios disse. Quando você tiver parido, poderá fazer o que quiser, mas agora se segure, Requena disse. Enquanto nós fumávamos, Xóchitl foi se sentar num canto do quarto, junto de umas caixas de papelão em que Rosario guardava as roupas que não usava. Arturo e Ulises não estão juntando grana, ela disse (embora estejam acumulando uma reservazinha, não tenho por que negar), mas dando os últimos retoques numa coisa que vai deixar todo mundo de boca aberta. Olhamos para ela esperando mais notícias. Mas Xóchitl ficou calada.

20 de dezembro
Esta noite trepei com Rosario três vezes. Já estou bom. Mas, sobretudo para satisfazê-la, continuo tomando todos os remédios que ela comprou.

21 de dezembro
Nenhuma novidade. A vida parece ter parado. Todos os dias faço amor com Rosario. Quando ela vai trabalhar, escrevo e leio. De noite vou dar umas voltas pelos bares da Bucareli. Às vezes passo pelo Encrucijada, e as meninas me atendem antes dos outros. Às quatro da manhã Rosario volta

(quando está no turno da noite), e comemos algo leve em nosso quarto, geralmente coisas que ela traz prontas do bar. Depois fazemos amor até ela dormir, e me ponho a escrever.

22 de dezembro

Hoje saí cedo para dar um passeio. Minha primeira intenção era dirigir meus passos à livraria La Batalla del Ebro e conversar até a hora do almoço com dom Crispín, mas chegando lá descobri que a livraria estava fechada. Fui então andando sem rumo, aproveitando o sol da manhã e, quase sem perceber, cheguei à rua Mesones, onde fica o sebo Rebeca Nodier. Apesar de, numa primeira visita, ter descartado essa livraria dos objetivos, resolvi entrar. Não havia ninguém. Um ar viciado, adocicado, envolvia os livros e as estantes. Ouvi vozes provenientes dos fundos da loja, pelo que deduzi que a cega estava absorta na conclusão de algum negócio. Resolvi esperar folheando livros velhos. Ali estavam *Ifigenia cruel*, *El plano oblicuo* e *Retratos reales e imaginarios*, além dos cinco volumes de *Simpatías y diferencias*, de Alfonso Reyes, as *Prosas dispersas*, de Julio Torri, e um livro de contos, *Mujeres*, de um tal de Eduardo Colín, de quem eu nunca tinha ouvido falar, *Li-Po y otros poemas*, de Tablada, os *Catorce poemas burocráticos y un corrido reaccionario*, de Renato Leduc, os *Incidentes melódicos del mundo irracional*, de Juan de la Cabada, e *Dios en la tierra* e *Los días terrenales*, de José Revueltas. Logo me cansei e fui me sentar numa cadeirinha de vime. Mal tinha sentado quando ouvi um grito. A primeira coisa que pensei foi que estavam assaltando Rebeca Nodier e, sem pensar no que fazia, corri para o interior da livraria. Atrás da porta me esperava uma surpresa. Ulises Lima e Arturo Belano examinavam sobre uma mesa um velho catálogo e, quando irrompi no local, levantaram a cabeça, e pela primeira vez eu os vi surpresos de verdade. Junto deles, dona Rebeca olhava para o teto numa atitude pensativa ou evocadora. Não lhe havia acontecido nada. Ela é que tinha gritado, mas seu grito não fora de medo, e sim de surpresa.

23 de dezembro

Hoje não aconteceu nada. Se aconteceu alguma coisa, é melhor calar, pois não a entendi.

24 de dezembro
Um Natal infame. Liguei para María. Finalmente consegui falar com ela! Contei-lhe a história de Lupe e ela disse que sabia de tudo. O que é que você sabe?, eu lhe perguntei.

— Que abandonou o cafetão dela e resolveu finalmente voltar para a Escola de Dança — disse.

— Sabe onde ela está morando?

— Num hotel — María disse.

— Sabe em que hotel?

— Claro que sei. No La Media Luna. Vou visitá-la todas as tardes, a coitada está muito só.

— Não, não está muito só, seu pai se encarrega de lhe fazer companhia — eu disse.

— Meu pai é um santo e está se acabando por causa de uns pilantras desprezíveis feito você — falou.

Quis saber o que ela queria dizer com a expressão *está se acabando*.

— Não quis dizer nada.

— Diga que merda você está querendo dizer!

— Não grite — ela disse.

— Quero saber de onde falam! Quero saber com quem estou falando!

— Não grite — ela insistiu.

Depois disse que tinha mais o que fazer e desligou.

25 de dezembro
Resolvi nunca mais ir para a cama com María, mas as festas natalinas, a agitação que se percebe nas pessoas que andam pelas ruas do centro, os projetos da coitada da Rosario (disposta a passar o ano-novo num salão de festas, comigo, claro, dançando), só reacendem minha vontade de ver María, de despi-la, de sentir suas pernas outra vez nas minhas costas, de bater (se ela pedisse) na sua bunda redonda, perfeita.

26 de dezembro
— Hoje tenho uma surpresa pra você, gatão — Rosario anunciou assim que chegou em casa.

Começou a me beijar, disse repetidas vezes que me amava, prometeu que dentro em breve iria ler um livro a cada quinze dias para estar "à minha altura", o que acabou me deixando todo vermelho, e terminou confessando que ninguém antes a tinha feito tão feliz.

Devo estar ficando velho, porque seus excessos verbais me deixam arrepiado.

Meia hora depois, caminhamos até o banho público El Amanuense Azteca, na rua Lorenzo Boturini.

Era essa a surpresa.

— Precisamos ficar bem limpinhos agora que o ano-novo se aproxima — Rosario disse piscando um olho para mim.

Eu a teria esbofeteado de muito bom grado ali mesmo, depois teria ido embora para nunca mais na vida tornar a vê-la. (Estou com os nervos à flor da pele.)

No entanto, quando transpusemos as portas de vidro jateado do banho público, o mural ou afresco que coroava a recepção capturou minha atenção com uma força misteriosa.

O artista homônimo havia pintado um índio pensativo escrevendo numa folha de papel ou num pergaminho. Aquele era, sem dúvida, o Amanuense Azteca. Atrás dele se estendiam termas em cujas piscinas, dispostas três a três no fundo, se banhavam índios e conquistadores, mexicanos do tempo da colônia, o padre Hidalgo e Morelos, o imperador Maximiliano e a imperatriz Carlota, Benito Juárez rodeado de amigos e inimigos, o presidente Madero, Carranza, Zapata, Obregón, soldados de vários uniformes ou sem uniforme, camponeses, operários do DF e atores de cinema: Cantinflas, Dolores del Río, Pedro Armendáriz, Pedro Infante, Jorge Negrete, Javier Solís, Aceves Mejía, María Félix, Tin-Tan, Resortes, Calambres, Irma Serrano e outros que não reconheci por estarem nas piscinas mais distantes, e estes sim eram verdadeiramente pequenos.

— Lindo, não?

Fiquei de mãos nas cadeiras. Extático.

A voz de Rosario me fez dar um pinote.

Antes de enveredarmos pelos corredores, com nossas toalhas e sabonetes, descobri também que, de cada lado do mural, uma muralha de pedra circundava as termas. E atrás das muralhas, numa espécie de planície ou mar solidificado, vi animais meio apagados, talvez fantasmas de animais (ou talvez fantasmas botânicos) que espreitavam as muralhas e se multiplicavam num lugar fervilhante e ao mesmo tempo silencioso.

27 de dezembro
Voltamos ao El Amanuense Azteca. Um sucesso. Os reservados consistem numa diminuta saleta acarpetada, com uma mesa, um cabideiro e um divã, e uma cabine de cimento em que se encontram a ducha e o vapor. O registro do vapor, como nos filmes de nazistas, fica rente ao chão. A porta que separa os dois cubículos é grossa, e na altura da cabeça (mas preciso me agachar, porque sou alto demais para o padrão do arquiteto) há um inquietante e sempre embaciado olho-de-boi. Tem serviço de restaurante. Nós nos trancamos e pedimos cubas-libres. Tomamos uma ducha, banho de vapor, descansamos e nos secamos no divã, tornamos a entrar na ducha. Fazemos amor na cabine de banho, em meio a uma nuvem de vapor que oculta nossos corpos. Trepamos, tomamos uma ducha, deixamos o vapor nos asfixiar. Só enxergamos nossas mãos, os joelhos, às vezes a nuca ou a ponta dos peitos.

28 de dezembro
Quantos poemas escrevi?
Desde que isto começou: cinqüenta e cinco poemas.
Total de páginas: 76.
Total de versos: 2 453.
Já poderia publicar um livro. Minha obra completa.

29 de dezembro
Esta noite, enquanto esperava Rosario no balcão do Encrucijada Veracruzana, Brígida veio me ver e fez uma observação sobre a passagem do tempo.
— Sirva outra tequila para mim — eu lhe disse — e se explique.
Em seu olhar surpreendi algo que só posso designar com a palavra *vitória*, embora fosse uma vitória triste, resignada, atenta mais aos pequenos gestos da morte do que aos gestos da vida.
— Digo que o tempo passa — Brígida disse enquanto enchia meu copo — e que você, que antes era um desconhecido, agora parece da família.
— Estou cagando para a família — respondi enquanto pensava onde diabo Rosario teria se metido.

— Eu não pretendia insultá-lo — Brígida disse. — Nem criar caso com você. Estes dias não ando querendo criar caso com ninguém.

Fiquei olhando para ela por um instante, sem saber o que dizer. Bem que gostaria de ter dito você está doida, Brígida, mas eu também não estava a fim de criar caso com ninguém.

— O que estou dizendo — Brígida disse olhando para trás como se quisesse se certificar de que Rosario não estava vindo — é que eu também, claro, gostaria de namorar com você, também gostaria de viver com você, bancar suas despesas, cozinhar pra você, tratar de você quando ficasse doente, mas, se não pôde ser assim, paciência, a gente precisa aceitar as coisas como elas são, não é mesmo? Mas teria sido lindo.

— Sou insuportável — eu disse a ela.

— Você é como é e tem um caralhão que vale o peso em ouro — Brígida disse.

— Obrigado — eu disse.

— Eu sei o que digo — Brígida disse.

— E que mais você sabe?

— Sobre você? — agora Brígida sorria, e essa, supus, era sua vitória.

— Sobre mim, claro — respondi enquanto esvaziava o copo de tequila.

— Que vai morrer moço, Juan, que vai desgraçar Rosario.

30 de dezembro
Voltei hoje à casa das Font. Hoje desgracei Rosario.

Levantei cedo, por volta das sete da manhã, e fui andar sem rumo pelas ruas do centro. Antes de sair, escutei a voz de Rosario, que me dizia: espere um pouquinho, que vou preparar seu café-da-manhã. Não respondi. Fechei a porta sem fazer barulho e abandonei o cortiço.

Por um bom tempo, andei como se estivesse noutro país, eu me sentia sufocado e com náuseas. Quando cheguei ao Zócalo, meus poros por fim se abriram, comecei a suar sem reservas, e a náusea desapareceu.

Então uma fome voraz se apoderou de mim e entrei na primeira cafeteria que encontrei aberta, na Madero, um local pequeno chamado Nueva Síbaris, onde pedi um café com leite e um sanduíche de presunto.

Qual não foi minha surpresa ao encontrar Pancho Rodríguez sentado ao balcão. Ele tinha acabado de se pentear (os cabelos ainda estavam molhados) e estava com os olhos vermelhos. Não se espantou ao me ver. Perguntei o que ele fazia ali, tão longe do seu bairro e tão cedo assim.

— Passei a noite inteira com as putas — disse —, para ver se consigo esquecer de uma puta de uma vez por todas, daquela que você sabe.

Supus que se referia a Angélica, e, enquanto tomava os primeiros goles do meu café com leite, pensei em Angélica, em María, em minhas primeiras visitas à edícula das Font. Eu me senti feliz. Senti fome. Pancho, pelo contrário, parecia sem apetite. Para distraí-lo, contei que tinha deixado a casa dos meus tios e que morava com uma mulher, num cortiço saído de um filme dos anos 40, mas Pancho era incapaz de me ouvir ou de ouvir quem quer que fosse.

Depois de fumar uns tantos cigarros, ele disse que estava com vontade de esticar as pernas.

— Aonde quer ir? — perguntei, mas no fundo eu já sabia a resposta, e se esta, aliás, não fosse a que eu esperava, estava disposto a provocá-la me valendo de um estratagema qualquer.

— À casa de Angélica — Pancho disse.

— Falou — eu disse, e me apressei a terminar o desjejum.

Pancho tomou a iniciativa de pagar minha conta (era a primeira vez que fazia isso), e saímos à rua. Uma sensação de leveza se instalou em nossas pernas. De repente Pancho já não parecia tão estropiado pelo álcool nem eu tão sem saber o que fazer da vida, muito pelo contrário, a luz da manhã nos renovou, Pancho era mais uma vez jovial e rápido e deslizava por cima das palavras, e a vitrine de uma loja de calçados da rua Madero me devolveu a réplica cabal da minha imagem interior: um cara alto, de feições agradáveis, nem desajeitado nem doentiamente tímido, que andava a grandes passadas, seguido de outro cara mais baixo e mais quadrado, em busca de seu verdadeiro amor — ou lá o que fosse!

Evidentemente, naquele momento eu não tinha a menor idéia do que o dia nos reservava.

Pancho, que durante a metade do trajeto se mostrou entusiasmado, afável e extrovertido, durante a metade final, conforme nos aproximávamos de Condesa, mudou de atitude e começou a naufragar outra vez nos antigos medos que sua estranha (ou antes, aparatosa e enigmática) relação com Angélica lhe provocava. O problema todo, ele me confessou novamente mal-humorado, consistia na diferença social que separava sua humilde família trabalhadora da de Angélica, firmemente ancorada na pequena burguesia do DF. Para lhe dar ânimo, argumentei que isso, sem dúvida, seria um problema para *iniciar* uma relação amorosa, mas, como a relação já estava *iniciada*, o fosso da luta de classes se estreitava consideravelmente. Então Pancho retrucou o que eu queria dizer com isso de que a relação já estava iniciada, pergunta meio cretina que preferi não responder ou responder com outra pergunta: por acaso Angélica e ele eram duas pessoas normais, dois expoentes típicos e imóveis da pequena burguesia e do proletariado?

— Não, claro que não — Pancho disse meditabundo, enquanto o táxi que havíamos tomado na esquina da Reforma com a Juárez nos aproximava, na velocidade da vertigem, da rua Colima.

Era isso o que eu queria dizer, falei, que uma vez que Angélica e ele eram poetas, que importância tinha um pertencer a uma classe social e o outro a outra.

— Tem muita, sabe? — Pancho respondeu.

— Não seja mecanicista, cara — eu disse, cada vez mais irrefletidamente feliz.

O taxista, de forma inesperada, apoiou meu discurso:

— Se o senhor já trepou com ela, as barreiras não valem nada. Quando o amor é bom, o resto não tem importância.

— Está vendo? — eu disse.

— Não — Pancho replicou —, não estou vendo.

— Coma a sua mina bem comida e deixe pra lá essas babaquices comunistas — o taxista falou.

— Como assim, babaquices comunistas? — Pancho disse.

— Esse negócio de classes sociais, ora essa.

— Quer dizer que para o senhor as classes sociais não existem? — Pancho perguntou.

O taxista, que falava olhando para a gente pelo retrovisor, agora se virou, a mão direita apoiada na beira do banco do acompanhante, a esquerda firmemente agarrada ao volante. Vamos bater, pensei.

— Conforme o caso, não. No amor, nós, mexicanos, somos todos iguais. Diante de Deus, também — o taxista disse.

— Que babaquice é essa! — Pancho exclamou.

— Foi o que Dimas disse a Gestas — o taxista replicou.

Então Pancho e o taxista começaram a discutir religião e política, e eu aproveitei para contemplar a paisagem que se sucedia monótona pela janela do carro: as fachadas das ruas Juárez e de Roma Norte, e também comecei a pensar em María e no que me separava dela, que não era a classe social, mas sim o acúmulo de experiência, pensei em Rosario, em nosso quarto de cortiço e nas noites maravilhosas que eu tinha vivido lá, mas que, mesmo assim, estava disposto a trocar por um pequeno instante com María, por uma palavra de María, por um sorriso de María. Também pensei nos meus tios e até me pareceu vê-los, distanciando-se por uma daquelas ruas pelas quais passávamos, de braços dados, sem se virarem para espiar o táxi que se perdia ziguezagueando perigosamente por outras ruas, imersos em sua solidão, assim como Pancho, o taxista e eu íamos imersos na nossa. Então me dei conta de que algo havia falhado nos últimos dias, algo havia falhado na minha relação com os novos poetas do México ou com as novas mulheres da minha vida; no entanto, por mais que eu quebrasse a cabeça não descobria a falha, o abismo que, se eu olhasse por cima do ombro, se abria atrás de mim, um abismo que, por outro lado, não me atemorizava, um abismo desprovido de monstros mas não de escuridão, de silêncio e de vazio, três extremos que me machucavam, um machucado menor, é verdade, uma comichão na boca do estômago, mas que por instantes parecia medo. E então, enquanto seguia com o rosto grudado na janela, entramos na rua Colima, e Pancho e o taxista se calaram, ou talvez somente Pancho tenha se calado, como se desse por perdida, e bem perdida, sua discussão com o taxista, e meu silêncio e o silêncio de Pancho suspreenderam meu coração.

Descemos alguns metros depois da casa das Font.

— Tem algo esquisito aqui — Pancho disse enquanto o taxista se afastava xingando alegremente nossas mães.

À primeira vista, a rua tinha um aspecto normal, mas também percebi um ar diferente do que tão vivamente eu me lembrava. Na outra calçada, vi dois caras sentados dentro de um Camaro amarelo. Olhavam fixamente para a gente.

Pancho tocou a campainha. Por intermináveis segundos não se produziu o menor movimento dentro da casa.

Um dos ocupantes do Camaro, o que estava sentado no banco do passageiro, saiu e apoiou os cotovelos no teto do carro. Pancho olhou para ele por alguns segundos, depois me repetiu em voz bem baixinha que alguma coisa esquisita estava acontecendo ali. O cara do Camaro metia medo. Lembrei-me das primeiras vezes que eu estivera na casa das Font, de pé diante da porta, contemplando o jardim que a meus olhos se estendia cheio de segredos. Isso fazia pouco tempo, mas me pareceu que haviam passado vários anos.

Foi Jorgito que veio abrir para nós.

Ao chegar à porta, ele fez um sinal que não entendemos e olhou para onde estava estacionado o Camaro. Não respondeu ao nosso cumprimento e, quando passamos o portão, tornou a trancá-lo à chave. O jardim me pareceu descuidado. O aspecto da casa era diferente. Jorgito nos conduziu diretamente à porta principal. Lembro-me de que Pancho me olhou com um ar interrogativo e, enquanto caminhávamos, ele se virou e examinou a rua.

— Não pare, cara — Jorgito disse.

Dentro da casa, Quim Font e sua mulher nos esperavam.

— Já era hora de você aparecer, García Madero — Quim me disse ao me dar um forte abraço. A senhora Font vestia um robe verde-escuro e calçava sapatilhas, parecia ter acabado de levantar, mas depois fiquei sabendo que ela mal havia dormido naquela noite.

— O que está acontecendo aqui? — Pancho perguntou olhando para mim.

— Você quer dizer o que não está acontecendo — a senhora Font disse enquanto acariciava Jorgito.

Depois de me abraçar, Quim se aproximou da janela e olhou discretamente para fora.

— Não há novidade, papai — Jorgito disse.

Pensei na mesma hora nos ocupantes do Camaro amarelo, e pouco a pouco fui formando uma vaga idéia do que estava acontecendo na casa dos Font.

— Estamos tomando nosso café-da-manhã, rapazes. Querem um cafezinho? — Quim perguntou.

Fomos com ele até a cozinha. Na mesa da cozinha estavam sentadas Angélica, María... e Lupe! Pancho não se alterou ao vê-la, mas eu quase dei um pinote.

O que aconteceu em seguida é difícil lembrar, ainda mais porque María me cumprimentou como se nunca tivéssemos brigado, como se nossa relação pudesse se reiniciar imediatamente. Só sei que cumprimentei Angélica e Lupe com naturalidade e que María me deu um beijo no rosto. Depois fomos tomar café, e Pancho perguntou o que estava acontecendo. As explicações foram variadas e tumultuosas, e no meio delas a senhora Font e Quim começaram a brigar. A senhora Font dizia que nunca tinha passado piores festas de fim de ano. Pense nos pobres, Cristina, Quim replicou. A senhora Font começou a chorar e saiu da cozinha. Angélica foi atrás dela, o que provocou um movimento de Pancho, que acabou dando em nada: ele se levantou da cadeira, seguiu Angélica até a porta, depois se sentou novamente. Quim e María então me puseram a par da situação. O proxeneta de Lupe a tinha encontrado no hotel La Media Luna. Depois de uma refrega, cujos pormenores não entendi, Quim e ela conseguiram escapar do hotel e chegar à rua Colima. Fazia uns dois dias. Avisada, a senhora Font chamara a polícia e logo aparecera uma radiopatrulha. Os guardas disseram que, se os Font quisessem apresentar queixa, teriam que ir à delegacia. Quando Quim disse a eles que Alberto e outro cara estavam ali, na frente de sua casa, os patrulheiros foram conversar com o gigolô, e, da grade, Jorgito pôde notar que eles pareciam amigos de infância. Ou o acompanhante de Alberto também era da polícia, de acordo com Lupe, ou os policiais tinham recebido um tutu suculento o bastante para se esquecerem do assunto. A partir desse momento, o cerco à casa dos Font se estabelecera formalmente. Os guardas foram embora. A senhora Font chamara novamente a polícia. Vieram outros guardas, e o resultado fora o mesmo. Um amigo de Quim recomendou a este, por telefone, que agüentasse o cerco como pudesse, até acabarem as festas. Às vezes, sempre segundo Jorgito, o único com peito suficiente para espiar os intrusos, vinha outro carro, um Oldsmobile, que parava atrás do Camaro, e Alberto e seu acompanhante, depois de conversar um pouco com os novos sitiadores, iam embora de forma ostensiva, cantando pneu e buzinando. Passadas umas seis horas, já estavam de volta, e o carro que os substituíra ia embora. Essas idas e vindas, nem é preciso dizer, minaram o ânimo dos moradores da casa. A senhora Font se negava a sair, com medo de ser seqüestrada. Quim, ante o rumo que tomava a situação, tampouco saía, segundo ele por responsabilidade para com a família, mas eu acho que era muito mais por medo de apanhar. Só Angélica e María tinham ultrapassado a soleira do portão, uma só vez e separadas, e o resultado fora nefasto. Insultaram Angélica, e agarraram e esbofetearam María, que passara temerariamente junto do Camaro. Quando chegamos, o único que se atrevera a abrir o portão fora Jorgito.

Uma vez explicados os antecedentes, a reação de Pancho foi imediata. Ia sair e dar uma surra no tal Alberto.

Quim e eu tentamos dissuadi-lo, mas não houve jeito. De modo que depois de conversar um quarto de hora a sós com Angélica, Pancho dirigiu seus passos para a rua.

— Me acompanhe, García Madero — ele ordenou, e feito um bobo eu o segui.

Quando saímos, a determinação guerreira de Pancho havia baixado vários pontos. Abrimos, com as chaves que Jorgito tinha nos dado, o portão que dá para a rua e nos viramos para olhar a casa, então tive a impressão de ver Quim nos observando da janela da sala e a senhora Font de uma janela do segundo andar. A situação está preta, Pancho disse. Eu não soube o que lhe responder, quem lhe mandara abrir a boca.

— Minha história com Angélica acabou — ele disse, enquanto experimentava uma chave atrás da outra sem encontrar a chave certa.

No Camaro havia três ocupantes, e não dois, como me parecera de manhã cedo. Pancho se aproximou deles com passo decidido e perguntou o que queriam. Fiquei uns metros atrás, e o corpo de Pancho me ocultou a figura do gigolô. Nem eu podia vê-lo, nem ele podia me ver. Mas ouvi sua voz, de belo timbre, como a de um cantor de rancheiras, uma voz arrogante mas não desagradável, de maneira nenhuma a voz que eu teria imaginado, uma voz em que não se percebia nem um pingo de hesitação e que contrastava cruelmente com a de Pancho, que começou a gaguejar e falava alto demais, aproximando-se rápido demais do insulto e da agressão.

Nesse momento, pela primeira vez depois de todos os acontecimentos daquela manhã, eu me dei conta de que aqueles caras eram perigosos e quis dizer a Pancho que déssemos meia-volta e retornássemos à casa das Font. Mas Pancho já estava desafiando Alberto.

— Desça do carro, cara — falou.

Alberto deu uma risada. Fez um comentário que não entendi. A porta do passageiro se abriu e foi o outro que saiu do carro. Era de estatura mediana, muito moreno, puxando para gordo.

— Cai fora daqui, mané. — Demorei a entender que ele se dirigia a mim.

Depois notei que Pancho dava um passo atrás, e Alberto saiu do carro. O que aconteceu em seguida foi rápido demais. Alberto se aproximou de Pancho (tive a impressão de que estava lhe dando um beijo), e Pancho caiu no chão.

— Deixe ele aí, mané — disse o cara moreno, que estava do outro lado, com os cotovelos apoiados no teto do carro. Não dei bola para ele. Levantei Pancho do chão e voltamos para casa. Quando chegamos ao portão, virei-me para olhar. Os dois caras já estavam de novo dentro do Camaro amarelo e tive a impressão de que riam.

— Pegaram você de jeito, hem? — Jorgito disse, aparecendo entre uns arbustos.

— O puto tinha um revólver — Pancho respondeu. — Se eu tivesse me defendido, ele teria disparado.

— Foi o que pensei — Jorgito disse.

Eu não vira revólver nenhum, mas preferi ficar calado.

Jorgito e eu levamos Pancho para casa. Quando já íamos pelo caminho de pedra que leva à entrada da casa, Pancho disse que não, que queria ir para a edícula de María e Angélica, de modo que demos a volta pelo jardim. O resto do dia se pode dizer que foi infame.

Pancho se trancou com Angélica na edícula. A empregada chegou tarde e começou a faxina, incomodando todos que encontrou por perto. Jorgito quis ir à casa de uns amigos, mas seus pais não deixaram. María, Lupe e eu fomos jogar baralho no canto do jardim onde havíamos tido nossas primeiras conversas. Por um instante tive a ilusão de que estávamos repetindo os gestos de quando nos conhecêramos, quando Pancho e Angélica se trancavam na edícula e nos mandavam sair, mas agora tudo era diferente.

Na hora do jantar, à mesa da cozinha, a senhora Font disse que queria o divórcio. Quim achou graça e fez um gesto dando a entender que sua mulher tinha pirado. Pancho começou a chorar.

Depois Jorgito ligou a tevê, e ele e Angélica se sentaram para ver um documentário sobre as aranhas. A senhora Font serviu café para os que ainda estavam na cozinha. Antes de ir embora, a empregada avisou que não viria no dia seguinte. Quim conversou alguns segundos com ela no jardim e lhe entregou um envelope. María perguntou se era um bilhete de socorro para alguém. Pelo amor de Deus, filha, Quim disse, ainda não nos cortaram o telefone. Era a gratificação de fim de ano dela.

Não sei em que momento Pancho foi embora. Não sei em que momento resolvi que iria passar a noite lá. Só sei que, depois do jantar, Quim me chamou à parte e agradeceu meu gesto.

— Não esperava menos de você, García Madero — falou.

— Estarei sempre à disposição para o que precisarem — respondi bobamente.

— Agora vamos esquecer todas as brincadeiras que houve entre você e mim e vamos nos concentrar na defesa do castelo — ele disse.

Não entendi o que ele queria dizer com brincadeiras, mas entendi perfeitamente o que queria dizer com castelo. Preferi não replicar e assenti com a cabeça.

— O melhor é que as meninas durmam em casa — Quim disse —, por razões de segurança, você me entende? Quando a situação é de perigo extremo, o conveniente é reunir a tropa toda num só reduto.

Estávamos de acordo em tudo, e naquela noite Angélica dormiu no quarto de hóspedes, Lupe na sala, e María no quarto de Jorgito. Eu resolvi dormir na edícula, talvez na esperança de que María me fizesse uma visita, mas, depois de nos darmos boa-noite e nos separarmos, fiquei esperando em vão um bom tempo, recostado na cama de María, envolto no cheiro de María, com uma antologia de sor Juana nas mãos, mas incapaz de ler; quando não agüentava mais, fui dar uma volta pelo jardim. De uma das casas da rua Guadalajara ou da avenida Sonora chegava o som abafado de uma festa. Fui até o muro e espiei: o Camaro amarelo continuava lá, mas não vi ninguém dentro dele. Voltei à casa, a janela da sala estava iluminada e, ao grudar a orelha na porta, ouvi vozes abafadas que não pude identificar. Não me atrevi a bater. Em vez disso, dei a volta e entrei pela porta da cozinha. Na sala, sentadas no sofá, encontrei María e Lupe. Recendia a marijuana. María usava um camisolão vermelho, que a princípio pensei ser um vestido, com bordados brancos no peito representando um vulcão, um rio de lava e uma aldeia a ponto de ser destruída. Lupe ainda não tinha posto o pijama, se é que tinha um, o que duvido, e estava de minissaia, blusa preta e cabelos despenteados, o que lhe dava um ar misterioso e atraente. Quando me viram, elas se calaram. Gostaria de ter lhes perguntado do que falavam, mas, em vez de fazer isso, sentei junto delas e anunciei que o carro de Alberto continuava lá fora. Já sabiam.

— Nunca passei um fim de ano tão esquisito — falei.

María nos ofereceu uma xícara de café, depois se levantou e foi à cozinha. Eu a segui. Enquanto esperava a água ferver, eu a abracei por trás e disse que queria ir para a cama com ela. Não me respondeu. Quem cala consente, pensei, e beijei o pescoço e a nuca dela. O cheiro de María, já estava me desacostumando desse cheiro, me excitou tanto que comecei a tremer. Eu me afastei dela no ato. Encostado contra a parede da cozinha, por um instante temi perder o equilíbrio ou desmaiar ali mesmo, e precisei fazer força para recobrar a normalidade.

— Você tem bom coração, García Madero — ela disse ao sair da cozinha com uma bandeja, três xícaras de água quente, Nescafé e açúcar. Eu a segui feito um sonâmbulo. Teria gostado de saber o que ela quis dizer com aquela história de que tenho bom coração, mas ela não voltou a falar comigo.

Logo entendi que minha presença ali era incômoda. María e Lupe tinham muitas coisas a conversar, e todas me eram incompreensíveis. Por um instante, parecia que falavam do tempo, e no instante seguinte parecia que falavam de Alberto, o gigolô sinistro.

Ao chegar à edícula, eu me sentia tão cansado que nem sequer acendi a luz.

Fui até a cama de María às cegas, guiado unicamente pela tênue luz que chegava da casa grande, ou do pátio, ou da lua, não sei, eu me estirei de barriga para baixo, sem me despir, e adormeci de imediato.

Ignoro que horas eram e quanto tempo fiquei assim, só sei que estava bom e que, quando acordei, ainda estava escuro e uma mulher me acariciava. Demorei a entender que não era María. Por uns segundos achei que estava sonhando ou que estava irremediavelmente perdido no cortiço, ao lado de Rosario. Eu a abracei e procurei seu rosto na escuridão. Era Lupe e sorria feito uma piranha.   * Recheada com toucinho (N. T.).

31 de dezembro
Comemoramos o ano-novo em família, pode-se dizer. O dia todo che-

garam e se foram amigos da vida toda. Não muitos. Um poeta, dois pintores, um arquiteto, a irmã mais moça da senhora Font, o pai da desaparecida Laura Damián.

A chegada deste último desencadeou gestos extremos e misteriosos. Quim estava de pijama e sem se barbear, sentado na sala vendo televisão. Abri a porta, e o senhor Damián entrou precedido por um enorme buquê de rosas vermelhas, que me entregou com um gesto tímido e incomodado (ou desinteressado e aborrecido). Enquanto levava as flores para a cozinha e procurava um vaso ou algo assim para colocá-las, ouvi o que ele dizia a Quim, algo sobre as misérias da vida cotidiana. Depois falaram das festas. Não são mais o que eram, Quim disse. É verdade, o pai de Laura Damián falou. Nem me diga. Os velhos tempos eram muito melhores, Quim disse. Estamos ficando velhos, o pai de Laura Damián disse. Então Quim disse uma frase surpreendente: não sei, falou, como você se arranja para continuar vivendo, se fosse eu, faz tempo que teria morrido.

Houve um prolongado silêncio, rompido apenas pelas vozes distantes da senhora Font e de suas filhas, que preparavam uma cesta de frutas no pátio atrás da casa, depois o pai de Laura Damián rebentou em soluços. Não pude suportar a curiosidade, e saí da cozinha tentando não fazer barulho, precaução desnecessária porque, absortos, os dois homens se contemplavam, Quim com aparência de quem acabara de se levantar, despenteado, de olheiras, com remelas nos olhos, o pijama amarrotado, os chinelos saindo dos pés, pés delicados, como pude avaliar, bem diferentes dos pés de meu tio, por exemplo, e o senhor Damián com o rosto, como se costuma dizer, banhado em lágrimas, embora as lágrimas só formassem dois sulcos nas faces, dois sulcos profundos que pareciam engolir o rosto inteiro, de mãos postas, sentado numa poltrona em frente de Quim. Quero ver Angélica, ele disse. Primeiro assoe o nariz, Quim disse. O senhor Damián tirou um lenço do bolso do paletó, passou-o pelos olhos e pelas bochechas, depois se assoou. A vida é dura, Quim, ele disse ao se levantar de repente e se dirigir como que adormecido ao banheiro. Ao passar junto de mim, nem sequer me olhou.

Depois, creio, estive um instante no pátio ajudando a senhora Font nos preparativos da ceia que pensava dar naquela última noite de 1975. Todo fim de ano dou uma ceia para os nossos amigos, ela disse, já é uma tradição, mas este ano eu bem que não daria, não estou para festas, como você percebe, mas precisamos ser fortes. Disse a ela que o pai de Laura Damián estava em casa. Alvarito vem todos os anos, a senhora Font falou, diz que sou a melhor cozinheira que ele conhece. O que vamos comer esta noite?, perguntei.

— Ai, filho, não tenho a menor idéia, acho que vou preparar um pouco de *mole*, e vou me deitar cedo. Este ano não estou para grandes comemorações, não acha?

A senhora Font olhou para mim e desatou a rir. Acho que essa mulher não está bem da cabeça. A campainha voltou a soar insistentemente, e, depois de ficar na expectativa por alguns segundos, a senhora Font me pediu que fosse ver quem era. Ao passar pela sala, vi Quim e o pai de Laura Damián, cada um com um copo na mão, sentados no mesmo sofá, vendo outro programa na tevê. A visita era um dos poetas camponeses. Acho que estava bêbado. Ele me perguntou onde estava a senhora Font e foi direto para o pátio dos fundos, onde ela estava com as suas guirlandas e bandeirolas mexicanas de papel, esquecendo o triste quadro que compunham Quim e o pai de Laura Damián. Subi ao quarto de Jorgito e de lá vi o poeta camponês levando as mãos à cabeça.

Foram numerosos, em compensação, os telefonemas. Primeiro ligou uma tal de Lorena, ex-poeta real-visceralista, que queria convidar María e Angélica para uma festa de fim de ano. Depois ligou um poeta da corriola de Paz. Depois um dançarino chamado Rodolfo quis falar com María, mas ela se negou a atender e me pediu que dissesse que não estava, o que fiz sem prazer, automaticamente, como se já estivesse além do ciúme, o que, se fosse verdade, seria magnífico, porque ciúme não serve para nada. Depois ligou o arquiteto principal do escritório de arquitetura de Quim. Surpreendentemente primeiro falou com ele, depois quis falar com Angélica. Quando Quim me pediu que chamasse Angélica, ele estava com lágrimas nos olhos e, enquanto Angélica falava, ou melhor, escutava, Quim me disse que a poesia é a coisa mais bonita que se pode fazer nesta terra maldita. Palavras textuais. Eu, para não contrariar, assenti (acho que falei: que legal, Quim, resposta para todas as cretinices). Depois passei um instante na edícula das meninas, onde conversei com María e Lupe, melhor dizendo, eu as ouvi conversar enquanto me perguntava quando e como iria acabar o cerco do gigolô.

Sobre a trepada da noite anterior com Lupe, tudo continua envolto em mistério, mas a verdade é que fazia muito tempo que eu não tinha uma noite tão boa. À uma da tarde, houve um simulacro de almoço: Jorgito, María, Lupe e eu comemos primeiro, depois, à uma e meia, a senhora Font, Quim, o pai de Laura Damián, o poeta camponês e Angélica. Enquanto levava os pratos, ouvi o poeta camponês ameaçar sair e enfrentar Alberto, seguido da advertência da senhora Font, que lhe disse: Julio, não seja bobo. Depois fomos todos comer a sobremesa na sala.

De tarde, tomei um banho.

Estava com o corpo todo cheio de machucados, mas não sabia quem os tinha feito, se Rosario ou Lupe; em todo caso, não tinha sido María, e isso estranhamente me doeu, mas a dor estava longe de ser insuportável, como quando a conhecera. No peito, bem debaixo da mama esquerda, um roxo do tamanho de uma cereja. Na clavícula, arranhões em forma de estrelas diminutas. Também nos ombros descobri algumas marcas.

Quando saí do banho, encontrei todos tomando café na cozinha, uns sentados, outros de pé. María tinha pedido a Lupe que lhe contasse a história da puta que Alberto quase tinha sufocado com o pau. Pareciam como que hipnotizados. De vez em quando interrompiam o relato de Lupe e diziam que bárbaro ou que bárbaros, e uma voz feminina (a da senhora Font ou a de Angélica) disse que imensidão, enquanto Quim dizia ao pai de Laura Damián: está vendo que tipo somos obrigados a enfrentar.

Às quatro da tarde, o poeta camponês foi embora, pouco depois apareceu a irmã da senhora Font. Os preparativos da ceia se aceleraram.

Entre as cinco e as seis soaram os telefonemas de pessoas desculpando-se por não virem à ceia, e às seis e meia a senhora Font disse que não agüentava mais, começou a chorar e foi se trancar em seu quarto.

Às sete, a irmã da senhora Font, ajudada por María e por Lupe, pôs a mesa e deixou a cozinha preparada para a ceia de fim de ano. Mas faltavam alguns ingredientes e foi comprá-los. Antes que ela fosse embora, Quim a fez passar por seu escritório, só por uns segundos. Ao sair de lá, a irmã da senhora Font levava na mão um envelope, suponho que com dinheiro, e ouvi o senhor Font dizer de dentro do escritório que metesse o envelope na bolsa, caso contrário corria o risco de que os ocupantes do Camaro amarelo o roubassem, coisa que a irmã da senhora Font a princípio pareceu ignorar, mas que fez no momento de abrir a porta da casa e sair. Em todo caso, para maior segurança, Jorgito e eu a acompanhamos até o portão da rua. De fato, o Camaro continuava lá, mas os ocupantes nem sequer se mexeram quando a irmã da senhora Font passou por eles e se perdeu em direção à rua Cuernavaca.

Às nove nos sentamos para cear. A maioria dos convidados deu uma desculpa e não veio, só apareceram uma senhora idosa, creio que prima de Quim, um sujeito alto e magro, apresentado como arquiteto, ou como ex-arquiteto, conforme ele próprio se encarregou de retificar, e dois pintores que não sabiam de nada. A senhora Font deixou seu quarto vestida com suas melhores roupas de cerimônia e acompanhada pela irmã, que tinha voltado e, não satisfeita em supervisionar os preparativos para a ceia, passou os últimos minutos ajudando a senhora Font a se vestir. Lupe, que à medida que se aproximava o fim do ano se tornava cada vez mais arisca, disse que não tinha direito de cear conosco, que cearia na cozinha, mas María se opôs a essa idéia de maneira resoluta e, no fim das contas, após uma discussão que francamente não entendi, Lupe acabou se sentando na mesa principal.

O início da ceia foi extraordinário.

Quim se levantou e disse que queria fazer um brinde a alguém. Imaginei que seria à sua mulher, que, devido à situação em que se encontrava, dava provas de uma firmeza fora do comum, mas o brinde foi... a mim! Falou da minha idade e dos meus poemas, recordou minha amizade com suas filhas (quando disse isso olhou fixamente para o pai de Laura Damián, que assentiu) e minha amizade para com ele, nossas conversas, nossos encontros inesperados pelas ruas do DF e finalizou sua alocução, que na realidade foi breve apesar de para mim ter parecido eterna, pedindo diretamente que, quando eu crescesse e fosse um cidadão adulto e responsável, não o julgasse com excessiva severidade. Quando se calou, eu estava vermelho de vergonha. María, Angélica e Lupe aplaudiram. Os pintores fora do ar também. Jorgito se meteu debaixo da mesa, e ninguém pareceu notar. A senhora Font, para quem olhei com o rabo do olho, parecia tão incomodada quanto eu.

Apesar do início movimentado, a ceia de ano-novo foi muito mais para triste e silenciosa. A senhora Font e sua irmã se dedicaram a servir os pratos, María mal provou a comida, Angélica se submergiu num silêncio mais lânguido do que carrancudo, Quim e o pai de Laura Damián às vezes davam atenção ao arquiteto, que se dedicou a provocar suavemente discussões com Quim, mas em geral eles se mantiveram numa atitude distante; os dois pintores só conversaram entre si e, de vez em quando, com o pai de Laura Damián, que, parece, também coleciona obras de arte; María e Lupe, que no começo da ceia pareciam mais dispostas a se divertir, acabaram se levantando para ajudar as mulheres que serviam a mesa e sumiram na cozinha. Assim passa a glória do mundo, Quim me disse da outra extremidade da mesa.

Então tocaram a campainha e todos tivemos um sobressalto. As cabeças de María e Lupe apareceram na porta da cozinha.

— Alguém vá abrir — Quim disse, mas ninguém se mexeu do lugar.

Eu é que me levantei.

O jardim estava escuro, e do lado de fora do portão distingui duas silhuetas. Pensei que fossem Alberto e seu policial. Irracionalmente senti vontade de brigar e dirigi resolutamente para eles meus passos. Mas, ao me aproximar um pouco mais, descobri que quem estava ali eram Ulises Lima e Arturo Belano. Não disseram a que vinham. Não se espantaram ao me ver. Lembro-me de ter pensado: salvos!

Havia comida de sobra, Ulises e Arturo foram acomodados à mesa, e a senhora Font lhes serviu a ceia enquanto os outros comiam sobremesa ou conversavam. Quando acabaram de comer, Quim os levou para o seu escritório. O pai de Laura Damián logo os seguiu.

Pouco depois, Quim apareceu na porta entreaberta e chamou Lupe. Os que estavam na sala pareciam estar assistindo a um funeral. María me disse que a acompanhasse ao pátio. Falou comigo por um tempo que me pareceu longo, mas que não deve ter durado mais de cinco minutos. É uma cilada, ela me disse. Depois nós dois entramos no escritório do pai dela.

Surpreendentemente, quem dava as cartas era Álvaro Damián. Estava sentado na poltrona de Quim (este permanecia de pé num canto) e assinava vários cheques ao portador. Belano e Lima sorriam, Lupe parecia preocupada, mas resignada. María perguntou ao pai de Laura Damián o que estavam fazendo. O pai de Laura Damián ergueu os olhos do seu talão de cheques e respondeu que era preciso solucionar o problema de Lupe o mais breve possível.

— Vou para o norte, mana — Lupe disse.

— Como? — María perguntou.

— Com eles, no carro do seu pai.

Não demorei a compreender que Quim e o pai de Laura Damián tinham convencido meus amigos de que, fossem aonde fossem, levassem Lupe com eles e rompessem dessa maneira o cerco à casa.

O que mais me surpreendeu foi que Quim lhes emprestaria o Impala, isso sim eu não esperava.

Quando saímos do escritório, Lupe e María foram fazer a mala. Eu as segui. A mala de Lupe estava quase vazia, pois ao fugir do hotel tinha esquecido lá grande parte de suas roupas.

Quando deu meia-noite na televisão, todos nós nos abraçamos. María, Angélica, Jorgito, Quim, a senhora Font, sua irmã, o pai de Laura Damián, o arquiteto, os pintores, a prima de Quim, Arturo Belano, Ulises Lima, Lupe e eu.

Houve um momento em que ninguém sabia mais quem estava abraçando nem se os abraços se repetiam.

Até as dez da noite era possível enxergar, do lado de fora do portão, as silhuetas de Alberto e de seus pistoleiros. Às onze já não estavam lá, e Jorgito até teve coragem de sair ao jardim, trepar no gradil e dar uma olhada em toda rua. Tinham ido embora. À meia-noite e quinze, todos nós fomos às escondidas para a garagem, e começaram as despedidas. Abracei Belano e Lima e lhes perguntei o que iria acontecer com o real-visceralismo. Não me responderam. Abracei Lupe e disse que tomasse cuidado. Como resposta, recebi um beijo no rosto. O carro de Quim era um Ford Impala último tipo, branco, e Quim e sua mulher quiseram saber, como se no último minuto tivessem se arrependido, quem iria dirigindo.

— Eu — Ulises Lima disse.

Enquanto Quim explicava a Ulises algumas peculiaridades do carro, Jorgito disse que nos apressássemos, porque o gigolô de Lupe acabara de voltar. Por alguns instantes todos se puseram a falar em voz alta, e a senhora Font disse: que vergonha, chegar a este ponto. Fui correndo à edícula das Font, catei meus livros e voltei. O motor do carro já estava ligado, e todos pareciam estátuas de sal.

Vi Arturo e Ulises nos bancos dianteiros, e Lupe no banco de trás.

— Alguém precisa abrir a porta da rua — Quim disse.

Eu me ofereci para fazê-lo.

Estava na calçada quando vi as luzes do Camaro e as luzes do Impala se acenderem. Parecia um filme de ficção científica. Enquanto um carro saía da casa, o outro se aproximou, como se atraídos por um ímã ou pela fatalidade, o que dá no mesmo, segundo os gregos.

Ouvi vozes, alguém me chamava, ao meu lado passou o carro de Quim, vi a silhueta de Alberto, que saiu do Camaro e de um pulo se colocou junto ao carro onde estavam meus amigos. Seus acompanhantes, sem descer do carro, gritavam que ele deveria quebrar um dos vidros do Impala. Por que não acelera?, pensei. O gigolô de Lupe começou a chutar as portas. Vi María avançar pelo jardim em minha direção. Vi a cara dos capangas dentro do Camaro. Um deles fumava charuto. Vi o rosto de Ulises e suas mãos, que se moviam nos comandos do carro de Quim. Vi a cara de Belano, que fitava impassível o gigolô, como se a coisa não fosse com ele. Vi Lupe tapar o rosto no banco de trás. Pensei que a janela da porta do carro não iria resistir a outro chute, e de um salto eu me vi ao lado de Alberto. Depois vi Alberto cambalear. Recendia a álcool, certamente eles também tinham comemorado o fim do ano. Vi meu punho direito (o único livre, pois na outra mão levava meus livros) se projetar outra vez sobre o corpo do gigolô, e desta vez eu o vi cair. Senti que me chamavam da casa, mas não me virei. Chutei o corpo que estava a meus pés e vi o Impala finalmente se mover. Vi os dois capangas saírem do Camaro e se dirigirem a mim. Vi que Lupe me olhava de dentro do carro e abria a porta para mim. Soube que sempre tivera vontade de ir embora. Entrei e, antes que desse tempo de fechar a porta, Ulises subitamente acelerou. Ouvi um disparo ou algo que parecia um disparo. Atiraram na gente, filhos-da-puta, Lupe disse. Virei-me e pelo vidro traseiro vi uma sombra no meio da rua. Nessa sombra, emoldurada pela janela estritamente retangular do Impala, estava concentrada toda tristeza do mundo. São fogos de artifício, ouvi Belano dizer enquanto nosso carro dava um pinote e deixava para trás a casa das irmãs Font, o Camaro dos valentões, a rua Colima, e em menos de dois segundos já estávamos na avenida Oaxaca e nos perdíamos em direção ao norte do DF.

II. OS DETETIVES SELVAGENS (1976-1996)

1.

Amadeo Salvatierra, rua República de Venezuela, perto do Palácio da Inquisição, México, DF, janeiro de 1976. Ai, rapazes, eu disse a eles, que bom que vieram, entrem, entrem, a casa é de vocês, e enquanto isso eles se enfiaram corredor adentro, meio às cegas porque o corredor é escuro, a lâmpada estava queimada e eu não a tinha trocado (ainda não troquei), e me adiantei dando pulinhos de alegria até a cozinha, onde peguei uma garrafa de mescal Los Suicidas, um mescalito que só fazem em Chihuahua, produção limitada, pode crer, da qual até 1967 eu recebia pelo correio duas garrafas por ano. Quando voltei, os rapazes estavam na sala contemplando meus quadros e examinando alguns livros, e não pude evitar de lhes dizer outra vez como estava feliz com aquela visita. Quem lhes deu meu endereço, rapazes? Germán, Manuel, Arqueles? E eles então me fitaram como se não entendessem, um disse List Arzubide, e eu lhes disse mas sentem, sentem, ah, Germán List Arzubide, meu irmão, ele sempre se lembra de mim, continua grandalhão e bonachão? E os rapazes deram de ombros e disseram sim, claro, não iria encolher, né?, mas eles só disseram sim, e então eu lhes disse vamos tomar este mescalito, e lhes passei os copos, e eles ficaram olhando para a garrafa como se temessem que dela pudesse sair disparado um dragão, e eu ri, mas não ri deles, ri de pura felicidade, da alegria que me dava estar ali com eles, e então um deles me perguntou se o mescal se chamava assim, como os olhos deles estavam vendo, e lhe passei a garrafa, ainda rindo, sabia que o nome iria impressioná-los, e me afastei digamos um par de passos para enxergá-los melhor, Deus os abençoe, como eram mocinhos, com os cabelos até os ombros e carregados de livros, quantas recordações me traziam, e então um deles disse o senhor tem certeza, senhor Salvatierra, que isto não mata, e respondi que matar o quê, isto é pura saúde, água da vida, ataquem sem temor, e para dar o exemplo enchi meu copo e o virei de um só gole até a metade, depois os servi, e de início, rapazes do caralho, só umedeceram os lábios, mas logo, logo lhes pareceu bom e começaram a beber feito homens. Hem, rapazes, que tal?, perguntei, e um deles, o chileno, disse que nunca tinha ouvido falar de um mescal chamado Los Suicidas, ele me pareceu meio presunçoso, no México deve haver umas duzentas marcas de mescal, calculando por baixo, de modo que é muito difícil conhecer todas, ainda mais não sendo daqui, mas claro, isso o rapaz não sabia, e o outro disse que bom, e eu disse que também nunca tinha ouvido falar deste, e eu tive que dizer que achava que não faziam mais esse mescal, a fábrica quebrou, ou a queimaram, ou a venderam a uma engarrafadora da Refrescos Pascual, ou os novos donos acharam que o nome não era muito comercial, por assim dizer. E por um instante ficamos em silêncio, eles de pé, eu sentado, bebendo e saboreando cada gota do mescal Los Suicidas, e pensando sei lá mais o quê. Então um deles disse senhor Salvatierra, queríamos falar de Cesárea Tinajero. E o outro disse: e da revista *Caborca*. Rapazes danados. Tinham as mentes e as línguas em intercomunicação. Um deles poderia começar a falar e parar na metade de sua falação, e o outro poderia dar seguimento à frase ou à idéia como se ele mesmo a tivesse iniciado. E, quando mencionaram Cesárea, ergui os olhos e olhei para eles como se os visse através de uma cortina de gaze, de gaze hospitalar para sermos mais precisos, e lhes disse não me chamem de senhor, rapazes, me chamem de Amadeo feito meus amigos. E eles disseram está bem, Amadeo. E tornaram a falar de Cesárea Tinajero.

Perla Avilés, rua Leonardo da Vinci, Mixcoac, México, DF, janeiro de 1976. Vou falar de 1970. Eu o conheci em 1970, na Escola Preparatória Porvenir, em Talismán, nós dois estudamos lá por certo tempo. Ele desde 1968, quando chegou à Cidade do México, eu desde 69, mas só nos conhecemos em 1970. Por motivos que não vêm ao caso, ambos paramos de estudar por um tempo. Ele, creio que por motivos econômicos, eu, porque de repente me apavorei. Mas logo voltei e ele também, talvez seus pais o tenham obrigado a voltar, e então nos conhecemos. Falo de 1970, eu era a mais velha da classe, tinha dezoito anos e já deveria estar na universidade, em vez de estar fazendo o preparatório, mas era aí que eu estava, na Porvenir, e certa manhã, já iniciada a aula, ele apareceu por lá, prestei atenção nele na hora, não era um aluno novo, tinha amigos e era um ano mais moço que eu, mas também era repetente. Naquela época, ele vivia em Lindavista, mas meses depois seus pais se mudaram e foram morar em outro bairro, Nápoles. Fiquei amiga dele. Nos primeiros dias, enquanto juntava coragem para falar com ele, eu o espiava jogar futebol no pátio, ele adorava jogar, eu o via da escada e ele parecia ser o garoto mais bonito que eu tinha visto na vida. No colégio, era proibido usar cabelo comprido, mas ele tinha cabelo comprido, e, durante o futebol, tirava a camisa e jogava com o torso nu. Para mim, ele era igualzinho a um desses gregos das revistas de mitologia grega e, em outras ocasiões (na sala, quando parecia dormir), parecia um santo católico. Eu o observava e não pedia mais do que isso. Ele não tinha muitos amigos. Conhecia muita gente, isso sim, ria com muita gente (estava sempre rindo), fazia piadas, mas seus amigos de verdade eram poucos ou nenhum. Não era bom aluno. Nas aulas de química e de física estava perdido. Eu achava isso estranho porque não é tão difícil assim, basta um pouco de atenção para aprender, basta estudar um pouco, mas dava para ver que ele mal estudava ou não estudava nada e que durante as aulas sua cabeça estava em outro lugar. Uma vez se aproximou de mim, eu estava na escada lendo o Conde de Lautréamont, e ele me perguntou se eu sabia quem eram os donos da Preparatória Porvenir. Fiquei tão assustada que não soube o que responder, acho que abri a boca, mas não saiu nenhuma palavra, meu rosto se decompôs e provavelmente comecei a tremer. Estava sem camisa, ele a segurava numa das mãos, na outra uma mochila com seus cadernos, uma mochila toda empoeirada, e olhava para mim com um sorriso nos lábios, e eu olhava para o suor que havia em seu peito e que o vento ou o ar (não é a mesma coisa) do entardecer estava secando numa velocidade vertiginosa, a maioria das aulas tinha acabado, não sei o que eu fazia na escola, esperava alguém, um amigo ou uma amiga, mas não é muito provável, porque eu também não tinha muitos amigos ou amigas, talvez tenha ficado só para vê-lo jogar futebol, lembro que o céu era de um cinza úmido, brilhante, e que fazia frio ou que então senti frio. Lembro também que só o que se ouviam eram passos distantes, risos em surdina, a escola vazia. Ele na certa achou que eu não tinha ouvido da primeira vez e tornou a fazer a pergunta. Não sei quem é o dono, disse a ele, não sei se a escola tem dono. Claro que tem dono, ele disse, é a Opus Dei. Minha resposta deve ter lhe parecido típica de uma idiota, pois eu disse que não sabia o que era a Opus Dei. Uma seita católica que faz pactos com o diabo, ele disse rindo. Compreendi então e lhe disse que não dava muita bola para religião e que já sabia que a Escola Preparatória Porvenir pertencia à Igreja. Não, ele disse, o importante é a que ordem da Igreja ela pertence. À Opus Dei. E quem é a gente da Opus Dei?, perguntei. Ele então se sentou ao meu lado na escada, e ficamos conversando um tempão, e eu sofria porque ele não punha a camisa e fazia cada vez mais frio. Dessa primeira conversa eu lembro do que ele disse sobre os pais: disse que eram ingênuos, que ele também era ingênuo e provavelmente disse também que eram ignorantes (seus pais e ele) e bobocas por não terem se dado conta até então que a escola era da Opus. Seus pais sabem quem manda aqui?, ele me perguntou. Minha mãe morreu, eu disse, e meu pai não sabe de nada nem liga pra isso. Eu também não ligo, acrescentei, só quero acabar o curso preparatório e entrar na universidade. Vai estudar o quê?, perguntou. Letras, respondi. Foi aí que ele me disse que era escritor. Que coincidência, disse, sou escritor. Ou algo assim. Sem dar importância. Claro que pensei que ele estava me gozando. Foi assim que fizemos amizade. Eu tinha dezoito anos, e ele acabava de fazer dezessete. Vivia na Cidade do México desde os quinze. Uma vez o convidei para andar a cavalo. Meu pai tinha umas terras em Tlaxcala e tinha comprado um cavalo. Ele dizia que sabia montar muito bem, e eu lhe disse este domingo vou com meu pai a Tlaxcala, se quiser pode ir com a gente. Que terras mais desoladas aquelas. Meu pai havia construído uma cabana de barro, e era tudo que havia, o resto era mato ralo e terra seca. Quando chegamos lá, ele observou aquilo tudo com um sorriso, como se dissesse já imaginava que não viríamos a um rancho elegante, a um latifúndio, mas isto é demais. Eu até me envergonhei um pouco das terras do meu pai. Não tinha nem sequer uma sela para montar, e os vizinhos é que cuidavam do cavalo. Por um instante, enquanto meu pai ia buscar o cavalo, passeamos por aquelas sequidões. Eu tentava falar dos livros que tinha lido e que sabia que ele não conhecia, mas ele mal me escutava. Andava e fumava, andava e fumava, e a paisagem era sempre a mesma. Até que ouvimos a buzina do carro do meu pai, e logo apareceu o homem que cuidava do cavalo, sem montá-lo, apenas o levando pela rédea. Quando voltamos à cabana, meu pai e o homem tinham saído de carro, para resolver uns negócios, e o cavalo estava amarrado nos esperando. Monte você primeiro, falei. Não, ele disse (bem se notava que estava com a cabeça em outro lugar), monte você. Preferi não discutir, montei e saí galopando. Quando voltei, ele estava sentado no chão, com as costas apoiadas na parede da cabana, fumando. Você monta muito bem, ele me disse. Depois se levantou e se aproximou do cavalo, disse que não estava acostumado a montar em pêlo, mas montou mesmo assim, de um pulo, e eu lhe indiquei uma direção, disse que por ali havia um rio, melhor dizendo, o leito de um rio, que agora estava seco mas que, quando chovia, enchia e era bonito, então saiu a galope. Cavalgava bem. Sou uma boa amazona, mas ele era tão bom quanto eu ou até melhor, não sei, naquele dia me pareceu melhor, galopar sem estribos é difícil, e ele galopou grudado no lombo do cavalo até que o perdi de vista. Enquanto esperava contei as guimbas que ele tinha apagado junto da cabana e fiquei com vontade de aprender a fumar. Horas depois, quando voltávamos no carro do meu pai, ele na frente, eu atrás, ele me disse que provavelmente debaixo daquelas terras jazia alguma pirâmide. Lembro que meu pai desviou o olhar da estrada para encará-lo. Pirâmide? É, ele disse, o subsolo deve estar *cheio* de pirâmides. Meu pai não fez nenhum comentário. Eu, do escuro do banco de trás, perguntei por que ele achava isso. Ele não respondeu. Depois começamos a conversar sobre outros assuntos, mas fiquei pensando por que ele terá falado em pirâmides. Fiquei pensando nas pirâmides. Fiquei pensando no pedregal do meu pai, e muito tempo depois, quando não o via mais, cada vez que voltava àquelas terras ermas pensava nas pirâmides enterradas, pensava na única vez que o vira montando a cavalo sobre as pirâmides e também o imaginava na cabana, durante o tempo em que ficara sozinho fumando.

Laura Jáuregui, Tlalpan, México, DF, janeiro de 1976. Antes de conhecê-lo, fui namorada de César, César Arriaga, que me apresentaram na oficina de poesia da Torre da Reitoria da Unam, lá conheci María Font e Rafael Barrios, lá também conheci Ulises Lima, que na época não se chamava Ulises Lima, não sei, talvez já se chamasse Ulises Lima, mas a gente o chamava por seu nome verdadeiro, Alfredo sei lá do quê, lá também conheci César e nos apaixonamos, ou pensamos que tínhamos nos apaixonado, e nós dois participamos da revista de Ulises Lima. Isso aconteceu em fins de 1973, não poderia precisar com mais exatidão, foram uns dias em que chovia muito, lembro disso porque sempre chegávamos molhados às reuniões. Depois colaboramos na revista, *Lee Harvey Oswald*, que nome, no escritório de arquitetura em que trabalhava o pai de María, eram tardes deliciosas, tomávamos vinho e sempre uma de nós levava sanduíches, Sofía ou María ou eu, os rapazes nunca levavam nada, isto é, no início sim, porém com o tempo os que levavam coisas, quer dizer, os mais bem-educados, foram abandonando o projeto, pelo menos já não compareciam às reuniões, depois apareceu Pancho Rodríguez, e tudo foi para o beleléu, pelo menos no que me diz respeito, mas continuei na revista, ou continuei freqüentando o grupo da revista, principalmente porque César estava lá, principalmente por María e por Sofía (de Angélica nunca fui amiga, amiga propriamente), não por desejar publicar meus poemas, no primeiro número não se publicou nada, no segundo iria aparecer um poema meu, chamado "Lilith", mas no fim não sei o que aconteceu, e não publicaram. Quem publicou um poema em *Lee Harvey Oswald* foi César, o poema se chamava "Laura e César", que carinhoso, mas Ulises o alterou (ou o convenceu a alterar) e acabou se chamando "Laura & César", eram essas as coisas que Ulises Lima fazia.

Bem, o caso é que primeiro conheci César, e que Laura & César viraram namorados ou coisa parecida. Pobre César. Tinha cabelos castanho-claros e era bem alto. Vivia com a avó (seus pais moravam em Michoacán) e tive com ele minhas primeiras experiências sexuais adultas. Melhor dizendo, tive com ele minhas últimas experiências sexuais adolescentes. Ou as penúltimas, pensando bem. Íamos ao cinema, uma ou duas vezes fomos ao teatro, por aquela época me matriculei na Escola de Dança, e às vezes César me acompanhava. O resto do tempo dedicávamos a dar longos passeios, a comentar os livros que líamos e a estar juntos sem fazer nada. Isso se prolongou por alguns meses, talvez três ou quatro ou nove meses, não mais de nove meses, e um dia rompi com ele, disso sim estou certa, fui eu que disse que estava terminado, mas do motivo exato me esqueci, e lembro que César aceitou a coisa muito bem, concordou comigo, ele estava então no segundo ano da Faculdade de Medicina, eu tinha acabado de me matricular na de Filosofia e Letras, e naquela tarde não fui às aulas, fui à casa de María, precisava falar com uma amiga, quer dizer, pessoalmente, não por telefone, e, quando cheguei à rua Colima, à casa de María, encontrei o portão do jardim aberto, o que estranhei um pouco, pois o portão está sempre fechado, mania da mãe de María; entrei e toquei a campainha, a porta se abriu e um tipo que eu nunca tinha visto me perguntou quem eu procurava. Era Arturo Belano. Tinha então vinte e um anos, era magro, usava cabelo muito comprido e óculos, uns óculos horríveis, apesar de sua miopia não ser exagerada, apenas algumas poucas dioptrias em cada olho, mas os óculos eram horríveis assim mesmo. Só trocamos algumas palavras, ele estava com María e com um poeta chamado Aníbal, que na época era louco por María, mas, quando cheguei, estavam de saída.

Nesse mesmo dia voltei a vê-lo. Passei a tarde toda conversando com María, depois fomos ao centro comprar um lenço, acho, e continuamos conversando (primeiro sobre César & Laura, depois sobre tudo e mais alguma coisa) e terminamos tomando cappuccinos no café Quito, onde María tinha marcado encontro com Aníbal. Por volta das nove da noite apareceu Arturo. Dessa vez estava com um chileno de dezessete anos chamado Felipe Müller, seu melhor amigo, um cara muito alto, louro, que quase nunca abria a boca e que acompanhava Arturo a tudo que é lugar. Eles se sentaram conosco, claro. Depois chegaram outros poetas, poetas um pouco mais velhos que Arturo, nenhum deles membro do realismo visceral, até porque ainda não existia o realismo visceral, poetas que tinham sido amigos de Arturo antes de ele ir para o Chile, feito Aníbal, e que portanto o conheciam desde que ele tinha dezessete anos, na realidade jornalistas e funcionários públicos, essa classe de gente triste que nunca sai do centro, de certas zonas do centro, titulares da tristeza na zona compreendida pela avenida Chapultepec, ao sul, e Reforma, ao norte, assalariados do *El Nacional*, corretores do *Excelsior*, burocratas da Secretaria de Governo, que, ao saírem do trabalho, iam para a Bucareli e lá estendiam seus tentáculos ou seus formulários e protocolos. E, embora fossem tristes, como já disse, essa noite rimos muito, na verdade não paramos de rir. Depois fomos andando até o ponto de ônibus, María, Aníbal, Felipe Müller, Gonzalo Müller (irmão de Felipe, logo iria embora do México), Arturo e eu. Todos nós nos sentíamos muito felizes, eu nem me lembrava mais de César, María olhava as estrelas que milagrosamente haviam aparecido no céu do DF como projeções holográficas, até nosso passo era miúdo, o percurso demoradíssimo, como se avançássemos e retrocedêssemos para prorrogar o momento em que inevitavelmente chegaríamos ao ponto de ônibus, houve um trecho em que todos caminhamos olhando para o céu (para as estrelas, cujo nome María dizia), se bem que muito depois Arturo me falou que ele não tinha olhado para as estrelas, e sim para as luzes acesas de alguns apartamentos, apartamentos pequeninos como as águas-furtadas da rua Versalles, ou da Lucerna, ou da rua Londres, e que nesse momento soube que sua máxima felicidade teria sido estar comigo num desses apartamentos e jantar as tortas de creme feitas por um vendedor ambulante da Bucareli. Mas naquela noite ele não me disse isso (eu o teria chamado de doido), e sim que gostaria de ler meus poemas, que adorava as estrelas, as do hemisfério norte e as do hemisfério sul, e me pediu que lhe desse meu telefone.

Eu lhe dei o número, e no dia seguinte ele me ligou. Ficamos de nos encontrar, mas não no centro, disse que não podia sair da minha casa em Tlalpan, que precisava estudar, e ele disse perfeito, vou aí, assim conheço Tlalpan, e eu lhe disse que não tinha nada a conhecer, vai ser necessário pegar metrô, depois um ônibus, depois outro ônibus, e então não sei por que pensei que ele iria se perder e lhe disse me espere na estação do metrô, e, quando fui pegá-lo, eu o encontrei sentado numas caixas de frutas, com as costas apoiadas numa árvore, olhe só, o melhor lugar que alguém teria podido encontrar. Que sorte você tem, falei. É, ele me disse, tenho muita sorte. E nessa tarde me falou do Chile, não sei se porque quis ou porque eu perguntei, só lembro que disse coisas meio incoerentes, e também falou da Guatemala e de El Salvador, havia estado em toda América Latina, pelo menos em todos os países da costa do Pacífico, e nos beijamos pela primeira vez, depois ficamos juntos durante muitos meses, fomos morar juntos, então aconteceu o que aconteceu, ou seja, nós nos separamos, eu voltei a morar na casa da minha mãe e me matriculei na Faculdade de Biologia (espero um dia me tornar uma boa bióloga, pretendo me especializar em biologia genética), e começaram a acontecer coisas estranhas com Arturo. Foi então que nasceu o realismo visceral, no início todos acreditávamos que era uma piada. Quando nos demos conta de que não era piada, alguns de nós, por inércia, creio eu, ou porque de tão incrível parecia possível, ou por amizade, para não perder de repente os amigos, seguimos a corrente e nos tornamos real-visceralistas, mas no fundo ninguém levava a coisa a sério, bem lá no fundo, quero dizer.

Na época eu já começava a fazer novos amigos na universidade, e via cada vez menos Arturo e seus amigos, creio que a única pessoa para quem telefonava ou com quem às vezes saía era María, mas até mesmo minha amizade com María começou a esfriar. De qualquer maneira, eu sempre estava mais ou menos a par do que Arturo fazia e pensava: mas que imbecilidades passam pela cabeça desse cara, como é que ele pode acreditar nessas besteiras; de repente, numa noite em que eu não conseguia dormir me ocorreu que tudo aquilo era uma mensagem para mim. Era uma maneira de ele me dizer não me deixe, veja o que sou capaz de fazer, fique comigo. Então compreendi que, no fundo, esse cara era um canalha. Porque uma coisa é enganar a si mesmo e outra bem diferente é enganar os outros. Todo realismo visceral era uma carta de amor, o pavonear demente de uma ave idiota ao luar, algo bastante vulgar e sem importância.

Mas o que eu queria dizer era outra coisa.

Fabio Ernesto Logiacomo, redação da revista La Chispa, esquina da rua Independencia com a Luis Moya, México, DF, março de 1976. Cheguei ao México em novembro de 1975. Vinha de outros países latino-americanos, onde havia vivido meio ao deus-dará. Tinha vinte e quatro anos, e minha sorte começava a mudar. As coisas na América Latina acontecem assim, prefiro não procurar mais explicações. Enquanto vegetava no Panamá, soube que tinha ganhado o prêmio de poesia da Casa de las Américas. Fiquei mais do que contente. Não tinha um tostão, e com o dinheiro do prêmio pude comprar uma passagem para o México e comer. Bem, o curioso era que naquele ano eu não tinha me inscrito no concurso da Casa de las Américas. A verdade é essa. No ano anterior eu havia mandado um livro, e o livro não tinha obtido nem mesmo uma triste menção honrosa. E no ano em curso de repente descubro que ganhei o prêmio e os dólares do prêmio. À primeira notícia, pensei que estava tendo alucinações. Passava fome. A verdade é essa, e, quando a gente passa fome, às vezes começa a imaginar coisas. Depois pensei que se tratasse de outro Logiacomo, mas como eram coincidências demais, outro Logiacomo argentino feito eu, outro Logiacomo de vinte e quatro anos feito eu, outro Logiacomo que havia escrito um livro de poemas com o mesmo título do meu. Bom. Na América Latina acontecem essas coisas, e é melhor não quebrar a cabeça procurando uma resposta lógica, quando às vezes não existe resposta lógica. Era eu, felizmente, que tinha ganhado o prêmio, e isso era tudo, depois o pessoal da Casa de las Américas me disse que o livro do ano anterior tinha sido extraviado, essas coisas.

Então cheguei ao México, me instalei no DF e logo depois recebi um telefonema desse cara dizendo que queria me entrevistar, ou algo assim, pelo menos eu entendi entrevista. E, claro, respondi que sim, a verdade é que eu estava meio sozinho e perdido, não conhecia nenhum jovem poeta mexicano e uma entrevista ou o que fosse me pareceu uma idéia estupenda. De modo que nos vimos naquele mesmo dia e, quando cheguei ao lugar do encontro, vi que não era um poeta que me esperava mas quatro, e o que queriam não era uma entrevista, e sim uma conversa, um diálogo a três vozes para publicar numa das melhores revistas mexicanas. O diálogo ia ser entre um mexicano, um deles, um chileno, outro deles, e um argentino, eu. Os dois que sobravam estavam lá de perus. O tema: a saúde da nova poesia latino-americana. Bom tema. De modo que eu disse a eles perfeito, quando quiserem começamos, procuramos uma cafeteria mais ou menos sossegada e desatamos a falar.

Tinham um gravador já que pretendiam gravar, mas na hora da verdade o troço não funcionou. Começamos tudo de novo. E assim passou meia hora, tomei dois cafés com leite, eles pagaram. Dava para ver que não estavam acostumados com essas coisas, quero dizer, com o gravador, quero dizer, não estavam acostumados a falar de poesia diante de um gravador, quero dizer, ordenar as idéias e expô-las com clareza. Bom, tentamos mais algumas vezes, mas não deu certo. Resolvemos que era melhor que cada um escrevesse o que bem entendesse e depois juntaríamos o que cada um tivesse escrito. No fim, a tal conversa foi só entre o chileno e mim, não sei o que aconteceu com o mexicano.

O resto da tarde passeamos. Aconteceu um fato curioso com esses caras, ou com o café com leite que me ofereceram, eu tinha achado que pareciam meio esquisitos, como se estivessem ali e ao mesmo tempo não estivessem, não sei como explicar, eram os primeiros jovens poetas mexicanos que eu conhecia, vai ver que é por isso que me pareciam esquisitos, mas o caso é que, nos últimos meses, eu tinha conhecido jovens poetas peruanos, jovens poetas colombianos, jovens poetas do Panamá e da Costa Rica, e não havia sentido isso. Eu era um especialista em jovens poetas, mas ali acontecia uma coisa estranha, faltava algo, a simpatia, a viril comunhão de ideais, a franqueza que preside toda aproximação entre poetas latino-americanos. A certa altura da tarde, lembro do fato assim como a gente se lembra de um porre misterioso, comecei a falar do meu livro, dos meus poemas e não sei por que lhes contei daquele poema sobre Daniel Cohn-Bendit, um poema que não era nem melhor nem pior do que os outros que compunham meu livro premiado em Cuba, mas que não tinha sido incluído no livro, na certa estávamos falando da extensão, do número de páginas, aqueles dois (o chileno e o mexicano) escreviam poemas compridíssimos, pelo menos era o que diziam, eu ainda não os tinha lido, e acho que até chegavam a ter uma teoria acerca dos poemas compridos, chamavam de poemas-romance, acho que a idéia era de uns franceses, não me lembro direito, e eu solto a língua e falo pra eles, francamente não sei por quê, do tal poema a Cohn-Bendit, e um deles me pergunta como é que não está no seu livro, daí eu digo que foram os caras da Casa de las Américas que decidiram tirar, daí o mexicano me diz mas pediram permissão, imagino, e eu respondo que não, não me pediram permissão, daí o mexicano me diz tiraram do seu livro sem lhe dizer nada?, e eu digo que sim, a verdade é que não tinham como me encontrar, e o chileno me pergunta e por que tiraram?, e eu conto o que os caras da Casa de las Américas me contaram, que pouco antes Cohn-Bendit tinha dado algumas declarações contra a Revolução Cubana, e o chileno pergunta só por isso?, e eu respondo imagino que sim, mas o poema também não era lá essas coisas (seu babaca, mas o que será que aqueles caras me deram de beber pra eu soltar a língua desse jeito?), extenso sim ele era, mas não era muito bom, e o mexicano diz que filhos-da-puta, mas diz isso docemente, viu?, sem ressentimento, como se no fundo compreendesse o mau pedaço que os cubanos tiveram que passar antes de mutilar meu livro, como se no fundo não se desse nem mesmo ao trabalho de me desprezar nem de desprezar os companheiros de Havana.

A literatura não é inocente, sei disso desde os quinze anos. Eu me lembro que pensei isso então, mas não me lembro se disse ou não disse. E, se disse, em que contexto eu disse. E então o passeio (mas aqui preciso esclarecer que não éramos em cinco, mas só três, o mexicano, o chileno e eu, os outros dois mexicanos tinham se esfumado às portas do Purgatório) se transformou numa espécie de passeio pelos extramuros do Inferno.

Íamos os três calados, como se tivéssemos ficado mudos, mas nossos corpos se moviam como ao compasso de algo, como se algo nos movesse por esse território ignorado e nos fizesse dançar, um passeio sincopado e silencioso, se me permitem a expressão, e então tive uma alucinação, que não foi a primeira desse dia, certamente, nem a última: o parque em que estávamos se abriu para uma espécie de lago, o lago se abriu para uma espécie de cachoeira, e a cachoeira formou um rio que fluía por uma espécie de cemitério, e tudo, lago, cachoeira, rio, cemitério, era verde-escuro e silencioso. Então pensei, de duas uma: ou estou ficando doido, coisa difícil porque sempre tive a cabeça no lugar, ou esses pintas me drogaram. E então disse a eles parem, parem um pouquinho, estou me sentindo mal, preciso descansar, e eles disseram algo mas não ouvi, só vi que começaram a se aproximar de mim e percebi nitidamente que eu olhava para todos os lados como que procurando gente, procurando testemunhas, mas não havia ninguém, estávamos atravessando um bosque, lembro que perguntei a eles que bosque é este, e eles me responderam é o bosque de Chapultepec, depois me levaram até um banco e ficamos sentados ali um momento, e um deles me perguntou onde é que estava doendo (a palavra *doer*, tão justa, tão bem utilizada), eu deveria ter lhes dito que me doía o corpo todo, a alma toda, mas em vez disso disse que na certa era a altitude, à que eu não me acostumava nunca, que me afetava, que punha visões nos meus olhos.

Luis Sebastián Rosado, cafeteria La Rama Dorada, em Coyoacán, México, DF, abril de 1976. Monsiváis já disse: Discípulos de Marinetti e Tzara, seus poemas, ruidosos, disparatados, cafonas, travaram seu combate nos terrenos do simples arranjo tipográfico e nunca superaram o nível de entretenimento infantil. Monsi comenta os estridentistas, mas o mesmo se pode aplicar aos real-visceralistas. Ninguém lhes dava bola, e eles optaram pelo insulto indiscriminado. Em dezembro de 75, pouco antes do Natal, tive a desgraça de encontrar alguns deles aqui, no La Rama Dorada, seu dono, dom Néstor Pesqueira não me deixará mentir, foi muito desagradável. Um deles, o que os comandava, era Ulises Lima, o outro era um sujeito alto e gordo, moreno, chamado Moctezuma ou Cuauhtémoc, o terceiro chamavam de Pele Divina. Eu estava sentado aqui mesmo, esperando Alberto Moore e sua irmã, e de repente esses três energúmenos me cercam, sentam um de cada lado e me dizem Luisito, vamos falar de poesia ou vamos elucidar o futuro da poesia mexicana, ou coisa do gênero. Não sou uma pessoa violenta, e está claro que fiquei nervoso. Pensei: o que estarão fazendo aqui, como deram comigo, que contas vêm ajustar. Este país é uma desgraça, há que reconhecer, a literatura deste país é uma desgraça, também há que reconhecer isso, enfim, conversamos por uns vinte minutos (nunca como então odiei tanto a impontualidade de Albertito e da metida à besta da irmã dele) e, no fim das contas, concordamos em vários pontos. No fundo estávamos de acordo em noventa por cento, no que tocava às nossas fobias. Claro, no panorama literário defendi o tempo todo o que Octavio Paz fazia. Claro, parecia que eles só gostavam do que eles próprios faziam. Menos mal. Quero dizer: entre o mal, o menos mal, pior teria sido que se declarassem discípulos dos poetas camponeses ou seguidores da pobre Rosario Castellanos ou companheiros de Jaime Sabines (Jaime sozinho já chega, eu acho). Enfim, como dizia, houve pontos em que pudemos concordar. Depois chegou Alberto, e eu continuava vivo, tinha havido um ou outro berro, uma ou outra expressão indecorosa, certa atitude que destoava do ambiente do La Rama Dorada, dom Néstor Pesqueira não me deixará mentir, mas foi só. E, quando Alberto chegou, eu acreditava ter saído airosamente do encontro. Mas então Julia Moore vai e lhes pergunta à queima-roupa quem eles são e o que pensam fazer esta tarde. E o que chamavam de Pele Divina, nem lerdo nem preguiçoso, vai e responde que nada, que, se ela tem alguma idéia, é só dizer que ele está pronto para o que der e vier. Então Julia, sem reparar nos olhares que o irmão e eu cravamos nela, vai e diz que poderíamos ir dançar no Priapo's, um lugar estupidamente vulgar em 10 de Mayo ou em Tepito, só fui lá uma vez, e tratei com todas as minhas forças de esquecer essa única vez, e como nem

Alberto nem eu somos capazes de dizer não a Julita, lá fomos, no carro de Alberto, ele, Ulises Lima e eu no banco da frente, Julita, Pele Divina e o tal de Cuauhtémoc ou Moctezuma no de trás. Sinceramente, eu temia o pior, aquela gente não era de se confiar, uma vez me contaram que puseram Monsi numa tremenda sinuca em Sanborns, na casa Borda, mas, bem, Monsi foi tomar um café com eles, concedeu aos caras uma audiência, poderíamos dizer, e parte da culpa era dele, todo mundo sabia que os real-visceralistas eram como os estridentistas e todo mundo sabia o que Monsi pensava dos estridentistas, de modo que no fundo ele não podia se queixar do que aconteceu, que aliás ninguém ou muito pouca gente sabe o que foi, em certo momento me senti tentado a lhe perguntar, mas, por discrição e porque não gosto de cutucar feridas, não perguntei, enfim, *alguma coisa* tinha acontecido em seu encontro com os real-visceralistas, disso todo mundo sabia, todos os que gostavam e todos os que odiavam Monsi em segredo, e as especulações e suposições eram para todos os gostos, enfim, isso era o que eu pensava enquanto o carro de Alberto ia como um bólido ou uma barata, dependia do trecho, na direção do Priapo's, e no banco de trás Julita Moore não parava de falar, falar, falar com os dois chefões real-visceralistas. Vou me poupar da descrição da citada discoteca. Juro por Deus que pensei que não sairíamos vivos de lá. Só direi que o mobiliário e os espécimes humanos que decoravam seu interior pareciam extraídos arbitrariamente de *El periquillo sarniento*, de Lizardi, de *Los de abajo*, de Mariano Azuela, de *José Trigo*, de Del Paso, dos piores romances da Onda e do pior cinema prostibular dos anos 50 (mais de uma fulaninha se parecia com Tongolele, que, diga-se de passagem, acho que não fez cinema nos anos 50, mas que sem dúvida mereceria ter feito). Bem, como dizia, entramos no Priapo's e nos sentamos numa mesa perto da pista e, enquanto Julita dançava um chachachá, ou um bolero, ou um *danzón*, não estou muito a par do acervo de ritmos da música popular, Alberto e eu conversamos sobre alguma coisa (palavra que não me lembro sobre o que era) e um garçom nos trouxe uma garrafa de tequila ou uma birita qualquer, que aceitamos sem mais delongas, tamanho nosso desespero. E, de repente, em menos tempo do que se leva para dizer *alteridade*, já estávamos de porre, e Ulises Lima recitava um poema em francês, a troco de quê, não sei, mas o caso é que recitava, eu não sabia que ele sabia francês, inglês vá lá, acho que tinha visto em algum lugar uma tradução sua de Richard

Brautigan, péssimo poeta, ou de John Giorno, vá saber quem é, vai ver que é um heterônimo do próprio Lima; mas francês, enfim, ele me surpreendeu um bocado, boa dicção, pronúncia passável, e o poema, como diria, soava conhecido, mas, vai ver que por causa do porre em gestação, dos boleros implacáveis, eu não conseguia identificá-lo. Pensei em Claudel, mas nem eu nem vocês imaginamos Lima recitando Claudel, não é verdade? Pensei em Baudelaire, pensei em Catulle Mendès (traduzi textos de alguns deles para uma revista universitária), pensei em Nerval. Eu me envergonho em reconhecer, mas foram esses os nomes em que pensei; a meu favor devo dizer que rapidamente, entre as brumas do álcool, perguntei a mim mesmo o que é que Nerval tinha a ver com Mendès, claro, e depois pensei em Mallarmé. Alberto, que ao que parece brincava como eu, disse: Baudelaire. Claro, não era Baudelaire. Eram estes os versos, vamos ver quem adivinha:

Mon triste coeur bave à la poupe,
Mon coeur couvert de caporal:
Ils y lancent des jets de soupe,
Mon triste coeur bave à la poupe:
Sous les quolibets de la troupe
Qui pousse un rire général,
Mon triste coeur bave à la poupe,
Mon coeur couvert de caporal!

Ithyphalliques et pioupiesques
Leurs quolibets l'ont dépravé!
Au gouvernail on voit des fresques
Ithyphalliques et pioupiesques.
Ô flots abracadabrantesques,
Prenez mon coeur, qu'il soit lavé!
Ithyphalliques et pioupiesques
Leurs quolibets l'ont dépravé

Quand ils auront tari leurs chiques,
Comment agir, ô coeur volé?
Ce seront des hoquets bachiques

Quand ils auront tari leurs chiques:
J'aurai des sursauts stomachiques,
Moi, si mon coeur est ravalé:
Quand ils auront tari leurs chiques
Comment agir, ô coeur volé?

O poema é de Rimbaud. Uma surpresa. Quer dizer, uma surpresa relativa. A surpresa era que o recitasse em francês. Bom. Me deu um pouco de raiva não ter adivinhado, conheço a obra de Rimbaud bastante bem, mas não fiquei chateado, outro ponto de coincidência, talvez pudéssemos sair com vida daquele antro. E depois de recitar Rimbaud contou uma história sobre Rimbaud e sobre uma guerra, não sei que guerra, a guerra é um tema que não me interessa, mas havia uma coisa, uma ligação entre Rimbaud, o poema e a guerra, uma anedota sórdida, certamente, se bem que naquele momento meus ouvidos, e depois meus olhos, registravam outras pequenas anedotas sórdidas (juro que mato Julita Moore se ela me arrastar de novo para um antro como o Priapo's), cenas deslocadas em que jovens meliantes sombrios dançavam com jovens empregadas domésticas desesperadas ou com jovens putas desesperadas num turbilhão de contrastes que, confesso, acentuou meu porre, se isso era possível. Depois houve uma briga em algum canto. Não vi nada, só ouvi gritos. Um par de brutamontes emergiu das sombras arrastando um sujeito com o rosto todo ensangüentado. Lembro que disse a Alberto que era melhor a gente ir embora, que a coisa poderia piorar, mas Alberto estava ouvindo a história de Ulises Lima e não me deu bola. Lembro-me de ter visto Julita dançar na pista com um dos amigos de Ulises, depois lembro-me de mim mesmo dançando um bolero com Pele Divina, como se fosse um sonho, mas bem, talvez me sentindo bem pela primeira vez naquela noite, com certeza me sentindo bem pela primeira vez naquela noite. Ato contínuo, como quem acorda, lembro-me de ter sussurrado no ouvido do meu par (de dança) que nossa atitude na certa iria inflamar os outros pares e espectadores. O que aconteceu em seguida foi confuso. Alguém me xingou. Eu estava, não sei, com vontade de me enfiar debaixo de uma mesa e dormir ou de me enfiar no peito de Pele Divina, e também dormir. Mas alguém me xingou, e Pele Divina fez menção de me largar e ir encarar quem tinha proferido o insulto (não sei o que disseram, veado, puto, é difícil eu me acostumar, mas deveria, eu sei), porém estava tão bêbado, meus músculos estavam tão frouxos que ele não pôde me largar — se me largasse, eu teria caído no chão — e se limitou a devolver o xingamento do centro da pista. Fechei os olhos procurando fugir da situação, o ombro de Pele Divina cheirava a suor, um cheiro ácido muito estranho, não um cheiro rançoso, nem um cheiro ruim, mas um cheiro ácido, como se acabasse de sair ileso de uma explosão numa fábrica de produtos químicos, depois o ouvi falar, não com uma, e sim com várias pessoas, em todo caso com mais de duas, e as vozes eram de briga. Então abri os olhos, meu Deus, não vi os que nos cercavam mas eu mesmo, com o braço no ombro de Pele Divina, meu braço esquerdo na sua cintura, meu rosto no seu ombro, e vi ou adivinhei os olhares avessos, olhares de assassinos natos, e então pulando aterrorizado por cima do meu porre quis sumir, que a terra me engula, supliquei que um raio me fulminasse, desejei, numa palavra, nunca ter nascido. Que calor tremendo. Estava vermelho de vergonha, tinha vontade de vomitar, havia soltado Pele Divina e meu equilíbrio era precário, notei que era o centro de uma piada cruel e de uma afronta, tudo ao mesmo tempo. Meu consolo era que o piadista também era o centro da afronta, que era mais ou menos como se, depois de ser derrotado à traição no campo de batalha (de que batalhas, de que batalhas falava Ulises Lima?), suplicasse aos anjos da justiça ou do apocalipse a aparição, o milagre de uma grande onda que varresse nós dois, todos nós, que pusesse fim ao escárnio e à injustiça. Mas então, do lago gelado que eram meus olhos (a metáfora é boa, a temperatura no interior do Priapo's era altíssima, mas não acho nada melhor para dizer senão que estava a ponto de chorar e que nesse "a ponto" tinha me arrependido, tinha recuado, mas em minhas pupilas tinha ficado uma camada líquida distorcedora), vi quando apareceu a figura mirífica de Julita Moore abraçada ao tal de Cuauhtémoc ou Moctezuma ou Netzahualcóyotl, e ele e Pele Divina enfrentaram os que armavam a encrenca, enquanto Julita me pegava pela cintura, me perguntava se aqueles vagabundos tinham feito alguma coisa comigo, me puxava para fora da pista e daquele antro pavoroso. Já na rua, fui guiado por Julita até o carro, mas no meio do caminho desandei a chorar e, quando Julita me instalou no banco de trás, eu disse a ela, não, eu lhe roguei, que fôssemos embora sozinhos, que fôssemos embora Alberto, ela e eu, e deixássemos os outros ali, em companhia dos demônios da laia deles, por sua mãe, Julita, disse, e ela disse caralho, Luisito, você está estragando minha noite, não seja chato, e então me lembro que disse, ou gritei, ou berrei: o que fizeram comigo é pior do que o que fizeram com Monsi, e Julita me perguntou que diabo tinham feito com Monsi (também me perguntou a que Monsi eu me referia, disse Montse ou Monchi, não me lembro), e eu disse: Monsiváis, Julita, Monsiváis, o ensaísta, e ela fez ah, não pareceu em absoluto surpresa, que força interior tem essa mulher, meu Deus, pensei, e então acho que vomitei e desandei a chorar, ou desandei a chorar e depois vomitei, dentro do carro de Alberto, e Julita caiu na gargalhada, já a essa altura os outros saíam do Priapo's, vi as sombras deles recortadas pela luz de um poste e pensei o que fiz, o que fiz, tamanha era a vergonha que senti que caí no banco, me encolhi todo e fingi que estava dormindo. Mas os ouvi conversar. Julita disse alguma coisa e os real-visceralistas responderam, no tom de voz deles havia algo jovial, nada agressivo. Depois Alberto entrou no carro e disse que merda aconteceu, que fedentina, e eu então abri os olhos e, procurando seus olhos pelo retrovisor, eu lhe disse desculpe, Alberto, foi sem querer, estou me sentindo mal, depois Julita sentou no banco do passageiro e disse pelo amor de Deus, Alberto, abra as janelas, que fedor, e eu disse desculpe, Julita, não seja exagerada, e Julita: Luisito, até parece que você já está morto há uma semana, e eu ri, não muito, já começava a me sentir melhor, no fim da rua, sob o letreiro luminoso do Priapo's, sombras erráticas se moviam, mas não em direção ao nosso carro, então Julita Moore abriu sua janela e deu um beijo em Pele Divina e em Moctezuma ou Cuauhtémoc, mas não em Ulises Lima, que se mantinha afastado do carro olhando para o céu, e depois Pele Divina enfiou a cabeça na janela e me perguntou como você está, Luis, acho que nem respondi, fiz um gesto como que dizendo bem, estou bem, depois Alberto pôs o Dodge em movimento, e deixamos Tepito para trás, com todas as janelas bem abertas, em direção aos nossos bairros.

Alberto Moore, rua Pitágoras, Navarte, México, DF, abril de 1976. O que Luisito diz é verdade até certo ponto. Minha irmã é uma doida varrida, sim, mas é encantadora, só um ano mais velha que eu, tem vinte e dois, além do mais é uma mulher muito inteligente. Está a ponto de se formar em Medicina, quer se especializar em Pediatria. Não é ingênua. Que isso fique bem claro desde o início.

Segundo: não guiei feito um bólido pelas ruas do DF, o Dodge azul-celeste que eu dirigia naquele dia é o da minha mãe e, nessas ocasiões, costumo ser um piloto prudente. A história do vômito é imperdoável.

Terceiro: o Priapo's fica em Tepito, que é praticamente uma zona de guerra, ou zona de Charlys, ou território do outro lado da Cortina de Aço. No fim houve um projeto de briga na pista de dança, mas nem percebi porque estava sentado a uma mesa conversando com Ulises Lima. Em 10 de Mayo, que eu saiba, não existe nenhuma discoteca, aí está minha irmã, que não me deixará mentir.

Quarto e último: eu não disse Baudelaire, foi Luis quem disse Baudelaire e Catulle Mendès, acho que até Victor Hugo, eu fiquei calado, eu achava que talvez fosse Rimbaud, mas fiquei calado. Que isso fique bem claro.

Aliás, os visceralistas não se portaram tão mal quanto temíamos. Eu só os conhecia de ouvir falar. O DF é uma aldeia de catorze milhões de pessoas, como se sabe. E a impressão que me causaram foi relativamente boa. O tal Pele Divina quis, pobre ingênuo, seduzir minha irmã. O tal Moctezuma Rodríguez (e não Cuauhtémoc) também quis. Em determinado momento da noite, até pareciam acreditar que iam conseguir mesmo. Era triste de ver, embora o quadro não fosse desprovido de certa ternura.

No que diz respeito a Ulises Lima, dá a impressão de estar sempre drogado, e seu francês é aceitável. Além do mais, contou uma história bastante singular sobre o poema de Rimbaud. Segundo ele, "Le coeur volé" era um texto autobiográfico que narrava a viagem, feita por Rimbaud, de Charleville a Paris para se juntar à Comuna. Nessa viagem, feita a pé, Rimbaud topara no caminho com um grupo de soldados bêbados, que, depois de debochar dele, decidiram estuprá-lo. Francamente, a história é meio sórdida.

E tinha mais: segundo Lima, alguns dos soldados, em todo caso o chefe deles, o *caporal* de *mon coeur couvert de caporal*, eram veteranos da invasão francesa no México. Evidentemente, nem Luisito nem eu perguntamos em que ele se baseava para fazer tal afirmação. Mas a história me interessou (a Luisito não, ele se interessava só por aquilo que acontecia ou deixava de acontecer à nossa volta) e eu quis saber mais. Então Lima me contou que em 1865 a coluna do coronel Libbrecht, que precisava ocupar Santa Teresa, em Sonora, deixara de mandar notícias e que um tal de coronel Eydoux, comandante da praça transformada em depósito de víveres para as tropas que operavam nessa zona do noroeste mexicano, enviou um destacamento de trinta cavaleiros em direção a Santa Teresa.

O destacamento era comandado pelo capitão Laurent e pelos tenentes Rouffanche e González, este último um monarquista mexicano. Tal destacamento, segundo Lima, chegou a um povoado próximo de Santa Teresa, chamado Villaviciosa, no segundo dia de marcha, e nunca conseguiu encontrar a coluna de Libbrecht. Todos os homens, exceto o tenente Rouffanche e três soldados que morreram na ação, foram feitos prisioneiros quando comiam na única pensão do povoado, e entre eles havia um futuro *caporal*, então um recruta de vinte e dois anos. Os prisioneiros, manietados e amordaçados com cordas de cânhamo, foram levados diante daquele que exercia a função de chefe militar de Villaviciosa e de um grupo de notáveis do povoado. O chefe era um mestiço que chamavam indistintamente de Inocencio ou de El Loco. Os notáveis, uns velhos camponeses, a maioria descalça, olharam bem para os franceses e se afastaram em conciliábulo, num canto. Passada meia hora e após breve entendimento entre dois grupos claramente diferenciados, os franceses foram levados para um curral coberto, onde os despojaram de roupas e calçados, e pouco depois um grupo de captores se dedicou a estuprá-los e a torturá-los o resto do dia.

À meia-noite degolaram o capitão Laurent. O tenente González, dois sargentos e sete soldados foram levados para a rua principal e lanceados à luz das tochas por sombras que montavam os cavalos deles.

Ao amanhecer, o futuro *caporal* e outros soldados conseguiram arrebentar as cordas e fugir campo afora. Ninguém os perseguiu, mas só o *caporal* conseguiu sobreviver e contar sua história. Depois de duas semanas vagando pelo deserto, ele chegou a El Tajo. Foi condecorado e ainda ficou no México até 1867, data em que regressou à França com o exército de Bazaine (ou de quem comandava os franceses naquele tempo), que se retirava do México deixando o Imperador entregue à própria sorte.

Carlos Monsiváis, andando pela rua Madero, perto de Sanborns, México, DF, maio de 1976. Nem cilada, nem incidente violento, nada de nada. Dois rapazes que provavelmente não tinham nem vinte e três anos, os dois de cabelo comprido, mais comprido que o de qualquer outro poeta (e posso dar fé do comprimento da cabeleira de *todos*), obstinados em não reconhecer nenhum mérito a Paz, com uma teimosia infantil, não gosto porque não gosto, capazes de negar o evidente, em algum momento de debilidade (mental, suponho) me lembraram José Augustín, Gustavo Sainz, mas sem o talento dos nossos dois excepcionais romancistas, na realidade sem nada de nada, nem dinheiro para pagar os cafés que tomamos (eu é que tive que pagar), nem argumentos de peso, nem originalidade em suas idéias. Dois perdidos, dois extraviados. Quanto a mim, acho que fui excessivamente generoso (à parte os cafés). A certa altura até sugeri a Ulises (o outro não sei como se chama, acho que é argentino ou chileno) que escrevesse uma crítica ao livro de Paz de que estávamos falando. Se for boa, disse a ele, mas realcei a palavra *boa*, eu publico. E ele disse que sim, que escreveria, que a levaria para mim em minha casa. Então lhe disse que na minha casa não, que minha mãe poderia se assustar ao vê-lo. Foi a única piada que fiz com eles. Mas eles a levaram a sério (nem um sorriso) e disseram que a enviariam pelo correio. Estou esperando até hoje.

2.

Amadeo Salvatierra, rua República de Venezuela, perto do Palácio da Inquisição, México, DF, janeiro de 1976. Disse a eles ah, Cesárea Tinajero, onde ouviram falar dela, rapazes? Então um deles me explicou que estavam fazendo um trabalho sobre os estridentistas e que haviam entrevistado Germán, Arqueles e Maples Arce, que tinham lido todas as revistas e livros daquela época, e entre tantos nomes, nomes de homens notáveis e nomes que não significavam mais nada, que não são nem sequer má lembrança, deram com o nome de Cesárea. E?, perguntei. Eles me encararam e sorriram, os dois ao mesmo tempo, bons garotos, como se estivessem conectados, não sei se explico bem, achamos esquisito, disseram, parecia a única mulher, as referências eram abundantes, diziam que era uma boa poeta. Uma boa poetisa?, eu disse, onde leram algo dela? Não lemos nada dela, disseram, em lugar nenhum, foi isso que nos atraiu. Atraiu vocês de que maneira, rapazes, expliquem-se! Todo mundo falava muito bem ou muito mal dela, mas ninguém a publicou. Lemos a revista *Motor Humano*, a que González Pedreño publicava, a lista da vanguarda de Maples Arce, a revista de Salvador Salazar, o chileno disse, e, com exceção do catálogo de Maples, ela não aparece em lugar nenhum. No entanto, Juan Grady, Ernesto Rubio e Adalberto Escobar falam dela em diversas entrevistas e em termos muito elogiosos. No início, pensamos que era uma estridentista, uma simpatizante, o mexicano disse, mas Maples Arce nos disse que ela nunca pertenceu a seu movimento. Mas é possível que seja um lapso de memória de Maples, o chileno comentou. Coisa que evidentemente não acreditamos, o mexicano disse. Pois ele não se lembrava dela como estridentista, e sim como poeta, o chileno disse. Rapaziada danada. Juventude danada. Interligados. Um calafrio me percorreu o corpo. Mas em sua extensa biblioteca ele não tinha guardado nenhum poema da dita-cuja que pudesse dar fé à sua afirmação, o mexicano disse. Resumindo, senhor Salvatierra, Amadeo, perguntamos aqui e ali, falamos com List Arzubide, com Arqueles Vela, com Hernández Miró, e o resultado é mais ou menos o mesmo, todos se lembram dela, o chileno disse, com maior ou menor nitidez, mas ninguém tem textos dela para que os incluamos em nosso trabalho. E esse trabalho, jovens, em que consiste exatamente? Logo levantei a mão e, antes que me respondessem, eu lhes servi mais mescal Los Suicidas, depois me sentei na beira da poltrona e bem nas nádegas senti, juro, como se houvesse sentado no fio de uma navalha.

Perla Avilés, rua Leonardo da Vinci, Mixcoac, México, DF, maio de 1976.
Na época eu tinha poucos amigos, mas, quando o conheci, já não tinha mais nenhum. Falo de 1970, quando nós dois estudávamos na Escola Preparatória Porvenir. Muito pouco tempo, realmente, o que demonstra a relatividade da nossa memória, que amplia ou reduz à discrição, uma linguagem que cremos conhecer mas que na verdade não conhecemos. Costumava dizer isso a ele, mas ele mal me escutava. Uma vez o acompanhei à sua casa, quando ainda morava perto da escola, e conheci sua irmã. Não havia mais ninguém na casa, só sua irmã, e ficamos um tempão conversando. Pouco depois mudaram para outro bairro, foram morar em Nápoles, e ele largou os estudos para sempre. Eu lhe dizia: não quer entrar na universidade? nega a você mesmo os privilégios de uma educação superior?, e ele ria e me dizia que na universidade certamente iria aprender o mesmo que na escola preparatória: nada. E o que vai fazer na vida?, eu lhe perguntava, em que pensa trabalhar?, e ele me respondia que não tinha a menor idéia e que, além do mais, estava pouco se lixando. Uma tarde em que fui a sua casa, perguntei se usava algu-

ma droga. Não, não uso, disse. Nada?, insisti. E ele: fumei marijuana, mas já faz tempo. Mais nada? Não, mais nada, dizia, depois desatava a rir, ria de mim, mas isso não me incomodava, ao contrário, gostava de vê-lo rir. Naquela época ele conheceu um diretor de cinema e de teatro famoso. Um compatriota dele. Às vezes me falava do sujeito, contava de que modo o havia abordado, na porta do teatro em que era representada uma obra dele sobre Heráclito ou algum outro pré-socrático, uma adaptação livre de textos desse filósofo, uma adaptação que causou certo rebuliço no pacato ambiente da Cidade do México da época, não pelo que se dizia na obra, mas porque quase todos os atores apareciam nus em algum momento da montagem. Eu ainda estudava na Preparatória Porvenir, entre os fedores da Opus Dei, e ocupava todo meu tempo estudando e lendo (acho que nunca mais voltei a ler tanto), e minha única distração, e também meu prazer mais intenso, consistia nas visitas que fazia regularmente à casa dele, não muito seguidas, porque não queria ser chata ou indesejável, mas com certa constância, eu aparecia de tarde ou ao anoitecer, ficávamos duas ou três horas conversando, geralmente sobre literatura, mas ele também costumava me contar suas aventuras com o diretor de cinema e de teatro, dava para ver que o admirava muito, não sei se ele gostava de teatro, mas cinema ele adorava, de verdade, agora que penso nisso, naquela época ele não lia muito, quem falava de livros era eu, eu sim lia muito, literatura, filosofia, ensaios políticos, ele não, ele ia ao cinema, e também ia à casa do diretor todos os dias, ou a cada três dias, bem, com muita freqüência, e uma vez, quando eu lhe disse que ele precisava ler mais, ele respondeu, que presunçoso, que já tinha lido tudo que lhe importava de verdade, às vezes ele tinha umas saídas desse tipo, quer dizer, às vezes parecia um garoto malcriado, mas eu lhe perdoava tudo, tudo que ele fazia me parecia certo. Um dia ele me contou que tinha brigado com o diretor. Perguntei por quê, mas ele não quis me contar. Quer dizer, disse que tinha sido por uma diferença de critérios literários, não muito mais. Pelo que entendi, o diretor dissera que Neruda era uma merda e que Nicanor Parra era o grande poeta da língua espanhola. Algo assim. Claro, parece inverossímil duas pessoas brigarem por um motivo tão banal. No país de que venho, ele me disse, as pessoas brigam por questões parecidas. Bem, eu disse a ele, no México são capazes de se matar por ninharias, não as pessoas cultas, evidentemente. Ai, que idéias eu tinha então da cultura. Pouco depois, armada com um livrinho de Empédocles, fui à casa do diretor. Sua mulher me recebeu, e logo o diretor em pessoa apareceu na sala e começamos a conversar. A primeira coisa que me perguntou foi como tinha conseguido seu endereço. Disse que meu amigo me dera. Ah, ele, o diretor exclamou, e logo quis saber como ele estava, o que fazia, por que não ia visitá-lo. Eu lhe disse a primeira coisa que me passou pela cabeça, depois falamos de outros assuntos. A partir de então eu já tinha quem visitar, o diretor e ele, e de repente me dei conta de que meu horizonte se ampliava e se enriquecia imperceptivelmente. Foram dias muito felizes. Uma tarde, porém, o diretor, depois de perguntar outra vez pelo meu amigo, acabou me contando como havia sido a briga entre eles. O relato do diretor não diferia muito do que meu amigo havia feito, a briga tinha sido por causa de Neruda e Parra, pela validade de ambas as poéticas; no entanto, pelo que me contou o diretor (e eu *sabia* que ele estava dizendo a verdade), havia um elemento novo: quando brigara com meu amigo, este, ao ficar sem argumentos em sua defesa extremada de Neruda, tinha começado a chorar. Ali mesmo, na sala do diretor compatriota dele, sem o menor recato, feito uma criança de dez anos, embora naquela época ele já tivesse dezessete anos. Segundo o diretor, eram as lágrimas que os separavam, as lágrimas que mantinham meu amigo afastado de sua casa, certamente envergonhado (segundo o diretor) de sua reação numa discussão que, de resto, tinha todas as características e as atenuantes do trivial e do circunstancial. Diga a ele que venha me visitar, o diretor me disse naquela tarde, quando saí de sua casa. Durante os dois dias seguintes meditei sobre o que o diretor havia me dito, sobre o caráter de meu amigo e os motivos que ele poderia ter para não me contar toda a história. Quando fui vê-lo, eu o encontrei de cama. Estava com febre e lia um livro sobre os templários, o mistério das catedrais góticas, algo assim, a verdade é que não sei como podia ler aquele lixo, se bem que, devo ser sincera, não era a primeira vez que eu o pegava com livros desse tipo, às vezes com romances policiais, outras vezes com livros pseudocientíficos, enfim, a única coisa boa dessas leituras era que nunca pretendeu que eu também as lesse, ao contrário do que acontecia comigo, que sempre que lia um bom livro ato contínuo o passava a ele e ficava às vezes semanas inteiras esperando que ele terminasse a leitura para podermos discutir. Eu o encontrei de cama lendo o livro sobre os templários e, mal entrei no seu quarto, tive uma tremedeira. Por um bom tempo falamos de assuntos que esqueci. Ou talvez tenhamos ficado em silêncio por um tempo, eu sentada ao pé da cama, ele estirado com seu livro, um espiando o outro com o rabo do olho, escutando o barulho do elevador, como se nós dois estivéssemos num quarto escuro ou perdidos no campo, de noite, ouvindo apenas o ruído dos cavalos; eu teria continuado assim o resto do dia, o resto da minha vida. Mas falei. Contei a ele de minha última visita à casa do diretor, transmiti o recado deste, que fosse vê-lo, que ele o esperava, e meu amigo disse que espere sentado porque não vou voltar lá. Depois fez como se voltasse a ler o livro sobre os templários. Argumentei que os méritos da poesia de Neruda não invalidavam os méritos da poesia de Parra. Sua resposta me deixou estupefata, ele disse: estou cagando para a poesia de Neruda e para a poesia de Parra. Consegui perguntar por que então toda discussão, a briga, mas ele não respondeu. Cometi então um erro, eu me aproximei um pouco mais, sentei ao lado dele, na cama, tirei um livro da bolsa, o livro de um poeta, e li um fragmento para ele. Ele ouviu em silêncio. O texto em questão falava de Narciso e de bosques quase ilimitados, povoados por hermafroditas. Quando terminei, não fez nenhum comentário. O que acha?, perguntei. Não sei, falou, e você, o que acha? Eu lhe disse então que achava que os poetas eram uns hermafroditas e que só podiam se entender entre eles. Falei: os poetas são. Quis dizer: os poetas somos. Mas ele olhou para mim como se meu rosto não tivesse carne, fosse só uma caveira, olhou para mim sorrindo e disse: não seja cafona, Perla. Só isso. Empalideci, dei um pulo, só consegui me afastar um pouco, tentei me levantar mas não pude, e durante esse tempo todo ele permaneceu imóvel, olhando para mim e sorrindo para mim, como se do meu rosto houvessem se desprendido a pele, os músculos, a gordura, o sangue, e só restasse o osso amarelo ou branco. De início fui incapaz de falar. Depois disse ou sussurrei que já era tarde e que precisava ir embora. Fiquei de pé, me despedi e fui embora. Ele nem sequer ergueu os olhos do livro. Quando atravessei a sala vazia, o corredor vazio de sua casa silenciosa, pensei que nunca mais voltaria a vê-lo. Pouco depois entrei na universidade, e minha vida deu um giro de noventa graus. Anos depois, por mero acaso, encontrei a irmã dele distribuindo propaganda trotskista na Faculdade de Filosofia e Letras. Comprei um folheto dela e fomos tomar um café. Na época eu já não freqüentava a casa do diretor, estava a ponto de terminar o curso e escrevia poemas que quase ninguém lia. Inevitavelmente perguntei por ele. Sua irmã, então, fez um resumo pormenorizado das últimas andanças dele. Tinha viajado por toda América Latina, havia voltado a seu país, havia sofrido as inclemências de um golpe de Estado. Só consegui dizer: que azar. É, a irmã disse, ele tinha pensado em ficar vivendo lá, e, poucas semanas depois de ele chegar, os milicos resolveram dar o golpe, é péfrio mesmo. Por um instante ficamos sem saber o que falar. Eu o imaginei perdido num espaço em branco, num espaço virginal que pouco a pouco ia se sujando, se borrando, alheio à sua vontade, e até o rosto de que eu me lembrava foi se desfigurando, como se, à medida que falava com a irmã dele, suas feições se fundissem com aquilo que sua irmã me contava, algumas provas de coragem ridículas, algumas provas de iniciação à vida adulta aterrorizantes, inúteis, tão distantes daquilo que eu uma vez havia pensado que ele chegaria a ser, e até a voz de sua irmã, falando da revolução latino-americana e das derrotas, vitórias e mortes que iriam marcá-la, começou a se desfigurar, então não pude mais continuar sentada nem um só segundo e disse a ela que tinha aula, que nos veríamos em outra ocasião. Lembro-me de que, duas ou três noites mais tarde, sonhei com ele. Eu o vi magro, puro osso, sentado debaixo de uma árvore, com os cabelos compridos e muito mal-vestido, mal calçado, incapaz de se levantar e andar.

Pele Divina, num quarto no topo de um edifício da rua Tepeji, México, DF, maio de 1976. Arturo Belano nunca gostou de mim. Ulises Lima, sim. A gente percebe essas coisas. María Font gostava de mim. Angélica Font nunca gostou de mim. Mas isso não tem importância. Os irmãos Rodríguez gostavam de mim. Pancho, Moctezuma e o pequeno Norberto. Às vezes me criticavam, às vezes Pancho dizia que não me entendia (principalmente quando eu ia para a cama com homens), mas eu sabia que gostavam de mim mesmo assim. Arturo Belano, não. Ele nunca gostou de mim. Uma vez pensei que era por culpa de Ernesto San Epifanio, Arturo e ele foram amigos quando nenhum dos dois tinha vinte anos, antes de Arturo ir para o Chile diz-que para fazer a Revolução, e eu tinha sido amante de Ernesto, isso era o que diziam, e o tinha deixado. Mas na realidade só me deitei com Ernesto uma ou duas vezes, e que culpa tenho eu se as pessoas exageram tudo. Também fui para a cama com María Font, e Arturo Belano olhou feio para mim. Também teria ido para a cama, na noite do Priapo's, com Luis Rosado, e então Arturo Belano teria me expulsado do grupo.

Não sei, francamente, o que é que fiz de errado. Quando contaram a Belano o que tinha acontecido no Priapo's, ele disse que não éramos nem marginais nem gigolôs, e sim que eu apenas tinha dado vazão à minha sensualidade. Em minha defesa só pude balbuciar (em tom de piada, mas sem olhá-lo nos olhos) que eu era um monstro da natureza. Mas Belano não entendeu que era uma brincadeira. A seu ver, tudo que eu fazia, fazia errado. Além do mais, eu não havia tirado Luis Sebastián Rosado para dançar. Tinha sido ele, que estava no maior fogo e acabara soltando a franga. Gosto de Luis Rosado, devia ter dito a ele, mas quem poderia dizer alguma coisa ao André Breton do Terceiro Mundo.

Arturo Belano tinha ojeriza a mim. É curioso, porque diante dele eu procurava fazer tudo direito. Mas nada saía direito. Eu não tinha dinheiro, nem trabalho, nem família. Vivia das minhas tungas. Uma vez roubei uma escultura na Casa do Lago. O diretor, o cachorro do Hugo Gutiérrez Vega, disse que havia sido um real-visceralista. Belano disse que era impossível. Deve ter ficado roxo de vergonha. Mas disse que era impossível, ele me defendeu sem saber que tinha sido eu. (Que teria acontecido se soubesse?) Dias depois Ulises lhe contou. Quem roubou a escultura foi Pele Divina. Ulises contou, mas sem dar maior importância, como quem conta uma piada. Ulises é assim, não dá importância a essas coisas, até lhe parecem divertidas. Mas Belano ficou uma fera, disse como era possível, que os caras da Casa do Lago tinham nos contratado para vários recitais, que agora ele se sentia responsável pelo roubo. Como se fosse a mãe de todos os real-visceralistas. De qualquer modo, não fez nada. Olhou feio para mim, mais nada.

Às vezes me dava vontade de lhe dar umas porradas. Por sorte, sou uma pessoa pacífica. Além do mais, diziam que Belano era duro, mas eu sei que ele não era duro, era um entusiasta e, a seu modo, valente, mas duro, não. Pancho é duro. Meu amigão Moctezuma é durão. Eu sou durão. Belano só parecia, mas eu sabia que ele não era. Então por que não lhe dei uma surra numa noite qualquer? Deve ter sido por respeito. Apesar de ser menor que eu, sempre olhava feio pra mim e me tratava como um merda, no fundo acho que eu o respeitava e o ouvia, que estava o tempo todo esperando uma palavra de reconhecimento de sua parte e nunca ergui a mão contra aquele grandessíssimo cachorro.

* * *

Laura Jáuregui, Tlalpan, México, DF, maio de 1976. Já viu alguma vez um documentário sobre esses pássaros que constroem jardins, torres, zonas limpas de arbustos onde executam sua dança de sedução? Sabia que só se acasalam os que constroem o melhor jardim, a melhor torre, a melhor pista, os que executam a mais elaborada das danças? Nunca viu esses pássaros ridículos que, para conquistar a fêmea, dançam até o fim de suas forças?

Arturo Belano era assim, um pavão babaca, metido a besta. E o realismo visceral, sua extenuante dança de amor para mim. Mas o problema era que eu não o amava mais. É possível conquistar uma mulher com um poema, mas não se pode prendê-la com um poema. Nem sequer com um movimento poético, aliás.

Por que continuei freqüentando por algum tempo a gente que ele freqüentava? Bem, *também* eram meus amigos, *ainda* eram meus amigos, mas também não demoraram a me cansar. Permita que eu lhe diga uma coisa. A universidade era real, a Faculdade de Biologia era real, meus professores eram reais, meus colegas eram reais, quero dizer, tangíveis, com objetivos mais ou menos claros, com projetos mais ou menos claros. Eles, não. O grande poeta Alí Chumacero (suponho que ele não tenha culpa nenhuma de se chamar assim) era real, está entendendo? As marcas que deixava eram reais. Já as deles não eram reais. Pobres camundonguinhos hipnotizados por Ulises e levados ao matadouro por Arturo. Vou tentar ser concisa: o maior problema era que quase todos tinham mais de vinte anos e se comportavam como se não houvessem feito quinze. Percebe?

Luis Sebastián Rosado, festa na casa dos Moore, mais de vinte pessoas, jardim com refletores no gramado, em Las Lomas, México, DF, julho de 1976. Contra todas as possibilidades que a lógica ou os jogos de azar oferecem, voltei a ver Pele Divina. Não sei como conseguiu meu telefone. Segundo ele, ligou primeiro para a redação de *Línea de Salida*, e ali lhe deram o número da minha casa. Contra todas as prevenções que o bom senso me ditava (mas, que diabo, nós, poetas, somos assim, não é?), marcamos um encontro para aquela mesma noite, numa cafeteria da Insurgentes Sur, onde ia de vez em quando. Pela minha cabeça certamente passou a possibilidade de que ele não fosse sozinho ao encontro, mas, quando cheguei (com meia hora de atraso), disposto a ir embora no ato se o visse acompanhado, a visão de Pele Divina sozinho, quase deitado sobre a mesa, escrevendo, conseguiu de repente encher de calor meu peito até então intumescido, gelado.

Pedi um café. Sugeri a ele que pedisse alguma coisa. Ele me olhou nos olhos e sorriu envergonhado. Disse que não tinha mais dinheiro. Não tem importância, falei, peça o que quiser, eu convido. Ele disse então que estava com fome e que queria umas *enchiladas*. Aqui não fazem *enchiladas*, disse a ele, mas podem trazer um sanduíche para você. Pareceu pensar um instante, depois disse tudo bem, um sanduíche de presunto. Acabou comendo três sanduíches. Ficamos conversando até a meia-noite. Eu precisava ligar para umas pessoas, talvez vê-las, mas não liguei para ninguém, quer dizer, liguei para minha mãe, da própria cafeteria, para dizer que chegaria tarde, e perdi o interesse pelos demais compromissos.

De que falamos? De muitas coisas. Da família dele, do povoado de onde ele vinha, dos seus primeiros dias no DF, de quanto lhe havia custado se acostumar à cidade, dos seus sonhos. Queria ser poeta, dançarino, cantor, queria ter cinco filhos (feito os dedos da mão, disse, e estendeu a palma da mão para cima, quase roçando meu rosto), queria tentar a sorte em Churubusco, disse que tinha feito um teste com Oceransky para uma peça de teatro, queria pintar (com profusão de detalhes contou as *idéias* que tinha para uns quadros), enfim, a certa altura de nossa conversa me senti tentado a lhe dizer que na realidade ele não tinha a menor idéia do que de fato queria, mas preferi ficar calado.

Depois me convidou para ir à casa dele. Moro sozinho, disse. Perguntei, tremendo, onde morava. Em Roma Sur, disse, num quartinho no teto de um edifício, bem perto das estrelas. Respondi que já era muito tarde, passava da meia-noite, e que eu tinha que ir dormir porque no dia seguinte iria chegar ao México o romancista francês J. M. G. Arcimboldi, e que eu e uns amigos íamos organizar para ele um passeio pelos mais interessantes lugares de nossa capital caótica. Quem é Arcimboldi?, Pele Divina perguntou. Ai, esses real-visceralistas são mesmo ignorantes. Um dos melhores romancistas franceses, falei, mas a obra dele quase não está traduzida para o espanhol, quer dizer, salvo um ou dois romances publicados na Argentina, enfim, li em francês, evidentemente. Nunca ouvi falar, ele disse, e voltou a insistir para que o acompanhasse à sua casa. Por que quer que eu vá com você?, perguntei olhando nos olhos dele. Via de regra, não costumo ser tão medroso. Tenho uma coisa pra te dizer, ele disse, uma coisa que vai te interessar. Quanto vai me interessar?, eu disse. Ele olhou para mim como se não entendesse e disse, subitamente agressivo: quanto o quê? quanta grana? Não, esclareci logo, quanto vai me interessar o que você tem a me dizer. Precisei me conter para não lhe passar a mão na cabeça, para não lhe dizer seu bobinho, não fique tão na defensiva assim. É uma coisa sobre os real-visceralistas, falou. Ui, não me interessa nem um pouco, falei. Sinto dizer, não me leve a mal, mas os real-visceralistas (meu Deus, que nome) me são totalmente indiferentes. Mas o que tenho pra te contar vai te interessar, sim, tenho certeza de que vai te interessar, estão preparando uma coisa que vai dar o que falar, você nem imagina, ele disse.

Por um momento, não nego, passou pela minha cabeça a idéia de uma ação terrorista, vi os real-visceralistas preparando o seqüestro de Octavio Paz, assaltando a casa dele (pobre Marie-José, que desastre de porcelanas quebradas), saindo com Octavio Paz amordaçado, mãos e pés amarrados, levado no alto ou como um tapete, eu os vi inclusive se perdendo nos arrabaldes de Netzahualcóyotl num Cadillac preto caindo aos pedaços, com Octavio Paz espinoteando na mala do carro, mas logo voltei à realidade, provavelmente eram os nervos, as rajadas de vento que às vezes percorrem a Insurgentes (estávamos conversando na calçada) e que costumam inocular nos pedestres e nos motoristas as idéias mais descabidas. Novamente recusei o convite, e ele voltou a insistir. O que vou lhe contar, disse, vai remover os fundamentos da poesia mexicana, talvez tenha dito latino-americana, não, mundial não, digamos que em seu desvario se manteve nos limites do espanhol. O que ele queria me contar iria subverter a poesia em língua espanhola. É?, perguntei, algum manuscrito de sor Juana Inés de la Cruz? Um texto profético de sor Juana sobre o destino do México? Não, claro que não, era *uma coisa* que os real-visceralistas tinham encontrado, e os real-visceralistas eram incapazes de se meter nas bibliotecas perdidas do século XVII. O que é então?, perguntei. Lá em casa eu conto, Pele Divina disse e colocou a mão em meu ombro, como se me puxasse, como se me tirasse de novo para dançar na pista atroz do Priapo's.

Estremeci, ele percebeu. Por que tenho que gostar dos piores?, pensei, por que os mais destemperados, os menos educados, os mais desesperados é que me atraem? É uma pergunta que costumo me fazer duas vezes por ano. Não tenho resposta. Eu lhe disse que tinha as chaves do ateliê de um amigo pintor. Disse para irmos lá, era perto o bastante para ir passeando, e pelo caminho ele poderia me contar tudo que quisesse. Pensei que não iria aceitar, mas aceitou. De repente, a noite ficou muito agradável, o vento cessou, somente uma brisa suave nos acompanhou enquanto caminhávamos. Ele começou a falar, mas, com franqueza, esqueci quase tudo o que ele disse. Na minha cabeça só havia uma preocupação, um único desejo, o de que naquela noite Emilio não estivesse no ateliê (Emilito Laguna, agora está em Boston estudando arquitetura, seus pais se cansaram da boemia mexicana e o mandaram para lá: ou Boston e diploma de arquiteto, ou vá arrumar um trabalho), que lá não estivesse nenhum dos amigos dele, que ninguém se aproximasse do ateliê, meu Deus, durante tudo o que restava da noite. E minhas preces foram atendidas. Não só não havia ninguém no ateliê, mas também o encontrei limpinho, como se a empregada dos Laguna tivesse acabado de sair dali. Ele comentou que ateliê bacana, aqui sim dá vontade de pintar, e eu não sabia o que fazer (sinto muito, sou tímido demais, ainda por cima em situações assim), daí decidi lhe mostrar as telas de Emilio, não me ocorreu nada melhor, à medida que as encostava na parede ouvia seus murmúrios de aprovação ou suas críticas atrás de mim (ele não entendia porcaria nenhuma de pintura), os quadros não acabavam nunca, e eu pensava, pô, Emilio tem trabalhado *bastante* ultimamente, quem diria, a não ser que fossem os quadros de um amigo, coisa aliás bem provável, pois pude notar de passagem mais de um estilo e, principalmente, em algumas telas vermelhas muito Paalen, um *estilo* bem definido, enfim, sei lá, o caso é que eu estava pouco me lixando para os quadros, mas era incapaz de tomar a iniciativa, e quando, por fim, todas as paredes do ateliê estavam cheias de Lagunas, eu me virei, suado, e perguntei a ele o que achava, e ele respondeu com um sorriso de lobo que eu não precisava ter me incomodado tanto. É verdade, pensei, fui ridículo e ainda por cima agora estou todo empoeirado e fedendo a suor. Então ele, como se tivesse lido meu pensamento, disse você está todo suado, depois me perguntou se no ateliê não havia um banheiro para eu tomar uma chuveirada. Está precisando, falou. E eu respondi, suponho que com um fio de voz, sim, tem um chuveiro, mas não acredito que tenha água quente. E ele disse melhor ainda, a água fria é melhor, sempre tomo banho de água fria, no topo do prédio não tem água quente. E me deixei arrastar ao banheiro, tirei a roupa, abri o chuveiro, e o jorro de água fria quase me deixou inconsciente, minha carne se contraiu até eu sentir cada um dos meus ossos, fechei os olhos, talvez tenha gritado, e ele então entrou no chuveiro e me abraçou.

O restante dos detalhes prefiro guardar, ainda sou um romântico. Horas depois, enquanto descansávamos no escuro, perguntei quem tinha lhe dado aquele apelido tão sugestivo, tão apropriado, Pele Divina. É meu nome, falou. Bem, eu disse, é seu nome, tudo bem, mas quem lhe pôs esse nome, quero saber tudo sobre você, essas coisas um pouco tirânicas e um pouco idiotas que se dizem depois de fazer amor. Ele respondeu: María Font, e ficou calado, como se de repente as recordações o tivessem assaltado. Seu perfil na escuridão me pareceu muito triste, reflexivo e triste. Perguntei-lhe, talvez com uma pitada de ironia na voz (provavelmente o ciúme e a tristeza também tinham se apoderado de mim), se María Font era a que havia ganhado o prêmio Laura Damián. Não, explicou, quem ganhou foi Angélica, María é a irmã mais velha. Acrescentou algumas observações sobre Angélica, que não lembro mais. A pergunta saiu, poderíamos dizer, quase que por si mesma: você foi para a cama com María? Sua resposta (mas que perfil mais bonito e mais triste tinha Pele Divina) foi demolidora. Falou: fui para a cama com todos os poetas do México. Era o momento de calar ou de acariciá-lo, mas nem me calei nem o acariciei; ao contrário, continuei fazendo perguntas, e cada pergunta era pior que a precedente e com cada uma eu ficava um pouco mais arrasado. Nós nos separamos às cinco da manhã. Peguei um táxi na Insurgentes, ele se perdeu andando para o norte.

Angélica Font, rua Colima, Condesa, México, DF, julho de 1976. Foram dias misteriosos. Eu era namorada de Pancho Rodríguez. Felipe Müller, o amigo chileno de Arturo Belano, estava apaixonado por mim. Só sei que preferi Pancho. Pouco antes eu ganhara o prêmio Laura Damián para jovens poetas. Não conheci Laura Damián. Mas conhecia os pais dela e muita gente que conviveu com ela, que tinha até sido amiga dela. Fui para a cama com Pancho depois de uma festa que durou dois dias. Na última noite fui para a cama com ele. Minha irmã me disse para tomar cuidado. Mas quem era ela para me dar conselhos? Ela ia para a cama com Pele Divina e também com Moctezuma Rodríguez, irmão mais moço de Pancho. Também foi para a cama com um cara que chamavam de Manquinho, um poeta de mais de trinta anos, alcoólatra, mas nesse caso pelo menos teve a consideração de não levá-lo pra casa. O fato é que eu já estava farta de ser obrigada a suportar seus amantes. Por que não vai trepar nas pocilgas deles?, eu lhe perguntei certa vez. Não me respondeu nada e desatou a chorar. Ela é minha irmã e eu gosto dela, mas também é uma histérica. Uma tarde Pancho decidiu falar dela. Falou muito, tanto que pensei que ela também tinha ido para a cama com ele, mas não, eu conhecia seus amantes, eu os ouvia gemer de noite a menos de três metros da minha cama, era capaz de diferenciá-los pelos ruídos, pelas maneiras de gozar, contidas ou espalhafatosas, pelas palavras que diziam à minha irmã.

Pancho nunca foi para a cama com ela. Pancho foi para a cama comigo. Não sei por quê, mas foi ele que eu escolhi e até por alguns dias me perdi no devaneio do amor, apesar de, evidentemente, nunca tê-lo amado de verdade. A primeira vez foi bastante dolorosa. Não senti nada, só dor, mas nem mesmo a dor foi insuportável. Aconteceu num hotel de Guerrero, um hotel freqüentado por putas, suponho. Depois de gozar, Pancho me disse que queria casar comigo. Disse que me amava. Disse que ia me fazer a mulher mais feliz do mundo. Olhei bem na cara dele e por um segundo pensei que ele tinha pirado. Depois pensei que na realidade ele tinha medo, medo de *mim*, e isso me encheu de tristeza. Nunca como nesse dia eu o vi tão pequeno, e isso também me encheu de tristeza.

Trepamos mais algumas vezes. Eu já não sentia dor, mas também não sentia prazer. Pancho se deu conta de que nossa relação ia se apagando com a velocidade de quê?, de algo que se apaga depressa, das luzes de uma fábrica no fim do dia, ou melhor, das luzes de um edifício de escritório, por exemplo, com pressa de se integrar ao anonimato da noite. A imagem é um pouco cafona, mas é a que Pancho teria escolhido. Uma imagem cafona ataviada com duas ou três grosserias. E me dei conta de que Pancho se dava conta numa noite, depois de um recital de poesia, e nessa mesma noite disse a ele que nosso caso tinha acabado. Não levou a mal. Acho que por uma semana tentou me arrastar de novo para a cama, em vão. Depois tentou ir para a cama com minha irmã. Não sei se conseguiu. Uma noite acordei, e María estava trepando com uma sombra. Chega, gritei, quero dormir sossegada. Você lê sor Juana o tempo todo, mas se comporta feito uma puta. Quando acendi a luz, vi que seu acompanhante era Pele Divina. Eu lhe disse para cair fora naquele instante, do contrário eu chamaria a polícia. María curiosamente não protestou. Pele Divina enfiou a calça se desculpando por ter me acordado. Minha irmã não é uma puta, eu disse a ele. Sei que minha atitude foi meio contraditória. Quer dizer, minha atitude não, minhas palavras. Tanto faz. Quando Pele Divina foi embora, corri para a cama de minha irmã, eu a abracei e desatei a chorar. Pouco tempo depois, comecei a trabalhar numa companhia de teatro universitário. Eu tinha um livro inédito que meu pai queria mostrar a algumas editoras, mas não aceitei. Não participei das atividades dos real-visceralistas. Não queria nem saber deles. Mais tarde María me contou que Pancho também não estava no grupo. Não sei se o expulsaram (se Arturo Belano o expulsou), se ele se retirou ou se simplesmente não tinha vontade de mais nada. Pobre Pancho. O irmão dele, Moctezuma, sim, continuou no grupo. Acho que vi um de seus poemas numa antologia. Em todo caso, em minha casa não apareciam. Diziam que Arturo Belano e Ulises Lima tinham desaparecido no norte, uma vez meu pai e minha mãe falaram alguma coisa a esse respeito. Minha mãe achou graça, lembro que ela disse: já, já aparecem. Meu pai parecia preocupado. María também estava preocupada. Eu, não. Na época, o único amigo que me restava daquele grupo era Ernesto San Epifanio.

3.

Manuel Maples Arce, passeando pela Calzada del Cerro, bosque de Chapultepec, México, DF, agosto de 1976. Esse jovem, Arturo Belano, veio me entrevistar. Só o vi uma vez. Dois rapazes e uma moça o acompanhavam, não sei o nome deles, quase não abriram a boca, a moça era americana.

Eu lhe disse que abominava gravadores pela mesma razão que meu amigo Borges abominava espelhos. O senhor era amigo de Borges?, Arturo Belano me perguntou num tom de espanto um pouco ofensivo para mim. Fomos muito amigos, respondi, íntimos, poderia dizer, nos remotos dias de nossa juventude. A americana quis saber por que Borges abominava gravadores. Suponho que por ser cego, eu lhe respondi em inglês. O que tem a ver a cegueira com os gravadores?, ela perguntou. Lembram os perigos da audição, respondi. Ouvir sua própria voz, seus próprios passos, os passos do inimigo. A americana me olhou nos olhos e assentiu. Não creio que conhecesse Borges direito. Não creio que conhecesse nada da minha obra, apesar de ter sido traduzido por John Dos Passos. Também não creio que conhecesse direito John Dos Passos.

Estou me perdendo. Onde estava mesmo? Disse a Arturo Belano que preferia que ele não usasse o gravador e que seria melhor que me deixasse algumas perguntas. Ele aceitou. Puxou uma folha e redigiu as perguntas, enquanto eu mostrava alguns cômodos da casa a seus acompanhantes. Depois, quando ele terminou o questionário, pedi que trouxessem algumas bebidas, e então conversamos. Já haviam entrevistado Arqueles Vela e Germán List Arzubide. O senhor acha que alguém pode se interessar atualmente pelo estridentismo?, perguntei. Claro, professor, ele respondeu, ou algo parecido. Creio que o estridentismo já é história e como tal pode interessar aos historiadores da literatura, falei. A mim interessa, e não sou historiador, ele disse. Ah, bom.

 Naquela noite, antes de me deitar, li as questões. As perguntas típicas de um jovem entusiasta e ignorante. Fiz, naquela mesma noite, um rascunho com minhas respostas. No dia seguinte, passei tudo a limpo. Três dias depois, como havíamos combinado, ele veio buscar as respostas. A empregada o fez entrar mas disse a ele, por expressa instrução minha, que eu não estava. Depois lhe entregou o pacote que eu havia preparado para ele: as perguntas com minhas respostas e dois livros meus que não me atrevi a lhe dedicar (creio que hoje os jovens desdenham esses sentimentalismos). Os livros eram *Andamios interiores* e *Urbe*. Eu estava do outro lado da porta, ouvindo. A empregada disse: o senhor Maples lhe deixou isto. Silêncio. Arturo Belano deve ter pegado o pacote e visto o que continha. Deve ter folheado os livros. Dois livros publicados faz tanto tempo e com as páginas (excelente papel) sem abrir. Silêncio. Deve ter corrido os olhos pelas respostas. Depois o ouvi agradecer à empregada e sair. Se voltar a me visitar, pensei, estarei justificado, se um dia aparecer em casa sem se anunciar, para conversar comigo, para me ouvir contar minhas velhas histórias, para me pedir que leia seus poemas, estarei justificado. Todos os poetas, inclusive os mais vanguardistas, precisam de um pai. Mas aqueles eram órfãos por vocação. Nunca mais voltou.

 Barbara Patterson, num quarto do Hotel Los Claveles, esquina das avenidas Niño Perdido e Juan de Dios Peza, México, DF, setembro de 1976. Aquele puto velho chupador das hemorróidas da puta da mãe dele, desde o começo eu vi que ele estava de má-fé, vi nos seus olhinhos de gostosão branquelo e pentelho, e disse pra mim mesma este cara não vai deixar passar a oportunidade de cuspir em mim, filho de sua puta madre. Mas como sou babaca, sempre fui babaca, ingênua, baixei a guarda. E aconteceu o que sempre acontece. Borges. John Dos Passos. Uma vomitada como que sem querer, empapando os cabelos de Barbara Patterson. E o escroto ainda me olhou com dó, como que dizendo estes caras trouxeram esta gringa de olhos mortiços só para eu cagar nela, Rafael também olhou pra mim e ficou impassível, anãozinho fodido, como se estivesse acostumado a ver qualquer velho peidorreiro me faltar ao respeito, qualquer velho tripa-presa da Literatura Mexicana. E depois vem o puto velho e diz que não gosta de gravador, o trabalhão que me deu para arranjar aquele, e os puxa-sacos dizem OK, não tem problema, redigimos aqui mesmo um questionário, senhor Grande Poeta do Plistoceno, senhor, em vez de tirar as calças dele e lhe enfiar o gravador no cu. E o velho se exibe, enumera seus amigos (todos meio mortos ou mortos mesmo) e se dirige a mim me chamando de senhorita, como se pudesse consertar assim o vômito que me escorria pela blusa, pelo jeans, bom, não tive força nem para responder a ele quando se meteu a falar inglês, só sim ou não ou não sei, principalmente não sei, e, quando saímos da casa dele, uma mansão, eu diria — e de onde saiu o dinheiro, seu puto enrabador de rato morto, de onde você tirou o dinheiro para comprar esta casa? —, disse a Rafael que precisávamos conversar, mas Rafael disse que queria continuar dando uns rolés com Arturo Belano, e eu disse a ele *preciso* falar com você, seu bostinha, e ele me disse mais tarde, Barbarita, mais tarde, como se eu fosse uma garotinha que ele violentava todas as noites nos lugares mais indecentes, e não uma mulher dez centímetros mais alta e com pelo menos quinze quilos a mais que ele (preciso começar um regime, mas com essa porra de comida mexicana quem é que consegue), e eu disse a ele *preciso* falar com você *agora*, e o gigolozinho de merda meio que coça os bagos, fica me encarando e me diz o que foi, boneca?, algum imprevisto? Por sorte Belano e Requena estavam mais na frente, não ouviram e principalmente não me viram, porque imagino que minha fuça martirizada deve ter se decomposto, em todo caso senti que estava se alterando, que nos meus olhos se injetava uma dose letal de ódio, e então eu disse pra ele vai pra puta que o pariu, seu escroto, para não dizer algo pior, dei meia-volta e me mandei. Passei a tarde chorando. Eu estava no México diz-que pra fazer um curso de pós-graduação sobre a obra de Juan Rulfo, mas num recital de poesia da Casa do Lago eu havia conhecido Rafael e nos apaixonamos no ato. Ou foi o que aconteceu comigo, quanto ao Rafael não estou tão certa. Naquela mesma noite o arrastara para o hotel Los Claveles, onde ainda moro, e trepamos até arrebentar. Bem, Rafael é meio devagar, eu não, e dei um jeito de mantê-lo calibrado até que as primeiras luzes do dia se esparramaram (como que desmaiadas ou fulminadas, que amanheceres mais estranhos tem esta cidade de merda) pela Niño Perdido. No dia seguinte não fui à universidade, fiquei batendo papo a torto e a direito com todos os real-visceralistas, que na época ainda eram uns carinhas mais ou menos sadios, mais ou menos doentes e que ainda se chamavam real-visceralistas. Eu gostava deles. Pareciam beats. Gostei de Ulises Lima, Belano, María Font, gostei um pouco menos daquele veadinho metido do Ernesto San Epifanio. Bem, gostei deles. Eu queria ficar numa boa, e com eles a diversão era garantida. Conheci muita gente, gente que pouco a pouco foi se distanciando do grupo. Conheci uma americana, do Kansas (sou da Califórnia), a pintora Catalina O'Hara, com a qual não cheguei a ter muita intimidade. Uma puta metida a besta que se achava a mãe da invenção. Uma puta que botava banca de revolucionária só porque esteve no Chile quando deram o golpe. Bom, conheci essa aí pouco depois de ela se separar do marido, e todos os poetas davam em cima dela feito loucos. Até Belano e Ulises Lima, que eram nitidamente assexuados ou que trepavam discretamente um com o outro, sabe como é, eu chupo você, você me chupa, só um pouquinho, um pouquinho só, pareciam estar loucos por aquela vaqueira escrota. Rafael também. Mas puxei o Rafael e disse pra ele: se ficar sabendo que você foi pra cama com essa puta, capo você. Rafael morria de rir e dizia como é que você vai me capar, se só gosto de você, mas até os olhos dele (que eram o melhor de Rafael, uns olhos árabes, de tendas e oásis) pareciam me dizer o contrário. Estou com você porque você banca minhas despesas. Estou com você porque você entra com a grana. Estou com você porque por ora não tenho ninguém melhor com quem ficar e com quem trepar. E eu dizia pra ele: Rafael, seu sacana, seu escroto, seu filho-da-puta, quando seus amigos sumirem do mapa vou continuar com você, *eu sei disso*, quando você ficar sozinho com os culhões no ar, *eu* é que vou estar ao seu lado e que vou *ajudar* você. Não essas bichas velhas apodrecendo no meio das recordações e das citações literárias delas. Muito menos ainda seus gurus fajutos (Arturo e Ulises?, ele dizia, ora, eles não são meus gurus, sua gringa xexelenta, são meus amigos), que, como eu vejo as coisas, um dia vão sumir do mapa. E vão sumir por quê?, ele dizia. Não sei, eu dizia, por uma puta vergonha, por pena, por embaraço, por apequenamento, por indecisão, por pusilanimidade, por verecúndia, e só não continuo porque meu espanhol é pobre. Ele então ria e me dizia você é uma bruxa, Barbara, bom, vá terminar sua tese sobre Rulfo, já vou mas agorinha mesmo eu volto, e, em vez de não dar bola, eu me atirava na cama e chorava. Todos vão abandonar você, Rafael, eu gritava da janela do meu quarto no hotel Los Claveles enquanto ele se perdia entre a multidão, menos eu, bicho, menos eu.

Amadeo Salvatierra, rua República de Venezuela, perto do Palácio da Inquisição, México, DF, janeiro de 1976. E o que Manuel, Germán e Arqueles disseram?, perguntei a eles. O que disseram de quê?, perguntou um deles. De Cesárea, ora, falei. Pouca coisa. Maples Arce mal se lembrava dela, Arqueles Vela idem. List disse que só a conheceu de nome, quando Cesárea Tinajero estava no México e vivia em Puebla. Segundo Maples, ela era uma mulher muito jovem, muito calada. Não contou mais nada pra vocês? Não, mais nada. E Arqueles? Nada, também. E como chegaram a mim? Por List, disseram, ele nos disse que o senhor, que você, Amadeo, provavelmente saberia mais alguma coisa sobre ela. E o que Germán disse de mim? Que você sim a tinha conhecido, que, antes de passar para o estridentismo, você fez parte do grupo de Cesárea, o realismo visceral. Ele nos falou também de uma revista, uma revista que Cesárea publicou naquela época, *Caborca*, disse que se chamava assim. Ah, o Germán, eu disse e servi para mim outra dose de Los Suicidas, ao passo que íamos a garrafa não chegaria ao fim da tarde. Tomem sem medo, tomem à vontade, rapazes, que, se esta garrafa acabar, descemos pra comprar outra. Claro, não seria tão boa como a que estávamos bebendo, mas seria melhor que nada. Ai, que pena que não façam mais o mescal Los Suicidas, que pena que o tempo passa, não é? Pena que nos enclausuramos, que ficamos velhos e que as coisas boas vão se afastando da gente a galope.

Joaquín Font, rua Colima, Condesa, México, DF, outubro de 1976. Agora que os dias vão se sucedendo, com frieza, com a frieza dos dias que vão se sucedendo, posso dizer, sem rancores de nenhuma espécie, que Belano era romântico, muitas vezes cafona, um bom amigo dos amigos dele, suponho, acredito, embora ninguém soubesse realmente em que ele pensava, provavelmente nem ele. Ulises Lima, pelo contrário, era muito mais radical e mais cordial. Às vezes parecia o irmãozinho mais moço de Vaché, outras um extraterrestre. Tinha um cheiro esquisito. Eu sei, posso dizer, posso afirmar, porque em duas inesquecíveis ocasiões ele tomou banho na minha casa. Precisemos: não cheirava mal, cheirava de forma estranha, como se acabasse de sair de um pântano e de um deserto ao mesmo tempo. Umidade e secura no limite, o caldo primigênio e a planura desolada e morta. Ao mesmo tempo, cavalheiros! Um cheiro verdadeiramente inquietante! Até a mim, por motivos que não vêm ao caso recordar, irritava. Seu cheiro, digo. Caracterologicamente, Belano era extrovertido, e Ulises, introvertido. Quer dizer, eu me parecia mais com o último. Belano sabia se mover entre os tubarões muito melhor do que eu. Comportava-se melhor, sabia manobrar, era mais disciplinado, fingia com maior naturalidade. O bom do Ulises era uma bomba-relógio e o que, socialmente falando, é pior: todo mundo sabia ou intuía que era uma bomba-relógio, e ninguém, como é óbvio e desculpável, queria tê-lo muito perto. Ai, Ulises Lima... Escrevia o tempo todo, é o que mais lembro dele, nas margens dos livros que roubava e em papéis soltos que costumava perder. E nunca escrevia poemas, escrevia versos que depois, com sorte, montava em compridos e estranhos poemas... Belano, pelo contrário, escrevia em cadernos... Ainda me devem dinheiro...

Jacinto Requena, café Quito, rua Bucareli, México, DF, novembro de 1976. Às vezes eles desapareciam mas nunca por mais de dois ou três dias. Quando você perguntava aonde iam, respondiam que iam buscar provisões. Só isso, e sobre isso nunca falavam mais nada. Evidentemente, alguns, os mais próximos, sabíamos se não aonde iam, pelo menos o que faziam durante esses dias. Uns não ligavam. Outros achavam errado, diziam que era um comportamento de lúmpen. O lumpenismo: doença infantil do intelectual. Já outros achavam normal, principalmente porque Lima e Belano eram generosos com o dinheiro malganho. Entre estes últimos estava eu. As coisas não iam bem para o meu lado. Xóchitl, minha companheira, estava grávida de três meses. Eu não tinha trabalho. Vivíamos num hotel perto do Monumento à Revolução, na rua Montes, que o pai dela pagava. Um quarto com banheiro e uma cozinha minúscula, mas que pelo menos nos permitia fazer nossa comida ali mesmo, o que era muito mais econômico do que comer fora todos os dias. O quarto, era mais um apartamentinho, já estava alugado pelo pai de Xóchitl muito antes de ela engravidar, ele nos cedeu. Acho que o usava como garçonnière ou algo assim. Ele passou o local para nós, mas antes nos fez prometer que nos casaríamos. Eu respondi na mesma hora que sim, acho até que jurei. Xóchitl preferiu não dizer nada e olhar o pai nos olhos. Um coroa interessante, ele. Muito mais velho, podia perfeitamente passar por avô dela, e ainda tinha uma aparência de dar calafrios. Pelo menos da primeira vez que você o via. Eu senti calafrios, em todo caso. Era grande e corpulento, muito grande, coisa curiosa porque Xóchitl é baixa e de ossos delicados. Mas seu pai era grande e tinha a pele muito enrugada e bem morena (aí sim, igualzinho a Xóchitl), e sempre que o via trajava paletó e gravata, às vezes terno azul-escuro, outras terno marrom. Dois ternos de boa qualidade, mas que não eram novos. De vez em quando, principalmente de noite, vestia sobre o terno uma gabardine. Quando Xóchitl o apresentou a mim, quando fomos lhe pedir ajuda, o velho me encarou depois disse venha, quero falar com você a sós. Nós nos ferramos, pensei, mas o que poderia fazer? Eu o segui disposto a agüentar o que desse e viesse. Entretanto, só o que o velho me disse foi para abrir a boca. O quê?, falei. Abra a boca, ele disse. De modo que abri a boca, e o velho olhou pra mim e me perguntou como havia perdido os três dentes que me faltavam. Numa briga na escola preparatória, falei. Minha filha conheceu você assim?, perguntou. Sim, eu disse, eu já estava assim quando ela me conheceu. Caralho, falou, então ela deve gostar muito de você. (O velho não vivia mais com a família da minha companheira desde que ela tinha seis anos, porém uma vez por mês ela e as irmãs iam vê-lo.) Depois disse: se a largar, eu mato você. Disse isso me olhando nos olhos, com seus olhinhos de rato — até as pupilas pareciam enrugadas naquela cara —, fixos nos meus, mas sem erguer a voz, feito um gângster dos filmes de Orol, que é o que no fundo ele provavelmente era. Eu, evidentemente, jurei que nunca iria abandoná-la, ainda mais agora que ela iria ser mãe do meu filho, e com isso pusemos fim ao nosso diálogo particular. Voltamos para junto de Xóchitl, o velho nos deu a chave de sua garçonnière, disse que não nos preocupássemos com o aluguel, que era problema dele, e nos entregou um maço de dinheiro para que fôssemos nos virando.

Foi um alívio quando ele se despediu, foi um alívio saber que tínhamos um teto sob o qual viver. Mas logo descobrimos que o dinheiro do velho mal dava para sobrevivermos. Quero dizer que Xóchitl e eu tínhamos alguns gastos extras, algumas necessidades extras que a pensão paterna não cobria. Por exemplo, não gastávamos com roupas, estávamos acostumados a usar sempre as mesmas roupas, mas gastávamos com cinema, peças de teatro, ônibus e metrô (se bem que a verdade é que, morando no centro, íamos a quase todos os lugares a pé), que geralmente pegávamos para ir às oficinas de poesia da Casa do Lago ou da universidade. Porque estudar mesmo, não estudávamos, mas não houve oficina em que não aparecêssemos pelo menos uma vez, ir a oficinas foi como uma febre que tivemos, preparávamos um par de sanduíches e comparecíamos felizes da vida, ouvíamos a leitura de poemas, ouvíamos as críticas, às vezes também criticávamos. Xóchitl mais do que eu, depois saíamos, já de noite, e, enquanto nos dirigíamos para o ponto de ônibus, para a estação de metrô ou enquanto íamos a pé direto pra casa, aí é que comíamos nossos sanduíches, aproveitando a noite do DF, uma noite que sempre me pareceu deliciosa, geralmente as noites aqui são frescas, brilhantes, mas não frias, noites feitas para passear ou para trepar, noites feitas para conversar despreocupadamente, que era o que eu fazia com Xóchitl, conversar sobre o filho que iríamos ter, sobre os poemas que tínhamos ouvido recitar, sobre os livros que estávamos lendo.

Foi precisamente numa oficina de poesia que conhecemos Ulises Lima, Rafael Barrios e Pele Divina. Era a primeira ou a segunda vez que participávamos, e, quando a oficina terminou, nós nos tornamos amigos, saímos de lá juntos, tomamos um ônibus juntos, e, enquanto Pele Divina tentava seduzir Xóchitl, eu ouvia Ulises Lima, ele me ouvia, e Rafael assentia ao que Ulises dizia e ao que eu dizia, e era mesmo como se eu tivesse encontrado uma alma gêmea, um poeta de verdade, um poeta dos pés à cabeça, que poderia explicar com clareza o que eu só intuía, desejava, sonhava, essa foi uma das melhores noites de minha vida, e, quando chegamos em casa, Xóchitl e eu não conseguíamos dormir, ficamos conversando até as quatro da manhã. Tempos depois conheci Arturo Belano, Felipe Müller, María Font, Ernesto San Epifanio e os outros, mas nenhum me impressionou tanto quanto Ulises. Claro, não foi só Pele Divina que tentou levar minha companheira para a cama, também fizeram o que puderam Pancho e Moctezuma Rodríguez, e até mesmo Rafael Barrios. Eu às vezes dizia a Xóchitl: por que você não diz a eles que está grávida, assim eles desistem e deixam você em paz, mas ela ria e dizia que não lhe incomodava que a paquerassem. Bom, você é que sabe, eu dizia. Não sou ciumento. Mas uma noite, lembro nitidamente, foi Arturo Belano que tentou ganhar Xóchitl, isso sim me entristeceu de verdade. Eu sabia que ela não iria para a cama com ninguém, mas a atitude deles me incomodava. Era basicamente como se me menosprezassem por causa de meu aspecto físico. Era como se pensassem: essa mina não pode gostar desse pobre coitado desdentado. Como se os dentes tivessem algo a ver com o amor. Mas, no caso de Arturo Belano, foi diferente. Xóchitl se divertia com o fato de a paquerarem, mas daquela vez foi diferente, foi muito mais que uma diversão para ela. Ainda não conhecíamos Arturo Belano, aquela foi a primeira vez, antes tínhamos ouvido falar muito nele, mas por um motivo ou outro ainda não nos haviam apresentado. Naquela noite ele apareceu, e o grupo todo pegou um ônibus vazio a altas horas (um ônibus em que só iam real-visceralistas!) para irmos a uma festa, ou assistirmos a uma peça de teatro, ou ao recital de alguém, não me lembro mais, Belano se sentou ao lado de Xóchitl no ônibus, e foram conversando por todo o trajeto, eu percebi, eu que ia uns tantos bancos atrás, trêmulo, ao lado de Ulises Lima e de um tal de Bustamante, eu percebi que a expressão de Xóchitl estava diferente. Agora sim ela se sentia bem, que digo, ela estava *encantada* com o fato de Belano estar sentado junto dela, dedicando cem por cento de seu tempo a ela, enquanto os outros, mas principalmente os que antes já tinham tentado levá-la para a cama, observavam a cena com o rabo do olho, sem parar de espiar as ruas semivazias e a porta do ônibus hermeticamente fechada como se fosse a porta de um forno crematório, quer dizer, sem deixar de fazer o que estavam fazendo, mas com todos os sentidos ligados no que acontecia no banco de minha Xóchitl e de Arturo Belano. Num certo momento, a atmosfera ficou tão frágil, tão periclitante, que eu pensei esses caras devem saber algo que eu não sei, está acontecendo alguma coisa esquisita aqui, não é normal que essa porra deste ônibus rode como uma sombra pelas ruas do DF, não é normal que ninguém entre, não é normal que sem mais nem menos eu comece a ter alucinações. Mas agüentei as pontas, como sempre faço, e acabou não acontecendo nada. Depois Rafael Barrios, que cara ele tem, me disse que Belano não sabia que Xóchitl era minha companheira. Eu disse a ele que não havia acontecido nada e que, se tivesse acontecido, o problema era dela, Xóchitl vive comigo, não é minha escrava, falei. Mas agora vem a parte curiosa do caso: a partir dessa noite, a noite em que Belano foi tão atencioso com minha companheira (só faltou beijá-la na boca) durante aquele trajeto noturno e solitário, ninguém mais tentou ganhá-la. Absolutamente ninguém. Como se aqueles babacas tivessem se visto retratados na figura de seu liderzinho de merda e não tivessem gostado do que viram. E tenho que acrescentar outra coisa: a paquera de Belano durou somente o que durou o interminável trajeto do ônibus, ou seja, foi algo inocente, vai ver que naquele dia ele nem sequer soubesse que o banguela que ia uns bancos atrás era o companheiro da mina que ele estava paquerando, mas Xóchitl sabia muito bem, e sua atitude ao receber, digamos, a cantada do chileno foi bem diferente da maneira como, por exemplo, suportava as cantadas de Pele Divina ou Pancho Rodríguez, quer dizer, no caso deles era perceptível que Xóchitl se divertia, levava numa boa, ria, mas, no caso de Belano, seu perfil, a nesga de seu rosto que eu podia observar naquela noite, deixava transluzir emoções bem diferentes. Naquela noite, no hotel, tive a impressão de que vi em Xóchitl uma expressão mais pensativa e ausente do que de costume. Mas eu não disse nada. Acreditei compreender o motivo. De modo que falei de outros assuntos: do nosso filho, dos poemas que iríamos escrever ela e eu, do futuro, numa palavra. E não falei de Arturo Belano nem dos problemas verdadeiros que nos aguardavam, como, por exemplo, que eu precisava arranjar trabalho, precisava de dinheiro para alugar uma casa, para nos sustentar, a nós e ao nosso filho. Não, feito todas as noites, falei de poesia, de criação e do realismo visceral, um movimento literário que se ajustava ao meu espírito, à minha disposição diante da realidade, como um anel ao dedo.

    A partir dessa noite, em certo sentido funesta, começamos a nos ver, nós e eles, quase diariamente. Aonde eles iam, nós íamos. Logo, logo, creio que uma semana depois, fui convidado a participar de um recital de poesia do grupo. Não havia reuniões a que faltássemos. E a relação entre Belano e Xóchitl ficou congelada num gesto cortês, não carente de certo mistério (mistério que paradoxalmente não turvava o progressivo aumento da barriga de minha companheira), mas que não foi além disso. Na realidade, Arturo nunca viu Xóchitl. O que foi que aconteceu naquela noite, no ônibus que transportava unicamente a nós pelas ruas vazias, pelas ruas ululantes do DF? Não sei. Provavelmente uma jovem cuja gravidez ainda não dava para notar se apaixonou durante algumas horas por um sonâmbulo. E só.

 O resto da história é mais para o vulgar. Ulises e Belano às vezes sumiam do DF. Uns achavam errado. Outros não ligavam. Já eu achava normal. Uma ou outra vez Ulises me emprestou dinheiro, o dinheiro periodicamente lhes sobrava, e a mim faltava. Belano nunca me emprestou dinheiro. Quando foram para Sonora, intuí que o grupo estava em vias de desaparecer. É como se a brincadeira houvesse perdido a graça. Não me pareceu má idéia. Meu filho estava a ponto de nascer, e eu havia conseguido, por fim, um trampo. Uma noite Rafael ligou para casa e me disse que tinham voltado, mas que iriam embora outra vez. Tudo bem, falei, o dinheiro é deles, façam com ele o que quiserem. Desta vez vão para a Europa, Rafael me disse. Perfeito, falei, é o que todos nós deveríamos fazer. E o movimento?, Rafael disse. Que movimento?, eu disse, observando Xóchitl dormir. O quarto estava às escuras, e pela janela se via piscar o letreiro do hotel como num filme de gângsteres, as penumbras onde o avô do meu filho fazia suas safadezas. O realismo visceral, ora essa, Rafael disse. O que acontece com o realismo visceral?, eu disse. É o que eu pergunto, Rafael disse, o que vai acontecer com o realismo visceral. O que vai acontecer com a revista que íamos publicar, o que vai acontecer com todos os nossos projetos?, Rafael disse num tom tão choroso que, se Xóchitl não estivesse dormindo, eu teria rido às gargalhadas. A revista nós publicamos, eu disse a ele, os projetos vão ser levados adiante, com eles ou sem eles, falei. Rafael ficou um instante sem dizer nada. Não podemos perder o rumo, murmurou. Depois voltou a emudecer. Refletia, supus. Eu também fiquei em silêncio. Mas eu não refletia, eu sabia perfeitamente onde estava e o que queria fazer. E assim como sabia o que queria fazer, o que iria fazer a partir de então, sabia também que Rafael terminaria por achar um rumo. Não há por que ficar histérico, disse a ele quando me cansei de ficar ali, na penumbra, com o telefone grudado na orelha. Não estou histérico, Rafael disse, creio que nós também deveríamos ir embora. Do México eu não saio, falei.

María Font, rua Colima, Condesa, México, DF, dezembro de 1976. Tivemos que internar meu pai num hospício (minha mãe me corrige e diz: clínica psiquiátrica, mas há palavras que não necessitam de nenhum verniz: um hospício é um hospício) pouco antes de Ulises e Arturo voltarem de Sonora. Não sei se já contei, mas eles foram no carro do meu pai. Para minha mãe, esse fato, que ela qualifica de subtração e até de roubo, foi o detonador que fez a saúde mental do meu pai ir para o beleléu. Não concordo. A relação do meu pai com suas posses, sua casa, seu carro, seus livros de arte, sua conta corrente, sempre foi, no mínimo, distante, no mínimo, ambígua. Parecia que meu pai sempre estava se despindo, sempre tirando certas coisas de cima de si, de bom ou de mau grado, mas com tanto azar (ou com tanta lentidão) que nunca conseguia alcançar a ansiada nudez. E, como é fácil compreender, isso terminava lhe perturbando o juízo. Mas voltemos ao assunto do carro. Quando Ulises e Arturo voltaram, quando tornei a vê-los, no café Quito e quase que por acaso, se bem que, se eu estava naquele lugar horrível, era porque no fundo os estava procurando, quando voltei a vê-los, ia dizendo, quase não os reconheci. Estavam com um sujeito que eu não conhecia, um sujeito vestido todo de branco e com chapéu de palha na cabeça, uma cabeça parecida com um pau, e a princípio pensei que tinham me visto, mas que estavam se fazendo de distraídos. Estavam sentados ao lado da vidraça da rua Bucareli, junto do espelho e do letreiro que traz "Cabrito ao forno", mas não comiam nada, tinham duas xícaras grandes de café com leite na frente e de vez em quando tomavam uns golezinhos desafortunados, como se estivessem doentes ou mortos de sono, se bem que o sujeito de branco, este sim, comia, não cabrito ao forno (só de repetir as palavras *cabrito ao forno* fico com náuseas), mas *enchiladas*, as famosas e baratas *enchiladas* do café Quito, e tinha consigo uma garrafa de cerveja. Eu pensei: estão bancando os distraídos, não é possível que não tenham me visto, eles mudaram muito, mas eu não mudei nada. Não querem me cumprimentar. Comecei a pensar então no Impala do meu pai e pensei no que minha mãe dizia, que tinham roubado aquele carro com a maior cara-de-pau do mundo, uma cara-de-pau nunca vista, e que o melhor seria dar queixa na polícia, e pensei no meu pai, que, quando lhe falavam do carro, dizia coisas incoerentes, meu Deus, Quim, minha mãe lhe dizia, pare de dizer besteira, que estou cansada de ir de um lado para o outro de ônibus ou de táxi, estes vaivéns vão me sair os olhos da cara. Quando minha mãe dizia isso, meu pobre pai ria e dizia cuidado, você vai ficar cega. Minha mãe não achava graça nenhuma, mas eu sim: ele não queria dizer que ela deveria *pagar* o transporte com os olhos da cara, e sim que *com* os táxis e os raros ônibus que minha mãe tomava seus olhos lhe fossem *sair das órbitas*. Contado assim como estou contando, na certa não tem graça nenhuma, mas dito por meu pai, de supetão, com uma segurança, pelo menos verbal, inusitada, era muito engraçado e divertido. Em todo caso, o que minha mãe pretendia era dar queixa para recuperar o Impala, e o que eu pretendia era que não se desse queixa nenhuma, pois o carro voltaria sozinho (isso também é divertido, não é?), era só esperar e dar tempo para que Arturo e Ulises voltassem, para que o devolvessem. E agora ali estavam eles, conversando com o sujeito vestido de branco, de volta ao DF, e não me viam ou não queriam me ver, tanto assim que tive tempo de sobra para observá-los e para pensar no que tinha a lhes dizer, que meu pai estava num hospício e que deveriam devolver o carro, mas, à medida que o tempo passava, não sei quanto tempo fiquei ali, as mesas em volta se desocupavam e voltavam a se ocupar, o sujeito de branco não tirou nunca o chapéu, e seu prato de *enchiladas* parecia eterno, tudo foi se enredando dentro da minha cabeça, como se as palavras que eu tinha que dizer a eles fossem plantas, e estas de repente começassem a secar, a perder cor e viço, a morrer. De nada me adiantou pensar em meu pai trancado no hospício com uma depressão suicida ou em minha mãe brandindo a ameaça ou o refrão da polícia, feito uma militante da Unam (como, em seus anos estudantis, ela de fato foi, pobre mãezinha), porque de repente eu também comecei a ficar deprimida, a me desintegrar, a pensar (ou antes a repetir, feito uma tantã) que nada tinha sentido, que eu poderia ficar sentada naquela mesa do café Quito até o mundo acabar (quando cursava a escola preparatória, tínhamos um professor que dizia saber exatamente o que faria se estourasse a Terceira Guerra Mundial: voltaria para sua aldeia, porque lá nunca acontecia nada, provavelmente uma piada, não sei, mas de certo modo ele tinha razão, quando todo mundo civilizado desaparecer, o México continuará existindo, quando o planeta se desvanecer ou se desintegrar, o México continuará sendo o México) ou até que Ulises, Arturo e o desconhecido vestido de branco se levantassem e se fossem. Mas não aconteceu nada disso. Arturo me viu, então se levantou, veio à minha mesa e me deu um beijo no rosto. Depois me perguntou se queria ir para a mesa deles ou, muito melhor, se poderia esperá-los sentada onde já estava. Eu lhe disse que esperaria. Tudo bem, ele disse, e voltou à mesa do sujeito vestido de branco. Procurei não olhar para eles e por um instante consegui, mas finalmente ergui os olhos. Ulises estava de cabeça baixa, com os cabelos cobrindo metade do rosto, parecia a ponto de desabar dormindo. Arturo olhava para o desconhecido e às vezes olhava para mim, e ambos os olhares, os que dirigia ao sujeito vestido de branco e os que procuravam minha mesa, eram ausentes, ou distantes, como se houvesse saído do café Quito havia muito e só seu fantasma permanecesse lá, inclemente. Depois (depois de quanto tempo?) eles se levantaram e vieram sentar comigo. O sujeito vestido de branco não estava mais com eles. O café tinha se esvaziado. Não lhes perguntei pelo carro do meu pai. Arturo me disse que iam embora. Para Sonora outra vez?, perguntei. Arturo riu. Seu riso foi como uma cusparada. Como se cuspisse na própria calça. Não, respondeu, muito mais longe. Ulises vai esta semana para Paris. Que bom, eu disse, poderá conhecer Michel Bulteau. E o rio mais prestigioso do mundo, Ulises disse. Que bom, falei. Nada mal, nada mal, Ulises disse. E você?, perguntei a Arturo. Eu vou embora pouco depois, para a Espanha. Quando pretendem voltar?, perguntei. Eles deram de ombros. Quem pode saber, María?, disseram. Eu nunca os tinha visto tão charmosos. Sei que é cafona dizer, mas nunca me pareceram tão charmosos, tão sedutores. Se bem que não fizessem nada para seduzir. Ao contrário: estavam sujos, vá saber quanto tempo fazia que não tomavam banho, quanto tempo não dormiam, estavam com olheiras e precisavam fazer a barba (Ulises não, porque é imberbe), mas mesmo assim eu teria beijado os dois, não sei por que não beijei, teria ido para a cama com os dois, trepar até perder os sentidos, espiá-los dormir, continuar trepando, pensei, se procurarmos um hotel, se nos metermos num quarto escuro, sem limite de tempo, se eu os despir e eles me despirem, tudo se acertará, a loucura do meu pai, o carro perdido, a tristeza e a energia que eu sentia e que por momentos pareciam me asfixiar. Mas não lhes disse nada.

4.

Auxilio Lacouture, Faculdade de Filosofia e Letras, Unam, México, DF, dezembro de 1976. Sou a mãe da poesia mexicana. Conheço todos os poetas e todos os poetas me conhecem. Conheci Arturo Belano quando ele tinha dezesseis anos e era um garoto tímido que não sabia beber. Sou uruguaia de Montevidéu, mas um dia cheguei ao México sem saber muito bem por quê, nem para quê, nem como, nem quando. Cheguei à Cidade do México, Distrito Federal, em 1967 ou talvez em 1965 ou 1962. Não me lembro mais nem das datas nem das peregrinações, só sei é que cheguei à Cidade do México e não saí mais daqui. Cheguei ao México quando León Felipe ainda estava vivo, que colosso, que força da natureza, e León Felipe morreu em 1968. Cheguei ao México quando Pedro Garfias ainda vivia, que grande homem, como era melancólico, e dom Pedro morreu em 1967, ou seja, só posso ter chegado antes de 1967. Digamos, pois, que cheguei ao México em 1965. Definitivamente, acho que cheguei em 1965 (pode ser que me engane) e freqüentei esses espanhóis universais, diariamente, hora após hora, com a paixão de uma poetisa, de uma enfermeira inglesa, de uma irmã mais moça que se desvela por seus irmãos mais velhos. Eles me diziam, com esse tom espanhol tão peculiar, como que rodeando os zês e os cês e deixando os esses mais órfãos e libidinosos que nunca: Auxilio, pare de zanzar pela sala, Auxilio, deixe esses papéis em paz, mulher, que a poeira sempre se entendeu com a literatura. E eu dizia a eles: dom Pedro, León (reparem que curioso: eu chamava o mais velho e venerável de você; enquanto o mais moço como que me intimidava e eu não conseguia deixar de tratá-lo de senhor), deixem eu cuidar disso, cada um com seus afazeres, continuem escrevendo em paz e façam de conta que sou a mulher invisível. E eles achavam graça. Ou melhor, León Felipe ria, mas você não sabia bem, vou ser sincera, se estava rindo, pigarreando ou blasfemando, dom Pedro não ria, Pedrito Garfias, que era melancólico, ele não ria, olhava para mim com seus olhos de lago ao entardecer, esses lagos que ficam no meio da montanha e que ninguém visita, esses lagos tristíssimos e aprazíveis, tão aprazíveis que não parecem deste mundo, e dizia não se incomode, Auxilio, ou obrigado, Auxilio, e não dizia mais nada. Que homem mais divino. De modo que eu os freqüentava, como disse, sem deslealdades nem pausas, sem aborrecê-los, mostrando meus poemas e procurando ser útil, mas também fazia outras coisas. Trabalhava. Tratava de fazer alguns bicos. Porque viver no DF não é fácil, como todo mundo sabe, ou crê, ou imagina; só é fácil se você tem algum dinheiro, uma bolsa, um trabalho, e eu não tinha nada, a longa viagem até chegar à região mais transparente me havia esvaziado de muitas coisas, entre elas a energia necessária para trabalhar em certas coisas. De modo que o que fazia era circular pela universidade, mais concretamente pela Faculdade de Filosofia e Letras, fazendo trabalhos voluntários, poderíamos dizer, um dia ajudava a datilografar os cursos do professor García Liscano, outro traduzia textos do francês no Departamento de Francês, outro grudava como um marisco num grupo de teatro e passava oito horas, sem exagero, assistindo aos ensaios, indo buscar sanduíches, experimentando manejar os projetores. Às vezes conseguia um trabalho remunerado, um professor me pagava do seu bolso para lhe servir, digamos, de ajudante, ou os chefes de departamento conseguiam que eles ou a faculdade me contratassem por quinze dias ou por um mês para cargos vaporosos, a maioria das vezes inexistentes, ou as secretárias, que moças mais simpáticas, davam um jeito para que seus chefes me passassem uns bicos que me permitissem ganhar uns pesos. Isso durante o dia. De noite, levava uma vida boêmia, com minhas amigas e meus amigos, o que era altamente gratificante para mim, e até conveniente, pois na época o dinheiro escasseava, e às vezes eu não tinha nem para pagar a pensão. Mas via de regra eu tinha. Eu não quero exagerar. Tinha dinheiro para viver. Era feliz. De dia, vivia na faculdade, feito uma formiguinha ou, mais propriamente, feito uma cigarra, de um lado para outro, de um cubículo a outro cubículo, a par de todas as fofocas, de todas as infidelidades e divórcios, de todos os planos e projetos, e de noite me espalhava, me transformava num morcego, saía da faculdade e vagava pelo DF feito um duende (gostaria de dizer feito uma fada, mas faltaria com a verdade), bebia e discutia nas rodas dos bares (conheci todas), aconselhava os jovens poetas que desde esse tempo recorriam a mim, não tanto quanto depois porém, eu vivia, numa palavra, no meu tempo, no tempo que eu havia escolhido e no tempo que me rodeava, agitado, mutável, pletórico, feliz. E cheguei a 1968. Ou 1968 chegou a mim. Agora poderia dizer que pressenti 68, que senti seu cheiro nos bares, em fevereiro ou em março de 68, mas antes de 68 se transformar realmente em 68. Ai, lembrar disso me faz rir. Que vontade de chorar! Estou chorando? Vi tudo e, ao mesmo tempo, não vi nada. Entendem? Eu estava na faculdade quando o exército violou a autonomia e entrou no campus para prender ou matar todo mundo. Não. Na universidade não houve muitos mortos. Foi em Tlatelolco. Esse nome há de ficar em nossa memória para sempre! Mas eu estava na faculdade quando o exército e os granadeiros entraram e baixaram o cacete na gente. Coisa mais incrível. Eu estava no banheiro, num dos banheiros de um dos andares da faculdade, o quarto, creio, não tenho certeza. Estava sentada na latrina, com a saia arregaçada, como diz o poema ou a canção, lendo aquelas poesias tão delicadas de Pedro Garfias, que tinha morrido fazia um ano, dom Pedro tão melancólico, tão triste da Espanha e do mundo em geral, quem iria imaginar que eu iria estar lendo no banheiro justo no momento em que os granadeiros babacas entravam na universidade. Acho, permitam-me este adendo, que a vida está repleta de coisas maravilhosas e enigmáticas. De fato, graças a Pedro Garfias, aos poemas de Pedro Garfias e a meu inveterado vício de ler no banheiro, fui a última a saber que os granadeiros tinham entrado, que o exército tinha entrado e que estavam baixando o cacete em todo mundo que encontravam pela frente. Digamos que ouvi um ruído. Um ruído na alma! E digamos que o ruído foi crescendo, crescendo, que então prestei atenção ao que acontecia, ouvi que alguém dava a descarga numa latrina vizinha, ouvi uma porta bater, passos no corredor e o barulhão que subia dos jardins, daquele gramado tão bem cuidado que cerca a faculdade, feito um mar verde uma ilha sempre disposta às confidências e ao amor. Então a borbulha da poesia de Pedro Garfias fez *pop*, fechei o livro, levantei, dei a descarga, abri a porta, fiz um comentário em voz alta, disse *che*, que está acontecendo lá fora, mas ninguém respondeu, todas as usuárias do banheiro haviam desaparecido, eu disse *che*, não tem ninguém?, sabendo de antemão que ninguém iria responder, não sei se vocês conhecem essa sensação. Depois lavei as mãos, me olhei no espelho, vi uma figura alta, magra, loura, com algumas, já muitas, rugas no rosto, a versão feminina de dom Quixote, como me disse certa ocasião Pedro Garfias, depois saí ao corredor, e aí sim percebi imediatamente que algo estava acontecendo, o corredor estava vazio e a gritaria que subia pelas escadas era das que atordoam e fazem história. O que fiz então? O que qualquer pessoa faria: fui à janela, olhei para baixo e vi os soldados, fui a outra janela e vi tanques, a outra, no fundo do corredor, e vi furgões onde estavam metendo os estudantes e professores presos, como numa cena de filme sobre a Segunda Guerra Mundial misturada com uma de María Félix e Pedro Armendáriz sobre a Revolução Mexicana, uma tela escura mas com figurinhas fosforescentes, como dizem que vêem alguns loucos ou algumas pessoas durante um ataque de medo. Então eu disse para mim mesma: fique aqui, Auxilio. Não deixe que a levem em cana, mulher. Voltei para o banheiro e, vejam que curioso, não só voltei ao banheiro como voltei à latrina, a mesmíssima em que eu estava antes, tornei a me sentar no vaso, quero dizer: outra vez com a saia arregaçada e a calcinha abaixada, mas sem nenhuma necessidade fisiológica (dizem que precisamente em casos assim as tripas ficam soltas, mas certamente não foi o meu caso), com o livro de Pedro Garfias aberto e, embora não tivesse vontade de ler, comecei a ler, lentamente, palavra por palavra e verso por verso, e de repente ouvi um barulho no corredor, barulho de botas?, barulho de botas com biqueiras de ferro?, mas *che*, disse para mim mesma, é muita coincidência, não acha?, então ouvi uma voz que dizia algo como tudo está em ordem, pode ser que dissesse outra coisa, e alguém, talvez o mesmo cara que tinha falado, abriu a porta do banheiro, entrou, e eu levantei os pés feito uma bailarina de Renoir, a calcinha algemando minhas canelas magras, enganchada nos sapatos que eu tinha então, uns mocassins amarelos dos mais cômodos, e, enquanto esperava que o soldado revistasse as latrinas uma a uma e me dispunha, se fosse o caso, a não abrir, a defender o derradeiro reduto de autonomia da Unam, eu, uma pobre poetisa uruguaia mas que amava o México mais que tudo, enquanto esperava, eu dizia, um silêncio especial se produziu, como se o tempo se fraturasse e corresse em várias direções a uma só vez, um tempo puro, nem verbal nem composto de gestos e ações, então eu me vi e vi o soldado que se olhava extasiado no espelho, nós dois imóveis feito estátuas no banheiro das mulheres do quarto andar da Faculdade de Filosofia e Letras, e isso foi tudo, depois ouvi suas passadas indo embora, ouvi a porta se fechando, e minhas pernas erguidas, como se decidissem por si mesmas, voltaram à sua antiga posição. Devo ter permanecido assim por umas três horas, calculo. Sei que começava a anoitecer quando saí da latrina. A situação era nova, admito, mas eu sabia o que fazer. Sabia qual era o meu dever. De modo que me icei à única janela do banheiro e olhei para fora. Vi um soldado perdido ao longe. Vi a silhueta de um tanque ou a sombra de um tanque. Como o pórtico da literatura latina, como o pórtico da literatura grega. Ai, gosto tanto da literatura grega, de Píndaro a Giorgos Seferis. Senti o vento percorrer a universidade como se aproveitasse as últimas claridades do dia. E soube o que tinha que fazer. Eu soube. Soube que precisava resistir. De modo que me sentei nos ladrilhos do banheiro das mulheres e aproveitei os últimos raios de luz para ler mais três poemas de Pedro Garfias, depois fechei o livro, fechei os olhos e disse para mim: Auxilio Lacouture, cidadã do Uruguai, latino-americana, poeta e viajante, resista. Só isso. Depois comecei a pensar em coisas que a vocês talvez não interessem assim como agora penso em Arturo Belano, no jovem Arturo Belano, que conheci quando ele tinha dezesseis ou dezessete anos, em 1970, quando eu já era a mãe da jovem poesia do México, e ele um garoto que não sabia nem beber, mas que se sentia orgulhoso de que, em seu distante Chile, Salvador Allende tivesse ganhado as eleições. Eu o conheci. Eu o conheci numa ensurdecedora reunião de poetas no bar Encrucijada Veracruzana, toca ou covil atroz, em que se reunia às vezes um grupo heterogêneo de jovens e não tão jovens promessas. Fiz amizade com ele. Acho que isso ocorreu porque éramos os únicos sul-americanos em meio a tantos mexicanos. Fiz amizade com ele, apesar da diferença de idade, apesar da diferença de tudo! Expliquei-lhe quem era T. S. Eliot, quem era William Carlos Williams, quem era Pound.

Eu o levei uma vez para casa, doente, bêbado, estava abraçado a mim, pendurado em meus magros ombros, fiz amizade com sua mãe, seu pai e sua irmã tão simpática, tão simpáticos todos. A primeira coisa que disse à mãe dele foi: senhora, não fui para a cama com seu filho. E ela respondeu: claro que não, Auxilio, mas não me chame de senhora, somos quase da mesma idade. Fiz amizade com aquela família. Uma família de chilenos viajantes que havia emigrado para o México em 1968. Meu ano. Era convidada à casa da mãe de Arturo por longas temporadas, uma vez por um mês, outra vez por quinze dias, outra vez por um mês e meio. Porque na época eu não tinha dinheiro para pagar uma pensão ou uma água-furtada. Passava o dia na universidade fazendo mil coisas, de noite vivia a vida boêmia, dormia e ia dispersando meus escassos pertences pelas casas de amigas e amigos, minha roupa, meus livros, minhas revistas, minhas fotos, eu Remedios Varo, eu Leonora Carrington, eu Eunice Odio, eu Lilian Serpas (ai, pobre Lilian Serpas), e, se não fiquei louca, foi porque sempre conservei o bom humor, ria da minha saia, da minha calça cilíndrica, das minhas meias listradas, do meu corte de cabelo Príncipe Valente, cada dia menos louro e mais branco, dos meus olhos azuis que escrutavam a noite do DF, das minhas orelhas rosadas que ouviam as histórias da universidade, promoções e rebaixamentos, desprezos, adiamentos, puxações de saco, adulações, falsos méritos, camas bambas que desmontavam e tornavam a ser montadas sob o céu noturno do DF, esse céu que eu conhecia tão bem, esse céu revolto e inatingível como uma panela asteca debaixo da qual eu me movimentava feliz da vida, com todos os poetas do México e com Arturo Belano, que tinha dezesseis ou dezessete anos, que começou a crescer diante dos meus olhos e que em 1973 resolveu voltar para sua pátria e fazer a revolução. Fui a única, além de sua família, que foi se despedir dele na rodoviária, pois ele foi por terra, numa viagem longa, longuíssima, carregada de perigos, a viagem iniciática de todos os rapazes pobres latino-americanos, percorrer esse continente absurdo, e, quando Arturito Belano se aproximou da janela do ônibus para nos acenar seu adeus, não foi só sua mãe que chorou, eu também chorei, e essa noite dormi na casa da família dele, sobretudo para fazer companhia à sua mãe, mas na manhã seguinte fui embora, apesar de não ter para onde ir, salvo aos bares, cafeterias e cantinas de sempre, mesmo assim fui embora, não gosto de abusar. Quando Arturo voltou, em 1974, já era outro. Allende tinha caído, e ele havia cumprido com seu dever, assim me contou sua irmã. Arturito tinha cumprido com seu dever, e sua consciência, sua terrível consciência de machinho latino-americano, em teoria não tinha nada a se censurar. Tinha se apresentado como voluntário no dia 11 de setembro. Tinha montado guarda absurda numa rua vazia. Saíra de noite, tinha visto coisas, e dias depois havia sido preso durante uma batida policial. Não o torturaram, mas esteve preso por uns dias, e durante esses dias se comportou feito um homem. Sua consciência provavelmente estava tranqüila. No México o esperavam os amigos, a noite do DF, a vida dos poetas. Mas, quando voltou, não era mais o mesmo. Começou a sair com outros, com gente mais moça que ele, moleques de dezesseis anos, dezessete, dezoito anos, conheceu Ulises Lima (má companhia, pensei quando o vi), começou a rir de seus antigos amigos, a lhes perdoar a vida, a olhar tudo como se ele fosse Dante voltando do Inferno, que Dante que nada!, como se ele fosse o próprio Virgílio, um rapaz tão sensível, começou a fumar marijuana, vulgo *mota*, e a transar substâncias que prefiro nem imaginar. Mas, como quer que seja, no fundo, eu sei, continuava sendo tão simpático quanto antes. Assim, quando nos encontrávamos por acaso, porque já não saíamos com as mesmas pessoas, ele me dizia e aí Auxilio, ou me gritava Socorro, Socorro!, Socorro!!, da calçada em frente à avenida Bucareli, pulando feito um macaco, com um taco na mão ou um pedaço de pizza na mão, sempre em companhia dessa tal Laura Jáuregui, que era muito bonita, mas tinha o coração mais negro que uma viúva-negra, de Ulises Lima e daquele outro chileninho, Felipe Müller, às vezes eu até me animava e me juntava ao grupo, mas eles falavam em *glíglico*,* de modo que era difícil acompanhar os meandros e avatares de uma conversa, o que finalmente me levava a seguir meu caminho. Mas ninguém imagine que riam de mim! Eles me ouviam! Mas eu não falava *glíglico*, e os pobres meninos eram incapazes de abandonar sua gíria. Os pobres meninos abandonados. Porque a situação era a seguinte: ninguém gostava deles. Ou ninguém os levava a sério. Ou às vezes a gente tinha a impressão de que eles se levavam a sério demais. Um dia me disseram: Arturito Belano foi embora do México. E acrescentaram: esperemos que não volte. Isso me deu uma raiva danada, porque

---

* Linguagem inventada por Horácio e Maga, personagens de O *jogo da amarelinha*, de Julio Cortázar. (N. T.)

eu sempre gostei dele, e acho que provavelmente devo ter insultado a pessoa que me disse isso (pelo menos mentalmente), mas antes tive o sangue-frio de perguntar para onde ele tinha ido. Não souberam me dizer: Austrália, Europa, Canadá, um lugar desses. Fiquei pensando nele, na mãe dele, tão generosa, na sua irmã, nas tardes em que fazíamos empanadas na casa deles, na vez em que fizera a massa do macarrão e, para que ele secasse, penduramos o macarrão por todas as partes, na cozinha, na sala de jantar, no pequeno living que tinham na rua Abraham González. Não consigo esquecer nada, dizem que é esse o meu problema. Sou a mãe dos poetas do México. Sou a única que se agüentou na universidade em 1968, quando os granadeiros e o exército entraram. Fiquei sozinha na faculdade, trancada numa latrina, sem comer por mais de dez dias, por mais de quinze dias, não lembro mais. Fiquei com um livro de Pedro Garfias e minha bolsa, vestida com uma blusinha branca e uma saia plissada azul-clara, e tive tempo de sobra para pensar e pensar. Mas não pude pensar em Arturo Belano, porque ainda não o conhecia. Eu me disse: Auxilio Lacouture, resista, se você sair vão prender você (e provavelmente vão deportá-la para Montevidéu, porque, evidentemente, você não está com a documentação em ordem, sua boba), vão cuspir em você, vão espancá-la. Decidi resistir. Resistir à fome e à solidão. Dormi as primeiras horas sentadas na latrina, a mesma que havia ocupado quando tudo começou e que em meu desamparo achava que me dava sorte, mas dormir sentada num trono é muito incômodo, de modo que acabei encolhida nos ladrilhos. Tive sonhos, não pesadelos, sonhos musicais, sonhos de perguntas transparentes, sonhos de aviões esbeltos e seguros que cruzavam a América Latina de ponta a ponta num brilhante e frio céu azul. Acordei congelada e com uma fome dos diabos. Espiei pela janela, pela ventilação dos lavatórios, e vi a manhã de um novo dia em peças do campus, como as peças de um puzzle. Dediquei aquela primeira hora da manhã a chorar e a dar graças aos anjos do céu por não terem cortado a água. Não adoeça, Auxilio, disse a mim mesma, beba toda água que quiser, mas não adoeça. E me deixei cair no chão, com as costas apoiadas à parede, então abri outra vez o livro de Pedro Garfias. Meus olhos se fecharam. Devo ter adormecido. Depois ouvi passos e me escondi na minha latrina (essa latrina é o cubículo que eu nunca tive, essa latrina foi minha trincheira e meu palácio do Duíno, minha epifania do México). Depois li Pedro Garfias. Depois adormeci. Depois fui olhar pela janelinha do banheiro, vi nuvens altíssimas e pensei nos quadros do Dr. Atl e na região mais transparente. Depois fiquei pensando em coisas lindas. Quantos versos sabia de cor? Comecei a recitar, a murmurar os que eu recordava e teria gostado de poder anotá-los; entretanto, embora tivesse uma Bic, não tinha papel. Depois pensei: boba, você tem o melhor papel do mundo à sua disposição. Cortei então papel higiênico e comecei a escrever. Depois dormi e sonhei, ai que engraçado, com Juana de Ibarbourou, sonhei com seu livro *La rosa de los vientos*, de 1930, e também com seu primeiro livro, *Las lenguas de diamante*, que título lindo, lindíssimo, quase como se fosse um livro de vanguarda, um livro francês escrito ano passado, mas Juana de América o publicou em 1919, isto é, aos vinte e sete anos, que mulher mais interessante devia ser na época, com todo mundo à sua disposição, com todos aqueles cavalheiros dispostos a executar elegantemente suas ordens (cavalheiros que não existem mais, embora Juana ainda exista), com todos aqueles poetas modernistas dispostos a morrer pela poesia, com tantos olhares, com tantos galanteios, com tanto amor. Depois acordei. Pensei: sou a recordação. Foi o que pensei. Depois voltei a dormir. Depois acordei e durante horas, dias talvez, chorei pelo tempo perdido, por minha infância em Montevidéu, por rostos que ainda me perturbam (que hoje até me perturbam mais que antes) e sobre os quais prefiro não falar. Então perdi a conta de há quantos dias estava trancada. Da minha janelinha eu via passarinhos, árvores ou galhos que se estendiam de lugares invisíveis, arbustos, relva, nuvens, paredes, mas não via gente nem ouvia ruídos, e perdi a conta do tempo que estava trancada. Depois comi papel higiênico, talvez me lembrando de Carlitos, mas só um pedacinho, não tive estômago para comer mais. Depois descobri que não estava mais com fome. Em seguida peguei o papel higiênico em que havia escrito, joguei tudo na latrina e dei a descarga. O barulho da água me fez dar um pulo, então pensei que estava perdida. Pensei: apesar de toda minha astúcia e de todos os meus sacrifícios, estou perdida. Pensei: que ato poético destruir meus escritos. Pensei: melhor teria sido comê-los, agora estou perdida. Pensei: a vaidade da escrita, a vaidade da destruição. Pensei: porque escrevi, resisti. Pensei: porque destruí o escrito vão me descobrir, vão me pegar, vão me violentar, vão me matar. Pensei: ambos os fatos estão relacionados, escrever e destruir, se esconder e ser descoberta. Depois me sentei no trono e fechei os olhos. Depois adormeci. Depois acordei. Estava com cãibras no corpo todo. Me movimentei lentamente pelo banheiro, me olhei no espelho, me penteei, lavei o rosto. Ai, com que cara horrível eu estava. Como a de agora, imaginem só. Depois ouvi vozes. Acho que fazia muito tempo que eu não ouvia nada. Eu me sentia como Robinson Crusoé ao descobrir as pegadas na areia. Mas minha pegada era uma voz e uma porta que batia de repente, minha pegada era uma avalanche de bolinhas de gude atiradas inesperadamente no corredor. Depois Lupita, a secretária do professor Fombona, abriu a porta e ficamos nos encarando, as duas com a boca aberta mas sem poder articular nenhuma palavra. De emoção, creio, desmaiei. Quando voltei a abrir os olhos, percebi que estava instalada no escritório do professor Rius (como Rius era bonito e corajoso!), entre amigos e rostos conhecidos, entre gente da universidade e não entre soldados, e isso me pareceu tão maravilhoso que eu comecei a chorar, incapaz de formular um relato coerente de minha história, apesar da insistência de Rius, que parecia ao mesmo tempo escandalizado e grato pelo que eu tinha feito. E isso é tudo, amiguinhos. A lenda se espalhou ao vento do DF e ao vento de 68. Fundiu-se com os mortos e com os sobreviventes, e agora todo mundo sabe que uma mulher permaneceu na universidade quando foi violada a autonomia naquele ano bonito e aziago. Ouvi muitas vezes a história, contada por outros, na qual aquela mulher que ficou quinze dias sem comer, trancada num banheiro, é uma estudante da Faculdade de Medicina ou uma secretária da Torre da Reitoria, e não uma uruguaia sem documentos, sem trabalho, sem casa onde descansar. Às vezes nem é uma mulher, mas um homem, um estudante maoísta ou um professor com problemas gastrointestinais. E, quando ouço essas histórias, essas versões da minha história, geralmente (sobretudo se não estou de porre) não digo nada. E, se estou de porre, não dou importância ao caso! Isso não é importante, digo a eles, isso é folclore universitário, isso é folclore do DF, então eles olham para mim e dizem: Auxilio, você é a mãe da poesia mexicana. E eu respondo (se estou de porre, grito) que não, que não sou mãe de ninguém, mas que, isso sim, conheço todos, todos os jovens poetas do DF, os que nasceram aqui, os que chegaram das províncias, os que a maré trouxe de outros lugares da América Latina, e amo todos eles.

5.

Amadeo Salvatierra, rua República de Venezuela, perto do Palácio da Inquisição, México, DF, janeiro de 1976. Então eu disse a eles: bem, rapazes, o que vamos fazer se o mescal acabar? Eles responderam: descemos para comprar outra garrafa, senhor Salvatierra, Amadeo, não se preocupe. E com essa segurança, caberia dizer, com essa esperança, tomei um bom gole, até esvaziar o copo, que bom mescal se fazia antes nestas terras, sim senhor, depois me levantei e me aproximei da minha biblioteca, me aproximei da poeira da minha biblioteca, quanto tempo fazia que não limpava um pouco aquelas estantes! Mas não porque não gostasse mais dos livros, não pensem uma coisa dessas, e sim porque a vida deixa a gente meio alquebrado, anestesia a gente (quase sem a gente perceber, senhores), e alguns, o que não é meu caso, ela até hipnotiza ou lhes desperta o hemisfério esquerdo do cérebro, o que é uma forma figurada de expor o problema da memória, se bem me explico. Os rapazes também se levantaram, eu senti a respiração deles na nuca, figuradamente está claro, e então, sem me virar, perguntei se Germán ou Arqueles ou Manuel lhes havia contado em que eu trabalhava, como ganhava diariamente meus pesos. Eles responderam não, Amadeo, sobre isso não nos contaram nada. Então eu lhes disse, todo cheio de mim, que escrevia, acho que ri ou que tossi por uns bons segundos, ganho a vida escrevendo, rapazes, disse a eles, neste país de merda, Octavio Paz e eu somos os únicos que ganhamos a vida dessa maneira. E eles, evidentemente, guardaram um silêncio comovente, se me permitem a expressão. Um silêncio como os que as pessoas diziam que Gilberto Owen guardava. Então eu lhes disse, sempre de costas para eles, sempre mantendo meu olhar nas lombadas dos meus livros: trabalho aqui ao lado, na praça Santo Domingo, escrevo petições, requerimentos e cartas, e me virei rindo, e a poeira dos livros saiu expulsa pela força do meu riso, então pude ver melhor os títulos, os autores, os maços em que guardava os materiais inéditos de minha época. Eles também riram um riso breve, que roçou minha nuca, ai que rapazes discretos, até que por fim consegui dar com a pasta que procurava. Cá está, disse, minha vida e, de passagem, a única coisa que resta da vida de Cesárea Tinajero. Eles, em vez de se atirarem alvoroçados sobre a pasta para remexer os papéis, eis o curioso, senhores, eles se mantiveram impassíveis e me perguntaram se eu escrevia cartas de amor. Há de tudo, rapazes, respondi, deixando a pasta no chão e tornando a encher meu copo com o mescal Los Suicidas, cartas de mães para filhos, cartas de filhos para pais, cartas de esposas para maridos presos e cartas de namorados, claro, que são as melhores, pela inocência, eu disse, ou pelo ardor, vai tudo misturado como na farmácia, e às vezes o escriba põe alguma coisa da sua lavra. Ah, que profissão mais linda, disseram. Depois de trinta anos nos pórticos de Santo Domingo já não é tanto assim, eu disse enquanto abria a pasta e começava a fuçar entre os papéis, em busca do único exemplar que tinha de *Caborca*, a revista que, com tanto sigilo e tanta ilusão, Cesárea havia dirigido.

Joaquín Font, Casa de Saúde Mental El Reposo, Camino del Desierto de los Leones, nos arredores de México, DF, janeiro de 1977. Há uma literatura para quando se está aborrecido. Abunda. Há uma literatura para quando se está calmo. Esta é a melhor literatura, acho. Também há uma literatura para quando se está triste. E há uma literatura para quando se está alegre. Há uma literatura para quando se está ávido de conhecimento. E há uma literatura para quando se está desesperado. Foi esta última que Ulises Lima e Belano quiseram fazer. Grave erro, como se observará a seguir. Tomemos, por exemplo, um leitor médio, um tipo tranqüilo, culto, de vida mais ou menos sadia, maduro. Um homem que compra livros e revistas de literatura. Bem, aí está. Esse homem pode ler aquilo que se escreve para quando se está sereno, para quando se está calmo, mas também pode ler qualquer outra classe de literatura, com olhar crítico, sem cumplicidades absurdas ou lamentáveis, com desapaixonamento. É o que eu acho. Não quero ofender ninguém. Agora pensemos no leitor desesperado, aquele a quem presumivelmente é dirigida a literatura dos desesperados. Quem é ele? Primeiro: é um leitor adolescente ou um adulto imaturo, acovardado, com os nervos à flor da pele. É o típico babaca (perdoem a expressão) que se suicidaria depois de ler *Werther*. Segundo: é um leitor limitado. Por que limitado? Elementar, porque só pode ler literatura desesperada ou para desesperados, dá na mesma, um tipo ou um energúmeno incapaz de ler de uma tacada *Em busca do tempo perdido*, por exemplo, ou *A montanha mágica* (em minha modesta opinião, um paradigma da literatura tranqüila, serena, completa) ou, já que aqui estamos, *Os miseráveis* ou *Guerra e paz*. Acho que fui claro, não? Bem, fui claro. Foi assim que falei com eles, que lhes disse, que os avisei, que os deixei de sobreaviso contra os perigos com que se defrontavam. Foi o mesmo que falar com uma pedra. E mais: os leitores desesperados são como as minas de ouro da Califórnia. Mais cedo do que se espera eles se esgotam! Por quê? É evidente! Não se pode viver desesperado a vida inteira, o corpo acaba se dobrando, a dor acaba se tornando insuportável, a lucidez se esvai em grandes jorros frios. O leitor desesperado (mais ainda o leitor de poesia desesperado, esse é insuportável, acreditem) acaba se desinteressando dos livros, acaba irremediavelmente se transformando em desesperado puro e simples. Ou se cura! E então, como parte de seu processo de regeneração, volta lentamente, como entre algodões, como debaixo de uma chuva de pílulas tranqüilizantes dissolvidas, volta, eu dizia, a uma literatura escrita para leitores serenos, repousados, com a mente bem centrada. A isso se chama (e se ninguém chama assim, *eu* chamo assim) a passagem da adolescência à idade adulta. E, com isto, não pretendo dizer que, ao se transformar num leitor tranqüilo, um sujeito não lê mais livros escritos para desesperados. Claro que lê! Principalmente se são bons ou passáveis, ou se um amigo os recomendou. Mas no fundo eles o aborrecem! No fundo literatura amarga, cheia de armas brancas e de Messias enforcados, não consegue penetrá-lo até o coração, como consegue, esta sim, uma página serena, uma página meditada, uma página tecnicamente perfeita! Disse isso a eles. Eu os avisei. Mostrei a página tecnicamente perfeita. Eu os avisei dos perigos. Não esgotar um filão! Humildade! Buscar e se perder em terras desconhecidas! Mas em grupo, com migalhas de pão ou pedrinhas brancas! Só que eu estava louco, estava louco por causa das minhas filhas, por causa deles, por causa de Laura Damián, e não me deram atenção.

Joaquín Vázquez Amaral, caminhando pelo campus de uma universidade do Meio Oeste americano, fevereiro de 1977. Não, não, não, claro que não. Esse rapaz, Belano, era uma pessoa amabilíssima, muito culto, nada agressivo. Quando estive no México, em 1975, para a apresentação em sociedade, se assim se pode dizer, de minha tradução dos *Cantares*, de Ezra Pound, publicado numa bonita edição, certamente, por Joaquín Mortiz, livro que em qualquer país europeu teria atraído muito mais gente, ele e seus amigos compareceram e, o que é importante, ficaram conversando comigo, ficaram me fazendo companhia (um estrangeiro, uma cidade de certa maneira desconhecida, isso sempre se agradece), e fomos a um bar, não lembro mais a que bar, provavelmente no centro, nas proximidades da Belas-Artes, e ficamos falando de Pound até altas horas. Quer dizer, não vi caras conhecidas na apresentação, não vi caras ilustres da poesia mexicana (se havia algumas, lamento dizer, não as reconheci), só vi esses jovens sonhadores e enérgicos, não é? E isso um estrangeiro agradece.

    De que falamos? Do mestre, claro, dos dias em Saint Elizabeth, do estudioso Fenollosa e da poesia da dinastia Han e da dinastia Sui, de Liu Hsiang, de Tung Chung-shu, de Wang Pi, de Tao Chien (Tao Yuan-ming, 365-427), da poesia da dinastia Tang, de Han Yu (768-824), de Meng Hao-jan (689-740), de Wang Wei (699-759), de Li Po (701-762), de Tu Fu (712-770), de Po Chu-i (772-846), da dinastia Ming, da dinastia Qing, de Mao Tsé-tung, enfim, de coisas do mestre Pound, que, no fundo, nenhum de nós conhecia, nem mesmo o mestre, porque a literatura que ele conhecia de verdade era a européia, mas que demonstração de força, que curiosidade magnífica a de Pound quando garimpa nessa língua enigmática, não? Que fé na humanidade, não é verdade? Falamos também de poetas provençais, os de sempre, já se sabe, Arnaut Daniel, Bertran de Born, Guiraut de Bornelh, Jaufré Rudel, Guillem de Berguedà, Marcabru, Bernart de Ventadorn, Raimbaut de Vaqueiras, Le Chatelain de Coucy, o enorme Chrétien de Troyes, falamos também dos italianos do Dolce Stil Nuovo, os amiguinhos de Dante, digamos assim, Cino da Pistoia, Guido Cavalcanti, Guido Guinizelli, Cecco Angiolieri, Gianni Alfani, Dino Frescobaldi, mas acima de tudo falamos do mestre, de Pound na Inglaterra, de Pound em Paris, de Pound em Rapallo, de Pound prisioneiro, de Pound em Saint Elizabeth, de Pound de volta à Itália, de Pound no umbral da morte...

E depois, o que aconteceu? O de sempre. Pedimos a conta. Insistiram para que eu não colaborasse com nenhum tostão, mas eu recusei a oferta rotundamente, também fui jovem e sei que nessa idade, pior ainda em se tratando de poetas, o dinheiro não abunda, de modo que botei meu dinheiro na mesa, o bastante para pagar toda consumação (éramos uns dez, o jovem Belano, oito amigos dele, entre os quais duas moças muito bonitas, cujo nome infelizmente esqueci, e eu), mas eles, e isso foi, talvez, pensando agora no caso, a única coisa curiosa naquela noite, pegaram o dinheiro, me devolveram e eu o botei de novo na mesa, eles de novo o devolveram, então eu disse a eles rapazes, quando vou tomar uns goles ou uns refrigerantes (he he) com meus alunos, nunca deixo que paguem, fiz essa declaração com muito carinho (adoro meus alunos, e eles, presumo, correspondem), mas eles replicaram: nem pensar, mestre, só isso: nem pensar, mestre, e nesse momento, enquanto eu decodificava essa frase, se me permitem, tão polissêmica, observei seus rostos, sete rapazes e duas moças belíssimas, e pensei: não, eles nunca seriam meus alunos, não sei por que pensei assim, na realidade tinham sido tão corretos, tão simpáticos, mas o fato é que pensei.

Guardei o dinheiro em minha carteira, um deles pagou a conta e depois saímos à rua, fazia uma noite agradabilíssima, sem o sufoco dos carros e das multidões diurnas, andamos um pouco na direção do meu hotel, quase como se caminhássemos à deriva, tanto que estávamos nos afastando do rumo, e à medida que avançávamos (mas para onde?), alguns dos rapazes foram se despedindo, apertavam minha mão e se iam (de seus colegas se despediam de outra maneira, ou assim me pareceu), pouco a pouco o grupo foi se tornando menos numeroso, e continuávamos falando, falávamos, falávamos ou, pensando bem agora, talvez não falássemos tanto assim, eu retificaria e diria que pensávamos, pensávamos, mas não creio, àquelas horas ninguém pensa muito, o corpo pede descanso. Chegou um momento em que só éramos cinco andando sem rumo pelas ruas da Cidade do México, quem sabe no mais completo silêncio, num silêncio poundiano, se bem que o mestre seja o mais distante possível do silêncio, não é verdade? Suas palavras são as palavras da tribo, que não param de indagar, de investigar, de relatar todas as histórias. Apesar de essas palavras estarem circundadas pelo silêncio, minuto a minuto erodidas pelo silêncio, não é verdade? E então decidi que já estava na hora de dormir, parei um táxi e lhes dei adeus.

Lisandro Morales, rua Comercio, em frente do jardim Morelos, Escandón, México, DF, março de 1977. Foi o romancista equatoriano Vargas Pardo, um homem que está por fora de tudo e que trabalhava como revisor em minha editora, que me apresentou o mencionado Arturo Belano. O mesmo Vargas Pardo tinha me convencido, um ano antes, de que poderia ser rentável a editora financiar uma revista para a qual colaborariam as melhores penas do México e da América Latina. Dei ouvidos a ele e a publiquei. Deram-me o cargo de diretor honorário, e Vargas Pardo e alguns de seus amigos se atribuíram o conselho de redação.

O projeto, pelo menos tal como me venderam, era de que a revista apoiaria os livros da editora. Esse era o principal objetivo. O segundo objetivo era fazer uma *boa* revista de literatura, que desse prestígio à editora, tanto por seu conteúdo como por seus colaboradores. Falaram de Julio Cortázar, de García Márquez, de Carlos Fuentes, de Vargas Llosa, das primeiras figuras da literatura latino-americana. Eu, sempre prudente, para não dizer cético, disse a eles que me conformava com Ibargüengoitia, Monterroso, José Emilio Pacheco, Monsiváis, Elenita Poniatowska. Eles disseram que é claro, evidentemente, que logo todos iriam fazer o impossível para publicar em nossa revista. Tudo bem, que façam, eu disse, façamos um bom trabalho, mas não se esqueçam do primeiro objetivo. Reforçar a editora. Eles disseram que isso não era nenhum problema, que a editora estaria refletida em cada página, ou a cada duas páginas, e que além disso a revista não demoraria a dar lucro. E eu disse: senhores, o destino está em suas mãos. No primeiro número, como é fácil verificar, não apareceu nem Cortázar, nem García Márquez, nem mesmo José Emilio Pacheco, mas contamos com um ensaio de Monsiváis, o que, de alguma maneira, salvava a revista; o resto das colaborações era de Vargas Pardo, um ensaio de um romancista argentino exilado no México, amigo de Vargas Pardo, as sinopses de dois romances que publicaríamos em breve, um conto de um compatriota esquecido de Vargas Pardo e poesia, poesia demais. Na seção de resenhas, pelo menos, não tive nada a objetar, a atenção recaía majoritariamente em nossas novidades, em termos elogiosíssimos.

Lembro que falei com Vargas Pardo depois de ler a revista e lhe disse: acho que tem poesia demais, e poesia não vende. Nunca vou me esquecer da resposta dele: como não vende, dom Lisandro, disse, olhe só Octavio Paz e a revista dele. Bem, Vargas, eu lhe disse, mas Octavio é Octavio, nem todos podem se permitir os mesmos luxos. Não disse a ele, é claro, que não lia a revista de Octavio havia séculos, nem corrigi o epíteto *luxo* com que havia ornado, não o fazer poético, mas sua trabalhosa publicação, pois no fundo não creio que seja um luxo publicar poesia, mas sim uma soberana estupidez. A coisa ficou por aí, de qualquer maneira, e Vargas Pardo pôde publicar o segundo e o terceiro número, depois o quarto e o quinto. Às vezes chegavam a mim rumores de que nossa revista estava se tornando agressiva demais. Creio que a culpa de tudo isso era de Vargas Pardo, que a utilizava como arma de arremesso contra quem quer que o houvesse desprezado ao chegar ao México, como veículo ad hoc para ajustar algumas contas pendentes (como alguns escritores são rancorosos e vaidosos!), e, verdade seja dita, eu não me preocupava muito com isso. É bom que uma revista gere polêmica, isso quer dizer que ela vende, e para mim era um milagre que uma revista com tanta poesia vendesse. Às vezes eu me perguntava por que o pilantra do Vargas Pardo se interessava tanto por poesia. Ele, segundo me consta, não era poeta, mas prosador. De onde, portanto, vinha seu interesse pela lírica?

Confesso que, por algum tempo, andei especulando a esse respeito. Cheguei a pensar que ele era veado, podia ser, era casado (com uma mexicana, claro), mas podia ser, mesmo assim. Que tipo de veado? Um veado platônico e lírico, que se contentava, digamos, com o plano puramente literário ou tinha um caso com um dos poetas que publicava na revista? Não sei. Cada qual com sua vida. Não tenho nada contra os veados. Mas, verdade seja dita, cada dia tem mais veado por aí. Nos anos 40, a literatura mexicana havia atingido seu zênite no que se refere a veados, e achei que aquele teto era intransponível. Mas hoje abundam mais que nunca. Suponho que a culpa seja toda da educação pública, da inclinação cada vez mais comum nos mexicanos para o exibicionismo, talvez seja do cinema, da música, vá saber. O próprio Salvador Novo me disse uma vez que se espantava com os modos e o linguajar de certos jovens que iam visitá-lo. E Salvador Novo sabia do que estava falando.

Foi assim que conheci Arturo Belano. Uma tarde Vargas Pardo me falou dele, que preparava um livro fantástico (foi a palavra que empregou), a antologia definitiva da jovem poesia latino-americana e que andava à procura de um editor. E quem é esse Belano?, perguntei. Escreve resenhas para nossa revista, Vargas Pardo disse. Esses poetas, falei e fiquei observando dissimuladamente a reação dele, são como cafetões, desesperados atrás de uma mulher para fazer negócio com ela, mas Vargas Pardo suportou bem minha farpa e disse que o livro era muito bom, um livro que, se nós não publicássemos (ah, que maneira de empregar o plural), qualquer outra editora publicaria. Fiquei olhando dissimuladamente para ele outra vez e respondi: traga-o aqui, marque um encontro com ele e veremos o que se pode fazer.

Dois dias depois Arturo Belano apareceu na editora. Vestia um casaco de mescla e calça jeans. O casaco tinha umas esgarçaduras por remendar nos braços e do lado esquerdo, como se alguém tivesse brincado de lhe dar umas flechadas ou umas lançadas. A calça, bem, se ele a tirasse, provavelmente seria capaz de ficar de pé sozinha. Calçava um par de tênis que dava medo só de olhar. Tinha cabelo comprido, até os ombros, e seguramente fora magro a vida toda, mas agora parecia mais. Parecia que estava havia dias sem dormir. Nossa, pensei, que desastre. Pelo menos dava a impressão de que tinha tomado banho naquela manhã. Eu lhe disse então: vamos ver, senhor Belano, a antologia que o senhor organizou. E ele: já a passei a Vargas Pardo. Começou mal, pensei.

Pelo telefone, pedi à secretária que dissesse a Vargas Pardo para vir à minha sala. Por alguns segundos nenhum de nós dois abriu a boca. Raios, se Vargas Pardo demorar mais um pouco para aparecer, o jovem poeta vai dormir na minha frente. Aquele ali, sim, não tinha nada de veado. Para matar o tempo, eu lhe expliquei que livros de poesia, como se sabe, são muito publicados mas vendem pouco. Pois é, ele disse, publica-se muito. Meu Deus, parecia um zumbi. Por um instante me perguntei se não estaria drogado, mas como saber? Bem, perguntei, foi muito trabalhoso fazer a antologia da poesia latino-americana? Não, ele disse, somos todos amigos. Que cara! Ah, falei, então não haverá problemas de direitos autorais, o senhor tem as autorizações. Ele riu. Quer dizer, vou explicar, torceu a boca ou curvou os lábios ou mostrou uns dentes amarelados e emitiu um som. Juro que a risada dele me deixou arrepiado. Como explicar? Como uma risada vinda do além-túmulo? Como essas risadas que às vezes a gente escuta quando anda pelo corredor deserto de um hospital? Algo assim. E depois, depois da risada, parecia que iríamos voltar a mergulhar no silêncio, esses silêncios embaraçosos entre pessoas que acabam de se conhecer, ou entre um editor e um zumbi, no caso dava no mesmo, mas a última coisa que eu queria era ser apanhado de novo naquele silêncio, de modo que continuei falando, falei do país de origem dele, o Chile, de minha revista, em que ele havia publicado algumas resenhas literárias, de como às vezes era difícil se livrar de um estoque de livros de poesia. E nada de Vargas Pardo aparecer (provavelmente estava pendurado no telefone, conversando fiado com outro poeta!). E então, bem, então, tive uma espécie de iluminação. Ou de pressentimento. Soube que era melhor não publicar essa antologia. Soube que era melhor não publicar *nada* desse poeta. Vargas Pardo e suas idéias geniais que fossem à merda. Se havia outras editoras interessadas, elas que publicassem, eu não, eu soube, naquele segundo de lucidez, que publicar um livro daquele sujeito iria me dar azar, que ter aquele sujeito sentado na minha frente na minha sala, olhando para mim com aqueles olhos vazios, a ponto de dormir, iria me dar azar, que provavelmente o azar já estava pairando sobre o teto de minha editora, como um corvo pestilento ou como um avião das Aerolíneas Mexicanas destinado a se estatelar contra o edifício em que ficava minha editora.

Então apareceu o Vargas Pardo brandindo o manuscrito dos poetas latino-americanos, e eu acordei dos meus devaneios, mas muito lentamente, a princípio nem pude ouvir direito o que Vargas Pardo dizia, só ouvia sua risada e seu vozeirão, feliz da vida, como se trabalhar para mim fosse a melhor coisa que lhe havia acontecido na vida, férias remuneradas no DF, e lembro que eu estava tão aturdido que me levantei e lhe apertei a mão, a mão de Vargas Pardo, por Deus, apertei a mão desse pilantra como se ele fosse o chefe ou o diretor-geral, e eu um empregadinho de merda, também me lembro que olhei para Arturo Belano, que este não se levantou da cadeira quando o equatoriano chegou, mais ainda, não só não se levantou, como nem sequer fez caso de nós, nem olhou para nós, caramba, vi sua nuca cheia de cabelos e por um segundo pensei que aquilo que eu via não era uma pessoa, não era um ser humano de carne e osso, com sangue nas veias feito você ou eu, e sim um espantalho, um envoltório de roupas esfarrapadas sobre um corpo de palha e de plástico, ou algo do gênero. Ouvi então Vargas Pardo dizer já está tudo pronto, Lisandro, agorinha mesmo Martita vem para cá com o contrato. Que contrato?, balbuciei. Com o contrato do livro de Belano, ora, Vargas Pardo disse.

Eu me sentei outra vez e disse espere aí, espere aí, que história é essa de contrato? É que Belano vai embora depois de amanhã, Vargas Pardo disse, precisamos deixar isso solucionado. Vai embora para onde?, perguntei. Para a Europa, ora, Vargas Pardo disse, provar boceta escandinava (a falta de educação, para Vargas Pardo, é sinônimo de franqueza e até de honestidade). Para a Suécia?, indaguei. Mais ou menos, Vargas Pardo respondeu, para a Suécia, para a Dinamarca, passar frio por lá. E não podemos mandar o contrato pelo correio?, sugeri. Não, Lisandro, ora, ele vai para a Europa sem endereço fixo e quer isso acertado. E o pilantra do Vargas Pardo piscou o olho para mim, aproximou seu rosto do meu (até pensei que aquele puto enrustido fosse me dar um beijo!), mas eu não pude, não soube dar um pulo para trás, e só o que Vargas Pardo queria era me falar no ouvido, sussurrar umas palavras de cumplicidade. O que ele me disse foi que não era preciso pagar nenhum adiantamento, que assinasse, que assinasse logo, senão vai que ele dá para trás e entrega o livro à concorrência. Eu gostaria de ter respondido a ele: estou cagando para que entregue o livro à concorrência, tomara que dê mesmo, assim eles quebram antes de mim, mas, em vez de lhe dizer isso, só tive forças para perguntar num fio de voz: este cara está drogado, é? Vargas Pardo deu uma gargalhada estrondosa e tornou a me segregar: mais ou menos, Lisandro, mais ou menos, bem, nunca dá para saber essas coisas, mas o importante é o livro, e ele está aqui, de modo que não vamos mais prorrogar a assinatura do contrato. Mas será prudente...?, consegui segregar por minha vez. Então Vargas Pardo afastou seu rosto do meu e me respondeu com a voz de sempre, com o retumbante vozeirão amazônico, conforme ele mesmo, numa inconcebível ostentação de narcisismo, definia sua voz. Claro, claro, falou. Depois se aproximou do poeta e lhe deu uns tapinhas nas costas, como vai, Belano, disse, e o jovem chileno olhou para ele, depois para mim, e um sorriso de idiota lhe iluminou o rosto. Um sorriso de debilóide, um sorriso de lobotomizado, Deus do céu. E então Martita, minha secretária, entrou na sala, pôs em cima da mesa as duas cópias do contrato, e Vargas Pardo procurou uma esferográfica para que Belano assinasse, ande, uma assinaturazinha, é que não tenho esferográfica, Belano disse, uma caneta-tinteiro para o poeta, Vargas Pardo disse. Como se houvessem combinado, todas as esferográficas tinham desaparecido de minha sala. Claro, eu tinha um par delas no bolso interno do paletó, mas não quis pegá-las. Se não há assinatura, não há contrato, pensei. Mas Martita procurou entre os papéis de minha mesa e achou uma. Belano assinou. Eu assinei. Agora um aperto de mãos e negócio fechado, Vargas Pardo disse. Apertei a mão do chileno. Observei seu rosto. Sorria. Estava caindo de sono e sorria. Onde é que eu tinha visto aquele sorriso antes? Olhei para Vargas Pardo como se perguntasse onde havia visto antes aquele maldito sorriso. O sorriso inerme por excelência, o sorriso que leva todos nós para o inferno. Mas Vargas Pardo já estava se despedindo do chileno. Dava-lhe conselhos para quando estivesse na Europa! A bichona recordava seus anos juvenis, quando estivera na marinha mercante! Até Martita ria das piadinhas dele! Compreendi que não havia mais o que fazer. O livro seria publicado.

    E eu, que sempre fui um editor corajoso, aceitei esse sinal de vergonha em minha própria testa.

Laura Jáuregui, Tlalpan, México, DF, março de 1977. Antes de partir ele veio me ver. Provavelmente eram umas sete da noite. Eu estava sozinha, minha mãe tinha saído. Arturo me disse que iria embora e não voltaria mais. Eu disse que lhe desejava boa sorte, mas nem perguntei para onde ia. Acho que ele perguntou sobre meus estudos, como eu estava me saindo na universidade, em biologia. Respondi que muito bem. Ele me contou: estive no norte do México, em Sonora, acho que no Arizona também, mas a verdade é que não sei. Ele contou e riu. Um riso curto e seco, um riso de coelho. Sim, parecia drogado, mas não me consta que se drogasse. Ulises Lima sim, este consumia qualquer coisa, e no entanto, é curioso, mal dava para perceber, você nunca tinha como dizer se Ulises estava drogado ou não. Mas Arturo era bem diferente, ele não se drogava, se eu não souber disso, quem mais vai saber. Depois tornou a me dizer que ia embora. E, antes que ele continuasse, eu lhe disse que achava bárbaro, não há nada como viajar e conhecer o mundo, cidades diferentes e céus diferentes, e ele me respondeu que o céu era igual em toda parte, as cidades mudavam mas o céu era o mesmo, e eu lhe disse que não era verdade, que eu achava que não era verdade e que, por sinal, ele mesmo tinha um poema em que falava dos céus pintados pelo Dr. Atl, diferentes de outros céus da pintura, do planeta ou algo assim. A verdade é que eu já não tinha vontade de discutir. No início tinha fingido que seus projetos me interessavam, sua conversa, tudo que tivesse a me dizer, mas depois descobri que, na *realidade*, não me interessava, que tudo o que tinha a ver com ele me chateava sobremaneira, que o que eu queria mesmo é que ele fosse embora e me deixasse estudar sossegada, naquela tarde eu tinha muito que estudar. Ele disse então que achava triste viajar e conhecer o mundo sem mim, que sempre tinha pensado que eu iria com ele a toda parte, e falou de países como Líbia, Etiópia, Zaire, e sobre cidades como Barcelona, Florença, Avignon, e então não pude deixar de lhe perguntar o que aqueles países tinham a ver com aquelas cidades, e ele respondeu: tudo, têm a ver em tudo; e eu lhe disse que, quando fosse bióloga, teria tempo e, ainda por cima, dinheiro, já que não pensava dar a volta ao mundo de carona nem dormindo em qualquer lugar, para ver aquelas cidades e aqueles países. Ele então disse: não penso *vê-los*, penso viver neles, assim como vivi no México. E eu disse a ele: então vá, seja feliz, viva neles e morra neles se quiser, vou viajar quando tiver dinheiro. Aí você não vai ter tempo, ele disse. Tempo é que não vai faltar, eu disse, ao contrário, serei dona do meu tempo, farei com meu tempo o que me der na telha. E ele: você já não vai ser jovem. Disse isso quase a ponto de chorar, e ao vê-lo assim, tão amargurado, senti coragem e gritei com ele: o que você tem a ver com o que eu faço da minha vida, com minhas viagens ou com minha juventude? Ele olhou para mim e se deixou cair numa cadeira, como se de repente se desse conta de que estava morrendo de cansaço. Murmurou que me amava, que nunca iria me esquecer. Depois se levantou (vinte segundos depois de falar, no máximo) e me deu um tapa na cara. O barulho ecoou por toda casa, estávamos no primeiro andar, mas ouvi o barulho da sua mão (quando a palma da mão não estava mais no meu rosto) subir a escada e entrar em cada um dos cômodos do segundo andar, despencar pelas trepadeiras e rodar como bolinhas de gude pelo jardim. Quando reagi, fechei o punho direito e o estampei na cara dele. Ele mal se mexeu. Mas seu braço foi rápido o suficiente para me ministrar outra bofetada. Filho-da-puta, xinguei, veado, covarde, e lancei um ataque desordenado de socos, arranhões e pontapés. Ele não fez nada para se esquivar dos meus golpes. Masoquista de merda!, gritei e continuei batendo e chorando, cada vez mais, até que as lágrimas só me deixaram enxergar brilhos e sombras, nem uma única imagem determinada do vulto sobre o qual meus golpes se abatiam. Depois sentei no chão e continuei chorando. Quando ergui os olhos, Arturo estava junto de mim, seu nariz sangrava, eu me lembro disso, um fiozinho de sangue descia até o lábio superior, daí até a comissura, daí até o queixo. Você me machucou, ele disse, está doendo. Olhei para ele, pisquei várias vezes. Está doendo, ele disse, e suspirou. E o que você fez comigo?, eu disse. Ele se agachou e quis tocar meu rosto. Dei um pulo. Não me toque, falei. Desculpe, pediu. Tomara que você morra, falei. Tomara que eu morra, ele disse, e depois acrescentou: com certeza vou morrer. Não estava falando comigo. Desatei a chorar outra vez e, à medida que chorava, tinha cada vez mais vontade de chorar, e tudo que eu era capaz de dizer era que ele saísse da minha casa, que sumisse, que não voltasse a pôr os pés ali nunca mais. Eu o ouvi suspirar e fechei os olhos. O rosto me ardia, porém, mais que a dor, o que eu sentia era humilhação, era como se eu houvesse recebido as duas bofetadas no meu orgulho, na minha dignidade de mulher. Soube que nunca mais iria perdoá-lo. Arturo se levantou (estava de joelhos a meu lado), e o ouvi se dirigir para o banheiro. Quando voltou, enxugava o sangue do nariz com um pedaço de papel higiênico. Disse a ele que fosse embora, que nunca mais queria vê-lo. Ele me perguntou se eu já estava mais calma. Nunca vou ficar calma com você, respondi. Ele então deu meia-volta, jogou o pedaço de papel manchado de sangue (como se fosse o absorvente de uma puta drogada) no chão e foi embora. Ainda fiquei mais alguns minutos chorando. Tentei pensar em tudo que havia acontecido. Quando me senti melhor me levantei, fui ao banheiro, me olhei no espelho (estava com a bochecha esquerda avermelhada), preparei um café para mim, pus uma música, saí ao jardim para me certificar de que o portão estava bem fechado, depois peguei alguns livros e me instalei na sala. Mas não conseguia estudar, daí liguei para uma amiga da faculdade. Por sorte ela estava. Conversamos um pouco sobre uma coisa e outra, não me lembro mais sobre o quê, sobre o namorado dela, acho, e de repente, enquanto ela falava, vi o pedaço de papel higiênico que Arturo havia utilizado para limpar o sangue do rosto. Eu o vi jogado no chão, amassado, branco com pintas vermelhas, um objeto quase vivo, e senti uma náusea tremenda. Disse do jeito que pude à minha amiga que precisava desligar, que estava sozinha em casa e que estavam batendo na porta. Não abra, ela disse, pode ser um ladrão, um estuprador ou, mais provavelmente, ambas as coisas. Não vou abrir, falei, só vou ver quem é. Sua casa tem tranca?, minha amiga perguntou. Uma tranca enorme, respondi. Depois desliguei e atravessei a sala em direção à cozinha. Chegando lá não soube o que fazer. Fui até o banheiro. Cortei um pedaço de papel higiênico e voltei à sala de estar. O papel ensangüentado continuava lá, mas não teria estranhado se o encontrasse agora numa cadeira ou debaixo da mesa da sala de jantar. Cobri com um papel que trazia na mão o papel ensangüentado de Arturo, peguei tudo com dois dedos, levei para o banheiro e dei a descarga.

6.

Rafael Barrios, café Quito, rua Bucareli, México, DF, maio de 1977. Que fizemos os real-visceralistas quando Ulises Lima e Arturo Belano se foram: escrita automática, cadáveres requintados, performances de uma só pessoa sem espectadores, *contraintes,* escrita a duas mãos, a três mãos, escrita masturbatória (com a direita escrevemos, com a esquerda nos masturbamos, ou ao contrário, no caso de quem é canhoto), madrigais, poemas-romances, sonetos cuja última palavra é sempre a mesma, mensagens de apenas três palavras escritas nas paredes ("Não agüento mais", "Laura, te amo" etc.), diários desmedidos, *mail-poetry, projective verse,* poesia convencional, antipoesia, poesia concreta brasileira (escrita em português de dicionário), poemas policiais em prosa (com extrema economia se conta uma história policial, a última frase a esclarece ou não), parábolas, fábulas, teatro do absurdo, pop art, haicais, epigramas (na realidade, imitações ou variações de Catulo, quase todas de Moctezuma Rodríguez), poesia-desesperada (baladas do Oeste), poesia georgiana, poesia da experiência, poesia beat, apócrifos de bp-Nichol, de John Giorno, de John Cage (*A year from Monday*), de Ted Berrigan, do irmão de Antoninus, de Armand Schwerner (*The tablets*), poesia letrista, caligramas, poesia elétrica (Bulteau, Messagier), poesia sanguinária (três mortos no mínimo), poesia pornográfica (variantes heterossexual, homossexual e bissexual, independentemente da inclinação particular do poeta), poemas apócrifos dos nadaístas colombianos, horazerianos do Peru, catalépticos do Uruguai, tzantzicos do Equador, canibais brasileiros, teatro nô proletário... Até publicamos uma revista... Nos mexemos... Nos mexemos... Fizemos tudo que pudemos... Mas nada ficou bom.

Joaquín Font, Casa de Saúde Mental El Reposo, Camino del Desierto de los Leones, nos arredores de México, DF, março de 1977. Às vezes me lembro de Laura Damián. Não muitas, só umas quatro ou cinco vezes por dia. Umas oito ou dezesseis vezes, se não consigo dormir, evidentemente, porque um dia de vinte e quatro horas dá para muitas recordações. Mas normalmente só me lembro dela quatro ou cinco vezes, e cada recordação, cada cápsula de recordação tem uma duração aproximada de dois minutos, mas não posso afirmar com certeza porque roubaram meu relógio outro dia e cronometrar a olho é arriscado.

Quando rapaz, tive uma amiga chamada Dolores. Dolores Pacheco. Ela sim sabia cronometrar a olho. Eu queria ir para a cama com ela. Quero que você me faça ver o céu, Dolores, disse a ela um dia. Quanto você acha que dura o céu?, ela perguntou. O que você quer dizer com isso?, perguntei. Quanto dura o seu orgasmo, explicou. O bastante, eu disse. Mas quanto? Não sei, muito, respondi, que falta do que perguntar, Dolores. Quanto é muito?, ela insistiu. Eu então lhe afirmei que nunca havia cronometrado um orgasmo, e ela disse faça de conta que você está tendo um orgasmo agora, Quim, feche os olhos e pense que você está gozando. Com você?, perguntei, aproveitando a deixa. Com quem você quiser, ela respondeu, mas pense, está bem? Negócio fechado, falei. Bom, ela disse, quando começar levante a mão. Fechei os olhos, então me vi trepando com Dolores e levantei a mão. Ouvi então sua voz dizendo: Mississippi um, Mississippi dois, Mississippi três, Mississippi quatro, e não consegui conter o riso, abri os olhos e perguntei a ela o que estava fazendo. Cronometrando, respondeu. Já gozou? Não sei, eu disse, costuma demorar mais. Não minta, Quim, ela disse, em Mississippi quatro já acabou a maioria dos orgasmos, tente de novo e você vai comprovar. Fechei os olhos, e no começo me imaginei trepando com Dolores, mas logo não me imaginei com ninguém, estava sim é num barco fluvial, num quarto branco e asséptico muito parecido com o que estou agora, e pelas paredes, mediante uma sonorização oculta, a conta de Dolores começou a gotejar: Mississippi um, Mississippi dois, como se me chamassem por rádio lá do porto e eu não pudesse responder, embora, no fundo do meu coração, tudo que eu queria era responder, dizer a eles: estão me ouvindo?, estou bem, estou vivo, quero voltar. E, quando abri os olhos, Dolores me disse é assim que se cronometra um orgasmo, cada Mississippi é um segundo, e cada orgasmo não dura mais de seis segundos. Nunca chegamos a trepar, Dolores e eu, mas fomos bons amigos, e, quando ela se casou (antes de se formar), fui ao casamento e ao felicitá-la lhe disse: que os Mississippis sejam prazerosos. O noivo, que também estudava arquitetura, assim como ela e eu, mas que estava mais adiantado que a gente ou tinha se formado havia pouco, nos ouviu e pensou que eu me referia à viagem de lua-de-mel, que, obviamente, foi aos Estados Unidos. Passou muito tempo. Fazia muito tempo que eu não pensava em Dolores. Dolores me ensinou a cronometrar.

Agora eu cronometro minhas recordações de Laura Damián. Sentado no chão, começo: Mississippi um, Mississippi dois, Mississippi três, Mississippi quatro, Mississippi cinco, Mississippi seis, e o rosto de Laura Damián, os cabelos compridos de Laura Damián se instalam em meu cérebro desabitado durante cinqüenta ou cento e vinte Mississippis, até eu não poder mais, abrir a boca e o ar escapar de repente, ahhh, ou então cuspo nas paredes e volto a ficar sozinho, esvaziado, o eco da palavra *Mississippi* repicando em minha abóbada craniana, a imagem do corpo de Laura destroçado por um carro assassino diluída outra vez, os olhos de Laura abertos no céu do DF, não, no céu de Roma, de Hipódromo-La Condesa, de Juárez, de Cuauhtémoc, os olhos de Laura iluminando os verdes, os sépias e todas as tonalidades do tijolo e da pedra de Coyoacán, depois me detenho e respiro várias vezes, como se estivesse atacado, e murmuro vá embora, Laura Damián, vá embora, Laura Damián, e então o rosto dela começa por fim a se desvanecer, e meu quarto não é mais o rosto de Laura Damián, mas um quarto de um hospício moderno, com todas as comodidades possíveis, e os olhos que me espiam voltam a ser os olhos dos meus enfermeiros, e não os olhos (os olhos na nuca!) de Laura Damián, e, se em meu pulso não brilha o vidro de nenhum relógio, não é porque Laura o tirou de mim, não é porque Laura me obrigou a engoli-lo, mas porque os loucos que circulam por aqui o roubaram, os pobres loucos do México que agridem ou que choram, mas que não sabem nada de nada, ah, ignorantes.

Amadeo Salvatierra, rua República de Venezuela, perto do Palácio da Inquisição, México, DF, janeiro de 1976. Quando encontrei meu exemplar de *Caborca*, eu o aninhei em meus braços, o contemplei e fechei os olhos, senhores, porque não sou de pedra. Depois abri os olhos e continuei remexendo em meus papéis, e dei então com a folha de Manuel, o *Actual nº 1*, aquela que ele colou nos muros de Puebla em 1921, aquela em que ele fala da "vanguarda atualista do México", soa mal mas é bonito, não é?, e onde também diz "minha loucura não está nos pressupostos", ai, as voltas que a vida dá, "minha loucura não está nos pressupostos". Mas também tem coisas bonitas, como quando diz: "Exito todos os jovens poetas, pintores e escultores do México, os que ainda não foram abandalhados pelo ouro prebendário dos sinecurismos governistas, os que ainda não se corromperam com os mesquinhos elogios da crítica oficial e com os aplausos de um público reles e concupiscente, todos os que não foram lamber os pratos nos festins culinários de Enrique González Martínez, a fazer arte com o estilicídio das suas menstruações intelectuais, todos os grandes sinceros, os que não se decompuseram nas lamentáveis e mefíticas eflorescências do nosso meio nacionalista com fedores de pulqueria* e rescaldos de fritada, exito todos estes em nome da vanguarda atualista do México a vir combater ao nosso lado nas lucíferas fileiras da *decouvert*..." Bom de bico, o Manuel. Bom de bico! Porém, há umas palavras que não entendo. Por exemplo: *exito*, deve querer dizer convoco, chamo, exorto, ou até intimo, vamos ver, vamos procurar no dicionário. Não. Só aparece *êxito*. Bem, pode ser que exista, pode ser que não. Pode ser até, nunca se sabe, erro de impressão, e onde está *exito* se deva dizer *exijo*, o que seria bem típico do Manuel, quer dizer, do Manuel que então conheci. Ou pode ser um latinório, ou um neologismo, vá saber. Ou um termo caído em

---

* Bar onde se toma *pulque*, bebida ritual das culturas pré-hispânicas do México e da América Central, obtida a partir da fermentação do agave (teor alcoólico semelhante ao da cerveja). (N. T.)

desuso. Foi o que eu disse aos rapazes. Disse: rapazes, era assim a prosa de Manuel Maples Arce, incendiária e atravancada, cheia de palavras que nos davam tesão, uma prosa que pode ser que agora não lhes diga mais nada, mas que na época cativou generais da Revolução, homens endurecidos que tinham visto morrer e tinham matado, mas que, ao lerem ou escutarem as palavras de Manuel, ficaram como estátuas de sal ou estátuas de pedra, como se dissessem que porra é essa, uma prosa que prometia uma poesia que iria ser como o mar, como o mar no céu da Cidade do México. Mas estou desviando do assunto. Eu tinha meu único exemplar de *Caborca* debaixo do braço, na mão esquerda o *Actual nº 1* e na direita meu copo com o mescal Los Suicidas, e enquanto bebia ia lendo para eles trechos daquele remoto ano de 1921, que íamos comentando, os trechos e o mescal, que bonita maneira de ler e de beber, devagar, entre amigos (os jovens sempre foram meus amigos); quando já sobrava pouco, servi uma última rodada de Los Suicidas, então me despedi mentalmente do velho elixir e li a parte final do *Actual*, a Lista da Vanguarda que na época (e depois, como não, depois também) tanto surpreendeu próximos e estranhos, criadores e estudiosos do tema. A lista começava com os nomes de Rafael Cansinos-Assens e Ramón Gómez de la Serna. Curioso, não é? Cansinos-Assens e Gómez de la Serna, como se Borges e Manuel houvessem mantido uma comunicação telepática, não? (o argentino escreveu uma resenha do livro de Manuel, *Andamios interiores*, de 1922, vocês sabiam?). E continuava assim: Rafael Lasso de la Vega. Guillermo de Torre. Jorge Luis Borges. Cleotilde Luisi. (Quem foi Cleotilde Luisi?). Vicente Ruiz Huidobro. Seu compatriota, disse a um dos rapazes. Gerardo Diego. Eugenio Montes. Pedro Garfias. Lucía Sánchez Saornil. J. Rivas Panedas. Ernesto López Parra. Juan Larrea. Joaquín de la Escosura. José de Ciria y Escalante. César A. Comet. Isac del Vando Villar. Assim mesmo, com um só *a*, provavelmente outro erro de impressão. Adriano del Valle. Juan Las. Que nome. Mauricio Bacarisse. Rogelio Buendía. Vicente Risco. Pedro Raida. Antonio Espina. Adolfo Salazar. Miguel Romero Martínez. Ciriquiain Caitarro. Outro nome esquisito. Antonio M. Cubero. Joaquín Edwards. Esse também deve ser meu compatriota, um dos rapazes disse. Pedro Iglesias. Joaquín de Aroca. León Felipe. Eliodoro Puche. Prieto Romero. Correa Calderón. Olhem só, disse a eles, já começamos com os sobrenomes, mau sinal. Francisco Vighi. Hugo Mayo. Bartolomé Galíndez. Juan Ramón Jiménez.

Ramón del Valle-Inclán. José Ortega y Gasset. O que dom José veio fazer nesta lista! Alfonso Reyes. José Juan Tablada. Diego Rivera. David Alfaro Siqueiros. Mario de Zayas. José D. Frías. Fermín Revueltas. Silvestre Revueltas. P. Echeverría. Atl. O imenso Dr. Atl, suponho. J. Torres-García. Rafael P. Barradas. J. Salvat Papasseit. José María Yenoy. Jean Epstein. Jean Richard Bloch. Pierre Brune. Conhecem? Marie Blanchard. Corneau. Farrey. Aqui creio que Manuel já falava sem conhecimento de causa. Fournier. Riou. Opa, não poria as mãos no fogo. Mme. Ghy Lohem. Caralho, desculpem. Marie Laurencin. Aqui as coisas começam a piorar. Dunozer de Segonzac. Pioram. Que francês sacana andou fazendo Manuel de bobo? Ou será que ele tirou isso de uma revista? Honneger. Georges Auric. Ozenfant. Alberto Gleizes. Pierre Reverdy. Por fim saímos do pântano. Juan Gris. Nicolás Beauduin. William Speth. Jean Paulhan. Guillaume Apollinaire. Cypien. Max Jacob. Jorge Braque. Survage. Coris. Tristan Tzara. Francisco Picabia. Jorge Ribemont-Dessaigne. Renée Dunan. Archipenko. Soupault. Bretón. Paul Élouard. Marcel Duchamp. Nesse ponto os rapazes e eu concordamos que era no mínimo arbitrário chamar Francis Picabia de Francisco e Georges Braque de Jorge Braque, e não chamar de Marcelo Marcel del Campo, ou de Pablo Paul Éluard, sem o o, como todos os amantes da poesia francesa sabíamos. Para não falar desse Bretón acentuado. E a Lista da Vanguarda continuava com os heróis e os erros: Frankel. Sernen. Erik Satie. Elie Faure. Pablo Picasso. Walter Bonrad Arensberg. Celine Arnauld. Walter Pach. Bruce. O cúmulo! Morgan Russel. Marc Chagall. Herr Baader. Max Ernst. Christian Schaad. Lipchitz. Ortiz de Zárate. Correia d'Araujo. Jacobsen. Schkold. Adam Fischer. Mme. Fischer. Peer Kroogh. Alf Rolfsen. Jeauneiet. Piet Mondrian. Torstenson. Mme. Alika. Ostrom. Geline. Salto. Weber. Wuster. Kokodika. Kandinsky. Steremberg (Com. de B. A. de Moscou). Os parênteses são de Manuel, claro. Como se todos os caipiras, um dos rapazes disse, soubessem perfeitamente quem eram os outros, Herr Baader, por exemplo, ou Coris, ou esse Kokodika, que soava a Kokoschka, ou Riou, Adam e Mme. Fischer. E por que escrever Moscou e não a forma espanhola, Moscú?, pensei em voz alta. Mas vamos em frente. Depois do comissário de Moscou não faltavam russos. Mme. Lunacharsky. Erhenbourg. Taline. Konchalowsky. Machkoff. Mme. Ekster. Wlle Monate. Marewna. Larionow. Gondiarowa. Belova. Sontine. Que certamente escondia Soutine debaixo do ene. Daiiblet.

Doesburg. Raynal. Zahn. Derain. Walterowua Zur=Mueklen. Sem dúvida o melhor. Ou a melhor, porque ninguém (no México) pode ter certeza do sexo de Zur=Mueklen. Jean Cocteau. Pierre Albert Birot. Metsinger. Jean Charlot. Maurice Reynal. Pieux. F. T. Marinetti. G. P. Lucinni. Paolo Buzzi. A. Palazzeschi. Enrique Cavacchioli. Libero Altomare. Esse nome, não sei por quê, se a memória não me falha, rapazes, me soa a Alberto Savinio. Luciano Folgore. Que nome bonito, não é? Houve uma divisão do Exército do Duque com esse nome, Folgore. Uma cambada de veados cujas mães os australianos comeram. E. Cardile. G. Carrieri. F. Mansella Fontini. Auro d'Alba. Mario Betuda. Armando Mazza. M. Boccioni. C. D. Carrá. G. Severini. Balilla Pratella: Cangiulo. Corra. Mariano. Boccioni. Não sou eu que estou repetindo, é Manuel ou seus infames impressores. Fessy. Setimelli. Carli. Ochsé. Linati. Tita Rosa. Saint-Point. Divoire. Martini. Moretti. Pirandello. Tozzi. Evola. Ardengo. Sarcinio. Tovolato. Daubler. Doesburg. Broglio. Utrillo. Fabri. Vatrignat. Liege. Norah Borges. Savory. Gimmi. Van Gogh. Grunewald. Derain. Cauconnet. Boussingautl. Marquet. Gernez. Fobeen. Delaunay. Kurk. Schwitters. Kurt Schwitters, disse um dos rapazes, o mexicano, como se acabasse de encontrar seu irmão gêmeo perdido no inferno das linotipias. Heyniche. Klem. Que talvez fosse Klee. Zirner. Gino. Raios, agora sim o círculo se tornava vicioso! Galli. Bottai. Ciocatto. George Bellows. Giorgio de Chirico. Modigliani. Cantarelli. Soficci. Carena. E aqui terminava a lista, com a ameaçadora palavra etc. depois de Carena. Quando terminei de ler essa longa lista, os rapazes se ajoelharam ou ficaram em posição de sentido, juro que não me lembro e juro que dá no mesmo, em posição de sentido feito militares ou de joelhos feito crentes, e beberam as últimas gotas do mescal Los Suicidas, em homenagem a todos aqueles nomes conhecidos e desconhecidos, recordados ou esquecidos até pelos próprios netos. Olhei para aqueles dois rapazes que até pouco antes pareciam sérios, ali, na minha frente, em posição de sentido, batendo continência para a bandeira ou para os companheiros caídos em combate, ergui meu copo, terminei meu mescal e também brindei a todos os nossos mortos.

Felipe Müller, bar Céntrico, rua Tallers, Barcelona, maio de 1977. Arturo Belano chegou a Barcelona, ficou na casa da mãe. Sua mãe morava aqui havia uns dois anos. Estava doente, tinha hipertiroidismo e havia perdido tanto peso que parecia um esqueleto ambulante.

Na época, eu morava em casa do meu irmão, na rua Junta de Comercio, um formigueiro de chilenos. A mãe de Arturo morava na Tallers, aqui, onde moro agora, nesta casa sem banheiro e com o cagatório no corredor. Quando cheguei a Barcelona, trouxe para ela um livro de poesia que Arturo tinha publicado no México. Ela olhou para o livro e murmurou alguma coisa, não sei o quê, algo como um desvario. Não estava bem. O hipertiroidismo a fazia se movimentar constantemente de um lado para outro, presa de uma atividade febril, e ela chorava com freqüência. Os olhos pareciam sair das órbitas. Seu pulso tremia. Às vezes tinha ataques de asma, mas fumava um maço de cigarros por dia. Fumava tabaco negro, feito Carmen, a irmã mais moça de Arturo, que morava com a mãe, mas ficava fora quase o dia todo. Carmen trabalhava na Telefônica, fazendo limpeza, e saía com um andaluz do Partido Comunista. Quando conheci Carmen, no México, ela era trotskista, e continuava sendo, embora saísse com o andaluz, que aparentemente era, se não um stalinista convicto, pelo menos um brejnevista convicto, o que, para o caso em apreço, dá quase no mesmo. Enfim, um inimigo exacerbado dos trotskistas, de modo que a relação de ambos devia ser bem tumultuada.

Nas minhas cartas a Arturo eu explicava tudo isso a ele. Dizia que a mãe dele não estava bem, dizia que estava pele e osso, que não tinha dinheiro, que esta cidade a matava. Às vezes eu até me mostrava impertinente (mas não tinha outro remédio) e dizia que ele precisava fazer alguma coisa por ela, que precisava lhe enviar dinheiro ou a levar de volta para o México. As respostas de Arturo às vezes eram daquelas que você não sabe se leva a sério ou considera piada. Uma vez ele me escreveu: "Elas que segurem as pontas. Já, já vou para aí e resolvo tudo. Por ora, segurem as pontas". Que cara-de-pau. Minha resposta foi que ela, no singular, não tinha como agüentar, sua irmã pelo visto estava bem, embora brigasse com a mãe todos os dias; ele precisava fazer alguma coisa já ou ficaria sem genitora. Naquela altura, eu havia emprestado à mãe de Arturo todos os dólares que ainda me restavam, uns duzentos, resíduo de um prêmio de poesia ganho no México em 1975, cujo montante tinha me possibilitado comprar a passagem de ida para Barcelona. Não disse a ele, é claro. Mas acho que a mãe lhe disse, ela lhe escrevia uma carta a cada três dias, o hipertiroidismo, suponho. O caso é que os duzentos dólares lhe serviram para pagar o aluguel e pouco mais. Um dia me chegou uma carta de Jacinto Requena, em que, entre outras coisas, ele dizia que Arturo não lia as cartas da mãe. O panaca do Requena dizia aquilo como se fosse engraçado, mas para mim foi o cúmulo, e escrevi para Arturo uma carta em que não havia nada de literatura, e sim muito de economia, saúde e problemas familiares. A resposta de Arturo chegou logo (podem dizer dele o que quiserem, menos que deixa uma carta sem resposta), e nela me assegurava que já tinha enviado dinheiro para a mãe, mas que naqueles dias faria algo melhor, conseguiria um trabalho para ela, que o problema da mãe dele era que sempre tinha trabalhado e que o que tinha ferrado com ela era se sentir inútil. Tive vontade de dizer a ele que o desemprego em Barcelona era grande, que a mãe dele não estava em condições de trabalhar, que, se aparecesse um trabalho, o mais provável era que ela assustasse os chefes, porque já estava tão magra, mas tão magra, que mais parecia uma sobrevivente de Auschwitz, porém preferi não dizer nada, dar uma trégua a ele, dar uma trégua a mim e falar de poesia, de Leopoldo María Panero, de Félix de Azúa, de Gimferrer, de Martínez Sarrión, poetas de que ele e eu gostávamos, e de Carlos Edmundo de Ory, o criador do postismo, com o qual eu havia começado, na época, a me corresponder.

Uma tarde a mãe de Arturo foi à casa do meu irmão me procurar. Disse que seu filho tinha enviado uma carta complicadíssima. Ela a mostrou. O envelope continha a carta de Arturo e uma carta de apresentação escrita pelo romancista equatoriano Vargas Pardo para o romancista catalão Juan Marsé. O que a mãe dele precisava fazer, conforme Arturo explicava na carta, era se apresentar na casa de Juan Marsé, perto da Sagrada Família, e lhe dar aquela apresentação de Vargas Pardo. A apresentação era um tanto sucinta. As primeiras linhas eram um cumprimento a Marsé, no qual mencionava, arrevesadamente aliás, um incidente aparentemente festivo numa rua dos arredores da praça Garibaldi. Depois havia uma apresentação um tanto sumária de Arturo, e ato contínuo se passava ao que na verdade importava, a situação da mãe do poeta, o pedido de que fizesse tudo que estivesse a seu alcance para arranjar um trabalho para ela. Vamos conhecer Juan Marsé!, a mãe de Arturo disse. Era visível que ela estava feliz e orgulhosa com o que o filho tinha feito. Eu tinha minhas dúvidas. Ela queria que eu a acompanhasse na visita a Marsé. Se eu for sozinha, ela disse, vou ficar nervosa demais e não vou saber o que dizer a ele, já você, que é escritor, vai saber me tirar do aperto.

A idéia não me seduzia, mas concordei em acompanhá-la. Fomos lá uma tarde. A mãe de Arturo se arrumou um pouco melhor do que de costume, mas de qualquer maneira seu estado era lamentável. Pegamos o metrô na praça Cataluña e descemos na Sagrada Família. Pouco antes de chegarmos, ela teve um início de ataque de asma e precisou utilizar o inalador. Foi o próprio Juan Marsé que nos abriu a porta. Nós o cumprimentamos, a mãe de Arturo explicou o que queria, fez uma confusão, falou de "necessidades", de "urgências", de "poesia engajada", do "Chile", de "doença", de "situações infames". Pensei que ela tivesse endoidado, Juan Marsé olhou para o envelope que ela lhe estendia e nos fez entrar. Querem tomar alguma coisa?, ofereceu. Não, muito obrigada, a mãe de Arturo respondeu. Não, muito obrigado, eu disse. Marsé leu a carta de Vargas Pardo e nos perguntou se o conhecíamos. É amigo do meu filho, a mãe de Arturo disse, creio que uma vez esteve em minha casa, mas não, não o conheço. Eu também não o conhecia. Uma pessoa simpaticíssima, o Vargas Pardo, Marsé mencionou. Faz muito tempo que o senhor saiu do Chile?, a mãe de Arturo perguntou. Muitos anos, sim, tantos que mal me lembro. Então a mãe de Arturo desatou a falar do Chile e do México, e Marsé desatou a falar do México, e não sei quanto levou até os dois ficarem íntimos, rindo, eu também, Marsé na certa contou uma piada ou algo assim. Por acaso, ele disse, sei de uma pessoa que tem algo que talvez possa interessá-la. Não é um trabalho, mas uma bolsa, uma bolsa para estudar educação especial. Educação especial?, a mãe de Arturo Belano repetiu. Bem, Marsé disse, acho que é assim que se chama, tem relação com a educação de deficientes mentais ou com as crianças que têm síndrome de Down. Ah, adoraria isso, a mãe de Arturo disse. Instantes depois fomos embora. Telefone amanhã de manhã para mim, Marsé disse já à porta.

Durante a viagem de volta, não paramos de rir. À mãe de Arturo, Juan Marsé parecera um bom moço, de lindos olhos, uma pessoa maravilhosa, que simpático, que simples. Fazia muito que eu não a via tão contente. No dia seguinte ela ligou, e Marsé deu o telefone da mulher responsável pela bolsa. Ao cabo de uma semana, a mãe de Arturo estava estudando para ser educadora de deficientes mentais, autistas, pessoas com síndrome de Down, numa escola de Barcelona, onde, ao mesmo tempo que estudava, praticava. A bolsa era de três anos, renovável ano a ano, dependendo das qualificações. Pouco depois ela começou a freqüentar o Hospital das Clínicas, para se tratar do hipertiroidismo. No início, pensamos que iam operá-la, mas não foi preciso. Assim, quando Arturo chegou a Barcelona, sua mãe estava muito melhor, embora não fosse muito generosa, a bolsa lhe permitia ir vivendo, ela teve até dinheiro para comprar chocolate dos mais variados tipos, pois sabia que Arturo adorava chocolate, e o chocolate europeu, como todo mundo sabe, é infinitamente melhor que o mexicano.

7.

Simone Darrieux, rue des Petites Écuries, Paris, julho de 1977. Quando Ulises Lima chegou a Paris, ele não conhecia ninguém, salvo um poeta peruano que estivera exilado no México e eu. Eu só o tinha visto uma vez, no café Quito, numa noite em que tinha um encontro com Arturo Belano. Conversamos um pouco os três, o tempo que duraram os cafés com leite, depois Arturo e eu fomos embora.

Arturo sim eu conheci bem, muito embora nunca mais o tenha visto e provavelmente, quase cem por cento de probabilidade, nunca mais voltarei a ver. O que eu fazia no México? Em tese, fui estudar antropologia, mas na prática fui viajar e conhecer o país. Também ia a muitas festas, é impressionante o tempo livre de que os mexicanos dispõem. O dinheiro (eu tinha uma bolsa), é claro, não dava para tudo que eu queria, de modo que fui trabalhar para um fotógrafo, Jimmy Cetina, que conheci numa festa num hotel, creio que no Vasco de Quiroga na rua Londres, então minhas economias melhoraram consideravelmente. Jimmy fazia nus artísticos, era assim que ele chamava, na realidade era pornografia light, nus de corpo inteiro e poses provocantes, ou seqüências de striptease, tudo feito no seu estúdio, no topo de um edifício da Bucareli.

Não me lembro mais como conheci Arturo, talvez na saída de uma sessão de fotografia, no edifício de Jimmy Cetina, talvez num bar, talvez numa festa. Pode ser que tenha sido na pizzaria de um americano que chamavam de Jerry Lewis. No México, a gente conhece as pessoas nos lugares mais inverossímeis. O caso é que nos conhecemos e nos demos bem, embora tenhamos levado quase um ano para irmos para a cama.

Ele se interessava por tudo que viesse da França, nesse aspecto era um pouco ingênuo, acreditava que eu, estudante de antropologia, obrigatoriamente conhecia, por exemplo, a obra de Max Jacob (o nome me era familiar, mas só isso), e, quando eu lhe dizia que não, que o que as jovens francesas liam era outra coisa (no meu caso, Agatha Christie), bem, ele simplesmente não conseguia acreditar e pensava que você estava brincando com ele. Mas era compreensivo, quero dizer, *parecia* pensar em termos de literatura o tempo todo, mas não era um *fanático*, não desprezava você se você nunca na vida tivesse lido Jacques Rigaut, além do mais também gostava de Agatha Christie, e às vezes ficávamos horas recordando alguns dos seus livros, repassando os enigmas (tenho péssima memória; a dele, em compensação, era ótima), reconstruindo aqueles assassinatos impossíveis.

Não sei o que me atraiu nele. Um dia o levei ao meu apartamento, onde morava com outros três estudantes de antropologia, um americano do Colorado e duas francesas, e, afinal de contas, lá pelas quatro da manhã, acabamos na cama. Antes eu o havia avisado de uma das minhas peculiaridades. Dissera a ele, meio a sério, meio de piada, estávamos rindo no jardim do Museu de Arte Moderna, onde ficam as esculturas, que horror de esculturas, disse a ele: Arturo, nunca vá para a cama comigo porque sou masoquista. Como assim?, perguntou. Gosto que me batam quando faço amor. Arturo parou de rir. Está falando sério?, indagou. Cem por cento sério, falei. E de que maneira gosta que batam em você?, perguntou. Gosto de tapas, eu disse, gosto que me dêem bofetadas na cara, que me batam nas nádegas, essas coisas. Com força?, perguntou. Não, com muita força, não, falei. Você não deve trepar muito no México, ele disse depois de pensar um instante. Perguntei por que dizia aquilo. Pelas marcas, miss Marple, ele respondeu, nunca a vi com marcas roxas. Claro que faço amor, repliquei, sou masoquista mas não sou burra. Arturo deu risada. Acho que pensou que eu estava brincando. Então naquela noite, naquela madrugada, melhor dizendo, quando fomos para minha cama, ele me tratou com muita doçura, tanto que fiquei sem jeito de interrompê-lo; se quisesse me chupar por inteiro e me dar beijinhos suaves, que fizesse, mas não demorou muito percebi que o coiso dele não ficava duro, então o peguei, o acariciei um pouco, e nada, daí lhe perguntei no ouvido se estava preocupado com alguma coisa, e ele respondeu que não, que estava bem, continuamos nos bolinando mais um pouco, mas era evidente que o coiso não ia levantar, então disse a ele tudo bem, não precisa se esforçar mais, não precisa sofrer, se não quer não quer, isso passa, e ele acendeu um cigarro (fumava um que se chamava Bali, que nome mais curioso) e começou a falar do último filme que tinha ido ver, depois se levantou e deu umas voltas pelado pelo quarto, fumando e olhando minhas coisas, depois se sentou no chão, junto da cama, e ficou contemplando minhas fotografias, algumas das fotografias artísticas de Jimmy Cetina que eu guardava não sei por quê, porque sou boba, certamente, e perguntei a ele se o excitavam, ele disse que não mas que eram boas, que eu estava *muito bem*, você é muito bonita, Simone, falou, e nesse momento, não sei por quê, me deu na telha lhe dizer que viesse para a cama, que se pusesse em cima de mim e que me desse uns tapinhas nas bochechas ou na bunda, ele olhou para mim e disse sou incapaz de fazer isso, Simone, depois se corrigiu e disse: também sou incapaz disso, Simone, mas eu disse a ele venha, coração, venha para a cama, e ele veio, eu me virei, ergui as nádegas e disse: comece a bater pouco a pouco, faça de conta que é uma brincadeira, ele me deu o primeiro tapa, eu enfiei a cabeça no travesseiro, não li Rigaut, disse a ele, nem Max Jacob, nem os pesadões do Banville, Baudelaire, Catulle Mendès e Corbière, leitura obrigatória, mas o marquês de Sade, este sim, eu li. Ah, é?, ele fez. É, eu disse, acariciando o pau dele. Os tapas na bunda, ele dava com convicção cada vez maior. O que você leu do marquês de Sade? *A filosofia na alcova*, respondi. E *Justine*? Evidentemente, eu disse. E *Juliette*? Claro. E *Os 120 dias de Sodoma*? É óbvio que sim. Nessa altura eu já estava úmida e gemendo, e o pau de Arturo ereto como um mastro, daí me virei, abri as pernas e disse que o metesse em mim, mas que fizesse só isso, que não se mexesse até eu dizer. Foi uma delícia senti-lo dentro de mim. Me esbofeteie, disse. Na cara, nas bochechas. Enfie os dedos na minha boca. Ele me esbofeteou. Mais forte!, falei. Ele me esbofeteou mais forte. Agora comece a se mexer, disse. Durante alguns segundos, no quarto só se ouviram os meus gemidos e os tapas. Depois ele também começou a gemer.

Fizemos amor até amanhecer. Quando terminamos, ele acendeu um Bali e me perguntou se eu tinha lido o teatro do marquês de Sade. Disse que não, era a primeira vez que ouvia dizer que Sade havia escrito peças de teatro. Não só escreveu peças de teatro, Arturo disse, mas também escreveu muitas cartas dirigidas a empresários de teatro, em que os animava a produzir suas obras. Mas, é claro, ninguém se atreveu a montar nenhuma, teriam acabado todos presos (rimos), porém o incrível é que o marquês insistia em seu empenho, nas cartas chega até a calcular o que se gastaria com o vestuário, e o mais triste de tudo é que suas contas conferem, são boas, as obras teriam dado lucro. Mas eram pornográficas?, perguntei. Não, Arturo disse, eram filosóficas, com um pouco de sexo.

Fomos amantes por algum tempo. Três meses, exatamente, o que me faltava para voltar a Paris. Não fizemos amor todas as noites. Não nos víamos todas as noites. Mas fizemos de todas as formas possíveis. Ele me amarrou, me bateu, me sodomizou. Nunca me deixou marcas, salvo a bunda avermelhada, o que diz bastante de sua delicadeza. Com um pouco mais de tempo, eu teria acabado me acostumando com ele, quer dizer, precisando dele, e ele teria acabado se acostumando comigo. Mas não nos demos nenhum tempo, só éramos amigos. Falávamos do marquês de Sade, de Agatha Christie, da vida em geral. Quando eu o conheci, ele era um mexicano como outro qualquer, mas nos últimos dias se sentia, cada vez mais, um estrangeiro. Uma vez eu disse a ele: vocês, mexicanos, são assim, assado, e ele me disse eu não sou mexicano, Simone, sou chileno, com um quê de tristeza, é verdade, mas com bastante determinação.

Quando então Ulises Lima apareceu em minha casa e me disse sou amigo de Arturo Belano, senti uma grande alegria, mas logo, quando soube que Arturo também estava na Europa e não havia tido nem sequer a gentileza de me mandar um cartão-postal, me deu um pouco de raiva. Eu já tinha começado a trabalhar no Departamento de Antropologia da Universidade de Paris-Norte, um trabalho muito burocrático e chato, e a chegada daquele mexicano pelo menos me permitiu praticar outra vez meu espanhol, já meio embolorado.

Ulises Lima vivia na rue des Eaux. Uma vez, só uma, fui pegá-lo em casa. Nunca tinha visto uma *chambre de bonne* pior do que aquela. Só tinha uma janelinha, que não se podia abrir, que dava para um pátio interno escuro e sórdido. Mal havia espaço para uma cama e uma espécie de mesa de berçário, totalmente desconjuntada. A roupa continuava nas malas, pois não havia armário nem closet, ou estava esparramada por todo o quarto. Quando entrei, tive ânsias de vômito. Perguntei quanto pagava por aquilo. Quando me disse, eu me dei conta de que ele estava sendo conscientemente roubado. Quem meteu você aqui, falei, enganou você, isto é uma ratoeira, a cidade está cheia de quartos melhores. Sim, não duvido, ele disse, mas em seguida argumentou que não tinha intenção de ficar para sempre em Paris e que não queria perder tempo procurando um alojamento melhor.

Não nos víamos muito, e sempre que nos vimos foi por insistência dele. Às vezes me telefonava, outras vezes simplesmente aparecia em minha casa e me perguntava se eu queria dar uma volta, tomar um café ou ir ao cinema. Em geral eu dizia que estava ocupada, estudando ou com trabalhos do departamento, mas às vezes concordava e íamos passear. Terminávamos num bar da rue de la Lune, comendo uma massa, tomando vinho e falando do México. Ele costumava pagar a conta, e agora que me lembro disso não deixa de parecer estranho, pois, que eu saiba, ele não trabalhava. Lia muito, tinha sempre vários livros debaixo do braço, todos em francês, se bem que, verdade seja dita, ele estava longíssimo de dominar o francês (como já disse, procurávamos falar em espanhol). Uma noite Ulises Lima me contou seus planos. Consistiam em morar um tempo em Paris, depois ir para Israel. Quando me disse isso, sorri com um misto de incredulidade e de espanto. Por que Israel? Porque uma amiga vivia lá. Foi essa a sua resposta. Só por isso?, perguntei incrédula. Só por isso.

De fato, nada do que ele fazia parecia obedecer a um projeto predeterminado.

Ulises Lima era tranqüilo, muito sereno, um tanto distante mas não frio, pelo contrário, às vezes era muito caloroso, diferente de Arturo, que era exaltado e que às vezes parecia odiar todo mundo. Ulises não, ele era respeitoso, irônico mas respeitoso, aceitava as pessoas tal como eram e nunca dava a impressão de tentar forçar intimidade com alguém, coisa que costuma acontecer no meu convívio com os latino-americanos.

Hipólito Garcés, avenue Marcel Proust, Paris, agosto de 1977. Quando meu camaradinha Ulises Lima apareceu em Paris fiquei muito contente, essa é a verdade. Arranjei para ele aquela boa chambre na rue des Eaux, ao ladinho de onde eu morava. Da Marcel Proust à casa dele não tem mais que dois passinhos, é só virar à esquerda, em direção à avenue René Boylesve, depois seguir pela Charles Dickens e já se chega à rue des Eaux. Estávamos por assim dizer ombro a ombro. Em minha chambre eu tinha fogão, cozinhava todos os dias, e Ulises vinha comer comigo. Mas eu disse a ele: você precisa me passar uma graninha, viu? E ele me disse: Polito, eu lhe passo o dinheiro, não se preocupe, acho justo, você compra a comida e ainda por cima cozinha. Quanto quer? Eu disse me passe uns cem dólares, viu, Ulises?, e não se fala mais no assunto. Ele me disse que dólares não tinha mais, que só tinha francos, e passou os francos. Ele tinha grana e era de boa-fé.

Mas um dia ele me disse: Polito, estou comendo cada dia pior, como é possível que uma porra de um prato de arroz custe tanta grana. Expliquei que na França arroz custa caro, não é como no México ou no Peru, aqui o quilo de arroz custa os olhos da cara, viu, Ulises?, disse a ele. Ele me olhou assim, daquela maneira meio atravessada que têm os mexicanos, e disse tudo bem, mas pelo menos compre uma lata de molho de tomate, porque estou cheio de comer arroz branco. Claro, falei, também vou comprar vinho, com a pressa me esqueci, mas você precisa me dar um pouco mais de dinheiro. Ele deu e no dia seguinte preparei seu prato de arroz com molho de tomate e lhe servi um copo de vinho tinto. Mas no outro dia não tinha mais vinho (eu havia tomado tudo, essa é a verdade), e dois dias depois o molho de tomate acabou, então ele voltou a comer arroz branco e nada mais. Depois preparei macarrão. Deixe-me ver se eu me lembro. Depois preparei lentilha, que tem muito ferro e é muito nutritiva. Quando a lentilha acabou, fiz grão-de-bico. Depois voltei a fazer arroz branco. Um dia Ulises parou e disse, meio de brincadeira, Polito, ele disse, você está dando uma de espertinho. Seus pratos são os mais simples e os mais caros de Paris. Não, camaradinha, falei, não, maninho, você não imagina como a vida é cara, dá pra ver que você não faz compras. Daí ele me deu mais grana, mas no dia seguinte não veio comer. Passaram três dias em que não vi a cara dele, ao fim dos quais me apresentei em sua chambre da rue des Eaux. Ele não estava. Mas eu precisava vê-lo, então esperei sentado no corredor.

Lá pelas três da matina ele apareceu. Quando me viu no corredor, no escuro daquele corredor comprido e fedido, parou e ficou ali, a uns cinco metros de onde eu estava, com as pernas abertas, como se esperasse um ataque de minha parte. Porém o mais curioso foi que, ao parar, ficou calado, não disse nada! Bocetaça, pensei, este Ulises está puto comigo e vai me encher de porrada aqui mesmo, daí prudentemente optei por não me levantar, uma sombra no chão não é nenhum perigo, né? E o chamei pelo nome, Ulises, maninho, sou eu, Polito, e ele fez ahhh, Polito, que diabo você está fazendo aqui a estas horas, Polito? Então me dei conta de que ele não tinha me reconhecido e pensei quem será que esse mané tá esperando?, quem pensou que eu era?, e juro pela minha mãe que senti mais medo que antes, não sei, deve ter sido pela hora, aquele corredor tenebroso, minha imaginação de poeta que desandou, boceta, até senti calafrios e imaginei outra sombra atrás da sombra de Ulises Lima no corredor. A verdade é que eu estava com medo até de descer os oito andares de escada daquele casarão fantasma. Mas só o que eu queria naquele momento era sair correndo dali. Porém, o medo repentino de ficar sozinho foi mais forte, então me levantei, descobri que estava com cãibra numa perna e disse ao Ulises que me convidasse para entrar. Ele pareceu acordar então e disse claro, Polito, e abriu a porta. Quando entramos, com a luz acesa, senti que o sangue voltava a circular pelo meu corpo e, babacão que sou, eu lhe mostrei os livros que trazia. Ulises os examinou um a um, disse que eram legais, mas eu sabia que ele morria de vontade de tê-los. Eu os trouxe pra vender a você, falei. Quanto você quer por eles?, Ulises perguntou. Disse uma quantia no chute, pra ver se colava. Ulises olhou pra mim e disse tá bem, meteu a mão no bolso, pagou e ficou olhando pra mim sem dizer nada. Bom, compadre, eu disse, já vou, espero você amanhã com uma comidinha gostosa? Não, ele disse, não me espere. Mas você vai um dia destes? Lembre-se de que, se não comer, vai morrer de fome, falei. Não vou nunca mais, Polito, ele falou. Não sei o que aconteceu comigo. Por dentro estava me cagando de medo (morria de cagaço ante a idéia de sair, atravessar o corredor, descer a escada), mas por fora comecei a falar, boceta, de repente me vi falando, *escutando como eu mesmo falava*, como se minha voz não fosse mais minha e a filha-da-puta tivesse desatado a desvairar sozinha. Disse não está certo, viu, Ulises?, com o que gastei em mantimentos, se visse as coisas boas que comprei, e agora o que vai acontecer com elas?, vão apodrecer?, vou estufar comendo tudo sozinho, hem, Ulises?, vou ter uma indigestão ou uma cólica hepática, responda, viu, Ulises?, não se faça de surdo. Coisas desse tipo. E por mais que eu me dissesse cale a boca, viu, Polito?, você está passando por babaca, isso pode acabar mal, aprenda a perceber os limites, seu panaca, por fora, naquela zona como que adormecida, anestesiada que era meu rosto, meus lábios, minha escarnecida língua, as palavras (as palavras que eu pela primeira vez não queria pronunciar!) continuavam saindo, assim ouvi que eu dizia: que amigo você é, Ulises, eu que o considerava como se fosse mais que meu camarada, meu irmão, maninho, meu irmão mais moço, caralho, Ulises, e você agora me vem com todo esse desprezo. Etcétera, etcétera. Pra que continuar. Só posso dizer que eu falava, falava, e Ulises de pé na minha frente, naquele quarto tão pequeno que, mais que um quarto, parecia um caixão de defunto, não tirava os olhos de cima de mim, tranqüilo, sem fazer aquele movimento que eu esperava e temia, como que me dando corda, como que dizendo a si mesmo faltam dois minutos ao Polito, falta um minuto e meio, falta um minuto, faltam cinqüenta segundos ao Polito, pobre cara, faltam dez segundos, e era como se eu visse, juro por Deus, todos os pêlos do meu corpo, como se, ao mesmo tempo que estava com os olhos abertos, outro par de olhos, estes fechados no entanto, percorressem cada centímetro de minha pele e inventariassem todos os pêlos que eu tinha, um par de olhos fechados, mas que viam muito mais do que viam meus olhos abertos, sei que não dá para entender boceta nenhuma. Então não agüentei mais e desabei na cama feito uma puta, e disse a ele: Ulises, estou me sentindo mal, camaradinha, minha vida é um desastre, não sei o que acontece comigo, tento fazer as coisas direito mas sai tudo errado, eu precisava voltar ao Peru, esta cidade de merda está me matando, eu não sou mais quem eu era, e desandei a falar, a soltar tudo que me queimava por dentro, com a cara enfiada nas cobertas de Ulises, vá saber de onde ele as havia tirado, que fediam, não o típico cheiro de imundície das *chambres de bonne*, não o cheiro de Ulises, outro cheiro, um cheiro como que de morte, um cheiro horroroso que de repente se instalou no meu cérebro e que me fez dar um pinote, bocetaça, Ulises, de onde você tirou estas mantas, maninho, do necrotério? E Ulises continuava ali, de pé, sem sair do lugar, só me ouvindo, então pensei esta é minha oportunidade de cair fora, e me levantei, estiquei a mão e lhe toquei o ombro. Foi como tocar uma estátua.

Roberto Rosas, rue de Passy, setembro de 1977. Em nossa mansarda havia uma dúzia de quartos. Oito deles estavam ocupados por latino-americanos, um chileno, Ricardito Barrientos, um casal de argentinos, Sofía Pellegrini e Miguelito Sabotinski, os demais éramos peruanos, todos poetas, todos brigados uns com os outros.

Com não pouco orgulho chamávamos nossa mansarda de Comuna de Passy ou Pueblo Joven Passy.

Vivíamos discutindo, e nossos temas preferidos ou talvez os únicos eram política e literatura. O quarto de Ricardito Barrientos antes fora alugado para Polito Garcés, peruano e também poeta, mas um dia, depois de uma assembléia de urgência, decidíramos dar um ultimato a ele. Ou você cai fora daqui ainda esta semana, seu filho-da-puta, ou vamos jogar você escada abaixo, vamos cagar na sua cama, vamos botar mata-ratos no seu vinho ou fazer algo pior ainda. Ainda bem que Polito nos levou a sério, porque não sei o que poderia ter acontecido.

Um dia, no entanto, Polito apareceu por lá, ele se arrastava como era seu costume, entrava num quarto depois do outro, pedindo dinheiro emprestado (que nunca mais devolvia), e se fazia convidar para um cafezinho aqui, um chimarrãozinho ali (Sofía Pellegrini tinha ódio mortal dele), pedia livros emprestados, contava que naquela semana tinha visto Bryce Echenique, Julio Ramón Ribeyro, que estava tomando um chazinho com Hinostroza, as mentiras de sempre e que ditas uma vez podem ser levadas a sério, duas vezes podem ser engraçadas, mas, repetidas ao infinito, só dão nojo, pena, alarmam, porque não havia dúvida de que Polito não estava batendo bem da cabeça. Mas qual de nós está bem, mas bem de verdade? Bom, tão mal quanto Polito não estamos.

O caso é que um dia apareceu por ali, numa tarde em que por acaso estávamos quase todos lá (sei disso porque o ouvi bater em outras portas, ouvi sua voz, "e aí, maninho" inconfundível) e, passados alguns instantes, sua sombra se projetou no umbral do meu quarto, como se ele não se atrevesse a entrar sem ser convidado, então eu lhe disse, talvez de maneira demasiado abrupta, o que você quer, seu filho-da-puta, ele riu seu risinho babaca e disse ai, Robertito, quanto tempo não nos vemos, você, o mesmo de sempre, irmão, fico feliz, olhe, trouxe pra você um poeta que quero que você conheça, um camaradinha da República Mexicana.

Só então me dei conta de que havia uma pessoa ao lado dele. Um cara moreno, meio índio, forte. Um cara com olhos como que liquefeitos e apagados ao mesmo tempo, e com sorriso de médico, um sorriso raro na Comuna de Passy, onde todos nós tínhamos sorrisos de músicos folclóricos ou advogados.

Era Ulises Lima. Foi assim que eu o conheci. Ficamos amigos. Amigos de bater pernas por Paris. Evidentemente, ele não se parecia em nada com Polito. Senão, eu não teria ficado amigo dele.

Não me lembro quanto tempo Ulises viveu em Paris. Sei que nos víamos com freqüência, embora nossas personalidades fossem bem diferentes. Um dia, no entanto, ele me disse que iria embora. Que história é essa, compadre?, eu disse, porque até onde eu sabia ele adorava a cidade. Acho que não estou muito bem de saúde, sorriu. Mas é grave? Não, não é nada grave, disse, mas é chato. Bom, falei, então não tem problema, vamos tomar umas pra comemorar. Pelo México!, brindei. Não vou voltar para o México, ele disse, vou para Barcelona. Que história é essa, compadre?, perguntei. Tenho um amigo lá, vou morar um tempo na casa dele. Foi só o que ele disse, e não perguntei mais nada. Depois saímos para comprar mais vinho, que tomamos perto da porte de Bir-Hakeim, eu contei minhas últimas aventuras amorosas. Mas ele estava com a cabeça em outro lugar, de modo que, para variar, começamos a falar de poesia, um tema que cada vez me agrada menos.

Lembro que Ulises gostava da jovem poesia francesa. Posso testemunhar. Para nós, do Pueblo Joven Passy, a jovem poesia francesa parecia um asco. Filhinhos de papai ou drogados. Entenda de uma vez por todas, Ulises, eu costumava lhe dizer, nós somos revolucionários, nós nos conhecemos nas prisões da América Latina, como podemos gostar de uma poesia como a francesa, hem? E o cara não dizia nada, só achava graça. Uma vez fui com ele falar com Michel Bulteau. Ulises falava um francês infame, de modo que a maior parte da conversa quem sustentou fui eu. Depois conheci Mathieu Messagier, Jean-Jacques Faussot, Adeline, companheira de Bulteau.

Meu santo não bateu com o de nenhum deles. Eu perguntei a Faussot se poderia publicar um artigo meu na revista em que ele trabalhava, uma merda de revista de música pop, e ele respondeu que primeiro precisava ler o artigo. Dias depois levei meu texto para ele, que não gostou. A Messagier pedi o endereço de um velho poeta francês, uma "glória das letras" que, segundo diziam, conhecera Martín Adán numa viagem feita a Lima na década de 40, mas Messagier não quis dar o endereço, alegou pretextos inverossímeis como o de que o velho fugia das visitas. Não estou querendo pedir dinheiro emprestado pra ele, falei, só quero fazer uma entrevista, mas mesmo assim não houve jeito. Finalmente a Bulteau eu disse que iria traduzi-lo. Disso ele gostou e não pôs nenhum reparo. Disse de brincadeira, claro. Mas depois pensei que talvez não fosse má idéia. E, de fato, pus mãos à obra noites depois. O poema que escolhi foi "Sang de satin". Nunca tinha me passado pela cabeça antes a idéia de traduzir poesia, apesar de ser poeta e de em geral se supor que poetas traduzem outros poetas. Mas a mim ninguém havia traduzido, de modo que por que eu deveria traduzir? Bem, a vida é assim. Dessa vez pensei que não era má idéia. A culpa talvez fosse do Ulises, cuja influência estava afetando meus costumes mais arraigados. Talvez tenha sido porque pensei que já era hora de fazer algo que eu nunca havia feito antes. Não sei. Só sei que disse a Bulteau que pensava em traduzi-lo e que pensava publicar minha tradução (*publicar* é a palavra-chave) numa revista peruana que não existia, inventei o nome, uma revista peruana para a qual colaborava Westphalen, falei, e ele se mostrou favorável, acho que não tinha a menor idéia de quem era Westphalen, eu poderia ter dito que era uma revista para a qual colaboravam Huamán Poma ou Salazar Bondy, que teria dado no mesmo, e pus mãos à obra.

Não me lembro se Ulises já tinha ido embora ou se ainda andava por aqui. "Sang de satin". Desde o primeiro momento tive problemas com esse poema de merda. Como traduzir o título? "Sangre de satén" ou "Sangre de raso"?* Levei mais de uma semana pensando nisso. Foi então que de repente desabou em cima de mim todo horror a Paris, todo horror à língua francesa, à jovem poesia, à nossa condição de metecos, à nossa triste e irremediável condição de sul-americanos perdidos na Europa, perdidos no mundo, e então soube que não iria mais poder continuar traduzindo "Sangre de satén" ou "Sangre de raso", soube que iria terminar assassinando Bulteau em seu estúdio da rue de Téhéran e depois fugindo de Paris como um desesperado. De modo que decidi não levar a cabo essa empresa e, quando Ulises foi embora (não me lembro exatamente quando), parei de freqüentar para sempre os poetas franceses.

* *Satén* e *raso* são dois substantivos para "cetim". (N. T.)

* * *

Simone Darrieux, rue des Petites Écuries, Paris, setembro de 1977. Ele nunca conseguiu nada que remotamente pudesse se assemelhar a um trabalho. A verdade é que não sei do que vivia. Chegou com dinheiro, ao que me consta, em nossos primeiros encontros era sempre ele que pagava, café com leite, aguardente de maçã, taças de vinho, mas o dinheiro dele se esgotou com rapidez e, que eu saiba, não tinha nenhuma fonte de renda.

Ele me contou uma vez que tinha encontrado uma nota de cinco mil francos na rua. Depois desse achado, disse, sempre andava olhando para o chão.

Passado um tempo, voltou a encontrar outra nota perdida.

Tinha uns amigos peruanos que às vezes lhe arranjavam trabalho, um grupo de poetas peruanos que de poetas certamente só tinham o nome, viver em Paris, é bem sabido, desgasta, dilui todas as vocações que não sejam de ferro, acanalha, impele ao esquecimento. Pelo menos é o que costuma acontecer com muitos latino-americanos que conheço. Não quero dizer que fosse o caso de Ulises Lima, mas sim que era o caso dos seus amigos peruanos. Eles tinham uma espécie de cooperativa de limpeza. Enceravam escritórios, lavavam janelas, esse tipo de coisas, e Ulises os ajudava quando alguém da cooperativa ficava doente ou se ausentava da cidade. Em geral, suas substituições eram quase sempre por motivo de saúde, os peruanos não viajavam muito, se bem que durante o verão alguns iam trabalhar na vindima do Roussillon. Saíam em grupo de dois, de três, um ou outro ia sozinho, e antes de partir dizia que ia de férias para Costa Brava. Estive com eles umas três vezes, uns seres lamentáveis, mais de um me propôs ir para a cama com ele.

Com o que você ganha, disse uma vez a Ulises, mal dá pra não morrer de fome, como espera ter dinheiro para viajar a Israel? Ainda é cedo, ele me respondia, e ali acabava a discussão sobre economia. Na realidade, agora que penso sobre o assunto, é difícil precisar o tema de nossas conversas. Do mesmo modo que, no caso de Arturo, o tema era claríssimo (falávamos de literatura e de sexo, basicamente), com Ulises os limites eram imprecisos, talvez porque nos víssemos pouco (se bem que ele, à sua maneira, era fiel à nossa amizade, era fiel ao meu telefone), talvez porque ele parecesse ou fosse uma pessoa que não exigia nada.

* * *

Sofía Pellegrini, sentada nos jardins do Trocadero, Paris, setembro de 1977. Deram a ele o nome de Cristo da rue des Eaux e todos riam dele, inclusive Roberto Rosas, que dizia ser seu melhor amigo em Paris. Riam dele porque era bobo, basicamente, diziam, só um rematado boboca, explicavam, poderia se deixar enganar mais de três vezes por Polito Garcés, mas esqueciam que a eles também Polito havia enganado. O Cristo da rue des Eaux. Não, nunca fui visitá-lo, sei que contavam coisas horríveis, que sua casa era um muquifo infecto, que ali se acumulavam os objetos mais inúteis de Paris: lixo, revistas, jornais, livros que ele roubava das livrarias e que logo adquiriam seu cheiro, logo apodreciam, floresciam, ganhavam cores alucinantes. Diziam que ele podia passar dias inteiros sem pôr nada na boca, meses sem ir a um banho público, mas isso eu acho que era mentira porque nunca o vi muito sujo. Bem, eu não o conhecia direito, não era sua amiga, mas um dia veio à nossa mansarda em Passy, e não tinha ninguém ali, só eu, e eu estava muito mal, deprimida, tinha brigado com meu companheiro, as coisas não iam bem para mim, quando ele apareceu eu estava chorando trancada na minha *chambre*, os outros tinham ido ao cineclube ou a uma das inúmeras reuniões políticas, todos eram militantes revolucionários, e Ulises Lima percorreu o corredor, mas não bateu em nenhuma porta, como se soubesse de antemão que não iria encontrar ninguém, e se dirigiu diretamente para minha *chambre*, onde eu estava sozinha, sentada na cama, olhando para a parede, e ele entrou (estava limpo, cheirava bem) e ficou junto de mim, sem dizer nada, só disse oi, Sofía, e ficou ali de pé até eu parar de chorar. Por isso tenho uma boa lembrança dele.

Simone Darrieux, rue des Petites Écuries, Paris, setembro de 1977. Ulises Lima tomava banho na minha casa. Não é algo que me entusiasme. Não gosto de usar uma toalha que foi usada por outra pessoa, ainda mais se não existe com essa pessoa certa intimidade física e até sentimental, mas mesmo assim eu o deixava utilizar meu chuveiro, depois punha as toalhas na lavadora. Quanto ao mais, em minha casa ele tentava ser organizado, à sua maneira, claro, mas tentava, e é isso que conta. Depois de tomar banho, enxugava o chão do banheiro e tirava os cabelos do ralo, algo que talvez seja uma bobagem, mas que me deixa histérica, detesto encontrar esses coágulos de cabelo (ainda mais se não são meus!) que entopem a banheira. Depois ele recolhia e dobrava as toalhas que havia utilizado e as deixava em cima do bidê para que eu as pusesse na lavadora quando achasse conveniente. Das primeiras vezes até trouxe seu sabonete, mas eu lhe disse que não era necessário, que poderia usar meu sabonete e meu xampu (mas que nem pensasse em usar minha esponja) à vontade.

Ele era muito formal. Geralmente me telefonava um dia antes, perguntava se não me incomodaria se ele viesse, se não teria convidados ou algo a fazer, depois marcávamos a hora, e no dia seguinte ele aparecia com pontualidade, conversávamos um pouco, e ele entrava no banho. Depois ficava sem vê-lo por tempo indeterminado. Às vezes levava uma semana para voltar, às vezes duas e até três. Nesses intervalos suponho que se banhasse nos banhos públicos.

Uma vez, no bar da rue de la Lune, ele me disse que gostava dos banhos públicos, aqueles lugares em que iam tomar banho os estrangeiros, negros da África francófona ou magrebinos, mas também iam estudantes pobres, como observei, sim, também, ele disse, mas principalmente estrangeiros. E uma vez, eu me lembro, ele me perguntou se eu tinha ido alguma vez a um banho público mexicano. Não, nunca, é claro. Aqueles sim são banhos públicos, ele me disse, neles há sauna, banho turco, banho a vapor. Aqui também, repliquei, o que acontece é que são mais caros. No México não, ele disse, lá são baratos. Na verdade, eu nunca havia pensado antes nos banhos públicos do México. Mas garanto que lá você não tomava banho num banho público, disse a ele. Não, falou, uma vez ou outra, mas na realidade não tomava.

Era um tipo curioso. Escrevia nas margens dos livros. Por sorte nunca lhe emprestei nenhum. Por quê? Porque não gosto que escrevam em meus livros. E ele fazia uma coisa mais chocante do que escrever nas margens. Provavelmente vocês não vão acreditar em mim, mas ele entrava no banho com um livro. Juro. Lia no chuveiro. Como sei? Muito fácil. Quase todos os livros dele estavam molhados. No início, eu pensava que era por causa da chuva, Ulises era um andarilho, raras vezes pegava metrô, percorria Paris de ponta a ponta andando e, quando chovia, se molhava todo porque nunca parava para esperar a chuva passar. De modo que seus livros, pelo menos os que ele lia mais, estavam sempre meio ondulados, como que apergaminhados, e eu achava que era por causa da chuva. Mas um dia percebi que entrava no banho com um livro seco e que, ao sair, o livro estava molhado. Esse dia minha curiosidade foi mais forte do que minha discrição. Eu me aproximei dele e lhe arranquei o livro das mãos. Não só a capa estava molhada, algumas folhas também, e as anotações na margem, com a tinta desbotada pela água, algumas talvez escritas debaixo d'água, então eu disse a ele meu Deus, não posso acreditar, você lê no chuveiro! Está doido? E ele disse que não conseguia evitar, que ainda por cima só lia poesia, não entendi o motivo pelo qual ele especificou que só lia poesia, não entendi naquele momento, agora sim entendo, queria dizer que só lia uma, duas ou três páginas, não um livro inteiro, e então desatei a rir, eu me joguei no sofá e me torci de rir, ele também começou a rir, rimos os dois, um tempão, não me lembro mais quanto.

Michel Bulteau, rue de Téhéran, Paris, janeiro de 1978. Não sei como conseguiu meu telefone, mas uma noite, devia ser mais de meia-noite, ligou para minha casa. Perguntou por Michel Bulteau. Eu disse: sou eu. Ele disse: sou Ulises Lima. Silêncio. Eu disse: bem. Ele disse: que bom ter encontrado você em casa, espero não ter acordado você. Eu disse: não, não acordou. Silêncio. Ele disse: gostaria de vê-lo. Eu disse: agora? Ele disse: bom, é, agora, posso ir à sua casa, se você quiser. Eu disse: onde você está?, mas ele entendeu outra coisa e disse: sou mexicano. Eu me lembrei então, muito vagamente, que havia recebido uma revista do México. O nome Ulises Lima, em todo caso, não me era familiar. Eu disse: já ouviu os Question Mark? Ele disse: não, nunca ouvi. Eu disse: acho que são mexicanos. Ele disse: os Question Mark? Quem são os Question Mark? Eu disse: um grupo de rock, evidentemente. Ele disse: tocam mascarados? Num primeiro momento não entendi o que ele disse. Mascarados? Não, é claro, não tocam mascarados. Por que tocariam? No México há grupos de rock que entram em cena mascarados? Ele disse: às vezes. Eu disse: parece ridículo, mas pode ser interessante. De onde está telefonando? Do hotel? Ele disse: não, da rua. Eu disse: sabe como chegar à estação de metrô de Miromesnil? Ele disse: sei, sei, nenhum problema. Eu disse: daqui a vinte minutos. Ele disse: estou indo pra lá e desligou. Enquanto eu vestia o blusão, pensei: mas nem sei que cara ele tem!

Que cara têm os poetas mexicanos? Não conheço nenhum! Só uma foto de Octavio Paz! Mas este, eu intuía, com certeza não se parecia com Octavio Paz. Pensei então nos Question Mark, pensei em Elliot Murphie e em algo que Elliot me disse quando estive em Nova York: a caveira mexicana, o cara que chamavam de a caveira mexicana e que só vi de longe num bar da Franklin Street com a Broadway, em Chinatown, a caveira mexicana era um músico, mas eu só vi uma sombra, e perguntei a Elliot o que tinha aquele cara que ele queria me mostrar, e Elliot disse: é uma espécie de lagarta, tem olhos de lagarta e fala feito lagartas. Como falam as lagartas? Com palavras duplas, Elliot disse. Bom. Estava claro. E por que o chamam de caveira mexicana?, perguntei. Mas Elliot já não ouvia ou estava falando com outro, de modo que supus que o cara, além de ser magro feito um cabo de vassoura, devia ser mexicano ou devia dizer ao mundo que era mexicano ou devia ter ido ao México em algum momento da vida. Mas não o vi de cara, só sua sombra atravessando o bar. Uma sombra sem metáforas, vazia de imagens, uma sombra que só era uma sombra e que assim já bastava. Então vesti o blusão preto, escovei os cabelos e saí à rua, pensando no desconhecido que tinha me telefonado e na caveira mexicana entrevista em Nova York. Da rue de Téhéran à estação de metrô de Miromesnil dá só uns quinze minutos, andando a bom passo, mas é preciso atravessar o Boulevard Haussmann, depois percorrer a avenue Percier e parte da rue de La Boétie, ruas que a essa hora são quase mortas, como se, a partir das dez da noite, fossem bombardeadas com raios X, e pensei então que teria sido melhor marcar o encontro com o desconhecido na estação Monceau, o que me teria levado a fazer o caminho inverso, da rue de Téhéran à rue de Monceau, depois à avenue Ruysdael, então a avenue Ferdousi, que cruza o parque Monceau, cheio, naquela hora, de drogados, traficantes e policiais melancólicos, policiais chegados ao parque Monceau vindos de outros mundos, trevas e lentidões que preludiam a aparição da Place de la Republique Dominicaine, um lugar afortunado para um encontro com a caveira mexicana. Mas meu itinerário era outro e o segui até as escadas da rue de Miromesnil, que encontrei desertas e imaculadas. Confesso que nunca como nessa noite as escadas do metrô me pareceram tão sugestivas e ao mesmo tempo tão impenetráveis. Seu aspecto, porém, era o mesmo de sempre. O ponto de inflexão eu logo descobri, quem o colocava eram eu e minha aquiescência em me encontrar com um desconhecido em horas intempestivas, algo que em geral não costumo fazer. Tampouco, por certo, tenho o costume de me esquivar aos convites do acaso. Ali estava eu, e era isso que contava. Mas, além de um funcionário que lia um livro e certamente esperava alguém, não havia ninguém nas escadas. De modo que comecei a descer, decidido a esperar cinco minutos, depois ir embora e esquecer por completo esse incidente. Na primeira virada, encontrei uma velha enrolada em farrapos e papelões, dormindo ou fingindo dormir. Alguns metros mais adiante, olhando para a velha como quem olha para uma cobra, vi um cara de cabelos compridos e negros, cujos traços talvez pudessem corresponder aos de um mexicano, embora a esse respeito minha ignorância seja abissal. Parei e o observei. Era mais baixo do que eu, usava um casaco de couro bastante puído, tinha quatro ou cinco livros debaixo do braço. De repente pareceu acordar e cravou os olhos em mim. Era ele, sem dúvida. Ele se aproximou e me estendeu a mão. Um aperto estranhíssimo. Como se, ao apertar a mão, introduzisse um misto de sinais maçônicos e senhas do submundo mexicano. Um aperto de mão, de qualquer modo, coceguento e morfologicamente estranho, como se a mão que me apertava a mão carecesse de pele ou fosse só uma capa, uma capa tatuada. Mas esqueçamos a mão. Eu lhe disse que fazia uma linda noite e que fôssemos dar uma volta. Parecia que ainda estávamos no verão, eu disse. Ele me acompanhou em silêncio. Por um momento temi que fosse falar durante todo nosso encontro. Dei uma olhada em seus livros, um deles era meu, *Ether-Mouth*, outro era de Claude Pelieu, e os demais provavelmente eram de autores mexicanos de quem eu nunca tinha ouvido falar. Perguntei a ele quanto tempo fazia que estava em Paris. Muito tempo, respondeu. Seu francês era lamentável. Sugeri que falássemos em inglês, e ele aceitou. Caminhamos pela rue Miromesnil até o Faubourg St. Honoré. Nossos passos eram largos e rápidos, como se, tendo pouco tempo, nós nos dirigíssemos a um encontro importante. Não sou uma pessoa que gosta de andar. Mas naquela noite andamos sem parar, a toda velocidade, pelo Faubourg St. Honoré até a rue Boissy d'Anglas e dali aos Champs Elysées, onde tornamos a virar para a direita, até a avenue Churchill, onde viramos à esquerda, deixando às nossas costas a sombra equívoca do Grand Palais, diretos para a ponte Alexandre III, sem reduzir o passo, enquanto o mexicano ia desfiando, num inglês por momentos incompreensível, uma história que me custava entender, uma história de poetas perdidos, de revistas perdidas e de obras sobre cuja existência ninguém sabia palavra, em meio a uma paisagem que talvez fosse da Califórnia ou do Arizona ou de alguma região mexicana limítrofe com esses estados, uma região imaginária ou real, mas desbotada pelo sol e num tempo passado, esquecido ou que, pelo menos aqui, em Paris, na década de 70, já não tinha a menor importância. Uma história extramuros da civilização, eu disse a ele. E ele disse sim, sim, aparentemente sim, sim, sim. E perguntei a ele então: quer dizer que nunca ouviu falar dos Question Mark? Ele respondeu não, nunca ouvi. E eu lhe disse que precisava ouvi-los um dia, que eram muito bons, mas na realidade eu disse isso porque já não sabia o que dizer.

8.

Amadeo Salvatierra, rua República de Venezuela, perto do Palácio da Inquisição, México, DF, janeiro de 1976. Eu disse a eles: rapazes, acabou o mescal Los Suicidas, é um fato inconteste, incontroverso, que tal um de vocês descer para ir comprar uma garrafinha de Sauza? E um deles, o mexicano, disse: eu vou, Amadeo, e já estava indo para a saída quando eu o detive e lhe disse um momento, esqueceu o dinheiro, companheiro, ele olhou para mim e disse nem pensar, Amadeo, esta nós compramos, que rapazes mais simpáticos. Eu lhe dei algumas instruções antes de ele sair, isso sim: eu lhe disse que fosse pela Venezuela até a Brasil, ali virasse à direita e subisse a rua Honduras até a praça Santa Catarina, onde deveria virar para a esquerda até a Chile, depois outra vez à direita e subir, como quem vai ao mercado de La Lagunilla, e ali, na calçada da esquerda, iria encontrar o bar La Guerrerense, junto da loja de materiais El Buen Tono, não havia como se perder, ele deveria dizer no La Guerrerense que era eu, Amadeo Salvatierra, que o enviava e não era para demorar. Continuei remexendo nos papéis, e o outro rapaz se levantou da cadeira e foi examinar minha biblioteca. Eu, na verdade, não o via, só o ouvia, dava um passo, pegava um livro, colocava no lugar, eu ouvia o barulho do dedo dele percorrendo a lombada dos meus livros! Mas não o via. Eu tinha me sentado de novo, posto as notas de volta na carteira e examinava com mãos trêmulas, numa certa idade não se pode beber com tanta alegria, meus velhos papéis amarelados. Estava com a cabeça abaixada, os olhos meio turvos, e o rapaz chileno se movimentava por minha biblioteca em silêncio, eu só ouvia o ruído de seu indicador ou do mindinho, ah, que rapaz mais danado, percorrendo a lombada dos meus calhamaços como um bólido, o dedo, um zumbido de carne e couro, de carne e papelão, um som agradável ao ouvido e propício ao sono, que foi o que deve ter acontecido, porque de repente fechei os olhos (ou talvez eles já estivessem fechados) e vi a praça Santo Domingo com seus portais, a rua Venezuela, o Palácio da Inquisição, o restaurante Las Dos Estrellas na rua Loreto, a cafeteria La Sevillana na Justo Sierra, o restaurante Mi Oficina na Misionero perto da Pino Suárez, onde não deixavam entrar nem gente de uniforme, nem cachorros, nem mulheres, exceto uma, a única que podia entrar, e vi essa mulher andar por aquelas ruas outra vez, pela Loreto, Soledad, Correo Mayor, Moneda, eu a vi atravessar rapidamente o Zócalo, ah, que visão, uma mulher de vinte e tantos anos na década de 20 atravessando o Zócalo com tanta pressa como se estivesse atrasada para o encontro com o namorado ou como se fosse para o batente numa loja do centro, uma mulher vestida discretamente, com roupas baratas mas bonitas, com o cabelo negro de azeviche, as costas firmes, as pernas não muito compridas mas com a graça inigualável das pernas de todas as mulheres jovens, sejam pernas magras, gordas ou bem torneadas, pernas tenras e decididas, calçando sapatos sem salto ou com um saltinho mínimo, baratos mas bonitos e principalmente confortáveis, feitos como que de propósito para andar depressa, para chegar na hora a um encontro ou ao trabalho, mas sei que ela não vai a nenhum encontro e que não a esperam em nenhum trabalho. Aonde ela vai então? Ou será que não vai a lugar nenhum e que essa é sua maneira habitual de andar? Agora a mulher já atravessou o Zócalo e segue pela Monte de Piedad até a Tacuba, onde o movimento é maior, e ela não vai poder andar tão depressa, continua pela Tacuba, desacelerada, e por um instante a multidão a rouba de mim, mas logo volta a aparecer, lá está ela, andando em direção à Alameda, ou pode ser que pare antes, no correio, porque agora distingo com nitidez em suas mãos uns papéis, cartas talvez, mas ela não entra no correio, cruza até a Alameda e pára, parece que pára para respirar, depois continua a andar, no mesmo ritmo, pelos jardins, debaixo das árvores, e assim como há mulheres que enxergam o futuro, eu enxergo o passado, enxergo o passado do México e vejo as costas dessa mulher que se afasta do meu sonho, e digo a ela, aonde você vai, Cesárea?, aonde você vai, Cesárea Tinajero?

Felipe Müller, bar Céntrico, rua Tallers, Barcelona, janeiro de 1978. No que me diz respeito, 1977 foi o ano em que me juntei com minha companheira. Nós dois tínhamos acabado de fazer vinte anos. Arranjamos um apartamento na rua Tallers e fomos morar lá. Eu fazia revisão para uma editora, ela era bolsista do mesmo centro de estudos que dava a bolsa à mãe de Arturo Belano. Aliás, foi a mãe de Arturo que nos apresentou. 1977 também é o ano em que fomos a Paris. Nós nos hospedamos na *chambre de bonne* de Ulises Lima. Bom, o Ulises não estava nada bem, digamos logo. O quarto parecia uma lixeira. Minha companheira e eu pusemos um pouco de ordem naquela bagunça; no entanto, por mais que varrêssemos e esfregássemos, sobrava algo impossível de limpar. De noite (minha companheira dormia na cama, Ulises e eu no chão) havia uma coisa brilhando no teto. Uma luminescência que começava na única janela do local — suja a não poder mais — e se estendia pelas paredes e pelo teto como uma maré de algas. Quando voltamos a Barcelona, descobrimos que estávamos com sarna. Foi um choque. A única pessoa que poderia ter nos passado a doença era Ulises. Como é que não nos avisou?, minha companheira se queixou. Vai ver que ele não sabia, eu disse. Mas voltei a pensar naqueles dias de 1977 em Paris, e vi Ulises se coçando, bebendo vinho diretamente da garrafa e se coçando, e essa imagem me convenceu de que minha companheira tinha razão. Ele sabia, e não nos dissera nada. Por algum tempo fiquei com raiva dele por causa da sarna, mas logo nos esquecemos e até ríamos daquilo. O problema foi nos curar. Não tínhamos chuveiro no apartamento, éramos obrigados a tomar banho pelo menos uma vez por dia com sabão de cinzas e depois passar creme Sarnatín. De modo que 1977 foi, além de um bom ano, um ano em que houve um mês ou um mês e meio de visitas constantes a casas de amigos que tinham chuveiro. Uma dessas casas foi a de Arturo Belano. Não só tinha chuveiro como uma banheira enorme, de pés, onde cabiam comodamente três pessoas. O problema era que Arturo não morava sozinho, mas com sete ou oito pessoas, uma espécie de comuna urbana, e alguns não gostaram que minha companheira e eu tomássemos banho na casa deles. Bom, não tomamos banho tantas vezes assim, afinal de contas. 1977 foi o ano em que Arturo Belano arrumou um trabalho de vigia noturno num camping. Fui visitá-lo uma vez. Ele era chamado de xerife, o que o fazia rir. Creio que foi naquele verão que, de comum acordo, nós dois nos separamos do realismo visceral. Publicamos uma revista em Barcelona, com pouquíssimos recursos e cuja distribuição era quase nula, e escrevemos uma carta em que nos desligávamos do realismo visceral. Não abjurávamos nada, não lançávamos anátemas sobre nossos companheiros do México, simplesmente dizíamos que não fazíamos mais parte do grupo. Na realidade, estávamos muito ocupados trabalhando e tentando sobreviver.

Mary Watson, Sutherland Place, Londres, maio de 1978. No verão de 1977 fui à França com meu amigo Hugh Marks. Na época eu estudava literatura em Oxford e vivia com a magra quantia de uma bolsa de estudante. Hugh recebia da Seguridade Social. Não éramos amantes, só amigos, a verdade é que um dos motivos para que saíssemos juntos de Londres naquele verão foram as relações sentimentais que cada um de nós sofria do seu lado e a certeza de que entre nós aquilo tudo era impensável. Hugh tinha sido deixado por uma escocesa abominável. Eu tinha sido largada por um rapaz da universidade, um que vivia rodeado de garotas e pelo qual eu acreditava estar apaixonada.

Em Paris, nosso dinheiro acabou, mas não a vontade de continuar viajando, de modo que saímos da cidade como pudemos e começamos a descer para o sul, de carona. Perto de Orléans, uma perua Volkswagen nos deu carona. O motorista era alemão e se chamava Hans. Assim como a gente, ele viajava para o sul, em companhia da mulher, uma francesa chamada Monique, e do filho de poucos anos. Hans tinha cabelo comprido e barba abundante, uma pinta de Rasputin, só que louro, e já tinha dado a volta ao mundo.

Pouco depois demos carona para Steve, que era de Leicester e trabalhava numa creche, e, uns quilômetros mais adiante, para John, de Londres, que estava vivendo do seguro-desemprego, feito Hugh. A perua era grande, cabíamos nós todos, além disso logo percebi que Hans gostava de companhia, gente com quem falar e para quem contar suas histórias. Já Monique não parecia muito à vontade em companhia de tantos estranhos, mas ela fazia o que Hans mandava, e além do mais precisava cuidar do menino.

Pouco antes de chegarmos a Carcassonne, Hans nos disse que tinha um assunto num povoado do Roussillon e que, se quiséssemos, poderia arranjar um bom trabalho para nós todos. Hugh e eu achamos bárbaro e respondemos no ato que sim. Steve e John perguntaram de que se tratava. Hans disse que teríamos que colher uvas numas terras que pertenciam a um tio de Monique. E que, quando terminássemos a vindima nas terras do tio, poderíamos seguir viagem com um bocado de francos nos bolsos, já que, enquanto trabalhássemos, a casa e a comida seriam grátis. Quando Hans terminou de falar, todos nós achamos que era um bom negócio, saímos da estrada principal e começamos a percorrer uma série de aldeias minúsculas, todas elas rodeadas de vinhedos, por caminhos de terra, um lugar, eu disse a Hugh, que parecia um labirinto, um lugar, e isso eu não disse a ninguém, que em outras circunstâncias teria me assustado ou repelido se, por exemplo, em vez de estar com Hugh, e também com Steve e John, eu estivesse sozinha. Mas por sorte não estava. Estava com meus amigos. Hugh é como um irmão para mim. E Steve, eu achei simpático desde o primeiro momento. John e Hans eram outra história. John era uma espécie de zumbi e não me agradava muito. Hans era pura força, um megalomaníaco, mas dava para contar com ele, pelo menos era o que eu pensava então.

Quando chegamos às terras do tio de Monique, soubemos que o trabalho só iria começar dali a um mês. Hans reuniu todos nós na perua, devia ser meia-noite, e nos explicou a situação. As notícias não eram boas, mas ele tinha uma solução de emergência. Não vamos nos separar, disse, vamos para a Espanha, trabalhar na colheita de laranja. E, se não der certo, a gente espera, mas na Espanha, onde tudo é mais barato. Dissemos a ele que não tínhamos mais dinheiro, que mal nos sobrava alguma coisa para comer, não dava nem para pensar em agüentar um mês, tínhamos no máximo para mais uns três dias de férias. Hans nos disse então que não nos preocupássemos com a grana, que ele assumiria os gastos até que estivéssemos trabalhando. Em troca de quê?, John perguntou, mas Hans não respondeu, às vezes fazia como se não entendesse inglês. Aos outros, a verdade é que aquela pareceu uma proposta caída do céu, dissemos que estávamos de acordo, estávamos nos primeiros dias de agosto, e ninguém tinha a menor vontade de voltar tão cedo para a Inglaterra.

Naquela noite dormimos numa casa desocupada do tio de Monique (no povoado não havia mais de trinta casas, e, pelo que Hans disse, metade era dele), e na manhã seguinte partimos rumo ao sul. Antes de chegar a Perpignan, demos mais uma carona. Era uma lourinha, meio gorducha, chamada Erica, de Paris, e, ao fim de uma conversa de poucos minutos, ela resolveu entrar para o nosso grupo, ou seja, ir com a gente para Valência, trabalhar um mês na colheita de laranja, depois subir de volta para aquela aldeia perdida do Roussillon e trabalhar na vindima conosco. Assim como a gente, ela também não estava com dinheiro sobrando, de modo que sua manutenção também correria a cargo do alemão. Além disso, com a chegada de Erica a perua esgotou sua capacidade, e Hans nos comunicou que não pararia para mais nenhum carona.

O dia todo rodamos para o sul. Nosso grupo era alegre, mas, depois de tantas horas de estrada, estávamos querendo mesmo era um bom banho, comida quente e nove ou dez horas de sono ininterrupto. O único que se mantinha com a mesma energia do início era Hans, que não parava de falar e de contar histórias que tinham acontecido com ele ou com gente conhecida dele. O pior lugar da perua era o banco do passageiro, isto é, o assento ao lado de Hans, e nós nos revezávamos para ocupá-lo. Quando chegou minha vez, falamos de Berlim, cidade em que morei dos dezoito aos dezenove anos. Na verdade, eu era a única passageira que sabia um pouco de alemão, e comigo Hans aproveitava para falar em sua língua. Mas não falávamos de literatura alemã, que é um tema que me fascina, e sim de política, coisa que sempre acaba me chateando.

Quando cruzamos a fronteira, Steve tomou meu lugar, e fui para um dos últimos assentos da perua, onde o pequeno Udo dormia, e dali continuei ouvindo a conversa de Hans, seus planos para mudar o mundo. Acho que nunca um desconhecido tinha se portado de forma tão generosa comigo e batido tão mal comigo.

Hans era insuportável e, além do mais, péssimo motorista. Umas duas vezes nos perdemos. Estivemos horas vagando por uma montanha, sem saber como voltar à estrada que nos levaria a Barcelona. Quando por fim pudemos chegar a essa cidade, Hans insistiu em que fôssemos ver a Sagrada Família. Àquela altura estávamos todos mortos de fome e com pouquíssima vontade de contemplar catedrais, por mais bonitas que fossem, mas Hans era quem mandava e, depois de inúmeras voltas pela cidade, chegamos enfim à Sagrada Família. Todo nós achamos muito bonita (menos John, insensível a praticamente toda manifestação artística), embora sem dúvida tivéssemos preferido entrar num restaurante e comer alguma coisa. No entanto, Hans disse que na Espanha o mais seguro era comer frutas e nos largou ali, sentados num banco da praça, olhando para a Sagrada Família, e seguiu com Monique e o neném em busca de uma quitanda. Ao fim de meia hora, sem que eles voltassem, enquanto contemplávamos o crepúsculo rosado de Barcelona, Hugh disse que o mais provável é que eles tivessem se perdido. Erica disse que também era provável que tivessem nos abandonado, na frente de uma igreja, acrescentou, feito órfãos. John, que falava pouco e que geralmente só dizia besteiras, disse que havia a possibilidade de que Hans e Monique estivessem naquele exato momento comendo um prato quente num bom restaurante. Steve e eu não dissemos nada, mas pensamos em todas aquelas possibilidades, e creio que a de John nos pareceu a mais próxima da verdade.

Por volta das nove da noite, quando já começávamos a nos desesperar, vimos a camionete reaparecer. Hans e Monique deram a cada um de nós uma maçã, uma banana e uma laranja, depois Hans nos comunicou que estivera conversando com alguns nativos e que, em sua opinião, o melhor era adiarmos por enquanto nossa pretendida expedição a Valência. Se não me falha a memória, ele disse, nos arredores de Barcelona há campings a um preço muito bom. Por uma módica quantia diária podemos descansar uns dias, tomar banho, tomar sol. Todos, nem é preciso dizer, topamos e pedimos que fôssemos logo para lá. Monique, eu me lembro bem, não abriu a boca em nenhum momento.

Ainda levaríamos três horas para encontrar a saída da cidade. Durante esse tempo, Hans nos contou que, quando fizera o serviço militar num acampamento perto de Lüneburg, se perdera dirigindo um tanque, e seus superiores estiveram a ponto de formar um conselho de guerra para julgar o caso dele. Dirigir um tanque, falou, é muito mais complicado do que dirigir uma perua, rapazes, isso eu garanto.

Finalmente saímos da cidade e entramos numa estrada de quatro pistas. Os campings estão agrupados numa mesma zona, Hans disse, me avisem quando os virem. A estrada era escura, e só o que se via de ambos os lados eram fábricas e terrenos baldios, atrás destes alguns edifícios muito altos, mal iluminados, como que postos ali a esmo, que davam um aspecto de decrepitude precoce. Pouco depois, no entanto, entramos num bosque e vimos o primeiro camping.

Mas nenhum agradava a Hans, que era quem iria pagar, de modo que continuamos nosso caminho pelo bosque até que vimos, sobressaindo entre as ramagens dos pinheiros, um letreiro com uma solitária estrela azul. Não me lembro que horas eram, só sei que era tarde e que todos, inclusive o pequeno Udo, estávamos acordados quando Hans freou diante da cancela que impedia a passagem. Depois vimos um sujeito ou a sombra de um sujeito que levantou a cancela; Hans saiu da perua e, seguido pelo sujeito que tinha nos liberado a entrada, entrou na recepção do camping. Pouco depois, saiu novamente e nos falou da janela do motorista. A notícia que tinha para nos dar era que naquele camping não alugavam barracas. Fizemos rapidamente uns cálculos. Erica, Steve e John não tinham barraca. Hugh e eu, sim. Decidimos que Erica e eu dormiríamos numa barraca e que Steve, John e Hugh dormiriam na outra. Hans, Monique e o menino dormiriam na perua. Depois Hans entrou de novo na recepção, assinou uns papéis e voltou ao volante. O sujeito que tinha aberto a cancela para nós subiu numa bicicleta pequena demais e nos guiou por ruas espectrais, margeadas por trailers velhos, até um canto do camping. Estávamos tão cansados que caímos imediatamente no sono, sem nem sequer tomar uma chuveirada.

Passamos o dia seguinte na praia, e de noite, depois do jantar, fomos beber no bar do camping. Quando cheguei lá, Hugh e Steve estavam conversando com o vigia noturno que tínhamos visto na noite anterior. Eu me sentei ao lado de Monique e de Erica e me dediquei a observar o ambiente. O bar, fiel reflexo do camping, estava quase vazio. Três pinheiros enormes emergiam do cimento do terraço do bar e em alguns pontos as raízes das árvores haviam levantado o chão de cimento como se fosse um tapete. Por um instante meditei sobre o que estava realmente fazendo naquele lugar. Nada parecia ter sentido. Num momento da noite, Steve e o vigia começaram a ler poemas. De onde Steve tinha tirado aqueles poemas? Em outro momento, uns alemães se juntaram a nós (eles nos convidaram para uma rodada), e um deles fez uma perfeita imitação do Pato Donald. Lembro-me de que, quase no fim da noitada, vi Hans discutindo com o vigia. Hans falava espanhol e parecia cada vez mais exaltado. Observei os dois por algum tempo. A certa altura, tive a impressão de que Hans chorava. O guarda, pelo contrário, parecia sereno, pelo menos não agitava os braços nem fazia gestos desmedidos.

No dia seguinte, quando tomava banho de mar, ainda não reposta do porre da noite anterior, eu vi o vigia. Na praia não havia ninguém, só ele. Estava sentado na areia, completamente vestido, lendo jornal. Ao sair da água eu o cumprimentei. Ele levantou a cabeça e respondeu ao cumprimento. Estava muito pálido, com os cabelos revoltos, como se acabasse de acordar. Nessa mesma noite, sem termos o que fazer, voltamos a nos reunir no bar do camping. John foi escolher umas músicas no jukebox. Erica e Steve se sentaram sozinhos a uma mesa à parte. Os alemães da noite anterior tinham ido embora, e no terraço só estávamos nós. Mais tarde chegou o vigia. Às quatro da manhã, só restávamos Hugh, ele e eu. Depois Hugh se foi, e o vigia e eu fomos dormir juntos.

A guarita onde o vigia passava as noites era tão pequena que não dava para uma pessoa, a não ser que fosse uma criança ou um anão, ficar deitada dentro dela. Tentamos fazer amor de joelhos, mas era incômodo demais. Mais tarde tentamos sentados numa cadeira. No fim acabamos rindo, sem ter transado. Quando o dia já ia nascendo, ele me acompanhou até minha barraca, depois foi embora. Eu lhe perguntei onde morava. Em Barcelona, falou. Precisamos ir juntos a Barcelona, disse a ele.

No dia seguinte, o vigia chegou cedo ao camping, muito antes de começar seu turno, e ficamos juntos na praia, depois fomos andando até Castelldefels. De noite, todos nós voltamos a nos reunir no terraço do bar, mas o bar nessa noite fechou cedo, provavelmente antes das dez. Parecíamos refugiados de guerra. Hans tinha saído com a perua para comprar pão, e Monique mais tarde preparou sanduíches de salaminho para todos. Compramos cerveja no bar, antes de fecharem. Hans reuniu nós todos à sua mesa e disse que dali a dois ou três dias iríamos para Valência. Faço o que posso pelo grupo, Hans disse. Esse camping está morrendo, acrescentou olhando o vigia nos olhos. Nessa noite não havia jukebox, de modo que Hans e Monique trouxeram um radiocassete e ouvimos por um tempo suas músicas favoritas. Depois Hans e o vigia voltaram a travar uma discussão. Falavam em espanhol, mas de vez em quando Hans me traduzia para o alemão suas palavras e acrescentava comentários sobre a percepção do mundo que o vigia tinha. A conversa me pareceu chata e os deixei a sós. Quando estava dançando com Hugh, no entanto, eu me virei para olhar pra eles, e Hans estava como na noite anterior, à beira das lágrimas.

De que acha que estão falando?, Hugh me perguntou. De bobagens, com certeza, respondi. Aqueles dois se odeiam, Hugh disse. Mal se conhecem, falei, porém mais tarde pensei no que Hugh disse e concluí que ele tinha razão.

Na manhã seguinte, antes das nove, o vigia veio me buscar em minha barraca, e de trem fomos de Castelldefels a Sitges. Passamos o dia inteiro nessa cidade. Enquanto comíamos sanduíches de queijo na praia, contei a ele que no ano anterior eu tinha escrito uma carta a Graham Greene. Pareceu se espantar. Por que para Graham Greene?, perguntou. Gosto de Graham Greene, respondi. Nunca poderia imaginar, ele disse, ainda tenho muito que aprender. Não gosta de Graham Greene?, perguntei. Não li muita coisa dele, respondeu. O que lhe disse na carta? Contei coisas de minha vida e de Oxford, eu falei. Não li muitos romances, o vigia disse, mas li muita poesia. Depois me perguntou se Graham Greene havia respondido à minha carta. Sim, eu disse, escreveu uma resposta breve mas muito gentil. Vive aqui em Sitges, o vigia disse, um romancista do meu país, que fui visitar uma vez. Que romancista?, perguntei, mas poderia perfeitamente ter deixado pra lá a pergunta, já que nunca li nenhum romancista latino-americano. O vigia disse um nome que esqueci, depois disse que seu romancista, tal como Graham Greene, tinha se mostrado muito gentil com ele. E por que foi visitá-lo?, perguntei. Não sei, o vigia disse, não tinha nada a dizer, na verdade mal abri a boca enquanto estive com ele. Ficou o tempo todo sem dizer nada? Não fui sozinho, o vigia disse, mas com um amigo, ele falou. Mas você não disse nada ao romancista, não fez nenhuma pergunta? Não, o vigia disse, o sujeito parecia deprimido e meio doente, não quis incomodá-lo. Não posso acreditar que não tenha perguntado nada a ele, falei. Ele fez uma pergunta para mim, o vigia disse enquanto me fitava com curiosidade. Que pergunta?, indaguei. Ele me perguntou se eu tinha visto um filme, feito no México, baseado num romance dele. E você tinha visto? Tinha, o vigia disse, por acaso tinha visto, aliás até gostei, o problema era que eu não tinha lido o romance, portanto não sabia até que ponto o filme era fiel ao texto, o vigia disse. E o que você disse a ele?, perguntei. Não falei que não tinha lido o romance, o vigia disse. Mas que tinha visto o filme você disse, falei. O que você acha?, o vigia perguntou. Então eu o imaginei sentado na frente de um romancista com a cara de Graham Greene e pensei que ele tinha ficado calado. Que não disse, respondi. Disse sim, o vigia falou.

Dois dias depois levantamos acampamento e fomos para Valência. Ao me despedir do vigia, pensei que aquela era a última vez que eu o veria. Enquanto viajávamos, quando me coube sentar ao lado de Hans e conversar com ele, perguntei qual o motivo de suas discussões com o vigia. Seu santo não bateu com o dele, comentei, por quê? Hans permaneceu em silêncio um instante, algo inusitado nele, pensando na resposta que iria me dar. Por fim disse simplesmente que não sabia.

Passamos uma semana em Valência, rodando de um lado para outro, dormindo na perua e procurando trabalho nos laranjais, mas não arranjamos nada. O pequeno Udo ficou doente, e nós o levamos a um hospital. Era só um resfriado, com uma ponta de febre, agravado pelas condições em que estávamos vivendo. Devido a isso, o humor de Monique azedou, e pela primeira vez eu a vi zangada com Hans. Uma noite falamos em deixar a perua, para que Hans e sua família prosseguissem sozinhos e em paz, mas ele disse que não poderia permitir que continuássemos sozinhos, e compreendemos que ele tinha razão. O problema, como sempre, era o dinheiro.

Quando voltamos para Castelldefels chovia a cântaros, o camping estava inundado. Era meia-noite. O vigia reconheceu a perua e saiu para nos receber. Eu ia sentada num dos bancos de trás, e reparei quando ele espiou, procurando por mim, depois perguntou a Hans onde estava Mary. Depois disse que, se nos deixasse montar as barracas, o mais provável era que a água as inundasse, por isso nos levou a uma espécie de cabana de madeira e tijolo, na outra extremidade do camping, uma cabana construída de maneira caótica, onde havia pelo menos oito quartos, e lá passamos a noite. Hans e Monique, para economizar, foram da perua para a praia. A cabana não tinha luz elétrica, e o vigia foi procurar velas num quarto que servia de depósito de material de manutenção. Não achou. Tivemos que iluminar o local com isqueiros. Na manhã seguinte, o vigia apareceu na cabana com um homem de cabelos brancos e ondulados, de uns cinquenta anos, que nos cumprimentou e começou a falar com o vigia. Depois este nos disse que o sujeito era o dono do camping e que ia nos deixar ficar grátis ali por uma semana.

De tarde a perua apareceu. Monique dirigia, com Udo num dos bancos de trás. Dissemos a ela que estávamos bem e que viessem ficar conosco, que era grátis e tínhamos lugar de sobra para todos, mas Monique disse que Hans havia telefonado para o seu tio no sul da França e que o melhor era que fôssemos todos para lá imediatamente. Perguntamos onde estava Hans, e ela nos disse que ele tinha uns assuntos a resolver em Barcelona.

Ficamos mais uma noite no camping. Na manhã seguinte Hans apareceu e nos disse que estava tudo resolvido, que poderíamos passar o tempo que faltava até o início da vindima numa das casas do tio de Monique, sem fazer nada, só nos tostando ao sol. Depois ele chamou Hugh, Steve e eu à parte e nos disse que não queria John no grupo. Esse cara é um degenerado, disse. Para minha surpresa, Hugh e Steve lhe deram razão. Eu disse que para mim tanto fazia John continuar com a gente ou não. Mas quem diria a ele? Vamos dizer todos juntos, Hans disse, como deve ser. Aquilo me pareceu o cúmulo, e decidi não participar. Antes de irem, comuniquei que iria ficar uns dias em Barcelona, na casa do vigia, e que me juntaria a eles dali a uma semana, na aldeia.

Hans não fez nenhuma objeção, mas antes de partir me disse que tivesse muito cuidado. Esse cara é bicho ruim, falou. O vigia? Em que sentido? Em todos os sentidos, disse. Na manhã seguinte fui para Barcelona. O vigia morava num apartamento enorme, na Gran Vía, em companhia da mãe e do namorado da mãe, um cara vinte anos mais moço que ela. A casa era habitada apenas nos extremos. Na parte interna, numa peça que dava para os pátios, viviam a mãe e seu amante, na parte externa, num quarto com balcão que dava para a Gran Vía, morava o vigia. No meio havia pelo menos seis quartos vazios, onde, entre a poeira e as teias de aranha, era possível adivinhar a presença dos antigos moradores. John passou duas noites num desses quartos. O vigia me perguntou por que John não tinha ido com os outros, e, quando expliquei, ficou pensativo e na manhã seguinte apareceu com ele na casa.

Depois John tomou um trem para a Inglaterra, e o vigia começou a trabalhar somente nos fins de semana, de modo que tínhamos o tempo todo à nossa disposição. Foram dias muito agradáveis. Levantávamos tarde, tomávamos o café-da-manhã em bares do bairro, eu uma xícara de chá, o vigia um café com leite ou um *carajillo*,* depois íamos vagar pela cidade até o cansa-

---

* Café preto com alguma bebida destilada, geralmente conhaque ou rum. (N. T.)

ço nos fazer voltar para casa. Claro, havia alguns inconvenientes, o principal deles era que eu não gostava que o vigia gastasse seu dinheiro comigo. Uma tarde, quando estávamos numa livraria, eu lhe perguntei que livro queria e o comprei para ele. Foi o único presente que lhe dei. Escolheu uma antologia de um poeta espanhol chamado De Ory, desse nome, sim, eu me lembro.

Dez dias depois, eu me fui de Barcelona. O vigia me levou até a estação. Eu lhe dei meu endereço em Londres e o endereço na aldeia do Roussillon, onde eu estaria trabalhando, caso ele se animasse a aparecer. Quando nos despedimos, no entanto, eu estava quase certa de que nunca mais tornaria a vê-lo.

A viagem de trem, pela primeira vez sozinha depois de muito tempo, foi particularmente boa. Eu me sentia bem comigo mesma. Tive tempo para pensar em minha vida, em meus projetos, no que queria e no que não queria. Compreendi, poderia dizer que de forma instantânea, que a solidão já não seria algo preocupante. Em Perpignan tomei um ônibus que me deixou numa encruzilhada e dali fui andando até Planèzes, onde presumivelmente meus companheiros de viagem me esperavam. Cheguei pouco antes de o sol se pôr, e a visão das colinas cheias de vinhedos, de um tom marrom esverdeado muito forte, contribuiu para serenar ainda mais meu ânimo, se é que isso era possível. Naquela noite, Hugh me pôs a par de tudo que havia acontecido em minha ausência. Hans, sem que soubessem o motivo, tinha brigado com Erica, e não se falavam mais. Por alguns dias, Steve e Erica falaram da possibilidade de ir embora, mas logo Steve brigou por sua vez com Erica, e os planos de fuga caíram no esquecimento. Para completar, o pequeno Udo tinha adoecido de novo, e por causa dele Monique e Hans quase saíram no tapa. Segundo Hugh, Monique quis levar o filho a um hospital de Perpignan, e Hans se opôs com o pretexto de que os hospitais provocavam doenças muito mais do que curavam. Na manhã seguinte, Monique estava de olhos inchados de tanto chorar ou talvez das porradas dadas por Hans. O pequeno Udo, de todo modo, tinha sarado sozinho ou graças às ervas que o pai o fizera tomar. No que dizia respeito ao próprio Hugh, declarou que passava a maior parte do tempo de porre, já que o vinho era abundante e grátis.

Naquela noite, durante o jantar, não notei nenhum sintoma alarmante de tensão em meus companheiros, e no dia seguinte, como se estivessem me esperando, começou a vindima. A maioria de nós trabalhava cortando os cachos. Hans e Hugh trabalhavam de carregadores. Monique dirigia o carro que levava a uva para a cooperativa de um povoado vizinho. Além do grupo de Hans, trabalhavam conosco três espanhóis e duas francesas, com as quais não demorei a fazer amizade.

O trabalho era esgotante, possivelmente a única vantagem consistia em que, encerrada a jornada, ninguém tinha vontade de brigar com ninguém. De qualquer modo, motivos para atrito é que não faltavam. Uma tarde, Hugh, Steve e eu dissemos a Hans que eram necessários pelo menos mais dois trabalhadores. Hans concordou conosco, mas disse que era impossível. Quando perguntamos por que era impossível, respondeu que tinha se comprometido com o tio de Monique a fazer a vindima com apenas onze empregados, nem um mais.

Às tardes, depois de terminada a labuta, costumávamos ir tomar banho num rio. A água era fria, mas o rio era profundo o bastante para nadar e assim esquentar o corpo. Depois nos ensaboávamos, lavávamos a cabeça e voltávamos a casa para jantar. Os três espanhóis estavam alojados em outra casa e levavam sua vida à parte, mas às vezes nós os convidávamos para comer conosco. As duas francesas viviam na aldeia vizinha (onde ficava a cooperativa) e todas as tardes iam de moto para os respectivos lares. Uma se chamava Marie-Josette, a outra Marie-France.

Uma noite, quando todos tínhamos bebido demais da conta, Hans nos contou que havia vivido numa comuna dinamarquesa, a comuna maior e mais bem organizada do mundo. Não sei quanto tempo falou. Às vezes se excitava e dava socos na mesa, ou se levantava, e nós, sentados, o víamos crescer, se esticar de forma desmedida, feito um ogro, um ogro a que estávamos amarrados por sua generosidade e por nossa falta de dinheiro. Outra noite, enquanto todos dormiam, eu o ouvi falando com Monique. Hans e ela estavam num quarto bem em cima do meu, e naquela noite provavelmente não tinham fechado a janela. Seja lá como for, eu os ouvi, falavam em francês, e Hans dizia que não podia evitar, só isso, que não podia evitar, e Monique dizia que sim, que sim, que precisava fazer um esforço. O restante eu não entendi.

Certa tarde, quando já estávamos a ponto de terminar o trabalho, o vigia apareceu em Planèzes, e foi tanta a minha alegria ao vê-lo que eu lhe disse que o amava e que tivesse cuidado. Não sei por que disse isso, mas, ao vê-lo aparecer, caminhando pela rua principal do povoado, tive a sensação de que um perigo certo espreitava todos nós.

Surpreendentemente, ele me disse que também me amava e que gostaria de viver comigo. Via-se que ele estava feliz, cansado, havia chegado ao povoado de carona depois de percorrer quase toda região, mas feliz. Naquela tarde, eu me lembro, fomos todos tomar banho de rio, todos menos Hans e Monique, e, quando nos despimos e entramos na água, o vigia ficou na margem, completamente vestido, com roupa *demais* até, como se estivesse com frio, apesar do calor que fazia. Depois aconteceu algo que aparentemente não tem nenhuma importância, mas em que eu percebi a mão de alguém, do acaso ou de Deus. Quando nos banhávamos, apareceram na ponte três trabalhadores temporários que ficaram olhando para a gente, para Erica e para mim, por um bom tempo, eram dois homens mais velhos e um adolescente, talvez o avô, o pai e o filho, vestindo roupas de trabalho muito maltratadas, e afinal um deles disse alguma coisa em espanhol, o vigia respondeu, vi a cara dos trabalhadores olhando para baixo e a cara do vigia olhando para cima (para um céu muito azul), e depois das primeiras palavras houve outras, todos falaram, os três diaristas e o vigia, pareciam, primeiro, perguntas e respostas, depois era simplesmente como se fizessem observações banais, uma simples conversa de três pessoas que estão numa ponte e um vagabundo que está embaixo, e tudo isso acontecia enquanto nós, Steve, Erica, Hugh e eu, nos banhávamos e nadávamos de um lado para o outro, como cisnes ou como patos, em princípio alheios à conversa em espanhol, mas em parte objeto desta, em particular Erica e eu, motivo de gozo visual e de espera. Mas de repente os diaristas foram embora (sem esperar que saíssemos da água) e disseram *adiós*, essa palavra em espanhol é claro que eu entendo, e o vigia também lhes disse *adiós*, e tudo acabou nisso.

De noite, durante o jantar, todos encheram a cara. Eu também enchi, mas não tanto quanto os outros. Lembro que Hans gritava Dioniso, Dioniso. Lembro que Erica, que estava sentada ao meu lado à mesa comprida, me agarrou pelo queixo e me deu um beijo na boca.

Eu tinha certeza de que alguma coisa ruim iria acontecer.

Disse ao vigia que fôssemos para a cama. Não me deu atenção. Falava, em seu péssimo inglês misturado com palavras francesas, de um amigo que havia desaparecido no Roussillon. Boa maneira de procurar seu amigo,

Hugh disse, bebendo com desconhecidos. Vocês não são desconhecidos, o vigia disse. Logo começaram a cantar, Hugh, Erica, Steve e o vigia, creio que uma música dos Rolling Stones. Pouco depois apareceram dois dos espanhóis que trabalhavam conosco, não sei quem tinha ido buscá-los. E eu pensando o tempo todo: alguma coisa ruim está a ponto de acontecer, vai pintar alguma coisa ruim, mas não sabia o que poderia ser nem o que eu poderia fazer para evitá-la, a não ser levar o vigia para meu quarto e fazer amor com ele ou persuadi-lo a dormir.

Depois Hans saiu do quarto (Monique e ele tinham se retirado cedo, mal acabara o jantar) e pediu que não fizéssemos tanto barulho. Lembro que a cena se repetiu várias vezes. Hans abria a porta, olhava para a gente um a um e nos dizia que já era tarde, que o barulho que fazíamos não o deixava dormir, que no dia seguinte teríamos que trabalhar. Lembro que ninguém lhe dava a menor bola, quando aparecia diziam sim, sim, Hans, vamos nos calar, porém, quando a porta se fechava atrás dele, voltavam imediatamente os gritos e as risadas. Então Hans abriu a porta, sua nudez coberta unicamente pela cueca branca, a comprida cabeleira desgrenhada, e disse que acabássemos de uma vez por todas com aquilo, que fôssemos imediatamente embora dali, cada um para o seu quarto. O vigia se levantou e disse: olhe, Hans, chega de bancar o imbecil, ou alguma coisa assim. Lembro que Hugh e Steve riram, não sei se da cara que Hans fez ou se da má construção em inglês da frase. Hans parou por um instante, perplexo, e depois desse instante rugiu: como você se atreve?, só isso, e se atirou sobre o vigia, não eram poucos os metros que o separavam deste, todos nós tivemos a oportunidade de vê-lo com todo o luxo de detalhes, um colosso seminu cruzando a sala quase às carreiras em direção ao meu pobre amigo.

Mas então aconteceu o que ninguém esperava. O vigia não arredou pé, ele se manteve tranqüilo enquanto a massa de carne se deslocava pela sala, disposta a colidir com ele, e, quando Hans estava a poucos centímetros, apareceu uma faca em sua mão direita (na delicada mão direita do vigia, tão diferente da mão de uma vindimadora), e a faca se ergueu até ficar justo por baixo da barba de Hans, na verdade apenas incrustada em suas últimas frondosidades, o qual freou seco e disse o que é isso? que brincadeira é essa?, em alemão, Erica deu um grito, e a porta, a porta detrás da qual estava Monique e o pequeno Udo se entreabriu, e a cabeça de Monique, talvez nua, apareceu pudicamente. Então o vigia começou a andar justo na direção contrária à que Hans tinha vindo embalado, e a faca, eu a vi com clareza pois estava a menos de um metro, se introduziu na barba, Hans começou a retroceder, e, embora me parecesse que percorriam toda sala até a porta onde Monique se escondia, na realidade só deram três passos, talvez dois, depois pararam, e o vigia baixou a faca, olhos nos olhos de Hans e lhe deu as costas.

Segundo Hugh, aquele teria sido o momento certo para que Hans pulasse em cima do vigia e o dominasse, mas o caso é que Hans permaneceu imóvel e nem sequer se deu conta de que Steve se aproximava dele e lhe oferecia um copo de vinho, ainda que o tenha bebido, mas como se bebesse ar.

Então o vigia se virou e insultou Hans. Ele o chamou de nazista, disse a ele o que você pretendia fazer comigo, nazista? Hans o olhou nos olhos, murmurou alguma coisa, cerrou os punhos, e aí todos pensamos que se atiraria em cima do vigia, que desta vez nada o deteria, mas se conteve, Monique falou alguma coisa, Hans se virou e lhe respondeu, Hugh se aproximou do vigia e o arrastou até uma cadeira, na certa lhe serviu mais vinho.

Da seqüência só me lembro que todos saímos da casa e fomos andar pelas ruas de Planèzes, procurando a lua. Olhávamos para o céu: grandes nuvens negras a ocultavam. Mas o vento empurrava as nuvens para o leste, e a lua reaparecia (então gritávamos), depois tornava a se esconder. A certa altura pensei que parecíamos fantasmas. Disse ao vigia: vamos voltar para casa, quero dormir, estou cansada, mas ele não me deu bola.

O vigia falava de um desaparecido, ria e fazia piadas que ninguém entendia. Quando deixamos para trás as últimas casas do povoado, pensei que já era hora de voltar, que, se não voltasse, no dia seguinte iria ser incapaz de me levantar. Eu me aproximei do vigia e lhe dei um beijo. Um beijo de boa noite.

Ao voltar para casa, todas as luzes estavam apagadas, e o silêncio era total. Eu me aproximei de uma janela e a abri. Não se ouvia nada. Depois subi ao meu quarto, me despi e me enfiei na cama.

Quando acordei, o vigia dormia ao meu lado. Eu me despedi dele e fui trabalhar com os outros. Ele não me respondeu, estava como que morto. No quarto pairava um cheiro de vômito. Voltamos ao meio-dia, o vigia já tinha ido embora. Em minha cama encontrei um bilhete, onde ele pedia desculpas pela atitude da noite anterior e em que dizia que fosse visitá-lo em Barcelona quando quisesse, que estaria me esperando.

Naquela mesma manhã, Hugh me contou o que havia acontecido na noite anterior. Segundo Hugh, quando fui embora, o vigia pirou. Estavam perto do rio, e o vigia dizia que alguém o chamava, uma voz, do outro lado do rio. Por mais que Hugh lhe dissesse que não havia ninguém, que a única coisa que se ouvia, e mesmo assim muito mal, era o barulho da água, o vigia continuava insistindo em que uma pessoa estava lá, do outro lado do rio, e que o esperava. Achei que ele estivesse brincando, Hugh disse, mas foi só me distrair que ele saiu correndo morro abaixo, na mais completa escuridão, na direção do que ele acreditava ser o rio, atravessando mato e espinheiros, completamente cego. Segundo Hugh, naquele momento, do grupo inicial só restavam ele e os dois espanhóis que tínhamos convidado para nossa festa. E, quando o vigia se perdeu correndo morro abaixo, os três saíram atrás dele, porém muito mais devagar, porque a escuridão era tão grande e o declive tão acentuado que um tropeção poderia significar tombo e ossos quebrados, de modo que o vigia não demorou a sumir do alcance da vista deles.

Segundo Hugh, ele pensou que a intenção do vigia fosse mergulhar no rio. O mais provável no entanto, Hugh disse, era que ele mergulhasse numa pedra, elas abundam naquela parte, ou que tropeçasse num tronco de árvore caída, ou que acabasse embrenhado em algum matagal. Quando chegaram lá embaixo, encontraram o vigia sentado na relva, esperando por eles. E então aconteceu o mais estranho, Hugh disse, quando me aproximei por trás dele, ele se virou em grande velocidade e em menos de um segundo eu estava no chão, o vigia em cima de mim e suas mãos apertando minha garganta. Segundo Hugh, tudo foi tão rápido que ele nem teve tempo de sentir medo, mas o caso é que o vigia tinha começado a estrangulá-lo, os dois espanhóis tinham se afastado, não podiam vê-lo nem ouvi-lo e, além do mais, com as mãos do vigia em torno do pescoço (mãos tão diferentes das que Hugh e eu tínhamos então, cheias de cortes), não lhe saía nenhum som da garganta, ele não era capaz nem mesmo de gritar por socorro, tinha ficado mudo.

Ele quase me matou, Hugh disse, mas de repente se deu conta do que estava fazendo e o soltou, pedindo desculpas, Hugh pôde ver a cara dele (a lua tinha voltado a aparecer) e se deu conta de que estava, são palavras de Hugh, banhada em lágrimas. Agora vem o mais surpreendente do relato de Hugh, pois, quando o vigia o soltou e lhe pediu desculpas, ele também começou a chorar, conforme disse, porque de repente se lembrou da moça que o havia deixado, a escocesa, de repente começou a pensar que ninguém o esperava na Inglaterra (salvo seus pais), de repente compreendeu algo que não foi capaz de me explicar ou que me explicou mal.

Depois chegaram os espanhóis, estavam puxando fumo e lhes perguntaram por que choravam, e eles, Hugh e o vigia, desataram a rir, e os espanhóis, que rapazes mais sadios e mais sábios, Hugh disse, compreenderam tudo sem que eles dissessem nada, passaram o baseado para eles, depois os quatro voltaram juntos.

E agora como você se sente?, perguntei ao Hugh. Eu me sinto muito bem, Hugh disse, louco para que a vindima acabe e para que voltemos para casa. O que você acha do vigia?, perguntei. Não sei, Hugh disse, é um problema seu, você é que precisa pensar nisso.

Quando o trabalho terminou, uma semana depois, voltei com Hugh para a Inglaterra. Minha idéia original era viajar outra vez, para Barcelona, mas, quando a vindima acabou, eu estava cansada demais, doente demais e decidi que o melhor era ir para Londres, para a casa dos meus pais, e talvez consultar um médico.

Passei duas semanas na casa dos meus pais, duas semanas vazias, sem ver nenhum amigo. O médico disse que eu estava "fisicamente esgotada", receitou umas vitaminas e me disse para consultar um oculista. O oculista disse que eu precisava de óculos. Pouco depois fui para o número 25 da Cowley Road, em Oxford, e escrevi várias cartas ao vigia. Expliquei tudo, como me sentia, o que o médico dissera, que agora usava óculos, que assim que conseguisse dinheiro pensava em ir a Barcelona vê-lo, que o amava. Devo ter enviado seis ou sete cartas num lapso de tempo relativamente curto. Não recebi resposta. Depois as aulas recomeçaram, conheci outra pessoa e deixei de pensar nele.

Alain Lebert, bar Chez Raoul, Port Vendres, França, dezembro de 1978. Por aqueles dias, eu vivia como no maquis. Tinha minha toca e lia o *Libération* no bar do Raoul. Não estava sozinho. Havia outros como eu e quase nunca nos chateávamos. De noite falávamos de política e jogávamos bilhar. Ou recordávamos a temporada turística que havia terminado pouco antes.

Recordávamos as burradas dos outros, os muquifos dos outros e arrebentávamos em gargalhadas no terraço do bar do Raoul, olhando os veleiros ou as estrelas, estrelas claríssimas que anunciavam a chegada dos meses ruins, os meses do trabalho duro e do frio. Depois, bêbados, íamos cada um para o seu lado, ou de dois em dois. Eu: para minha gruta, nos arredores da cidade, lá para o lado dos rochedos do Apagado, não tenho a menor idéia de por que chamam o local assim, nem me dei ao trabalho de perguntar, ultimamente noto certa tendência minha a aceitar as coisas tal como são. Como ia dizendo: voltava todas as noites para minha gruta, sozinho, andando como se já estivesse dormindo e, quando chegava, acendia uma vela, vai que eu me enganasse, no Apagado há mais de dez grutas, a metade delas ocupadas, mas nunca me enganei. Depois me enfiava no saco de dormir O Canadense Impetuoso Extraprotetor e ficava pensando na vida, nas coisas que acontecem a um palmo de nosso nariz e que às vezes a gente entende, outras vezes, a maioria, não entende, e então esse pensamento me levava a outro, esse outro a outro, depois, sem perceber, eu já estava dormindo e voando ou rastejando, que diferença faz.

De manhã, o Apagado parecia uma cidade dormitório. Principalmente no verão. Todas as grutas estavam ocupadas, algumas por mais de quatro pessoas, e por volta das dez todo mundo começava a sair, a dizer bom dia, Juliette, bom dia, Pierrot, e, se você ficasse dentro de sua gruta, enroladinho no seu saco, poderia ouvi-los ponderar sobre o mar, sobre a luz do mar, e depois ouviria um ruído como que de panelas, como se alguém estivesse fervendo água num fogareiro de acampamento, dava até para ouvir o barulho dos isqueiros acendendo e do amarfanhado maço de Gauloises que passava de mão em mão, dava para ouvir os ah-ah e os oh-oh, também os u-la-lá, e, evidentemente, nunca faltava o imbecil que falava do tempo. Se bem que, acima de tudo, o que dava mesmo para escutar era o barulho do mar, o barulho das ondas quebrando contra os rochedos do Apagado. Depois, à medida que o verão ia acabando, as grutas se esvaziaram, e só ficamos cinco, depois quatro, depois só três, o Pirata, Mahmud e eu. Naqueles dias o Pirata e eu já tínhamos conseguido trabalho no *Isobel*, e o capitão do barco nos disse que poderíamos trazer nossas esteiras e nos instalar no camarote dos tripulantes, proposta que foi bem recebida mas que não quisemos levar de imediato a cabo, pois nas grutas tínhamos intimidade e, além do mais, um espaço próprio, enquanto dentro do barco era como dormir num sarcófago, e o Pirata e eu tínhamos nos acostumado à comodidade da vida ao ar livre.

Em meados de setembro, começamos as saídas para o Golfo de Leão, algumas vezes as coisas iam mais ou menos, outras iam francamente mal, o que, financeiramente, quer dizer que nos dias mais ou menos ganhávamos, tendo sorte, o bastante para pagar comida e bebida, mas nos dias ruins Raoul precisava nos fiar até palito de dentes. A maré ruim chegou a ser tão preocupante que uma noite, no alto-mar, o capitão disse que talvez a culpa de tudo fosse do azar do Pirata. Disse isso assim, como quem diz que está chovendo ou que está com fome. E então os outros pescadores disseram que, se era assim, por que não o jogávamos no mar ali mesmo? Depois, no porto, diríamos que ele tinha caído tão grande era o porre. Meio de piada, meio a sério, por um bom tempo todos falamos nessa proposta. Ainda bem que o Pirata estava tão bêbado, que nem se deu conta do que dizíamos. Naqueles dias também vieram me ver na gruta os putos da gendarmaria. Eu tinha uma questão pendente num povoado perto de Albi, por ter cometido um roubo num supermercado. Isso havia acontecido dois anos antes, e o montante do roubo era uma baguete, um queijo e uma lata de atum. Mas o braço da Justiça é comprido. Todas as noites eu enchia a cara com meus amigos no bar do Raoul. Desancava a polícia (embora, numa mesa próxima, estivesse um gendarme, que eu conhecia de vista, tomando seu *pastis*), a sociedade, o sistema judicial, que não deixa a gente em paz, e lia em voz alta artigos da revista *Tiempos Difíciles*. À minha mesa se sentavam pescadores profissionais e amadores, e rapazes jovens feito eu, da cidade, a fauna que o verão havia despejado em Port Vendres e que ali, até nova ordem, havia ficado encalhada. Certa noite, uma moça chamada Margueritte, com a qual todos nós queríamos ir para a cama, leu um poema de Robert Desnos. Eu não sabia quem era esse cara, mas outros da minha mesa sabiam, e além do mais o poema era bom, chegava ao coração da gente. Estávamos no terraço do bar, na rua não se via nem mesmo um gato vadio, as luzes das casas, no entanto, brilhavam atrás das janelas do povoado, e nós só ouvíamos nossas vozes, o ruído distante de um carro, que, de quando em quando, passava pela rua que vai para a estação, estávamos a sós, ou assim imaginávamos, porque não tínhamos visto (pelo menos eu não tinha visto) que à mesa mais afastada do terraço havia outro cara. Depois de Margueritte ler os poemas de Desnos, nesse intervalo de silêncio que se cria depois de se ouvir algo verdadeiramente bonito, um intervalo que pode durar um ou dois segundos ou a vida toda, porque há para todos os gostos nesta terra sem justiça nem liberdade, o cara que estava na outra ponta do terraço se levantou e se aproximou da gente e pediu que Margueritte lesse outro poema. Depois nos pediu licença para se sentar à nossa mesa, e, quando lhe dissemos que claro, que nenhum problema, ele foi buscar seu café com leite na sua mesa, depois saiu do escuro (porque Raoul economiza que é uma barbaridade o consumo de energia), sentou com a gente, começou a tomar vinho como a gente e pagou umas rodadas, se bem que não levava pinta de ter muita grana, mas, como nosso grupo estava em plena crise, aceitamos, que remédio.

    Por volta das quatro da manhã todos nos demos boa-noite. O Pirata e eu tomamos o rumo do Apagado. No início do caminho, enquanto saíamos de Port Vendres, íamos a bom passo, cantando, depois, na parte em que o caminho deixa de merecer esse nome, pois não passa de uma trilha que abre passagem pela penedia em direção às grutas, seguimos em câmara lenta, porque, por maior que fosse nosso porre, nós dois sabíamos que um passo em falso ali, naquela escuridão, com o mar arrebentando lá embaixo, poderia ser fatal. De noite, por aquela trilha, o barulho não costuma rarear, mas a noite de que falo era quase silenciosa, e por um bom tempo só escutávamos o ruído dos nossos passos e as ondas mansas batendo nos rochedos. De repente, porém, ouvi outro tipo de barulho e, não sei por quê, achei que alguém nos seguia. Parei e dei meia-volta, escrutando a escuridão, mas não vi nada. Alguns metros diante de mim, o Pirata também havia parado de andar e ouvia em atitude expectante. Não nos dissemos nada, nem nos mexemos, e esperamos. De bem longe chegou até nós o ruído de um carro e de um riso abafado, como se o motorista houvesse enlouquecido. No entanto, não tornamos a ouvir o ruído que eu tinha ouvido e que era um ruído de passos. Deve ter sido um fantasma, ouvi o Pirata dizer, e retomamos a caminhada. Naqueles dias, só viviam nas furnas ele e eu, pois o primo ou o tio de Mahmud tinha vindo chamá-lo para que ele ajudasse nos preparativos da vindima num povoado de Montpellier. Antes de nos deitarmos, o Pirata e eu fumamos um cigarro, de frente para o mar. Depois nos demos boa-noite, e cada um se arrastou para sua gruta. Por um instante fiquei pensando nas minhas coisas, em minha viagem forçada a Albi, na má sorte do *Isobel*, em Margueritte e nos poemas de Desnos, numa notícia sobre o bando Baader-Meinhof, naquela manhã eu tinha lido sobre ele no *Libération*. Quando meus olhos começavam a fechar, tornei a ouvir o mesmo ruído de antes, os passos que se aproximam, param, a sombra que produz esses passos e que observa as bocas escuras das grutas. Não era o Pirata, disso eu logo me dei conta, pois conheço o andar do Pirata, não era ele. Mas eu estava cansado demais para sair do meu saco de dormir ou talvez já estivesse dormindo e continuasse ouvindo os passos, o caso é que pensei que quem os produzia, fosse lá quem fosse, não constituía nenhum perigo para mim, nenhum perigo para o Pirata e que, se queria briga, briga teria, mas que, para que isso acontecesse, precisaria entrar em nossas grutas, e eu sabia que o estranho não iria entrar, eu sabia que o estranho só estava procurando uma gruta desocupada para dormir também.

Na manhã seguinte eu o encontrei. Estava sentado numa pedra plana como uma cadeira, olhando para o mar e fumando um cigarro. Era o desconhecido do terraço do Chez Raoul. Quando me viu sair da gruta, ele se levantou e apertou minha mão. Não gosto que desconhecidos me toquem quando ainda não lavei o rosto. Assim, fiquei olhando para ele e tentei compreender o que ele dizia, mas só entendi palavras soltas como *comodidade*, *pesadelo, moça*. Depois saí andando em direção à horta de madame Francinet, onde há um poço, e ele ficou ali, fumando seu cigarro. Quando voltei, ele continuava fumando (o cara fumava feito um possesso) e ao me ver se levantou outra vez e me disse: Alain, eu o convido para o café-da-manhã. Não me lembrava de ter lhe dito meu nome. Quando saímos do Apagado, perguntei como tinha chegado às grutas, quem tinha dito que no Apagado havia grutas onde se podia dormir. Ele disse que Margueritte havia lhe falado, a leitora de Desnos, conforme ele a chamava, o cara disse que, quando o Pirata e eu tínhamos ido embora, ele havia ficado com Margueritte e François e que tinha perguntado a eles se sabiam de um lugar onde ele pudesse passar aquela noite. E que Margueritte lhe dissera que nos arredores havia algumas grutas vazias onde o Pirata e eu estávamos. O resto foi simples. Saiu correndo, conseguiu nos alcançar, depois escolheu uma gruta, desenrolou o saco de dormir, e pronto. Quando lhe perguntei como pôde se orientar nos rochedos, onde o caminho é tão ruim que nem merece ser chamado de caminho, disse que não tinha sido tão difícil, que íamos na frente e que ele apenas tinha seguido nossos passos.

Naquela manhã tomamos café no bar do Raoul, café com leite e croissants, e o desconhecido me disse que se chamava Arturo Belano e que estava procurando um amigo. Perguntei que amigo era esse e por que o estava procurando precisamente aqui, em Port Vendres. Ele tirou os últimos francos do bolso, pediu dois conhaques e desandou a falar. Disse que seu amigo vivia em casa de outro amigo, disse que seu amigo estava esperando alguma coisa, um trabalho, não me lembro, disse que o amigo do amigo o tinha botado para fora de casa e que, ao saber disso, tinha vindo buscá-lo. Onde seu amigo mora?, perguntei. Não tem casa, respondeu. E onde você mora?, perguntei. Numa gruta, ele respondeu, mas sorrindo, como se estivesse me gozando. No fim, soube que ele estava hospedado na casa de um professor da Universidade de Perpignan, em Colliure, aqui ao lado, do Apagado se vê Colliure. E então eu perguntei como ele havia sabido que seu amigo tinha sido posto na rua. E ele respondeu: o amigo do meu amigo me disse. E perguntei: o mesmo que o botou para fora? E ele respondeu: o próprio. E perguntei: quer dizer que primeiro bota o cara na rua, depois vai contar pra você? E ele respondeu: é que ele se assustou. E eu perguntei: mas por que esse mau amigo se assustou? E ele respondeu: ficou com medo que meu amigo se suicidasse. E perguntei: quer dizer que o amigo do seu amigo, inclusive desconfiando que seu amigo poderia se suicidar, simplesmente bota o cara na rua? E ele respondeu: pois é, você não poderia ter resumido melhor a coisa. A essa altura ele e eu ríamos, já estávamos meio de porre, e, quando ele foi embora, com sua mochilinha nos ombros, para continuar percorrendo de carona os povoados da região, bom, a essa altura já éramos bastante amigos, tínhamos almoçado juntos (o Pirata se juntou a nós pouco depois), e eu tinha lhe contado a injustiça que os juízes de Albi estavam cometendo comigo, havia contado onde trabalhávamos, e ao cair da tarde ele tinha ido embora, e só voltei a vê-lo uma semana depois. Ele ainda não havia encontrado o amigo, mas acho que nem pensava mais nisso. Compramos uma garrafa de vinho, fomos bater perna no porto, e ele me disse que um ano antes havia trabalhado no descarregamento de um barco. Dessa vez só ficou algumas horas. Estava mais bem-vestido que da vez anterior. Ele me perguntou em que pé estava meu processo em Albi. Também me perguntou pelo Pirata e pelas grutas. Queria saber se ainda morávamos lá. Eu lhe disse que não, que tínhamos mudado para o barco, sobretudo por causa do frio, que já começava a se fazer notar, por uma questão de economia, não tínhamos um franco nos bolsos, e no barco pelo menos poderíamos comer. Pouco depois ele foi embora. Segundo o Pirata, o cara estava apaixonado por mim. Você está louco, falei. Se não, por que ele viria a Port Vendres? O que perdeu por aqui?

Em meados de outubro tornou a aparecer. Eu estava deitado no meu beliche pensando na vida quando ouvi alguém chamando meu nome lá fora. Quando saí ao convés, eu o vi sentado num dos cabeços do porto. Olá, Lebert, ele me disse. Fui a terra para cumprimentá-lo e acendemos cigarros. Era uma manhã fria, com um pouco de névoa, não se via vivalma pelos arredores. Toda gente, supus, provavelmente estava no bar do Raoul. Ao longe se ouvia o barulho dos paus-de-carga de um barco que estava sendo carregado. Vamos tomar café, ele me disse. Está bem, vamos, eu disse. Mas nenhum dos dois se mexeu. Do fundo do quebra-mar vimos uma pessoa vindo em nossa direção. Belano sorriu. Cacete, disse, é Ulises Lima. Ficamos parados, esperando, até que ele chegou onde estávamos. Ulises Lima era mais baixo do que Belano, porém mais corpulento. Assim como Belano, usava uma mochilinha pendurada nos ombros. Mal se viram, começaram a falar em espanhol, se bem que o cumprimento, a forma como se cumprimentaram, foi mais para o casual, sem ênfase. Disse a eles que iria ao bar do Raoul. Belano disse está bem, já, já vamos para lá, e eu os deixei ali, conversando.

Estavam no bar todos os tripulantes do *Isobel*, todos com cara de enterro, e não era para menos, se bem que, como costumo dizer, se as coisas vão mal para você, só podem piorar se ainda por cima você ficar triste. De modo que entrei, corri os olhos pela freguesia, disse uma gracinha em voz alta ou caçoei deles, fui logo pedindo um café com leite, um croissant e um conhaque e abri o *Libération* da véspera, que François comprava e costumava deixar no bar. Estava lendo um artigo sobre os iuiú do Zaire, quando Belano e seu amigo entraram e foram direto para minha mesa. Pediram quatro croissants, e todos os quatro foi o desaparecido Ulises Lima quem comeu. Depois pediram três sanduíches de presunto com queijo, e me ofereceram um. Lembro que Lima tinha uma voz esquisita. Falava francês melhor que seu amigo. Não sei do que conversamos, talvez dos iuiú do Zaire, só sei que, em determinado momento da conversa, Belano me perguntou se eu conseguiria arranjar trabalho para Lima. Bem que tive vontade de gargalhar. Todos nós que estamos aqui, eu lhe disse, estamos procurando trabalho. Não, Belano disse, estou falando de um trabalho no barco. No *Isobel*? Mas é o pessoal do *Isobel* que está procurando trabalho!, falei. Precisamente, Belano disse, com certeza nessas circunstâncias deve ter alguma vaga. De fato, dois dos pescadores do *Isobel* haviam arranjado um trabalho de pedreiro em Perpignan, um bico que poderia mantê-los ocupados por no mínimo uma semana. Seria o caso de consultar o dono do barco, falei. Lebert, Belano disse, tenho certeza de que você pode arranjar esse trabalho para o meu amigo. Mas não tem dinheiro, falei. Mas tem um beliche, Belano disse. O problema é que acredito que seu amigo não saiba nada de pesca e de barcos, eu disse. Claro que sabe, Belano disse, hem, Ulises, você sabe, não é mesmo? Um tiquinho, Lima disse. Fiquei olhando para eles, porque estava claro que aquilo não podia ser verdade, bastava olhar para a cara deles, mas depois pensei que quem era eu para estar tão seguro quanto aos ofícios dos outros, eu nunca estivera na América, sei lá como são os pescadores daquelas bandas.

 Naquela mesma manhã fui falar com o capitão e disse que tinha um novo tripulante, e o capitão me disse: tudo bem, Lebert, pode instalá-lo no beliche de Amidou, mas só por uma semana. Quando voltei ao bar do Raoul, na mesa de Belano e de Lima havia uma garrafa de vinho, depois Raoul trouxe três pratos de sopa de peixe, uma sopa bem medíocre, mas que Belano e Lima tomaram e apreciaram como digna representante da cozinha francesa, eu não sabia se eles estavam rindo de Raoul, deles mesmos ou se falavam sério, acho que falavam sério, depois comemos uma salada com peixe cozido, e foi a mesma coisa, parabéns, diziam, magnífica salada ou típica salada provençal, quando estava na cara que aquilo nem conseguia ser uma salada à moda do Roussillon. Mas Raoul estava feliz, e além do mais esses eram fregueses que pagavam à vista, assim o que mais ele poderia querer? Depois apareceram François e Margueritte, que convidamos para sentar conosco, e Belano insistiu para que todos comêssemos uma sobremesa, depois pediu uma garrafa de champanhe, mas Raoul não tinha champanhe, tivemos que nos conformar com outra garrafa de vinho, e uns pescadores do *Isobel* que estavam no balcão vieram à nossa mesa, eu os apresentei a Lima, disse a eles: este aqui vai trabalhar com a gente, um marinheiro do México, sim, senhor, Belano disse, o holandês errante do lago de Patzcuaro, os pescadores cumprimentaram Lima, apertaram a mão dele, mas alguma coisa na mão de Lima lhes pareceu esquisita, claro, não era mão de pescador, isso dá para ver logo, mas devem ter pensado como eu, vá saber como são os pescadores daquele país tão distante, o pescador de almas da Casa do Lago de Chapultepec, Belano disse, e assim continuamos, se a memória não me falha, até as seis da tarde. Depois Belano pagou, então se despediu e foi para Colliure.

Naquela noite Lima dormiu no *Isobel*, conosco. O dia seguinte foi um dia feio, amanheceu nublado, passamos a manhã e parte da tarde preparando o barco. Coube a Lima limpar o porão. Lá embaixo fedia tanto, um fedor de peixe estragado que derrubava o mais resistente, que todos nós tentávamos escapar dessa faina, mas o mexicano não se intimidou. Acho que o capitão fez isso só para testá-lo. Disse-lhe limpe o porão. Eu disse a ele: finja que limpa e volte ao convés dois minutos depois. Mas Lima desceu e ficou lá embaixo por mais de uma hora. Na hora do almoço, o Pirata preparou um peixe guisado, mas Lima não quis comer. Coma, coma, o Pirata dizia, mas Lima falou que não estava com fome. Descansou um pouco, afastado da gente, como se temesse vomitar se nos visse comendo, depois tornou a descer ao porão. Às três da madrugada do dia seguinte nos fizemos ao mar. Bastaram algumas horas para que todos soubéssemos que Lima nunca na vida tinha pisado num barco. Espero que pelo menos ele não caia n'água, o capitão disse. Os outros olhavam para Lima, que demonstrava bastante boa vontade mas que não sabia fazer nada, e olhavam para o Pirata, que já estava bêbado, e só o que podiam fazer era dar de ombros, sem reclamar, mas com certeza nesse momento invejavam os dois companheiros que tinham conseguido um bico de pedreiro em Perpignan. Lembro que o dia estava nublado, ameaçando chuva a sudeste, mas que depois o vento virou, e as nuvens se afastaram. Ao meio-dia recolhemos as redes, e nelas só tínhamos uma miséria. Na hora do almoço estávamos todos com um humor de cão. Lembro que Lima me perguntou desde quando as coisas estavam assim e que eu lhe disse que fazia pelo menos um mês. O Pirata, de piada, sugeriu que tocássemos fogo no barco, e o capitão falou que, se ele dissesse outra vez uma coisa daquelas, ele lhe quebrava a cara. Depois rumamos para nordeste e de tarde voltamos a jogar as redes num lugar onde nunca tínhamos pescado antes. Trabalhávamos sem a menor vontade, eu me lembro, salvo o Pirata, que naquela altura do dia estava completamente bêbado e dizia incoerências na sala de comando, falava de uma pistola que tinha escondido ou ficava um tempão olhando para a lâmina de uma faca de cozinha, depois procurava o capitão com os olhos e dizia que todo homem tinha um limite, coisas do gênero.

Quando começou a escurecer, percebemos que as redes estavam cheias. Nós as recolhemos, e no porão se acumulou mais pesca do que em todos os dias anteriores. De repente, todos nós começamos a trabalhar feito loucos. Continuamos rumo ao nordeste, tornamos a jogar as redes, e novamente as tiramos transbordando de peixe. Até o Pirata dava duro. Assim levamos toda noite e toda manhã, sem dormir, acompanhando o banco, que se deslocava para a extremidade oriental do golfo. Às seis da tarde do segundo dia, o porão estava cheio até a boca, como nunca tínhamos visto, se bem que o capitão afirmasse que dez anos atrás ele tinha visto uma pesca quase tão considerável quanto essa. Quando voltamos a Port Vendres, muito poucos acreditaram no que havia acontecido conosco. Descarregamos, dormimos um pouco e voltamos a sair. Dessa vez não pudemos encontrar o grande banco, mas a pesca foi muito boa. Aquelas duas semanas, é possível dizer, vivemos mais no mar do que no porto. Depois tudo voltou a ser como antes, mas sabíamos que estávamos ricos, pois nosso salário consistia numa porcentagem da pesca. Então o mexicano disse que já chegava, que ele já tinha dinheiro bastante para fazer o que tinha que fazer e que iria embora. O Pirata e eu lhe perguntamos o que é que ele tinha que fazer. Viajar, ele nos disse, com o que ganhei posso comprar uma passagem de avião para Israel. Na certa tem uma femeazinha esperando você lá, o Pirata disse. Mais ou menos, o mexicano disse. Depois eu o levei para falar com o capitão. Este ainda não tinha a grana, os frigoríficos demoram para pagar, ainda mais quando se trata de uma remessa tão grande, e Lima teve que ficar mais alguns dias com a gente. Mas não quis mais dormir no *Isobel*. Por alguns dias esteve fora. Quando tornei a vê-lo, ele me disse que havia estado em Paris. Tinha feito a viagem de ida e volta de carona. Naquela noite, nós o convidamos para jantar, o Pirata e eu, no bar do Raoul, depois ele foi dormir no barco, embora soubesse que saíamos às quatro da manhã de Port Vendres para o Golfo de Leão, em busca, mais uma vez, daquele banco incrível. Estivemos dois dias no mar, e a pesca foi apenas discreta.

    A partir de então Lima preferiu dormir, durante o tempo que lhe faltava para receber o pagamento, numa das grutas do Apagado. O Pirata e eu fomos lá com ele uma tarde e mostramos quais eram as melhores grutas, onde ficava o poço, por que caminho deveria ir de noite para evitar o risco de despencar, enfim, algumas dicas para tornar agradável a vida ao ar livre. Quando não estávamos no mar, nós nos encontrávamos no bar do Raoul. Lima fez amizade com Margueritte e François, e com um alemão de uns quarenta e cinco anos, Rudolph, que trabalhava em Port Vendres e nos arredores, fazendo o que aparecesse, ele garantia que aos dez anos tinha sido soldado da Wehrmacht e que tinha recebido a cruz de ferro. Quando demonstrávamos incredulidade, ele puxava a medalha e a mostrava para quem quisesse vê-la: uma cruz de ferro enegrecida e enferrujada. Depois cuspia nela e blasfemava em alemão e em francês. Punha a medalha a uns trinta centímetros do rosto e falava com ela como se fosse um anão, fazia caretas para ela, depois a baixava e cuspia nela com desprezo ou com raiva. Certa noite eu disse a ele: se você odeia tanto essa porra de medalha, por que não a joga logo de uma porra de uma vez nessa porra de mar? Rudolph, então, ficou calado, como se se envergonhasse, e guardou a cruz de ferro no bolso.

Certa manhã recebemos enfim nosso pagamento, e nessa mesma manhã Belano apareceu outra vez, então comemoramos juntos a viagem que o mexicano iria fazer a Israel. Por volta da meia-noite, o Pirata e eu os acompanhamos até a estação. Lima iria pegar o trem da meia-noite para Paris, e em Paris pegaria o primeiro avião para Tel-Aviv. Na estação, juro, não havia vivalma. Sentamos num banco, do lado de fora, e logo depois o Pirata adormeceu. Bom, Belano disse, acho que esta é a última vez que nos vemos. Fazia um tempão que estávamos calados, e sua voz me causou um sobressalto. Pensei que se dirigia a mim, mas, quando Lima lhe respondeu em espanhol, percebi que não falava comigo. Eles continuaram a conversa por um instante. O trem chegou, o trem que vinha de Cerbère, Lima se levantou e se despediu de mim. Obrigado por me ensinar a andar de barco, Lebert, foi o que ele me disse. Não quis que acordasse o Pirata. Belano o acompanhou até a porta do trem. Vi os dois apertarem as mãos, e o trem partiu. Naquela noite Belano dormiu no Apagado, eu e o Pirata fomos para o *Isobel*. No dia seguinte, Belano já não estava em Port Vendres.

9.

Amadeo Salvatierra, rua República de Venezuela, perto do Palácio da Inquisição, México, DF, janeiro de 1976. De repente, ouvi que alguém falava comigo. Diziam: senhor Salvatierra, Amadeo, o senhor está bem? Abri os olhos, e lá estavam os dois rapazes, um deles com a garrafa de Sauza na mão, e eu disse a eles não é nada, rapazes, só cochilei um pouco, na minha idade o sono nos pega nos momentos mais inoportunos ou inverossímeis, menos quando deveria nos pegar, quer dizer, à meia-noite em nossa cama, que é precisamente quando o desgraçado do sono desaparece ou se faz de desentendido, e os velhos ficam insones. Mas a mim não incomoda a insônia, porque assim passo horas lendo, e de vez em quando até tenho tempo para revisar minhas coisas. O chato é que ando adormecendo em qualquer lugar, até no trabalho, e com isso a reputação fica prejudicada. Não se preocupe, Amadeo, os rapazes disseram, se quiser tirar uma soneca, tire, podemos vir outro dia. Não, rapazes, já estou bem, falei, como é, cadê a tequila? Então um deles abriu a garrafa e verteu o néctar dos deuses nos respectivos copos, os mesmos em que antes havíamos bebido mescal, o que, segundo alguns, é sinal de desleixo e, segundo outros, um requinte dos mil diabos, pois estando o vidro, digamos, laqueado com mescal, a tequila fica mais saborosa, feito uma mulher nua que vestíssemos com um casaco de peles. Saúde!, eu disse. Saúde, eles disseram. Depois puxei a revista que ainda trazia debaixo do braço e a passei diante dos olhos deles. Ah, que rapazes, os dois fizeram menção de pegá-la, mas não conseguiram. Este é o primeiro e último número de *Caborca*, disse a eles, a revista que Cesárea publicou, o órgão oficial, por assim dizer, do realismo visceral. Claro, a maioria dos publicados não é do grupo. Aqui estão, Manuel, Germán, Arqueles não está, Salvador Gallardo está, atenção: Salvador Novo está, Pablito Lezcano está, Encarnación Guzmán Arredondo está, um servidor está, depois vêm os estrangeiros: Tristan Tzara, André Breton e Philipe Souppault, hem?, que trio! Só então deixei que me tomassem a revista e com que gosto vi como os dois enfiavam a cabeça dentro daquelas velhas páginas *in-octavo*, a revista de Cesárea, se bem que aqueles cosmopolitas primeiro foram direto para as traduções, para os poemas de Tzara, Breton e Souppault, traduzidos respectivamente por Pablito Lezcano, Cesárea Tinajero e Cesárea e um servidor. Se bem me lembro, os poemas eram "O pântano branco", "A noite branca" e "Alva e cidade", que Cesárea cismou de me fazer traduzir como "A cidade branca", mas que eu me neguei. Como por quê? Ora, senhores, porque uma coisa é alva e cidade e outra, muito diferente, uma cidade de cor branca, e nessa eu não embarco, por maior que meu carinho por Cesárea fosse grande naquela época, não suficientemente grande, isso é verdade, mas grande apesar de tudo. Claro, o francês de todos nós, salvo, talvez, o de Pablito, deixava muito a desejar, aliás e mesmo que lhes custe acreditar eu já esqueci meu francês por completo, mas assim mesmo traduzíamos, Cesárea na raça, se me permitem a licença, reinventando o poema tal como ela o sentia então, e eu, ao contrário, procurando seguir tintim por tintim tanto o espírito inefável, como a letra do original. Claro, errávamos, os poemas ficavam como uma árvore de Natal e, ainda por cima, o que vocês estão pensando, tínhamos nossas idéias, nossas opiniões. Por exemplo, eu e o poema de Souppault. A verdade verdadeira: para mim, Souppault era o grande poeta francês do século, o que iria chegar mais longe, vejam bem, e já faz uma pá de anos que não ouço falar dele, embora eu ache que ele ainda está vivo. Em compensação, de Éluard não sabia nada e vejam só aonde ele chegou, só lhe faltou o Nobel, não é? Deram o Nobel a Aragon? Não, imagino que não. A Char, creio que deram, mas este, naquela época, provavelmente não escrevia poemas. Deram o Nobel a Saint John

Perse? Não tenho opinião formada a respeito. A Tristan Tzara com certeza não deram. A vida tem cada coisa. Depois os rapazes leram Manuel, List, Salvador Novo (este os encantou!), a mim (não, a mim é melhor que não leiam, eu lhes disse, que pena, que perda de tempo), Encarnación, Pablito. Quem era essa Encarnación Guzmán?, perguntaram. Quem era esse Pablito Lezcano, que traduzia Tzara, escrevia como Marinetti e, segundo dizem, dominava o francês como um bolsista da Alliance Française? Foi como se me dessem corda outra vez, como se a noite parasse, olhasse para mim através das cortinas e dissesse: senhor Salvatierra, Amadeo, o senhor tem minha permissão, entre na arena e declame até enrouquecer, bem, quer dizer, foi como se o sonho acabasse, como se a tequila recém-ingerida se encontrasse em minhas vísceras, em meu fígado de obsidiana, com o mescal Los Suicidas e lhe fizesse uma reverência, como deve ser, ainda existe classe. De modo que nos servimos outra rodada e depois contei a eles coisas de Pablito Lezcana e Encarnación Guzmán. Eles não gostaram dos dois poemas de Encarnación, foram muito francos comigo, não se sustentavam nem com muletas, sabe, coisa que aliás se aproximava bastante do que eu pensava, que a pobre Encarnación figurava na *Caborca*, não exatamente por seus méritos como poetisa, e sim pela fraqueza de outra poetisa, não é?, pela fraqueza de Cesárea Tinajero, que vá saber o que enxergou na Encarnación ou até que ponto chegavam os compromissos que havia adquirido com ela ou consigo mesma. Coisa normal na vida literária mexicana, publicar os amigos. E Encarnación pode ser que não fosse boa poeta (assim como eu mesmo), pode ser até que nem sequer fosse poeta, boa ou ruim (assim como eu mesmo, ai), mas foi uma boa amiga para Cesárea, isso foi. E Cesárea era capaz de tirar o pão ou a *tortilla* da própria boca por seus amigos! Eu lhes falei, pois, de Encarnación Guzmán, disse a eles que nascera no DF aproximadamente em 1903, de acordo com os meus cálculos, e que conhecera Cesárea na saída de um cinema, não riam, é verdade, não sei que filme era, mas provavelmente era triste, talvez um de Chaplin, mas o caso é que, na saída, as duas estavam chorando, se entreolharam e começaram a rir, Cesárea suponho que estrondosamente, com seu peculiar senso de humor que às vezes estourava, bastava uma fagulha, um olhar, e bum, de repente Cesárea já estava se arrebentando de rir, e Encarnación, bem, suponho que Encarnación tenha rido de maneira mais discreta. Nessa época, Cesárea morava num cortiço na rua Las Cruces, e Encarnación com uma tia (a coitadinha era órfã de pai e mãe) na rua Delicias, creio. As duas trabalhavam quase que o dia inteiro. Cesárea no escritório do meu general Diego Carvajal, um general amigo dos estridentistas, apesar de não saber merda nenhuma de literatura, essa é que é a verdade, e Encarnación como balconista de uma loja de roupas na Niño Perdido. Vá saber por que as duas ficaram amigas, o que viram uma na outra. Cesárea não tinha nada no mundo, mas era só olhar um segundo para ela que você via que era uma mulher que sabia o que queria. Encarnación era o exato oposto, muito bonita, isso sim, sempre bem arrumadinha (Cesárea se vestia com a primeira coisa que lhe caía na mão, às vezes até usava xale indígena), mas insegura e frágil feito uma estatueta de porcelana no meio de um sururu de paus-d'água. Sua voz era, como dizer, como um apito, uma voz fina, sem força, mas que ela costumava alçar para que os outros a escutassem, acostumada que estava a pobrezinha a desconfiar de seu diapasão desde pequena, uma voz estridente, numa palavra, muito desagradável, que eu só voltei a ouvir muitos anos depois, precisamente num cinema, assistindo a um curta de animação em que uma gata ou uma cadela, ou pode ser que fosse uma camundonguinha, vocês sabem como os gringos têm jeito para animação, falava igualzinho à Encarnación Guzmán. Se ela fosse muda, acho que mais de um teria se apaixonado por ela, mas com aquela voz era impossível. Fora isso, carecia de talento. Foi Cesárea que a trouxe um dia a uma de nossas reuniões, quando todos nós éramos estridentistas ou simpatizantes do estridentismo. No início, ela agradou. Enquanto ficou calada, quer dizer. Germán provavelmente deu em cima dela mais de uma vez, eu também talvez. Mas ela mantinha uma atitude distante ou tímida e só se dava com Cesárea. Com o passar do tempo, porém, foi crescendo, tomando confiança e uma noite começou a opinar, a criticar, a sugerir. E Manuel não teve remédio senão colocá-la em seu devido lugar. Encarnación, ele lhe disse, se você não sabe nada de poesia, por que não cala a boca? Foi um deus-nos-acuda. Encarnación, que provavelmente era a inocência personificada, não esperava um tranco tão frontal e empalideceu tanto que pensamos que iria cair desmaiada ali mesmo. Cesárea, que, quando Encarnación falava, costumava adotar uma posição de segundo plano, como se não estivesse presente, logo se levantou da cadeira e disse a Manuel que aquilo não era maneira de falar com uma mulher. Mas você não ouviu as barbaridades que ela falou?, Manuel disse. Ouvi, Cesárea disse, que, por mais ausente que parecesse, na realidade não perdia um só gesto de sua amiga e protegida, e continua me parecendo que o que você disse exige um pedido de desculpas. Bom, eu peço desculpas, Manuel disse, mas quero que a partir de agora ela não abra o bico. Arqueles e Germán concordaram com ele. Se não sabe, não fale, argumentaram. Isso é uma falta de respeito, Cesárea disse, privar alguém do direito de tomar a palavra. Na reunião seguinte, Encarnación não apareceu, nem Cesárea. As reuniões eram informais, e ninguém, pelo menos aparentemente, deu pela falta delas. Só depois da reunião, quando Pablito Lezcano e eu íamos pelas ruas do centro recitando o reacionário Tablada, foi que me dei conta de que ela não tinha ido, e também me dei conta de quão pouco eu sabia sobre Cesárea Tinajero.

Joaquín Font, Casa de Saúde Mental El Reposo, Camino del Desierto de los Leones, nos arredores de México, DF, março de 1979. Um dia um desconhecido veio me visitar. Isso é o que me lembro do ano de 1978. As visitas não abundavam, só vinha minha filha, uma senhora e outra moça que dizia também ser minha filha e que era bonita feito poucas. O desconhecido, eu nunca tinha visto antes. Eu o recebi no jardim, olhando para o norte, apesar de todos os loucos olharem para o sul, ou ele olhava para o oeste, e eu olhava para o norte, foi assim que o recebi. O desconhecido disse bom dia, Quim, como está indo hoje? Eu respondi que igual a ontem e igual a anteontem, depois perguntei se era meu antigo escritório de arquitetura que o enviava, pois a cara ou os modos dele tinham algo familiar. O desconhecido riu e disse como é possível, homem, que não se lembre de mim, não está exagerando? Eu também ri, para ganhar sua confiança, e disse a ele que de maneira nenhuma, que minha pergunta era tão sincera quanto poderia ser qualquer pergunta. Então o desconhecido disse sou Damián, Álvaro Damián, seu amigo. Depois disse: nós nos conhecemos faz muitos anos, homem, como é possível? Para acalmá-lo ou para que não se entristecesse falei sim, agora me lembro. E ele sorriu (mas não notei que seus olhos tivessem se alegrado) e disse assim é melhor, Quim, como se meus médicos e enfermeiros lhe houvessem transmitido suas opiniões e preocupações. Quando ele foi embora, eu o esqueci, suponho, pois passado um mês ele voltou e me disse estive aqui, me lembro deste hospício, o mictório é ali, este jardim é voltado para o norte. E no mês seguinte me disse: faz mais de dois anos que venho visitá-lo, homem, puxe um pouco pela memória. Fiz então um esforço e na vez seguinte que ele voltou eu lhe disse como vai o senhor, senhor Álvaro Damián, e ele sorriu mas seus olhos continuavam tristes, como se olhasse tudo com uma dor muito grande.

Jacinto Requena, café Quito, rua Bucareli, México, DF, março de 1979. Foi muito curioso. Sei que é puro acaso, mas às vezes dá o que pensar. Quando comentei com Rafael, ele me disse que era imaginação minha. Disse a ele: você se deu conta de que agora que Ulises e Arturo não vivem mais no México não há mais poetas? Como não há mais poetas?, Rafael disse. Poetas da nossa idade, eu disse, poetas nascidos em 1954, 1955, 1956. Como você sabe disso?, Rafael indagou. Bem, expliquei, eu circulo, leio revistas, vou a recitais de poesias, leio suplementos, às vezes até as ouço pelo rádio. Como é que você arranja tempo para fazer tantas coisas tendo um filho pequeno?, Rafael perguntou. Franz adora ouvir rádio, respondi. Ligo o rádio e ele adormece. Agora andam lendo poemas no rádio, é?, Rafael estranhou. Sim, respondi. No rádio e nas revistas. É como uma explosão. Cada dia surge uma editora que publica novos poetas. E tudo isso justo depois que Ulises foi embora. Estranho, não? Não vejo nada de estranho, Rafael disse. Uma eclosão repentina e injustificada, o florescimento das cem escolas, falei, e por acaso tudo isso acontece quando Ulises nao está mais aqui, você não acha que é muita coincidência? A maioria são péssimos poetas, Rafael disse, os puxa-sacos de Paz, de Efraín, de Josemilio, dos poetas camponeses, puro lixo. Não nego, nem afirmo isso, eu lhe disse, o que me preocupa é a quantidade, o aparecimento de tantos e tão de repente. Tem até um sujeito que está fazendo uma antologia de todos os poetas do México. Sim, Rafael disse, eu já sabia. (E eu já sabia que ele sabia.) E não vai incluir poemas meus. Como você sabe?, perguntei. Um amigo confirmou, Rafael respondeu, não quer ter nenhum tipo de relação com os real-visceralistas. Eu lhe disse então que isso não era totalmente verdade, pois, embora o cara que estava preparando a antologia houvesse excluído Ulises Lima, o mesmo não acontecia com María e Angélica Font, nem com Ernesto San Epifanio nem comigo. De nós ele quer poemas, sim, eu disse a ele. Rafael não respondeu, estávamos andando pela Misterios, e Rafael olhou para o horizonte, como se pudesse ver um horizonte, apesar de o lugar estar cheio de construções, de nuvens de fumaça, da neblina do entardecer do DF. Vocês vão aparecer na antologia?, Rafael perguntou depois de um bom tempo. María e Angélica eu não sei, faz muito tempo que não as vejo, Ernesto com certeza sim, eu com certeza não. Como é que você..., Rafael perguntou, mas eu não o deixei terminar a pergunta. Porque sou real-visceralista, disse a ele, então, se esse cara não puser nada do Ulises, também não vai contar comigo.

Luis Sebastián Rosado, estúdio na penumbra, Coyoacán, México, DF, março de 1979. Sim, o fenômeno é curioso, mas por causas bem alheias às esgrimidas, com uma pontada de candura, por Jacinto Requena. De fato, no México houve uma explosão demográfica de poetas. Isso ficou patente, digamos, a partir de janeiro de 1977. Ou de janeiro de 1976. A exatidão cronológica é impossível. Entre as várias causas que a propiciaram, as mais óbvias são um desenvolvimento econômico mais ou menos contínuo (de 1960 até agora), uma consolidação da classe média e uma universidade cada dia mais bem estruturada, sobretudo em sua vertente humanística.

Analisemos de perto essa nova horda poética em que eu, ao menos pela idade, estou incluído. A grande maioria é de universitários. Ampla porcentagem publica seus primeiros versos e até seus primeiros livros em revistas e editoras dependentes da universidade ou da Secretaria de Educação. Uma porcentagem ampla, amplíssima, domina (maneira de dizer) além do espanhol outro idioma, geralmente o inglês ou, em menor medida, o francês, e traduz poetas dessas línguas, não faltando, aliás, tradutores novatos do italiano, do português e do alemão. Alguns deles unem à sua vocação poética um trabalho de editores entusiastas, o que propicia o aparecimento, por sua vez, de várias e muitas vezes valiosas iniciativas desse tipo. Provavelmente nunca houve no México tantos poetas jovens como agora. Isso significa que os poetas com menos de trinta anos, por exemplo, são melhores do que aqueles que estavam nessa faixa etária na década de 60? É provável encontrar, entre os poetas mais raivosamente atuais, equivalentes de Becerra, José Emilio Pacheco, Homero Aridjis? Isso ainda está para se ver.

A iniciativa de Ismael Humberto Zarco, no entanto, parece perfeita. Já era hora de alguém fazer uma antologia da jovem poesia mexicana com o rigor da organizada por Monsiváis, memorável em tantos aspectos, *La poesia mexicana del siglo XX*! Ou como a exemplar e paradigmática obra elaborada por Octavio Paz, Alí Chumacero, José Emilio Pacheco e Homero Aridjis, *Poesia en movimiento*! Devo reconhecer que me senti de certo modo lisonjeado quando Ismael Humberto Zarco me telefonou e disse: Luis Sebastián, você precisa me assessorar um pouco. Eu, é claro, com ou sem assessoria, já estava incluído na antologia dele, digamos que *evidentemente* (o que ignorava é com quantos poemas), e também meus amigos, pelo que me consta, de modo que a visita que fiz *chez* Zarco foi em princípio unicamente como assessor, para o caso de ele ter deixado passar algum detalhe, que nesse caso concreto significava uma revista, uma publicação da província, dois ou mais nomes que o afã totalizador do esforço zarquiano não poderia se dar ao luxo de ignorar.

Entretanto, no intervalo entre o telefonema de Ismael Humberto e minha visita, três curtos dias, quis o destino que eu soubesse do número de poetas que o antologista contava incluir, um número excessivo sob todos os pontos de vista, democrático mas pouco realista, singular como empreitada mas medíocre como crisol de poesia. E o diabo me tentou, meteu idéias em minha cabeça naqueles dias entre o telefonema de Zarco e nosso encontro, como se a espera (mas que espera, meu Deus?) fosse o Deserto e minha visita o instante em que Um abre os olhos e vê seu Salvador. E esses três dias foram como um tormento de dúvidas. Ou de Dúvidas. Mas um tormento, isso percebi com clareza, que me fazia sofrer e duvidar (ou Duvidar), mas que também me fazia gozar, como se as chamas ao mesmo tempo me infligissem dor e prazer.

Minha idéia, ou minha tentação, era a seguinte: sugerir a Zarco que incluísse Pele Divina na antologia. A meu favor tinha o número, contra mim tinha tudo o mais. A temeridade dessa iniciativa a princípio, reconheço, me pareceu meio para morrer de rir. Literalmente, eu me assustei comigo mesmo. Depois me pareceu de morrer de dó. Depois, quando por fim pude vê-la e avaliá-la com certa frieza (mas isso é uma maneira de dizer, claro), ela me pareceu digna e triste, e temi seriamente por minha integridade mental. Tive, isso sim, a discrição ou a astúcia de não anunciar minha intenção ao principal interessado, isto é, a Pele Divina, que eu via três vezes por mês, duas vezes por mês, às vezes só uma ou nenhuma, pois suas ausências costumavam ser prolongadas, e suas aparições, imprevistas. Nossa relação, desde o segundo e transcendental encontro no estúdio de Emilio Laguna, havia seguido uma curva irregular, às vezes ascendente (principalmente no que me diz respeito), às vezes inexistente.

Costumávamos nos ver num apartamento que minha família tinha no bairro Nápoles e que estava vazio, mas o método empregado para nossos encontros era muito complicado. Pele Divina telefonava para mim, que morava na casa dos meus pais, e, como eu quase nunca estava, ele deixava um recado em nome de Estéfano. O nome, juro, não fui eu que sugeri. Segundo ele, era uma homenagem a Stéphane Mallarmé, autor que eu só conhecia de ouvir falar (como quase tudo, aliás), mas que, vá saber por que bizarra associação mental, eu considerava um dos meus manes tutelares. Numa palavra: o nome sob o qual deixava os recados era uma espécie de homenagem ao que ele acreditava ser o mais caro para mim. Quer dizer, o nome fictício escondia uma atração, um desejo, uma necessidade (não me atrevo a chamar de amor) autêntica minha ou dirigida a mim, o que, com o passar dos meses e depois de incontáveis meditações, compreendi que me enchia de alvoroço.

Após seus recados, costumávamos nos encontrar na Glorieta de Insurgentes, na entrada de uma loja de comida macrobiótica. Depois nos perdíamos pela cidade, em cafeterias e cantinas da zona norte, nos arredores de La Villa, onde eu não conhecia ninguém e onde Pele Divina não sentia embaraço algum ao me apresentar para amigos e amigas, que apareciam nos lugares mais inesperados e cujas cataduras falavam mais de um México penitenciário do que da alteridade, se bem que a alteridade, como tentei explicar a ele, era passível de ser notada em qualquer parte. (Assim como o Espírito Santo?, Pele Divina disse, enfim, nobre bruto.) Caída a noite, feito dois peregrinos nos alojávamos em pensões ou hotéis de ínfima categoria, mas com certo esplendor (não quero parecer romântico, mas até diria: com certa *esperança*), localizados na Bondojito ou nos arredores da Talismán. Nossa relação era espectral. Não quero falar de amor, resisto a falar de desejo. Compartilhávamos poucas coisas: alguns filmes, algumas estatuetas de artesanato popular, seu gosto por contar histórias desesperadas, meu gosto por ouvi-las.

Às vezes, era inevitável, ele me dava uma das revistas que os real-visceralistas editavam. Não vi em nenhuma delas sequer um poema dele. Na verdade, quando me ocorreu falar a Zarco da poesia dele, eu só tinha dois poemas de Pele Divina, ambos inéditos. Um era uma cópia ruim de um mau poema de Ginsberg. O outro era um poema em prosa que Torri não teria desaprovado, estranho, onde ele falava vagamente de hotéis e combates, e que eu pensava ter sido inspirado em mim.

Na noite antes à de meu encontro com Zarco, mal pude dormir. Eu me sentia feito uma Julieta mexicana, colhida numa luta surda de Montéquios e Capuletos. Minha relação com Pele Divina era secreta, pelo menos até onde a situação era controlável por mim. Não quero dizer com isso que em meu círculo de amigos desconheciam minha homossexualidade, que eu assumia com discrição, não tentava ocultar. O que desconheciam, isso sim, era que eu me entendia com um real-visceralista, embora o mais atípico de todos, mas real-visceralista afinal de contas. Como reagiria Albertito Moore se eu propusesse Pele Divina para a antologia? O que Pepín Morado iria pensar? Adolfito Olmo acharia que eu tinha enlouquecido? E o próprio Ismael Humberto, tão frio, tão irônico, tão aparentemente *além*, não veria em minha proposta uma traição?

O caso é que, quando me apresentei em casa de Ismael Humberto Zarco e lhe mostrei aqueles dois poemas que levava como dois tesouros, ia interiormente preparado para ser objeto das perguntas mais capciosas. E assim foi, pois Ismael Humberto não é bobo e na mesma hora percebeu que meu *protégé* era um fora-da-lei, como se costuma dizer. Por sorte (Ismael Humberto não é bobo, mas também não é Deus) não o relacionou com os real-visceralistas.

Briguei duramente pelo poema em prosa de Pele Divina. Argumentei que, como a antologia não era nada rigorosa quanto ao número de poetas, que problema ele teria em incluir um texto do meu amigo. O antologista se mostrou inflexível. Pensava publicar mais de duzentos poetas jovens, a maioria deles com um só poema, mas não Pele Divina.

Em determinado momento de nossa discussão, ele me perguntou o nome do meu protegido. Não sei, respondi, exausto e envergonhado.

Quando voltei a ver Pele Divina comentei, num momento de fraqueza, meus esforços inúteis para incluir um texto dele no esperado livro de Zarco.

Em sua forma de me encarar, notei algo parecido com gratidão. Depois me perguntou se a antologia de Ismael Humberto incluía Pancho e Moctezuma Rodríguez. Não, respondi, creio que não. E Jacinto Requena e Rafael Barrios? Também não, respondi. E María e Angélica Font? Também não. E Ernesto San Epifanio? Neguei com a cabeça, mas na realidade não sabia, esse nome não me dizia nada. E Ulises Lima? Olhei fixamente em seus olhos escuros e disse que não. Então é melhor que eu também não apareça, ele disse.

Angélica Font, rua Colima, Condesa, México, DF, abril de 1979. No final de 1977, internaram Ernesto San Epifanio para lhe trepanar a cabeça e extirpar um aneurisma cerebral. Ao fim de uma semana, no entanto, precisaram abrir o corte novamente, porque, ao que parece, esqueceram alguma coisa dentro da cabeça dele. As esperanças dos médicos nessa segunda cirurgia eram mínimas. Se não operassem, ele morreria; se operassem, também, mas um pouco menos. Foi isso o que entendi, e fui eu a única pessoa que esteve com ele o tempo todo. Eu e sua mãe, se bem que sua mãe, de alguma maneira, não conta, pois suas visitas diárias ao hospital a transformaram na mulher invisível: quando aparecia, sua quietude era tão grande que, embora entrasse no quarto e até se sentasse junto da cama, no fundo parecia não transpor o limiar do quarto, ou nunca terminar de transpô-lo, uma figura diminuta emoldurada pelo vazio branco da porta.

Minha irmã María também veio uma ou duas vezes. E Juanito Dávila, vulgo El Johnny, o último amor de Ernesto. Os demais foram irmãos, tias, pessoas que eu não conhecia e que se ligavam ao meu amigo pelos mais estranhos laços de parentesco.

Não veio nenhum escritor, nenhum poeta, nenhum ex-amante.

A segunda cirurgia durou mais de cinco horas. Dormi na sala de espera e sonhei com Laura Damián. Laura vinha buscar Ernesto, e os dois saíam a passear num bosque de eucaliptos, mas o do meu sonho era absurdo. As folhas eram prateadas e, quando me roçavam os braços, deixavam uma marca escura e pegajosa. O chão era fofo, como o chão de agulhas dos bosques de pinheiros, mas o bosque dos meus sonhos era um bosque de eucaliptos. Os troncos de todas as árvores, sem exceção, estavam apodrecidos, e seu fedor era insuportável.

Quando acordei, na sala de espera não havia ninguém e desatei a chorar. Como era possível que Ernesto San Epifanio estivesse morrendo sozinho num hospital do DF? Como era possível que eu fosse a única pessoa ali, esperando que alguém me dissesse se ele tinha morrido ou sobrevivido a uma cirurgia absurda? Creio que depois de chorar adormeci novamente. Quando acordei, a mãe de Ernesto estava ao meu lado murmurando algo ininteligível. Demorei a entender que só estava rezando. Depois chegou uma enfermeira e ela disse que tudo havia corrido bem. A cirurgia foi um sucesso, explicou.

Dias depois deram alta a Ernesto, que foi para casa. Eu nunca estivera lá antes, sempre nos víamos em minha casa ou na de amigos. Mas a partir de então comecei a visitá-lo em sua casa.

Nos primeiros dias ele nem sequer falava. Olhava e piscava, mas não falava. Também não parecia escutar. O médico, entretanto, recomendou que falássemos com ele, que o tratássemos como se nada houvesse acontecido. Fiz assim. No primeiro dia, procurei em sua estante um livro que eu tivesse certeza de que ele gostava e comecei a lê-lo em voz alta. Era *O cemitério marinho*, de Valéry, mas não percebi de sua parte o menor sinal de reconhecimento. Eu lia, e ele olhava para o teto, ou para as paredes, ou para meu rosto, mas sua alma não estava ali. Depois li uma antologia de poemas de Salvador Novo, e a mesma coisa aconteceu. Sua mãe entrou no quarto e me tocou no ombro. Não se canse, senhorita, ela disse.

Pouco a pouco, no entanto, ele foi distinguindo os ruídos, os corpos. Uma tarde me reconheceu. Angélica, disse, e sorriu. Eu nunca vi um sorriso tão horrível, tão patético, tão desfigurado. Chorei. Mas ele não se deu conta de que eu estava chorando e continuou sorrindo. Parecia uma caveira. As cicatrizes da trepanação ainda não estavam ocultas pelos cabelos, que começavam a crescer com uma lentidão exasperante.

Pouco depois Ernesto começou a falar. Tinha um fio de voz acutíssima, como de flauta, que paulatinamente foi se tornando mais timbrada mas não menos aguda, de qualquer maneira não era a voz de Ernesto, disso eu estava certa, parecia a voz de um adolescente anormal, de um adolescente moribundo e ignorante. Seu vocabulário era limitado. Era difícil para ele nomear algumas coisas.

Certa tarde cheguei à sua casa e sua mãe me recebeu na porta, depois me levou para o quarto dela, presa de uma agitação em que, de início, identifiquei um agravamento da saúde de meu amigo. Mas o atarantamento materno era de felicidade. Ele sarou, ela me disse. Não entendi o que queria dizer, pensei que se referia à voz ou que Ernesto agora pensava com maior clareza. Sarou de quê?, perguntei tentando fazê-la soltar meus braços. Demorou para me dizer o que queria, mas no fim não teve outro jeito. Ernesto não é mais invertido, senhorita, explicou. Ernesto não é mais o quê?, perguntei. Nesse momento o pai dele entrou no quarto e, depois de nos perguntar o que fazíamos ali, declarou que seu filho finalmente tinha se curado da homossexualidade. Não disse com essas palavras, e eu preferi não replicar nem fazer mais perguntas, e saí de imediato daquele quarto horrível. Mas antes de entrar no quarto de Ernesto, ouvi a mãe dele dizer: há males que vêm para bem.

Claro, Ernesto continuou sendo homossexual embora às vezes não se lembrasse muito bem em que isso consistia. A sexualidade, para ele, tinha se transformado em algo distante, que sabia ser doce ou emocionante, mas distante. Um dia Juanito Dávila me telefonou e disse que iria embora para o norte, para trabalhar, e que eu me despedisse de Ernesto por ele, porque não tinha coragem de lhe dizer adeus. A partir de então, não houve mais amantes em sua vida. A voz dele mudou um pouco, mas não o suficiente: não falava, ululava, gemia, e nessas ocasiões, salvo sua mãe e eu, todos os outros, seu pai e os vizinhos, que faziam intermináveis visitas de cortesia, fugiam, o que no fundo constituía um alívio, a tal ponto que certa vez cheguei a pensar que Ernesto ululava de propósito, para espantar tão atroz cortesia.

Eu também, com o passar dos meses, comecei a espaçar minhas visitas. Se, logo após a saída de Ernesto do hospital eu ia todos os dias a sua casa, desde que ele começou a falar e a passear pelo pátio, elas foram se tornando menos freqüentes. Toda noite, no entanto, estivesse onde estivesse, eu telefonava para ele. Tínhamos conversas bem loucas, às vezes era eu que falava sem parar, que contava histórias verdadeiras, mas que, no fundo, mal me transpassavam a pele, a vida sofisticada mexicana (uma maneira de esquecer que vivíamos no México) que eu então começava a conhecer, as festas e as drogas que tomava, os homens com quem eu ia para a cama, outras vezes era ele que falava, ele que me lia ao telefone as notícias que naquele dia havia recortado (uma nova mania, provavelmente sugerida pelos terapeutas que tratavam dele, vá saber), o que tinha comido, quem o havia visitado, alguma coisa que sua mãe tinha dito e que ele deixava para o fim. Uma tarde lhe contei que Ismael Humberto Zarco havia escolhido um dos seus poemas para a antologia dele, que acabava de ser publicada. Que poema?, perguntou aquela voz de passarinho e de lâmina de gilete que me cortava a alma. Estava com o livro ao meu lado. Eu o recitei. E fui eu que escrevi esse poema?, Ernesto indagou. Acreditei, não sei por quê, talvez pelo tom, inusitadamente mais grave, que estava de gozação, suas gozações costumavam ser assim, quase impossíveis de se discernir do resto do seu discurso, mas não estava. Naquela semana, arranjei um tempo que não tinha e fui vê-lo. Um amigo, um novo amigo, me levou à casa dele, mas eu não quis que ele entrasse, espere aqui, falei, este bairro é perigoso, e ao voltarmos podemos estar sem carro. Ele achou esquisito, mas não disse nada, na época eu já tinha ganhado uma merecida fama de esquisita nos círculos que freqüentava. Além do mais eu tinha razão: o bairro de Ernesto tinha se degradado nos últimos tempos. Como se as seqüelas de sua cirurgia transluzissem nas ruas, na gente sem trabalho, nos ladrões pés-de-chinelo que costumavam tomar sol às sete da tarde como zumbis (ou feito mensageiros sem mensagem ou com uma mensagem intraduzível), dispostos automaticamente a terminar mais um entardecer no DF.

Claro, Ernesto mal prestou atenção no livro. Procurou seu poema, disse ah, não sei se o reconhecendo de imediato ou soçobrando de imediato na estranheza, depois começou a me contar as mesmas coisas que me contava por telefone.

Ao sair, encontrei meu amigo fora do carro fumando um cigarro. Perguntei se tinha acontecido alguma coisa durante minha ausência. Nada, ele falou, isto aqui é mais calmo que um cemitério. Mas tão calmo não deveria ser porque ele estava despenteado e as mãos dele tremiam.

Não voltei a ver Ernesto.

Uma noite ele ligou para mim e recitou um poema de Richard Belfer. Outra noite eu é que liguei, de Los Angeles, e contei que estava indo para a cama com o diretor de teatro Francisco Segura, vulgo Velha Segura, que era pelo menos vinte anos mais velho do que eu. Que emocionante, Ernesto disse. A Velha deve ser muito inteligente. É talentoso, não é inteligente, repliquei. Que diferença há?, perguntou. Fiquei pensando na resposta, e ele ficou esperando, então durante alguns segundos nenhum dos dois disse nada. Gostaria de estar com você, eu lhe disse antes de me despedir. Eu também, disse sua voz de passarinho de outra dimensão. Poucos dias depois, sua mãe me telefonou e disse que ele havia morrido. Uma morte tranqüila, falou, tomando sol sentado numa cadeira. Morreu dormindo feito um anjo. A que horas morreu?, perguntei. Por volta das cinco, depois de comer.

Dos seus amigos antigos, fui a única a ir ao seu enterro num dos coloridos cemitérios da zona norte. Não vi nenhum poeta, nenhum ex-amante, nenhum diretor de revistas literárias. Muitos familiares e amigos da família e provavelmente todos os vizinhos. Antes de sair do cemitério, dois adolescentes se aproximaram de mim e me levaram para um canto. Achei que iriam me estuprar. Só então senti raiva e dor pela morte de Ernesto. Tirei do bolso um canivete automático e disse a eles: vou matar vocês, seus babacas. Os caras saíram correndo, eu os persegui um instante por duas ou três ruas do cemitério. Quando por fim parei, apareceu outro cortejo fúnebre. Guardei o canivete na bolsa e fiquei olhando como erguiam, com que diligência, o caixão até o nicho. Creio que era uma criança. Mas não posso garantir. Depois saí do cemitério e fui tomar umas com um amigo num bar do centro.

10.

Norman Bolzman, sentado num banco do parque Edith Wolfson, Tel-Aviv, outubro de 1979. Sempre fui sensível à dor alheia, sempre tentei ser solidário com a dor dos outros. Sou judeu, judeu mexicano, e conheço a história dos meus povos. Creio que com isso está tudo explicado. Não procuro me justificar. Só procuro contar uma história e talvez compreender seus mecanismos ocultos, aqueles que na época não notei e que agora me pesam. Minha história, no entanto, não será tão coerente quanto eu gostaria. E meu papel nela oscilará, como um grão de poeira, entre a claridade e a escuridão, entre os risos e as lágrimas, exatamente como uma telenovela mexicana ou um melodrama iídiche.

Tudo começou em fevereiro passado, numa das tardes cinzentas, finas como um sudário, que às vezes costumam estremecer o céu de Tel-Aviv. Alguém tocou a campainha de nosso apartamento na rua Hashomer. Quando abri a porta, apareceu à minha frente o poeta Ulises Lima, líder do grupo autodenominado real-visceralista. Não posso dizer que o conhecia, na realidade só o havia visto uma vez, mas Claudia costumava contar histórias dele, e Daniel tinha lido para mim alguns de seus poemas. A literatura, entretanto, não é o meu forte, e é bem possível que nunca tenha sabido apreciar o valor de seus versos. Em todo caso, o homem que tinha diante de mim não parecia um poeta, e sim um mendigo.

Não começamos bem, reconheço. Claudia e Daniel estavam na universidade e eu precisava estudar, de modo que lhe disse para entrar, ofereci a ele uma xícara de chá, depois me tranquei em meu quarto. Por um instante pareceu que tudo voltava à normalidade, mergulhei nos filósofos da Escola de Marburgo (Natorp, Cohen, Cassirer, Lange) e em alguns escólios da obra de Salomon Maimon, indiretamente devastadores para com eles. Mas passado certo tempo, que pode ter sido uns vinte minutos, mas também duas horas, minha mente ficou em branco, e no meio desse branco foi se desenhando o rosto de Ulises Lima, o rosto do recém-chegado, e, muito embora dentro de mim tudo estivesse em branco, não pude distinguir com precisão suas feições antes de um bom momento (quanto tempo? não sei), como se o rosto de Ulises, em vez de se iluminar com a claridade do exterior, se obscurecesse.

Quando saí, eu o encontrei dormindo estirado no sofá. Observei Ulises por um instante. Depois voltei ao meu quarto e tentei me concentrar em meus estudos. Impossível. Deveria ter saído, mas me pareceu incorreto deixá-lo sozinho. Pensei em acordá-lo. Pensei que talvez devesse imitá-lo e dormir eu também, mas tive medo ou pudor, não posso precisar. Por fim peguei um livro em minha estante, um de Natorp, A *religião nos limites da humanidade*, e me sentei num sofá diante dele.

Por volta das dez, Claudia e Daniel chegaram. Eu estava com cãibra nas duas pernas, meu corpo todo doía, e, o que é pior, não tinha entendido nada do que havia lido, mas, quando os vi aparecer na porta, tive ânimo bastante para lhes fazer com o dedo sinal de silêncio, não sei por quê, talvez porque não queria que Ulises Lima acordasse antes que Claudia e eu pudéssemos conversar, talvez porque já tivesse me acostumado a ouvir apenas o ritmo regular de sua respiração de adormecido. Mas tudo isso foi inútil, pois, quando Claudia, após os primeiros segundos de hesitação, descobriu Ulises na poltrona, a primeira coisa que disse foi não lembro que sonora expressão mexicana, pois, embora Claudia houvesse nascido na Argentina e ido para o México já com dezesseis anos, no fundo sempre se sentiu muito mexicana, ao menos é o que ela diz, vá saber. Então Ulises acordou de um pinote, e a primeira coisa que viu foi Claudia sorrindo para ele a menos de meio metro, depois viu Daniel, e Daniel também sorria para ele, que surpresa.

Naquela noite fomos jantar fora, em homenagem a ele. Eu, no início, disse que na realidade não poderia ir, que precisava terminar meus estudos da Escola de Marburgo, mas Claudia não deixou, nem pensar, Norman, não vamos começar. O jantar, apesar dos meus temores, foi divertido. Ulises narrou suas aventuras, e todos nós rimos bastante, melhor dizendo, ele narrou a Claudia suas aventuras, mas de uma forma tão encantadora que, apesar de no fundo ser muito triste o que ele contava, todos rimos, que é o melhor que se pode fazer em casos assim. Depois voltamos a pé para casa, pela Arlozorov, respirando a plenos pulmões, Daniel e eu na frente, bem na frente, Claudia e Ulises atrás, conversando, como se estivessem novamente no DF e tivessem todo tempo do mundo à disposição. E, quando Daniel me disse para não andar tão depressa, o que eu pretendia andando assim, mudei de assunto no ato, perguntei a ele o que tinha feito, contei a Daniel a primeira coisa que me veio à cabeça sobre o louco do Salomon Maimon, qualquer coisa, desde que retardasse um pouco mais o instante que se avizinhava e que eu tanto temia. De bom grado teria fugido naquela noite, quem dera houvesse feito isso.

Quando chegamos ao apartamento, ainda tivemos tempo de tomar chá. Depois Daniel olhou para nós três e disse que iria dormir. Quando ouvi sua porta se fechar, disse a mesma coisa e me enfiei em meu quarto. Deitado na cama, com a luz apagada, ouvi Claudia conversar um momento com Ulises. Depois a porta se abriu, Claudia acendeu a luz, perguntou se no dia seguinte eu não teria aula e começou a se despir. Perguntei a ela onde estava Ulises Lima. Dormindo no sofá, falou. Perguntei o que tinha dito para ele. Não disse nada, respondeu. Então eu também me despi, entrei na cama e fechei os olhos com força.

Durante duas semanas reinou uma nova ordem em nossa casa. Pelo menos era assim que eu pensava, profundamente alterado por pequenos detalhes que talvez antes me passassem despercebidos.

Claudia, que nos primeiros dias tentou ignorar a nova situação, finalmente também aceitou os fatos e disse que começava a se sentir aflita. No segundo dia de estada conosco, de manhã, quando Claudia escovava os dentes, Ulises lhe disse que a amava. A resposta de Claudia foi que já sabia. Vim até aqui por sua causa, Ulises disse, vim porque amo você. A resposta de Claudia foi que ele poderia ter escrito uma carta. Ulises achou aquela resposta altamente estimulante e escreveu para Claudia um poema, que leu na hora do jantar. Quando eu me levantava discretamente da mesa, pois não queria ouvir nada, Claudia me pediu que ficasse e fez o mesmo pedido a Daniel. O poema era muito mais um conjunto de fragmentos sobre uma cidade mediterrânea, Tel-Aviv, suponho, e sobre um vagabundo ou poeta mendicante. Achei bonito, e disse isso. Daniel concordou com minha opinião. Claudia ficou calada por uns minutos, com expressão pensativa, depois disse que, de fato, quem dera pudesse ela escrever poemas tão bonitos. Por um instante pensei que tudo se arranjava, que íamos poder ficar todos em paz e me ofereci para ir comprar uma garrafa de vinho. Mas Claudia disse que no dia seguinte teria que estar cedinho na universidade, e dez minutos depois estava trancada em nosso quarto. Ulises, Daniel e eu conversamos por um tempo, tomamos outra xícara de chá, depois cada qual foi para o seu quarto. Por volta das três me levantei para ir ao banheiro e, ao passar na ponta dos pés pela sala, ouvi Ulises chorando. Não creio que ele tenha percebido que eu estava ali. Estava deitado de barriga para baixo, suponho, de onde eu estava ele parecia apenas um vulto no sofá, um vulto coberto com uma manta e um capote velho, um volume, uma massa de carne, uma sombra que estremecia lastimosa.

Não contei a Claudia. Na verdade, naquele dia comecei pela primeira vez a lhe esconder coisas, a lhe furtar trechos da história, a mentir para ela. Nosso dia-a-dia de estudantes, para Claudia, não variou nem um pouco, pelo menos ela sempre se mostrou disposta a não demonstrar o contrário. Nos primeiros dias de sua permanência em Tel-Aviv, o companheiro habitual de Ulises era Daniel, mas ao fim de duas ou três semanas Daniel também foi obrigado a retomar a rotina universitária para não ver seus exames perigarem. Pouco a pouco, o único que ficou disponível para Ulises fui eu. Mas eu estava ocupado com o neokantismo, com a Escola de Marburgo, com Salomon Maimon, e ficava com a cabeça quente porque toda noite, quando ia urinar, encontrava Ulises chorando no escuro, mas isso não era o pior, o pior era que algumas noites eu pensava: hoje vou *vê-lo* chorando, quer dizer, veria seu rosto, porque até então eu só o *ouvia*, e quem me garante que o que eu escutava era choro, e não os gemidos, por exemplo, de alguém batendo uma punheta? E, quando pensava que veria seu rosto, eu o imaginava se levantando no escuro, com um rosto banhado em lágrimas, um rosto roçado pelo luar filtrado através das janelas da sala. E esse rosto exprimia tanta desolação que desde o momento em que eu me sentava na cama, no escuro, sentindo Claudia ao meu lado, sua respiração algo rouca, o peso como que de uma rocha me oprimia o coração e eu também sentia vontade de chorar. Às vezes ficava um bom tempo sentado na cama, contendo a vontade de ir ao banheiro, contendo a vontade de chorar, tudo por medo de que naquela noite, sim, de que naquela noite seu rosto se levantasse do escuro e eu pudesse vê-lo.

Para não falar do sexo, de minha vida sexual, que, desde que ele transpusera a porta de nosso apartamento, tinha ido para o espaço. Eu simplesmente não podia fazer amor. Quer dizer, poder, podia, mas não queria. Da primeira vez que tentamos, creio que na terceira noite, Claudia me perguntou o que estava acontecendo comigo. Comigo nada, respondi, por que pergunta? Porque você está mais silencioso que um morto, ela disse. E era assim que eu me sentia, não feito um morto mas feito um visitante involuntário do mundo dos mortos. Precisava permanecer em silêncio. Não gemer, não fazer alarido, não suspirar, gozar com a máxima circunspecção. Até os gemidos de Claudia, que antes tanto me excitavam, naqueles dias se transformaram em ruídos insuportáveis, que me deixavam frenético, mesmo assim evitei expressar essa sensação, ruídos ofensivos aos meus tímpanos, que eu tentava calar lhe tapando a boca com a palma da mão ou com meus lábios. Numa palavra, fazer amor se transformou numa tortura, que na terceira ou quarta experiência tentei evitar ou adiar por todos os meios. Eu era sempre o último a me deitar. Ficava com Ulises (que aliás quase nunca parecia ter sono), e conversávamos sobre qualquer coisa. Pedia-lhe que lesse para mim o que havia escrito naquele dia, sem me importar que fossem poemas em que raivosamente se percebia o amor que ele sentia por Claudia. Mesmo assim gostava deles. Evidentemente, preferia os outros, aqueles em que falava das coisas novas que via cada dia, quando ficava sozinho e saía para passear sem rumo por Tel-Aviv, por Givat Rokach, por Har Shalom, pelas velhas ruelas portuárias de Yafo, pelo campus da universidade ou pelo parque Yarkon, ou aqueles em que se lembrava do México, do DF, tão distante, ou aqueles que me pareciam explorações formais. Qualquer um, salvo os de Claudia. Mas não por mim, não porque me ferissem ou a ferissem, mas porque tentava evitar a proximidade com *sua* dor, com *sua* teimosia de mula, com *sua* profunda estupidez. Uma noite disse isso a ele. Eu lhe disse: Ulises, por que está fazendo isso com você? Ele fez que não me ouviu, me olhou de esguelha (de tal maneira, aliás, que me lembrei, no meio de cem relâmpagos ou mais, do olhar de um cachorro que tive quando criança, quando morava em Polanco, e que meus pais sacrificaram porque de repente deu de morder as pessoas), depois continuou falando, como se eu não houvesse dito nada.

Naquela noite, quando fui para a cama, fiz amor com Claudia adormecida, e gemi ou gritei quando por fim consegui alcançar um estado de excitação conveniente, o que não foi nada fácil.

Depois havia o problema do dinheiro. Claudia, Daniel e eu estudávamos e recebíamos de nossos pais uma quantia mensal. No caso de Daniel, essa mesada mal dava para viver. No caso de Claudia, era mais generosa. A minha estava bem no meio-termo. Fazendo um fundo comum, conseguíamos pagar o apartamento, os estudos, a comida e ir ao cinema, ou ao teatro, ou comprar livros em espanhol na livraria Cervantes, da rua Zamenhof. Mas a chegada de Ulises havia transtornado tudo, pois ao cabo de uma semana já não lhe restava quase dinheiro nenhum, e nós, como dizem os sociólogos, da noite para o dia tínhamos mais uma boca para alimentar. De minha parte, no entanto, não houve problema, eu estava disposto a renunciar a certos luxos. Da parte de Daniel, tampouco, embora ele tenha continuado a levar um ritmo de vida exatamente igual ao de antes. Foi Claudia, quem diria, que se voltou contra a nova situação. De início tratou do problema com frieza e senso prático. Uma noite disse a Ulises que ele precisava arranjar trabalho ou pedir que lhe mandassem dinheiro do México. Lembro que Ulises ficou olhando para ela com um sorriso meio torto e depois disse que iria procurar trabalho. Na noite seguinte, durante o jantar, Claudia perguntou se tinha encontrado. Ainda não, Ulises respondeu. Mas saiu de casa, foi procurar?, Claudia perguntou. Ulises estava lavando os pratos e nem se virou quando respondeu que sim, que tinha saído e procurado, mas sem sucesso. Eu estava sentado na cabeceira da mesa e pude ver o rosto dele, de perfil, e me pareceu que sorria. Caralho, pensei, se sorri, sorri de pura felicidade. Como se Claudia fosse sua mulher, uma mulher exigente, uma mulher que se preocupa com que seu marido trabalhe, e como se ele gostasse disso. Naquela noite eu disse a Claudia que o deixasse em paz, que ele já estava bastante mal para que, ainda por cima, ela lhe enchesse o saco com essa história de trabalho. Além do mais, falei, que trabalho você quer que ele encontre em Tel-Aviv? De peão de construção? De carregador no mercado? De lavador de pratos? Problema dele, Claudia replicou.

Evidentemente a história se repetiu na noite seguinte, e na outra, e cada vez Claudia se comportava de forma mais tirânica, ela o acossava, espicaçava, colocava Ulises contra a parede, e Ulises sempre respondia da mesma maneira, calmo, resignado, feliz, sim, cada vez que íamos à universidade ele saía para procurar um trampo, batia perna por aqui e por ali, mas sem encontrar nada, e no dia seguinte, claro, voltava a tentar. Chegamos ao extremo de, depois do jantar, Claudia abrir na mesa o jornal e procurar ofertas de trabalho, anotá-las num papel, indicar a Ulises onde deveria ir, que ônibus pegar ou por que ruas ir para encurtar o caminho, porque nem sempre Ulises tinha dinheiro para o ônibus, e Claudia dizia que não era preciso lhe dar, porque ele gostava de caminhar, e, quando Daniel e eu dizíamos mas como ele vai a pé até Ha'Argazim, por exemplo, até a rua Yoreh, ou até Petah Tikva ou Rosh Ha'ayin, onde precisavam de pedreiros, ela nos contava, diante dele, que então olhava para ela e sorria feito um marido surrado, mas marido, afinal de contas, das andanças dele pelo DF, onde costumava ir andando, e de noite ainda por cima, da Unam à Ciudad Satelite, que era quase, quase como dizer ir de uma ponta a outra de Israel. Dia após dia a situação piorava. Ulises já não tinha nada de dinheiro, nem tampouco trabalho, e uma noite Claudia chegou feito uma fera dizendo que sua amiga Isabel Gorkin tinha visto Ulises dormindo em Tel Aviv Norte, a estação ferroviária, ou mendigando pela avenida Hamelech George ou pelo Gan Meir, e Claudia disse então que aquilo era inadmissível, com certa ênfase na palavra *inadmissível*, como se mendigar no DF fosse admissível, mas não em Tel-Aviv, e o pior de tudo foi que disse a Daniel e a mim, mas com Ulises ali, sentado em seu lugar à mesa, ouvindo como se fosse o homem invisível, Claudia afirmou então que Ulises nos enganava, que não procurava trabalho nenhum e que iríamos decidir o que faríamos.

Naquela noite Daniel se trancou em seu quarto mais cedo que de costume, e eu segui seu exemplo poucos minutos depois, mas não fui para o meu quarto (o quarto que compartilhava com Claudia), saí à rua, para andar sem rumo e respirar livremente, longe daquela harpia por quem estava apaixonado. Quando voltei, por volta da meia-noite, a primeira coisa que ouvi ao abrir a porta foi música, uma canção de Cat Stevens de que Claudia gostava muito, depois vozes. Alguma coisa nelas me fez parar em vez de continuar até a sala. Era a voz de Claudia, depois a voz de Ulises, mas não suas vozes normais, as de todo dia, pelo menos não a voz de todo dia de Claudia. Não demorei para entender que estavam lendo poemas. Ouviam música de Cat Stevens e liam poemas curtos, secos e tristes, luminosos e ambíguos, lentos e velozes como relâmpagos, poemas que falavam de um gato que subia pelas pernas de Baudelaire e de um gato, talvez o mesmo, que subia pelas pernas de um Hospício! (Soube depois que eram poemas de Richard Brautigan traduzidos por Ulises.) Quando entrei na sala, Ulises ergueu a cabeça e sorriu para mim. Sem dizer nada, eu me sentei junto deles, enrolei um cigarro e pedi que continuassem. Quando nos deitamos, perguntei a Claudia o que havia acontecido. Às vezes Ulises me faz perder as estribeiras, só isso, ela disse.

Uma semana mais tarde Ulises se foi de Tel-Aviv. Ao se despedir, Claudia derramou algumas lágrimas, depois se trancou no banheiro por um bom tempo. Uma noite, não haviam passado três dias, ele telefonou para nós do kibutz Walter Scholem. Um primo de Daniel, mexicano como nós, morava lá, e o pessoal do kibutz o havia acolhido. Disse que estava trabalhando numa fábrica de azeite. E como você está se saindo?, Claudia perguntou. Não muito bem, Ulises respondeu, o trabalho é chato. Pouco depois o primo de Daniel ligou e nos disse que Ulises tinha sido expulso. Por quê? Porque não trabalhava. Quase tivemos um incêndio por culpa dele, o primo de Daniel disse. Onde ele está agora?, Daniel perguntou, mas seu primo não tinha a menor idéia, na verdade era por isso que ligava, queria saber onde ele estava para cobrar uma dívida de cem dólares que ele havia contraído com a administração. Por alguns dias, esperamos cada noite a sua chegada, mas Ulises não apareceu. O que chegou foi uma carta sua de Jerusalém. Juro pelos meus pais ou pelo que for preciso que ela era absolutamente ininteligível. O simples fato de a recebermos confirma, sem sombra de dúvida, a excelência do serviço postal israelense. Era endereçada a Claudia, mas o número de nosso apartamento não estava certo, e o nome da rua exibia três erros ortográficos, um recorde. Isso do lado de fora do envelope. No de dentro as coisas pioravam. A carta, já disse, era impossível de ler, embora estivesse escrita em espanhol, ou pelo menos foi essa a conclusão a que Daniel e eu chegamos. Mas daria na mesma se estivesse escrita em aramaico. Sobre isso, sobre o aramaico, eu me lembro de algo curioso. Claudia, que depois de dar uma olhada na carta não demonstrou a menor curiosidade em saber o que dizia, naquela noite, enquanto Daniel e eu tentávamos decifrá-la, contou para nós uma história que Ulises tinha lhe contado fazia um tempão, quando ambos estavam no DF. Segundo Ulises, Claudia dizia, aquela célebre parábola de Jesus Cristo, a dos ricos, do camelo e do olho da agulha, poderia ser fruto de um erro de grafia. Em grego, Claudia disse que Ulises dissera (mas desde quando Ulises sabia grego?) que existiam a palavra *káundos*, camelo, mas o ene (eta) lia-se quase como *i*, e a palavra *káuidos*, cabo, amarra, corda grossa, em que o *i* (iota) se lê *i*. O que o levara a indagar se, assim como Mateus e Lucas se basearam no texto de Marcos, a origem do possível erro ou lapso não estaria nele ou num copista imediatamente posterior a ele. A única coisa que se poderia objetar, Claudia repetia o que Ulises tinha dito, era que Lucas, bom conhecedor do grego, teria corrigido o erro. Pois bem, Lucas sabia grego, mas não conhecia o mundo judaico, e pode ter suposto que o "camelo" que entra no olho da agulha era um provérbio de origem hebraica ou aramaica. O curioso, segundo Ulises, é que havia outra origem possível do erro: segundo o *herr* professor Pinchas Lapide (que nome, Claudia comentou), da Universidade de Frankfurt, especialista em hebraico e aramaico, no aramaico da Galiléia havia provérbios em que se usava o substantivo *gamta*, corda de embarcação, e, se uma das suas consoantes fosse escrita de maneira errada, como acontece com freqüência em manuscritos hebraicos e aramaicos, seria muito fácil ler *gamal*, camelo, principalmente levando em conta que, na escrita do aramaico e do hebraico antigos, não se usam vogais, elas precisam ser "intuídas". O que nos levava, Claudia dizia que Ulises tinha dito, a uma parábola menos poética e mais realista. É mais fácil uma corda de barco ou uma corda grossa entrar pelo olho de uma agulha do que um rico ir para o reino dos céus. Qual era a parábola que ele preferia?, Daniel perguntou. Nós dois sabíamos a resposta, mas esperamos que Claudia a dissesse. A do erro, evidentemente.

    Uma semana depois chegou um cartão-postal vindo de Hebron. E logo depois outro, do mar Negro. Depois um terceiro, de Elat, onde dizia que tinha arrumado um trabalho de camareiro num hotel. Depois, por muito tempo, não tivemos mais notícia. Em meu íntimo, eu sabia que o trabalho de camareiro não iria durar muito, e sabia também que fazer turismo em Israel, de forma indefinida e sem um dólar no bolso, poderia ser perigoso, mas eu não dizia isso aos outros, no entanto suponho que Daniel e Claudia também soubessem. Às vezes falávamos dele no jantar. Como estará indo em Elat?, Claudia dizia. Que sorte a dele estar em Elat!, Daniel dizia. Poderíamos ir visitá-lo no fim de semana que vem, eu dizia. Ato contínuo mudávamos tacitamente de assunto. Naqueles dias, eu estava lendo o *Tractatus logico-philosophicus*, de Wittgenstein, e tudo que eu via ou fazia só servia para tornar patente minha vulnerabilidade. Lembro que adoeci e passei alguns dias de cama, e que Claudia, sempre tão perspicaz, tomou de mim o *Tractatus*, escondeu o livro no quarto de Daniel e em seu lugar me deu um dos romances que ela costumava ler, *A rosa ilimitada*, de um francês chamado J. M. G. Arcimboldi.

Certa noite, quando jantávamos, comecei a pensar em Ulises e quase sem perceber derramei umas lágrimas. O que foi?, Claudia perguntou. Respondi que, se Ulises ficasse doente, não iria ter ninguém para cuidar dele do jeito como ela e Daniel estavam cuidando de mim. Depois agradeci a eles e vim abaixo. Ulises é forte como um... javali, Claudia disse, e Daniel riu. A observação de Claudia, sua comparação, me magoou e perguntei a ela se era insensível a tudo. Claudia não me respondeu e foi preparar para mim um chá com mel. Condenamos Ulises ao Deserto!, exclamei. Enquanto Daniel me dizia para não exagerar, ouvi a colher, que os dedos de Claudia seguravam, batendo e mexendo dentro do copo, deslocando o líquido e a camada de mel, então não agüentei mais e pedi, supliquei que olhasse para mim quando eu falava com ela, porque estava falando com ela, e não com Daniel, porque queria que ela me desse uma explicação ou um consolo, e não Daniel. Claudia se virou, pôs o chá na minha frente, sentou no lugar de sempre e disse o que quer que eu diga, acho que você está delirando, tanta filosofia está afetando o seu entendimento. Daniel disse então alguma coisa como ui, é verdade, mano, nos últimos quinze dias você traçou Wittgenstein, Bergson, Keyserling (que francamente não sei como você suporta), Pico della Mirandola, o tal Louis Claude (ele se referia a Louis Claude de Saint-Martin, autor de *O homem de desejo*), o louco racista Otto Weininger, e sei lá quantos mais. E nem tocou no meu romance, Claudia rematou. Nesse momento cometi um erro: perguntei a ela como podia ser tão insensível. Quando Claudia olhou para mim, compreendi que tinha feito uma cagada, mas já era tarde demais. Toda sala tremeu quando Claudia começou a falar. Disse que nunca mais voltasse a lhe dizer isso. Que, da próxima vez que eu dissesse, nossa relação estaria terminada. Que não era mostra de insensibilidade não se preocupar excessivamente com as aventuras de Ulises Lima. Que seu irmão mais velho tinha morrido na Argentina, provavelmente torturado pela polícia ou pelo exército, e que isso sim era sério. Que seu irmão mais velho tinha lutado nas fileiras do ERP e havia acreditado na Revolução Americana, e isso era muito sério. Que, se ela ou a família dela estivesse na Argentina quando se desencadeara a repressão, provavelmente estariam mortos agora. Disse tudo isso depois desatou a chorar. Agora somos dois a chorar, falei. Não nos abraçamos, como eu teria gostado de um abraço, mas apertamos as mãos por baixo da mesa, depois Daniel sugeriu que fôssemos dar uma volta, mas Claudia disse que eu ainda estava doente, tonto, que era melhor tomarmos outro chá, depois todos para a cama.

    Um mês depois Ulises Lima apareceu. Vinha acompanhado por um cara enorme, de quase dois metros, vestido com todo tipo de farrapos, um austríaco que ele havia conhecido em Beersheba. Hospedamos os dois, na sala, durante três dias. O austríaco dormia no chão, Ulises no sofá. O cara se chamava Heimito, nunca soubemos seu sobrenome, mal dizia uma palavra. Com Ulises, falava em inglês, mas só o estritamente necessário, nós nunca havíamos conhecido ninguém que se chamasse assim, mas Claudia disse que havia um escritor, austríaco também, só que não estava muito certa, chamado Heimito von Doderer. À primeira vista, o Heimito de Ulises parecia retardado ou limítrofe. Mas o caso é que os dois se entendiam bastante bem.

    Quando partiram, fomos levá-los ao aeroporto. Ulises, que até então parecia sereno, senhor de si, indiferente, de repente ficou triste, embora a palavra *triste* não seja a correta. Digamos que de repente ficou sombrio. Na noite anterior à sua partida, conversei com ele e lhe disse que tinha gostado muito de tê-lo conhecido. Eu também, Ulises disse. No dia de sua partida, quando Ulises e Heimito já haviam entrado na área de controle de passageiros e não podiam nos ver, Claudia começou a chorar e por um instante pensei que ela, a seu modo, claro, também gostava dele, mas não demorei a descartar essa idéia.

11.

    Amadeo Salvatierra, rua República de Venezuela, perto do Palácio da Inquisição, México, DF, janeiro de 1976. A partir de então, por algum tempo, não voltamos a ver Cesárea Tinajero em nenhuma de nossas reuniões. Parece estranho, para nós parecia estranho admitir, mas sentíamos falta dela. Cada vez que Maples Arce visitava o general Diego Carvajal, ele aproveitava para perguntar a Cesárea quanto tempo ainda iria continuar emburrada. Cesárea nem ouvia. Uma vez acompanhei Manuel e conversei com ela. Falamos de política e de bailes, coisa de que Cesárea gostava muito, mas não de literatura. Naqueles anos, rapazes, disse a eles, no DF havia muitos salões de dança, em toda parte, no centro os mais chiques, mas também nos bairros, em Tacubaya, no Observatorio, em Coyoacán, em Tlalpan, no sul, e, no norte, em Lindavista! E Cesárea era uma dessas aficionadas capazes de percorrer a cidade de ponta a ponta para ir a um baile, mas, se bem me lembro, gostava mais dos do centro. Ia sozinha. Quer dizer: antes de conhecer Encarnación Guzmán. Coisa que hoje não é malvista, mas que naqueles anos se prestava a variadas e diversas confusões. Em certa ocasião, por motivos de que não me lembro, talvez ela tenha me pedido, fui com ela. O salão de baile era uma tenda armada num terreno baldio lá para as bandas da Lagunilla. Antes de entrar disse a ela: sou seu acompanhante, Cesárea, mas não me obrigue a dançar, porque não sei nem me interessa aprender. Cesárea riu e não disse nada. Que sensação, rapazes, que acúmulo de emoções. Lembro das mesas, pequeninas, redondas, feitas de um metal levíssimo, como alumínio, mas era impossível que fossem de alumínio. A pista era um quadrado irregular erguido com grossas tábuas. A orquestra, um quinteto ou um sexteto que tocava do mesmo modo uma rancheira, uma polca ou um *danzón*. Pedi duas sodas, e, quando voltei à nossa mesa, Cesárea já não estava lá. Onde você se meteu?, pensei. Foi então que a vi. Onde vocês acham que ela estava? Sim, na pista, dançando sozinha, algo que hoje em dia é para lá de normal, nada do outro mundo, a civilização progride, mas naquela época era quase uma provocação. De modo que eu me vi ali com um dilema dos grandes, rapazes, disse a eles. E eles perguntaram: e o que você fez, Amadeo? E eu lhes disse aí, rapazes, o mesmo que vocês teriam feito no meu lugar, ora, fui para a pista e dancei. E você aprendeu a dançar na hora?, perguntaram. Olhem, a verdade é que aprendi, sim, foi como se a música houvesse me esperado a vida toda, vinte e seis anos de espera, como Penélope a Ulisses, não? E de repente todas as barreiras e todas as reservas se tornaram coisa do passado, eu me mexia, sorria, olhava para Cesárea, tão bonita, como aquela mulher dançava bem, era fácil perceber que estava acostumada a fazê-lo, se você fechasse os olhos ali na pista poderia imaginá-la dançando em casa, à saída do trabalho, enquanto preparava seu *café de olla** ou enquanto lia, mas eu não fechei os olhos, rapazes, eu olhava para Cesárea com os olhos bem abertos, eu sorria para ela, e ela também olhava para mim e sorria, os dois felizes da vida, tão felizes que por um momento me passou pela cabeça a idéia de lhe dar um beijo, mas na hora da verdade não me atrevi, afinal de contas já estávamos bem como estávamos, e eu não sou o apressadinho clássico. Tudo é começar, o refrão diz, e assim foi para mim a relação com a dança, rapazes, tudo foi começar, e eu não soube mais como pôr fim à coisa, houve uma época, muitos anos depois, depois que Cesárea desapareceu e que o fervor juvenil se aplacou, em que o único objetivo da minha vida se resumiu às minhas idas quinzenais aos salões de dança do DF. Falo de quando tinha trinta anos, rapazes, de quando tinha quarenta e também de quando tinha

---

* *Café de olla*: típico café mexicano, preparado numa panela (*olla*) de barro, em que se ferve a água adoçada com açúcar e perfumada com canela e/ou cravo. (N. T.)

cinqüenta e tantos. No início, eu ia com minha mulher. Ela não conseguia entender como eu gostava tanto de dançar, mas me acompanhava. Nos divertíamos bastante. Depois, quando ela morreu, eu ia sozinho. E também me divertia muito, embora o gosto e o sabor dos salões de dança e da música fosse diferente. Claro, eu não ia lá para beber nem para arranjar companhia, como pensavam meus filhos, o bacharel Francisco Salvatierra e o professor Carlos Manuel Salvatierra, dois bons rapazes que amo com toda minha alma, embora os veja pouco, pois eles já têm suas famílias e problemas demais, suponho, enfim, já fiz por eles tudo o que podia fazer, dei a eles uma profissão, que é mais do que meus pais fizeram por mim, agora voam por conta própria. O que eu estava dizendo mesmo? Que meus filhos achavam que eu ia aos salões de baile para encontrar uma voz amiga? No fundo pode ser que tivessem razão. Mas o que me impelia a sair todos os sábados à noite, creio eu, não era isso. Eu ia para dançar, de maneira nenhuma por causa da Cesárea, por causa, melhor dizendo, do fantasma de Cesárea que ainda dançava naqueles estabelecimentos aparentemente moribundos. Vocês gostam de dançar, rapazes?, eu lhes perguntei. E eles responderam depende, Amadeo, depende com quem dançamos, sozinhos definitivamente não. Ah, que rapazes. Depois perguntei a eles se ainda existiam salões de dança na Cidade do México, e eles responderam que sim, não muitos, pelo menos eles não conheciam muitos, mas existiam. Alguns, segundo disseram, se chamavam *buracos funkies*, que nome mais esquisito, e a música com que sacudiam o esqueleto era música moderna. Música gringa, querem dizer, falei, e eles: não, Amadeo, música moderna feita por músicos mexicanos, por bandas mexicanas, e aí desandaram a citar nomes de orquestras, cada um mais esquisito que o outro. Sim, lembro-me de alguns. *Las Vísceras de los Cristeros*,[*] desse eu me lembro por motivos óbvios. *Los Caifanes de Marte*,[**] Los Asesinos de Angélica María, Involución Proletaria, nomes esquisitos que nos fizeram rir e discutir, por que Los Asesinos de Angélica María, se Angélica María parece ser tão simpática?, perguntei. E eles: simpaticíssima, a Angéli-

---

[*] *As vísceras dos cristeros*: os *cristeros* eram os participantes de uma rebelião popular armada, que se formou em 1927, impregnada de fanatismo religioso. O grito de guerra dos *cristeros* (daí seu nome) era: viva Cristo Rei! (N. T.)
[**] Os chefões de Marte. (N. T.)

ca María, Amadeo, na certa é uma homenagem e não uma sugestão, e eu: Los Caifanes não é um filme de Anel? E eles: de Anel e do filho de María Félix, pô, Amadeo, você está com tudo. E eu: sou velho mas não estou gagá. Enriquito Álvarez Félix, sim, senhor, um rapaz de mérito. E eles: você tem uma memória filha-da-puta, Amadeo, vamos brindar a isso. E eu: Involución Proletaria?, como é que se come isso? E eles: são os filhos bastardos de Fidel Velásquez, Amadeo, são os novos operários que voltam à era pré-industrial. E eu: estou cagando para Fidel Velásquez, rapazes, quem sempre nos iluminou foi Flores Magón. E eles: saúde, Amadeo. E eu: saúde. E eles: viva Flores Magón, Amadeo. E eu: viva, sentindo um nó no estômago, enquanto pensava nos tempos passados e que hora era naquele momento, a hora em que a noite desaparece na noite, nunca de repente, a noite de patas brancas do DF, uma noite que se anuncia até o cansaço, estou indo, estou indo, mas que demora a chegar, como se ela também, malvada, ficasse contemplando o entardecer, o entardecer privilegiado da Cidade do México, o entardecer de pavão, como dizia Cesárea quando vivia aqui e era nossa amiga. E então foi como se eu visse Cesárea no escritório do general Diego Carvajal, sentada à sua mesa, na frente de sua máquina de escrever reluzente, falando com os gorilas do general, que costumavam passar as horas mortas ali também, sentados nas cadeiras ou encostados nas portas, enquanto o general elevava a voz dentro de sua sala, e Cesárea, para que eles se ocupassem ou porque precisava mesmo deles, pedia que fossem fazer alguns serviços na rua ou que fossem buscar determinado livro na livraria de dom Julio Nodier, livro que precisava consultar para ter uma ou duas idéias, ou para fazer uma ou duas citações para os discursos do general, que, segundo Manuel, ela mesma preparava. Discursos estupendos, rapazes, disse a eles, discursos que circularam por todo o México e que foram reproduzidos em jornais de muitos lugares, de Monterrey e de Guadalajara, de Veracruz e de Tampico, e que às vezes líamos em voz alta em nossas reuniões nos cafés. Cesárea os elaborava ali mesmo e desta maneira peculiar: enquanto fumava e conversava com os guarda-costas do general ou enquanto falava com Manuel ou comigo, falando e ao mesmo tempo escrevendo à máquina os discursos, tudo ao mesmo tempo, que habilidade tinha essa mulher, rapazes, já tentaram fazer igual?, eu sim, e é impossível, só alguns escritores raçudos conseguem, alguns jornalistas também, falar de política, por exemplo, e ao mesmo tempo escrever uma pequena nota sobre jardinagem ou sobre os hexâmetros espondaicos (que, cá entre nós, rapazes, são uma raridade). E assim se passavam seus dias no escritório do general, e, quando parava de trabalhar, às vezes com a noite já bem avançada, ela se despedia de todo mundo, catava suas coisas e ia embora sozinha, se bem que em mais de uma ocasião alguém se oferecia para acompanhá-la, às vezes o general em pessoa, Diego Carvajal, o homem que não sabia o que era medo, o maioral, o irei ao seu encontro, destino, mas Cesárea, como se fosse um fantasma que se oferecesse, nem dava bola, aqui estão os papéis da Procuradoria, general (ela dizia general, e não meu general, como todos nós dizíamos), aqui os do governo de Veracruz, aqui as cartas da Jalapa e seu discurso de amanhã, depois ia embora, e ninguém tornava a vê-la até o dia seguinte. Já lhes falei do meu general Diego Carvajal, rapazes? Foi o protetor das artes no meu tempo. Que homem. Precisavam tê-lo visto. Era de pequena estatura, magro, e naqueles anos já estaria a caminho dos cinqüenta, mesmo assim uma vez o vi encarar uns mestiços do deputado Martínez Zamora, ele sozinho, vi como os olhava no olho, sem fazer menção de sacar o Colt, com o paletó desabotoado, isso sim, e vi como os mestiços se encolhiam todos, depois eu os vi recuar murmurando o senhor me perdoe, meu general, o deputado deve ter se enganado, meu general. Um homem íntegro, maiúsculo, como ele só, o general Diego Carvajal, e um amante da literatura e das artes, se bem que, conforme contava, só tivesse aprendido a ler aos dezoito anos. Que vida a desse homem, rapazes, disse a eles! Se começasse a falar dele levaria o resto da noite e iríamos precisar de mais garrafas de tequila, iríamos precisar de uma caixa inteira de mescal Los Suicidas para que eu conseguisse lhes fazer um retrato mais ou menos aproximado daquele buraco negro do México! Daquele buraco fulgurantemente negro! De azeviche, eles disseram. Sim, rapazes, de azeviche, disse a eles, de azeviche. E um deles disse vou já comprar outra garrafa de tequila. E eu disse vá logo, e tirando energias do passado me levantei e me arrastei (como um relâmpago ou como a idéia de um relâmpago) pelos corredores escuros de minha casa até a cozinha, abri todos os armários em busca de uma improvável garrafa de Los Suicidas, embora soubesse perfeitamente que não sobrava nenhuma, renegando e xingando mães, fuçando entre as latas de sopa que às vezes meus filhos traziam, entre trastes imprestáveis, aceitando finalmente a malvada realidade, mergulhado de cabeça em meus fantasmas e escolhendo sucedâneos: pacotinhos de amendoim, uma latinha de *chile chipotle*,* um pacotinho de biscoitos salgados, com o que voltei em velocidade de cruzador da Primeira Guerra Mundial, cruzador perdido nas névoas de um rio ou da foz de um rio, não sei, perdido em todo caso, pois o fato é que meus passos não desembocaram na sala, mas em meu quarto, papagaio, Amadeo, disse a mim mesmo, você deve estar mais bêbado do que imagina, perdido na bruma, com apenas uma lanterninha de papel pendurada em meus canhões de proa, mas não me desesperei e encontrei o rumo, passinho a passinho, tocando minha sineta, barco no rio, vaso de guerra perdido na foz do rio da história, e a mera verdade é que àquela altura eu já andava como se dançasse aquela dança de ponta e salto, não sei se ainda se dança assim, espero que não, a dança consiste em pôr o salto do pé esquerdo na ponta do sapato do pé direito e em seguida pôr o salto do pé direito na ponta do pé esquerdo, uma dança ridícula, mas que fez sucesso em determinada época, não me perguntem qual, provavelmente durante o sexênio do bacharel Miguel Alemán, eu a dancei uma vez ou outra, todos cometemos nossas estripulias, então ouvi a porta bater, depois umas vozes e disse comigo Amadeo deixe de ser babaca e siga na direção das vozes, fenda com sua carcomida e enferrujada proa as trevas deste rio e volte para junto de seus amigos, foi o que fiz e assim cheguei à sala, com os braços repletos de tira-gostos, e na sala já estavam sentados os rapazes, me esperando, um deles havia comprado duas garrafas de tequila. Ah, que alívio chegar à luz, mesmo que esta seja uma vaga penumbra, que alívio chegar à claridade.

Lisandro Morales, pulqueria La Saeta Mexicana, nos arredores de La Villa, México, DF, janeiro de 1980. Quando por fim saiu o livro de Arturo Belano, ele já era um autor fantasma, e eu próprio estava a ponto de começar a ser um editor fantasma. Sempre soube disso. Há escritores desmancha-prazeres, pés-frios, dos quais é melhor sair correndo, acredite você ou não no azar, seja você positivista ou marxista, dessa gente é bom fugir como da peste negra. E digo isso com o coração na mão: é preciso confiar no instinto. Eu

---

* Pimenta defumada. (N. T.)

sabia que, publicando o livro desse rapaz, brincava com fogo. Eu me queimei e não me queixo, mas nunca é excessivo tecer algumas considerações sobre a catástrofe, a experiência alheia sempre pode servir a alguém. Agora bebo muito, passo o dia no boteco, estaciono o carro longe do meu domicílio, quando chego em casa costumo olhar para todos os lados, vai que aparece algum cobrador.

À noite não consigo dormir e continuo bebendo. Tenho fundadas suspeitas de que um assassino de aluguel (talvez dois) está seguindo meus passos. Por sorte, já era viúvo antes do desastre e pelo menos me resta o consolo de ter poupado esse mau pedaço à minha pobre esposa, essa travessia pela penumbra que a longo prazo aguarda todos os editores. E, embora algumas noites não possa evitar de me perguntar por que tinha de caber a mim, precisamente a mim, no fundo aceitei meu destino. Estar só fortalece. Quem disse isso foi Nietzsche (de quem publiquei uma seleção de citações num livro de bolso em 1969, quando ainda ardia a infâmia de Tlatelolco e que, evidentemente, foi um tremendo sucesso) ou Flores Magón, de quem publicamos uma pequena biografia militante feita por um estudante de Direito, que não vendeu mal.

Estar só fortalece. Santa verdade. E consolo de néscios, pois, embora quisesse estar acompanhado, esta é uma hora em que ninguém se aproxima de minha sombra. Nem o mau-caráter do Vargas Pardo, que agora trabalha em outra editora, se bem que num cargo inferior ao que tinha na minha, nem os diversos literatos que na época seguiam as pegadas de minha simpatia. Ninguém quer caminhar ao lado de um alvo móvel. Ninguém quer caminhar ao lado de alguém que já fede a carniça. Pelo menos agora sei uma coisa que antes somente pressentia: todos os editores somos seguidos por um assassino de aluguel. Um assassino ilustrado ou um assassino analfabeto, a serviço dos interesses mais escusos, que às vezes são, santo paradoxo, os nossos vazios e néscios interesses.

Não guardo rancor de Vargas Pardo. Aliás, às vezes até penso nele com certa saudade. E no fundo não creio nos que me dizem que a derrocada de minha empresa foi provocada pela revista que tão alegremente pus nas mãos do equatoriano. Eu sei que o azar me veio de outro lado. Claro, Vargas Pardo, com sua inocência criminosa, contribuiu para minha desgraça, mas no fundo ele não tem culpa. Ele acreditou que agia bem, e não o culpo. Às vezes, quando bebo além da conta, acontece de eu xingar a mãe dele, a dele, dos literatos que me esqueceram, a dos assassinos de aluguel que me espreitam na escuridão e até a dos linotipistas perdidos na glória ou no anonimato, mas depois me acalmo e disparo a rir. Temos que viver a vida, tudo consiste nisso, simplesmente. Quem me disse isso foi um bêbado que encontrei outro dia ao sair do bar La Mala Senda. A literatura não vale nada.

Joaquín Font, Casa de Saúde Mental El Reposo, Camino del Desierto de los Leones, nos arredores de México, DF, abril de 1980. Dois meses atrás, Álvaro Damián veio me ver e disse que tinha uma coisa para me dizer. Diga o que é, falei, sente e diga o que é. Acabou o prêmio, ele disse. Que prêmio?, perguntei. O prêmio para poetas jovens Laura Damián, ele disse. Não tinha a menor idéia do que falava, mas dei corda a ele. E a que se deve isso, Álvaro, eu lhe perguntei, a que se deve? Meu dinheiro acabou, ele disse, perdi tudo.

Tudo que chega fácil vai embora fácil, teria gostado de lhe dizer, sempre fui anticapitalista convicto, mas não disse, porque vi sua cara de tristeza e porque o pobre homem parecia cansado.

Conversamos por um bom tempo. Creio que falamos do tempo e da linda paisagem que se vê do hospício. Ele dizia: parece que vai fazer calor hoje. Eu lhe dizia: é. Depois ficávamos calados ou eu cantarolava, e ele ficava calado até que de repente dizia (por exemplo): olhe, uma borboleta. E eu respondia: sim, tem muitas. Depois de ficarmos um instante assim, conversando ou lendo juntos o jornal (se bem que naquele dia precisamente não lemos juntos o jornal), Álvaro Damián disse: eu precisava contar a você. E eu perguntei: o que você queria me contar, Álvaro? E ele respondeu: que o prêmio Laura Damián acabou. Gostaria de ter perguntado por quê, mas pensei que muita gente, principalmente aqui, tem muitas coisas a me dizer e que esse impulso de comunicabilidade é algo que geralmente me escapa, mas que aceito sem reservas, totalmente, não se perde nada por ouvir.

Álvaro Damián foi embora, e vinte dias depois minha filha veio me visitar e disse papai, eu não devia lhe dizer isso mas acho que é melhor que você saiba. E eu lhe disse: conte, conte, sou todo ouvidos. E ela disse: Álvaro Damián deu um tiro na cabeça. E eu disse: mas como Alvarito pôde fazer semelhante barbaridade? E ela disse: os negócios dele iam muito mal, estava arruinado, já tinha perdido quase tudo. E eu disse: mas podia ter vindo para o hospício também. Minha filha riu e disse que as coisas não eram tão fáceis assim. Quando ela foi embora, eu fiquei pensando em Álvaro Damián, e no prêmio Laura Damián que tinha acabado, e em todos os loucos de El Reposo, aqui ninguém tem onde descansar a cabeça, e no mês de abril, mais do que cruel, desastroso, e então soube sem sombra de dúvida que tudo iria de mal a pior.

12.

Heimito Künst, deitado em sua mansarda, na Stuckgasse, Viena, maio de 1980. Estive preso com o bom Ulises, na prisão de Beersheba, onde os judeus preparam suas bombas atômicas. Eu sabia de tudo, mas não sabia de nada. Olhava, que mais poderia fazer, olhava das pedras, queimado pelo sol, até a fome e a sede me derrubarem e eu me arrastava então até a lanchonete do deserto e pedia uma coca-cola e um hambúrguer de vitela, se bem que os hambúrgueres só de vitela não são gostosos, disso eu sei e todo mundo sabe.

Um dia tomei cinco coca-colas e de repente me senti mal, como se o sol houvesse se infiltrado nas profundezas das minhas cocas e eu o houvesse engolido sem me dar conta. Tive febre. Não podia agüentar, mas agüentei. Eu me escondi atrás de uma pedra amarela e esperei que o sol se pusesse, depois me encolhi e adormeci. Os sonhos não me deixaram em paz a noite toda. Eu achava que eles estavam me tocando com os dedos. Mas sonhos não têm dedos, têm punhos, então provavelmente eram escorpiões. As queimaduras, de qualquer modo, ardiam. Quando acordei, o sol ainda não tinha saído. Procurei os escorpiões antes que se refugiassem debaixo das pedras. Não encontrei nenhum! Motivo a mais para me manter acordado e desconfiar. E foi o que fiz. Mas depois tive que sair porque precisava beber e comer. Então me levantei, estava de joelhos, e dirigi meus passos à lanchonete do deserto, mas o garçom não quis me servir nada.

Por que você não serve o que eu peço?, perguntei. Por acaso meu dinheiro não vale, por acaso não vale tanto quanto o de outro qualquer? Ele fez como se não me escutasse, e talvez, foi o que pensei, não me escutasse mesmo, talvez eu tenha ficado sem voz de tanto velar no deserto, entre as pedras e os escorpiões, e agora, embora acreditasse que falava, na verdade não falava. Mas então de quem era a voz que meus ouvidos escutavam senão a minha?, pensei. Como posso ter ficado mudo e continuar me ouvindo?, pensei. Depois me disseram para ir embora. Alguém cuspiu nos meus pés. Estavam me provocando. Mas não caio facilmente nessas provocações. Tenho experiência. Não quis ouvir o que me diziam. Se você não vender carne para mim, um árabe vai vender, falei, e abandonei lentamente a lanchonete.

Durante horas andei procurando um árabe. Parecia que os árabes tinham se esfumado no ar. No fim, sem perceber, cheguei exatamente ao lugar de onde havia saído, junto da pedra amarela. Era noite e fazia frio, graças a Deus, mas não pude dormir, estava com fome, e não tinha mais água no cantil. Que fazer?, eu me perguntei. Que posso fazer agora, Virgem Santa? De longe me chegava o som amortecido das máquinas com que os judeus fabricavam suas bombas atômicas. Quando acordei, a fome era insuportável. Nas instalações secretas de Beersheba, os judeus continuavam trabalhando, mas eu já não podia espiá-los sem pôr pelo menos um pedaço de pão duro na boca. O corpo todo doía. Tinha queimaduras no pescoço e nos braços. Fazia não sei quantos dias que não cagava. Mas ainda era capaz de andar! Ainda era capaz de pular ou mexer os braços como um cata-vento! De modo que me levantei, e minha sombra se levantou comigo (nós dois estávamos ajoelhados, rezando) e empreendi a caminhada para a lanchonete do deserto. Acho que comecei a cantar. Sou assim. Ando. Canto. Quando acordei, estava numa cadeia. Alguém tinha pegado minha mochila e a tinha atirado perto do meu catre. Um olho doía, a mandíbula doía, as queimaduras ardiam, creio que alguém tinha me chutado as tripas, mas as tripas não doíam.

Água, falei. A cadeia estava às escuras. Tentei ouvir o barulho das máquinas dos judeus, mas não ouvi nada. Água, falei, estou com sede. Uma coisa se mexeu no escuro. Um escorpião?, pensei. Um escorpião gigantesco?, pensei. Uma mão me pegou pela nuca. Me puxou. Depois senti a borda de uma concha nos meus lábios e logo depois água. Depois adormeci e sonhei com Franz-Josefs-Kai e com a ponte de Aspern. Quando abri os olhos, vi o bom Ulises no catre ao lado. Estava acordado, estava olhando para o teto, estava pensando. Eu o cumprimentei em inglês. Bom dia, falei. Bom dia, respondeu. Dão comida nesta prisão?, perguntei. Dão comida, respondeu. Eu me levantei e procurei meus sapatos. Estava com eles nos pés. Resolvi dar uma volta pela cadeia. Resolvi explorar. O teto era escuro, enfumaçado. Umidade ou fuligem. Quem sabe as duas coisas. As paredes eram brancas. Vi inscrições nelas. Desenhos na parede à minha esquerda e letras na da minha direita. O Corão? Mensagens? Notícias da fábrica subterrânea? Na parede do fundo havia uma janela. Atrás da janela havia um pátio. Atrás do pátio havia o deserto. Na quarta parede havia uma porta. A porta era de grades, e atrás das grades havia um corredor. No corredor não havia ninguém. Eu me virei e me aproximei do bom Ulises. Meu nome é Heimito, falei, sou de Viena. Ele disse que se chamava Ulises Lima e que era de Mexico City.

Pouco depois trouxeram o café-da-manhã para nós. Onde estamos?, perguntei ao carcereiro. Na fábrica? Mas o carcereiro deixou a comida e foi embora. Comi com apetite. O bom Ulises me deu a metade de seu café-da-manhã, que eu também comi. Teria sido capaz de continuar comendo a manhã toda. Depois fui fazer o reconhecimento da cadeia. Fui fazer o reconhecimento das inscrições nas paredes. Dos desenhos. Foi tudo inútil. As mensagens eram indecifráveis. Peguei uma esferográfica em minha mochila e me ajoelhei junto da parede da direita. Desenhei um anão com um pênis enorme. Um pênis ereto. Depois desenhei outro anão com um pênis enorme. Depois desenhei uma teta. Depois escrevi: Heimito K. Depois me cansei e voltei para o meu catre. O bom Ulises tinha adormecido, de modo que procurei não fazer barulho para não acordá-lo. Eu me deitei e fiquei pensando. Pensei nos subterrâneos onde os judeus fabricavam suas bombas atômicas. Pensei numa partida de futebol. Pensei numa montanha. Estava nevando e fazia frio. Pensei nos escorpiões. Pensei num prato cheio de salsichas. Pensei na igreja que fica nos Alpen Garten, junto da Jacquingasse. Dormi. Acordei. Voltei a dormir. Até que ouvi a voz do bom Ulises e acordei. Um carcereiro nos empurrou pelos corredores. Saímos ao pátio. Creio que o sol me reconheceu na hora. Meus ossos doíam. Mas não as queimaduras, de modo que andei e fiz exercícios. O bom Ulises se sentou encostado na parede e ali ficou, quieto, enquanto eu mexia os braços e levantava os joelhos. Ouvi risadas. Uns árabes, sentados no chão, num canto, riam. Não dei bola pra eles. Um dois, um dois, um dois. Desenferrujei as articulações. Quando tornei a olhar para aquele canto na sombra, os árabes não estavam mais lá. Eu me joguei no chão. E me ajoelhei. Por um segundo pensei em ficar assim. De joelhos. Depois me joguei no chão e fiz cinco flexões. Fiz dez flexões. Fiz quinze flexões. Meu corpo todo doía. Quando me levantei, vi que os árabes estavam sentados no chão, ao redor do bom Ulises. Fui até eles. Devagarinho. Pensando. Talvez não quisessem machucá-lo. Talvez não fossem árabes. Talvez fossem mexicanos perdidos em Beersheba. Quando o bom Ulises me viu, falou: que se faça a paz. E eu entendi.

Sentei no chão ao lado dele, com os ombros encostados no muro, e por um segundo meus olhos azuis se encontraram com os olhos escuros dos árabes. Bufei. Bufei e fechei os olhos! Ouvi que o bom Ulises falava em inglês, mas não entendi o que dizia. Os árabes falaram em inglês, mas não entendi o que diziam. O bom Ulises riu. Os árabes riram. Ouvi o riso deles e parei de bufar. Adormeci. Quando acordei, o bom Ulises e eu estávamos sós. Um carcereiro nos levou para nossa cela. Alguém nos deu de comer. Com minha comida trouxeram dois tabletes. Para a febre, disseram. Não tomei. O bom Ulises disse que os jogasse no buraco. Onde vai dar esse buraco? No esgoto, o bom Ulises disse. Posso confiar? E se for dar num depósito? E se tudo acabar numa mesa enorme e úmida em que classificam até nossos mais ínfimos dejetos? Triturei os dois tabletes com os dedos e joguei o pó pela janela. Dormimos. Quando acordei, o bom Ulises lia. Perguntei que livro estava lendo. Os *Selected poems*, de Ezra Pound. Leia alguma coisa para mim, disse a ele. Não entendi nada. Não insisti. Vieram me buscar e me interrogaram. Examinaram meu passaporte. Fizeram perguntas. Riram. Quando voltei para a cela, eu me ajoelhei e fiz flexões. Três, nove, doze. Depois sentei no chão, junto da parede à minha direita, e desenhei um anão com um pênis enorme. Quando acabei, desenhei outro. Depois desenhei a porra saindo de um dos pênis. Depois perdi a vontade de desenhar e fui estudar as outras inscrições. Da esquerda para a direita e da direita para a esquerda. Não entendo árabe. O bom Ulises também não. Mesmo assim, li. Encontrei algumas palavras. Quebrei a cabeça. As queimaduras do pescoço voltaram a doer. Palavras. Palavras. O bom Ulises me deu água. Senti sua mão debaixo da axila, ele me puxava para cima. Depois adormeci.

Quando acordei, o carcereiro nos levou para o chuveiro. Entregou a cada um de nós um pedaço de sabão e disse que nos lavássemos. Esse carcereiro parecia amigo do bom Ulises. Com ele não falava em inglês. Falava em espanhol. Eu me mantive em estado de alerta. Os judeus estão sempre procurando enganar a gente. Lamentei ter ficado em estado de alerta, mas era meu dever. Contra o dever não se pode fazer nada. Ao lavar a cabeça, fiz como se fechasse os olhos. Fiz como se caísse. Fiz como se fizesse exercício. Mas na realidade a única coisa que fiz foi espiar o pênis do bom Ulises. Não era circuncidado. Lamentei meu erro, minha desconfiança. Mas não podia fazer outra coisa. De noite nos deram sopa. E um ensopado de legumes. O bom Ulises me deu a metade de sua ração. Por que não quer comer?, perguntei. Está gostoso. Precisa se alimentar. Precisa fazer exercício. Não estou com fome, ele me disse, coma você. Quando apagaram as luzes, a lua entrou em nossa cela. Fui à janela. No deserto, do outro lado do pátio do cárcere, as hienas cantavam. Um grupo pequeno, escuro, movediço. Mais escuro que a noite. Também riam. Senti uma comichão na sola dos pés. Não se metam comigo, pensei.

No dia seguinte, depois do café, fomos soltos. O carcereiro que falava espanhol acompanhou o bom Ulises até o ponto do ônibus que ia para Jerusalém. Conversavam. O carcereiro contava histórias, e o bom Ulises escutava, depois ele é que contava uma história. O carcereiro comprou sorvete de limão para Ulises e de laranja para ele. Depois olhou para mim e me perguntou se eu também queria sorvete. Você também quer sorvete, infeliz?, disse. De chocolate, respondi. Quando tive o sorvete na mão, procurei moedas nos bolsos. Com a mão esquerda, procurei nos bolsos do lado esquerdo. Com a mão direita, procurei moedas nos bolsos do lado direito. Ofereci a ele umas tantas. O judeu olhou para elas. O sol estava derretendo a ponta do seu sorvete de laranja. Dei meia-volta. Afastei-me do ponto de ônibus. Afastei-me da rua e da lanchonete do deserto. Um pouco mais além ficava minha pedra. A bom passo. A bom passo. Quando cheguei lá, eu me encostei na pedra e respirei. Procurei meus mapas, meus desenhos, e não encontrei nada. Só calor e o barulho que os escorpiões fazem em suas tocas. *Bzzzz*. Então me deixei cair no chão e me ajoelhei. No céu não havia nem uma nuvem. Nem um passarinho. Que poderia fazer, senão olhar? Eu me escondi entre as pedras e procurei ouvir os barulhos de Beersheba, mas só ouvi o barulho do ar, um sopro de pó quente que me queimou o rosto. Depois ouvi a voz do bom Ulises, que me chamava Heimito, Heimito, onde você está, Heimito? Entendi que não poderia me esconder. Nem que quisesse. E saí das pedras, com minha mochila pendurada na mão, e segui o bom Ulises, que me chamava, pelo caminho que o destino quis. Aldeias. Descampados. Jerusalém. Em Jerusalém mandei um telegrama para Viena pedindo dinheiro. Meu dinheiro, o dinheiro de minha herança, eu exigia. Mendigamos. Nas portas dos hotéis. Nas rotas turísticas. Dormimos na rua. Ou nos portais das igrejas. Tomamos a sopa dos irmãozinhos armênios. O pão dos irmãozinhos palestinos.

Eu contava ao bom Ulises o que eu tinha visto. Os planos diabólicos dos judeus. Ele dizia: durma, Heimito. Até que chegou meu dinheiro. Compramos as passagens de avião, e não sobrou dinheiro. Aquilo era todo meu dinheiro. Falso. Escrevi um cartão-postal de Tel-Aviv e exigi tudo. Voamos. Lá de cima vi o mar. O nível do mar é um engano, pensei. A única miragem verdadeira. Fada Morgana, o bom Ulises disse. Em Viena chovia. Mas nós não somos torrões de açúcar! Pegamos um táxi até a Landesgerichtsstrasse com a Lichtenfelsgasse. Quando chegamos, dei um soco na nuca do taxista, e fomos embora. Primeiro pela Josefstädterstrasse, a trote rápido, depois pela Strozzigasse, então pela Zeltgasse, daí pela Piaristengasse, depois pela Lerchenfelderstrasse, depois pela Neubaugasse, depois pela Siebensterngasse, até a Stuckgasse, onde fica minha casa. Subimos a pé cinco andares. A trote rápido. Mas eu não estava com a chave. Tinha perdido a chave de minha mansarda no deserto de Neguev. Calma, Heimito, o bom Ulises disse, vamos procurar nos bolsos. Procuramos. Um a um, nada. Na mochila. Nada. Na roupa que estava na mochila. Nada. Minha chave perdida no Neguev. Pensei então na cópia. Existe uma cópia da chave, falei. Tá bom, tá bom, o bom Ulises disse. Ofegava. Estava jogado no chão, encostado em minha porta. Eu estava de joelhos. Então me levantei, pensei na cópia da chave e me dirigi à janela no fim do corredor. Pela janela se via um pátio interno de cimento e os telhados da Kirchengasse. Abri a janela, e a chuva molhou meu rosto. A chave estava ali fora, num buraquinho. Quando tirei a mão, em meus dedos havia restos de teias de aranha.

Moramos em Viena. Cada dia chovia um pouco mais. Nos dois primeiros dias não saímos de minha casa. Eu saí. Mas não muito. Só para comprar pão e café. O bom Ulises permaneceu em seu saco de dormir, lendo ou olhando pela janela. Comíamos pão. Era a única coisa que comíamos. Eu estava com fome. Na terceira noite, o bom Ulises se levantou, lavou o rosto, penteou o cabelo, e fomos passear. Em frente da Figarohaus, eu me aproximei de um homem e lhe dei uma porrada na cara. O bom Ulises revirou os bolsos dele, enquanto eu o agarrava. Depois fomos pelo Graben e nos perdemos pelas ruas movimentadas e pequenas. Num bar da Gonzagagasse, o bom Ulises quis tomar uma cerveja. Pedi uma fanta laranja e telefonei da cabine do bar, pedindo meu dinheiro, o dinheiro que legalmente me pertencia. Depois fomos ver meus amigos na ponte de Aspern, mas não encontramos ninguém e voltamos para casa caminhando.

No dia seguinte compramos salsichas, presunto, patê e mais pão. Saíamos todo dia. Pegávamos o metrô. Na estação de Rossauer Lände encontrei Udo Möller. Ele estava tomando uma cerveja e olhou para mim como se eu fosse um escorpião. Quem é esse cara?, perguntou apontando para o bom Ulises. É um amigo, falei. Onde você o encontrou?, Udo Möller perguntou. Em Beersheba, falei. Entramos num vagão até Heiligenstadt, daí, na Schnellbahn, até Hernal. Ele é judeu?, Udo Möller me perguntou. Não, não é circuncidado, falei. Andávamos debaixo da chuva. Íamos à oficina de um tal de Rudi. Udo Möller falava comigo em alemão, mas não tirava os olhos do bom Ulises. Achei que íamos em direção a uma ratoeira e parei. Só então vi claramente que eles queriam matar o bom Ulises. E parei. Falei que, pensando melhor, tínhamos umas coisas a fazer. Que coisas?, Udo Möller perguntou. Coisas, falei. Compras. Falta pouco, Udo Möller disse. Não, falei, temos o que fazer. Vai ser só um instantinho, Udo Möller disse. Não!, falei. A chuva escorria pelo meu nariz e pelos olhos. Com a ponta da língua, lambi a chuva e disse não. Então dei meia-volta e disse ao bom Ulises que viesse, e Udo Möller veio atrás de nós. Vamos, só falta um pouco, venha comigo, Heimito, vai ser só um instantinho. Não!

Naquela semana empenhamos a televisão e um relógio de parede, lembrança de minha mãe. Pegávamos o metrô em Neubaugasse, mudávamos de estação na Stephansplatz e saíamos na Vorgartenstrasse ou na Donauinsel. Passávamos horas contemplando o rio. O nível do rio. Às vezes, víamos caixas de papelão boiando na água. O que me trazia péssimas recordações. De vez em quando descíamos na Praterstern e dávamos voltas pela estação. Seguíamos as pessoas. Nunca fizemos nada. É perigoso demais, o bom Ulises dizia, não vale a pena arriscar. Passávamos fome. Ficávamos dias sem sair de casa. Eu fazia flexões, dez, vinte, trinta, o bom Ulises olhava para mim, sem sair de seu saco de dormir, com um livro nas mãos. Mas principalmente olhava pela janela. O céu cinzento. E às vezes olhava na direção de Israel. Uma noite, enquanto eu desenhava em meu caderno, ele me perguntou: o que você fazia em Israel, Heimito? Eu contei. Procurava, procurava. A palavra *procurava* junto da casa e do elefante que eu tinha desenhado. E você, fazia o quê, meu bom Ulises? Nada, ele falou.

Quando parou de chover, voltamos a sair. Encontramos um cara na estação de Stadtpark e o seguimos. Na Johannesgasse o bom Ulises o agarrou pelo braço e, enquanto o cara olhava quem o agarrava, eu lhe descarreguei uma porrada na nuca. Às vezes íamos à agência postal da Neubaugasse, perto de casa, e o bom Ulises selava suas cartas. De volta, passávamos em frente ao teatro Rembrandt, e o bom Ulises o contemplava por uns cinco minutos. Às vezes eu o deixava na frente do teatro e ia telefonar de um bar! A mesma resposta! Não queriam dar meu dinheiro! Quando voltava, o bom Ulises lá estava, olhando para o teatro Rembrandt. Eu então respirava aliviado, e íamos para casa comer. Uma vez encontramos três dos meus amigos. Íamos andando pela Franz-Josefs-Kai em direção à praça Julius Raab, e eles apareceram de repente. Como se até aquele momento houvessem estado invisíveis. Rastreadores. Batedores. Eles me cumprimentaram. Disseram meu nome. Um se pôs diante de mim. Gunther, o mais forte. Outro à minha esquerda. Outro à direita do bom Ulises. Não podíamos andar. Podíamos dar meia-volta e sair correndo, mas não podíamos seguir em frente. Tanto tempo sem nos ver, Heimito, Gunther disse. Tanto tempo sem nos ver, todos disseram. Não! Não há tempo. Mas não tínhamos por onde escapar.

Passeamos. Andamos. Fomos ver Julius, o polícia. Perguntaram se o bom Ulises entendia alemão. Se sabia do segredo. Não entende, falei, não conhece os segredos. Mas é inteligente, disseram. Não é inteligente, falei, é bom, só dorme, lê e não faz exercícios. Queríamos ir embora. Nada que falar! Estamos ocupados!, eu disse. O bom Ulises olhava para nós e assentia. Agora era eu a estátua. O bom Ulises olhava, percorria o quarto de Julius e olhava para todos os lados. Não parava quieto. Desenhos. Gunther cada vez mais nervoso. Estamos ocupados e queremos ir embora!, falei. Então Gunther agarrou o bom Ulises pelos ombros e perguntou por que você não pára de andar de um lado para o outro, como um chato no meio dos pentelhos? Pare! E Julius disse: o rato está nervoso. O bom Ulises recuou, e Gunther tirou do bolso o soco-inglês. Não toque nele, falei, daqui a uma semana recebo minha herança. E Gunther guardou o soco-inglês de volta no bolso e empurrou o bom Ulises para um canto do quarto. Depois falamos de propaganda. Eles me mostraram papéis e fotos. Numa foto aparecia eu, de costas. Sou eu, falei, esta foto é velha. E me mostraram fotos novas, papéis novos. A foto de um bosque, uma cabana no bosque, uma encosta suave. Conheço esse lugar, falei. Claro que conhece, Heimito, Julius disse. Depois vieram mais palavras e mais palavras, e mais papéis, e mais fotos. Tudo velho! Silêncio, astúcia, eu não disse nada. Depois nos despedimos e fomos andando para casa. Gunther e Peter nos acompanharam por um trecho. Mas o bom Ulises e eu íamos em silêncio. Astutos. Andamos, andamos. Gunther e Peter entraram no metrô, e o bom Ulises e eu andamos, andamos. Sem falar. Antes de chegar em casa, entramos numa igreja. A Ulrichkirche, da Burggasse. Entrei na igreja, e o bom Ulises me seguiu, protegendo meus passos!

Tentei rezar. Tentei parar de pensar nas fotos. Naquela noite comemos pão, e o bom Ulises me perguntou por meu pai, por meus amigos, por minhas viagens. No dia seguinte não saímos à rua. Mas no outro dia sim, saímos, porque o bom Ulises precisava ir ao correio, e já na rua decidimos não voltar para casa e caminhar. Está nervoso, Heimito?, o bom Ulises perguntava. Não, não estou, eu respondia. Por que olha para trás o tempo todo? Por que olha para os lados? A astúcia nunca é demais, eu respondia. Não tínhamos dinheiro. Encontramos um velho no parque Esterhazy. Dava de comer aos pombos, mas os pombos ignoravam suas migalhas. Eu me aproximei por trás e lhe dei uma porrada na cabeça. O bom Ulises revistou seus bolsos, mas não achou dinheiro, só moedas e migalhas de pão, e uma carteira, que levamos. Na carteira havia uma foto. O velho se parecia com meu pai, falei. Jogamos a carteira numa caixa de correio. Depois ficamos dois dias sem sair de casa, e no fim só tínhamos migalhas de pão. Então fomos fazer uma visita a Julius, o polícia. Saímos com ele. Entramos num bar da Favoritenstrasse e ouvimos suas palavras. Eu olhava para a mesa, para a superfície da mesa e para as gotas de coca-cola derramada. Ulises falava em inglês com Julius, o polícia, e contava a ele que no México as pirâmides eram maiores e mais numerosas do que no Egito. Quando levantei os olhos da mesa, avistei, junto da porta do bar, Gunther e Peter. Pisquei e eles desapareceram. Mas meia hora depois, ou cinco minutos depois, estavam próximos de nossa mesa e sentaram conosco.

Naquela noite conversei com o bom Ulises e lhe contei que conhecia uma casa no campo, uma cabana de madeira ao pé de uma suave colina de pinheiros. Eu lhe disse que não queria tornar a ver meus amigos. Depois falamos de Israel, da cadeia de Beersheba, do deserto, das pedras amarelas e dos escorpiões que só saíam de noite, quando o olho do homem não podia distingui-los. Talvez devêssemos voltar, o bom Ulises disse. Os judeus com certeza me matariam, eu disse. Não fariam nada com você, o bom Ulises disse. Os judeus me matariam, eu disse. Então o bom Ulises tapou a cabeça com uma toalha suja, mas ainda assim parecia que continuava olhando pela janela. Fiquei olhando um instante para ele e pensando como é que ele sabia que não fariam nada comigo. Então me ajoelhei e abri os braços em cruz. Dez, quinze, vinte flexões. Até que me entediei e decidi desenhar.

No dia seguinte voltamos ao bar da Favoritenstrasse. Julius, o polícia, e seis amigos dele estavam lá. Pegamos o metrô na Taubstumengasse e saímos na Praterstern. Ouvi uivos. Corremos. Suamos. No dia seguinte um dos meus amigos vigiava minha casa. Contei ao bom Ulises. Mas ele não viu nada. De noite nos penteamos. Lavamos o rosto e saímos. No bar da Favoritenstrasse, Julius, o polícia, nos falou de dignidade, de evolução, do mestre Darwin e do mestre Nietzsche. Traduzi para que o bom Ulises entendesse as palavras dele, apesar de eu mesmo não entender nada. A oração dos ossos, Julius disse. O anseio da salvação. A virtude do perigo. A obstinação dos esquecidos. Bravo, o bom Ulises disse. Bravo, os outros disseram. Os limites da memória. A sagacidade das plantas. O olho dos parasitas. A agilidade da terra. O mérito do soldado. A astúcia do gigante. O buraco da vontade. Magnífico, o bom Ulises disse em alemão. Extraordinário. Bebemos. Eu não queria cerveja, mas puseram uma caneca na minha frente e disseram beba, Heimito, não vai fazer mal. Bebemos e cantamos. O bom Ulises cantou algumas estrofes em espanhol, meus amigos o observaram com olhares de lobo e riram. Mas eles não entendiam o que o bom Ulises cantava! Nem eu! Bebemos e cantamos. De vez em quando Julius, o polícia, dizia dignidade, honra, memória. Serviram várias canecas. Com um olho eu observava a cerveja que tremia dentro das canecas, com o outro observava meus amigos. Eles não bebiam. Para cada caneca deles eu bebia quatro. Beba, Heimito, não vai lhe fazer mal, diziam. Também davam de beber ao bom Ulises. Beba, mexicaninho, diziam, não vai fazer mal. E cantávamos. Baladas sobre a casa no campo, ao pé da suave colina. E Julius, o polícia, dizia: lar, torrão, pátria. O dono do bar veio beber conosco. Vi como piscava o olho para Gunther. Vi como Gunther piscava o olho para ele. Vi como evitava olhar para o canto em que estava o bom Ulises. Beba, Heimito, eles me diziam, não vai fazer mal. E Julius, o polícia, sorria, lisonjeado, e dizia obrigado, obrigado, eu sei, eu sei, não exageremos, por favor. Extraordinário. Implacável. E então disse: retidão, dever, traição, castigo. E novamente o congratularam, mas agora só uns poucos sorriam.

    Depois saímos todos juntos. Feito um pinhão. Feito os dedos de uma mão de aço. Feito um guante ao vento. Mas na rua começamos a nos separar. Em grupos cada vez menores. Cada vez mais separados. Até que perdemos os outros de vista. Em nosso grupo iam Udo e quatro outros amigos. Em direção ao Belvedere. Pela Karolinengasse, depois pela Belvederegasse. Alguns falavam, outros preferiam não falar, apenas olhar para o chão que pisávamos. As mãos nos bolsos. As golas levantadas. E eu disse ao bom Ulises: sabe o que estamos fazendo aqui? O bom Ulises me respondeu que fazia uma idéia. Atravessamos a Prinz-Eugen-Strasse, e eu perguntei ao bom Ulises que tipo de idéia era essa. E ele me respondeu: mais ou menos a mesma que você faz, Heimito, mais ou menos a mesma. Os outros não entendiam inglês, ou, se algum deles entendia, aparentava não entender. Quando entramos no parque, comecei a rezar. O que você está murmurando, Heimito?, Udo, que ia ao meu lado, perguntou. Não, não, não, eu disse enquanto os galhos das árvores que íamos afastando roçavam meu rosto e meu cabelo. Depois olhei para cima, e não vi nem uma estrela. Chegamos a uma clareira: tudo era verde-escuro, até as sombras de Udo e dos meus amigos. Ficamos imóveis, de pernas abertas, e as luzes dançavam atrás das árvores e das plantas, distantes, inalcançáveis. Os socos-ingleses saíram dos bolsos dos meus amigos. Sem dizerem palavra! Ou, se disseram alguma coisa, eu não ouvi. Mas não creio que tenham dito. Tínhamos parado num lugar secreto e não era preciso falar! Acho que nem nos olhávamos! Fiquei com vontade de gritar! Mas vi então que o bom Ulises tirava alguma coisa do bolso de seu blusão e pulava em cima de Udo. Eu também me mexi. Agarrei um dos meus amigos pelo pescoço e lhe dei uma porrada na testa. Alguém me acertou por trás. Um, dois, um, dois. Outro me acertou pela frente. Senti nos lábios o sabor metálico do soco-inglês. Mas pude segurar um dos meus amigos pelo ombro e, com um movimento brusco, dei uma porrada no que estava nas costas. Acho que quebrei uma costela dessa pessoa. Senti uma onda de calor. Ouvi os gritos de Udo pedindo socorro. Quebrei um nariz. Vamos embora, Heimito, o bom Ulises disse. Eu o procurei, mas não o vi. Onde você está?, perguntei. Aqui, Heimito, aqui, se acalme. Parei de bater. No claro do bosque, havia dois corpos estirados no chão, os outros tinham sumido. Eu estava coberto de suor, não conseguia pensar. Descanse um momento, o bom Ulises disse. Eu me ajoelhei e abri os braços em cruz. Vi o bom Ulises se aproximar dos caídos. Por um instante achei que ia degolá-los, ainda estava com a faca na mão, e pensei que se faça a vontade de Deus. Mas o bom Ulises não ergueu sua arma contra os corpos caídos. Revistou os bolsos deles, tocou o pescoço deles, aproximou o ouvido das bocas e disse: não matamos ninguém, Heimito, podemos ir embora. Limpei a fuça ferida na camisa de um dos meus amigos. Me penteei. Me levantei. Suava como um porco! As pernas pesavam como as de um elefante! Mas assim mesmo corri, corri, depois andei e inclusive assobiei até sairmos do parque. Pela Jacquingasse até o Rennweg. E depois pela Marokkanergasse até a Konzerthaus. Depois pela Lisztstrasse até a Lothringerstrasse. Nos dias seguintes ficamos sozinhos. Mas saímos de casa. Uma tarde vimos Gunther. Ele nos olhou de longe, depois se afastou. Não demos bola para ele. Certa manhã vimos dois dos meus amigos. Estavam numa esquina e, quando nos viram, foram embora. Uma tarde, na Kärntnerstrasse, o bom Ulises viu uma mulher, de costas, e se aproximou dela. Eu também a vi, mas não me aproximei. Fiquei a dez metros, depois a onze metros, depois a quinze metros, depois a dezoito metros. E vi que o bom Ulises a chamou, pôs a mão no ombro da mulher, e esta se virou, o bom Ulises pediu desculpas, e a mulher continuou andando.

 Todos os dias íamos ao correio. Dávamos passeios que terminavam na praça Esterhazy ou na Stiftskaserne. Às vezes meus amigos nos seguiam. Sempre à distância! Uma noite encontramos um homem na Schadekgasse e o seguimos. Entrou no parque. Era um homem velho e bem vestido. O bom Ulises se pôs ao lado dele e lhe deu uma porrada na nuca. Revistamos seus bolsos. Naquela noite comemos num bar perto de casa. Depois levantei da mesa e dei um telefonema. Minha herança, meu dinheiro, falei, e do outro lado da linha alguém disse: não, não, não. Naquela noite conversei com o bom Ulises, mas não me lembro sobre o quê. Depois veio a polícia e nos levaram para a delegacia da Bandgasse. Tiraram as algemas e nos interrogaram. Perguntas, perguntas. Eu disse: não tenho nada a dizer. Quando me levaram para a cadeia, o bom Ulises não estava lá. Na manhã seguinte veio meu advogado. Disse a ele: senhor advogado, o senhor parece uma estátua abandonada num bosque, ele riu. Quando parou de rir, disse: a partir de agora se acabaram as brincadeiras, Heimito. Onde está meu bom Ulises?, perguntei. Seu cúmplice está detido, Heimito, o meu advogado disse. Está sozinho?, perguntei. Evidentemente, o meu advogado disse, e então parei de tremer. Se o bom Ulises estava sozinho, nada poderia lhe acontecer.

Naquela noite sonhei com uma pedra amarela e com uma pedra negra. No dia seguinte, vi o bom Ulises no pátio. Conversamos. Ele me perguntou como eu estava. Bem, falei, faço exercícios, faço flexões, abdominais, boxeio com minha sombra, falei. Não boxeie com sua sombra, ele disse. E você como vai?, perguntei. Bem, ele disse, me tratam bem, a comida é boa. A comida é boa!, falei. Depois fui interrogado novamente. Perguntas, perguntas. Não sei nada, falei. Heimito, conte o que você sabe, disseram. Então falei dos trabalhos dos judeus que construíam a bomba atômica em Beersheba e dos escorpiões que só saíam à superfície durante a noite. Eles disseram que me mostrariam algumas fotos, e ao ver as fotos falei: estão mortos, são fotos de mortos, e não quis mais continuar falando com eles. Naquela noite vi o bom Ulises no corredor. Meu advogado me disse: não vai acontecer nada de ruim com você, Heimito, nada de ruim pode acontecer com você, essa é a lei, você vai viver no campo. E o bom Ulises?, perguntei. Ele vai ficar mais um tempo aqui. Até esclarecer a situação dele. Naquela noite sonhei com uma pedra branca e com o céu de Beersheba, refulgente como uma taça de cristal. No dia seguinte, vi o bom Ulises no pátio. O pátio estava coberto por uma película verde, mas nem ele nem eu parecíamos ligar para isso. Nós dois estávamos de roupa nova. Poderíamos ter passado por irmãos. Ele me disse: tudo está solucionado, Heimito. Seu pai vai se encarregar de você. E de você?, perguntei. Vou voltar para a França, disse o bom Ulises. A polícia austríaca paga minha passagem até a fronteira. E quando você volta?, perguntei. Não poderei voltar antes de 1984, ele disse. O ano do grande irmão. Mas nós não temos irmãos, falei. É o que parece, ele disse. A baba do diabo é verde?, perguntei de repente. Pode ser que sim, Heimito, ele me respondeu, mas eu diria que ela não tem cor. Depois ele se sentou no chão, e eu comecei a fazer exercícios. Corri, fiz flexões, fiquei de joelhos. Quando terminei, o bom Ulises estava de pé conversando com outro detido. Por um momento pensei que estávamos em Beersheba e que o céu nublado era só uma armação dos engenheiros judeus. Mas depois me dei um tapa no rosto e disse para mim mesmo não, estamos em Viena e o bom Ulises vai embora amanhã e só poderá voltar daqui a muito tempo, e eu talvez logo vá ver meu pai. Quando voltei para perto dele, o outro preso caiu fora. Conversamos. Procure se cuidar, ele me disse quando vieram me buscar, procure se manter em forma, Heimito. Até breve, eu disse, e não voltei a vê-lo.

María Font, rua Montes, perto do Monumento à Revolução, México, DF, fevereiro de 1981. Quando Ulises voltou para o México, fazia pouco tempo que eu tinha vindo morar aqui. Estava apaixonada por um cara que dava aula de matemática numa escola preparatória. Nossa relação tinha começado de forma bastante tormentosa, porque ele era casado, e eu achava que o cara nunca iria largar a mulher, mas um dia ele ligou para mim, na casa dos meus pais, e me disse para procurar um lugar onde pudéssemos viver juntos. Ele não agüentava mais a esposa, e a separação era iminente. O cara era casado, tinha dois filhos e dizia que sua mulher utilizava as crianças para chantageá-lo. A conversa que tivemos não foi das que tranqüilizam, pelo contrário, mas o caso é que, na manhã seguinte, comecei a procurar um lugar, provisório pelo menos, onde nós dois pudéssemos morar.
　Evidentemente, tinha o problema do dinheiro, ele tinha seu salário mas precisava continuar pagando o aluguel da casa em que seus filhos moravam, além de dar uma quantia mensal para a manutenção, os gastos escolares deles etc. Eu não tinha trabalho e só contava com a mesada que uma tia materna me dava para terminar meus estudos de dança e pintura. Precisei, portanto, lançar mão de minhas economias, pedir dinheiro emprestado para minha mãe, e não arranjar nada excessivamente caro. Ao fim de três dias, Xóchitl me disse que havia um quarto vago no hotel em que ela e Requena moravam. Mudei na hora.

O quarto era grande, tinha banheiro e cozinha, e ficava bem em cima do quarto de Xóchitl e Requena.

Naquela mesma noite, o professor de matemática veio me ver e fizemos amor até amanhecer. No dia seguinte, no entanto, ele não apareceu, e, apesar de eu ter ligado uma ou duas vezes para sua escola, não consegui entrar em contato com ele. Dois dias depois tornei a vê-lo e aceitei todas as explicações que ele quis me dar. Transcorreram mais ou menos assim a primeira e a segunda semana da minha nova vida na rua Montes. O professor de matemática aparecia a cada quatro dias, aproximadamente, e nossos encontros só acabavam com a madrugada e a iminência de um novo dia de trabalho. Depois ele desaparecia.

Evidentemente, não nos limitávamos a fazer amor, também conversávamos. Ele contava coisas dos filhos. Uma vez, falando-me da menor, começou a chorar e finalmente me disse que não entendia nada. E o que tem para entender?, perguntei. Olhou para mim como se houvesse dito uma besteira, como se eu fosse moça demais para entender essas coisas e não me respondeu. Fora isso, minha vida era mais ou menos a mesma de antes. Ia às aulas, consegui um trabalho de revisora numa editora (pessimamente remunerado), via meus amigos e dava longos passeios pela Cidade do México. Minha amizade com Xóchitl cresceu, em grande parte devido à nossa nova condição de vizinhas. De tarde, quando o professor de matemática não estava, eu descia ao quarto dela e ficávamos conversando ou brincando com o neném. Requena não estava quase nunca (se bem que ele, sim, viesse todas as noites), e Xóchitl e eu nos dedicávamos a falar de nossas coisas, coisas de mulheres, sem nos incomodar com a presença de um homem. Como era natural, o objeto de nossas primeiras conversas foi o professor de matemática e seu modo peculiar de entender uma nova relação. Segundo Xóchitl, no fundo o cara era um cagão, tinha medo de largar a mulher. Eu era da opinião de que tinha muito mais peso sua delicadeza, seu desejo de não causar um mal desnecessário, do que o medo propriamente dito. Em meu íntimo achei um bocado estranha a determinação com que Xóchitl tomou meu partido e não o da mulher do professor de matemática.

Às vezes íamos ao parque com o pequeno Franz. Uma noite em que o professor de matemática veio, convidamos os dois para jantar. O professor de matemática queria que ficássemos a sós, mas Xóchitl tinha me pedido para apresentá-lo e achei que aquela era uma ocasião ímpar. Foi o primeiro jantar que dei naquele quarto, que eu já via como minha casa nova, e, embora o jantar em si tenha sido bem simples, uma grande salada, queijos e vinho, Requena e Xóchitl chegaram pontualmente, e minha amiga apareceu com seu melhor vestido. O professor de matemática procurou ser, pelo menos foi o que me pareceu, agradável, coisa pela qual lhe agradeci, mas, não sei se pela escassez de comida (naqueles dias eu era adepta das dietas de baixas calorias) ou pela abundância de vinho, o caso é que o jantar foi um desastre. Quando meus amigos se foram, o professor de matemática os chamou de parasitas, os elementos, disse, que imobilizam uma sociedade, que fazem que um país nunca termine de se pôr em movimento. Eu disse que eu era igual a eles, e ele replicou que não era verdade, que eu estudava e trabalhava, enquanto eles não faziam nada. São poetas, argumentei. O professor de matemática me olhou nos olhos e repetiu várias vezes a palavra *poeta*. Vagabundos, é o que são, falou, e maus pais, na cabeça de quem pode passar a idéia de ir jantar fora deixando o filho sozinho em casa? Naquela noite, enquanto fazíamos amor, pensei no pequeno Franz dormindo no quarto debaixo, enquanto seus pais bebiam vinho e comiam queijo em meu quarto, e me senti vazia e irresponsável. Pouco depois, um ou dois dias, Requena me disse que Ulises Lima tinha voltado para o México.

    Uma tarde, enquanto eu lia, ouvi Xóchitl me chamar batendo no teto com o cabo da vassoura. Assomei à janela. Ulises está aqui, Xóchitl disse, não quer descer? Desci. Lá estava Ulises. Não me causou grande alegria vê-lo. Tudo que ele e Belano haviam significado para mim estava agora longe demais. Ele falou de suas viagens. Acho que em seus relatos havia literatura demais. Enquanto ele falava, fiquei brincando com o pequeno Franz. Depois Ulises disse que precisava ir ver os irmãos Rodríguez e perguntou se não queríamos ir com ele. Xóchitl e eu nos olhamos. Se você quiser ir, fico com o menino, disse a ela. Antes de sair, Ulises perguntou por Angélica. Está em casa, eu disse, telefone para ela. Em geral, não sei por quê, minha atitude para com ele foi meio hostil. Quando saíram, Xóchitl me deu uma piscada. Naquela noite o professor de matemática não veio. Dei de comer ao pequeno Franz em meu quarto, depois desci, vesti o pijama no garoto e o deitei na cama, onde não demorou a adormecer. Peguei um livro na estante e fiquei lendo junto da janela e observando os carros que passavam com as luzes acesas pela rua Montes. Lia a pensava.

Requena voltou à meia-noite. Perguntou o que eu estava fazendo ali e onde estava Xóchitl. Disse que ela tinha ido a uma reunião de real-visceralistas na casa dos irmãos Rodríguez. Requena foi dar uma olhada no filho, depois me perguntou se eu já tinha comido. Disse que não. Tinha me esquecido de comer. Mas, isso sim, tinha dado de comer ao menino, informei.

Requena abriu a geladeira e tirou uma panelinha, que botou para esquentar. Era sopa de arroz. Perguntou se eu queria. Na realidade, o que eu não queria era ir para o meu quarto solitário, por isso lhe disse para me dar um pouco. Conversávamos a meia-voz para não acordar o pequeno Franz. Como vão suas aulas de dança?, perguntou. Como vão suas aulas de pintura? Requena havia estado só uma vez em meu quarto, na noite do jantar, e gostaria de ver o que eu pintava. Vai tudo bem, falei. E a poesia? Faz um tempão que não escrevo, falei. Eu também, ele disse. A sopa de arroz estava muito picante. Perguntei se Xóchitl sempre cozinhava assim. Sempre, ele disse, deve ser costume familiar.

Por um instante ficamos nos olhando sem dizer nada e também olhando para a rua, a cama de Franz, as paredes mal pintadas. Depois Requena começou a falar de Ulises e de sua volta ao México. Minha boca e meu estômago ardiam, depois notei que o rosto também ardia. Pensei que ele fosse ficar para sempre na Europa, ouvi Requena dizer. Não sei por quê, nesse momento pensei no pai de Xóchitl, que eu só havia visto uma vez, saindo do quarto. Ao vê-lo, dei um pinote para trás, pois me pareceu um tipo sinistro. É meu pai, Xóchitl disse, ao ver minha expressão de alarme. O sujeito me cumprimentou com um movimento de cabeça e foi embora. O real-visceralismo está morto, Requena disse, deveríamos nos esquecer dele e fazer algo novo. Uma seção mexicana do surrealismo, murmurei. Preciso tomar alguma coisa, falei. Vi Requena se levantar e abrir a geladeira, a luz desta, amarela, correu pelo assoalho até as pernas da cama do pequeno Franz. Vi uma bola, uns chinelinhos pequeníssimos, mas grandes demais para pertencerem ao menino, pensei nos pés de Xóchitl, muito menores do que os meus. Notou algo de novo em Ulises?, Requena perguntou. Tomei água gelada. Não notei nada, respondi. Requena se levantou e abriu a janela para arejar o quarto cheio de fumaça de cigarro. Está doido, Requena disse, está alucinado. Ouvi um barulho proveniente da cama do pequeno Franz. Ele fala dormindo?, perguntei. Não, é da rua, Requena respondeu. Eu me debrucei na janela e olhei para o meu quarto, a luz estava apagada. Depois senti as mãos de Requena em minha cintura e não me mexi. Ele também não se mexeu. Passado um instante, ele abaixou minha calça e senti seu pênis entre as minhas nádegas. Não falamos nada. Quando terminamos, voltamos a sentar à mesa e acendemos um cigarro. Vai contar à Xóchitl?, Requena perguntou. Quer que conte?, perguntei. Prefiro que não, ele disse.

Fui embora às duas da manhã, e Xóchitl ainda não tinha regressado. No dia seguinte, ao voltar de minha aula de pintura, Xóchitl veio me chamar. Eu a acompanhei ao supermercado. Enquanto fazíamos compras, ela contou que Ulises Lima e Pancho Rodríguez tinham brigado. O real-visceralismo está morto, Xóchitl disse, se você tivesse ido... Disse a ela que eu não escrevia mais poesia nem queria saber de poetas. Ao voltar, Xóchitl me pediu que entrasse um pouco. Ela não tinha feito a cama, e os pratos da noite anterior, os pratos em que Requena e eu havíamos comido, estavam empilhados na pia, para serem lavados, com os pratos utilizados ao meio-dia por Xóchitl e Franz.

Naquela noite o professor de matemática também não veio. Liguei para minha irmã de um telefone público. Não sabia o que lhe dizer, mas precisava falar com alguém e não tinha vontade de ir outra vez ao quarto de Xóchitl. Falei com Angélica quando ela estava de saída. Ia ao teatro. O que foi?, perguntou. Precisa de dinheiro? Disse umas bobagens por alguns minutos, depois, antes de desligar, perguntei se sabia que Ulises Lima tinha voltado para o México. Não sabia. Não lhe importava. Nós nos despedimos, desliguei. Depois liguei para a casa do professor de matemática. Quem atendeu foi sua mulher. Sim?, ela disse. Eu fiquei calada. Sua filha de uma puta, responda, falou. Desliguei suavemente e voltei para casa. Dois dias depois Xóchitl me disse que Catalina O'Hara dava uma festa em que provavelmente iriam se reunir todos os real-visceralistas, na festa iriam ver se era possível relançar o grupo, publicar uma revista, planejar algumas atividades. E me perguntou se eu pensava em ir. Disse que não, mas que, se ela quisesse ir, eu poderia tomar conta de Franz. Naquela noite voltei a fazer amor com Requena, demoradamente, desde que o menino adormeceu até as três da manhã, mais ou menos, e por um momento pensei que era ele que eu amava e não aquele professorzinho de matemática de merda.

No dia seguinte, Xóchitl me contou como tinha sido a reunião. Parecia um filme de zumbis. Para ela, o real-visceralismo tinha acabado, o que era uma pena porque os poemas que ela agora escrevia, disse, eram no fundo poemas real-visceralistas. Depois perguntei por Ulises. Ele é o chefe, Xóchitl disse, mas está sozinho. A partir daquele dia, não houve mais reuniões real-visceralistas, e Xóchitl não tornou a me pedir que tomasse conta do filho à noite. Minha relação com o professor de matemática estava morta, mas continuávamos indo para a cama de vez em quando, e eu ainda continuava telefonando para a casa dele, suponho que por masoquismo ou, o que é pior ainda, porque me entediava. Um dia, no entanto, falamos de tudo que estava acontecendo e do que não estava acontecendo conosco, e a partir daí paramos de nos ver. Quando ele foi embora, parecia aliviado. Pensei em deixar o quarto da rua Montes e voltar para a casa de minha mãe. Finalmente decidi continuar morando ali, agora de forma permanente.

13.

    Rafael Barrios, sentado no living de sua casa, na Jackson Street, San Diego, Califórnia, março de 1981. Vocês viram *Easy rider*? É, o filme com Dennis Hopper, Peter Fonda e Jack Nicholson. Éramos mais ou menos assim, na época. Principalmente eram mais ou menos assim Ulises Lima e Arturo Belano, antes de irem para a Europa. Feito Dennis Hopper e seu reflexo: duas sombras cheias de energia e velocidade. Não que eu tenha alguma coisa contra Peter Fonda, mas nenhum dos dois se parecia com ele. Müller, sim, esse se parecia com Peter Fonda. Em compensação eram idênticos a Dennis Hopper, e isso era inquietante e sedutor, quer dizer, inquietante e sedutor para nós, que os conhecemos, que fomos amigos deles. Isso não é um juízo de valor sobre Peter Fonda. Eu gostava de Peter Fonda, cada vez que passam na tevê o filme que ele fez com a filha de Frank Sinatra e com Bruce Dern, não perco nem que precise ficar acordado até as quatro da manhã. Mas nenhum dos dois se parecia com ele. Mas com Dennis Hopper era outra coisa. Era como se o imitassem conscientemente. Um Dennis Hopper repetido andando pelas ruas da Cidade do México. Um mr. Hopper que se estendia geometricamente de leste a oeste, como uma dupla nuvem negra, até desaparecer sem deixar rastro (isso era inevitável) do outro lado da cidade, do lado onde não existiam saídas. Eu às vezes olhava para eles e, apesar do carinho que sentia pelos dois, pensava: que raio de teatro é esse?, que raio de fraude ou de suicídio coletivo é esse? Uma noite, pouco antes do ano-novo de 1976, pouco antes de partirem para Sonora, compreendi que essa era a maneira deles de fazer política. Uma maneira que já não compartilho e que então eu não entendia, que não sei se era boa ou ruim, correta ou equivocada, mas que era a maneira deles de fazer política, de incidir politicamente na realidade, desculpem se minhas palavras não são claras, ultimamente ando meio confuso.

Barbara Patterson, na cozinha de sua casa, na Jackson Street, San Diego, Califórnia, março de 1981. Dennis Hopper? Política? Filho-da-puta! Pedaço de merda grudada nos pêlos do cu! E o que esse babaca entende de política? Eu é que dizia pra ele: procure se dedicar à política, Rafael, se dedique às causas nobres, caralho, você é um porra de um filho do povo, e o puto olhava pra mim como seu eu fosse uma merda, um montinho de lixo, olhava pra mim de uma altura imaginária e respondia: calma, Barbarita, não precisa subir nas tamancas, e depois voltava a dormir, e eu tinha que ir trabalhar, depois estudar, enfim, eu estava ocupada o dia todo, *estou* ocupada o dia todo, pra cima e pra baixo, da universidade pro trabalho (sou garçonete de uma casa de hambúrgueres na Reston Avenue), e, quando voltava pra casa, dava com Rafael dormindo, com os pratos por lavar, o chão imundo, restos de comida na cozinha (e nem um pouco de comida pra mim, que escroto!), a casa sempre estava um nojo, como se houvesse passado por lá um bando de babuínos, e então eu era obrigada a limpar, varrer, cozinhar, depois tinha que sair para encher a geladeira de comida, e, quando Rafael acordava, eu lhe perguntava: escreveu, Rafael?, começou a escrever seu romance sobre a vida dos *chicanos* em San Diego? E Rafael olhava pra mim como se estivesse me vendo na tevê e dizia: escrevi um poema, Barbarita, e eu então, resignada, dizia recite, seu puto, leia, e Rafael abria um par de latas de cerveja, dava uma pra mim (o puto sabia que eu não deveria tomar cerveja), depois lia a porra do poema. Vai ver que é porque, no fundo, continuo gostando dele que o poema (só se fosse bom) me fazia chorar, quase sem eu perceber, e, quando Rafael acabava de ler, eu já estava com o rosto todo molhado e brilhando, e ele chegava perto de mim, eu podia sentir o cheiro dele, tinha cheiro de mexicano, o puto, a gente se abraçava, bem gostosinho, e depois, meia hora depois, começávamos a fazer amor, depois Rafael me dizia: o que tem pra comer, gorda?, aí eu me levantava, sem me vestir, ia pra cozinha e preparava seus ovos com presunto e bacon, e enquanto cozinhava pensava na literatura e na política, e me lembrava que, quando Rafael e eu ainda vivíamos no México, fomos visitar um poeta cubano, vamos visitá-lo, Rafael, falei, você é um filho do povo e aquele veado vai ter que se dar conta do seu talento, e Rafael me disse: mas é que eu sou visce-realista, Barbarita, e eu disse pra ele deixe de ser babaca, suas bolas é que são real-visceralistas, será possível que você não quer se dar conta da puta da realidade, bem? E Rafael e eu fomos ver o grande lírico da Revolução, tinham estado lá todos os poetas mexicanos que Rafael mais detestava (melhor dizendo, que Belano e Lima mais detestavam), foi engraçado porque nós dois sentimos isso pelo cheiro, o quarto de hotel do cubano *fedia* a poetas camponeses, aos da revista *El Delfín Proletario*, à mulher de Huerta, a stalinistas mexicanos, a revolucionários de merda que a cada quinzena recebiam grana do erário público, enfim, disse pra mim mesma e tentei dizer por telepatia a Rafael: não vá cagar tudo agora, não vá fazer merda agora, e o filho de La Habana nos recebeu bem, um pouco cansado, um pouco melancólico, mas em linhas gerais bem, e Rafael falou da jovem poesia mexicana mas não dos real-visceralistas (antes de entrar, eu disse pra ele que o mataria se falasse), até eu inventei na hora um projeto de revista que, falei, a Universidade de San Diego iria financiar, o cubano se interessou por isso, lhe interessaram os poemas de Rafael, a ele interessou a porra da minha revista quimérica, e de repente, quando o encontro ia chegando ao fim, o cubano, que naquela altura parecia mais adormecido do que acordado, perguntou a nós de supetão pelo realismo visceral. Não sei como explicar. O quarto da porra do hotel. O silêncio e os elevadores distantes. O cheiro das visitas que nos antecederam. Os olhos do cubano que se fechavam de sono ou tédio ou álcool. Suas inesperadas palavras, como que pronunciadas por um homem hipnotizado, mesmerizado, tudo isso contribuiu para que eu soltasse um gritinho, um gritinho que no entanto soou como um tiro. Provavelmente eram os nervos, foi o que eu disse a eles. Depois nós três permanecemos em silêncio por um instante, o cubano pensando certamente quem seria essa gringa histérica, Rafael pensando se falava ou não do grupo e eu me dizendo e repetindo sua puta de merda, veja se um dia destes costura esta porra de boca. Então, enquanto eu via a mim mesma trancada no closet da minha casa, com a boca transformada numa crosta imensa, lendo e relendo os contos de *Chão em chamas*, ouvi Rafael falando dos real-visceralistas, ouvi que o puto cubano fazia um monte de perguntas, ouvi Rafael dizer que sim, que talvez, que a doença infantil do comunismo, ouvi o cubano sugerir manifestos, proclamações, refundações, maior clareza ideológica, aí não agüentei mais, abri a boca e disse que aquilo tinha acabado, que Rafael falava apenas a título pessoal, como bom poeta que era, e então Rafael me disse cale a boca, Barbarita, e eu disse pra ele quem é você pra me mandar calar a boca, seu panaca, e o cubano disse ai, essas mulheres, e tentou fazer média com sua merda de macho de bolas podres e fedidas, e eu disse merda, merda, merda, só queremos publicar na Casa de las Américas a título pessoal, e o cubano então olhou pra mim muito sério e disse que claro, na Casa de las Américas, *sempre* se publicava a título pessoal, que bom, eu disse, e Rafael disse chega, Barbarita, para que o mestre aqui não pense uma coisa que não estamos dizendo, e eu disse que o puto do mestre poderia pensar o que quisesse, mas passado é passado, Rafael, e o seu futuro é o seu futuro, não? Então o cubano olhou pra mim mais sério que nunca, com uns olhos que pareciam dizer se a gente estivesse em Moscou você iria para um hospital psiquiátrico, mocinha, mas ao mesmo tempo, isso eu também percebi, como se pensasse bem não é para tanto, a loucura é a loucura é a loucura e a melancolia também, e no fundo da questão nós três somos americanos, filhos de Calibã, perdidos no grandes caos americano, e isso eu acho que me enterneceu, ver no olhar do homem poderoso uma centelha de simpatia, uma centelha de tolerância, como se dissesse não fique magoada, Barbara, eu sei como são essas coisas, e então, que imbecil que eu sou, sorri, Rafael tirou seus poemas, umas cinqüenta folhas, e disse ao outro meus poemas estão aqui, companheiro, e o cubano pegou os poemas, agradeceu, e ato contínuo ele e Rafael se levantaram, como em câmara lenta, como um raio, um raio duplo ou um raio e sua sombra, mas em câmara lenta, e nessa fração de segundo eu pensei está tudo bem, tomara que esteja tudo bem, eu me vi tomando banho de mar numa praia de Havana, vi Rafael ao meu lado, a uns três metros, conversando com uns jornalistas americanos, gente de Nova York, de San Francisco, falando de LITERATURA, falando de POLÍTICA, e nas portas do paraíso.

José "Urubu" Colina, café Quito, avenida Bucareli, México, DF, março de 1981. Isso foi o mais perto que esses panacas chegaram da política. Uma vez eu estava no *El Nacional*, por volta de 1975, estavam lá Arturo Belano, Ulises Lima e Felipe Müller esperando que dom Juan Rejano os atendesse. De repente apareceu uma loura um bocado gostosa (sou perito no assunto) e furou a fila de poetinhas medíocres apinhados como moscas na saleta em que trabalhava dom Juan Rejano. Ninguém, é claro, protestou (pobres, mas cavalheirescos, os caras), e lá iriam protestar, porra nenhuma, a loura vai até a mesa de dom Juan e lhe entrega um maço de folhas, umas traduções, acreditei ouvir (tenho ouvido apurado), e dom Juan, que Deus o tenha na Glória, homens como ele há poucos, sorri para ela de uma orelha à outra, e lhe diz como vai, Verónica (espanhol fodido, a gente ele tratava mal), que bons ventos a trazem por aqui, e a tal Verónica lhe dá as traduções e conversa um instantinho com o velho, melhor dizendo, Verónica fala e dom Juan assente, como que hipnotizado, depois a loura pega o cheque, guarda na bolsa, dá meia-volta e se perde no corredorzinho sebento, e então, enquanto nós todos babávamos, dom Giovanni ficou um instante como que ausente, como que pensativo, e Arturo Belano, que era confiado como ele só, além de ser quem estava mais perto dele, se aproxima e lhe diz: o que é que há, dom Juan, o que está acontecendo?, e dom Rejas, como que saindo de um puta sonho ou de um puta pesadelo, olha para ele e diz: sabe quem era aquela moça?, perguntou olhando nos olhos de Belano e com sotaque espanhol, mau sinal, pois Rejano, como vocês não sabem, além de ter um gênio do cão geralmente falava com sotaque mexicano, pobre velho, que azar acabou tendo, mas enfim ele pergunta sabe, Arturo, quem é essa moça?, e Belano responde nem desconfio, mas dá pra ver que é simpática, quem é? A bisneta de Trotski!, dom Rejas diz, Verónica Volkow, nada menos que a bisneta (ou neta, mas não, acho que era bisneta mesmo) de Lev Davidovitch Bronstein, e então, desculpem se perco o fio, Belano disse cacete, e saiu correndo atrás de Verónica Volkow, atrás de Belano saiu Lima gritando por ele, e o garotão Müller ficou mais um minuto para pegar os cheques deles, depois também saiu disparado, e Rejano os viu sair e desaparecer pelo corredorzinho da Sebentice, sorriu como que para dentro de si, como se dissesse moleques safados de merda, acho que ele deve ter pensado na Guerra Civil espanhola, em seus amigos mortos, em seus longos anos de exílio, acho que deve ter pensado inclusive em sua militância no Partido Comunista, embora isso não combinasse muito com a bisneta de Trotski, mas dom Rejas era assim, basicamente um sentimental e uma boa pessoa, depois voltou ao planeta Terra, à redaçãozinha medíocre da *Revista Mexicana de Cultura*, suplemento cultural do *El Nacional*, e os que se amontoavam na saleta mal ventilada e os que estavam criando teia no corredor escuro voltaram com ele à fodida realidade, e todos recebemos nossos cheques.

Mais tarde, depois de acertar com dom Giovanni a publicação de um artigo sobre um pintor amigo meu, saí à rua, estávamos eu e os outros dois do jornal, dispostos a encher a cara desde cedo, e os vi através das vidraças de um café. O café creio que era o La Estrella Errante, não me lembro. Verónica Volkow estava com eles. Os caras a tinham alcançado. Tinham convidado Verónica para tomar alguma coisa. Por um instante, parado na calçada, enquanto meus companheiros decidiam aonde ir, fiquei observando os quatro. Pareciam felizes. Belano, Lima, Müller e a bisneta de Trotski. Através dos vidros eu os via rir, eu os via *se contorcerem* de rir. Na certa nunca mais tornariam a vê-la. A mina Volkow era nitidamente da sociedade fina, e aqueles três traziam estampado na testa que o destino deles era Lecumberri ou Alcatraz. Não sei o que aconteceu comigo. Juro por tudo que é sagrado. Eu me senti todo enternecido, e olhem que o Urubu Colina nunca fraqueja assim. Os caras riam com Verónica Volkow, mas riam também com Trotski. Nunca mais iam estar tão perto do Partido Bolchevique. Provavelmente nunca mais iriam querer estar tão perto, pensei em dom Ivan Rejánov e senti que meu peito se enchia de tristeza. Mas também de alegria, caralho. Que coisas mais esquisitas aconteciam no *El Nacional* nos dias de pagamento.

Verónica Volkow, com uma amiga e dois amigos, no embarque internacional do aeroporto do México, DF, abril de 1981. O senhor José Colinas se equivocou ao afirmar que nunca mais eu veria os cidadãos chilenos Arturo Belano e Felipe Müller, e o cidadão mexicano, meu compatriota, Ulises Lima. Se os incidentes por ele relatados, com não muito apego à verdade, ocorreram em 1975, provavelmente um ano depois revi os já mencionados jovens. Foi, se bem me lembro, em maio ou junho de 1976, numa noite aparentemente clara, brilhante até, na qual ano após ano nos movemos com lentidão, com extremo cuidado, nós, mexicanos, e os perplexos visitantes estrangeiros, e que, pessoalmente, eu achava estimulante mas decididamente triste.

A história não tem maior importância. Aconteceu nas portas de um cinema da avenida Reforma, no dia de estréia de um filme não sei se americano ou europeu.

Pode ser até que fosse de algum diretor mexicano.

Estava com uns amigos e, de repente, não sei como, eu os vi. Estavam sentados na escada, fumando e conversando. Eles já tinham me visto, mas não vieram me cumprimentar. Na verdade, pareciam mendigos, destoavam horrivelmente ali, na entrada do cinema, entre gente bem vestida, bem barbeada, que ao subir a escada se afastava com medo de que um deles estendesse a mão e a enfiasse entre suas pernas. Pelo menos um deles me pareceu estar sob efeito de drogas. Acho que era Belano. O outro, creio que Ulises Lima, lia e escrevia nas margens de um livro e ao mesmo tempo cantarolava. O terceiro (não, não era Müller, definitivamente, Müller era alto e louro, esse era baixote e moreno) olhou e sorriu para mim como se me conhecesse. Não tive remédio senão responder ao cumprimento, e durante uma distração dos meus amigos me aproximei de onde estavam e os cumprimentei. Ulises Lima respondeu ao meu cumprimento, mas não se levantou da escada. Belano, sim, ele se levantou, como um robô, mas olhou para mim como se não me conhecesse. O terceiro disse você é Verónica Volkow e mencionou uns poemas meus recentemente publicados numa revista. Era o único que parecia ter vontade de conversar, santo Deus, pensei, que não venha me falar de Trotski, e não falou de Trotski e sim de poesia, disse alguma coisa sobre uma revista que um amigo comum publicava (um amigo comum? que horror!), depois disse outras coisas que não entendi.

Quando eu estava voltando para meus amigos, não estive com eles mais de um minuto, Belano olhou para mim com maior atenção e me reconheceu. Ah, Verónica Volkow, disse, e se desenhou em seu rosto um sorriso que me pareceu enigmático. Como vai a poesia?, perguntou. Não soube o que responder a uma pergunta tão cretina e dei de ombros. Ouvi um dos meus amigos me chamar. E me despedi deles. Belano estendeu a mão e eu a apertei. O terceiro me deu um beijo no rosto. Por um instante pensei que ele seria bem capaz de largar os amigos ali na escadaria e se juntar ao meu grupo. A gente se vê, Verónica, falou. Ulises Lima não se levantou. Quando estava entrando no cinema, eu os vi pela última vez. Uma quarta pessoa havia chegado e conversava com eles. Creio, mas não posso garantir, que era o pintor Pérez Camarga. Estava, este sim, bem vestido, asseado, e sua atitude denotava certo nervosismo. Mais tarde, na saída da sessão, vi Pérez Camarga ou a pessoa que se parecia com ele, mas não vi os três poetas, então deduzi que haviam estado ali, nas escadarias, esperando essa quarta pessoa e que, depois de seu breve encontro, teriam ido embora.

Alfonso Pérez Camarga, rua Toledo, México, DF, junho de 1981. Belano e Lima não eram revolucionários. Não eram escritores. Às vezes escreviam poesia, mas também não creio que fossem poetas. Eram vendedores de droga. Basicamente marijuana, mas também ofereciam um estoque de cogumelos em potes de vidro, potinhos originariamente de comida de criança, e, embora à primeira vista desse nojo, um toletinho de cocô infantil boiando num líquido amniótico dentro de um recipiente de vidro, acabamos nos acostumando com as porras dos cogumelos, e era isso o que mais encomendávamos a eles, cogumelos de Oaxaca, cogumelos de Tamaulipas, cogumelos da região huasteca de Veracruz ou Potosí, ou do diabo de lugar que fosse. Cogumelos para consumirmos em nossas festas ou em *petit comité*. Quem éramos nós? Pintores feito eu, arquitetos feito o coitado do Quim Font (aliás, foi ele quem nos apresentou aos dois, sem desconfiar, pelo menos assim prefiro supor, da relação que não tardaríamos a estabelecer). Porque aqueles caras eram, no fundo, umas águias para os negócios. Quando eu os conheci (na casa do pobre do Quim), falamos de poesia e de pintura. Quero dizer: da poesia e da pintura mexicana (há outras?). Mas não demorou muito já estávamos falando de drogas. E das drogas passamos a falar de negócios. E, ao cabo de alguns minutos, já tinham me levado para o jardim e, debaixo da sombra de um choupo, já me faziam experimentar a marijuana que traziam. Superior, sim senhor, como fazia muito eu não provava. Foi assim que me tornei cliente deles. E de passagem fiz propaganda gratuita deles a vários amigos pintores e arquitetos, que também se tornaram clientes de Lima e Belano. Bem, visto de certo ângulo, era um avanço, para não dizer um alívio. Supúnhamos que pelo menos eram *limpos*. E a gente podia conversar de arte com eles enquanto fechava um fornecimento. Supúnhamos que não tentavam nos *passar a perna* nem nos armar uma *emboscada*. Sabem, aquele tipo de artimanhas que os narcotraficantes pés-de-chinelo costumam aprontar. Eram mais ou menos discretos (pelo menos era o que acreditávamos) e pontuais, tinham provisões, você podia telefonar para eles e dizer preciso de cinqüenta gramas de Golden Acapulco para amanhã, que vou dar uma festa surpresa, e a única coisa que eles perguntavam era o lugar e a hora, nem falavam em dinheiro, se bem que, quanto a isso, eles nunca tiveram de que se queixar, claro, pagávamos sem chiar o preço que pediam, com clientes assim dá gosto trabalhar, não é mesmo? E tudo ia que era uma beleza. Evidentemente, às vezes nos desentendíamos. A culpa geralmente era nossa. Dávamos confiança demais a eles, sabem como é, há pessoas que é melhor manter a certa distância. Mas nossa índole democrática nos traía e, por exemplo, quando havia uma festa ou uma reunião particularmente chata, a gente os convidava a entrar, servíamos bebidas pra eles, pedíamos que nos detalhassem o lugar exato de onde provinha a mercadoria que íamos ingerir ou fumar, enfim, coisas assim, inocentes, sem intenção de ofender, e eles tomavam nossas bebidas, comiam nossa comida, mas de uma maneira, não sei como explicar, ausente, talvez, de maneira fria, como se estivessem mas não estivessem, ou como se nós fôssemos insetos ou vacas que eles sangravam todas as noites e que convinha manter confortavelmente vivas, mas sem o menor gesto que significasse proximidade, simpatia, carinho. E isso, apesar de geralmente estarmos de porre ou drogados, mesmo assim percebíamos e às vezes, para provocá-los, nós os obrigávamos a ouvir nossos comentários, nossas opiniões, o que no fundo pensávamos deles. Claro, nunca os consideramos poetas de verdade. Muito menos revolucionários. Eram fornecedores e ponto final! Nós respeitávamos Octavio Paz, por exemplo, e eles, com a soberba dos ignorantes, desdenhavam Paz sem rodeios. Isso é inadmissível, não é mesmo? Uma vez, não sei por quê, disseram alguma coisa de Tamayo, alguma coisa *contra* Tamayo, e foi o cúmulo, não sei em que contexto, na verdade não sei nem sequer onde, talvez estivéssemos em minha casa, talvez não, pouco importa, o caso é que alguém falava de Tamayo e de Cuevas, e um de nós ponderou a dureza de José Luis, a força, a coragem que emana de todos e de cada um de seus trabalhos, a sorte que tínhamos de ser seus compatriotas e contemporâneos, então um deles (os dois estavam num canto, é assim que me lembro deles, num canto esperando o dinheiro) disse que a coragem de Cuevas, ou sua dureza, ou sua energia, sei lá, eram puro blefe, e a declaração dele teve a virtude de nos esfriar de repente, de fazer crescer dentro de nós uma indignação fria, não sei se me explico bem, quase comemos os dois vivos. Quer dizer, às vezes era divertido ouvi-los falar. Pareciam, no fundo, dois extraterrestres. Mas, à medida que iam adquirindo confiança, que você os conhecia ou os *ouvia* com mais atenção, a pose deles se revelava triste, isso sim, provocava rejeição. Não eram poetas, com toda certeza, não eram revolucionários, creio que nem mesmo eram sexuados. O que quero dizer com isso? Que o sexo não parecia lhes interessar (só lhes interessava o dinheiro que pudessem nos arrancar), assim como a poesia ou a política, embora a aparência deles pretendesse se amoldar ao arquétipo já tão surrado do jovem poeta de esquerda. Mas não, o sexo não lhes interessava, ao que me consta, com toda certeza. Como é que sei? Por uma amiga, uma amiga arquiteta que quis trepar com um deles. Belano, imagino. E na hora da verdade não aconteceu nada. Picas mortas.

14.

 Hugo Montero, bebendo cerveja no bar La Mala Senda, rua Pensador Mexicano, México, DF, maio de 1982. Havia um lugar vago, e eu disse cá comigo por que não boto meu camaradinha Ulises Lima no grupinho que vai à Nicarágua? Isso foi em janeiro, uma boa maneira de começar o ano. Além do mais, tinham me dito que Lima estava muito mal, e eu pensei que uma viagenzinha à Revolução restauraria o ânimo de qualquer um. Daí que arranjei os papéis sem consultar ninguém e botei Ulises no avião que ia a Manágua. Claro, eu não sabia que, com essa decisão, eu estava pondo a corda no pescoço, se soubesse disso, Ulises Lima não teria tirado o pé do DF, mas a gente é assim, impulsiva, e no fim das contas o que tem que acontecer sempre acontece, somos uns joguetes nas mãos do destino, não é mesmo?
 Bem, como eu ia dizendo, botei Ulises Lima no avião e acho que ainda antes de decolarmos me dei conta do que aquela viagenzinha poderia me acarretar. A delegação mexicana era encabeçada pelo meu chefe, o poeta Álamo, e quando este viu Ulises ali ficou lívido e me chamou à parte. O que esse cara está fazendo aqui, Montero?, perguntou. Vai a Manágua com a gente, respondi. O resto das palavras de Álamo prefiro não repetir, porque no fundo não sou má pessoa. Mas pensei: se você não queria que este poeta viajasse, seu folgado, por que você mesmo não checou os convites, por que não

se deu ao trabalho de telefonar para todos que deveriam vir? Não quero dizer que ele não tenha feito isso. Álamo convidou pessoalmente seus camaradões mais íntimos, a saber: a patota da poesia camponesa. Depois convidou pessoalmente seus cupinchas mais queridos, depois os pesos pesados ou penas, todos campeões locais nas respectivas categorias da literatura mexicana, porém, como sempre ocorre, neste país não há formalidades, na última hora dois ou três caras cancelaram a viagem, e eu é que tive que preencher as ausências, como diz Neruda. Foi aí que pensei no Lima, soube não sei por quem que ele estava de volta ao México e que estava na pior, e eu sou dessas pessoas que, se podem fazer um favor, fazem, o que é que eu posso fazer, o México me fez assim, não tem jeito.

Agora, claro, estou sem emprego, e às vezes, quando encho a cara por aí, quando o porre me apresenta um desses amanheceres apocalípticos do DF, penso que fiz mal, que poderia ter convidado outro cara, numa palavra, que fiz uma cagada, mas isso em linhas gerais, pois não me arrependo. E, como eu ia lhes dizendo, estávamos no avião, Álamo acabara de perceber que Ulises Lima tinha entrado de penetra, e eu lhe disse: calma, mestre, não vai acontecer nada, dou minha palavra, e então Álamo olhou para mim como que me medindo, com um olhar de fogo, se me permite a licença, e falou: está bem, Montero, é um problema seu, vamos ver de que maneira você o resolve. E eu disse a ele: a bandeira do México será içada mais alto que todas, chefe, serenidade e tranqüilidade, não se preocupe. A esta altura já estávamos voando rumo a Manágua, por um céu negro nigérrimo, e os escritores de nossa delegação iam bebendo como se soubessem, ou desconfiassem, ou como se alguém lhes houvesse dado a pala de que o avião iria cair, e eu ia de um lado para o outro, corredor pra cima, corredor pra baixo, cumprimentando os presentes, distribuindo folhetos com a Declaração dos Escritores Mexicanos, um panfleto que Álamo e os poetas camponeses haviam engenhado em solidariedade ao povo irmão da Nicarágua e que eu havia passado a limpo (e corrigido, não custa dizer), para que os que não o conheciam, e que eram a grande maioria, o lessem, e para que os que o haviam apoiado, e que eram uns poucos, pusessem sua firma entre "os abaixo-assinados", isto é, abaixo das firmas de Álamo e dos poetas camponeses, o quinteto do apocalipse.

E então, enquanto eu recolhia as assinaturas que faltavam, pensei em Ulises Lima, vi sua cabeleira afundada no assento, tive a impressão de que ele estava enjoado ou dormindo, em todo caso estava de olhos fechados e fazia caretas, como se tivesse um pesadelo, pensei, e pensei, digo, esse pinta não vai querer assinar sem mais nem menos a declaração e, por um instante, enquanto o avião jogava de um lado para o outro e as piores expectativas pareciam se confirmar, pesei a possibilidade de não pedir a assinatura dele, de ignorá-lo soberanamente, afinal eu tinha lhe conseguido a viagem como um favor de amigo, porque ele estava mal ou assim tinham me dito, não para que se solidarizasse com estes ou aqueles, mas então me ocorreu que Álamo e os poetas camponeses iriam examinar à lupa os "abaixo-assinados" e que eu é que iria pagar pela ausência dele. E, como diz Othón, a dúvida se instalou em minha consciência. Eu me aproximei então de Ulises e o toquei no ombro, ele abriu imediatamente os olhos, como se fosse um robô que eu, ao acionar algum mecanismo oculto em sua carne, havia colocado em movimento, e olhou para mim como se não me conhecesse, mas me reconhecendo, não sei se me explico (provavelmente não), então eu me sentei na poltrona ao seu lado e lhe disse olhe, Ulises, temos um problema, todos os mestres aqui assinaram uma babaquice diz-que de solidariedade aos escritores nicaragüenses e ao povo da Nicarágua, e só falta a sua assinatura, mas, se você não quiser assinar, tudo bem, acho que dou um jeito, e ele disse com uma voz que me destroçou o coração: quero ler, no começo eu não entendi a que merda ele se referia, e, quando caiu a ficha, eu lhe passei uma cópia da declaração e o vi, como posso dizer... mergulhar naquelas palavras?, algo assim, e disse pra ele: volto já, Ulises, vou dar um giro pelo avião, vai que o comandante precise de minha ajuda, enquanto isso você lê sossegado, leve todo tempo necessário e não se sinta pressionado, se quiser assinar, assine, se não quiser, não assine, e dito e feito, levantei, voltei à proa do avião, é proa que se diz, né?, bom, à parte da frente, levei mais um tempinho distribuindo a porra da declaração e batendo papo com a fina flor da literatura mexicana e latino-americana (havia ali vários escritores exilados no México, três argentinos, um chileno, um guatemalteco, dois uruguaios), que naquela altura da viagem já começavam a dar mostras dos primeiros indícios de intoxicação etílica, e, quando voltei para junto de Ulises, encontrei a declaração assinada, o papel perfeitamente dobrado no assento desocupado, e Ulises com os olhos fechados outra vez, bem empertigado, mas com os olhos fechados, podemos dizer como se sofresse muito, mas podemos dizer também como se estivesse suportando o sofrimento (ou lá o que fosse) com muita dignidade. E não voltei mais a vê-lo até chegarmos a Manágua.

 Não sei o que ele fez nos primeiros dias, só sei que não foi a nenhum recital, a nenhum encontro, a nenhuma mesa-redonda. Às vezes eu me lembrava dele, pô, o que estava perdendo. A história viva, como se costuma dizer, a festa ininterrupta. Lembro que fui buscá-lo em seu quarto no dia em que Ernesto Cardenal nos recebeu no ministério, mas não o encontrei, na recepção do hotel me disseram que fazia algumas noites que ele não aparecia por lá. O que é que se vai fazer, disse cá comigo, deve estar enchendo a cara em algum lugar, ou deve estar com algum amigo nicaragüense, ou lá o que for, eu tinha muito trabalho, precisava cuidar de toda a delegação mexicana, não podia passar o dia procurando Ulises Lima, já tinha feito muito ao encaixá-lo na viagem. Daí que desencanei dele, e os dias foram se passando, conforme diz Vallejo, mas lembro que uma tarde Álamo veio me ver e me disse Montero, onde merda se meteu seu amigo, que faz um tempão que não o vejo? E então eu pensei: porra, é mesmo, o Ulises tinha desaparecido. Francamente, no início não me dei plenamente conta da situação em que estava, do leque de possibilidades vitais e não tão vitais que de repente, com um barulho surdo, se abria diante de mim. Pensei: deve andar por aí e, embora não possa dizer que me esqueci logo em seguida do assunto, digamos que o deixei de molho. Mas Álamo não deixou, e naquela noite, durante um jantar de confraternização entre poetas nicaragüenses e mexicanos, tornou a me perguntar onde caralho tinha se metido Ulises Lima. Para completar, um dos afilhadinhos do Cardenal que havia estudado no México o conhecia e, ao saber de sua presença em nossa delegação, insistiu que queria vê-lo, que queria cumprimentar o pai do realismo visceral, assim dizia, ele era um nicaragüense gorducho e meio careca que tinha um rosto familiar, vai ver que eu mesmo tinha arranjado pra ele, anos antes, um recital na Belas-Artes, não sei, tenho pra mim que falava meio de gozação, digo isso principalmente pela maneira como ele veio com esse papo de pai do realismo visceral, como se estivesse rindo, como se estivesse debochando, ali, diante dos poetas mexicanos, e a pura verdade é que estes se divertiam com sua piada em conhecimento de causa, até Álamo ria, metade por prazer, metade para seguir o protocolo do inferno, o que não era o caso dos nicas, que riam mais por contágio ou por compromisso, que há de tudo, principalmente nesse ramo.

Quando por fim pude me livrar daqueles pentelhos já passava da meia-noite, e no dia seguinte eu precisava despachar todos de volta ao DF, mas a verdade é que de repente me senti cansado, com o estômago embrulhado, não propriamente enjoado, mas quase, daí que resolvi ir molhar o bico no bar do hotel, onde serviam bebidas mais ou menos decentes, não como nos outros estabelecimentos de Manágua, onde se bebia veneno puro, não sei o que os sandinistas estão esperando para tomar alguma providência. No bar do hotel encontrei dom Pancracio Montesol, que, embora fosse guatemalteco, tinha vindo com a delegação mexicana, entre outras razões porque não havia nenhuma delegação guatemalteca e porque ele vivia no México havia pelo menos trinta anos. Dom Pancracio me viu entornando todas com determinação, e de início, portanto, não falou comigo, mas depois foi se achegando e me disse jovem Montero, vejo que esta noite você está um tanto preocupado, algum mal de amor? Foi algo assim que dom Pancracio me disse. E eu respondi quem me dera, dom Pancracio, só estou cansado, resposta digna de uma besta quadrada, como quer que você a considere, porque é muito melhor estar cansado do que sofrer por causa de uma femeazinha, mas foi o que respondi, e dom Pancracio deve ter percebido que havia algo errado comigo, porque normalmente sou um pouco menos incoerente, daí que saltou de seu banco com uma agilidade que me deixou pasmo, percorreu o espaço que nos separava e com um pulinho delicado trepou no banco ao meu lado. O que é que há, então?, perguntou. Há que perdi um membro da delegação, respondi. Dom Pancracio olhou para mim como se eu estivesse chumbado, depois pediu um scotch duplo. Ficamos os dois em silêncio por um bom tempo, bebendo e olhando pela vidraça aquele espaço escuro que era a cidade de Manágua, uma cidade ideal para a gente se perder, quero dizer, literalmente falando, uma cidade que só seus carteiros conhecem e na qual, de fato, a delegação mexicana tinha se perdido mais de uma vez, dou fé. Creio que, pela primeira vez em muito tempo, comecei a me sentir à vontade. Poucos minutos depois apareceu um carinha magricela e miudinho, que veio pedir um autógrafo a dom Pancracio. Trazia um livro deste, editado por Mortiz, amarrotado e surrado como uma nota de dinheiro. Eu o ouvi gaguejar, depois ele se foi. Com uma voz de além-túmulo, dom Pancracio mencionou a caterva de seus admiradores. Depois a pequena legião de seus plagiadores. E, por fim, a equipe de basquete de seus detratores. Mencionou também Giacomo Moreno-Rizzo, o veneziano-mexicano, que obviamente não estava em nossa delegação, se bem que, quando dom Pancracio disse o nome dele, eu pensei, por pura imbecilidade, que Moreno-Rizzo estava ali, que acabava de entrar no bar do hotel, coisa de todo improvável, pois nossa delegação, apesar de todos os pesares, era uma delegação solidária e de esquerda, e Moreno-Rizzo, como todo mundo sabe, é um capacho de Paz. Dom Pancracio mencionou os denodados esforços de Moreno-Rizzo para se parecer com ele, com dom Pancracio, sem que ninguém percebesse. Mas a prosa de Moreno-Rizzo não conseguia evitar aquele ar carola e valentão ao mesmo tempo, tão próprio aliás dos europeus encalhados na América, obrigados à prática de uma valentia composta unicamente de gestos superficiais para sobreviver num meio hostil, enquanto a dele, a minha, dom Pancracio disse, era, embora não ficasse bem ele admitir isso, a prosa do filho legítimo de Reyes, inimiga natural das gélidas falsificações tipo Moreno-Rizzo. Depois dom Pancracio me perguntou: e quem é o escritor mexicano que está sumido? Sua voz me sobressaltou. Um que se chama Ulises Lima, respondi, sentindo minha pele se arrepiar todinha. Ah, dom Pancracio disse. E desde quando está sumido? Não tenho a menor idéia, confessei, pode ser até que desde o primeiro dia. Dom Pancracio tornou a ficar em silêncio. Por meio de sinais indicou ao barman que lhe servisse outro scotch, afinal quem pagava a conta era a Secretaria de Educação. Não, desde o primeiro dia não, disse dom Pancracio, que é um homem mais para o silencioso porém muito observador, cruzei com ele no hotel no primeiro dia, e também no segundo, logo ele ainda não tinha sumido, mas com certeza não me lembro de tê-lo visto em nenhum outro lugar. É poeta? Claro, provavelmente é poeta, disse sem esperar minha resposta. E o senhor não o viu mais depois do segundo dia?, perguntei. Segunda noite, dom Pancracio disse. Não, não tornei a vê-lo. E agora, o que devo fazer?, perguntei. Não fique triste inutilmente, dom Pancracio respondeu, todos os poetas se perdem alguma vez, e avise a polícia. A polícia sandinista, precisou. Mas eu não tive o topete de chamar a polícia. Sandinista ou somozista, polícia é sempre polícia, e fosse pelo álcool ou pela noite na vidraça, não tive peito de aprontar uma desse calibre com Ulises Lima.

Determinação essa que mais tarde pesaria, pois na manhã seguinte, antes de sair para o aeroporto, Álamo meteu na cabeça reunir toda delegação num hall do hotel para um balanço final de nossa estada em Manágua, mas na realidade era pra erguer um último brinde ao sol. Quando todos deixamos bem clara nossa inquebrantável solidariedade para com o povo nicaragüense e já nos dirigíamos aos nossos quartos para pegar a bagagem, Álamo, acompanhado por um dos poetas camponeses, se aproximou de mim e me perguntou se Ulises Lima havia por fim aparecido. Não tive remédio senão lhe responder que não, a não ser que Ulises estivesse naquele momento em seu quarto, dormindo. Vamos tirar a dúvida já, Álamo disse e se meteu no elevador, seguido pelo poeta camponês e por mim. No quarto de Ulises Lima, encontramos Aurelio Pradera, poeta e sofisticado estilista, e este nos confessou o que eu já sabia, que Ulises estivera ali nos dois primeiros dias, mas que depois tinha se evaporado. E por que você não comunicou isso a Hugo?, Álamo rugiu. As explicações que se seguiram foram um bocado confusas. Álamo arrancava os cabelos. Aurelio Pradera disse que não entendia por que botavam a culpa nele, logo nele, que durante uma noite inteira havia agüentado os pesadelos em voz alta de Ulises Lima, o que já o deixava em desvantagem comparativa, a seu ver. O poeta camponês se sentou na cama onde supostamente deveria ter dormido o causador daquela confusão e começou a folhear uma revista de literatura. Pouco depois me dei conta de que outro poeta camponês estava ali e que atrás deste, no umbral da porta, estava dom Pancracio Montesol, mudo espectador do drama que se desenrolava entre as quatro paredes do quarto 405. Claro, compreendi na mesma hora, eu já tinha deixado de exercer a função de chefe operacional da delegação mexicana. Na emergência, esse papel recaiu sobre Julio Labarca, o teórico marxista dos poetas camponeses, que se encarregou da situação com um vigor que eu então estava longe de sentir.

Sua primeira resolução foi chamar a polícia, depois convocou uma reunião de emergência dos que ele chamava de "cabeças pensantes" da delegação, isto é, os escritores que de vez em quando escreviam artigos de opinião, ensaios breves, resenhas de livros políticos (as "cabeças criativas" eram os poetas e os narradores, feito dom Pancracio, e também existia a seção dos "cabeças loucas", que eram os novatos e iniciantes, feito Aurelio Pradera e, talvez, o próprio Ulises Lima, e as "cabeças pensantes-criativas", a *crème de la crème*, em que só reinavam dois dos poetas camponeses, com Labarca à frente), e, depois de examinarem com franqueza e peremptoriedade a situação que o incidente propiciava ou criava, e o incidente em si mesmo, chegaram à conclusão de que o melhor que a delegação poderia fazer era cumprir os horários previstos, isto é, irmos embora sem mais delongas naquele mesmo dia e deixar o caso Lima nas mãos das autoridades competentes.

Sobre as repercussões políticas que o desaparecimento de um poeta mexicano na Nicarágua poderia acarretar, disseram coisas na verdade tremendas, mas logo, levando em conta que muito pouca gente conhecia Ulises Lima e que da pouca gente que o conhecia mais da metade estava brigada com ele, o alarme baixou vários decibéis. Aventaram inclusive a possibilidade de que seu desaparecimento passasse despercebido.

Mais tarde chegou a polícia, e Álamo, Labarca e eu conversamos com um cara que dizia ser inspetor e a quem Labarca logo deu o tratamento de "companheiro", "companheiro" pra cá, "companheiro" pra lá, a verdade é que, para um policial, ele era até simpático e compreensivo, embora não tenha dito nada que não houvéssemos cogitado antes. Ele nos perguntou sobre os hábitos do "companheiro escritor". Dissemos que evidentemente desconhecíamos seus hábitos. Quis saber se ele tinha alguma "esquisitice" ou "debilidade". Álamo disse que nunca se sabe, o grupo era diverso como a humanidade, e a humanidade, como se sabe, é uma soma de debilidades. Labarca o apoiou (à sua maneira) e disse que pode ser que fosse um degenerado, pode ser que não. Degenerado em que sentido?, o inspetor sandinista quis saber. Isso eu não posso precisar, Labarca disse, a verdade é que eu não o conhecia, nem sequer o vi no avião. Veio no mesmo avião que a gente, não veio? Claro, Julio, Álamo respondeu. Depois Álamo me passou a bola: você que o conhece, Montero (quanta coragem concentrada havia nessas palavras), diga como ele é. Lavei as mãos no ato. Tornei a explicar a história, do começo ao fim, ante o aborrecimento manifesto de Álamo e Labarca e do sincero interesse do inspetor. Quando terminei ele disse ah, que vida a dos escritores, caralho. Depois quis saber por que alguns escritores não haviam querido vir a Manágua. Por motivos pessoais, Labarca disse. Não foi por implicância com nossa revolução? Como pode pensar uma coisa dessas, de maneira nenhuma, Labarca disse. Que escritores não quiseram vir?, o inspetor perguntou. Álamo e Labarca se entreolharam, depois olharam para mim. Abri o bico e disse os nomes. Ai, caramba, Labarca fez, quer dizer que Marco Antonio também estava convidado? Sim, Álamo respondeu, convidá-lo me pareceu uma boa idéia. E por que não me consultaram?, Labarca replicou. Falei com Emilio e ele deu seu OK, Álamo disse, temendo que Labarca questionasse sua autoridade diante de mim. E esse Marco Antonio, quem é?, o inspetor perguntou. Um poeta, Álamo respondeu secamente. Mas poeta de que tipo?, o inspetor quis saber. Um poeta surrealista, Álamo esclareceu. Um surrealista do PRI, Labarca precisou. Um poeta lírico, eu disse. O inspetor meneou a cabeça várias vezes, como que dizendo entendi, entendi, mas para nós estava claro que ele não tinha entendido porra nenhuma. E esse poeta lírico não quis se solidarizar com a revolução sandinista? Bem, Labarca respondeu, é um pouco exagerado falar dessa maneira. Não pôde vir, suponho, Álamo disse. Mas sabe como é Marco Antonio, Labarca disse, e riu pela primeira vez. Álamo tirou do bolso seu maço de Delicados e ofereceu a todos. Labarca e eu pegamos um, mas o inspetor rejeitou a oferta com um gesto e acendeu um cigarro cubano, estes são mais fortes, disse com certo sarcasmo que não nos passou despercebido. Foi como se dissesse: nós, revolucionários, fumamos tabaco forte, nós, homens de verdade, fumamos tabaco de verdade, nós, que agimos objetivamente sobre a realidade, fumamos tabaco real. Mais forte que um Delicados?, Labarca perguntou. Tabaco negro, companheiros, tabaco autêntico. Álamo riu baixinho e disse: parece mentira que tenhamos perdido um poeta, mas na realidade queria dizer: desde quando você entende de tabaco, seu puto de merda? Estou cagando e andando para o tabaco cubano, Labarca disse quase sem se alterar. O que disse, companheiro?, o inspetor devolveu. Que para mim o tabaco cubano não está com nada, onde arder um Delicados que se apaguem os demais. Álamo tornou a rir, e o inspetor pareceu hesitar entre empalidecer ou assumir uma expressão de perplexidade. Suponho, companheiro, que diz isso sem segundas intenções, falou. Sem segundas e sem terceiras, digo tal qual você ouviu. Não há nada que chegue aos pés de um Delicados, Labarca disse. Ah, este Julio é mesmo um sacana, Álamo murmurou olhando pra mim, para que o inspetor não notasse a gargalhada que a duras penas ele continha. E em que ele se baseia para dizer isso?, o inspetor indagou, envolto numa nuvem de fumaça. Percebi que a situação tomava um rumo diferente. Labarca levantou a mão e a agitou, como se esbofeteasse o inspetor, a poucos centímetros do nariz deste: não jogue a fumaça na minha cara, falou, tenha um pouco mais de consideração. Desta vez o inspetor empalideceu sem hesitação, como se o forte aroma de seu tabaco o houvesse enjoado. Porra, mais respeito, companheiro, quase me acerta o nariz. Que nariz, mané nariz, Labarca disse a Álamo sem se alterar, se você não sabe distinguir o aroma de um Delicados de um vulgar punhado de fiapos de fumo cubano é que seu olfato está ruim, companheiro, coisa que em si não tem a menor importância, mas que, em se tratando de um fumante ou de um policial, é no mínimo preocupante. É que o Delicados é tabaco claro, Julio, Álamo disse morrendo de rir. Além do mais tem papel suave, Labarca disse, o que só se encontra em algumas partes da China. E no México, Julio, Álamo observou. E no México, claro, Labarca concordou. O inspetor lhes lançou um desses olhares mortais, apagou bruscamente seu cigarro e com voz alterada disse que precisava lavrar uma ocorrência de pessoa desaparecida e que isso só poderia ser feito na delegacia. Parecia disposto a prender todos nós. O que estamos esperando, então, Labarca disse, vamos para a delegacia, companheiro. Montero, ele disse para mim ao sair, dê um telefonema ao ministro da Cultura, de minha parte. OK, Julio, falei. O inspetor pareceu hesitar por alguns segundos. Labarca e Álamo estavam no hall do hotel. O inspetor olhou para mim como se me pedisse conselho. Fiz o gesto de pulsos algemados, mas ele não entendeu. Antes de sair, falou: estarão de volta em menos de dez minutos. Encolhi os ombros e lhe dei as costas. Passado certo tempo, chegou dom Pancracio Montesol, vestindo um paletó branquíssimo e com uma sacola de plástico do supermercado Gigante, em Chapultepec, repleta de livros. O caso está em vias de solução, amigo Montero? Meu quaternário dom Pancracio, respondi, o caso está exatamente como estava ontem e anteontem à noite, perdemos o coitado do Ulises Lima, e a culpa, queira o senhor ou não, é minha por tê-lo trazido conosco.

Dom Pancracio, como lhe era costumeiro, não fez a menor tentativa de me consolar, e durante alguns minutos nós dois nos mantivemos em silêncio, ele bebendo o penúltimo uísque e lendo um livro de um filósofo présocrático, e eu, com a cabeça escondida entre as mãos, sorvendo um daiquiri com canudinho e tentando em vão imaginar Ulises Lima sem dinheiro e sem amigos, sozinho naquele país convulsionado, enquanto ouvíamos as vozes e os gritos dos membros de nossa delegação vagando pelas dependências contíguas como cães sem dono ou como papagaios feridos. Sabe o que é o pior da literatura?, dom Pancracio indagou. Eu sabia, mas fingi que não. O quê?, perguntei. Que você acaba se tornando amigo dos literatos. E a amizade, muito embora seja um tesouro, acaba com o senso crítico. Uma vez, dom Pancracio contou, Monteforte Toledo me propôs o seguinte enigma: um poeta se perde numa cidade à beira do colapso, ele não tem dinheiro, nem amigos, nem ninguém a quem recorrer. Além do mais, evidentemente, não tem intenção nem vontade de recorrer a ninguém. Durante vários dias vaga pela cidade ou pelo país, sem comer ou comendo restos. Já nem mesmo escreve. Ou escreve com a mente, quer dizer, delira. Tudo leva a crer que sua morte é iminente. Seu radical desaparecimento a prefigura. No entanto, o tal poeta não morre. Como se salva? Etcétera, etcétera. Soava a Borges, mas eu não disse nada, seus colegas já implicam bastante com ele indagando se plagiava Borges aqui ou ali, se plagia bonito ou se plagia feiosamente, como teria dito López Velarde. O que fiz foi ouvi-lo e depois imitá-lo, ou seja, ficar em silêncio. Chegou então um cara e me disse que já estava na porta do hotel a perua que iria nos levar para o aeroporto, e respondi está bem, vamos lá, mas antes olhei para dom Pancracio, que já tinha pulado do banco do bar e me encarava com um sorriso no rosto, como se eu houvesse encontrado a solução do enigma, mas é claro que eu não havia encontrado nem captado nem adivinhado nada, e aliás estava pouco me lixando, daí que eu lhe perguntei: o problema que seu amigo expôs, qual era a solução dele, dom Pancracio? Então dom Pancracio olhou para mim e perguntou: que amigo? O seu amigo, ora, sei lá quem, Miguel Ángel Asturias, o enigma do poeta que se perde e sobrevive. Ah, ele, dom Pancracio fez como se acordasse, para dizer a verdade não me lembro mais, mas não se preocupe, o poeta não morre, vai a pique, mas não morre.

    O que você ama nunca perece, disse alguém próximo de nós, um louro de jaquetão e gravata vermelha que era o poeta oficial de San Luis Potosí, e naquele mesmo instante, como se as palavras do louro tivessem sido o tiro de partida, neste caso de despedida, começou uma desordem monumental, com escritores mexicanos e nicaragüenses dedicando mutuamente seus livros, e depois na perua, onde não cabíamos todos (os que partiam e os que se despediam), tanto que foi necessário chamar três táxis para dar apoio logístico suplementar à locomoção. Nem é preciso dizer que fui o último a deixar o hotel. Antes dei uns telefonemas e deixei uma carta para Ulises Lima, para o caso muitíssimo improvável de que voltasse a aparecer por lá. Na carta eu o aconselhava a se dirigir imediatamente à embaixada mexicana, onde se encarregariam de repatriá-lo. Liguei também para a delegacia. Falei com Álamo e Labarca, e eles me garantiram que nos encontraríamos no aeroporto. Depois peguei minhas malas, chamei um táxi e fui embora.

15.

Jacinto Requena, café Quito, rua Bucareli, México, DF, julho de 1982.
Fui me despedir de Ulises Lima no aeroporto, quando ele viajou para Manágua, em parte porque não conseguia acreditar que o tivessem convidado, em parte porque não tinha nada que fazer naquela manhã, e também fui recebê-lo, quando voltou ao DF, ao menos para ver a cara dele e para rirmos juntos um pouco, mas, quando divisei a fileira de escritores viajantes, perfeitamente formados em fila dupla indiana, não pude, por mais esforços que eu tenha feito e por mais cotoveladas que tenha distribuído, distinguir sua inconfundível figura.

Lá estavam Álamo e Labarca, Padilla e Byron Hernández, nosso velho conhecido Logiacomo e Villaplata, Sala e a poetisa Carmen Prieto, o sinistro Pérez Hernández e o excelso Montesol, mas ele não.

A primeira coisa que pensei foi que Ulises tinha ficado dormindo no avião e que não demoraria a aparecer escoltado por duas aeromoças e num porre de proporções homéricas. Pelo menos foi isso que eu quis pensar, dado que não sou uma pessoa propensa a alarmes, se bem que, se é para dizer a verdade, já desde essa primeira visão (o grupo de intelectuais que regressava cansado e satisfeito) tive um mau pressentimento.

Fechava a fila, carregando várias sacolas, Hugo Montero. Lembro que lhe fiz um sinal, mas ele não me viu, não me reconheceu ou se fez de desentendido. Quando todos os escritores já haviam saído, vi Logiacomo, que parecia resistir a deixar o aeroporto, e me aproximei para cumprimentá-lo, procurando não exteriorizar os temores que sentia. Ele vinha acompanhado de outro argentino, um cara alto e gordo, de cavanhaque, que eu não conhecia. Falavam de dinheiro. Pelo menos ouvi a palavra *dólares* uma ou duas vezes, e com vários e trêmulos pontos de exclamação. Depois de cumprimentá-lo, a primeira intenção de Logiacomo foi fazer como se não se lembrasse de mim, mas logo teve que aceitar o inevitável. Perguntei por Ulises. Olhou horrorizado para mim. Em seu olhar também havia desaprovação, como se eu estivesse me exibindo no aeroporto com a braguilha aberta ou com uma ferida supurada na bochecha.

Foi o outro argentino quem falou. Disse: que papelão esse cara nos fez passar, é seu amigo? Olhei para ele, olhei para Logiacomo, que procurava alguém na sala de espera, e não soube se ria ou ficava sério. O outro argentino falou: as pessoas precisam ser mais responsáveis (falava com Logiacono, para mim nem olhava), juro que, se encontro esse cara, capo ele, capo ele. Mas o que foi que aconteceu?, murmurei com o melhor dos meus sorrisos, quer dizer: com o pior. Onde está Ulises? O outro argentino disse alguma coisa sobre o lumpemproletariado literário. O que é que você está falando?, repliquei. Logiacomo interveio então, suponho que para nos apaziguar. Ulises sumiu, ele disse. Como assim, sumiu? Pergunte ao Montero, nós acabamos de saber. Demorei um bocado para compreender que Ulises não tinha desaparecido durante o vôo de volta (em minha imaginação eu o vi se levantar do assento, atravessar o corredor, cruzar com uma aeromoça sorrindo para ele, entrar no WC, passar o trinco e *desaparecer*), e sim em Manágua, durante a visita da delegação de escritores mexicanos. Só isso. No dia seguinte, fui ver Montero na Belas-Artes, e ele me contou que iria perder o emprego por culpa de Ulises.

Xóchitl García, rua Montes, perto do Monumento à Revolução, México, DF, julho de 1982. Era preciso ligar para a mãe de Ulises, quer dizer, o mínimo que podíamos fazer era isso, mas Jacinto não tinha coragem de contar a ela que seu filho havia desaparecido na Nicarágua, se bem que eu lhe dissesse não é para tanto, Jacinto, você conhece Ulises, você é amigo dele e sabe como ele é, mas Jacinto dizia que ele havia desaparecido e ponto final, igualzinho a Ambrose Bierce, igualzinho aos poetas ingleses mortos na guerra da Espanha, igualzinho a Puchkin, só que nesse caso sua mulher, quer dizer, a mulher de Puchkin, era a Realidade, o francês que matou Puchkin era a Contra-revolução anti-sandinista, a neve de São Petersburgo eram os espaços em branco que Ulises Lima ia deixando para trás, quer dizer, sua fleuma, sua preguiça, sua falta de senso prático, e os padrinhos do duelo (os cafetinos do duelo, como dizia Jacinto), pois bem, eram a Poesia Mexicana ou a Poesia Latino-americana que, em forma de Delegação Solidária, assistia impávida à morte de um dos melhores poetas atuais.

Era o que dizia Jacinto, mas mesmo assim não ligava para a mãe de Ulises, e eu lhe dizia: bom, examinemos a situação, o que menos importa a essa senhora é que seu filho seja Puchkin ou seja Ambrose Bierce, eu me ponho no lugar dela, se eu fosse a mãe dele, se algum dia um filho-da-puta matasse meu Franz (Deus me livre), eu não iria pensar que tinha morrido o grande poeta mexicano (ou latino-americano), mas iria me contorcer de dor e desespero, e não iria pensar nem remotamente na literatura. Posso garantir isso, porque sou mãe e sei das noites que passei acordada, dos sustos, das preocupações que dá um moleque, por isso posso garantir a você que o melhor é telefonar para ela ou ir vê-la na Ciudad Satélite e dizer a ela o que sabemos de seu filho. E Jacinto replicava: já deve estar sabendo, Montero deve ter dito. E eu rebatia: como é que você pode ter tanta certeza? Então Jacinto ficou calado e eu lhe disse: mas se nem saiu ainda no jornal, ninguém disse nada, é como se Ulises *nunca* tivesse viajado para a América Central. E Jacinto disse: é verdade. E eu lhe disse: nem você nem eu podemos fazer nada, não nos dão bola, mas, em se tratando da mãe dele, garanto que a ela, sim, ouvirão. Vão mandá-la pastar, Jacinto dizia, a única coisa que vamos conseguir é lhe dar mais preocupações, mais coisas em que pensar, do jeito que ela está já está bem, o que os olhos não vêem, o coração não sente, Jacinto dizia enquanto preparava a comida de Franz e passeava pela nossa casa, o que os olhos não vêem, o coração não sente, viver na ignorância é quase como viver na felicidade.

E eu então lhe dizia: como você pode dizer que é marxista, Jacinto, como pode dizer que é poeta, se faz semelhantes declarações, você pensa em fazer a revolução com frases feitas? E Jacinto respondia que francamente não pensava mais em fazer a revolução de nenhuma maneira, mas que, se uma noite desse com ela por aí, não seria má idéia fazê-la com frases feitas e com boleros, e também me dizia que parecia que eu é que tinha me perdido na Nicarágua, de tão angustiada que estava, e quem foi que lhe disse, dizia, que Ulises se perdeu na Nicarágua, vai ver que não se perdeu coisíssima nenhuma, vai ver que resolveu ficar lá por livre e espontânea vontade, afinal de contas a Nicarágua deve ser como o sonho que tínhamos em 1975, o país em que todos gostaríamos de viver. E eu então pensava no ano de 1975, quando Franz ainda não tinha nascido, e procurava me lembrar como era Ulises naquela época, como era Arturo Belano, mas a única coisa que conseguia me lembrar com nitidez era do rosto de Jacinto, de seu sorriso de anjo banguela, e me dava como que uma grande ternura, como que uma vontade de abraçá-lo ali mesmo, a ele e a Franz, e de dizer aos dois que eu os amava muito, mas ato contínuo tornava a me lembrar da mãe de Ulises e me parecia que ninguém tinha o direito de não lhe dizer onde estava seu filho, ela já tinha sofrido bastante, coitada, e eu voltava a insistir com ele para que ligasse para ela, telefone, Jacinto, e conte tudo o que você sabe, mas Jacinto dizia que não era da conta dele, que ele não estava ali para especular com notícias vagas, e eu então lhe disse: fique um instantinho com Franz, volto já, ele ficou parado, olhando para mim sem dizer nada, e, quando peguei a bolsa e abri a porta, ele me disse: pelo menos tente não ser alarmista. E eu repliquei: só vou dizer a ela que seu filho não está mais no México.

Rafael Barrios, no banheiro de sua casa, na Jackson Street, San Diego, Califórnia, setembro de 1982. Jacinto e eu nos escrevemos de quando em quando, foi ele que me comunicou o desaparecimento de Ulises. Mas não me contou por carta. Telefonou para mim da casa de seu amigo Efrén Hernández, do que se deduz que, pelo menos para ele, o caso era grave. Efrén é um jovem poeta que quer fazer uma poesia como a que os real-visceralistas fazíamos. Não o conheço, apareceu quando eu já tinha vindo para a Califórnia, mas, segundo Jacinto, o cara não escreve mal. Envie uns poemas dele para mim, falei, mas Jacinto só envia cartas, de modo que não sei se ele escreve bem ou mal, se faz uma poesia real-visceralista ou não, claro que, se tiver que ser sincero, tenho que admitir que também não sei o que é uma poesia real-visceralista. A de Ulises Lima, por exemplo. Pode ser. Não sei. Só sei que no México ninguém mais nos conhece e que os que nos conhecem riem de nós (somos o exemplo do que não se deve fazer), e talvez não lhes falte razão. Então é sempre gratificante (ou pelo menos digno de se agradecer) que haja um jovem poeta que escreva ou queira escrever à maneira dos real-visceralistas. Esse poeta se chama Efrén Hernández, e Jacinto Requena me ligou de seu telefone, ou melhor, do telefone da casa de seus pais, para me dizer que Ulises Lima havia desaparecido. Ouvi a história e falei: não desapareceu, resolveu ficar na Nicarágua, o que é muito diferente. Ele falou: se tivesse resolvido ficar na Nicarágua teria nos dito, fui me despedir dele no aeroporto, e ele não tinha a menor intenção de não voltar. Eu lhe disse: não se apresse, *brother*, até parece que você não conhece Ulises. Ele me disse: desapareceu, Rafael, acredite, ele não disse nada nem à mãe, você nem imagina a encrenca que ela está armando para os panacas da Belas-Artes. E eu: puta merda. E ele: ela acha que os poetas camponeses assassinaram seu filho. E eu: puta que pariu. E ele: pois é, quando mexem com o filho, a mãe vira uma leoa, pelo menos é o que Xóchitl garante.

Barbara Patterson, na cozinha de sua casa, na Jackson Street, San Diego, Califórnia, outubro de 1982. Nossa vida era infame, mas, quando Rafael soube que Ulises Lima não tinha voltado de uma viagem à Nicarágua, ficou duplamente infame.

Não dá para continuar assim, eu disse a ele um dia. Rafael não fazia nada, não trabalhava, não escrevia, não me ajudava a arrumar a casa, não saía para fazer as compras, só o que fazia era tomar banho todos os dias (isso sim, Rafael é limpo, assim como quase todos esses porras de mexicanos) e assistir à televisão até amanhecer ou sair à rua para tomar cerveja ou jogar futebol com aqueles fodidos dos chicanos do bairro. Quando eu chegava, eu o encontrava na porta de casa, sentado na escada ou no chão, com uma camiseta do América que catingava de suor, bebendo sua TKT* e gastando

---

* A cerveja mexicana Tecate. (N. T.)

saliva com seus amigos, um grupinho de adolescentes de encefalograma plano que o chamavam de poeta (coisa que não parecia desagradá-lo) e com os quais ele ficava até eu preparar a porra do jantar. Então Rafael dizia até logo pra eles, e eles: falou, poeta, até manhã, poeta, outro dia a gente continua o papo, poeta, e só então ele entrava em casa.

Eu, pra dizer a verdade, fervia de raiva, ficava pê da vida e com muito gosto teria botado veneno na bosta dos ovos mexidos dele, mas me continha, contava até dez, pensava ele está passando por um mau pedaço, o problema era que eu sabia que o mau momento já durava demais, quatro anos para ser exata, e, embora não rareassem os bons momentos, a verdade é que os maus eram muito mais numerosos e minha paciência estava se esgotando. Mas eu me agüentava e perguntava pra ele como foi seu dia (pergunta cretina) e ele respondia (e o que poderia responder?) bom, regular, mais ou menos. E eu perguntava: o que você conversa com aqueles pirralhos? E ele respondia: conto histórias, mostro a eles as verdades da vida. Depois ficávamos em silêncio, com a tevê ligada, cada um concentrado nos respectivos ovos mexidos, nas folhas de alface, nas rodelas de tomate, e eu pensava comigo de que verdades da vida você pode falar, pobre infeliz, pobre desgraçado, que verdades você mostra, pobre gigolozinho, pobre pentelhinho, escroto de merda, se não fosse eu você agora estaria dormindo debaixo do viaduto. Mas eu não dizia nada, olhava pra ele e pronto. Mas até meus olhares pareciam incomodá-lo. Ele dizia: está olhando o quê, loura, está maquinando o quê? E eu então forçava um sorriso babaca, não respondia e começava a tirar a mesa.

Luis Sebastián Rosado, estúdio na penumbra, rua Cravioto, Coyoacán, México, DF, março de 1983. Uma tarde, telefonou para mim. Como conseguiu meu telefone?, perguntei. Eu acabara de mudar da casa dos meus pais e fazia tempo que não o via. Houve um momento em que pensei que nossa relação estava me matando e rompi com ele, parei de vê-lo, deixei de ir aos encontros que marcava, e ele não demorou a desaparecer, a se desinteressar e a correr atrás de outras aventuras, mas no fundo, isso eu sempre soube, o que eu mais desejava é que me telefonasse, que me procurasse, que sofresse. Mas Pele Divina não me procurou e, por um tempo, um ano talvez, ficamos sem saber nada um do outro. De modo que, quando recebi seu telefonema, tive uma grata surpresa. Como conseguiu meu telefone?, perguntei. Telefonei para a casa dos seus pais, e eles me deram, explicou, passei o dia todo ligando, você nunca está em casa. Suspirei. Teria preferido que tivesse lhe custado mais me encontrar. Mas Pele Divina falava como se tivéssemos nos visto pela última vez na semana anterior, e assim não havia o que fazer. Conversamos por um instante, ele me perguntou sobre as minhas coisas, falou que tinha visto um poema meu publicado na coletânea *Espejo de México* e um conto numa antologia de novos narradores mexicanos, lançada recentemente. Perguntei a ele se tinha gostado do conto, eu acabava de me iniciar na difícil arte da narrativa, e meus passos ainda eram inseguros. Disse que não tinha lido. Dei uma espiada no livro quando vi seu nome, mas não li, não tenho grana, falou. Depois se calou, eu me calei, e por um instante permanecemos os dois em silêncio escutando as vibrações e os estalos em surdina dos telefones públicos do DF. Lembro que eu calava, sorria e imaginava o rosto de Pele Divina, sorrindo também, de pé em alguma calçada da Zona Rosa ou da Reforma, com sua mochilinha preta pendurada nas costas até roçar suas nádegas metidas num jeans gasto e apertado, seu sorriso de lábios grossos desenhado com precisão de cirurgião num rosto anguloso em que não havia nem um miligrama de gordura, feito um jovem sacerdote maia, e então não agüentei mais (senti as lágrimas rolarem dos meus olhos) e, antes que ele pedisse, dei meu endereço (endereço que ele certamente já tinha) e disse que viesse, já, ele riu, riu de felicidade e me disse que, de onde estava, iria levar mais de duas horas para chegar, e eu respondi que não tinha importância, que, enquanto isso, prepararia alguma coisa para jantarmos, que estaria à sua espera. Narrativamente, aquele era o momento de desligar e dançar, mas Pele Divina sempre esperava as moedas acabarem e não desligou. Luis Sebastián, falou, tenho uma coisa muito importante para contar. Quando chegar você me conta, falei. É uma coisa que queria contar a você faz tempo, ele disse. Sua voz soou invulgarmente desamparada. Naquele momento comecei a desconfiar que estava acontecendo alguma coisa, que Pele Divina não tinha me ligado só porque queria me ver ou porque precisava que lhe emprestasse dinheiro. O que foi?, perguntei. O que está acontecendo? Ouvi a última moeda entrar no ventre do telefone público, um barulho de folhas, de vento levantando folhas secas, um barulho de chamas subindo pelo tronco de uma árvore, um barulho como que de fios se enrolando, se desenrolando e se desfazendo por fim no nada. Miséria poética. Lembra de uma coisa que eu queria contar e que acabei não contando?, sua voz soou perfeitamente normal. Quando?, eu me ouvi dizendo estupidamente. Faz tempo, Pele Divina respondeu. Disse que não me lembrava, aleguei que não tinha importância e que logo ele me contaria, quando estivesse em casa. Vou sair para comprar alguma coisa, estou esperando você, falei, mas Pele Divina não desligou. E, se ele não desligava, como é que eu iria desligar? De modo que esperei, escutei e até o animei a falar. Então ele falou em Ulises Lima, disse que tinha se perdido em algum lugar de Manágua (não me espantei, meio mundo ia a Manágua), mas na realidade não tinha se perdido, quer dizer: todos achavam (*todos* quem?, desejei perguntar, os *amigos* dele, seus *leitores*, os *críticos* que acompanhavam meticulosamente sua obra?) que Ulises tinha se perdido, mas ele sabia que não tinha se perdido, que na realidade tinha se escondido. E por que é que Ulises Lima iria se esconder?, perguntei. Aí é que está, Pele Divina disse. Eu lhe contei isso faz tempo, lembra? Não, respondi, só me saiu um fio de voz. Quando? Faz anos, da primeira vez que fomos para a cama, ele disse. Senti um calafrio, um nó no estômago, meus testículos se contraíram. Tive dificuldade de falar. Como quer que eu me lembre?, murmurei. Minha pressa em vê-lo aumentou. Sugeri que pegasse um táxi, ele disse que não tinha dinheiro, falei que eu pagaria, que o estaria esperando na porta de casa. Pele Divina se dispunha a dizer mais alguma coisa quando a ligação caiu.

Pensei em tomar uma chuveirada, mas decidi adiá-la para quando ele chegasse. Dediquei um momento a arrumar um pouco a casa, troquei de camisa e saí à rua para esperá-lo. Demorou mais de meia hora, e durante esse tempo todo só o que fiz foi tentar me lembrar daquela primeira vez que fizemos amor.

Quando ele saiu do táxi, parecia muito mais magro do que da última vez que eu o havia visto, muitíssimo mais magro e gasto do que em minhas recordações, mas continuava sendo Pele Divina, e fiquei contente em vê-lo: eu lhe estendi a mão, mas ele não a apertou, Pele Divina se atirou em mim e me deu um abraço. O resto foi mais ou menos como eu imaginava, como havia desejado, não houve nem um pingo de decepção.

Às três da manhã nos levantamos, preparei um segundo jantar, desta vez com pratos frios, e enchi nossos copos de uísque. Ambos tínhamos fome e sede. Então, enquanto comíamos, Pele Divina voltou a falar do desaparecimento de Ulises Lima. Sua teoria era totalmente sem pé nem cabeça, não resistia ao mais ínfimo exame. Segundo ele, Lima estava fugindo de uma organização, ao menos foi o que acreditei entender a princípio, que pretendia matá-lo, daí que, ao se ver em Manágua, tinha resolvido não regressar. Como quer que fosse encarado, seu relato era inverossímil. Tudo havia começado, segundo Pele Divina, com uma viagem que Lima e seu amigo Belano fizeram ao norte, no começo de 1976. Depois dessa viagem, os dois começaram a fugir, primeiro pelo DF, juntos, depois pela Europa, já cada qual por sua conta. Quando perguntei o que os fundadores do realismo visceral tinham ido fazer em Sonora, Pele Divina respondeu que tinham ido procurar Cesárea Tinajero. Após viver alguns anos na Europa, Lima tinha voltado para o México. Vai ver que acreditou que tudo já estava esquecido, mas os assassinos se materializaram certa noite, depois de uma reunião em que Lima tentava reagrupar os real-visceralistas, e ele foi obrigado a fugir de novo. Quando lhe perguntei por que alguém iria querer matar Lima, Pele Divina respondeu que não sabia. Você não viajou com ele, não é? Pele Divina fez que não. Então como é que sabe dessa história toda? Quem contou a você? Lima? Pele Divina disse que não, que María Font (ele me explicou quem era María Font) havia lhe contado e que quem havia contado a María fora o pai dela. Depois contou que o pai dela estava num hospício. Numa situação normal, eu teria caído na gargalhada ali mesmo, mas, quando Pele Divina me disse que um louco havia posto o boato em circulação, senti um calafrio. Também fiquei com pena e pensei que estava apaixonado.

    Naquela noite conversamos até raiar o dia. Às oito da manhã tive que ir para a universidade. Dei a Pele Divina uma cópia das chaves de casa e pedi que me esperasse. Na faculdade, telefonei para Albertito Moore e perguntei se ele se lembrava de Ulises Lima. Sua resposta foi vaga. Lembrava e não lembrava, quem era mesmo Ulises Lima? Um amante perdido? Eu lhe desejei que passasse bem e desliguei. Telefonei depois para Zarco e fiz a mesma pergunta. A resposta, desta vez, foi mais contundente: um louco, Ismael Humberto disse. É um poeta, eu disse. Mais ou menos, Zarco disse. Viajou para Manágua com uma delegação de escritores mexicanos e se perdeu, eu disse. Deve ter sido a delegação dos poetas camponeses, Zarco disse. E não voltou com eles, desapareceu, eu disse. São coisas que costumam acontecer com essa gente, Zarco disse. Só isso?, perguntei. Só, Zarco respondeu, não tem nenhum mistério. Quando voltei para casa, Pele Divina estava dormindo. A seu lado, aberto, meu último livro de poesia. A noite, enquanto jantávamos, propus que ficasse morando comigo por uns dias. Era o que eu pensava fazer, Pele Divina disse, mas queria que você me propusesse. Pouco depois chegou com uma maleta onde estavam todos os seus pertences: não tinha nada, duas camisas, um poncho que ele havia roubado de um músico, meias, um radinho de pilha, um caderno em que anotava uma espécie de diário e pouca coisa mais. Então lhe dei um par de calças velhas, que talvez tenham ficado justas demais para ele, mas que Pele Divina adorou, três camisas novas que minha mãe havia acabado de comprar, e uma noite, depois do trabalho, fui a uma loja de sapatos e lhe comprei um par de botas.

Nossa vida em comum foi breve mas feliz. Durante trinta e cinco dias vivemos juntos, e todas as noites fizemos amor e conversamos até tarde, comemos em casa comidas que ele preparava e que geralmente eram complicadas, às vezes eram simplíssimas, mas sempre apetitosas. Uma noite ele me contou que na primeira vez em que fizera amor ele tinha dez anos. Eu não quis que contasse mais. Lembro que olhei para o outro lado, para uma gravura de Pérez Camarga pendurada numa parede e que roguei a Deus que aquela primeira vez tivesse sido com uma adolescente, ou com um garoto, ou uma garota, e que não o tivessem violentado. Outra noite, ou talvez na mesma noite, contou que havia chegado ao DF quando tinha dezoito anos, sem dinheiro, sem roupa, sem amigos a quem recorrer, e que havia passado um péssimo pedaço, até que um amigo jornalista, com quem foi para a cama, arranjou para ele um lugar para dormir, no depósito de papel do *El Nacional*. Já que estava ali, Pele Divina me contou, pensei que meu destino fosse o jornalismo, e por algum tempo tentou escrever crônicas que ninguém quis publicar. Depois viveu com uma mulher, teve um filho e uma infinidade de trabalhos, nenhum deles permanente. Chegou até a ser camelô lá para as bandas de Azcapotzalco, mas acabou brigando de faca com o cara que lhe passava a mercadoria e largou o trabalho. Uma noite, quando me penetrava, perguntei se ele já tinha matado alguém. Eu não queria fazer essa pergunta, não queria ouvir sua resposta, tanto se fosse verdade como se fosse mentira, e mordi os lábios. Ele disse que sim e redobrou suas metidas, e eu chorei ao gozar.

Durante aqueles dias ninguém veio a minha casa, suspendi as visitas, disse a alguns que não estava me sentindo bem, a outros disse que estava trabalhando numa obra que requeria solidão absoluta e o máximo de concentração, e a verdade é que, enquanto Pele Divina viveu comigo, alguma coisa eu escrevi, cinco ou seis poemas curtos, que não ficaram ruins, mas que provavelmente nunca vou publicar, só que isso nunca se sabe. Nas histórias que ele costumava me contar, sempre apareciam os real-visceralistas, e, embora no princípio me incomodasse que Pele Divina falasse deles, pouco a pouco fui me acostumando então, quando, por acaso, eles não apareciam, eu é que perguntava quando você estava nessa casa da Calzada Camarones, onde estavam os irmãos Rodríguez?, quando você morava nesse hotel da Niño Perdido, onde morava Rafael Barrios?, e ele então reordenava as peças de sua narrativa e me falava daquelas sombras, seus escudeiros ocasionais, os fantasmas que ornavam sua imensa liberdade, seu imenso desamparo.

    Certa noite voltou a me falar de Cesárea Tinajero. Disse-lhe que ela provavelmente era uma invenção de Lima e Belano para justificar a viagem a Sonora. Lembro que estávamos nus, deitados na cama, com a janela aberta para o céu de Coyoacán, e que Pele Divina virou de lado e me abraçou, meu pau ereto procurou seus testículos, a bolsa do escroto, o pau dele ainda mole, e então Pele Divina me disse olha, bicho (nunca antes tinha se referido a mim dessa maneira tão vulgar), ele me disse olha, bicho, e me agarrou pelos ombros e me disse não é assim, Cesárea Tinajero existiu, talvez ainda exista, depois ficou calado, mas olhando para mim, com seus olhos abertos na escuridão, enquanto meu pênis ereto golpeava levemente seus testículos. Perguntei então como é que Belano e Lima souberam da existência de Cesárea Tinajero, uma pergunta puramente formal, e ele respondeu que tinha sido por causa de uma entrevista, naquela época Belano e Lima não tinham dinheiro e faziam entrevistas para uma revista, uma revista vagabunda, na órbita dos poetas camponeses ou que não demoraria a estar na órbita dos poetas camponeses, mas é que então, Pele Divina me disse, não havia jeito de não ser de um dos dois bandos, de que bandos está falando?, eu sussurrei, meu pênis subindo por seu escroto e tocando com a ponta a base do seu pênis, que já começava a endurecer, o bando dos poetas camponeses ou o bando de Octavio Paz, e bem quando Pele Divina dizia "o bando de Octavio Paz", sua mão subiu do meu ombro à minha nuca, pois eu era sem dúvida nenhuma um dos que era do bando de Octavio Paz, se bem que o panorama fosse mais matizado, em todo caso os real-visceralistas não eram de nenhum dos dois bandos, nem estavam com os neopriístas* nem com a alteridade,** nem com os neo-stalinistas nem com os deliciosos,*** nem com os que viviam do erário público nem com os que viviam da universidade, nem com os que se vendiam nem com os que compravam, nem com os que seguiam a tradição nem com os que convertiam a ignorância em arrogância, nem com os brancos nem com os pretos, nem com os latino-americanistas nem com os cosmopolitas. Mas o que importa é que fizeram essas entrevistas (foi para a *Plural?*, foi para a *Plural* depois que puseram Octavio Paz pra correr de lá?) e, apesar de eu ter lhe dito como é possível que a dupla precisasse de dinheiro, se vivia de vender droga?, o caso é que, segundo Pele Divina, precisavam de dinheiro e foram entrevistar uns velhos de que ninguém mais se lembrava, os estridentistas, Manual Maples Arce, nascido em 1900 e falecido em 1981, Arqueles Vela, nascido em 1899 e falecido em 1977, e Germán List Arzubide, nascido em 1898 e provavelmente também falecido recentemente, mas pode ser que não, não sei, não é coisa que me importe muito também, os estridentistas foram literariamente um grupo nefasto, involuntariamente cômico. Um dos estridentistas, em algum momento da entrevista, mencionou Cesárea Tinajero, e então eu disse a ele vou averiguar o que aconteceu com Cesárea Tinajero. Depois fizemos amor, mas foi como fazer amor com alguém que está e não está presente, alguém que está indo embora bem devagar e cujos gestos de despedida somos incapazes de decifrar.

Pouco depois Pele Divina se foi de minha casa. Antes falei com alguns amigos, gente que se dedicava à história da literatura mexicana, e ninguém soube me fornecer nenhum dado sobre a existência daquela poeta dos anos 20. Certa noite Pele Divina admitiu que talvez fosse possível que Belano e Lima a tivessem inventado mesmo. Agora os dois estão desaparecidos, falou, e ninguém mais pode lhes perguntar nada. Procurei consolá-lo: vão aparecer, eu lhe disse, todos os que se vão do México, um dia acabam voltando. Não pareceu muito convencido, e certa manhã, quando eu estava no traba-

---

* *Neopriístas*: os que reivindicam uma volta ao populismo do PRI. (N. T.)
** *Alteridade*: remete a Octavio Paz, trata-se de um tema central de seu pensamento. (N. T.)
*** *Deliciosos*: os poetas surrealistas, que propunham a criação poética coletiva a partir de um jogo chamado "cadáver delicioso" (*cadavre exquis*). (N. T.)

lho, foi embora sem me deixar nem mesmo um bilhete de despedida. Levou também algum dinheiro, não muito, o que eu costumava deixar numa gaveta da escrivaninha para o caso de ele precisar de alguma coisa enquanto eu não estava, Pele Divina levou uma calça, várias camisas e um romance de Fernando del Paso.

 Durante vários dias, tudo que fiz foi pensar nele e esperar um telefonema que nunca recebi. A única pessoa das minhas relações que o viu durante sua estada em minha casa foi Albertito Moore, numa noite em que Pele Divina e eu fomos ao cinema e, ao sair, demos com ele de supetão. Embora o encontro tenha sido breve e parco em palavras, Albertito desconfiou no ato da natureza da minha reclusão e das minhas evasivas. Quando entendi que Pele Divina não iria mais me telefonar, contei a história toda para ele. O que mais pareceu lhe interessar foi o desaparecimento de Ulises Lima em Manágua. Conversamos um tempão, e sua conclusão foi que todos estavam enlouquecendo de uma forma lenta mas certa. Albertito não simpatiza com a causa sandinista, mas tampouco se pode dizer que seja pró-somozista.

16.

Amadeo Salvatierra, rua República de Venezuela, perto do Palácio da Inquisição, México, DF, janeiro de 1976. Os rapazes, por sorte, não tinham pressa. Pus os tira-gostos em cima de uma mesinha, abrimos latas de *chile chipotle*, distribuí palitos, servimos tequila e nos olhamos nos olhos. Onde estávamos mesmo, rapazes?, perguntei a eles, e eles responderam que no retrato de corpo inteiro do general Diego Carvajal, mecenas das artes e chefe de Cesárea Tinajero, enquanto lá fora, na rua, começaram a soar sirenes, primeiro as sirenes de uma radiopatrulha, depois as sirenes de uma ambulância. Pensei nos mortos e nos feridos e disse para mim mesmo que assim era o meu general, um morto e um ferido ao mesmo tempo, do mesmo modo que Cesárea era uma ausência, e eu um velho beberrão e entusiasmado. Disse aos rapazes que aquela história de chefe era só maneira de dizer, que bastava conhecer Cesárea para se dar conta de que nunca na vida ela poderia ter um chefe nem um trabalho considerado estável. Cesárea era taquígrafa, eu lhes disse, sua profissão era essa, e ela era uma boa secretária, mas seu caráter, suas manias talvez, eram mais fortes que seus méritos, e, não fosse Manuel ter lhe conseguido o trabalho com meu general, a coitada da Cesárea teria sido obrigada a peregrinar pelos subterrâneos mais sinistros do DF. Tornei então a lhes perguntar se era verdade (mas verdade mesmo) que nunca tinham ouvido falar do general Diego Carvajal. Eles responderam que não, Amadeo, nunca, quem era?, obregonista ou carranzista?, um homem de Plutarco Elías Calles ou um revolucionário de verdade? Um revolucionário de verdade, disse a eles com a voz mais triste do mundo, mas também homem de Obregón, a pureza não existe, rapazes, não se iludam, a vida é uma merda, meu general era um ferido e um morto ao mesmo tempo, e também um homem corajoso. Falei então da noite em que Manuel tinha nos falado de seu projeto de cidade vanguardista, Estridentópolis, e que, ao ouvi-lo, nós rimos, achamos que era uma piada, mas não, não era piada, Estridentópolis era uma cidade possível, possível pelo menos nos meandros da imaginação, que Manuel pensava erguer em Jalapa com a ajuda de um general, ele falava, o general Diego Carvajal vai nos ajudar a construí-la, e então alguns de nós perguntamos quem, caralho, era esse general (do mesmo modo que os rapazes me perguntaram naquela noite), e Manuel nos contou sua história, uma história, rapazes, falei, que não difere muito da de tantos homens que lutaram e se distinguiram em nossa revolução, homens que entraram nus no turbilhão da história e que saíram vestindo os mais brilhantes e mais atrozes farrapos, feito meu general Diego Carvajal, que entrou analfabeto e saiu convencido de que Picasso e Marinetti eram profetas, o que professavam ele não sabia muito bem, nunca soube muito bem, rapazes, mas nós tampouco sabemos muito mais. Uma tarde fomos vê-lo em seu escritório. Isso foi pouco antes de Cesárea aderir ao estridentismo. No início a atitude do general foi um pouco fria, como se fizesse questão de manter a distância. Não se levantou para nos cumprimentar e, enquanto Manuel fazia as apresentações, mal abriu a boca. Olhava, isso sim, cada um de nós nos olhos, como se quisesse ver o que tínhamos no fundo de nossa mente ou no fundo da alma. Eu pensei: como é que o Manuel pôde fazer amizade com este homem, porque o general, à primeira vista, não se diferenciava de tantos outros militares que as vagas da revolução haviam depositado no DF, dava a impressão de ser um sujeito muito concentrado, sério, desconfiado, violento, enfim, nada que se pudesse associar à poesia, embora eu saiba muito bem que houve poetas muito concentrados, sérios, bastante desconfiados e muito violentos, basta pensar em Díaz Mirón, por exemplo, e não me puxem pela língua que às vezes dou de pensar que os poetas e os políticos, principalmente no México, são uma só e mesma coisa, em todo caso eu diria que bebem na mesma fonte.

Mas na época eu era jovem, demasiado jovem e idealista, isto é: eu era puro, e essas bobagens me tocavam a alma, por isso posso dizer que, ao primeiro contato, o general Diego Carvajal não me agradou. Mas aconteceu então algo muito simples que mudou tudo. Depois de nos penetrar com seu olhar ou de suportar com ar meio entediado meio ausente as palavras preliminares de Manuel, o general chamou um de seus guarda-costas, um índio yaqui que ele chamava de Equitativo, e ordenou que trouxesse tequila, pão e queijo. Foi só isso, foi essa a varinha mágica com que o general abriu nossos corações, contado dessa maneira parece uma babaquice, até a mim parece uma babaquice, mas na época o simples fato de afastar os papéis de sua escrivaninha e nos dizer se acheguem teve a virtude de pôr abaixo qualquer reserva ou preconceito que pudéssemos ter, e, como não poderia deixar de ser, todos nos achegamos à mesa para beber e comer pão com queijo, que, conforme meu general dizia, era o costume francês, e Manuel nisso (e em tudo) o apoiava, evidentemente que era um costume francês, muito comum nas águas-furtadas dos arredores do Boulevard du Temple e também nas águas-furtadas dos arredores do Faubourg Saint-Denis, e Manuel e o meu general começaram a falar de Paris e do pão com queijo que se comia em Paris, da tequila que se bebia em Paris e falaram que parecia mentira como bebiam, como sabiam beber os parisienses dos arredores do Mercado das Pulgas, como se em Paris, isso fui eu que pensei, tudo acontecesse nos arredores de alguma rua ou de algum lugar, e nunca numa rua ou numa parte determinada, o que se devia, mais tarde eu soube, ao fato de que Manuel ainda não havia estado na Cidade Luz, nem meu general, muito embora ambos, não sei por quê, professassem por aquela distante e presumivelmente embriagadora urbe um amor ou uma paixão digna, creio, das melhores causas. Agora que cheguei a esse ponto, permitam que eu faça uma digressão: anos depois, quando a amizade que Manuel me dispensava fazia tempo havia desaparecido, certa manhã, lendo o jornal, soube que ele estava de partida para a Europa. O poeta Manuel Maples Arce, a nota informava, parte de Veracruz com destino a Le Havre. Não dizia o pai do estridentismo viaja para a Europa, nem o primeiro poeta vanguardista mexicano parte para o Velho Continente, mas simplesmente: o poeta Manuel Maples Arce. E vai ver que nem disse o poeta, talvez a nota dissesse o bacharel Maples Arce se dirige a um porto francês, onde prosseguirá por outros meios (de trem, de carroças desembestadas!) sua viagem até o solo italiano, onde desempenhará a função de cônsul, ou vice-cônsul, ou de adido cultural da embaixada mexicana em Roma. Bom. Minha memória já não é o que era. Há coisas que esqueço, reconheço. Mas naquela manhã, quando li a nota e soube que Manuel por fim conheceria Paris, fiquei contente, senti que meu peito se enchia de alegria, apesar de Manuel já não se considerar meu amigo, apesar de o estridentismo ter morrido, apesar de a vida nos ter mudado tanto que já naqueles tempos era difícil nós nos reconhecermos. Pensei em Manuel e pensei em Paris, que não conheço mas que visitei algumas vezes em sonho, e pensei que essa viagem nos justificava e, à sua maneira um tanto misteriosa, não é jogo de palavras, ela nos fazia justiça. Evidentemente, meu general Diego Carvajal nunca saiu do México. Foi morto em 1930, num tiroteio de origem incerta, no pátio interno do rendez-vous Vermelho e Negro, que naquela época ficava na rua Costa Rica, a poucos quarteirões daqui, sob a proteção direta, diziam, de um figurão da Secretaria de Governo. Na briga, morreu meu general Diego Carvajal, um dos seus gorilas, três pistoleiros do estado de Durango e uma puta famosíssima naqueles anos, Rosario Contreras, que diziam ser espanhola. Fui ao enterro dele, e na saída do cemitério encontrei List Azurbide. Para List (que, por sua vez, também viajou para a Europa), haviam armado para o meu general uma cilada por motivos políticos, o exato contrário do que disse a imprensa, que se decidiu pela briga de lupanar ou causas de índole passional ou amorosa, em que Rosario Contreras tinha um papel de destaque. Segundo List, que conhecia pessoalmente o bordel, meu general gostava de trepar no aposento mais retirado, um quartinho não muito grande mas que em compensação tinha a vantagem de estar situado no fundo da casa, longe do barulho, ao lado de um pátio interno em que havia uma fonte. Depois de trepar, meu general gostava de sair ao pátio para fumar seu charuto e pensar na tristeza pós-coito, na danada da tristeza da carne, em todos os livros que não havia lido. Segundo List, os assassinos se postaram no corredor que dava para os aposentos principais do bordel, um lugar do qual dominavam todos os rincões do pátio interno. O que indica que sabiam dos costumes do meu general. Esperaram, esperaram, enquanto meu general trepava com Rosario Contreras, uma puta por vocação segundo entendi, pois, embora não lhe faltassem propostas para tirá-la da vida, ela sempre optava por sua independência, casos mais estranhos já se viram. Pelo visto, a trepada foi demorada e meticulosa, como se os querubins ou os cupidos houvessem querido que Rosario e o meu general desfrutassem plenamente de sua derradeira experiência amorosa, pelo menos aqui, na parte mexicana do planeta Terra. Portanto horas se passaram, com Rosario e meu general se aplicando ao que os jovens e os não tão jovens hoje chamam de fuque-fuque, bimbada, chumbregada, bate-saco, uma metida, dar uma nicada, afogar o ganso, você vai ver o que é ser bem comida, só que iria ver para o resto da eternidade. Enquanto isso, os assassinos esperavam e se entediavam, mas o que não esperavam é que meu general saísse ao pátio com a pistola no cinto, ou no bolso, ou enfiada entre a calça e a barriga, por força do hábito. E, quando meu general por fim saiu para fumar seu charuto, começou o tiroteio. Segundo List, já tinham queimado antes sem nenhum problema o gorila do meu general, de modo que, quando o pau começou a comer, eram três contra um, e ainda por cima eles tinham a seu favor o fator surpresa. Mas meu general Diego Carvajal era macho pacas e além do mais conservava bons reflexos, por isso a coisa não lhes saiu conforme o esperado. As primeiras balas o acertaram, mas ele teve ânimo suficiente para sacar a pistola e responder ao fogo. Segundo List, meu general, escudado atrás da fonte, teria podido agüentar sozinho a investida por um tempo indefinido, pois, embora os assassinos estivessem protegidos numa ótima posição, a posição do meu general não era ruim, e nem um nem outros se atreveriam a tomar a iniciativa. Mas Rosario Contreras saiu do quarto alertada pela barulheira, e uma bala a matou. O resto é confuso: provavelmente meu general correu para socorrê-la, para colocá-la a salvo, talvez tenha se dado conta de que ela estava morta e a raiva que sentiu foi maior do que sua prudência: então ele se ergueu, apontou para onde estavam os assassinos e avançou na direção deles disparando. Assim morriam os antigos generais do México, rapazes, disse a eles, o que acham? E eles responderam: não achamos nem deixamos de achar, Amadeo, é como se você estivesse contando um filme. E então voltei a pensar na Estridentópolis, em seus museus e bares, em seus teatros ao ar livre e em seus jornais, em suas escolas e em seus alojamentos para os poetas de passagem, naqueles alojamentos em que dormiriam Borges e Tristan Tzara, Huidobro e André Breton. Vi meu general conversando conosco outra vez. Eu o vi fazendo planos, bebendo encostado à janela, recebendo Cesárea Tinajero, que trazia uma carta de recomendação de Manuel, eu o vi lendo um livrinho de Tablada, talvez aquele em que dom José Juan diz: "Bajo el celeste pavor / delira por la única estrella / el cántico del ruiseñor".* Que é como dizer, rapazes, eu disse a eles, que via os esforços e os sonhos, todos confundidos num mesmo fracasso, e que esse fracasso se chamava alegria.

Joaquín Font, hospital psiquiátrico La Fortaleza, Tlalnepantla, México, DF, março de 1983. Agora que estou rodeado de loucos pobres, quase mais ninguém vem me ver. Meu psiquiatra, não obstante, diz que a cada dia que passa estou um pouquinho melhor. Meu psiquiatra se chama José Manuel, que me parece um bonito nome. Quando digo isso a ele, ele acha graça. É um nome muito romântico, eu lhe digo, capaz de fazer qualquer mulher se apaixonar. Pena que, quando minha filha vem me visitar, ele quase nunca está, porque as visitas são aos sábados e domingos, e nesses dias meu psiquiatra descansa, com exceção de um sábado e de um domingo por mês, quando fica de plantão. Se você visse minha filha, digo a ele, você se apaixonaria por ela. Ah, esse dom Joaquín, ele diz. Mas eu insisto: se você a visse, cairia aos pés dela como um passarinho ferido, José Manuel, e compreenderia de repente um montão de coisas que agora você não entende. O quê, por exemplo?, ele pergunta, com uma voz de distraído, com uma voz que tenta parecer educadamente indiferente, embora eu saiba que no fundo ele está interessadíssimo. O quê, por exemplo? Então opto por me calar. Às vezes o melhor é o silêncio. Descer outra vez às catacumbas do DF e rezar em silêncio. Os pátios deste cárcere são os mais adequados ao silêncio. Retangulares e hexagonais, como se mestre Garabito os houvesse desenhado, todos confluem no pátio grande, uma extensão igual à de três campos de futebol, que faz limite com uma avenida sem nome, pela qual costuma passar o ônibus de Tlalnepantla, cheio de operários e de ociosos, que olham com avidez para os loucos vagando pelo pátio vestidos com o uniforme do La Fortaleza, ou seminus, ou vestidos com suas pobres roupas habituais, no caso dos que chegaram recentemente e não puderam encontrar um uniforme à sua disposição, não digo uniforme com suas medidas porque aqui poucos usam o uniforme do seu manequim. Esse pátio grande é o recinto natural do silêncio, mas da primei-

---

* Sob o celeste pavor / delira pela única estrela / o rouxinol cantador. (N. T.)

ra vez que o vi pensei que o barulho e a algaravia dos loucos poderia ser insuportável ali, e demorei até me animar a passear por aquelas plagas. Logo compreendi, não obstante, que se havia um lugar em todo La Fortaleza em que o som fugia feito um coelho aterrorizado, esse lugar era o grande pátio protegido por altas grades da avenida sem nome, por onde a gente de fora só passava protegida e apressada dentro de seus veículos, pois pedestres propriamente quase não se viam por ali, se bem que, de vez em quando, o familiar perdido de algum louco ou personagens que preferiam não entrar pelo portão principal paravam junto da grade, só um instante, depois seguiam seu caminho. No outro extremo do pátio, junto dos edifícios, estão as mesas e os refeitórios, onde os loucos costumam ocasionalmente compartilhar alguns minutos de espairecimento com suas famílias, que lhes trazem bananas, maçãs ou laranjas. Em todo caso, não ficam ali muito tempo, pois, quando bate sol nessa área, o calor é insuportável e, quando o vento sopra, os loucos que nunca recebem visitas costumam se refugiar debaixo do beiral daquelas paredes. Quando minha filha vem me visitar, eu lhe digo para ficarmos na sala de visitas ou para sairmos a um dos pátios hexagonais, apesar de saber que ela acha inquietantes e sinistros a sala de visitas e os pátios pequenos. No pátio grande, porém, acontecem coisas que não quero que minha filha veja (sinal, segundo meu psiquiatra, de que minha saúde está em franca melhoria) e outras coisas que prefiro ser o único, no momento, a ter acesso. De qualquer modo, vou tomar cuidado e não baixar a guarda. Outro dia (faz um mês), minha filha me contou que Ulises Lima havia desaparecido. Eu sei, falei. Como é que você sabe?, perguntou. Ora, pinóia. Li num jornal, falei. Mas não saiu em nenhum jornal!, ela exclamou. Bom, então devo ter sonhado, falei. O que eu não disse foi que um louco do pátio grande tinha me contado isso, coisa de quinze dias antes. Um louco do qual não sei nem sequer o nome verdadeiro e que todos aqui chamam de Chucho ou Chuchito (provavelmente se chama Jesús, mas prefiro evitar qualquer referência religiosa, que não vem ao caso e só contribui para perturbar o silêncio do pátio grande), e esse Chucho ou Chuchito se aproximou de mim, coisa corriqueira, no pátio todos nós nos aproximamos e nos afastamos, os que estão dopados e os que estão em franca melhora, e me sussurrou de passagem: Ulises desapareceu. No dia seguinte, tornei a encontrá-lo, talvez o procurasse inconscientemente, e a ele dirigi meus passos, passos lentíssimos, pacientíssimos, tão lentos que às vezes dão a impressão, eu creio, aos que passam pela avenida sem nome dentro dos ônibus, de que não nos movemos, mas nos movemos, disso não resta a menor dúvida, e quando ele me viu seus lábios começaram a tremer como se o simples fato de me ver ativasse a urgência de sua mensagem, e, ao passar perto de mim, tornei a escutar as mesmas palavras: Ulises desapareceu. Só então compreendi que se tratava de Ulises Lima, o jovem poeta real-visceralista que eu vira pela última vez ao volante do meu reluzente Ford Impala nos primeiros minutos de 1976, e compreendi que o céu tornava a se cobrir de nuvens negras, que por cima das nuvens brancas da Cidade do México pairavam, com seu peso inimaginável e com sua soberania terrificante, as nuvens negras, e que eu deveria me cuidar e submergir na impostura e no silêncio.

Xóchitl García, rua Montes, perto do Monumento à Revolução, México, DF, janeiro de 1984. Quando Jacinto e eu nos separamos, meu pai me disse que, se ele viesse com violência, era para eu dizer, que ele se encarregaria de tudo. Meu pai às vezes olhava para Franz e dizia como é louro, e pensava (tenho certeza, embora ele não dissesse) como é possível que o menino tenha cabelo dessa cor se em minha família somos todos morenos e Jacinto também. Meu pai adorava Franz. Meu lourinho, dizia, cadê meu lourinho, e Franz também gostava muito dele. Costumava vir aos sábados ou aos domingos e levava o menino para passear. Quando voltavam, eu lhe preparava um café bem forte, e meu pai ficava calado, sentado à mesa, olhando para Franz ou lendo jornal, depois ia embora.

Acho que ele achava que Franz não era filho de Jacinto, o que às vezes me irritava um pouco e outras vezes me divertia. Meu rompimento com Jacinto não foi nada violento, aliás, de modo que não precisei dizer nada a meu pai. Se tivesse sido violento, talvez também não lhe tivesse dito nada. Jacinto vinha a cada quinze dias ver o menino. Às vezes mal conversávamos, ele o pegava, vinha deixá-lo, depois ia embora, mas outras vezes, ao deixá-lo ficava um pouco para conversar, perguntava sobre minha vida, eu perguntava sobre a dele, chegávamos a ficar falando até as duas, três da manhã das coisas que tinham acontecido com a gente, dos livros que havíamos lido.

Acho que meu pai metia medo em Jacinto, por isso não vinha com maior freqüência, tinha medo de cruzar com ele. Ele não sabia que, naquela época, meu pai já estava muito doente e que dificilmente poderia fazer mal a quem quer que fosse. Mas a fama do meu pai era grandiosa, e, embora ninguém soubesse direito onde ele trabalhava, seu aspecto era inconfundível e parecia dizer sou da secreta, muito cuidado comigo. Sou um polícia mexicano, cuidado comigo. E, se estivesse com uma cara ruim por estar doente ou se fizesse algum movimento com mais lentidão, não tinha importância, era até uma ameaça a mais. Uma noite ficou para jantar. Eu estava de ótimo humor e com vontade de jantar com meu pai, de vê-lo e de ver ele e Franz juntos, conversar. Não me lembro mais o que fiz para ele comer, com certeza um jantar bem simples. Enquanto comíamos, eu lhe perguntei por que tinha entrado para a polícia. Não sei se perguntei a sério, só pensei que nunca tinha perguntado isso antes e que já era mais que hora. Respondeu que não sabia. Não gostaria de ter sido outra coisa?, perguntei. Respondeu que sim. O quê, perguntei, o que gostaria de ter sido? Camponês, ele disse, e eu achei graça, mas, quando ele foi embora, fiquei pensando naquilo, e o bom humor em que eu estava murchou de repente.

Por aqueles dias fiz grande amizade com María. María continuava morando no andar de cima e, embora tivesse namorados esporádicos (algumas noites eu a ouvia como se o teto fosse de papel), desde seu rompimento com o professor de matemática vivia sozinha, circunstância essa, a de viver sozinha, que havia contribuído para transformá-la profundamente. Sei o que estou dizendo porque vivo sozinha desde os dezoito anos. Mas, pensando bem, eu nunca vivi sozinha, pois primeiro vivi com Jacinto e agora vivo com o menino. Talvez o que eu quisesse dizer era que eu vivia independentemente, fora da casa paterna. Seja como for, María e eu nos tornamos mais amigas ainda. Ou nos tornamos amigas de verdade, porque talvez antes não o fôssemos, e nossa amizade se apoiasse em outras pessoas, não em nós mesmas. Quando Jacinto e eu nos separamos, eu me entreguei à poesia. Comecei a ler e a escrever poesia, como se isso fosse o mais importante de tudo. Eu já escrevia uns poeminhas e achava que lia muito, mas, quando ele foi embora, comecei a ler e a escrever seriamente. O tempo, que não estava sobrando, eu tirava de onde podia.

Naquela época eu já tinha conseguido meu emprego de caixa num supermercado Gigante, graças a meu pai, que falou com um amigo que tinha um amigo que era gerente do Gigante em San Rafael. E María trabalhava de secretária num dos escritórios do INBA.* De dia Franz ia à escola, e quem o pegava era uma garota de quinze anos, que assim ganhava uns pesos, e que o levava a um parque ou ficava com ele em casa até eu chegar do trabalho. De noite, depois de jantar, María descia à minha casa ou eu subia e lia para ela os poemas que havia escrito naquele dia, no Gigante, ou enquanto esquentava o jantar de Franz, ou na noite anterior enquanto via Franz dormir. A tevê, um mau hábito que eu tinha quando vivia com Jacinto, agora eu quase só ligava quando havia uma notícia bombástica e eu queria me informar, às vezes nem isso. O que eu fazia, como disse, era me sentar à mesa, que eu tinha mudado de lugar e agora estava junto da janela, para ler e trabalhar poemas até meus olhos fecharem de tanto sono. Cheguei a corrigir meus poemas até dez ou quinze vezes. Quando via Jacinto, lia pra ele, e ele me dava sua opinião, mas minha leitora de verdade era María. Passava por fim meus poemas à máquina e os guardava numa pasta, que ia crescendo dia após dia, para minha satisfação e contentamento, pois aquilo era como que a materialização de que minha luta não era em vão.

Depois de Jacinto ir embora, demorei muito para me deitar com outro homem, e minha paixão, além de Franz, foi a poesia. Exatamente o contrário de María, que havia parado de trabalhar e que a cada semana levava um amante novo para casa. Conheci três ou quatro. Às vezes eu dizia a ela: mana, o que você está vendo nesse cara, ele não convém, ele pode até acabar batendo em você, mas María dizia que sabia controlar muito bem a situação, e é verdade que controlava, se bem que mais de uma vez tive que subir correndo ao seu quarto, alarmada pelos gritos que ouvia, e dizer ao amante que caísse fora logo ou eu chamaria meu pai, que era da secreta, e aí ele iria ver o que era bom. Polícias filhos-da-puta, certa vez um deles berrou para a gente do meio da rua, eu me lembro, e María e eu desatamos a rir feito loucas, do outro lado da janela. Mas geralmente ela não tinha grandes problemas. O problema da poesia era diferente. Por que você não escreve mais, mana?, perguntei uma vez, e ela me respondeu que não tinha vontade, só isso, simplesmente não tinha vontade.

* Instituto Nacional de Belas-Artes e Literatura. (N. T.)

Luis Sebastián Rosado, estúdio na penumbra, rua Cravioto, em Coyoacán, México, DF, fevereiro de 1984. Uma bela manhã Albertito Moore me ligou no trabalho e me disse que tinha passado uma noite de cão. A primeira coisa que pensei foi nalguma festa selvagem, mas, quando o ouvi gaguejar, hesitar, me dei conta de que por trás de suas palavras havia algo mais. O que está acontecendo?, perguntei. Passei uma noite horrível, Albertito disse, você nem pode imaginar. Por um instante pensei que ele ia começar a chorar, mas de repente, sem que ele me dissesse nada, eu me dei conta de que quem ia começar a chorar imperdoavelmente era eu. O que está acontecendo?, falei. Seu amigo, Albertito respondeu, meteu Julita numa enrascada. Pele Divina, falei. Ele mesmo, Albertito disse, e eu não sabia. O que está acontecendo?, falei. Passei a noite toda em claro, Julita passou a noite toda em claro, ligou para mim às dez da noite, com a polícia em casa, não queria que nossos pais soubessem, Albertito contou. O que está acontecendo?, falei. Este país é uma merda, Albertito disse. A polícia não funciona, nem os hospitais, nem as prisões, nem os necrotérios, nem o serviço funerário. Aquele cara tinha o endereço de Julita, e a polícia teve a cara-de-pau de interrogá-la por mais de três horas. O que está acontecendo?, falei. E o pior de tudo, Albertito continuou, é que depois Julita quis ir vê-lo, ficou feito louca, e os filhos-da-puta dos polícias, que no começo queriam prendê-la, disseram pra ela que eles mesmos poderiam levá-la ao necrotério, o mais provável era que a estuprassem em algum beco escuro, mas Julita estava furiosa, não dava ouvidos a ninguém e já estava a ponto de ir embora quando eu e o advogado que eu tinha levado, Sergio García Fucntcs, acho que você conhece, fincamos o pé e dissemos que ela não iria sair sozinha dali. Isso parece ter incomodado um pouco os pilantras, que começaram de novo a fazer perguntas a ela. O que queriam saber, basicamente, era como se chamava o defunto. Então eu pensei em você, pensei que você provavelmente saberia o nome verdadeiro dele, mas é claro que não disse nada. Julita pensou a mesma coisa, mas essa garota é uma fera e só disse o que quis. Imagino que a polícia não tenha procurado você. O que está acontecendo?, falei. Mas, quando os polícias foram embora, Julita não conseguiu dormir, e lá fomos nós três, Julita, o coitado do García Fuentes e eu, correr delegacias e necrotérios para identificar o cadáver de seu amigo. Afinal, graças a um amigo de García Fuentes, conseguimos encontrá-lo na delegacia de Camarones. Julita o reconheceu na mesma hora, apesar de ele ter metade do rosto arrebentado. O que está acontecendo?, falei. Fique calmo, Albertito disse. O amigo de García Fuentes falou que a polícia o havia matado num tiroteio em Tlalnepantla. A polícia estava atrás de uns traficantes. Tinham um endereço: uma casa de operários lá para as bandas de Tlalnepantla. Quando chegaram lá, os que estavam dentro da casa resistiram, e a polícia matou todos eles, inclusive seu amigo. A merda é que, quando foram fazer a identificação de Pele Divina, só encontraram o endereço de Julita. Ele não era fichado, ninguém sabia nem o nome nem o apelido dele, a única pista era o endereço de minha irmã. Os outros parece que eram delinqüentes conhecidos. O que está acontecendo?, falei. Daí que ninguém sabe como ele se chama, e Julita fica louca, desata a chorar, descobre o cadáver, diz Pele Divina, grita Pele Divina, ali, no necrotério, na frente de qualquer um que quisesse ouvi-la, García Fuentes a puxou pelos ombros, a abraçou, você sabe que García Fuentes sempre teve um fraco por Julita, então eu fiquei frente a frente com o cadáver, não era uma visão agradável, garanto, a pele dele não tinha mais nada de divina, mas fazia pouco que o haviam matado, a pele estava com uma cor meio acinzentada, com hematomas por toda parte, como se o tivessem espancado, e tinha uma enorme cicatriz do pescoço até a virilha, apesar de tudo o rosto tinha mantido certa expressão de placidez, a placidez dos mortos, que não é placidez nem nada, é só carne morta sem memória. O que está acontecendo?, falei. Às sete da manhã saímos da delegacia. Um polícia nos perguntou se íamos nos encarregar do corpo. Respondi que não, que fizessem o que bem entendessem. Ele só tinha sido namorado ocasional de minha irmã, nada mais, depois García Fuentes molhou a mão de um funcionário da delegacia para garantir que não voltariam a incomodar Julita. Mais tarde, quando tomávamos o café-da-manhã, perguntei a Julita desde quando ela via aquele cara, e ela me respondeu que, depois de viver uma temporada com você, ele andou aparecendo na casa dela. Como foi que ele encontrou você?, perguntei a ela. Parece que ele tinha pegado o telefone da Julita na sua agenda. Ela não sabia que Pele Divina traficava drogas. Achava que ele vivia de brisa, do dinheiro que gente feito você ou feito ela lhe dava. Quem se mete com gente assim sempre acaba se enrolando, eu disse a ela. Julita começou a chorar, e García Fuentes me disse para não exagerar, que tudo tinha acabado. O que está acontecendo?, falei. Não está acontecendo nada, já acabou tudo, Albertito respondeu. Mas o caso é que não consegui dormir e não pude tirar um dia de folga, na empresa estamos até aqui de trabalho.

17.

Jacinto Requena, café Quito, rua Bucareli, México, DF, setembro de 1985.
Dois anos depois de desaparecer em Manágua, Ulises Lima voltou ao México. Daí em diante poucas pessoas o viram e as que o viram o fizeram quase sempre por acaso. Para a maioria ele tinha morrido, como pessoa e como poeta.
 Eu o vi umas duas vezes. Na primeira o encontrei em Madero, na segunda vez fui vê-lo em sua casa. Morava num cortiço em Guerrero, aonde só ia para dormir, e ganhava a vida vendendo marijuana. Não tinha muito dinheiro, e o pouco que tinha dava para uma mulher que vivia com ele, uma moça chamada Lola, que tinha um filho. A tal Lola parecia uma mina da pesada, era do sul, de Chiapas, ou talvez guatemalteca, gostava de bailes, de se vestir como punk e estava sempre de mau humor. Mas o filho era simpático, e, ao que parece, Ulises tinha se apegado a ele.
 Um dia perguntei a ele por onde havia andado. Ele me disse que havia percorrido um rio que une o México à América Central. Que eu saiba, esse rio não existe. Disse, no entanto, que havia percorrido esse rio e que agora poderia dizer que conhecia todos os seus meandros e afluentes. Um rio de árvores ou um rio de areia, ou um rio de árvores que às vezes se convertia num rio de areia. Um fluxo constante de gente sem trabalho, de pobres e mortos de fome, de droga e de dor. Um rio de nuvens em que tinha navega-

do doze meses e em cujo curso havia encontrado inúmeras ilhas e povoados, mas nem todas as ilhas eram povoadas, e às vezes ele tinha achado que ficaria vivendo ali para sempre ou que morreria.

De todas as ilhas visitadas, duas eram portentosas. A ilha do passado, disse, onde só existia o tempo passado e na qual seus moradores se entediavam e eram razoavelmente felizes, mas onde o peso do ilusório era tal que a ilha ia afundando no rio cada dia um pouco mais. E a ilha do futuro, onde o único tempo que existia era o futuro e cujos habitantes eram sonhadores e agressivos, tão agressivos, Ulises disse, que provavelmente acabariam se comendo uns aos outros.

Passou muito tempo antes que eu tornasse a vê-lo. Eu tentava participar de outros círculos, tinha outros interesses, precisava arranjar trabalho, tinha que dar algum dinheiro a Xóchitl, e também tinha outros amigos.

Joaquín Font, hospital psiquiátrico La Fortaleza, Tlalnepantla, México, DF, setembro de 1985. No dia do terremoto, tornei a ver Laura Damián. Fazia muito tempo que eu não experimentava uma visão parecida. Via coisas, via idéias, via sobretudo a dor, mas não via Laura Damián, a figura borrada de Laura Damián, seus lábios entre adivinhados e avistados, dizendo que tudo, apesar das evidências contrárias, ia bem. Bem no México, suponho, ou bem na casa dos mexicanos, ou bem na cabeça dos mexicanos. A culpa era dos tranqüilizantes, embora no La Fortaleza, para economizar, distribuíssem apenas um ou dois comprimidos a cada interno, e ainda assim só para os mais destrambelhados. Ou seja, talvez a culpa fosse dos tranqüilizantes. O caso é que fazia muito tempo que eu não a via e, quando a terra começou a tremer, eu a vi. Soube então que, por trás do desastre, tudo estava bem. Ou talvez que, no momento do desastre, tudo, para não morrer, de repente se tornava bom. Dias depois minha filha veio me visitar. Ficou sabendo do terremoto?, ela me perguntou. Claro que sim, respondi. Morreu muita gente? Não, não muita, minha filha disse, mas bastante. Morreram muitos amigos? Que eu saiba, nenhum, minha filha disse. Os poucos amigos que nos restam não precisam de nenhum terremoto no México para morrer, falei. Às vezes acho que você não está louco, minha filha disse. Não estou louco, não, falei, só confuso. Mas a confusão já dura muito tempo, minha filha disse. O tempo é uma ilusão, falei, e pensei em gente que havia muito eu não via, inclusive gente que eu nunca tinha visto. Se eu pudesse, tiraria você daqui, minha filha disse. Não tem pressa, falei, e pensei nos terremotos do México que vinham avançando do passado, devagar e sempre, em direção à eternidade ou ao nada mexicano. Se dependesse de mim, tiraria você daqui hoje mesmo, minha filha disse. Não se preocupe, falei, você já deve ter muitos problemas na vida. Minha filha ficou olhando para mim, e não me respondeu. Durante o terremoto, os doentes do La Fortaleza caíram da cama, os que não dormiam amarrados, contei a ela, e não havia quem conseguisse controlar os pavilhões, pois os enfermos saíram para a estrada, e alguns foram para a cidade a fim de saber o que havia acontecido com a família. Durante algumas horas, os loucos estiveram entregues ao próprio arbítrio. E o que fizeram?, minha filha me perguntou. Pouca coisa, alguns rezaram, outros saíram aos pátios, a maioria continuou dormindo, na cama ou no chão. Que sorte, minha filha disse. E você, o que fez?, perguntei por cortesia. Nada, desci ao apartamento de uma amiga e ficamos ali, os três juntos. Os três quem?, perguntei. Minha amiga, o filho dela e eu. E não morreu nenhum amigo seu? Nenhum, minha filha disse. Tem certeza? Absoluta. Como somos diferentes, falei. Por quê?, minha filha indagou. Porque eu, sem sair do La Fortaleza, sei que mais de um amigo morreu esmagado pelo terremoto. Não morreu ninguém, minha filha disse. Tanto faz, tanto faz, falei. Ficamos em silêncio por um instante, observando os loucos do La Fortaleza, que perambulavam como passarinhos, serafins e querubins com os cabelos sujos de merda. Que desconsolo, minha filha disse ou foi o que me pareceu ouvir. Acho que ela começou a chorar, mas eu tratei de não prestar atenção nela e consegui. Lembra de Laura Damián?, perguntei. Mal a conheci, ela respondeu, e você também mal a conheceu. Fui muito amigo do senhor pai dela, falei. Um louco se agachou e começou a vomitar junto de um portão de ferro. Você só fez amizade com o pai de Laura depois da morte dela, minha filha disse. Não, falei, já era amigo de Álvaro Damián antes da desgraça que aconteceu. Bom, minha filha disse, não vamos discutir por causa disso. Depois ela me contou por um instante os trabalhos de resgate que estavam fazendo por toda cidade e dos quais ela participava ou havia participado ou teria gostado de participar (ou tinha visto de longe), também me contou que a mãe dela falava em se mudar definitivamente do DF. Isso me interessou. Para onde?, perguntei. Para Puebla, minha filha disse. Gostaria de ter perguntado o que pensavam fazer comigo, mas enquanto pensava em Puebla me esqueci de fazê-lo. Depois minha filha foi embora, e eu fiquei a sós com Laura Damián, com Laura e com os loucos do La Fortaleza, e sua voz, seus lábios invisíveis disseram que não me preocupasse, que, se minha mulher fosse para Puebla, ela ficaria ao meu lado, e ninguém nunca me mandaria embora do hospício e que, se algum dia me mandassem embora, ela iria comigo. Ai, Laura, suspirei. E Laura me perguntou, como se fazendo de desentendida, como ia a jovem poesia mexicana, se minha filha tinha me trazido notícias da longa e sangrenta marcha dos jovens líricos do DF. E eu respondi vai bem. Menti, disse vai bem, quase todo mundo publica, com o terremoto vão ter tema para anos. Não me fale do terremoto, Laura Damián disse, fale de poesia, o que mais sua filha contou. E eu então me senti cansado, profundamente cansado, e disse vai tudo bem, Laura, estão todos bem. Ainda lêem minhas poesias?, ela perguntou. Ainda lêem, eu disse. Não minta para mim, Quim, Laura disse. Não estou mentindo, eu disse e fechei os olhos.

Quando voltei a abri-los, o círculo dos loucos que perambulavam pelos pátios do La Fortaleza tinha se estreitado ao meu redor. Outro teria desatado a gritar de terror, teria se posto a rezar dando alaridos, teria se despido ou saído em disparada como um jogador de futebol americano enlouquecido, teria se derretido ante a profusão de olhos que giravam como planetas desembestados. Mas eu não. Os loucos giravam ao meu redor, e eu fiquei imóvel como o pensador de Rodin, olhei para eles, depois olhei para o chão, e vi formigas vermelhas e pretas em batalha renhida, e não disse nem fiz nada. O céu era muito azul. A terra era marrom-clara, com pedrinhas e torrões. As nuvens eram brancas e corriam em direção ao oeste. Depois olhei para os loucos que perambulavam como peças de um jogo ainda mais louco e tornei a fechar os olhos.

Xóchitl García, rua Montes, perto do Monumento à Revolução, México, DF, janeiro de 1986. O curioso foi quando eu quis publicar. Por muito tempo escrevi, corrigi, tornei a trabalhar e joguei muitos poemas na lata de lixo, mas chegou o dia em que resolvi publicar e comecei a enviar meus poemas para revistas e suplementos culturais. María me avisou. Não vão responder, falou, não vão nem sequer ler seus textos, você deveria ir pessoalmente e pedir uma resposta cara a cara. E assim fiz. Em alguns lugares não me receberam. Em outros sim, e pude falar com os secretários de redação ou com os encarregados da seção literária. Quiseram saber sobre minha vida, o que eu lia, o que eu tinha publicado até então, de que oficinas havia participado, que estudos universitários eu tinha. Eu era ingênua: contei a eles sobre minhas relações com os real-visceralistas. A maioria das pessoas com que falei nem tinha idéia de quem eram os real-visceralistas, mas a menção ao grupo despertava o interesse delas. Real-visceralistas? Quem eram? Eu explicava mais ou menos a curta história do realismo visceral, e eles sorriam, alguns anotavam alguma coisa, um nome, pediam mais explicações, então me agradeciam e diziam que depois me chamariam ou que passasse dali a quinze dias que me dariam uma resposta. Outros, a minoria, lembravam-se de Ulises Lima e de Arturo Belano, vagamente, não sabiam, por exemplo, que Ulises estava vivo e que Belano não morava mais no DF, mas haviam conhecido os dois, lembravam-se das intervenções deles em recitais públicos, quando Ulises e Arturo costumavam comprar briga com os poetas, lembravam-se das opiniões deles contrárias a tudo, lembravam-se da amizade deles com Efraín Huerta, olhavam para mim como se eu fosse uma extraterrestre, diziam quer dizer que você foi real-visceralista, é?, depois diziam que sentiam muito, mas que não poderiam publicar nem um só dos meus poemas. Segundo María, a quem eu ia pedir socorro cada vez mais desanimada, aquilo era normal, a literatura mexicana, provavelmente todas as literaturas latino-americanas eram assim, uma seita rígida em que era difícil obter perdão. Mas não quero que me perdoem nada, eu lhe dizia. Eu sei, ela dizia, mas, se você quer publicar, é melhor nunca mais mencionar os real-visceralistas.

    Seja como for, não me rendi. Já estava farta de trabalhar no Gigante e achava que minha poesia merecia, se não um pouco de respeito, pelo menos um pouco de atenção. Com o passar dos dias, descobri outras revistas, não aquelas em que teria gostado de publicar, mas outras, as inevitáveis revistas que surgem numa cidade de dezesseis milhões de habitantes. Seus diretores ou chefes de redação eram homens e mulheres terríveis, seres que, se você observasse por algum tempo, perceberia que haviam saído do esgoto, um misto de funcionários desterrados e assassinos arrependidos. Estes, no entanto, nunca tinham ouvido falar do realismo visceral e não lhes interessava a mínima que lhes contasse sua história. A visão que tinham da literatura morria (e provavelmente nascia) com Vasconcelos, mas também era possível adivinhar a admiração que sentiam por Mariano Azuela, Yáñez, Martín Luis Guzmán, autores que provavelmente só conheciam de ouvir falar. Uma dessas revistas se chamava *Tamal*, e seu diretor era um tal Fernando López Tapia. Nela, na seção cultural, duas páginas, publiquei meu primeiro poema, e López Tapia pessoalmente me entregou o cheque a que eu fazia jus. Naquela noite, depois que recebi, María, Franz e eu comemoramos indo ao cinema e jantando fora, num restaurante do centro. Eu estava cansada da comida de sempre e quis me dar um luxo. A partir de então parei de escrever poemas, pelo menos na quantidade de antes, e comecei a escrever crônicas, crônicas sobre a Cidade do México, artigos sobre jardins que pouca gente conhece, notas sobre casas coloniais, reportagens sobre determinadas linhas de metrô, e comecei a publicar quase tudo que escrevia. Fernando López Tapia me arranjava um espaço numa parte qualquer da revista, e sábado, em vez de ir com Franz a Chapultepec, eu o levava à redação e, enquanto ele brincava com uma máquina de escrever, eu ajudava os poucos trabalhadores fixos da *Tamal* a preparar o número seguinte, pois sempre havia problemas, era muito difícil soltar a revista a tempo.

Aprendi a diagramar, a corrigir, às vezes era eu mesma que selecionava as fotos. Além do mais todo mundo adorava Franz. Claro, com o que ganhava na revista não podia largar meu trabalho no Gigante, mas mesmo isso era bom para mim, porque, enquanto trabalhava no supermercado, principalmente quando o trabalho era particularmente pesado, sexta à tarde por exemplo, ou segunda de manhã, que eram dias infinitos, eu me desligava e me punha a pensar no meu próximo artigo, na crônica que tinha pensado sobre os vendedores ambulantes de Coyoacán por exemplo, ou sobre os engolidores de fogo da Villa, ou sobre outra coisa qualquer, e o tempo passava voando. Um dia Fernando López Tapia propôs que eu escrevesse perfis de políticos de segunda ou terceira linha, amigos dele, suponho, ou amigos de amigos, mas eu me neguei. Só posso trabalhar sobre as coisas em que me sinto envolvida, falei, e ele me respondeu: o que têm as casas em 10 de Mayo para que você se envolva com elas? E eu não soube o que responder, mas mantive firme meu propósito inicial. Uma noite Fernando López Tapia me convidou para jantar. Pedi a María que cuidasse de Franz, e fomos a um restaurante na Roma Sur. Para dizer a verdade, eu esperava coisa melhor, mais sofisticada, porém durante o jantar me diverti muito, no entanto quase não comi. Naquela noite fiz amor com o diretor da *Tamal*. Fazia tempo que não ia para a cama com um homem, e a experiência não foi muito prazerosa. Voltamos a fazer amor uma semana depois. E na semana seguinte. Às vezes era francamente aniquilante passar a noite inteira sem dormir e ir trabalhar de manhã cedinho, passar horas etiquetando produtos feito uma sonâmbula. Mas eu tinha vontade de viver e sabia, no mais fundo de mim, que tinha que fazer aquilo.

Uma noite Fernando López Tapia apareceu na rua Montes. Disse que queria conhecer o lugar onde eu vivia. Eu o apresentei a María, que no início se mostrou bastante fria, como se ela fosse uma princesa, e o pobre Fernando um camponês analfabeto. Por sorte, acho que ele não percebeu as indiretas que ela lançava. Em geral, ele se comportou de forma encantadora. O que me agradou. Instantes depois María subiu para a casa dela, e eu fiquei sozinha com Franz e Fernando. Ele me disse então que tinha vindo porque estava com vontade de me ver, depois disse que já tinha me visto mas queria continuar me vendo. Era uma bobagem, mas gostei que ele me dissesse aquilo. Subi para chamar María, e fomos os quatro jantar num restaurante. Rimos à beça naquela noite. Uma semana depois levei à *Tamal* uns poemas de María, que eles publicaram. Já que sua amiga escreve, Fernando López Tapia me disse, diga a ela que as páginas da revista estão à disposição. O problema, como não demorei a me dar conta, era que María, apesar dos seus estudos universitários e tudo o mais, mal sabia escrever prosa, quer dizer, prosa sem pretensões poéticas, bem pontuada, gramaticalmente correta. Por isso levou vários dias tentando escrever um artigo sobre dança, porém, por mais esforços que fizesse e por mais que eu a ajudasse, foi incapaz de redigi-lo. O que saiu afinal foi um poema muito bom que ela intitulou "A dança no México" e que, depois de me mostrar, arquivou com seus outros poemas e esqueceu. María era poderosa como poeta, definitivamente melhor do que eu, para fazer uma comparação, mas não sabia escrever prosa. Foi uma pena, mas com isso terminou para ela a possibilidade de colaborar assiduamente na *Tamal*, porém não creio que ligasse muito pra isso, era como se a revista lhe desse nojo, como se a revista não estivesse à sua altura, enfim, María é assim e gosto dela assim.

Minha relação com Fernando López Tapia durou mais algum tempo.

Ele era casado, do que desconfiei desde o início, tinha dois filhos, o mais velho de vinte anos, e não estava disposto a se separar da mulher (nem eu teria permitido isso). Em várias ocasiões o acompanhei a jantares de negócio. Ele me apresentava como sua colaboradora mais eficiente. Eu procurava ser eficiente mesmo, e houve semanas em que, com o Gigante de um lado e a revista de outro, mal pude manter uma média de três horas de sono diárias. Mas não me importava, porque as coisas estavam indo bem para mim, tal como eu queria que fossem e, embora não quisesse voltar a publicar poemas meus na *Tamal*, o que fiz foi literalmente me apropriar das páginas culturais e publicar poemas de Jacinto e de outros amigos que não tinham onde divulgar suas criações. E aprendi muito. Aprendi tudo que se pode aprender na redação de uma revista no DF. Aprendi a montar o boneco, a fechar negócio com os anunciantes, a tratar com as gráficas, a falar com gente que a princípio parece importante. Evidentemente, ninguém sabia que eu trabalhava num Gigante, todos acreditavam que vivia do que Fernando López Tapia me pagava ou que era universitária, eu, que nunca fiz estudos universitários, que nem sequer terminei a preparatória, o que tinha seu lado bom, era como viver o conto da Cinderela e, embora depois eu tivesse que voltar ao Gigante e me transformar de novo em vendedora ou caixa, isso não me incomodava, e eu tirava forças não sei de onde para executar direito meus trabalhos, o da *Tamal*, porque eu gostava e aprendia, o do Gigante, porque precisava sustentar Franz, comprar roupa e material escolar para ele, pagar nosso quarto na rua Montes, porque meu pai, coitado, estava passando um mau pedaço e já não podia me dar o dinheiro do aluguel, e porque Jacinto não tinha dinheiro nem para ele. Numa palavra, eu precisava trabalhar e criar Franz sozinha. Era o que eu fazia e, além disso, escrevia e aprendia.

    Um dia Fernando López Tapia me disse que precisava falar comigo. Quando fui vê-lo, disse que queria que eu fosse viver com ele. Pensei que estava brincando, Fernando às vezes acorda assim, com vontade de viver como todo mundo, e pensei que provavelmente naquela noite iríamos a um hotel, faríamos amor e acabaria sua vontade de montar uma casa para mim. Mas dessa vez a proposta era a sério. Evidentemente, ele não tinha intenção de largar a mulher, pelo menos não assim de supetão, mas paulatinamente, numa sucessão, foram as palavras dele, de fatos consumados. Por alguns dias falamos sobre essa possibilidade. Melhor dizendo: Fernando falava, expunha os prós e os contras, eu ouvia e refletia. Quando disse a ele que não, ele pareceu sofrer uma grande decepção e por uns dias ficou zangado comigo. Na época eu já tinha começado a levar meus textos a outras revistas. Na maioria delas disseram que não, mas umas duas aceitaram. Minha relação com Fernando, não sei por quê, piorou. Ele criticava tudo que eu fazia e, quando íamos para a cama, até se mostrava violento comigo. Outras vezes era só ternura, ele me dava presentes, chorava por qualquer coisa e terminava as noites bêbado que nem um gambá.

Ver meu nome publicado em outras revistas foi uma alegria. Experimentei uma sensação de segurança, e a partir desse momento comecei a me afastar de Fernando López Tapia e da revista *Tamal*. No início não foi fácil, mas eu estava acostumada às dificuldades e não me amedrontei um só momento. Depois arranjei um trabalho de revisora num jornal e saí do Gigante. Comemoramos minha saída com um jantar de que participaram Jacinto, María, Franz e eu. Naquela noite, enquanto jantávamos, Fernando López Tapia veio me ver, mas eu não quis abrir a porta para ele. Ficou gritando da rua por um tempão, depois foi embora. Franz e Jacinto o espiaram pela janela e morreram de rir. Como são parecidos. María e eu, ao contrário, não quisemos nem chegar à janela e fingimos (mas talvez não tenhamos fingido tanto assim) que estávamos tendo um ataque histérico. Na realidade, o que fizemos foi olhar uma para a outra e nos dizer tudo o que tínhamos a nos dizer sem uma só palavra.

Lembro que estávamos com as luzes apagadas e que os gritos de Fernando chegavam da rua em surdina, gritos desesperados, depois não ouvimos mais nada, está indo, Franz disse, estão levando ele, então María e eu nos olhamos, sem fazer teatro, a sério, cansadas mas dispostas a continuar, e passados uns segundos eu me levantei e acendi a luz.

Amadeo Salvatierra, rua República de Venezuela, perto do Palácio da Inquisição, México, DF, janeiro de 1976. Então um dos rapazes me perguntou: onde estão os poemas de Cesárea Tinajero? Saí do pântano da morte do meu general Diego Carvajal ou da sopa fervendo de sua lembrança. Uma sopa incomível e incompreensível, que pende sobre nossos destinos como a espada de Dâmocles ou como um anúncio de tequila, e disse a eles: na última página, rapazes, e olhei para o rosto fresco e atento deles, observei suas mãos percorrerem aquelas velhas folhas, tornei a observar os rostos, e eles então olharam também para mim e perguntaram está nos gozando, Amadeo?, está se sentindo bem, Amadeo?, quer que façamos um café pra você, Amadeo?, e eu pensei, ai, cacilda, devo estar mais empilecado do que imaginava, e com passos trôpegos me levantei, me aproximei do espelho da sala e examinei meu rosto. Continuava sendo eu mesmo. Não o eu mesmo a que mal ou bem tinha me acostumado, mas eu mesmo. Então disse a eles, rapazes, não é de café que preciso, é de um pouco mais de tequila, e só quando trouxeram meu copo e o encheram e eu bebi é que pude me separar do maldito azougue do espelho em que estava apoiado, quero dizer: pude desgrudar minhas mãos da superfície daquele velho espelho (não sem antes ver, é claro, como ficavam marcadas as impressões digitais de meus dedos em sua superfície, tal qual dez carinhas diminutas que me diziam alguma coisa em uníssono e numa velocidade surpreendente que me impedia qualquer entendimento). Quando voltei à minha poltrona, tornei a lhes perguntar o que achavam, agora que tinham diante deles um verdadeiro poema de ninguém menos que Cesárea Tinajero, já sem nenhuma língua no meio, o poema e nada mais, eles olharam para mim e, segurando os dois a revista, mergulharam outra vez naquele charco dos anos 20, naquele olho fechado e cheio de poeira e disseram pô, Amadeo, isto é a única coisa que você tem dela?, este é o único poema que ela publicou?, e eu respondi ou talvez tenha apenas sussurrado: pois é, rapazes, não tem mais. E acrescentei, como para averiguar o que sentiam de verdade: decepcionante, não? Mas eles acho que nem me ouviram, estavam com as cabeças bem juntinhas e olhavam o poema, e um deles, o chileno, parecia pensativo, enquanto seu cupincha, o mexicano, sorria, impossível desalentar esses rapazes, pensei, depois parei de olhar para eles e de falar, me espreguicei na poltrona, *crac*, *crac*, e um deles, ao ouvir o barulho, ergueu os olhos e olhou para mim como para se certificar de que eu não tinha me desconjuntado, depois voltou a Cesárea, eu bocejei ou suspirei e, por um segundo, passaram ante os meus olhos, ainda que muito distantes, as imagens de Cesárea e de seus amigos, iam andando por uma avenida da parte norte do DF, e entre seus amigos eu me vi também, que coisa mais curiosa, voltei a bocejar, e então um dos rapazes quebrou o silêncio e disse, com voz clara e bem timbrada, que o poema era interessante, o outro o apoiou no mesmo instante e disse que não só era interessante mas que já o tinha visto quando era garoto. Como?, perguntei. Em sonho, o rapaz disse, provavelmente eu não tinha mais que sete anos e estava com febre. O poema de Cesárea Tinajero? Viu quando tinha sete anos? E entendeu? Sabia o que significava? Porque deveria significar alguma coisa, não? Os rapazes olharam para mim e disseram que não, Amadeo, um poema não necessariamente significa alguma coisa, salvo o fato de ser um poema, se bem que este, o de Cesárea, a princípio nem isso. Daí eu lhes disse me deixem ver, e estendi a mão como quem pede esmola, e eles puseram o único número de *Caborca* que restava no mundo entre meus dedos doídos de cãibra. E vi o poema que tantas vezes havia visto:

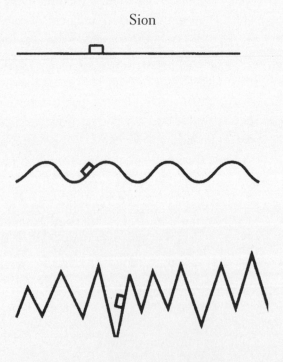

Perguntei aos rapazes, disse a eles, rapazes, o que vocês concluíram desse poema?, eu disse rapazes, faz mais de quarenta anos que olho para ele e nunca entendi porra nenhuma. Esta é a verdade. Por que iria mentir pra vocês. E eles responderam: é uma brincadeira, Amadeo, o poema é uma brincadeira que encobre algo muito sério. Mas o que significa?, perguntei. Dê

388

um tempo para pensarmos um pouco, Amadeo, responderam. Claro que sim, como não daria, falei. Espere a gente refletir um pouco para ver se livramos você dessa incógnita, Amadeo, disseram. Claro que quero que me livrem disso, falei. Um deles se levantou e foi ao banheiro, o outro se levantou e foi à cozinha, e eu cochilei enquanto eles circulavam feito Pedro pelo inferno de minha casa, quero dizer, pelo inferno de recordações em que minha casa tinha se transformado, eu os deixei à vontade e cochilei, porque já era muito tarde e muito o que tínhamos bebido, mas de vez em quando eu os ouvia andar, como se fizessem exercícios para desentorpecer as pernas, de vez em quando os ouvia falar, eles se perguntavam e se respondiam não sei que coisas, algumas muito sérias, suponho, pois entre a pergunta e a resposta se faziam grandes silêncios, outras não tão sérias assim, pois eles riam, ah, estes rapazes, eu pensava, ah, que noitada mais interessante, fazia tempo que eu não bebia tanto, que não conversava tanto, que não recordava tanto e que não tinha tão bons momentos. Quando tornei a abrir os olhos, os rapazes haviam acendido a luz, e diante de mim havia uma xícara de café fumegante. Beba, disseram. Vocês mandam, falei. Lembro que, enquanto tomava café com os rapazes, eles tornaram a se sentar diante de mim e ficaram comentando os outros textos publicados em *Caborca*. Bom, falei, qual o mistério? Então os rapazes olharam para mim e disseram: não há mistério, Amadeo.

18.

Joaquín Font, rua Colima, Condesa, México, DF, agosto de 1987. A liberdade é como um número primo. Quando voltei para casa, tudo tinha mudado. Minha mulher não morava mais lá, e quem dormia em meu quarto agora era minha filha Angélica com seu companheiro, um diretor de teatro um pouco mais velho do que eu. Meu filho mais moço, pelo contrário, tinha se apropriado da casinha do jardim, que compartilhava com uma moça de traços meio índios. Tanto ele quanto Angélica trabalhavam o dia inteiro, mas não ganhavam muito. Minha filha María morava num hotel perto do Monumento à Revolução e quase não via os irmãos. Minha esposa, ao que parece, tinha se casado de novo. O diretor de teatro era uma pessoa bastante prestigiada. Havia sido companheiro de corridas da Velha Segura, ou discípulo dela, não sei dizer ao certo, e não tinha muito dinheiro nem muita sorte, mas esperava algum dia montar uma obra que o catapultasse para a fama e a fortuna. De noite, quando jantávamos, ele gostava de falar disso. A companheira do meu filho, pelo contrário, mal dizia uma palavra. Simpatizei com ela.

Na primeira noite dormi na sala. Pus uma manta no sofá, então me deitei e fechei os olhos. Os ruídos eram os de sempre. Mas eu me enganava. Havia alguma coisa que os tornava diferentes, mas de início não soube inferir o que era. Mas eram diferentes e não me deixavam dormir, de modo que eu passava as noites sentado no sofá, com a televisão ligada e os olhos semicerrados. Depois me mudei para o quarto que havia sido do meu filho, e isso me animou. Suponho que tenha sido porque o quarto ainda conservava certa atmosfera de adolescente despreocupado e feliz. Não sei. Em todo caso, ao fim de três dias o quarto recendia inteiramente a mim, quer dizer, recendia a velho, recendia a louco, e tudo voltou a ser como antes. Eu me deprimia e não sabia o que fazer. Ficava quieto e deixava as horas passarem naquela casa vazia até que um dos meus filhos voltava do trabalho e trocávamos algumas palavras. Às vezes o telefone tocava e eu atendia. Sim? Quem fala? Ninguém me conhecia e eu não conhecia ninguém.

Uma semana depois de voltar para casa, comecei a passear pelo bairro. Os primeiros passeios foram breves, uma volta pelo quarteirão e ponto final. Pouco a pouco, porém, comecei a me animar, e minhas caminhadas, a princípio inseguras, foram me levando cada vez mais longe. O bairro tinha mudado. Fui assaltado duas vezes. Na primeira, por uns meninos armados com facas de cozinha. Na segunda, por uns sujeitos já adultos, que, não encontrando dinheiro em meus bolsos, decidiram me espancar. Mas, como não sinto mais dor, não liguei. Essa foi uma das coisas que aprendi no La Fortaleza. De noite, Lola, a companheira de meu filho, botou mertiolato nas feridas e me aconselhou a respeito de onde era melhor eu não me aventurar. Respondi a ela que não me incomodaria se me espancassem de vez em quando. Você gosta?, ela perguntou. Não, não gosto, eu disse, se batessem em mim todos os dias, não gostaria.

Uma noite o diretor de teatro disse que o INBA ia lhe conceder uma bolsa. Comemoramos. Meu filho e sua companheira foram comprar uma garrafa de tequila, e minha filha e o diretor fizeram um jantar de gala, mas a verdade é que nenhum dos dois sabia cozinhar. Não me lembro o que fizeram. Comida. Comi tudo. Mas não era muito bom. Quem fazia bem essas coisas era minha mulher, mas ela agora vivia em outro lugar e não estava a fim de participar de jantares improvisados. Eu me sentei à mesa e desatei a tremer. Lembro que minha filha olhou para mim e me perguntou se eu estava me sentindo mal. Só estou com frio, falei, e era verdade, com os anos me transformei numa pessoa friorenta. Uma dosezinha de tequila teria ajudado, mas não posso beber tequila nem qualquer outro tipo de álcool. De modo que tremi de frio, comi e ouvi o que diziam. Falavam de um futuro melhor. Falavam de frivolidades, mas na realidade falavam de um futuro melhor e, embora esse futuro não dissesse respeito a meu filho, nem a sua companheira nem a mim, também sorrimos e fizemos planos.

Uma semana depois o departamento que deveria conceder a tal bolsa foi fechado por corte no orçamento, e o diretor de teatro ficou sem nada.

Compreendi que tinha chegado a hora de começar a me mexer. Comecei a me mexer. Telefonei para alguns velhos amigos. No início ninguém se lembrava de mim. Onde você esteve?, perguntavam. Onde andou metido? O que fez da vida? Eu respondia que acabara de chegar do exterior. Estive passeando pelo Mediterrâneo, vivi na Itália e em Istambul. Fui conhecer os edifícios do Cairo, uma arquitetura que promete. Promete? Sim, o inferno. Como os edifícios de Tlatelolco, mas sem tantos espaços verdes. Como Ciudad Satélite, mas sem água corrente. Como Netzahualcóyotl. Deveriam matar a todos nós, arquitetos. Estive em Túnis e em Marrakesh. Em Marselha. Em Veneza. Em Florença. Em Nápoles. Sorte sua, Quim, mas por que voltou? O México está indo irremediavelmente pras picas. Imagino que você esteja a par. Sim, estou a par, dizia a eles, não faltaram informações, minhas filhas enviavam jornais mexicanos para os hotéis em que eu morava. Mas o México é minha pátria, eu sentia falta. Em nenhum outro lugar a gente está tão bem quanto aqui. Não me venha com piadas, Quim, está falando sério? Cem por cento sério. Cem por cento sério? Juro, cem por cento sério, certas manhãs, quando tomava café contemplando o Mediterrâneo e aqueles veleiros pelos quais os europeus são tão fanáticos, às vezes eu começava a chorar pensando na Cidade do México, nos cafés-da-manhã da Cidade do México, e sabia que mais cedo ou mais tarde teria que regressar. E alguém dizia: ué, mas você não tinha sido internado num hospital psiquiátrico? Eu respondia que sim, faz muitos anos isso, foi precisamente quando saí do hospital psiquiátrico que fui para o exterior. Prescrição médica. Meus amigos costumavam rir dessa saída e de outras, pois eu sempre enfeitava a história com anedotas diferentes e eles diziam ah, esse Quim, e então eu aproveitava e perguntava se não sabiam de um trabalho pra mim, de algum lugarzinho em algum escritório de arquitetura, qualquer coisa, um bico que fosse, para eu ir me acostumando à idéia de que precisava arranjar um trabalho fixo, e eles costumavam me responder que essa questão de trabalho estava preta, que os escritórios de arquitetura estavam fechando um atrás do outro, que Andrés del Toro tinha se mandado para Miami e que Refugio Ortiz de Montesinos havia instalado seu escritório em Houston, de modo que por aí dava para eu ter uma idéia de como andava a coisa, diziam, e eu tinha idéia de como andava a coisa, e outras idéias mais, porém continuava telefonando, enchendo a paciência deles, contando a eles minhas aventuras na parte feliz do mundo.

De tanto insistir, acabei obtendo o cargo de desenhista no escritório de um arquiteto que eu não conhecia. Era um cara que estava começando e que, quando soube que eu não era desenhista, mas arquiteto, se afeiçoou a mim. De noite, quando fechávamos o barraco, íamos a um bar que fica na Ampliación Popocatépetl, lá pela rua Cabrera. O bar se chamava El Destino, ficávamos ali falando de arquitetura e de política (o carinha era trotskista), de viagens e de mulheres. Ele se chamava Juan Arenas. Tinha um sócio, que eu mal via, um sujeito gordo de uns quarenta anos, que também era arquiteto, mas parecia muito mais agente da secreta e poucas vezes aparecia no estúdio. De modo que o escritório era formado basicamente por Juan Arenas e por mim, e, como quase não tínhamos nada que fazer e gostávamos de conversar, passávamos boa parte do dia conversando. De noite ele me dava carona até em casa e, enquanto cruzávamos um DF de pesadelo, de pesadelo desfalecente, eu às vezes pensava que Juan Arenas era minha reencarnação feliz.

Um dia o convidei para almoçar. Era domingo. Não havia ninguém em casa. Preparei uma sopa e um omelete. Comemos na cozinha. Era agradável estar ali, ouvindo os passarinhos que vinham ciscar no jardim e olhando para Juan Arenas, que era um rapaz simples e que comia com apetite. Vivia sozinho. Não era do DF, e sim de Ciudad Madero, e às vezes se sentia desorientado numa cidade tão grande. Mais tarde minha filha apareceu com seu companheiro e eles nos encontraram assistindo à televisão e jogando baralho. Acho que Juanito Arenas gostou de minha filha desde o primeiro momento, e a partir de então suas visitas se tornaram mais freqüentes. Às vezes eu sonhava e via todos nós morando juntos em minha casa da rua Colima, minhas duas filhas, meu filho, o diretor de teatro, Lola e Juan Arenas. Minha mulher não, ela eu não via morando conosco. Mas as coisas nunca são como a gente as vê e as vive em sonhos, e um belo dia Juan Arenas e seu sócio fecharam o escritório e foram embora, sem dizer para onde iam.

Mais uma vez tive que telefonar para meus antigos amigos e pedir favores. A experiência tinha me ensinado que era melhor procurar um trabalho de desenhista do que de arquiteto, por isso não demorei a me ver mais uma vez trabalhando duro. Dessa vez foi num escritório de Coyoacán. Uma noite, meus chefes me convidaram para uma festa. Se eu não fosse à festa, teria que ir andando até a estação de metrô mais próxima e voltar para casa, onde certamente não iria encontrar ninguém, de modo que aceitei o convite. A festa era numa casa relativamente próxima da minha. Por um instante a casa me pareceu familiar. Achei que já havia estado lá, mas logo me dei conta de que não, que o que acontecia era que todas as casas de determinada época e de determinados bairros se pareciam com gotas d'água, e então me tranqüilizei e fui direto à cozinha pegar alguma coisa para comer, porque não punha nada na boca desde o café-da-manhã. Não sei o que aconteceu comigo, mas de repente eu me senti com muita fome, o que não é muito comum no meu caso. Com muita fome, com muita vontade de chorar e com muita alegria.

Cheguei então como que voando à cozinha, e na cozinha encontrei dois homens e uma mulher, que conversavam animadamente sobre um morto. Peguei um sanduíche de presunto, comi e tomei dois goles de coca-cola para que o sanduíche descesse pela goela. O pão estava muito seco. Mas era bom, de modo que peguei outro sanduíche, agora um de queijo, e comi, mas não de uma vez, desta vez aos pouquinhos, mastigando ciosamente e sorrindo como costumava sorrir havia tantos anos. O trio que conversava, os dois homens e a mulher, olharam para mim, viram meu sorriso e sorriram para mim, então me aproximei um pouco mais deles e ouvi o que diziam: falavam de um cadáver e de um enterro, falavam de um amigo meu, um arquiteto que havia morrido, e nesse momento me pareceu apropriado dizer que o conhecia. Só isso. Falavam de um morto que eu havia conhecido, depois começaram a falar de outras coisas, suponho, porque não fiquei lá, mas saí ao jardim, um jardim de roseiras e abetos, então me aproximei da grade de ferro e fiquei olhando o tráfego. Vi passar meu velho Impala 74, gasto pelos anos, amassado nos pára-lamas e nas portas, com a pintura descascada, bem devagar, em marcha lenta, como se estivesse me procurando pelas ruas noturnas do DF, e o efeito que isso produziu em mim foi tal que aí sim é que desandei mesmo a tremer, agarrado com as duas mãos nas barras da grade para não cair, e não caí, evidentemente, mas meus óculos caíram, meus óculos escorregaram nariz abaixo até um matinho, ou uma planta, ou uns botões de rosa, não sei, só ouvi o ruído e soube que não tinham se quebrado, pensei então que, se me agachasse para pegá-los, quando me levantasse o Impala teria desaparecido, mas que, se não me agachasse, não iria poder enxergar quem dirigia aquele carro fantasma, meu carro perdido nas últimas horas de 1975, nas primeiras horas de 1976, e, se não visse quem dirigia, de que me serviria tê-lo visto? Então me ocorreu algo ainda mais surpreendente. Pensei: meus óculos caíram. Pensei: até há pouco eu não sabia que usava óculos. Pensei: agora percebo as mudanças. E saber que agora sabia que precisava de óculos para enxergar fez de mim um medroso, eu me agachei e encontrei minhas cangalhas (que diferença entre estar de óculos e não estar!), então me levantei, e o Impala continuava ali, pelo que deduzo que agi com uma velocidade só concedida a certos loucos, vi o Impala com meus óculos, esses óculos que até aquele momento eu não sabia que tinha, varei a escuridão e procurei o perfil do motorista, entre atemorizado e ansioso, pois supus que, ao volante do meu Impala perdido, iria ver Cesárea Tinajero, a poeta perdida, que abria caminho desde o tempo perdido para me devolver o automóvel de que eu mais tinha gostado em toda minha vida, o que mais havia significado e o que eu menos havia aproveitado. Mas não era Cesárea que guiava. Na verdade ninguém dirigia meu Impala fantasma! Foi o que achei. Mas depois pensei que os carros não andam sozinhos e que provavelmente aquele Impala caindo aos pedaços era dirigido por algum compatriota baixote, infortunado e gravemente deprimido, e voltei, com um peso enorme nas costas, para a festa.

Quando já tinha percorrido metade do caminho, tive uma idéia e me virei, mas o Impala não estava mais na rua, visto e não visto, agora está, agora não está mais, a rua tinha se transformado num quebra-cabeça de penumbra a que faltavam várias peças, e uma das peças que faltavam, curiosamente, era eu mesmo. Meu Impala tinha ido embora. Eu, de maneira que não conseguia compreender, também tinha ido. Meu Impala havia voltado à minha mente. Eu havia voltado à minha mente. Soube então, com humildade, com perplexidade, num arroubo de mexicanidade absoluta, que éramos governados pelo acaso e que nessa tormenta todos nós nos afogaríamos, e soube que só os mais astutos, com certeza eu não estava entre eles, iriam se manter à superfície por um pouco mais de tempo.

* * *

Andrés Ramírez, bar El Cuerno de Oro, rua Avenir, Barcelona, dezembro de 1988. Minha vida estava fadada ao fracasso, Belano, é isso mesmo que o senhor ouviu. Saí do Chile num remoto dia de 1975, para ser mais preciso no dia 5 de março às oito da noite, escondido no porão do cargueiro *Napoli*, isto é, como um clandestino qualquer, sem saber qual seria meu destino final. Não vou aborrecê-lo com os acidentes mais ou menos desgraçados de minha viagem, só direi que eu tinha treze anos menos do que hoje e que no meu bairro de Santiago (La Cisterna, para ser mais claro) me conheciam pelo carinhoso apelido de Super Mouse, em lembrança daquele gracioso e justiceiro bichinho que alegrou tantas de nossas tardes infantis. Numa palavra, este seu criado estava preparado, pelo menos fisicamente, como se costuma dizer, para agüentar todas as vicissitudes de uma viagem desse calibre. Passemos por cima da fome, do medo, do enjôo, dos contornos ora vagos, ora monstruosos com que o incerto destino se apresentava a mim. Nunca faltou uma alma caridosa que descesse ao porão e que me oferecesse um pedaço de pão, uma garrafa de vinho, um pratinho de macarrão à bolonhesa. Tive tempo, por outro lado, para pensar à vontade, algo que em minha vida anterior me era quase vedado, pois na cidade moderna, como todo mundo sabe, camarão que dorme a correnteza leva. Dessa maneira pude examinar minha infância, pois, quando se está encerrado no fundo de um navio, o melhor é agir de acordo com certa ordem, até o canal do Panamá aproximadamente, daí em diante, isto é, enquanto durou a travessia do Atlântico (ai, já tão longe de minha pátria querida e até do meu continente americano, que eu não conhecia mas com que mesmo assim me senti identificado), eu me dediquei a dissecar o que havia sido minha juventude e cheguei à conclusão e ao firme propósito de que tudo precisava mudar, se bem que não tenha me ocorrido nesse momento de que forma fazê-lo e para qual direção encaminhar meus passos. No fundo, permita que eu diga, era uma forma como outra qualquer de matar o tempo e não castigar ou debilitar meu organismo, já por si castigado depois de tantos dias naquela úmida escuridão sonora que igual não desejo nem ao meu pior inimigo. Certa manhã, entretanto, chegamos ao porto de Lisboa, e minhas reflexões variaram substancialmente de objetivo. Meu primeiro impulso, como é lógico, foi desembarcar no primeiro dia, mas, como me explicou um dos marinheiros italianos que de vez em quando me alimentava, nas fronteiras portuguesas entre terra e mar o forno não estava para empanadas. De modo que tive que me agüentar e durante dois dias que me pareceram duas semanas me conformei com escutar as vozes que vinham dos porões do navio, abertos como o bucho de uma baleia, escondido dentro de um barril vazio, cada minuto que passava mais doente e mais impaciente, com uma febre que vinha por conta de não sei o quê, até que uma noite por fim zarpamos e deixamos para trás a laboriosa capital portuguesa que eu imaginava, em meus sonhos febris, como uma cidade negra, com gente vestida de preto, com casas feitas de acaju ou de mármore negro, ou pedra negra, talvez porque em minha sonolência febricitante tenha pensado uma ou outra vez em Eusébio, a pantera negra daquela seleção que tão bom papel fizera no Mundial da Inglaterra de 66, em que a nós, chilenos, trataram com tanta injustiça.

Voltamos a navegar e demos a volta na península Ibérica, e eu continuava doente, tanto que uma noite um par de italianos me levou para o convés para que eu tomasse ar, eu vi luzes ao longe e perguntei o que era aquilo, a que parte do mundo (esse mundo que tão duramente estava me tratando) pertenciam aquelas luzes, e os italianos responderam África, como quem diz pica, ou como quem diz maçã, e eu então comecei a tremer muito mais do que antes, uma febre que mais parecia um ataque de epilepsia, mas que era só febre, e então percebi que os italianos me deixaram sentado no convés e se reuniam à parte, como quem vai fumar um cigarro longe de um doente, e um italiano dizia ao outro: se ele morrer é melhor jogá-lo no mar, e o outro italiano respondia: está bem, está bem, mas não vai morrer. Embora eu não soubesse italiano, ouvi isso com toda clareza, afinal as línguas são romanço, como diria um acadêmico da língua. Sei que o senhor, Belano, passou por circunstâncias semelhantes, de modo que não vou me alongar. O medo ou a vontade de viver e o instinto de sobrevivência me fizeram tirar forças de onde não tinha e disse aos italianos estou bem, não vou morrer, qual é o próximo porto? Depois me arrastei de novo até o porão, fui para o meu canto e dormi.

Quando chegamos a Barcelona, eu já me sentia melhor. Na segunda noite que estávamos atracados, abandonei em segredo o navio e saí caminhando pelo porto como um trabalhador do turno da noite. Ia com a roupa do corpo, mais dez dólares que trazia desde Santiago e que guardava na meia. A vida tem muitos instantes maravilhosos, muito variados além do mais, mas nunca vou me esquecer das Ramblas de Barcelona e suas ruas contíguas que se abriram para mim naquela noite como os braços de uma mina que você nunca tinha visto e que no entanto reconhece como a mina da sua vida! Não demorei, juro, mais de três horas para arranjar trabalho. Um chileno, se tem bons braços e não é frouxo, sobrevive em qualquer lugar, meu pai havia me dito quando eu fora me despedir dele. De muito bom grado eu teria metido uma porrada nos cornos daquele velho filho-da-puta, mas isso já é outra história e não tem sentido deixar o sangue ferver com isso agora. O caso é que, naquela noite memorável, comecei a trabalhar lavando pratos quando ainda não havia inteiramente passado a sensação de balanço que os cruzeiros prolongados proporcionam, num estabelecimento chamado La Tía Joaquina, da rua Escudillers, e por volta das cinco da manhã, cansado mas satisfeito, saí do bar e fui para a pensão Conchi, como nome era um prato cheio,* recomendada por um dos garçons do La Tía Joaquina, um murciano que também morava naquele buraco.

Fiquei dois dias na pensão Conchi, de onde precisei me mandar por causa de minha teimosia em não mostrar meus documentos para a inscrição no registro da polícia, e permaneci uma semana no La Tía Joaquina, até o lavador de pratos titular se recuperar de uma gripe traiçoeira. Nos dias seguintes conheci outras pensões, na rua Hospital, na rua Pintor Fortuny, na rua Boquería, até dar com uma na Junta de Comercio, a pensão Amelia, que nome mais doce e bonito, onde não me exigiriam documentos contanto que dividisse o quarto com outros dois e que cada vez que a polícia aparecesse me escondesse sem protestar num armário com fundo duplo.

Minhas primeiras semanas na Europa, como é fácil imaginar, eu passei procurando trabalho e trabalhando, pois eu precisava pagar semanalmente minha hospedagem, além do mais, em terra, meu apetite, atenuado ou adormecido durante a travessia marítima, havia despertado muito mais voraz do que eu me lembrava. Mas, enquanto andava de um lugar para o outro, digamos da pensão ao trabalho ou do restaurante à pensão, começou a me acontecer algo que até então nunca havia acontecido antes. Não demorei a me

---

* Pela semelhança sonora com *concha*, boceta. (É diminutivo de *concepción*.) (N. T.)

dar conta, porque sem falsa modéstia sempre fui no mínimo esperto e presto atenção no que acontece comigo. A questão, além disso, era bem simples, se bem que no começo, não vou negar, ela me preocupou. Ao senhor também teria preocupado. Resumindo: eu andava, digamos pelas Ramblas, feliz da vida, com as preocupações normais de um homem normal, e de repente os números começavam a dançar em minha cabeça. Primeiro, vamos dizer, o 1, depois o 0, depois o 1, depois outra vez o 1, depois o 0, depois outro o, depois voltava o 1, e assim por diante. De início, pensei que a culpa fosse do tempo que eu tinha passado trancado no porão do *Napoli*. Mas a verdade é que eu me sentia bem, comia bem, evacuava normalmente, dormia minhas seis ou sete horas como uma pedra, a cabeça não doía nem de leve, de modo que não poderia ser isso. Depois pensei na mudança de paisagem, que no meu caso era uma mudança de país, de continente, de hemisfério, de costumes, de tudo. Então, como não poderia deixar de ser, atribuí aos nervos, em minha família há alguns casos de loucura e até de *delirium tremens*, ninguém é perfeito. Mas nenhuma dessas explicações me convenceram, e pouco a pouco fui me adaptando, me acostumando com os números, que aliás, vejam só como é curiosa a natureza, só me vinham à mente quando eu andava, quer dizer, quando eu estava *desocupado*, nunca nas horas de trabalho, nunca enquanto comia ou quando me deitava na cama do meu quarto triplamente partilhado. Em todo caso, não tive muito tempo para aprofundar o assunto, porque a solução não demorou a chegar, e chegou de repente. Uma tarde, um colega da cozinha me deu um volante da loteria esportiva, que ele tinha de sobra. Eu, não sei por quê, não quis preencher ali e o levei para a pensão. Naquela noite, quando voltava pelas Ramblas meio vazias, os números começaram a surgir e na mesma hora os relacionei à loteria. Entrei num bar da Rambla Santa Mónica, pedi um pingado e um lápis. Mas então os números pararam. Deu um branco em minha mente! Quando saí, começaram de novo: via um quiosque aberto, o, via uma árvore, 1, via dois bêbados, 2, e assim até completar os catorze jogos. Mas na rua eu não tinha esferográfica para anotá-los, de modo que, em vez de me dirigir à minha pensão, desci até o fim da Rambla, tornei a subir, como se tivesse acabado de me levantar e tivesse a noite toda para espairecer! O cara de um quiosque perto do mercado de San José me vendeu uma esferográfica. Quando parei para comprá-la, os números pararam, e eu me senti à beira do precipício. Tornei a caminhar Rambla acima, com um branco na cabeça. Em momentos assim, a gente sofre, posso garantir com conhecimento de causa. De repente, os números voltaram. Puxei fora meu volante e comecei a anotá-los. O o significava empate, para deduzir isso não era preciso ser um gênio, o 1 significava a coluna 1, e o 2, que aliás mal aparecia ou piscava dentro de minha cabeça, era a coluna 2. Fácil, não é? Quando cheguei ao metrô da praça Cataluña minha aposta estava pronta. Então o diabo me tentou e tornei a descer, como um sonâmbulo ou como um lelé da cuca, lentamente, outra vez na direção da Rambla Santa Mónica, com o volante a poucos centímetros do meu rosto, verificando se os números que continuavam aparecendo correspondiam aos anotados em minha cartela. Que nada! Vi, como quem vê a noite, o o, o 1 e o 2, mas a seqüência era diferente, os algarismos se sucediam a uma velocidade maior e inclusive, na altura do liceu, apareceu um número que até então eu não tinha visto: o 3. Não dei mais bola para o negócio e fui para casa dormir. Naquela noite, enquanto eu me despia no quarto escuro ouvindo roncar um par de babacas que eu tinha como companheiros, pensei que estava ficando doido e achei tanta graça que precisei me sentar na cama e tapar a boca para não soltar uma gargalhada estrepitosa.

No dia seguinte, fiz minha aposta, e três dias depois eu era um dos nove acertadores dos catorze jogos. A primeira coisa que pensei, isso só sabe quem já viveu essa situação, foi que não iam me dar a grana porque eu era ilegal na Espanha. Por isso no mesmo dia fui ver um advogado e contei tudo a ele. O senhor Martínez, assim se chamava o rábula, que era de Lora del Río, logo me felicitou por minha sorte e procurou me tranqüilizar. Na Espanha, ele disse, um filho das Américas nunca é estrangeiro, apesar de, certamente, minha entrada no país ter sido irregular, e isso precisava ser acertado. Depois telefonou para um jornalista do *La Vanguardia*, que me fez umas perguntas, tirou umas fotos, e no dia seguinte eu era famoso. Saí em dois ou três jornais, que eu saiba. O clandestino que ganha na loteca, disseram. Recortei as reportagens e mandei pra Santiago. Fui entrevistado numa rádio. Numa semana regularizamos minha situação, e passei de um sem-documento a alguém com um visto de residência de três meses, sem direito a trabalhar, enquanto Martínez cuidava dos trâmites para algo melhor. O prêmio ascendia à soma de novecentas e cinqüenta mil pesetas, o que na época era um bom dinheiro, e embora o advogado tenha me sangrado numas duzentas mil, a verdade é que naqueles dias eu me sentia rico, rico e famoso, ainda por cima, e livre pra fazer o que quisesse. Nos primeiros dias me assaltou a idéia de arrumar as malas e voltar para o Chile, com o dinheiro que tinha poderia montar um negócio em Santiago, mas acabei decidindo trocar cem mil pesetas em dólares, mandá-los para minha velha e continuar em Barcelona, que agora se oferecia a mim, o senhor me perdoe o lugar-comum, como uma flor. Corria o ano de 1975, e na minha pátria as coisas estavam meio pretas, de modo que, depois das dúvidas iniciais, resolvi seguir meu caminho. No consulado, depois de alguma resistência, que pude remover com discrição e dinheiro, consentiram em me dar um passaporte. Não mudei de pensão, mas exigi um quarto próprio, maior e mais bem ventilado (arranjaram no ato, sabe como é, o destino tinha me tornado o bacana da casa da Amelia), parei de trabalhar de lavador de pratos e me dediquei a procurar com todo tempo do mundo um trampo que correspondesse às minhas inquietudes. Dormia até o meio-dia ou uma da tarde. Depois ia almoçar num restaurante da rua Fernando ou num que fica na rua Joaquín Costa, de um par de gêmeos muito simpáticos, depois ia vagabundear por Barcelona, da praça Cataluña até o Paseo Colón, do Paralelo até a vía Layetana, tomando cafés nos terraços, comendo *tapas* de calamar com vinho nas tabernas, lendo os jornais de esporte e matutando qual iria ser meu próximo passo, um passo que em meu foro íntimo eu já sabia qual era, mas que, por causa de minha educação de colegial chileno (embora bagunceiro e gazeteiro), não queria pôr de forma franca na mesa. Nessas, devo confessar, até pensava no babaca do Descartes, de modo que o senhor já pode ter uma idéia. Descartes, Andrés Bello, Arturo Prat, os forjadores de nossa comprida e estreita faixa de terra. Mas não dá para ficar tapando o sol com a peneira, e uma tarde parei de fantasiar e admiti que, no fundo, o que eu queria mesmo era ganhar de novo na loteca, não procurar trabalho, mas ganhar de novo na loteca, sei lá de que maneira, mas principalmente da maneira que eu sabia. Claro, não me olhe como se eu fosse doido, eu me dava conta de que aquela esperança, aquele anseio, como diria Lucho Gatica, era irracional, tremendamente irracional até, porque, vejamos, que motor ou que disfunção era aquela que fazia os algarismos aparecerem na parte mais clara de minha mente?, quem os ditava?, eu acreditava em assombração?, era eu um ignorante ou um ser supersticioso vindo dos confins do Terceiro Mundo a esta parte do Mediterrâneo?, ou será que tudo que estava acontecendo comigo nada mais era que a feliz conjunção do acaso com os delírios de um homem meio embirutado pela experiência quase desumana de uma travessia que nenhuma agência de viagens se atreveria a oferecer?

Foram dias de grandes dúvidas. Por outro lado, reconheço, tudo me deixava indiferente (é paradoxal, mas era assim) e, com o passar dos dias, parei de ler os anúncios de emprego que *La Vanguardia* tão generosamente oferecia, e, embora desde o prêmio (pelo choque experimentado, presumo) os números houvessem me abandonado, depois de quebrar a cabeça em busca de uma saída aceitável, num entardecer, quando eu dava de comer a uns pombos no Parc de la Ciutadella, acreditei encontrar a solução. Se os números não vinham a mim, eu iria até a toca dos números e os tiraria de lá com lisonjas ou a pontapés.

Empreguei vários métodos, de cuja descrição acho melhor poupá-lo, por motivos profissionais. Acha que não? Então não vou poupá-lo, só faltava essa. Comecei com a numeração das casas. Percorria, por exemplo, a rua Oleguer e a rua Cadena, e ia olhando e anotando os números dos portões. Os que estavam à minha direita eram os 1, os da esquerda os 2, os empates eram as pessoas com quem eu tropeçava e que me olhavam nos olhos. Não deu resultado. Tentei o *cacho*,* jogando sozinho num bar da rua Princesa chamado La Cruz del Sur, o bar não existe mais, o gerente na época era um amigo argentino. Também não deu certo. Outras vezes, ficava estirado na cama, com um branco total na cabeça, e no meu desespero suplicava aos números que voltassem, mas era incapaz de pensar, de imaginar o 1, a que na minha loucura eu atribuía as virtudes da grana e da hospitalidade. Noventa dias depois de ter ganhado na loteria, quando já tinha gastado mais de cinqüenta mil pesetas em extravagâncias e em apostas infrutíferas, a solução me ocorreu. Deveria mudar de bairro. Simples assim. Os números do Casco Antiguo estavam esgotados, pelo menos para mim, e eu precisava ir para outro lugar. Comecei a vagabundear pelo Ensanche, bairro curioso que até então eu só havia sapeado da praça Cataluña, sem me atrever a cruzar a fronteira marcada pela Ronda Universidad, em todo caso sem me atrever a cruzar essa

---

* Jogo de cartas em que vence quem fizer a maior combinação de três cartas, do ás ao número seis. (N. T.)

fronteira de forma *consciente*, quer dizer, abrindo meus sentidos à magia do bairro, que é o mesmo que dizer: andando sem defesas, todo olhos, vulnerável; em resumo, o homem antena.

Nos primeiros dias, só andei pelo Paseo de Gracia, subindo, e pela Balmes, descendo, mas nos dias seguintes me aventurei pelas ruas laterais, Diputación, Consejo de Ciento, Aragón, Valencia, Mallorca, Provenza, Rosellón e Córsega, ruas cujo segredo está em serem deslumbrantes e, ao mesmo tempo, acolhedoras, familiares, diria. Ao chegar à Diagonal, invariavelmente, meu passeio, que algumas vezes se estruturava em linhas retas e outras em incontáveis ziguezagues, se detinha. Como é lícito imaginar, além de desorientado eu parecia um louco, se bem que, na Barcelona daqueles anos, como na atual, só havia loucos, a tolerância era uma virtude em que quase todo mundo se esmerava. Evidentemente, eu tinha comprado roupas novas (porque eu podia estar doido, mas não o suficiente para supor que com as minhas, que fediam à pensão do Quinto Distrito, eu poderia passar despercebido) e ostentava em minhas caminhadas camisa branca, gravata com o anagrama da Universidade de Harvard, suéter azul de gola em V e calça vincada preta. A única coisa velha eram meus mocassins, porque, em se tratando de caminhar, sempre preferi a comodidade à elegância.

Nos três primeiros dias, não senti nada. Os números, como se diz, brilhavam por sua ausência. Mas algo em mim resistia a abandonar a zona que por infortúnio eu havia escolhido. No quarto dia, quando subia pela Balmes, levantei os olhos para o céu e vi, na torre de uma igreja, a seguinte inscrição: *Ora et labora*. Não vou lhe dizer que foi concretamente o que me atraiu, mas o caso é que senti uma coisa, tive um pressentimento, soube que estava perto do que me seduzia e me atormentava, daquilo que desejava com uma força doentia. Ao continuar andando, no outro lado da torre li: *Tempus breve est*. Junto das inscrições, havia vários desenhos que evocaram em mim a matemática e a geometria. Como se houvesse visto o rosto do anjo. A partir de então, aquela igreja se transformou no centro de minhas andanças, embora eu tenha me proibido terminantemente de penetrar em seu interior.

Certa manhã, como eu esperava, os números voltaram. As seqüências, a princípio, eram endemoniadas, mas não demorei a achar sua lógica. O segredo consistia em se render a ela. Naquela semana fiz três jogos (com quatro duplos) e comprei dois bilhetes de loteria. Como o senhor pode perceber, eu não estava muito seguro da minha interpretação. Ganhei um prêmio na loteca, fazendo treze pontos numa das apostas. Com os bilhetes de loteria não ganhei nada. Na semana seguinte, tornei a tentar, dessa vez só na loteca. Acertei catorze pontos num cartão e embolsei quinze milhões. Como a vida muda! De uma hora para a outra, eu me vi com mais dinheiro do que nunca havia sonhado. Comprei um bar na rua del Carmen e trouxe minha mãe e minha irmã. Não fui buscá-las pessoalmente porque de repente entrei em pânico. E se o avião em que eu fosse caísse? E se no Chile os milicos me matassem? O caso é que não tive forças nem para me mudar da pensão Amelia e fiquei uma semana sem sair, tratado como um rei, grudado no telefone, mas falando pouco porque temia cometer alguma imprudência que me fizesse dar com os costados num hospício, numa palavra, assustado ante as forças que eu mesmo havia invocado. A chegada de minha mãe contribuiu para me acalmar. Nada igual à mãe da gente para sossegar os ânimos! Além do mais, minha mãe logo se entendeu com a dona da pensão, e antes do galo cantar uma única vez todo mundo estava comendo empanadas e pastel de milho, que minha velha fazia para eu me deleitar, e de passagem para deleitar a todos os náufragos que ali se escondiam, a maioria gente boa, mas alguns maus elementos de verdade, gente obscura que se dedicava a seus afazeres e que me olhava com inveja. Mas não neguei a nenhum minha amizade! Depois, comecei a fazer negócios. Ao bar da rua del Carmen se seguiu um restaurante na rua Mallorca, um lugar sofisticado, onde ia tomar o café-da-manhã e almoçar a gente que trabalhava nos escritórios dali, e que em pouco tempo me proporcionou vultosos ganhos. Com a chegada de minha família, eu não podia continuar morando na pensão, assim sendo comprei um apartamento na Sepúlveda com Viladomat, que inaugurei com uma festa de arromba. As mulheres da pensão, que choraram quando fui embora, tornaram a chorar quando fiz o discurso de boas-vindas à minha casa nova. Minha velha não podia acreditar. Tanta fortuna de repente! Com minha irmã a coisa foi diferente, o dinheiro lhe deu uma arrogância que antes ela não tinha ou que, em todo caso, eu nunca havia notado. Eu a botei para trabalhar na caixa do restaurante da rua Mallorca, mas passados alguns meses me vi no dilema de precisar optar entre ela, que tinha se tornado uma perua insuportável, e a totalidade dos meus empregados — e, o que era mais importante, boa parte de minha clientela. Assim, eu a tirei de lá e montei para ela um salão de beleza na rua Luna, mais ou menos perto de casa, atravessando a Ronda San Antonio. Claro está que, esse tempo todo, continuei procurando os números, mas eles como que se esfumaram assim que me vi em posse de minha fortuna. Tinha dinheiro, tinha negócios e, principalmente, tinha muito trabalho, de modo que, pelo menos no fulgor dos primeiros meses, mal dei pela perda. Depois, quando meu ânimo foi decaindo, quando a embriaguez passou e voltei às ruas do Quinto Distrito, onde as pessoas adoeciam e morriam, comecei a pensar outra vez neles e até cheguei a conclusões mais bizarras, mais exorbitantes para explicar a mim mesmo o milagre de que eu tinha sido testemunha e protagonista. Mas pensar muito nisso também não era muito bom. Confesso que certas noites cheguei a ter medo de mim mesmo, portanto o senhor pode imaginar o que quiser que não estará errado.

Entre os muitos temores que nasceram ao fio daquelas reflexões estava o de perder, perder jogando, tudo que eu havia ganhado e consolidado com o suor do meu rosto. Porém muito mais medo me dava, isso lhe garanto, meter o nariz na natureza da minha sorte. Como bom chileno, a vontade de progredir me roía os ossos, mas, como o Super Mouse que eu tinha sido e que no fundo continuo sendo, a prudência me refreava, uma vozinha me dizia: não tente a sorte, babaca, tente se conformar com o que tem. Uma noite sonhei com a igreja da rua Balmes e vi, e dessa vez acreditei compreender, sua mensagem sintética: *Tempus breve est, Ora et labora*. O tempo que nos dão na Terra não é muito longo. É preciso rezar e trabalhar, e não andar enchendo a paciência com lotecas. Só isso. Acordei com a certeza de que havia aprendido a lição! Depois Franco morreu, veio a transição, em seguida a democracia, este país começou a mudar numa velocidade que a gente via e não dava crédito ao que os olhos viam. Que bonito é viver numa democracia. Pedi e obtive a nacionalidade espanhola, viajei para o exterior, fui a Paris, Londres, Roma. Sempre de trem. O senhor já esteve em Londres? A travessia do canal é um blefe. Que canal, mané canal. Pior, suponho, que o golfo de Penas. Certa manhã acordei em Atenas, e a vista do Partenon me encheu os olhos de lágrimas. Nada como viajar para aprimorar a cultura. Mas também para refinar a sensibilidade. Conheci Israel, Egito, Tunísia, Marrocos. No fim de minhas viagens, voltei com uma só convicção: não somos nada. Um dia, chegou uma nova cozinheira ao meu bar da rua Mallorca. Era inusitadamente moça para o cargo e não muito competente, mas admiti a moça no ato. Ela se chamava Rosa, e quase sem perceber casei com ela. A meu primeiro filho eu queria dar o nome de Caupolicán, mas ele acabou se chamando Jordi. O segundo bebê foi uma menina, e se chamou Montserrat. Quando penso em meus filhos, tenho vontade de chorar de felicidade. Veja o senhor como são as mulheres: minha mãe, que tinha medo de que eu casasse, virou unha e carne com Rosita. Minha vida, como se diz, já estava perfeitamente nos trilhos. Como ia longe o *Napoli* e os primeiros dias em Barcelona, para não falar de minha juventude fora dos trilhos em La Cisterna! Eu tinha uma família, um par de pimpolhos que eu adorava, uma mulher que me ajudava em tudo (mas que tirei da cozinha de meu restaurante na primeira oportunidade: com peso e medida, é possível governar a vida), saúde e dinheiro, enfim, não me faltava nada, e no entanto algumas noites, quando eu ficava sozinho em meu estabelecimento fazendo contas, acompanhado somente por algum garçom de confiança ou pelo lavador de pratos, que eu não via, mas que ouvia às voltas na cozinha com sua última pilha de pratos sujos, eu era assaltado pelas mais estranhas idéias, umas idéias, como dizer... muito chilenas, e então eu sentia que me faltava sim alguma coisa e começava a pensar o que poderia ser, e, depois de muito pensar e remoer o assunto, sempre chegava à mesma conclusão: faltavam os números, faltava a centelha dos números dentro dos meus olhos, o que equivale a dizer que faltava uma *finalidade* ou a *finalidade*. Ou, o que dá no mesmo, pelo menos do meu ponto de vista, o que me faltava era *compreender* o fenômeno que tinha posto em marcha minha fortuna, os números que já fazia tempo não iluminavam minha mente, e *aceitar* essa realidade como um homem.

    Foi então que tive um sonho e que comecei a ler sem nenhuma medida, sem a mais leve ponta de piedade para comigo mesmo ou para com meus olhos, como um desatinado, todo tipo de livro, das biografias históricas, meus favoritos, até livros de ocultismo e poemas de Neruda. O sonho foi simples. Na realidade, mais que um sonho, foram umas palavras, palavras que eu escutava no sonho e que não era minha voz que pronunciava. As palavras eram estas: *ela bota milhares de ovos*. O que o senhor acha? Eu podia estar sonhando com formigas ou com abelhas. Mas sei que não se tratava nem de formigas nem de abelhas. Quem, então, botava milhares de ovos? Não sei. Só sei que, no ato de botar os ovos, ela estava sozinha e que o lugar em que os botava, perdoe se me faço um pouco pedante, era como a caverna de Platão, esse lugar parecido com o inferno ou o céu, onde só se vêem sombras, ultimamente estou com uma queda pelos filósofos gregos. Ela bota milhares de ovos, a voz dizia, e eu sabia que era como se dissesse ela bota milhões de ovos. Então compreendi que minha sorte estava ali, aninhada num desses ovos abandonados (mas abandonados com toda esperança) na caverna de Platão. E na mesma hora soube que provavelmente nunca iria entender a natureza de minha sorte, o dinheiro que havia caído do céu para mim. Mas como bom chileno resisti à ignorância e desandei a ler, ler e ler, não me incomodava passar a noite lendo, saía cedo para abrir meus bares, trabalhava sem descanso, imerso na autêntica laboriosidade que se respira nas manhãs e nas tardes de Barcelona, essa laboriosidade que às vezes me parece um pouco viciosa, fechava meus bares, fazia as contas e depois das contas me dedicava a ler, muitas vezes dormi sentado numa cadeira (como costumam fazer, aliás, todos os chilenos) e acordava de madrugada, quando o céu de Barcelona é de um azul quase malva, quase violeta, um céu que dá ganas de cantar e de chorar só de vê-lo, e, depois de olhar para o céu, continuava lendo, sem descanso, como se fosse morrer e não quisesses fazê-lo sem antes ter compreendido o que acontecia ao meu redor, acima de minha cabeça e debaixo de meus pés.

Numa palavra, suei sangue, mas a verdade é que eu não me dava conta de nada. Tempos depois conheci o senhor, Belano, e lhe ofereci um emprego. O lavador de pratos tinha ficado doente e eu precisava contratar um substituto. Não me lembro mais quem mandou o senhor, certamente outro chileno. Foi na época em que eu ficava até tarde no restaurante fingindo que conferia o livro-caixa, mas na realidade estava a cem léguas dali sem sair da cadeira. Uma noite fui cumprimentá-lo, o senhor se lembra?, e fiquei impressionado com sua educação. Era fácil notar que o senhor tinha lido muito, que tinha viajado muito e que não estava passando um bom pedaço. Nós nos demos bem e, veja como são as coisas, não levei nem vinte e quatro horas para me abrir com o senhor, como não havia feito com ninguém em todos aqueles anos. Contei ao senhor a história das lotecas (isso era *vox populi*), mas contei também a história dos números que martelavam em minha mente, meu segredo mais bem guardado. Também o convidei à minha casa, com minha família, e lhe ofereci um trabalho estável num de meus bares. O convite o senhor aceitou (minha mãe preparou umas empanadas), mas não quis nem ouvir falar de trabalhar para mim. Dizia que não se via trabalhando num bar por muito tempo, sabe, lidar com o público costuma ser ingrato e muito desgastante. Como quer que seja, e apesar da aspereza que toda relação entre patrão e empregado gera, creio que nos tornamos amigos. Embora o senhor não se desse conta, para mim aquela foi uma época decisiva. Nunca como então me aproximei tanto dos números, quer dizer, de maneira consciente, indo eu ao encontro deles e não deixando que eles é que viessem ao meu encontro. O senhor lavava pratos na cozinha do Cuerno de Oro, Belano, e eu me sentava a uma das mesas junto da porta de saída, abria meus livros de contabilidade e os meus romances, e fechava os olhos. Acho que saber que o senhor estava ali me deixava com mais medo ainda. Pode ser que fosse tudo uma besteira. Já ouviu falar alguma vez na teoria da ilha de Páscoa? Essa teoria diz que o Chile é a verdadeira ilha de Páscoa, o senhor sabe, a leste limitamos com a cordilheira dos Andes, ao norte com o deserto de Atacama, ao sul com a Antártida e a oeste com o oceano Pacífico. Nascemos na ilha de Páscoa, e nossos moais somos nós mesmos, chilenos, que olhamos perplexos para os quatro pontos cardeais. Uma noite, Belano, enquanto o senhor lavava pratos, pensei que ainda estava no cargueiro *Napoli*. O senhor deve se lembrar dessa noite. Eu pensei que estava morrendo no baixo-ventre do *Napoli*, esquecido pelos marinheiros que sabiam de minha presença ali, esquecido por todos, e em meu delírio final sonhava que chegava a Barcelona e cavalgava no lombo dos algarismos reluzentes, fazia dinheiro, o suficiente para trazer minha família e me proporcionar alguns luxos, e meu sonho compreendia minha mulher, Rosa, meus filhos, meus bares, depois pensei que, se estava sonhando com tanta intensidade, era certamente porque eu iria morrer, porque estava morrendo nas sentinas do *Napoli*, no meio do ar viciado e dos odores nauseabundos, e então eu me disse abra os olhos, Andrés, abra os olhos Super Mouse, mas disse isso com outra voz, com uma voz que francamente me assustou, e não consegui abrir os olhos, mas, com minhas orelhas de Super Mouse, eu ouvi o senhor, Belano, lavando meus pratos na cozinha do meu bar, então eu me disse boceta, Andrés, você não pode ficar maluco agora, se está sonhando continue sonhando, seu babaca, mas, se não está sonhando, abra os olhos e não tenha medo. Então abri os olhos e estava no Cuerno de Oro, e os números ricocheteavam nas paredes como radiatividade, como se a bomba atômica houvesse por fim caído sobre Barcelona, um enxame infinito de números que, se eu soubesse, teria ficado mais um instante com os olhos fechados, mas eu abri os olhos, Belano, e me levantei da cadeira, fui à cozinha onde o senhor estava trabalhando e, quando o vi, tive vontade de lhe contar toda essa história, o senhor lembra?, eu estava meio trêmulo, suava como um porco, ninguém diria que naquele momento minha cabeça funcionava melhor do que nunca, melhor do que agora, talvez por isso não tenha lhe dito nada, só lhe ofereci um trabalho melhor, preparei cuba-libre para o senhor, pedi sua opinião acerca de uns livros, mas não lhe contei o que havia acontecido comigo.

A partir dessa noite soube que talvez, com um pouco de sorte, eu poderia ganhar na loteca outra vez, mas não voltei a jogar. Ela bota milhares de ovos, a voz do meu sonho dizia, e um dos ovos tinha caído onde eu me encontrava. Não quero mais saber de loterias. Os negócios vão bem. Agora o senhor vai embora, e eu gostaria que levasse uma boa impressão minha. Uma impressão um pouco tristonha, talvez, mas boa. Preparei suas contas, acrescentei um mês de férias pagas, pode ser que dois meses. Não diga nada, já está feito. O senhor me disse uma vez que não tinha muita paciência, mas creio que não é verdade.

Abel Romero, café El Alsaciano, rue de Vaugirard, perto do Jardim de Luxemburgo, Paris, setembro de 1989. Foi no café do Victor, na rue St. Sauveur, num 11 de setembro, o de 1983. Estávamos, um grupo de chilenos masoquistas, reunidos para recordar a infausta data. Éramos uns vinte ou trinta e nos espalhávamos pelo interior do estabelecimento e no terraço. De repente alguém, não sei quem, começou a falar do mal, do crime que nos havia coberto com sua enorme asa negra. Façam o favor! Sua enorme asa negra! Os chilenos, dá para ver que não aprendemos nunca! Depois, como era de se esperar, desataram uma discussão, e até miolo de pão voou de uma mesa para outra. Um amigo comum deve ter nos apresentado no meio daquela bagunça. Ou talvez tenhamos nos apresentado por conta própria, e ele imaginou me reconhecer. O senhor é escritor?, ele me perguntou. Não, falei, era policial na época do Gordo Hormazábal e agora trabalho numa cooperativa limpando o chão de escritórios e janelas. Deve ser um trabalho perigoso, ele me disse. Para quem tem vertigem, respondi, para os outros é chato, isso sim. Depois nos juntamos à conversa geral. Sobre o mal, sobre a malignidade, como já lhe disse. O amigo Belano fez duas ou três observações bastante pertinentes. Eu não abri a boca. Bebeu muito vinho naquela noite e, quando fomos embora, sem saber de que maneira me vi caminhando ao lado dele alguns quarteirões. Contei a ele então o que vinha rondando minha cabeça. Belano, falei, o cerne da questão é saber se o mal (ou o delito, ou o crime, ou como quiser chamar) é casual ou causal. Se for causal, podemos lutar contra ele, é difícil de derrotar, mas há uma possibilidade, mais ou menos como dois boxeadores do mesmo peso. Se é casual, pelo contrário, estamos fodidos. Que Deus, se é que ele existe, nos perdoe. Tudo se resume a isso.

19.

Amadeo Salvatierra, rua República de Venezuela, perto do Palácio da Inquisição, México, DF, janeiro de 1976. Como não há mistério?, falei. Não há mistério, Amadeo, eles disseram. Depois me perguntaram: o que significa o poema para você? Nada, falei, não significa nada. E por que você diz que é um poema? Ora, porque Cesárea dizia que era, lembrei. Por isso e nada mais, porque eu tinha a palavra de Cesárea. Se aquela mulher tivesse me dito que um pedaço do cocô dela enrolado numa sacola de compras era um poema, eu teria acreditado, falei. Que moderno, o chileno disse, e depois mencionou um tal de Manzoni. Alessandro Manzoni?, perguntei, lembrando de uma tradução de *Os noivos* devida à pena de Remigio López Valle, o bacharel candoroso, publicada no México aproximadamente em 1930, não estou certo. Alessandro Manzoni?, mas eles disseram: Piero Manzoni, o artista pobre, aquele que enlatava sua própria merda. Ah, caramba. A arte está louca, rapazes, disse a eles, e eles disseram: sempre esteve louca. Nesse momento vi como que umas sombras de gafanhotos nas paredes da sala, atrás dos rapazes e dos lados, sombras que desciam do teto e que pareciam querer deslizar pelo papel de parede até a cozinha, mas que finalmente se afundavam no chão, de modo que esfreguei os olhos e lhes disse bem, vamos ver se vocês me explicam de uma vez por todas o poema, faz mais de cinqüenta anos, arredondando, que sonho com ele. Os rapazes esfregaram as mãos de pura excitação, anjinhos, e se aproximaram de minha poltrona. Comecemos pelo título, um deles disse, o que acha que significa? Sion, o monte Sion, em Jerusalém, falei sem hesitar, e também a cidade suíça de Sion, em alemão Sitten, no cantão de Valais. Muito bem, Amadeo, disseram, bem se vê que você pensou no assunto, e com qual das duas possibilidades você fica?, com o monte Sion, não é? Acho que sim, falei. Evidentemente, eles disseram. Agora vamos ver a primeira seção do poema, o que temos aí? Uma linha reta e sobre ela um retângulo, falei. Pois bem, o chileno disse, esqueça o retângulo, faça de conta que não existe. Olhe só para a linha reta. O que você vê?

Uma linha reta, falei. Que outra coisa eu poderia ver, rapazes? E o que uma linha reta lhe sugere, Amadeo? O horizonte, falei. O horizonte de uma mesa, falei. Tranqüilidade?, um deles perguntou. Sim, tranqüilidade, calma. Bem: horizonte e calma. Agora vejamos a segunda seção do poema:

O que está vendo, Amadeo? Uma linha ondulada, ora essa, que mais poderia ver? Bem, Amadeo, disseram, agora você vê uma linha ondulada, antes você via uma linha reta que sugeria calma, e agora você vê uma linha ondulada. Continua sugerindo calma? Não, respondi, compreendendo de repente aonde queriam chegar, aonde queriam me levar. O que sugere a linha ondulada? Um horizonte de colinas? O mar, ondas? Pode ser, pode ser. Uma premonição de que a calma se altera? Movimento, ruptura? Um horizonte de colinas, falei. Talvez ondas. Agora vejamos a terceira seção do poema:

Temos uma linha quebrada, Amadeo, que pode ser muitas coisas. Os dentes de um tubarão, rapazes? Um horizonte de montanhas? A Sierra Madre ocidental? Bem, muitas coisas. E então um deles disse: quando eu era pequeno, acho que não tinha mais que seis anos, costumava sonhar com essas três linhas, a reta, a ondulada e a quebrada. Naquela época eu dormia, não sei por quê, debaixo da escada, ou num quarto muito baixo, perto da escada. É possível que não fosse minha casa, talvez estivéssemos ali só de passagem, vai ver que era a casa dos meus avós. E todas as noites, depois de adormecer, aparecia a linha reta. Até aí, tudo bem. O sonho era até prazeroso. Mas pouco a pouco o panorama começava a mudar, e a linha reta se transformava em linha ondulada. Eu começava a ficar enjoado, a me sentir cada vez mais quente, a perder a noção das coisas, a estabilidade, e só o que desejava era voltar à linha reta. No entanto, nove em cada dez vezes a linha ondulada era sucedida pela linha quebrada, e, quando chegava aí, eu sentia como se me cortassem, não por fora mas por dentro, um corte que começava no ventre mas que eu logo experimentava também na cabeça e na garganta, e de cuja dor só era possível escapar acordando, se bem que o acordar não fosse propriamente fácil. Que estranho, não?, falei. É, eles disseram, é estranho. Estranho mesmo, eu disse. Às vezes eu urinava na cama, um deles disse. Não diga, falei. Entendeu?, eles perguntaram. Bem, para dizer a verdade, não, rapazes, falei. O poema é uma brincadeira, eles disseram, é muito fácil de entender, Amadeo, olhe: acrescente a cada retângulo de cada seção uma vela, assim:

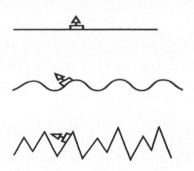

O que temos agora? Um barco?, falei. Exatamente, Amadeo, um barco. E o título, *Sion*, na realidade oculta a palavra *Navegación*. Só isso, Amadeo, muito simples, não há mais mistério, os rapazes disseram, e eu gostaria de ter lhes dito que me tiravam um peso da alma, gostaria de ter lhes dito isso, ou que *Sion* podia esconder *Simón*, uma afirmação em caló lançada do passado, mas tudo o que fiz foi dizer ah, caramba, pegar a garrafa de tequila e me servir uma dose, mais uma. Isso era tudo que restava de Cesárea, pensei, um barco num mar calmo, um barco num mar agitado e um barco numa tormenta. Por um momento minha cabeça, eu lhes garanto, ficou como um mar enfurecido e não ouvi o que os rapazes disseram, embora tenha captado algumas frases, algumas palavras soltas, as previsíveis, suponho: o barco de Quetzalcoatl, a febre noturna de um menino ou de uma menina, o encefalograma do capitão Ahab ou o encefalograma da baleia, a superfície do mar que, para os tubarões, é a boca do vasto inferno, o barco sem vela, que também pode ser um ataúde, o paradoxo do retângulo, o retângulo-consciência, o retângulo impossível de Einstein (num universo em que os retângulos são impensáveis), uma página de Alfonso Reyes, a desolação da poesia. E então, depois de tomar minha tequila, enchi de novo meu copo, enchi o deles e propus que fizéssemos um brinde a Cesárea, e vi nos olhos deles como estavam contentes aqueles rapazes, e nós três brindamos enquanto nosso barquinho era sacudido pelo vento.

Edith Oster, sentada num banco da Alameda, México, DF, maio de 1990. No México, no DF, só o vi uma vez, na entrada da galeria de arte María Morillo, na Zona Rosa, às onze da manhã. Eu tinha ido à calçada para fumar um cigarro, ele passava por ali e me cumprimentou. Atravessou a rua e me disse oi, sou Arturo Belano, Claudia me falou de você. Sei quem você é, eu lhe disse. Eu tinha então dezessete anos e gostava de ler poesia, mas dele não tinha lido nada. Nem sequer entrou na galeria. Não tinha boa aparência, parecia ter passado a noite em claro, mas era bonito. Quer dizer, naquele momento me pareceu bonito, mas não me agradou. Não era meu tipo. Por que terá vindo me cumprimentar?, pensei. Por que terá atravessado a rua e parado na porta da galeria?, pensei. Não tinha ninguém lá dentro e o convidei a entrar, mas ele disse que estava bem ali fora. Nós dois estávamos ao sol, de pé, eu com um cigarro na mão, ele a menos de um metro, como que envolto numa nuvem de poeira, olhando para mim. Não sei de que falamos. Acho que me convidou para tomar um café no restaurante ao lado e eu disse que não podia deixar a galeria sem ninguém. Perguntou se eu gostava do meu trabalho. É provisório, expliquei, semana que vem vou largá-lo. Ainda por cima pagam muito mal. Você vende muitos quadros?, perguntou. Até agora nenhum, respondi, depois nos despedimos, e ele foi embora. Não creio que eu lhe agradasse, embora mais tarde tenha me dito que lhe agradei desde o primeiro instante. Naquela época eu estava gorda ou me achava gorda, e meus nervos começavam a se descontrolar. Chorava de noite e tinha uma vontade de ferro. Tinha além disso duas vidas, ou uma vida que parecia duas. De um lado era estudante de filosofia e tinha empregos ocasionais como aquele na galeria María Morillo, de outro militava num partido trotskista que subsistia numa clandestinidade que eu obscuramente sabia propícia aos meus interesses, se bem que não soubesse com clareza quais eram meus interesses. Uma tarde, quando distribuíamos panfletos aos carros parados num engarrafamento, dei de repente com o Chrysler de minha mãe. A coitada quase morreu com o choque. E eu fiquei tão nervosa que lhe entreguei a folha mimeografada, então lhe disse leia e lhe dei as costas, mas, enquanto me afastava, pude ouvir que ela me dizia em casa conversamos. Em casa sempre conversávamos. Diálogos intermináveis que acabavam com recomendações médicas, cinematográficas, literárias, econômicas, políticas.

Vários anos se passaram até eu tornar a ver Arturo Belano. A primeira vez foi em 1976, a segunda foi em 1979? 1980? Data não é o meu forte. Foi em Barcelona, isso não há quem esqueça, eu tinha ido morar lá com meu companheiro, com meu namorado, com meu amigo, com meu noivo, o pintor Abraham Manzur. Antes tinha morado na Itália, em Londres, em Tel-Aviv. Um dia Abraham me telefonou do DF e disse que me amava, que ia viver em Barcelona e queria que eu vivesse com ele. Eu estava em Roma na época, e não estava nada bem. Respondi que sim. Marcamos um encontro romântico no aeroporto de Paris, dali iríamos de trem até Barcelona. Abraham tinha uma bolsa ou coisa parecida, provavelmente seus pais decidiram que uma temporada na Europa não lhe faria mal e o financiaram. Não estou certa de nada. O rosto de Abraham se perde no meio de uma nuvem de vapor cada vez maior. As coisas corriam bem para Abraham, na realidade sempre correram. Tinha exatamente minha idade, havíamos nascido no mesmo mês do mesmo ano, mas, enquanto eu ia de um lado para o outro sem saber o que fazer, ele tinha idéias claras e grande capacidade de trabalho, a energia picassiana, dizia, e, embora às vezes não se sentisse bem, ficasse doente e sofresse, era sempre capaz de pintar cinco horas seguidas, oito horas seguidas todos os dias, inclusive sábados e domingos. Foi com ele que fiz amor pela primeira vez. Os dois tínhamos dezesseis anos. Depois nossa relação se tornou flutuante, rompemos várias vezes, ele nunca apoiou minha militância, provavelmente não tinha tempo para isso, eu tive outros amantes, ele começou a sair com uma moça chamada Nora Castro Bilenfeld, e, quando parecia que iriam viver juntos, eles se separaram, fui internada algumas vezes num hospital, meu corpo mudou. Tomei então um trem para Paris e esperei Abraham no aeroporto. Passadas dez horas, percebi que ele não viria e saí do aeroporto chorando, mas só mais tarde tive plena consciência de ter chorado. Naquela noite me meti num hotel barato de Montparnasse e fiquei horas a fio pensando no que tinha sido minha vida até então, e, quando meu corpo não agüentou mais, parei de pensar, me atirei na cama, olhando para o teto, fechei os olhos e tentei dormir, mas não consegui, e assim fiquei vários dias, sem poder dormir, trancada no hotel, saindo só de manhã, quase sem comer, quase sem me lavar, com prisão de ventre, dor de cabeça terrível, numa palavra, sem vontade de viver.

 Até que adormeci. Sonhei então que viajava para Barcelona e que a viagem, de maneira misteriosa e enérgica, era como recomeçar minha vida a partir do zero. Quando acordei, paguei a conta e peguei o primeiro trem com destino à Espanha. Nos primeiros dias, morei numa pensão da Rambla Capuchinos. Fui feliz. Comprei um canário, dois vasos de gerânios e vários livros. Mas precisava de dinheiro e acabei ligando para minha mãe. Quando falei com ela, soube que Abraham tinha me procurado como um louco por Paris inteira e que minha família já me dava por desaparecida. Minha mãe me perguntou se eu estava doida. Ainda não, falei e ri, não sei por quê, achei engraçado, achei engraçada a minha resposta, e não que minha mãe perguntasse se eu tinha ficado maluca. Depois expliquei minha longa espera no aeroporto e o cano que Abraham tinha me dado. Ninguém lhe deu cano nenhum, filhinha, minha mãe disse, o que aconteceu é que você confundiu as datas. Achei esquisito minha mãe falar aquilo. Soava como uma versão pública de Abraham Manzur. Diga onde você está que Abraham vai pegar você agorinha mesmo, minha mãe disse. Dei meu endereço, pedi que me mandasse dinheiro e desliguei.

Dois dias depois, Abraham deu as caras em minha pensão. Nosso encontro foi frio. Achava que ele tinha acabado de chegar de Paris, mas na realidade ele estava instalado em Barcelona fazia mais ou menos tantos dias quanto eu. Comemos num restaurante do bairro gótico, depois Abraham me levou para a casa dele, a poucas ruas dali, perto da praça Sant Jaume, era o apartamento da conhecida galerista catalã-mexicana Sofía Trompadull, que Abraham poderia ocupar o tempo que quisesse, porque Trompadull quase não vinha mais a Barcelona. No dia seguinte fomos pegar minhas coisas na pensão, e me instalei lá. No entanto, minha relação com Abraham se manteve fria, sem ressentimentos pelo cano que eu tinha levado em Paris e que talvez tivesse sido provocado por uma distração minha, mas distante, como seu eu aceitasse ser sua mulher e compartilhar com ele a cama, as idas a exposições e museus, os jantares com amigos barcelonenses, e nada mais. Assim se passaram vários meses. Um dia Daniel Grossman apareceu em Barcelona. Ele sabia onde Arturo Belano morava e ia visitá-lo quase todos os dias. Uma tarde eu o acompanhei. Conversamos. Ele se lembrava perfeitamente de mim. No dia seguinte voltei à casa dele, mas dessa vez fui sozinha. Fomos almoçar num restaurante barato, ele me convidou, e ficamos conversando horas. Acho que lhe contei toda minha vida. Ele também falou e me contou coisas que já esqueci, em todo caso quem falou mais fui eu.

Daí em diante começamos a nos ver pelo menos duas vezes por semana. Certa ocasião eu o convidei à minha casa, se é que podia considerar minha casa o apartamento barcelonense de Trompadull, e, pouco antes de Arturo Belano sair, Abraham apareceu. Percebi que Abraham ficou com ciúme. Ele nos cumprimentou, em mim deu um beijo na testa, e foi se trancar em seu estúdio, como se com esse ato estivesse dando uma lição em Arturo. Quando Arturo foi embora, entrei no estúdio e perguntei o que estava acontecendo. Não me respondeu, mas naquela noite fizemos amor com uma violência inusitada. Achei que daquela vez seria diferente. Mas afinal não senti nada. Minha relação com Abraham, compreendi de repente, tinha chegado ao fim. Resolvi ir embora para o México, resolvi estudar cinema, voltar à universidade, falei com minha mãe, e no dia seguinte ela me mandou uma passagem para o DF. Quando disse a Arturo que ia embora, notei tristeza em seus olhos. Pensei: é a única pessoa que vai sentir minha falta aqui. Uma vez, mas isso aconteceu antes que eu decidisse largar Abraham, contei a ele que dançava. Ele pensou que eu era dançarina de cabaré ou que fazia striptease. Achei muita graça, não, falei, quem me dera dançar num cabaré, sou dançarina de dança moderna. Na realidade eu nunca tinha me *imaginado* dançando num cabaré, fazendo um daqueles números lamentáveis e vivendo no meio de gente obscura e em lugares obscuros, mas, quando Arturo se confundiu e disse aquilo, fiquei pensando nessa possibilidade pela primeira vez em minha vida, e achei atraentes as perspectivas (imaginárias) da vida de uma dançarina profissional, dolorosamente atraentes até, mas logo parei de pensar no assunto, pois a vida já era por si só bastante complicada. Fiquei ainda mais duas semanas em Barcelona e o vi quase todos os dias. Conversávamos muito, quase sempre sobre mim. Falei dos meus pais, da separação deles, do meu avô, o rei da roupa de baixo mexicana, e de minha mãe, que havia herdado seu império, do meu pai, que havia estudado medicina e que eu adorava, falei dos meus problemas com meu peso quando eu era adolescente (ele não podia acreditar, porque na época eu estava magérrima), da minha militância no partido trotskista, dos amantes que tivera, das minhas sessões de psicanálise.

Certa manhã fomos a um picadeiro em Castelldefels, cujo dono era amigo de Arturo e nos deixou passear com dois cavalos o dia todo sem cobrar nada. Eu tinha aprendido a montar num clube de equitação do DF, e ele no sul do Chile, sozinho, quando criança. Os primeiros metros fizemos galopando, depois sugeri que apostássemos uma corrida. O caminho era reto e estreito, depois subia uma colina margeada de pinheiros e tornava a baixar até o leito de um rio seco. Além do rio havia um túnel e atrás do túnel o mar. Galopamos. A princípio ele manteve seu cavalo colado ao meu, mas depois, não sei o que aconteceu comigo, eu me fundi com o cavalo e desatei a galopar a grande velocidade, deixando Arturo para trás. Nesse momento não teria me incomodado morrer. Eu sabia, tinha consciência de que não havia contado muitas coisas que talvez precisasse lhe contar ou que deveria ter contado, e pensei que, se morresse montada no cavalo, ou se este me derrubasse, ou se um galho do bosque de pinheiros me jogasse violentamente no chão, Arturo iria saber tudo que eu não tinha dito e iria compreender tudo sem necessidade de ouvir dos meus lábios. Mas, quando atravessei a colina e deixei para trás o pinheiral, quando descia para o leito seco do rio, a vontade de morrer se transformou em alegria, alegria de estar montando um cavalo e galopando, alegria de sentir o vento em minhas faces, e pouco depois até senti medo de cair, pois a descida era muito mais pronunciada do que eu acreditava, e então eu já não queria morrer, aquilo era uma brincadeira e eu não queria morrer, pelo menos não naquele momento, e comecei a reduzir a marcha. Aconteceu então algo surpreendente. Vi Arturo passar ao meu lado como uma flecha e vi que olhava para mim e sorria, sem parar, um sorriso similar ao do gato de Alice, apesar de este ter perdido alguns dentes em sua vida venturosa, mas não importava, seu sorriso ficou ali, enquanto ele e seu cavalo prosseguiam disparados em direção ao leito do rio seco, a tal velocidade que pensei que ambos, cavaleiro e cavalo, rodariam sobre as pedras cobertas de poeira e que, quando eu desmontasse e atravessasse a nuvem que a queda teria levantado, encontraria Arturo com a cabeça esfacelada, morto, de olhos abertos, então tive medo, tornei a esporear meu cavalo e desci para o rio, mas de início a poeirada não me deixou enxergar nada, e, quando desapareceu, no leito do rio não havia nem cavalo nem cavaleiro, nada, só o barulho dos carros que passavam pela auto-estrada, lá longe, oculta atrás de um arvoredo, e o sol reverberava sobre as pedras secas do leito do rio, e tudo era como um ato de magia, de repente eu estava com Arturo e de repente estava sozinha outra vez, então, sim, senti medo de verdade, tanto que não me atrevi a apear, nem disse nada, só olhei para todos os lados e não vi sinal dele, como se a terra ou o ar o houvessem tragado, e, quando já estava a ponto de chorar, eu o vi, na entrada do túnel, entre as sombras, como um espírito maligno, me fitando sem dizer nada, e eu esporeei o cavalo em sua direção e disse a ele você me deu um susto do caralho, seu puto, ele olhou para mim de maneira muito triste e, embora tenha rido como que para dissimular, eu soube então, somente então, que ele tinha se apaixonado por mim.

 Na noite anterior à minha partida fui vê-lo. Falamos da viagem. Perguntou se eu estava segura do que fazia. Disse que não, mas que a passagem já estava emitida e não poderia mais me esquivar. Perguntou quem iria me levar ao aeroporto. Abraham e uma amiga, falei. Pediu que eu não fosse embora. Nunca ninguém tinha pedido que eu não fosse embora como ele pediu. Eu disse a ele que, se quisesse fazer amor comigo (falei: se quisesse trepar comigo), que fizesse agora. Tudo foi muito melodramático. Se o que você quer é trepar, vamos trepar agora. Agora?, ele disse. Agora mesmo, eu disse, e, sem esperar que ele dissesse sim ou não, tirei o suéter e me despi. E não fizemos amor (ou talvez esse não fazer amor tenha sido nossa maneira de fazer amor), porque seu pau não ficou duro, mas nos abraçamos, isso sim, e suas mãos percorreram minhas pernas de cima a baixo, suas mãos acariciaram meu sexo, minha barriga, meus peitos, e, quando perguntei o que havia com ele, respondeu: não há nada, Edith, e achei que eu não o agradava, que a culpa era minha, e ele me disse não, a culpa não é sua, é minha, não funciona, talvez tenha dito endurece, alguma coisa assim. Depois falou: não se preocupe. E eu disse: se você não se preocupa, eu não me preocupo. E ele disse: eu não me preocupo. Eu então eu disse a ele que fazia quase um ano que não menstruava, que tinha problemas de saúde, que havia sofrido agressões sexuais, que tinha medo e raiva, que iria fazer um filme, que tinha projetos, e, enquanto me ouvia, ele acariciava meu corpo, olhava para mim e de repente me pareceu idiota tudo que eu estava dizendo, tive vontade de dormir, de dormir com ele, em seu colchão jogado no assoalho daquela casinha minúscula, e foi pensar nisso e cair no sono, um sono longo e tranqüilo, sem sobressaltos, e, quando acordei, a luz do dia entrava pela única janela da casa e se ouvia o som de um rádio distante, o rádio de um trabalhador que se preparava para ir trabalhar, e Arturo, ao meu lado, dormia, um pouco encolhido, coberto até as costelas, e por um instante fiquei contemplando Arturo e pensando como seria minha vida se vivesse com ele, mas decidi por fim que precisava ser prática em vez de me deixar levar por fantasias, então me levantei com todo cuidado e fui embora.

    Minha volta ao México foi funesta. No início, morei na casa de minha mãe, depois aluguei uma casinha em Coyoacán e comecei a freqüentar algumas aulas na universidade. Um dia dei de pensar no Arturo e resolvi telefonar para ele. Ao discar o número, senti como se me afogasse e achei que iria morrer. Uma voz me disse que Arturo só começava a trabalhar às nove da noite, hora espanhola. Quando desliguei, minha primeira intenção foi me enfiar na cama e dormir. Mas quase no mesmo instante me dei conta de que não iria conseguir dormir, então resolvi ler, varrer a casa, limpar a cozinha, escrever uma carta, recordar coisas carentes de sentido, até que deu meia-noite e tornei a ligar. Dessa vez foi Arturo quem atendeu. Conversamos por uns quinze minutos. Daí em diante começamos a nos telefonar todas as semanas, às vezes eu ligava para o seu trabalho, outras ele me ligava em casa.

Um dia pedi que viesse para junto de mim, no México. Disse que não poderia entrar, que o México não lhe dava visto de entrada. Falei que fosse para a Guatemala, que nos encontraríamos na Guatemala, nos casaríamos lá e então ele poderia entrar sem nenhum problema. Por muitos dias falamos dessa possibilidade. Ele conhecia a Guatemala, eu não. Algumas noites sonhei com a Guatemala. Uma tarde minha mãe veio me visitar e cometi o erro de contar tudo para ela. Contei a ela meus sonhos com a Guatemala e minhas conversas telefônicas com Arturo. A coisa se complicou desnecessariamente. Minha mãe me lembrou meus problemas de saúde, é provável que tenha chorado, mas não creio, em todo caso não me lembro de ter visto lágrimas em seu rosto. Outra tarde vieram minha mãe e meu pai, e eles me rogaram que fosse a uma consulta com um médico famoso. Não tive remédio senão concordar, pois eles é que me financiavam. Por sorte, não houve nenhum problema, todos os problemas de Edith estão superados, o médico disse a eles. Mesmo assim, nos dias seguintes consultei outros dois médicos famosos, e seus diagnósticos não foram tão amáveis. Meus amigos me perguntavam o que é que eu tinha. Só contei a um deles que estava apaixonada, que meu amor vivia na Europa e que não poderia vir se juntar a mim no México. Falei da Guatemala. Meu amigo me disse que era mais fácil eu voltar a Barcelona. Até aquele momento essa idéia não me havia ocorrido, e quando pensei nela me senti uma imbecil. Por que não voltar para Barcelona? Tentei solucionar meus problemas com meus pais. Consegui dinheiro para a passagem. Falei com Arturo e disse a ele que ia para lá. Quando cheguei, ele estava no aeroporto. Não sei por quê, no fundo eu esperava que não houvesse ninguém. Ou que viessem mais pessoas, não só Arturo, um de seus amigos, uma de suas amigas. Foi assim que minha nova vida em Barcelona começou.

Uma tarde, enquanto eu dormia, ouvi uma voz de mulher. Reconheci no ato uma antiga amante de Arturo. Eu a chamava de Santa Teresa. Era uma mulher mais velha que eu, devia ter uns vinte e oito anos, e sobre ela sempre se contavam coisas extraordinárias. Depois ouvi a voz de Arturo, bem baixinho, dizendo que eu estava dormindo. Por uns minutos os dois continuaram cochichando. Depois Arturo fez uma pergunta, e sua ex-amante disse que sim. Só muito depois entendi que o que Arturo perguntou era se ela queria me ver dormir. Santa Teresa disse que sim. Fingi que estava dormindo. A cortina que separava o único quarto da sala foi corrida, e Arturo e Santa Teresinha entraram no escuro. Não quis abrir os olhos. Depois perguntei a Arturo quem havia estado em casa. Ele pronunciou o nome de Santa Teresa e me mostrou umas flores que ela havia trazido para mim. Se vocês se gostam tanto, pensei, deveriam continuar juntos. Mas no fundo eu sabia que Arturo e Santa Teresa nunca mais voltariam a viver juntos. Eu sabia poucas coisas, mas essa eu sabia com certeza. Sabia com plena certeza que ele me amava. Os primeiros dias de nossa vida em comum não foram fáceis. Nem ele estava acostumado a partilhar sua pequena casa com alguém, nem eu estava acostumada a viver de maneira tão precária. Mas conversávamos, e isso nos salvava cada dia. Conversávamos até o esgotamento. Desde que nos levantávamos até irmos para a cama. E também fazíamos amor. Os primeiros dias muito mal, de maneira muito desastrada, mas a cada dia que passava fazíamos melhor. De qualquer maneira eu não gostava que ele se esforçasse tanto para que eu tivesse um orgasmo. Só quero que seja bom para você, eu lhe dizia, se quiser gozar, goze, não pare por minha causa. Então ele simplesmente não gozava (acho que só para ser do contra) e podíamos passar a noite inteira trepando, e ele dizia que gostava assim, sem gozar, mas com o correr dos dias os testículos lhe doíam horrivelmente e ele precisava gozar, mesmo se eu não conseguisse.

Outro problema era o cheiro que exalo, o cheiro da minha vagina, o cheiro do meu fluxo. Naquela época, era muito forte. Aquilo sempre me havia envergonhado. Um cheiro que se apoderava rapidamente de todos os cantos do lugar onde eu estivesse transando. A casa de Arturo era tão pequena, e fazíamos amor com tanta freqüência que meu cheiro não ficava reduzido ao âmbito do quarto mas passava para a sala, separada do quarto unicamente por uma cortina, e para a cozinha, uma peça minúscula que nem porta tinha. O pior era que o apartamento ficava no centro de Barcelona, na parte velha, e os amigos de Arturo costumavam aparecer ali todos os dias, sem avisar, eram na maioria chilenos, mas também havia mexicanos, Daniel entre eles, e eu não sabia se me dava mais vergonha que os chilenos, que eu mal conhecia, sentissem o cheiro ou que os mexicanos, que de alguma maneira eram nossos amigos em comum. Como quer que fosse, odiava meu cheiro. Uma noite perguntei a Arturo se alguma vez ele tinha ido para a cama com uma mulher que fedesse dessa maneira. Disse que não. Caí no choro. Arturo acrescentou que também nunca tinha ido para a cama com alguém de quem gostasse tanto. Não acreditei nele. Disse que certamente com Santa Teresa era melhor. Ele respondeu que sim, que sexualmente era melhor, mas que ele gostava mais de mim. Depois disse que também gostava muito de Santa Teresa, mas de outra maneira. Ela gosta muito de você, falou. Tanta ternura me deu vontade de vomitar. Eu o fiz prometer que não abriríamos a porta se um de seus amigos aparecesse e o cheiro ainda não houvesse saído. Ele respondeu que estava disposto a nunca mais ver ninguém, só a mim. Claro, achei que estava de brincadeira. Depois não sei o que aconteceu.

Comecei a me sentir mal. Vivíamos do que ele ganhava, porque eu havia proibido terminantemente minha mãe de me enviar dinheiro. Não queria esse dinheiro. Procurei trabalho em Barcelona e acabei dando aulas particulares de hebraico. Catalães estranhíssimos que estudavam a Cabala ou a Torá, de que tiravam conclusões heterodoxas e que, quando eles as explicavam para mim tomando um café num bar ou uma xícara de chá na casa deles, terminada a aula, só contribuíam para me deixar com os cabelos em pé. À noite, conversava com Arturo sobre meus alunos. Uma vez Arturo me contou que Ulises Lima tinha uma versão particular de uma das parábolas de Jesus, baseada em não sei que equívoco ou má interpretação do hebraico, mas não soube explicar direito, ou eu é que me esqueci, ou mais provavelmente não prestei muita atenção quando ele me contou. Naquela época a amizade entre Arturo e Ulises creio que já tinha se extinguido. Ulises, eu vi três vezes no México, e da última, quando disse a ele que voltaria a Barcelona para viver com Arturo, ele me disse que não fizesse isso, que, se eu fosse embora, ele iria sentir muito a minha falta. No início não entendi o que ele queria dizer, mas depois compreendi que tinha se apaixonado por mim ou algo assim, e tive um ataque de riso, bem na frente dele, mas Arturo é seu amigo!, falei e desatei a chorar, e, quando levantei o rosto e vi Ulises, percebi que ele também estava chorando, não, chorando não, percebi que ele fazia força para não chorar, que estava segurando as lágrimas e que algumas já haviam assomado a seus olhos. Como vou fazer sozinho, falou. A cena toda tinha algo de irreal. Quando contei a Arturo, ele riu e disse que não podia acreditar, depois chamou o amigo de filho-da-puta. Não voltamos a falar do assunto, mas nessa segunda estada em Barcelona às vezes eu me lembrava de Ulises, das suas lágrimas e de como, segundo ele próprio, iria ficar sozinho no México.

Uma noite fiz *mole rojo*, Arturo e eu comemos com as janelas abertas porque fazia muito calor, devíamos estar em pleno verão, e de repente, da rua, chegou um barulhão enorme, como se toda cidade houvesse saído para protestar contra alguma coisa, mas a verdade é que não protestavam contra nada, apenas comemoravam a vitória do time de futebol. Eu tinha posto a mesa e me esmerado no *mole*, mas o barulho da rua era tão grande que nem conseguíamos ouvir o que dizíamos, de modo que fomos obrigados a fechar a janela. Fazia calor, e o frango com *mole rojo* ficou picante demais. Arturo suava, eu suava, de repente o encanto se quebrou outra vez e eu desatei a chorar. O estranho foi que, quando Arturo tentou me abraçar, uma onda de raiva me assolou, e desandei a insultá-lo. Tive vontade de bater nele, mas, em vez disso, de repente me surpreendi batendo em mim mesma. Dizia: eu, eu, eu, e batia com o polegar no peito, até Arturo imobilizar minha mão. Mais tarde ele disse que ficou com medo de que eu quebrasse o dedo ou machucasse o peito, ou ambas as coisas ao mesmo tempo. Acabei me acalmando e saímos à rua, eu precisava tomar um pouco de ar, mas naquela noite havia milhões de pessoas nas ruas, as Ramblas estavam tomadas, em algumas esquinas vimos grandes caçambas de lixo obstruindo a passagem, em outras rapazes agitados tentando virar automóveis. Vimos bandeiras. Gente que ria aos gritos e que olhava para mim com estranheza, porque eu andava muito séria, abrindo passagem a cotoveladas, buscando o ar por que ansiava, o ar que me faltava e que desaparecia como se toda Barcelona tivesse se transformado num gigantesco incêndio, um incêndio escuro cheio de sombras, de gritos, de hinos futebolísticos. Depois ouvimos o uivo das sirenes da polícia. Mais gritos. Barulho de vidros quebrando. Começamos a correr. Acho que foi aí que tudo entre Arturo e mim se acabou. À noite costumávamos escrever. Ele estava escrevendo um romance, e eu, meu diário, poesia e um roteiro de cinema. Escrevíamos frente a frente, tomando várias xícaras de chá. Não escrevíamos para publicar, mas para conhecer a nós mesmos ou para ver até que ponto éramos capazes de chegar. Quando não escrevíamos, conversávamos sem parar, da sua vida e da minha vida, principalmente da minha, se bem que às vezes Arturo me contava histórias de amigos que tinham morrido nas guerrilhas da América Latina, alguns eu conhecia de nome, alguns haviam estado de passagem no México quando eu militava com os trotskistas, mas da maioria era a primeira vez que eu ouvia falar. E continuávamos fazendo amor, embora a cada noite eu me afastasse um pouco mais, involuntariamente, sem me propor a isso, sem saber para onde estava indo. Mais ou menos o mesmo que tinha acontecido com Abraham, só que agora um pouco pior, agora eu não tinha nada.

Uma noite, enquanto Arturo fazia amor comigo, disse isso a ele. Disse a Arturo que acreditava que estava ficando louca, que os sintomas se repetiam. Falei um tempão. A resposta dele me surpreendeu (foi a última vez que ele me surpreendeu), disse que, se eu enlouquecesse, ele também enlouqueceria, que não lhe importava ficar louco ao meu lado. Gosta de brincar com o diabo?, perguntei. Não é com o diabo que estou brincando, ele disse. Procurei seus olhos no escuro e lhe perguntei se falava sério. Claro que falo sério, respondeu e grudou seu corpo no meu. Naquela noite meu sono foi calmo. Na manhã seguinte eu sabia que precisava abandoná-lo, quanto antes melhor, e ao meio-dia liguei da Telefônica para minha mãe. Naqueles anos, nem Arturo nem seus amigos pagavam as ligações internacionais que costumavam fazer. Nunca soube que método utilizavam, só soube que havia mais de um e que o rombo da Telefônica foi certamente de bilhões de pesetas. Iam até um telefone, enfiavam dois fios, e pronto, conseguiam linha, os argentinos eram os melhores, sem dúvida nenhuma, depois vinham os chilenos, nunca conheci um mexicano que soubesse piratear um telefone, talvez porque nós não estejamos preparados para o mundo moderno, ou talvez porque os poucos mexicanos que viviam em Barcelona na época tivessem grana suficiente para não precisar infringir a lei. Os telefones pirateados eram facilmente distinguíveis pelas filas que se formavam, principalmente de noite, ao redor deles. Nessas filas se juntavam o melhor e o pior da América Latina, os velhos militantes e os estupradores, os ex-presos políticos e os impiedosos comerciantes de bijuteria. Quando, voltando do cinema, eu via essas filas na cabine da praça Ramalleras, por exemplo, começava a tremer, ficava gelada, e um frio metálico como uma barra de segurança percorria meu corpo da nuca aos calcanhares. Adolescentes, jovens mulheres com crianças de peito, senhoras e senhores já de idade, em que pensavam, ali, à meia-noite ou a uma da manhã, enquanto esperavam que acabasse de falar um desconhecido, cuja conversa não podiam ouvir, apenas adivinhar, porque quem ligava costumava gesticular, chorar ou permanecer por um longo tempo em silêncio, somente afirmando ou negando com a cabeça, o que esperava aquela gente na fila, que chegasse a sua vez, que a polícia não aparecesse? Só isso? Em todo caso, também me afastei daquilo. Liguei para minha mãe e pedi dinheiro.

Uma tarde disse a Arturo que eu iria embora, que não podíamos mais continuar vivendo juntos. Ele me perguntou por quê. Eu lhe disse que não agüentava mais. O que foi que eu fiz?, perguntou. Nada, eu é que estou me fazendo coisas terríveis, falei. Preciso ficar sozinha. Acabamos aos gritos. Mudei para a casa de Daniel. Às vezes Arturo ia me ver e conversávamos, mas cada dia que passava vê-lo se tornava mais doloroso para mim. Quando minha mãe me mandou o dinheiro, peguei o avião para Roma e fui embora. Neste ponto talvez devesse falar de minha gatinha. Antes de vivermos juntos, uma amiga de Arturo ou uma ex-amante, numa mudança inesperada de residência, deixou para ele seis gatinhos paridos por sua gata. Deixou os gatinhos com ele, e se foi com a gata. Por um tempo, enquanto os gatinhos ainda eram bem pequenininhos, Arturo viveu com eles. Depois, quando ele compreendeu que sua amiga ou sua ex-amante não iria mais voltar, começou a procurar donos para eles. A maioria ficou com seus amigos, salvo uma gatinha cinza que ninguém queria, e fui eu quem ficou com ela, para desgosto de Abraham, que temia que a gatinha arranhasse suas telas. Eu a chamei de Zia, em memória de outra gatinha que vira uma tarde em Roma. Quando vim para o México, Zia veio comigo. Quando voltei para Barcelona, para a casa de Arturo, Zia me acompanhou. Acho que adorava viajar de avião. Quando fui morar temporariamente na casa de Daniel Grossman, é claro que levei Zia. E, quando peguei o avião com destino a Roma, numa sacola de palha, em meu colo, levava a gata, que por fim iria conhecer Roma, a cidade de que pelo menos onomasticamente era originária.

Minha vida em Roma foi um desastre. Tudo foi de mal a pior, pelo menos foi o que me disseram depois, é que não quis pedir ajuda a ninguém. Só tinha Zia e só me preocupava com Zia e sua comida. Li bastante, isso sim, mas, quando tento recordar minhas leituras, entre mim e elas se interpõe uma espécie de muro, movediço e quente. Talvez tenha lido Dante em italiano. Talvez Gadda. Não sei, conhecia ambos em espanhol. A única pessoa que sabia mais do que vagos sinais do meu paradeiro era Daniel. Recebi algumas cartas dele. Numa, ele me dizia que Arturo estava arrasado com minha partida e que cada vez que o via perguntava por mim. Não lhe dê meu endereço, pedi, ele é capaz de vir a Roma me buscar. Não vou dar, Daniel me disse em sua carta seguinte. Por ele soube também que minha mãe e meu pai estavam preocupados e que telefonavam com freqüência a Barcelona. Não lhes dê meu endereço, pedi, e Daniel prometeu que não daria. Suas cartas eram longas. Minhas cartas eram breves, quase sempre cartões-postais. Minha vida em Roma era breve. Trabalhava numa loja de sapatos e morava numa pensão da via della Luce, no Trastevere. De noite, ao voltar do trabalho, levava Zia para passear. Geralmente íamos a um parque, atrás da igreja de Santo Egídio, e, enquanto a gata se metia entre as plantas, eu abria um livro e lia. Devo ter lido Dante, suponho, ou Guido Cavalcanti, ou Cecco Angiolieri, ou Cino da Pistoia, porque de minhas leituras só lembro uma cortina quente ou talvez apenas morna, que se mexia com a leve brisa de Roma ao anoitecer, e plantas, e árvores, e ruídos de passos. Uma noite conheci o diabo. Não me lembro de mais nada. Conheci o diabo e soube que iria morrer. O dono da loja de sapatos me viu chegar com hematomas no pescoço e ficou me observando durante uma semana. Depois quis fazer amor comigo, mas eu me neguei. Um dia Zia se perdeu no parque, não o que fica atrás da igreja de Santo Egídio, outro, na via Garibaldi, sem árvores, sem luzes, Zia simplesmente foi longe, e a escuridão a tragou.

Fiquei até as sete da manhã procurando por ela. Até que o sol nasceu, e as pessoas começaram a se dirigir lentamente para seu local de trabalho. Naquele dia não quis ir à loja de sapatos. Só me deitei, me cobri bem e dormi. Quando acordei, voltei à rua em busca de minha gata. Não a encontrei. Uma noite sonhei com Arturo. Nós dois estávamos no alto de um edifício de escritórios, desses construídos só com vidro e aço, abríamos uma janela e olhávamos para baixo, era noite, eu não pensava em me jogar, mas Arturo olhava para mim e dizia se você se jogar eu também me jogo. Eu queria dizer a ele: imbecil, mas já não tinha forças nem mesmo para insultá-lo.

Um dia a porta do meu quarto se abriu e vi entrarem minha mãe e meu irmão mais moço, que tinha sido soldado do Tsahal e que passava quase o ano inteiro em Israel. Eles me levaram direto a um hospital de Roma, e passados alguns dias eu me vi voando num avião com destino ao México. Como soube mais tarde, minha mãe havia viajado a Barcelona, e os dois, ela e meu irmão, em Roma arrancaram meu endereço de Daniel, que de início se negou a dá-lo.

No México fui internada numa clínica particular, em Cuernavaca, e os médicos não demoraram a dizer à minha mãe que, se eu não colaborasse, o fim seria inevitável. Naquela época pesava quarenta quilos e mal podia andar. Depois voltei a tomar um avião e fui hospitalizada numa clínica de Los Angeles. Lá, conheci um médico, o doutor Kalb, de quem pouco a pouco me tornei amiga. Pesava trinta e cinco quilos, de tarde via televisão, e pouca coisa mais. Minha mãe se instalou num hotel de Los Angeles, no centro, na rua 6, e todos os dias ia me ver. Ao fim de um mês, ganhei peso e voltei aos quarenta quilos. Minha mãe ficou toda contente e decidiu voltar ao DF, cuidar de seus negócios. Durante o tempo em que minha mãe esteve ausente, o doutor Kalb e eu aproveitamos para travar amizade. Falávamos de comida, de tranqüilizantes e de outros tipos de drogas. De livro não falávamos muito, porque o doutor Kalb só lia best-sellers. Falávamos de cinema. Ele tinha visto muito mais filmes do que eu e adorava o cinema dos anos 50. De tarde eu ligava a tevê e procurava um filme para depois comentar com ele, mas o remédio que tomava me fazia dormir na metade do filme. Quando lhe dizia isso, o doutor Kalb costumava me contar a parte que eu não havia visto, mas em geral, quando eu lhe dizia isso, já havia esquecido a parte que tinha visto. A lembrança que tenho desses filmes é esquisita, imagens e situações filtradas pela simplória mas às vezes entusiasmada visão do meu médico. Nos fins de semana, minha mãe costumava aparecer. Chegava na sexta à noite e domingo de noite voltava ao DF. Uma vez me disse que estava pensando em se instalar definitivamente em Los Angeles. Não na cidade propriamente, mas em algum bom lugar nos arredores, como Corona del Mar ou Laguna Beach. E o que vai ser da fábrica?, perguntei. Vovô não gostaria nem um pouco que você vendesse. O México está indo para o buraco, minha mãe disse, mais cedo ou mais tarde vamos ter que vender. Às vezes ela aparecia com algum amigo meu convidado por ela, porque, segundo os médicos, inclusive o doutor Kalb, era positivo para minha saúde ver "velhos amigos". Um sábado ela apareceu com Greta, uma amiga do curso preparatório que eu não via desde aquela época, outro sábado apareceu com um rapaz de que eu nem sequer me lembrava. Você deveria é trazer amigos seus, eu lhe disse uma noite, e tratar de se divertir. Quando eu dizia essas coisas, minha mãe achava graça, como se não desse crédito às minhas palavras ou então começava a chorar. Você não sai com ninguém? Não tem namorado?, perguntei.

Admitiu que se encontrava com um cara no DF, um divorciado como ela, ou viúvo, não fiz muita força para lhe arrancar mais detalhes, suponho que no fundo não me interessasse. Ao fim de quatro meses cheguei a pesar quarenta e oito quilos, e minha mãe começou a fazer os preparativos para meu traslado a uma clínica mexicana. Um dia antes de minha partida, o doutor Kalb se despediu de mim. Eu lhe dei meu telefone e pedi que me ligasse de vez em quando. Quando pedi o dele, aludiu a não sei que mudança de domicílio para não dar. Não acreditei, mas também não lhe joguei isso na cara.

Voltamos ao DF. Dessa vez me internaram numa clínica no bairro Buenos Aires. Tinha um quarto amplo, com muita luz, uma janela que dava para um parque e uma televisão com mais de cem canais. De manhã eu me instalava no parque e lia romances. De tarde me trancava em meu quarto e dormia. Um dia, Daniel, que acabava de chegar de Barcelona, veio me visitar. Não iria ficar muito tempo no México, e mal soube que eu estava hospitalizada veio me visitar. Perguntei a ele que tal eu lhe parecia. Respondeu que bem, só que muito magra. Nós dois rimos. Naquela época não me doía rir, o que era um bom sinal. Antes que ele fosse embora, perguntei por Arturo. Daniel me disse que ele não morava mais em Barcelona, pelo menos era o que ele achava, em todo caso fazia tempo que tinham parado de se ver. Um mês depois eu pesava cinqüenta quilos e saí do hospital.

Minha vida, no entanto, mudou pouco. Morava na casa de minha mãe e não saía, não porque não pudesse, mas porque não queria. Minha mãe me deu seu carro velho, um Mercedes, mas a única vez que dirigi quase bati. Qualquer coisinha me fazia chorar. Uma casa vista de longe, os engarrafamentos, as pessoas fechadas dentro de seus carros, a leitura da imprensa diária. Uma noite recebi um telefonema de Abraham, que ligava de Paris, onde participava de uma exposição coletiva de jovens pintores mexicanos. Ele quis falar do meu estado de saúde, mas não deixei. Acabou falando de sua pintura, de seus progressos, de seus sucessos. Quando nos despedimos, percebi que havia conseguido não derramar nem uma lágrima. Pouco depois, coincidindo com a decisão de minha mãe de ir morar em Los Angeles, tornei a perder peso. Um dia, ainda sem ter vendido a fábrica, pegamos um avião e nos instalamos em Laguna Beach. Passei as duas primeiras semanas em meu velho hospital de Los Angeles, submetida a exaustivos exames médicos, depois fui para junto de minha mãe, numa casinha da rua Lincoln, em Laguna Beach. Minha mãe já tinha ficado ali antes, mas uma coisa era estar de passagem e outra muito diferente era a vida cotidiana. Por um tempo, de manhãzinha, pegávamos o carro e íamos procurar um outro lugar que nos agradasse. Estivemos em Dana Point, em San Clemente, em San Onofre e terminamos numa cidadezinha nos contrafortes da Cleveland National Forest, chamada Silverado, como no filme, onde alugamos uma casa de dois andares e com jardim, depois compramos o cachorro policial que minha mãe chamou de Hugo, como seu namorado, que ela acabara de deixar no México.

Vivemos dois anos ali. Nesse tempo minha mãe vendeu a fábrica principal de meu avô, e eu me vi submetida a consultas médicas periódicas e cada vez mais rotineiras. Uma vez por mês minha mãe ia ao DF. Ao voltar, costumava me trazer romances, os romances mexicanos de que ela sabia que eu gostava, os velhos romances de sempre ou os novos, publicados por José Augustín, Gustavo Sainz ou gente mais moça que eles. Mas um dia me dei conta de que não podia mais ler esses romances, e pouco a pouco os livros em espanhol foram largados num canto. Pouco depois, sem avisar, minha mãe apareceu com um amigo, um engenheiro de sobrenome Cabrera, que trabalhava numa empresa que construía edifícios em Guadalajara. O engenheiro era viúvo e tinha dois filhos um pouco mais velhos que eu, que moravam nos Estados Unidos, na Costa Leste. Sua relação com minha mãe era tranqüila e com ares de duradoura. Uma noite minha mãe e eu conversamos sobre sexo. Disse a ela que minha vida sexual estava acabada, e depois de uma longa discussão minha mãe caiu no choro, me abraçou e disse que eu era sua menina, que nunca me abandonaria. Em geral, quase nunca discutíamos. Nossa vida se limitava a ler, ver televisão (nunca íamos ao cinema) e a saídas semanais por Los Angeles, onde víamos exposições ou íamos a concertos. Em Silverado não tínhamos amigos, salvo um casal judeu octogenário que minha mãe conheceu, ao menos foi o que ela me disse, no supermercado e que víamos cada três ou quatro dias, só por uns minutos e sempre na casa deles. Para minha mãe, visitá-los era um dever, pois os velhos poderiam sofrer um acidente ou um deles poderia morrer de repente, e o outro não saberia o que fazer, coisa que eu duvidava porque os velhos haviam estado num campo de concentração alemão durante a Segunda Guerra Mundial, e a morte não era nenhuma novidade para eles. Mas minha mãe se sentia feliz ajudando esses dois e eu não quis contrariá-la. Eram o senhor e a senhora Schwartz, e eles nos chamavam de Mexicanas.

Um fim de semana em que minha mãe estava no DF, fui visitá-los. Era a primeira vez que eu ia sozinha e, ao contrário do que esperava, fiquei um tempão na casa deles, e a conversa que tivemos foi muito agradável. Tomei uma limonada, e os Schwartz se serviram dois copos de uísque, argumentando que, na idade deles, aquele era o melhor remédio. Falamos da Europa, que conheciam muito bem, e do México, onde estiveram umas duas vezes. A idéia que tinham do México, no entanto, não poderia ser mais equivocada ou superficial. Lembro que, depois de uma longa conversa, eles olharam para mim e disseram que eu, sem dúvida, era mexicana. Claro que sou mexicana, falei. Em todo caso, eram muito simpáticos, e minhas visitas à casa deles se tornaram freqüentes. Às vezes, quando não se sentiam bem, telefonavam para mim e pediam que eu fizesse para eles as compras do dia no supermercado, ou que levasse a roupa deles à lavanderia, ou que fosse à banca e lhes comprasse um jornal. Às vezes me pediam o *Los Angeles Post*, outras o jornal local de Silverado, um tablóide de quatro páginas desprovido de qualquer interesse. Gostavam da música de Brahms, que achavam sonhador e sensato ao mesmo tempo, e só muito raramente viam tevê. Eu fazia exatamente o contrário, quase nunca ouvia música e na maior parte do dia tinha a tevê ligada.

Quando já estávamos há mais de um ano morando lá, o senhor Schwartz morreu, e minha mãe e eu acompanhamos a senhora Schwartz ao enterro no cemitério judaico de Los Angeles. Insistimos em que fosse em nosso carro, mas a senhora Schwartz se negou e foi em uma limusine de aluguel, atrás do carro fúnebre, sozinha, em todo caso foi o que minha mãe e eu pensamos. Ao chegar ao cemitério, desceu da limusine um sujeito de uns quarenta anos, com a cabeça raspada, vestido inteiramente de preto, que ajudou a senhora Schwartz a descer, como se fosse seu noivo. Ao voltar, a mesma cena se repetiu: a senhora Schwartz entrou no carro, depois entrou o sujeito careca e partiram, seguidos de perto pelo Nissan branco de minha mãe. Quando chegamos a Silverado, a limusine parou em frente à casa dos Schwartz, o careca ajudou a senhora Schwartz a descer, depois entrou na limusine, que partiu imediatamente. A senhora Schwartz ficou sozinha no meio da calçada deserta. Ainda bem que a seguimos, minha mãe disse. Paramos o carro e fomos para junto dela. A senhora Schwartz estava como que ausente, com o olhar perdido no final da rua por onde a limusine havia desaparecido. Levamos a senhora Schwartz para casa, e minha mãe nos preparou um chá. Até então ela tinha se deixado levar, mas, quando provou o chá, afastou a xícara e pediu um copo de uísque. Minha mãe olhou para mim. Em seus olhos havia um sinal de vitória. Depois perguntou onde estava o uísque e lhe serviu um copo. Com água ou sem água? Puro, querida, a senhora Schwartz disse. Com gelo ou sem gelo?, ouvi a voz de minha mãe na cozinha. Puro!, a senhora Schwartz repetiu. A partir de então, minha relação com ela se estreitou. Quando minha mãe ia para o México, eu passava o dia em casa da senhora Schwartz, ficava até para dormir. E, embora a senhora Schwartz não costumasse comer de noite, ela preparava saladas e bifes grelhados, que me obrigava a comer. Ela se sentava ao meu lado, com o copo de uísque perto, e me contava histórias de sua juventude na Europa, quando a comida, dizia, era uma necessidade e um luxo. Também ouvíamos discos e comentávamos as notícias locais.

    Durante o longo e tranqüilo ano de viuvez da senhora Schwartz, conheci um homem em Silverado, um encanador, e me deitei com ele. Não foi uma boa experiência. O encanador se chamava John e queria sair comigo de novo. Eu lhe disse que não, que uma vez para mim bastava. Minha negativa não o convenceu, e ele começou a me telefonar todos os dias. Uma vez minha mãe atendeu, e por um instante os dois ficaram se insultando. Uma semana depois, minha mãe e eu resolvemos tirar férias e ir para o México. Estivemos numa praia, depois fomos ao DF. Não sei por que minha mãe cismou que eu precisava ver Abraham. Uma noite recebi um telefonema dele e ficamos de nos ver no dia seguinte. Naquela época, Abraham já tinha deixado definitivamente a Europa e estava instalado no DF, onde tinha um ateliê, e as coisas pareciam ir muito bem para ele. O ateliê ficava em Coyoacán, pertinho de seu apartamento, e, depois do jantar, ele quis que eu fosse ver seus últimos quadros. Não sei dizer se gostei ou não, provavelmente me deixaram indiferente, eram telas de grandes dimensões, muito parecidas com as de um pintor catalão que Abraham admirava ou tinha admirado quando morava em Barcelona, passadas, isso sim, por seu crivo: onde antes predominavam os ocres, as cores terrosas, agora havia amarelos, vermelhos, azuis. Ele me mostrou também uma série de desenhos, de que gostei um pouco mais. Depois falamos de dinheiro, ele falou de dinheiro, da instabilidade do peso, da possibilidade de ir morar na Califórnia, dos amigos que não havíamos tornado a ver.

De repente, sem mais nem menos, ele perguntou por Arturo Belano. Fiquei surpresa, porque Abraham nunca fazia perguntas tão diretas. Disse que não tinha notícias dele. Pois eu tenho, ele disse, quer que lhe conte? Primeiro pensei dizer não, mas acabei dizendo que falasse, que queria saber. Uma noite eu o vi no bairro chinês, contou, e de início ele não me reconheceu. Estava com uma loura. Parecia contente. Eu o cumprimentei, estávamos num barzinho, quase na mesma mesa (nesse ponto Abraham riu) e seria ridículo fingir que não o tinha visto. Demorou um pouco até lembrar quem eu era. Depois se aproximou, quase grudou seu rosto no meu, percebi que estava de porre, provavelmente eu também estava, e perguntou de você. O que você disse? Disse que você morava nos Estados Unidos e que estava bem. E ele disse o quê? Bem, ele disse que eu lhe tirava um peso da consciência, alguma coisa assim, que às vezes pensava que você tinha morrido. Isso foi tudo. Voltou para junto da loura, e pouco depois meus amigos e eu saímos do bar.

Quinze dias depois voltamos a Silverado. Uma tarde encontrei John na rua e lhe disse que, se voltasse a me importunar com seus telefonemas, eu o mataria. John pediu desculpas e disse que tinha se apaixonado por mim, mas que não estava mais interessado e que não voltaria a me telefonar. Naqueles dias eu estava pesando cinqüenta quilos, não emagrecia nem engordava, e minha mãe estava feliz. Sua relação com o engenheiro tinha se estabilizado, já falavam até em casar, se bem que o tom de minha mãe nunca fosse totalmente sério. Com uma amiga ela tinha aberto uma loja de artesanato mexicano em Laguna Beach, o negócio não lhe dava muito dinheiro, tampouco perdas excessivas, mas a vida social que lhe proporcionava era exatamente o tipo de vida que minha mãe desejava. Um ano depois da morte do senhor Schwartz, a senhora Schwartz ficou doente e precisou ser internada numa clínica de Los Angeles. No dia seguinte fui visitá-la, ela estava dormindo. A clínica ficava no centro, no Wilshire Boulevard, perto do parque Douglas MacArthur. Minha mãe precisava ir embora e eu queria esperar até a senhora Schwartz acordar. O problema era o carro, porque, se minha mãe fosse embora e eu não, quem me levaria de volta a Silverado? Depois de uma longa discussão no corredor, minha mãe disse que viria me buscar entre as nove e as dez da noite, se algo extraordinário a atrasasse, ela telefonaria à clínica. Antes de ir, ela me fez prometer que eu não arredaria o pé dali. Não sei quanto tempo passei no quarto da senhora Schwartz. Comi no restaurante da clínica e puxei conversa com uma enfermeira. A enfermeira se chamava Rosario Álvarez e tinha nascido no DF. Perguntei como era a vida em Los Angeles e ela respondeu que dependia do dia, às vezes era ótima, às vezes péssima, mas que, trabalhando duro, dava para viver. Perguntei quanto tempo fazia que não ia ao México. Muito tempo, falou, não tenho dinheiro para matar a saudade. Depois comprei um jornal e tornei a subir ao quarto da senhora Schwartz. Sentei junto da janela e procurei no jornal os museus e os filmes em cartaz. Na rua Alvarado havia um cinema em que estava passando um filme que eu queria ver. Quando cheguei à bilheteria, porém, a vontade acabou e continuei andando. Todo mundo diz que Los Angeles não é uma cidade para quem anda a pé. Caminhei pelo Pico Boulevard até a rua Valencia, depois virei à esquerda e voltei pela Valencia até o Wilshire Boulevard, ao todo duas horas de passeio, sem forçar o passo, parando na frente de edifícios que aparentemente não despertavam o menor interesse ou observando com atenção o fluxo de automóveis. Às dez da noite minha mãe voltou de Laguna Beach e fomos embora. Da segunda vez que fui visitá-la, a senhora Schwartz não me reconheceu. Perguntei à enfermeira se tinha recebido visitas. Ela respondeu que uma senhora de idade tinha vindo de manhã e ido embora pouco antes de eu chegar. Dessa vez fui no Nissan, pois minha mãe e o engenheiro, que acabara de chegar, tinham ido no carro dele a Laguna Beach. Segundo a enfermeira com quem falei, a senhora Schwartz não tinha muito tempo de vida. Comi no hospital e fiquei sentada no quarto dela, pensando, até as seis da tarde. Depois peguei o Nissan e fui dar uma volta por Los Angeles. No porta-luvas tinha um mapa, que consultei detalhadamente antes de ligar o motor. Depois dei a partida e saí da clínica. Sei que passei na frente do Civic Center, do Music Center, do Dorothy Chandler Pavillion. Em seguida, rumei para o Echo Park e mergulhei no meio dos carros que circulavam pelo Sunset Boulevard. Não sei quanto tempo rodei, só sei que em nenhum momento desci do Nissan e que em Beverly Hills saí da 101 e vaguei pelas ruas secundárias até Santa Monica. Lá, peguei a 10 ou a Santa Monica Freeway, voltei ao centro, peguei a 11, passei pelo Wilshire Boulevard, mas só pude sair mais adiante, na altura da rua Terceira. Quando voltei à clínica eram dez da noite, e a senhora Schwartz tinha morrido. Ia perguntar se estava sozinha ao morrer, mas resolvi não perguntar nada. O corpo já não estava no quarto. Eu me sentei junto à janela e fiquei um tempo respirando e me recuperando da viagem a Santa Monica. Uma enfermeira entrou e me perguntou se eu era parente da senhora Schwartz e o que fazia ali. Eu lhe disse que era amiga dela e que só estava tentando me acalmar. Perguntou se já estava calma. Respondi que sim. Depois me levantei e fui embora. Cheguei a Silverado às três da manhã.

Um mês depois, minha mãe casou com o engenheiro. O casamento foi em Laguna Beach, vieram os filhos dele, um dos meus irmãos e os amigos que minha mãe tinha feito na Califórnia. Moraram um tempo em Silverado, depois minha mãe vendeu a loja de Laguna Beach e foram morar em Guadalajara. Por um tempo eu não quis sair de Silverado. Nessa época, sem minha mãe, a casa parecia muito maior, sossegada e fresca. A casa da senhora Schwartz continuou vazia por algum tempo. De tarde, eu pegava o Nissan e ia a um bar na cidade, tomava um café ou um uísque, e relia alguns velhos romances cujo assunto eu havia esquecido. No bar conheci um cara que trabalhava no Parque Florestal e fizemos amor. Ele se chamava Perry e sabia algumas palavras de espanhol. Uma noite Perry me disse que meu sexo tinha um cheiro muito especial. Não respondi e ele achou que tinha me ofendido. Ofendi você?, perguntou, se ofendi, desculpe. Mas eu estava pensando em outras coisas, em outros rostos (se é que é possível pensar num rosto) e não tinha me ofendido. No entanto, na maior parte do tempo ficava sozinha. Todo mês recebia no banco um cheque de minha mãe, e passava meus dias arrumando a casa, varrendo, esfregando, indo ao supermercado, cozinhando, lavando pratos, cuidando do jardim. Não telefonava para ninguém e só recebia telefonemas de minha mãe, e uma vez por semana de meu pai ou de algum irmão. Quando tinha vontade, ia de tarde a um bar, quando não tinha vontade ficava em casa lendo, junto da janela, de tal modo que, se levantasse os olhos, poderia ver a casa vazia dos Schwartz. Uma tarde, um carro parou em frente da casa e dele saiu um cara de paletó e gravata. O homem tinha as chaves. Entrou e, passados dez minutos, tornou a sair. Não parecia parente dos Schwartz. Poucos dias depois, duas mulheres e um homem também visitaram a casa. Ao sair, uma das mulheres pôs um letreiro com o anúncio de que a casa estava à venda. Muitos dias se passaram até alguém vir visitá-la, mas em certo meio-dia, quando eu estava ocupada no jardim, ouvi gritos de criança e vi um casal de uns trinta anos entrando na casa, precedido por uma das mulheres que havia estado ali antes. Soube na mesma hora que ficariam com a casa e pensei, ali mesmo, no jardim, sem tirar as luvas, de pé, como uma estátua de sal, que também havia chegado minha hora de ir embora. Naquela noite ouvi Debussy, pensei no México e, não sei por quê, em minha gata Zia, e acabei ligando para minha mãe e lhe dizendo que me arranjasse um trabalho no DF, qualquer coisa, que eu não demoraria a ir embora. Passada uma semana, minha mãe e seu marido novinho em folha apareceram em Silverado, e dois dias depois, um domingo à noite, voei de volta para o DF. Meu primeiro trabalho foi numa galeria de arte da Zona Rosa. Não pagavam muito, mas o trabalho não tinha nada de cansativo. Depois fui trabalhar num departamento do Fondo de Cultura Económica, na seção de Filosofia em Língua Inglesa, e minha vida profissional acabou se estabilizando.

Felipe Müller, sentado num banco da praça Martorell, Barcelona, outubro de 1991. Tenho quase certeza de que quem me contou essa história foi Arturo Belano, porque ele era o único entre nós que lia com prazer livros de ficção científica. É, pelo que me disse, um conto de Theodore Sturgeon, mas pode ser que seja de outro autor ou até do próprio Arturo, para mim o nome Theodore Sturgeon não significa nada.

A história, uma história de amor, fala de uma moça extremamente rica e muito inteligente que um belo dia se apaixona por seu jardineiro, ou pelo filho do jardineiro, ou por um jovem vagabundo que por acaso vai bater numa de suas propriedades e se torna seu jardineiro. A moça, que além de rica e inteligente é voluntariosa e caprichosa, na primeira oportunidade leva o rapaz para a cama e, sem saber muito bem como, se apaixona perdidamente por ele. O vagabundo, que não é nem de longe tão inteligente quanto ela e não tem estudo, mas que em compensação é de uma pureza angelical, também se apaixona por ela, não sem que surjam, como é natural, algumas complicações. Na primeira fase do romance eles vivem na luxuosa mansão dela, onde ambos se dedicam a ler livros de arte, a comer pratos requintados, a assistir a velhos filmes e, principalmente, a fazer amor o dia todo. Depois, residem por um tempo na casa do jardineiro da mansão, depois num barco (talvez numa das *péniches* que navegam pelos rios da França, como no filme de Jean Vigo), depois vagam ambos pela vasta geografia dos Estados Unidos montados em suas Harleys, o que era um dos sonhos do vagabundo.

Os negócios da moça, enquanto ela vive seu amor, continuam se multiplicando e, como dinheiro chama dinheiro, a cada dia que passa maior é sua fortuna. Evidentemente, o vagabundo, que não está a par de grande coisa, tem decência suficiente para convencê-la a dedicar parte de sua fortuna a obras sociais ou beneficentes (coisa que, por sinal, a moça *sempre* fizera, por meio de advogados e uma rede de variadas fundações, mas não diz nada, para que ele acredite que ela o faz por sugestão dele) e depois se esquece totalmente, porque no fundo o vagabundo só tem uma idéia aproximada do volume de dinheiro que se move como uma sombra atrás de sua amada. Enfim, por um tempo, meses, talvez um ano ou dois, a moça milionária e seu amante são indescritivelmente felizes. Mas um dia (ou entardecer), o vagabundo fica doente, e, embora os melhores médicos do mundo venham examiná-lo, nada se pode fazer, seu organismo está se ressentindo de uma infância miserável, de uma adolescência cheia de privações, de uma vida agitada que o pouco tempo passado em companhia da moça mal conseguiu paliar ou mitigar. Apesar dos esforços da ciência, um câncer terminal acaba com sua vida.

Por um tempo, a moça parece enlouquecer. Viaja por todo o planeta, tem amantes e se mete em histórias sinistras. Mas acaba voltando para casa e, pouco depois, quando parece mais consumida do que nunca, decide empreender um projeto que de alguma maneira havia começado a germinar em sua mente pouco antes da morte do vagabundo. Uma equipe de cientistas se instala em sua mansão. Num tempo recorde, a mansão se transforma duplamente, na parte interna, num laboratório avançado e, na externa — jardins e casa do jardineiro — numa réplica do Éden. Para proteger o local do olhar de estranhos, um muro altíssimo é levantado em torno da propriedade. Começam os trabalhos. Em pouco tempo, os cientistas implantam no óvulo de uma puta, que será generosamente recompensada, um clone do vagabundo. Nove meses depois, a puta tem um filho, ela o entrega à moça e desaparece.

Durante cinco anos, a moça e um exército de especialistas cuidam do menino. Passado esse tempo, os cientistas implantam num óvulo da moça um clone dela mesma. Nove meses depois a moça tem uma menina. O laboratório da mansão é desmontado, os cientistas desaparecem e são substituídos por educadores, artistas-tutores que observarão a certa distância o crescimento das duas crianças, conforme um plano previamente traçado pela moça. Quando tudo está em funcionamento, ela recomeça a viajar, volta às festas da alta sociedade, mergulha de cabeça em aventuras arriscadas, tem amantes, seu nome brilha como o de uma estrela. Mas de tempo em tempo, e cercada pelo maior segredo, regressa à sua mansão e observa, sem que vejam, o crescimento das crianças. O clone do vagabundo é uma réplica exata dele, a mesma pureza, a mesma inocência pela qual ela se apaixonara. Só que agora ele tem todas as suas necessidades satisfeitas, e sua infância é uma plácida sucessão de brincadeiras e de mestres que o instruem em tudo que é necessário. O clone da menina é uma réplica exata dela mesma, e os educadores repetem os mesmos acertos e erros, os mesmos gestos do passado.

A moça, evidentemente, raras vezes se deixa ver pelas crianças, embora ocasionalmente o clone do vagabundo, que nunca se cansa de brincar e é medroso, a enxerga através das cortinas dos andares de cima da mansão e vai correndo procurá-la, sempre em vão.

Os anos se passam, as crianças crescem e se tornam cada dia mais inseparáveis. Um dia a milionária adoece, sei lá por quê, um vírus mortal, um câncer, e, após uma resistência puramente formal, começa a definhar e a se preparar para morrer. Ainda é jovem, tem quarenta e dois anos. Seus únicos herdeiros são os dois clones, e ela deixa tudo preparado para que eles recebam parte de sua imensa fortuna no momento em que contraírem casamento. Por fim ela morre, seus advogados e cientistas a choram amargamente.

O conto termina com uma reunião de seus empregados, após a leitura do testamento. Alguns, os mais inocentes, os mais distantes do círculo interno da milionária, levantam perguntas que Sturgeon supõe que seus leitores possam levantar. E se os clones não quiserem se casar? E se o rapaz ou a moça se amam, como parece incontestável, e esse amor nunca atravessar a fronteira do estritamente fraternal? A vida deles não irá se arruinar? Vão ser obrigados a conviver como dois condenados à prisão perpétua?

Surgem discussões e debates. São levantados aspectos morais, éticos. O advogado e o cientista mais velho, não obstante, logo se encarregam de desfazer as dúvidas. Se os jovens não vierem a se casar, se não se apaixonarem, será dado a eles o dinheiro que lhes cabe e serão livres para fazer o que desejarem. Independentemente de como se desenvolva a relação dos dois, os cientistas implantarão no corpo de uma doadora, no prazo de um ano, um novo clone do vagabundo e, cinco anos depois, repetirão a operação com um novo clone da milionária. E, quando esses novos clones tiverem vinte e três e dezoito anos, qualquer que seja a relação estabelecida entre eles, isto é, quer se amem como irmãos ou como amantes, os cientistas ou os sucessores dos cientistas tornarão a implantar outros dois clones, e assim por diante até o fim dos tempos ou até a imensa fortuna da milionária se esgotar.

Nesse ponto o conto acaba. No crepúsculo se desenham o rosto da milionária e o do vagabundo, depois as estrelas, depois o infinito. Um pouquinho sinistro, não? Um pouquinho sublime e um pouquinho sinistro. Como em todo amor louco, não? Se ao infinito se acrescentar mais infinito, o resultado será o infinito. Se você juntar o sublime ao sinistro, o resultado será sinistro. Não?

20.

Xosé Lendoiro, Terme di Traiano, Roma, outubro de 1992. Fui um advogado singular. De mim se pôde dizer, com igual tino: tanto *Lupo ovem commisisti* quanto *Alter remus aquas, alter tibi radat harenas*. Mas eu preferia me ater ao catuliano *noli pugnare duobus*. Algum dia meus méritos serão reconhecidos.

Naquele tempo eu viajava e fazia experimentos. O exercício da carreira de advogado ou jurisconsulto me proporcionava renda suficiente para me dedicar com largueza à nobre arte da poesia. *Unde habeas quaerit nemo, sed oportet habere*, o que em bom vernáculo quer dizer que ninguém pergunta de onde vem o que possuis, mas que é preciso possuir. Algo consubstancial, se queres te dedicar à tua vocação mais secreta: os poetas se embelezam ante o espetáculo do dinheiro.

Mas voltemos a meus experimentos: eles consistiam, digamos, num primeiro impulso, somente em viajar e observar, mas logo me foi dado saber que o que inconscientemente eu pretendia era a consecução de um mapa ideal da Espanha. *Hoc erat in votis*, estes eram meus desejos, como diz o imortal Horácio. Claro, eu publicava uma revista. Era, se me permitem dizê-lo, o mecenas e o editor, o diretor e o poeta estrela. *In petris, herbis vis est, sed maxima verbis*: as pedras e as ervas têm virtudes, porém muito mais têm as palavras.

Minha publicação, além do mais, era dedutível dos impostos, o que a tornava bastante suportável. Para que ser pesado, os detalhes na poesia sobram, essa sempre foi minha máxima, junto a *Paulo maiora canamus*: cantemos as coisas um pouco maiores, como dizia Virgílio. Há que ir direto ao miolo, ao osso, à substância. Eu tinha uma revista e tinha uma banca de legistas, causídicos e leguleios, com certa fama nada imerecida, e durante o verão eu viajava. A vida me sorria. Um dia, no entanto, eu me disse: Xosé, já estiveste no mundo todo, *incipit vita nova*, é hora de ires pelos caminhos d'Espanha, embora não sejas um Dante, é hora de ires pelas veredas desta nossa Espanha tão maltratada e sofrida, e no entanto ainda tão desconhecida.

Sou um homem de ação. Dito e feito: comprei um trailer e parti. *Vive valeque*. Percorri a Andaluzia. Que linda é Granada, que graciosa é Sevilha, Córdoba, que severa. Mas eu deveria aprofundar, ir às fontes, um doutor em leis e criminalista como eu não deveria descansar até encontrar o caminho certo, o *ius est ars boni et aequi*, o *libertas est potestas faciendi id quod facere iure licet*, a raiz da aparição. Foi um verão iniciático. Eu repetia a mim mesmo: *nescit vox missa reverti*, a palavra, uma vez lançada, não pode ser retirada, do doce Horácio. Como advogado, essa afirmação pode ter seus bemóis. Mas não como poeta. Dessa primeira viagem voltei acalorado e também um tanto confuso.

Não tardei a me separar de minha mulher. Sem dramas e sem machucar ninguém, pois por felicidade nossas filhas já eram maiores de idade e tinham discernimento suficiente para me compreender, principalmente a mais velha. Fica com a casa e com o chalé de Tossa, disse-lhe, e não se fala mais no assunto. Minha mulher, surpreendentemente, aceitou. O resto pusemos nas mãos de um advogado em que ela confiava. *In publicis nihil est lege gravius: in privatis firmissimum est testamentum.* Mas não sei por que digo isso. O que tem um testamento a ver com um divórcio? Meus pesadelos me traem. Em todo caso, *legum omnes servi sumus, ut liberi esse possimus*, o que quer dizer que ante a lei todos somos escravos para podermos ser livres, que é o ideal maior.

De repente, minhas energias se avivaram. Senti-me rejuvenescer: parei de fumar, de manhã saía para correr, participei com afinco de três congressos de jurisprudência, dois deles realizados em velhas capitais européias. Minha revista não foi à breca, muito pelo contrário, os poetas que bebiam em meu afluente cerraram fileiras em manifesta simpatia. *Verae amicitiae sempieternae sunt*, pensei com o douto Cícero. Depois, em evidente excesso de confiança, decidi publicar um livro com meus versos. A edição saiu cara e as críticas (quatro) foram adversas, salvo uma. Atribuí tudo à Espanha, ao meu otimismo e às leis inflexíveis da inveja. *Invidia ceu fulmine summa vaporant.*

Quando chegou o verão, peguei o trailer e decidi me dedicar a vagabundear pelas terras de meus ancestrais, isto é, pela umbrosa e elementar Galícia. Parti com o ânimo sereno, às quatro da manhã, recitando entre os dentes sonetos do imortal e cacete Quevedo. Já na Galícia, dediquei-me a percorrer as rias, a provar seus mostos e a conversar com seus marinheiros, pois *natura maxime miranda in minimis.* Depois enfiei-me para as montanhas, para a terra das *meigas*, fortalecida a alma e abertos os sentidos. Dormia em campings, pois um sargento da Guarda Civil avisou-me que era perigoso acampar ao ar livre, nas margens de estradas vicinais ou comarcais transitadas, principalmente no verão, por gente de mal viver, ciganos, rapsodos e farristas, que iam de uma discoteca a outra pelas neblinosas trilhas da noite. *Qui amat periculum in illo peribit.* De resto, os campings não eram nada maus, e não demorei a calcular a torrente de emoções e de paixões que em tais recintos poderia encontrar, observar e até catalogar com a vista posta em meu mapa. Dessa maneira, ao encontrar-me num desses estabelecimentos, ocorreu o que agora se me afigura como a parte central de minha história. Ou pelo menos como a única parte que conserva intacta a felicidade e o mistério de toda minha triste e vã história. *Mortalium nemo est felix,* diz Plínio. E também: *felicitas cui praecipua fuerit homini, non est humani iudici.* Mas devo ir ao busílis. Estava eu num camping, como já disse, na zona de Castroverde, província de Lugo, num lugar montanhoso e pletórico em bosques e matos de toda espécie. Eu lia, tomava notas e entesourava conhecimentos. *Otium sine litteris mors est et homini vivi sepultura.* Mas pode ser que eu exagerasse. Numa palavra (sejamos sinceros): eu me aborrecia mortalmente.

Uma tarde, quando passeava por uma zona que para um paleontólogo seria, sem dúvida nenhuma, interessante, ocorreu a desgraça que em seguida vou referir. Vi descer do monte um grupo de campistas. Não era necessário demasiado entendimento para, tendo visto suas fisionomias conturbadas, compreender que algo de ruim havia sucedido. Detive-os com um gesto e fiz que me dessem parte. Resultou que o neto de um deles havia caído num poço, ou buraco, ou fenda do monte. Minha experiência de advogado criminalista me disse que havia que atuar imediatamente, *facta, non verba*, de modo que, enquanto metade do grupo seguiu seu caminho rumo ao camping, eu e o resto trepamos pela abrupta colina e chegamos onde, segundo eles, havia ocorrido a desgraça.

A fenda era profunda e insondável. Um dos campistas disse que seu nome era Boca do Diabo. Outro assegurou que a gente do lugar afirmava que era ali, de fato, que morava o demônio ou uma de suas figurações terrenas. Perguntei o nome do menino desaparecido e um dos campistas respondeu: Elifaz. A situação era estranha de per si, mas, depois da resposta, tornou-se francamente ameaçadora, pois não é todos os dias que uma fenda traga um menino de nome tão singular. Elifaz, pois?, fiz eu ou sussurrei. É o nome dele, disse o que havia falado. Os outros, empregados de escritório e funcionários incultos de Lugo, fitaram-me e não disseram nada. Sou um homem de pensamento e reflexão, mas também sou um homem de ação. *Non progredi est regredi*, recordei-me. Aproximei-me, portanto, da boca da fenda e bradei o nome do menino. Um eco sinistro foi a única resposta que obtive. Um grito, *meu* grito, que as profundezas da terra me devolveram convertido em seu reverso sangrento. Um calafrio percorreu meu espinhaço, mas creio que ri para dissimular, disse a meus companheiros que aquilo era decerto profundo, sugeri a possibilidade de que, atando todos os nossos cintos, confeccionássemos uma corda rudimentar para que um de nós, o mais magro, evidentemente, descesse e explorasse os primeiros metros do buraco. Conferenciamos. Fumamos. Ninguém apoiou minha proposta. Passado certo tempo, apareceram os que tinham ido até o camping com os primeiros reforços e os implementos necessários para o descenso. *Homo fervidus et diligens ad omnia est paratus*, pensei.

Atamos um rapagão de Castroverde o melhor que pudemos, e, enquanto cinco homens feitos e direitos seguravam a corda, o moço, provido de uma lanterna, começou a descer. Logo desapareceu de nossa vista. De cima, nós lhe gritávamos o que estás vendo?, e das profundezas nos chegava, cada vez mais débil, sua resposta: nada! *Patientia vincit omnia*, adverti, e tornamos a insistir. Ver, não víamos nem sequer a luz da lanterna, muito embora esporadicamente as paredes da cavidade mais próximas da superfície se iluminassem com um breve facho de luz, como se o rapagão focalizasse por sobre sua cabeça para calcular quantos metros havia descido. Então, quando comentávamos a luz, ouvimos um uivo sobre-humano e todos nos debruçamos à beira do poço. O que foi?, gritamos. O uivo repetiu-se. O que foi? O que viste? Encontraste o menino? Ninguém nos respondeu lá do fundo. As mulheres puseram-se a rezar. Não soube se me escandalizava ou se sondava melhor o fenômeno. *Stultorum plena sunt omnia*, assinalou Cícero. Um parente de nosso explorador pediu que o içássemos. Os cinco que seguravam a corda foram incapazes de fazê-lo e tivemos que ajudá-los. O grito que provinha do fundo se repetiu várias vezes. Finalmente, após denodados esforços, conseguimos trazê-lo à superfície.

O rapaz estava vivo e, excetuando-se alguns machucados nos braços e o jeans esfrangalhado, não parecia ferido. Para mais se tranqüilizarem, as mulheres apalparam as pernas dele. Não estava com nenhum osso quebrado. Que viste?, perguntou-lhe o parente. O rapaz não quis responder e levou as mãos ao rosto. Nesse momento eu deveria ter imposto minha autoridade e intervindo, mas minha situação de espectador me mantinha, como dizer, enfeitiçado pelo teatro de sombras e gestos inúteis. Outros repetiram, com ligeiras variantes, a pergunta. Lembrei talvez em voz alta que *occasiones namque hominem fragilem non faciunt, sed qualis sit ostendunt*. O rapagão, sem dúvida, era de têmpera fraca. Deram-lhe de beber um gole de conhaque. Não opôs resistência e bebeu como se naquilo jogasse sua vida. Que viste?, repetiu o grupo. Então o rapaz falou e só seu parente ouviu-o, o tal parente tornou a lhe fazer a pergunta, como se não desse crédito ao que seus ouvidos tinham ouvido. O rapaz respondeu: vi o diabo.

A partir desse momento a confusão e a anarquia se apoderaram do grupo de resgate. *Quot capita, tot sententiae*, uns disseram que haviam telefonado do camping para a Guarda Civil e que o melhor a fazer era esperar. Outros perguntaram pelo menino, se o rapagão o tinha visto nalgum momento do descenso ou se o tinha ouvido, e a resposta foi negativa. Os demais se dedicaram a inquirir sobre a natureza do demônio, se o tinha visto de corpo inteiro, se só o rosto, como era, de que cor, etcétera. *Rumores fuge*, disse a mim mesmo e contemplei a paisagem. Então, com outro grupo procedente do camping, apareceu o vigia e o grosso das mulheres, entre as quais estava a mãe do desaparecido, que demorou a saber do sucedido, anunciou a quem quisesse ouvi-la, pois estava assistindo a um concurso na tevê. Quem esteve lá embaixo?, perguntou o vigia. Em silêncio lhe foi indicado o rapagão, que ainda repousava na relva. A mãe, inerme, aproximou-se nesse instante da boca do algar e gritou o nome do filho. Ninguém respondeu. Ela tornou a gritar. Então a cavidade uivou, e foi como se lhe respondesse.

Alguns empalideceram. A maioria se afastou do poço, temerosos de que uma mão de névoa saísse de repente para arrastá-los às profundas. Não faltou quem dissesse que um lobo vivia ali. Ou um cachorro selvagem. Nessa altura já havia anoitecido, e lampiões a gás do camping e lanternas de pilha competiam numa dança macabra cujo centro magnético era a ferida aberta no monte. As pessoas choravam ou falavam em galego, língua que meu desarraigamento me fez esquecer, apontando com trêmulos gestos para a boca do buraco. Neste ponto não se poderia dizer *caelo tegitur qui non habet urnam*. A Guarda Civil não aparecia. Impunha-se, pois, uma decisão, apesar de o desconcerto ser total. Vi então o vigia do camping amarrar a corda na cintura e compreendi que se dispunha ao descenso. Confesso: sua atitude pareceu-me digna de encômios e acerquei-me para felicitá-lo. Xosé Lendoiro, advogado e poeta, disse-lhe apertando efusivamente uma de suas mãos. Ele me fitou e me sorriu como se nos conhecêssemos de outras datas. Depois, em meio à expectativa geral, pôs-se a descer por aquele poço infame.

Se devo ser sincero, eu e muitos dos que ali nos congregávamos tememos o pior. O vigia do camping desceu até a corda acabar. Chegado a esse ponto, todos pensamos que tornaria a subir e, por um instante, parece-me, ele puxou lá de baixo, nós puxamos cá de cima, e a busca se interrompeu numa série ignóbil de confusões e gritos. Tentei estabelecer a calma, *addito salis grano*. Não tivera eu a experiência dos tribunais do júri, aquela brava gente ter-me-ia jogado de cabeça no poço. Por fim, sem embargo, impus-me. Com não pouco esforço, conseguimos nos comunicar com o vigia e decifrar seus gritos. Pedia que soltássemos a corda. Assim fizemos. Mais de um sentiu gelar o coração ao ver desaparecer no báratro o pedaço de corda que ainda sobressaía, como o rabo de um rato nas fauces de uma serpente. Dissemo-nos que o vigia, sem dúvida, deveria saber o que fazia.

De repente, a noite se fez mais noite, e o buraco negro, se isso é possível, se fez mais negro, e os que, minutos antes, movidos pela impaciência, desfilavam brevemente ao seu redor, deixaram de fazê-lo, pois a possibilidade de tropeçar e de ser tragado pelo fojo materializou-se, como às vezes se materializam os pecados. De vez em quando escapavam lá de dentro uivos cada vez mais abafados, como se o diabo se retirasse para as profundezas da terra com suas duas presas recentemente recebidas. Em nosso grupo da superfície, nem é preciso dizer, circulavam sem trégua as mais ousadas hipóteses. *Vita brevis, ars longa, occasio praeceps, experimentum periculosum, iudicium difficile.* Havia os que não paravam de consultar o relógio, como se nessa aventura o tempo tivesse um papel determinante. Havia os que fumavam em roda e os que atendiam as parentas do menino perdido acometidas de lipotimias. Havia os que amaldiçoavam a Benemérita por sua demora. De repente, enquanto eu olhava para as estrelas, pensei que tudo aquilo se parecia sobremaneira a um conto de dom Pío Baroja lido em meus anos de estudante de Direito na Universidade de Salamanca. O conto se chama "La sima" e nele um pastorzinho é tragado pelas entranhas de um monte. Um homem desce, bem amarrado, à sua busca, mas os uivos do diabo o dissuadem e ele sobe de volta sem o menino, que ele não viu mas cujos gemidos de ferido são claramente audíveis de fora. O conto termina com uma cena de impotência absoluta, em que o medo derrota o amor ou o dever, e até os vínculos familiares: ninguém do grupo de resgate, composto, é bem verdade, por rudes e supersticiosos pastores bascos, se atreve a descer depois da história balbuciante contada pelo primeiro, que, não me lembro com certeza, diz ter visto o diabo ou tê-lo sentido, ou intuído, ou ouvido. *In se semper armatus Furor.* Na última cena, os pastores voltam para casa, inclusive o aterrorizado avô do menino, e por toda a noite, uma noite de ventania, suponho, ouvem um lamento vindo do buraco. Esse é o conto de dom Pío. Um conto de juventude, creio, em que sua prosa excelsa ainda não havia despregado totalmente suas asas, mas um bom conto, mesmo assim. E eis o que pensei, enquanto às minhas costas as paixões humanas fluíam e meus olhos contavam as estrelas: que a história que eu estava vivendo era idêntica à do conto de Baroja e que a Espanha continuava sendo a Espanha de Baroja, isto é, uma Espanha em que os buracos não estavam tapados e em que os meninos continuavam sendo imprudentes e caindo neles, em que as pessoas fumavam e desmaiavam de maneira e modo um tanto excessivos e em que a Guarda Civil, quando dela se necessitava, nunca aparecia.

Então ouvimos um grito, não um uivo desarticulado sem palavras, algo assim como ei, vocês aí em cima, ei, seus desgraçados, e embora não tenha faltado o fantasista que dissesse que era o demo, que, ainda não satisfeito, queria levar mais um, os outros fomos à beira do buraco e vimos a luz da lanterna do vigia, um facho parecido ao de um vaga-lume perdido na consciência de Polifemo, e perguntamos à luz se estava tudo bem, e a voz que havia atrás da luz disse tudo bem, vou jogar a corda, e ouvimos um ruído apenas perceptível nas paredes do poço, e, depois de várias tentativas fracassadas, a voz disse joguem vocês outra corda, e pouco depois, amarrado pela cintura e pelas axilas, içamos o menino desaparecido, cuja irrupção inesperada foi festejada com prantos e risos, e, desamarrado o guri, jogamos a corda e o vigia subiu, e o resto da noite, lembro-me agora que já não espero nada, foi uma festa ininterrupta, *O quantum caliginis mentibus nostris obicit magna felicitas*, uma festa de galegos na montanha, pois os campistas eram funcionários públicos galegos ou galegos que trabalhavam em empresas privadas, e eu também era filho daquelas terras, e o vigia, a que chamavam El Chileno, pois era essa sua nacionalidade, também descendia de esforçados galegos, e seu sobrenome, Belano, assim indicava.

Nos dois dias que ainda lá permaneci tive longas conversas com ele e, principalmente, pude torná-lo partícipe de minhas inquietudes e aventuras literárias. Depois voltei a Barcelona e não soube mais de sua pessoa, até que, passados dois anos, apareceu em meu escritório. Como sempre acontece nesses casos, andava ele apertado de dinheiro e não tinha trabalho, de modo que, depois de encará-lo fixamente e refletir sobre a conveniência de botá-lo no olho da rua, *supremum vale*, ou lhe dar uma mãozinha, pendi para esta última opção e disse que poderia lhe arranjar algumas resenhas na revista da Associação dos Advogados, cujas páginas literárias eu coordenava, isso por ora, mais para a frente veríamos. Presenteei-o então com meu último livro de poesia publicado e avisei que suas resenhas deveriam circunscrever-se à disciplina poética, pois da narrativa quem cuidava era meu colega Jaume Josep, especialista em divórcios e pederasta de longa trajetória, conhecido pelas hordas de michês das bibocas localizadas nas dependências das Ramblas, como O Anão Sofredor, em alusão à sua baixa estatura e à sua queda pelos rufiões de índole violenta e irascível.

Não creio me enganar ao dizer que notei em seu rosto certa decepção, devida possivelmente ao fato de que nutrira ele esperanças de publicar em minha revista literária, algo que por então me era impossível oferecer-lhe, pois o patamar de qualidade dos colaboradores era elevadíssimo, a programação estava completa, o supra-sumo da literatura barcelonense transitava por minha revista, a *crème de la crème* da poesia, e não era o caso de fazer amabilidades de uma hora para a outra unicamente em atenção a dois dias estivais de amizade e de trocas mais ou menos caprichosas de opiniões. *Discat servire glorians ad alta venire*.

Assim começou, poderia eu dizer, a segunda etapa de minha relação com Arturo Belano. Eu o via uma vez por mês, em meu escritório, onde, além de despachar causas as mais variadas, cumpria com minhas obrigações literárias e onde costumavam se apresentar, eram outros tempos, os escritores e poetas mais finos e de maior renome de Barcelona e de outras partes da Espanha, e até da América hispânica, que, de passagem por nossa cidade, vinham me cumprimentar. Lembro-me de que uma vez ou outra Belano encontrou algum dos colaboradores da revista e alguns dos meus convidados, e os resultados desses encontros não foram tão satisfatórios quanto eu teria desejado. Mas, obnubilado como estava pelo trabalho e pelo prazer, não tive o cuidado de lhe chamar a atenção, nem dei ouvidos ao ruído de fundo que esses encontros propiciavam. Ruído de fundo semelhante a uma caravana de automóveis, a um enxame de motos, ao movimento dos estacionamentos dos hospitais, um ruído que me dizia cuida-te, Xosé, vive a vida, cuida de teu corpo, o tempo é breve, a glória é efêmera, mas que eu, em minha ignorância, não decifrei ou acreditei que não era dirigido a mim, e sim a ele, esse ruído do desastre iminente, esse ruído de coisa perdida na enormidade de Barcelona, uma mensagem que não me dizia respeito, um verso que não tinha nada a ver comigo, e sim com ele, embora na realidade estivesse escrito *ex professo* para mim. *Fortuna rerum humanarum domina*.

Quanto ao mais, os encontros de Belano com os colaboradores de minha revista não careciam de certo encanto. Em certa ocasião, um dos meus rapazes, que depois parou de escrever e agora se dedica à política com bastante êxito, chamou-o para briga. Meu rapaz, evidentemente, não falava a sério, se bem que isso na realidade nunca se saiba, mas o caso é que Belano se fez de desentendido: creio que perguntou se meu colaborador sabia caratê ou algo assim (era faixa-preta), depois alegou uma enxaqueca e declinou a briga. Em ocasiões como essa eu me divertia muito. Dizia a ele: upa, Belano, defende tuas opiniões, argumenta, enfrenta o supra-sumo da literatura, *sine dolo*, e ele dizia que tinha dor de cabeça, ria, pedia que lhe pagasse sua colaboração mensal para a revista dos advogados e ia embora com o rabo entre as pernas.

Eu deveria ter desconfiado desse rabo entre as pernas. Deveria ter pensado: o que significa esse rabo entre as pernas, *sine ira et studio*, deveria ter me perguntado que animais tinham rabo. Deveria ter consultado meus livros e manuais e deveria ter interpretado corretamente aquele rabo peludo que se eriçava entre as pernas do ex-vigia do camping de Castroverde.

Mas não o fiz, e segui vivendo. *Errare humanum est, perseverare autem diabolicum*. Um dia cheguei ao apartamento de minha filha mais velha e ouvi um barulho. Evidentemente, tenho uma chave, na verdade até pouco antes de meu divórcio aquela foi a casa em que nós quatro morávamos, minha mulher, minhas duas filhas e eu, depois do divórcio comprei uma casa em Sarriá, minha mulher comprou uma cobertura na praça Molina, onde foi morar com a filha mais moça, e eu resolvi dar nosso antigo apartamento à minha filha mais velha, poeta como eu e principal colaboradora de minha revista. Como dizia, eu tinha uma chave, embora minhas visitas não fossem freqüentes, no mais das vezes ia lá para pegar um livro ou porque as reuniões do conselho de redação lá se realizavam. Entrei, portanto, e ouvi um barulho. Com discrição, como convém a um pai e a um homem moderno, dei uma espiada na sala, e não vi ninguém. O barulho provinha do fundo do corredor. *Non vis esse iracundus? Ne fueris curiosus*, repeti algumas vezes. Mas continuei avançando silenciosamente por minha antiga residência. Passei pelo quarto de minha filha, espiei, não havia ninguém. Segui adiante na ponta dos pés. Apesar da hora avançada da manhã, a casa estava na penumbra. Não acendi a luz. O barulho, descobri então, provinha do quarto que outrora fora meu, quarto que aliás continua igualzinho ao que minha mulher e eu deixamos. Entreabri a porta e vi minha filha mais velha nos braços de Belano. O que ele fazia me pareceu, ao menos à primeira vista, inenarrável. Ele a arrastava pela enorme extensão de minha cama de um lado para o outro, montava nela, Belano a virava, tudo isso em meio a uma série espantosa de gemidos, rugidos, zurros, relinchos, ruídos obscenos que me deixaram arrepiado. *Mille modi Veneris*, recordei com Ovídio, mas aquilo me pareceu o cúmulo. Não transpus todavia o umbral, fiquei imóvel, silencioso, enfeitiçado, como se de repente houvesse regressado ao camping de Castroverde, como se o vigia neogalego houvesse submergido outra vez no buraco, e eu e os funcionários de férias estivéssemos outra vez na boca do inferno. *Magna res est vocis et silentii tempora nosse*. Não disse nada. Guardei silêncio e tal como havia chegado fui embora. Mas não pude me afastar muito de minha antiga casa, da casa de minha filha, e meus passos me levaram a uma cafeteria das vizinhanças, que alguém, seu novo dono na certa, havia transformado num local muito mais moderno, com mesas e cadeiras de um plástico refulgente, onde, depois de pedir um café-com-leite, fiquei considerando a situação. As imagens de minha filha comportando-se feito uma cadela voltavam à minha mente em sucessivas vagas, e cada vaga me deixava ensopado de suor, como se estivesse com febre, pelo que, depois de tomar meu café, pedi um conhaque, para ver se com uma bebida mais forte conseguia me acalmar de uma vez por todas. Finalmente, no terceiro conhaque consegui. *Post vinum verba, post imbrem nascitur herba*.

O que nasceu em mim, no entanto, não foram as palavras ou a poesia, nem mesmo um verso órfão, mas um enorme desejo de vingança, a vontade de ir à forra, a implacável decisão de fazer aquele Julien Sorel de meia-tigela pagar por sua insolência e por seu descaramento. *Prima cratera ad sitim pertinet, secunda ad hilaritatem, tertia ad voluptatem, quarta ad insaniam*. O quarto copo da loucura, disse Apuleio, e era esse que me faltava. Soube naquele momento, com uma clareza que hoje me enternece. A garçonete, uma mocinha da idade de minha filha, olhava para mim do lado de lá do balcão. Junto dela, tomava um refresco uma mulher que fazia pesquisas. As duas falavam animadamente, mas de vez em quando a garçonete desviava o olhar em minha direção. Levantei a mão e pedi um quarto conhaque. Não creio exagerar se disser que percebi na garçonete um esgar de comiseração.

Decidi esmagar Arturo Belano como uma barata. Durante duas semanas, alucinado, desequilibrado, continuei aparecendo em minha antiga casa, na casa de minha filha, em horas intempestivas. Em quatro ocasiões eu os surpreendi, de novo, na intimidade. Em duas delas estavam em meu quarto, numa no quarto de minha filha, noutra no banheiro principal. Nessa última ocasião não pude espiá-los, só escutá-los, mas nas outras três pude ver com meus próprios olhos os atos terríveis a que se entregavam com fervor, com abandono, com impudicícia. *Amor tussisque non caelatu*r: o amor e a tosse não se podem ocultar. Mas era amor o que aqueles dois jovens sentiam um pelo outro?, perguntei-me mais de uma vez, principalmente ao abandonar, sigiloso e febril, minha casa depois daqueles atos indizíveis que uma força misteriosa me obrigava a presenciar. Era amor o que Belano sentia por minha filha? Era amor o que minha filha sentia por aquele arremedo de Julien Sorel? *Qui non zelat, non amat*, disse ou sussurrei quando pensei — num lapso de lucidez — que minha atitude, mais que a de um pai severo, era a de um amante ciumento. Mas eu não era um amante ciumento. O que, então, sentia eu? *Amantes, amentes*. Apaixonados, loucos, Plauto *dixit*.

Decidi, como medida preventiva, sondá-los, dar-lhes a meu modo uma derradeira oportunidade. Como eu temia, minha filha estava apaixonada pelo chileno. Tens certeza?, perguntei. Claro que tenho, ela me respondeu. E o que contam vocês fazer? Nada, papai, disse minha filha, que nessas coisas não se parece nem um pouco comigo, muito pelo contrário, saiu com o pragmatismo da mãe. *Adeo in teneris consuescere multum est*. Mas depois entrevistei-me com Belano. Ele veio a meu escritório, como todos os meses, entregar uma resenha de poesia para a revista da Associação dos Advogados e receber por ela. Muito bem, Belano, disse-lhe quando o tive à minha frente, sentado numa cadeira mais baixa, esmagado sob o peso legal de meus diplomas e sob o peso áureo das fotos de grandes poetas que ornavam, em molduras de prata, minha sólida mesa de carvalho de três metros por um e meio. Creio que está na hora, disse a ele, de dares um salto. Olhou para mim sem entender. Um salto qualitativo, falei. Após um instante em que ambos guardamos silêncio, esclareci-lhe minhas palavras. Queria (era essa minha vontade, falei) que ele passasse de resenhista da revista da associação a colaborador habitual de minha revista. Creio que seu único comentário foi um "ah", mais para o apagado. Como hás de entender, expliquei, é uma grande responsabilidade que estou assumindo, a revista tem cada dia mais prestígio, colaboraram para ela poetas ilustres da Espanha e da América hispânica, suponho que tu a leias e que não terás deixado escapar que ultimamente publicamos Pepe de Dios, Ernestina Buscarraons, Manolo Garcidiego Hijares, para não falar dos jovens ases que formam nossa equipe de colaboradores habituais: Gabriel Cataluña, que tem tudo para ser em breve o grande poeta bilíngüe que todos esperamos, Rafael Logroño, poeta mocíssimo mas de uma robustez assombrosa, Ismael Sevilla, certeiro e elegante, Ezequiel Valencia, capaz de compor os sonetos mais raivosamente modernos da Espanha atual, estilista de coração ardente e inteligência fria, sem esquecer, evidentemente, os dois gladiadores da crítica poética, Beni Algeciras, quase sempre impiedoso, e Toni Melilla, professor da Autônoma e especialista em poesia dos 50. Todos eles, terminei, homens que tenho a honra de comandar e cujos nomes estão destinados a brilhar com letras de bronze na literatura deste país que te acolhe, tua mãe pátria, como vocês costumam dizer, e em companhia dos quais trabalharias.

Depois fiquei em silêncio e nos observamos por um instante. Melhor dizendo: eu o observei, buscando em seu rosto um sinal qualquer que delatasse o que passava por sua cabeça, e Belano dedicou-se a olhar minhas fotos, meus objetos de arte, meus diplomas, meus quadros, minha coleção de algemas e grilhões (a maioria de antes de 1940, uma coleção que costumava suscitar em meus clientes um interesse mesclado a espanto, alguma piada ou brincadeira de mau gosto da parte de meus colegas de Direito e o encanto e a admiração dos poetas que me visitavam), as lombadas dos poucos e seletos livros que tenho em minha sala, na maioria primeiras edições de poetas românticos espanhóis do século XIX. Seu olhar, como diria, movimentava-se por minhas posses como um rato, um rato miúdo e incomensuravelmente nervoso. O que achas?, cutuquei. Ele então olhou para mim e compreendi na hora que minha proposta tinha caído no vazio. Belano perguntou-me quanto eu pensava lhe pagar. Olhei para ele e não respondi. O arrivista já pensava na remuneração. Olhou para mim e esperou minha resposta. Fitei-o com cara de pôquer. Ele gaguejou se o pagamento iria ser igual ao da revista da associação. Suspirei. *Emere oportet, quem tibi oboedire velis.* Seu olhar, não restava dúvida, era o de um rato amedrontado. Não pago nada, respondi. Só aos grandes, grandes nomes, assinaturas concludentes, tu por enquanto só te encarregarás de algumas resenhas. Ele então meneou a cabeça, como se recitasse: *O cives, cives, quaerenda pecunia primum est, virtus post nummos.* Depois disse que pensaria no assunto e foi embora. Quando fechou a porta, afundei a cabeça entre as mãos e fiquei um instante pensando. No fundo, não queria fazer-lhe mal algum.

Foi como dormir, foi como sonhar, foi como reencontrar minha verdadeira natureza de gigante. Quando acordei, encaminhei-me à casa de minha filha disposto a travar com ela uma longa conversa paterno-filial. Provavelmente eu havia passado muito tempo sem conversar com ela, sem ouvir seus medos, suas preocupações, suas dúvidas. *Pro peccato magno paulum supplicii satis est patri.* Naquela noite fomos jantar num bom restaurante da rua Provenza, e, embora só falássemos de literatura, o gigante que havia em mim se comportou como eu esperava: elegante, ameno, compreensivo, cheio de projetos, iludido pela vida. No dia seguinte, visitei minha filha mais moça e levei-a de carro a La Floresta, à casa de uma amiga. O gigante dirigiu com prudência e falou com humor. Ao nos despedirmos, minha filha deu-me um beijo no rosto.

Era somente o princípio, mas eu já começava a sentir dentro de mim, na balsa ardente que era meu cérebro, os efeitos lenitivos de minha nova atitude. *Homo totiens moritur quotiens emittit suos.* Amava minhas filhas, sabia que estivera a ponto de perdê-las. Talvez, pensei, tenham estado sozinhas demais, tempo demais com a mãe, uma mulher acomodada e um tanto propensa ao abandono da carne, e agora é necessário que o gigante se mostre, demonstre a elas que está vivo e que pensa nelas, só isso, algo tão simples que até me dava raiva (ou talvez só pena) não tê-lo feito antes. De resto, a chegada do gigante não contribuiu apenas para melhorar a relação com minhas filhas. No trato diário com os clientes do escritório, comecei a notar mudança evidente: o gigante não tinha medo de nada, era audacioso, ocorriam-lhe de forma instantânea os mais inesperados artifícios, podia transitar sem temor nenhum pelos meandros e pelas fragosidades legais de olhos fechados e sem sombra de hesitação. Isso para não falar no trato com os literatos. Aí o gigante, notei com verdadeiro prazer, era excelso, majestoso, uma montanha de sons e dictérios, uma ação e uma negação constantes, uma fonte de vida.

Parei de espionar minha filha e seu desditado amante. *Odero, si potero Si non, invitus amabo.* Contra Belano, entretanto, recaiu todo o peso de minha autoridade. Recuperei a paz. Foi a melhor época de minha vida.

Agora penso nos poemas que poderia ter escrito e não escrevi, e me dá vontade de rir e de chorar ao mesmo tempo. Mas então eu não pensava nos poemas que poderia escrever: eu os escrevia, acreditava que os escrevia. Naquela época publiquei um livro: consegui que uma das editoras mais prestigiosas do momento o lançasse. Evidentemente, arquei com todos os gastos, eles só imprimiram o livro e o distribuíram. *Quantum quisque sua nummorum servat in arca, tantum habet ei fidei.* O gigante não se preocupava com dinheiro, ao contrário, fazia-o circular, exercia sua soberania sobre ele, como cabe a um gigante, sem medo e sem pudor.

Do dinheiro, evidentemente, tenho lembranças indeléveis. Lembranças que brilham como um bêbado sob a chuva ou como um doente sob a chuva. Sei que houve um tempo em que meu dinheiro foi o *leitmotiv* de piadas e chalaças. *Vilius argentum est auro, virtutibus aurum.* Sei que houve um tempo, no início da trajetória de minha revista, em que meus jovens colaboradores riam da procedência de meu capital. Pagas os poetas, disseram, com o ouro que te entregam os financistas desonestos, os banqueiros desfalcadores, os narcotraficantes, os assassinos de mulheres e crianças, os que lavam dinheiro, os políticos corruptos. Mas eu não me dava ao trabalho de responder a essas balelas. *Plus augmentantur rumores, quando negantur.* Alguém tem de defender os assassinos, alguém tem de defender os desonestos, os que querem se divorciar e não querem que a mulher fique com todo seu capital, alguém tem de defendê-los. Meu escritório defendia todos, e o gigante a todos absolvia e de todos cobrava o preço justo. Assim é a democracia, imbecis, eu lhes dizia, aprendam. Para o bem e para o mal. E com o dinheiro ganho não comprei um iate, mas fundei uma revista de literatura. E, embora eu soubesse que esse dinheiro queimava a consciência de alguns juveníssimos poetas de Barcelona e de Madri, quando tinha um momento livre eu me aproximava deles, por trás, silenciosamente, e tocava-lhes as costas com a ponta de meus dedos, perfeitamente manicuradas (não como agora, que até pelas unhas estou sangrando) e lhes dizia no ouvido: *non olet.* Não fede. As moedas ganhas nos mictórios de Barcelona e de Madri não fedem. As moedas ganhas nos retretes de Zaragoza não fedem. As moedas ganhas nos dejetórios de Bilbao não fedem. E, se fedem, só fedem a dinheiro. Só fedem ao que o gigante costuma fazer com seu dinheiro. Então os juveníssimos poetas compreenderam e assentiram, mas talvez sem se terem dado plenamente conta do que eu havia querido dizer-lhes, da espantosa e eterna lição que havia pretendido introduzir nessas cabeças-de-vento. E, se houve um que não tenha entendido, o que duvido, quando viu seus textos publicados, quando cheirou as páginas recém-impressas, quando viu seu nome na portada ou no índice, sentiu a que na verdade fede o dinheiro: à força, à delicadeza do gigante. E então acabaram-se as piadas, e todos amadureceram e seguiram-me.

Todos, menos Arturo Belano, e este não me seguiu pela simples razão de que não foi chamado. *Sequitur superbos ultor a tergo deus*. E todos os que me seguiram iniciaram uma carreira no mundo das letras ou cimentaram uma carreira que já haviam iniciado mas que permanecia na fase dos balbucios, menos Arturo Belano, que se afundou no mundo em que tudo fedia, em que tudo fedia a merda, a urina, a podridão, a miséria, a doença, um mundo em que o fedor era sufocante e anestesiante, e em que só o que não fedia era o corpo de minha filha. Eu não mexi um dedo para romper aquela relação anômala, mas mantive a expectativa. Assim, soube um dia, não me perguntem como, porque esqueci, que até minha filha, minha linda filha mais velha, começou a feder para o desditado ex-vigia do camping de Castroverde. A boca de minha filha começou a feder. Um fedor que se enroscava pelas paredes da casa em que então morava o desditado vigia do camping de Castroverde. E minha filha, cujos hábitos de higiene não admito que ninguém ponha em dúvida, lavava a boca todas as horas, ao se levantar, ao meio da manhã, depois do almoço, às quatro da tarde, às sete, depois do jantar, antes de ir para a cama, mas não havia modo de tirar o fedor, de extirpar ou dissimular o fedor que o vigia farejava ou de que tomava ventos como um animal encurralado, e muito embora minha filha entre uma escovação e outra bochechasse com Listerine, o fedor persistia, desaparecia momentaneamente para tornar a aparecer nos momentos mais inesperados, às quatro da manhã, na larga cama de náufrago do vigia, quando este em sonhos se virava para minha filha e procedia a montar nela, um fedor insuportável que minava sua paciência e sua discrição, o fedor do dinheiro, o fedor da poesia, talvez até o fedor do amor.

Pobre filha minha. São os dentes de siso, dizia. Pobre filha minha. É o último dente de siso que está nascendo. Por isso minha boca fede, alegava ante o desinteresse cada vez maior do ex-vigia do camping de Castroverde. O dente do siso! *Nunquam aliud natura, aliud sapientia dicit*. Certa noite convidei-a para jantar. Só tu, disse, embora na época ela e Belano quase não se vissem, mas eu precisei: só tu, minha filha. Conversamos até as três da manhã. Falei do caminho que o gigante estava desbravando, do caminho que levava à literatura verdadeira, ela falou de seu dente do siso, das palavras novas que esse dente emergente estava colocando em sua língua. Pouco depois, numa reunião literária, quase sem dar importância e como que de passagem, minha filha anunciou que havia rompido com Belano e que ela, pensando bem, não via com bons olhos uma futura colaboração dele na magna equipe de resenhistas da revista. *Non aetate verum ingenio apiscitur sapientia.*

Coração inocente! Naquele momento teria adorado dizer a ela que Belano jamais fizera parte da equipe de resenhistas, o que ficava evidente apenas folheando os dez últimos números da publicação. Mas não lhe disse nada. O gigante abraçou-a e perdoou-a. A vida seguiu seu curso. *Urget diem nox et dies noctem.* Julien Sorel havia morrido.

Naquela época, meses depois de Arturo Belano ter saído por completo de nossa vida, voltei em sonho a ouvir o uivo que saíra outrora da boca do poço no camping de Castroverde. *In se semper armatus Furor*, como dizia Sêneca. Acordei tremendo. Eram quatro da manhã, lembro-me, e, em vez de voltar para a cama, fui procurar em minha biblioteca o conto de Pío Baroja, "La sima", sem saber muito bem para quê. Li-o duas vezes, até amanhecer, a primeira vez lentamente, ainda entorpecido pelas brumas do sono, a segunda em grande velocidade e retornando a certos parágrafos que me pareciam altamente reveladores e que eu não conseguia compreender. Com lágrimas nos olhos, tentei lê-lo pela terceira vez, mas o sono derrotou o gigante e adormeci na poltrona da biblioteca.

Quando acordei, às nove da manhã, doíam-me todos os ossos, e eu havia diminuído pelo menos trinta centímetros. Tomei um banho, peguei o livro de dom Pío e fui para o escritório. Lá, *nil sine magno vita labore dedit mortalibus*, depois de despachar uns poucos assuntos urgentes, dei ordens para que não me incomodassem e mergulhei de novo nas inclemências de "La sima". Quando terminei, fechei os olhos e pensei no temor dos homens. Por que ninguém desceu para resgatar o garoto?, perguntei-me. Por que seu avô teve medo?, perguntei-me. Por que, se o deram por morto, ninguém desceu para buscar o pequeno corpo, bando de babacas?, perguntei-me. Depois fechei o livro e fiquei andando de um lado para o outro em minha sala, como um leão enjaulado, até que não agüentei mais, atirei-me no sofá, encolhi-me o mais que pude e deixei escorrer minhas lágrimas de advogado, minhas lágrimas de poeta e minhas lágrimas de gigante, todas juntas, revolvidas num magma ardente, que, longe de me aliviar, me empurrava para a boca do poço, para a fenda aberta, fenda que, apesar das lágrimas (que velavam os objetos de minha sala), eu via com uma clareza cada vez maior e que identificava, não sei por quê, pois não correspondia ao meu estado de espírito, com uma boca desdentada, com uma boca dentada, com um sorriso pétreo, com o sexo aberto de uma jovem, com um olho que observava do fundo da terra, olho inocente (de algum modo obscuro), pois eu sabia que o olho acreditava que, enquanto observava, não era observado, situação bastante absurda, pois era inevitável que, enquanto ele observava, os gigantes ou ex-gigantes como eu o observassem. Não sei quanto tempo fiquei assim. Depois me levantei, fui ao banheiro lavar o rosto e disse à minha secretária que cancelasse todos os meus compromissos daquele dia.

Vivi as semanas seguintes como um sonho. Fazia tudo bem-feito, como era de meu costume, mas não estava mais em meu corpo, e sim fora, *facies tua computat annos*, olhando para mim e compadecendo de mim, autocriticando-me acerbamente, zombando de meu protocolo ridículo, dos usos e das frases ocas que eu sabia não me iriam levar a lugar nenhum.

Não demorei a compreender quão vãs haviam sido todas as minhas ambições, tanto as que rodavam pelo labirinto de ouro das leis, como as que pus para rodar pelo precipício do precipício da literatura. *Interdum lacrimae pondera vocis habent*. Soube o que Arturo Belano soubera desde o primeiro dia em que me vira: que eu era um péssimo poeta.

No amor, pelo menos, ainda funcionava, quer dizer, ainda levantava, mas minha apetência despencou verticalmente: não gostava de me ver transando, não gostava de me ver mexendo-me sobre o corpo inerme da mulher com quem saía então (pobre coitada inocente!) e que não tardei a perder. Pouco a pouco comecei a preferir as desconhecidas, moças que pegava nos balcões dos bares e das discotecas abertas a noite inteira e que, pelo menos inicialmente, podia confundir com a exibição impudica de meu antigo poder de gigante. Algumas, lamento dizê-lo, poderiam ser minhas filhas. Essa constatação, em não poucas ocasiões, eu fiz *in situ*, o que me enchia de perturbação e de vontade de sair ao jardim uivando e dando pinotes, o que não fiz por respeito aos vizinhos. De todo modo, *amor odit inertes*, ia para a cama com mulheres e as fazia felizes (os presentes que antes prodigalizava a jovens poetas comecei a dar às jovens transviadas), e a felicidade delas adiava a hora de minha infelicidade, que era a hora de dormir e sonhar, ou sonhar que sonhava, com os gritos que escapavam da boca da fenda, numa Galícia que era toda como a fuça de uma fera selvagem, uma boca verde, gigantesca, que se abria até uma desmesura dolorosa sob um céu em chamas, de mundo queimado, calcinado pela Terceira Guerra Mundial, que nunca ocorreu, que pelo menos nunca ocorreu enquanto eu estive vivo, e às vezes o lobo era mutilado na Galícia, mas outras vezes seu martírio era emoldurado por paisagens do País Basco, das Astúrias, de Aragão, até da Andaluzia! E eu no sonho, lembro-me bem, costumava refugiar-me em Barcelona, uma cidade civilizada, mas até mesmo em Barcelona o lobo uivava e escancarava a bocarra, e o céu se rasgava, e tudo era irremediável.

Quem o torturava?

Repeti-me essa pergunta mais de uma vez.

Quem fazia o lobo uivar a cada noite ou a cada manhã, quando eu caía exausto em minha cama ou em poltronas desconhecidas?

Insperata accidunt magis saepe quam quae spes, disse de mim para mim.

Pensei que fosse o gigante.

Durante algum tempo procurei dormir sem dormir. Fechar somente um olho. Meter-me nos becos do sono. Mas só chegava, e depois de muitos esforços, até a abertura do buraco, *nemo in sese tentat descendere*, e ali parava e escutava: meus roncos de adormecido inquieto, os ruídos distantes que o vento trazia da rua, o barulho surdo que vinha do passado, as palavras carentes de sentido dos campistas atemorizados, o ruído de passos dos que andavam em torno do buraco sem saber o que fazer, as vozes que anunciavam a chegada de reforços procedentes do camping, o choro de uma mãe (que às vezes era minha mãe!), as palavras ininteligíveis de minha filha, o ruído das pedras que se soltavam como minúsculas folhas de guilhotinas quando o vigia descia para buscar o garoto.

Um dia decidi procurar Belano. Fiz isso para meu próprio bem, por minha saúde. A década de 80, que tão nefasta havia sido para seu continente, parecia havê-lo engolido sem deixar vestígio. De vez em quando, apareciam na redação de minha revista poetas que, por idade ou por nacionalidade, poderiam conhecê-lo, saber onde ele morava, mas a verdade é que, à medida que passava o tempo, seu nome se ia apagando. *Nihil est annis velocius*. Quando comentei o fato com minha filha, obtive um endereço no Ampurdán e um olhar de censura. O endereço correspondia a uma casa em que fazia muito não morava ninguém. Certa noite particularmente desesperada até telefonei para o camping de Castroverde. Havia fechado.

Ao fim de certo tempo, achei que me acostumaria a viver com o gigante destrambelhado e com os uivos que noite após noite saíam do buraco. Procurei a paz e, se não a paz da distração, na vida social (que, por culpa das meninas transviadas, andava meio abandonada), na expansão de minha revista, em alguma distinção oficial que a Generalitat, por minha condição de emigrante galego, sempre me havia regateado. *Ingrata patria, ne ossa quidem mea habes.* Procurei a paz no convívio com os poetas e no reconhecimento de meus pares. Não a encontrei. Ou melhor, encontrei desolação e resistência. Encontrei mulheres de gesso que pretendiam que eu as tratasse com luvas de seda (e todas haviam ultrapassado a marca dos cinqüenta!), encontrei funcionários saídos do camping de Castroverde e que olhavam para mim como o que eram, galegos assustados ante o irremediável e que só me davam vontade de chorar, encontrei novas revistas que vinham a público e cuja existência punha a minha num xeque permanente. Procurei a paz, e não a encontrei.

Naquela altura, acho que era capaz de recitar de cor o conto de dom Pío, *periturae parcere chartae*, e continuava sem entender nada. Aparentemente, minha vida transcorria pelos mesmos campos de mediocridade de sempre, mas eu sabia que caminhava pelo território da destruição.

Por fim contraí uma doença mortal e larguei os negócios. Num esforço derradeiro para recobrar minha identidade perdida, batalhei para que me dessem o Prêmio Cidade de Barcelona. *Contemptu famae contemni virtutes.* Os que sabiam de meu estado de saúde acreditaram que se tratava de conseguir uma espécie de reconhecimento póstumo em vida e me censuraram acerbamente. Eu só tentava morrer sendo eu mesmo, não um ouvido à beira de um buraco. Os catalães só entendem o que lhes convém.

Testei. Dividi meus bens, que não eram tantos como eu acreditava, entre as mulheres de minha família e duas moças transviadas pelas quais eu havia tomado simpatia. Não quero nem imaginar a expressão de minhas filhas quando souberem que terão de compartilhar meu dinheiro com duas flores da rua. *Venenum in auro bibitur.* Depois sentei-me em minha sala às escuras e vi passar, como num diorama, a carne fraca e o cérebro forte, como marido e mulher que se odiaram, e também vi passar, de braços dados, a carne forte e o cérebro fraco, outro casal exemplar, e os vi passear por um parque como o da Ciutadella (se bem que por vezes era mais como o Gianicolo na altura do Piazzale Giuseppe Garibaldi), cansadíssimos e incansáveis, a passo de cancerosos ou de danificados prostáticos, bem vestidos, aureolados por certa dignidade que espantava, a carne forte e o cérebro fraco iam da direita para a esquerda, a carne fraca e o cérebro forte iam da esquerda para a direita, e cada vez que se cruzavam se cumprimentavam mas não paravam, não sei se por educação ou porque se conheciam, ainda que superficialmente, de outros passeios, e eu pensava: por Deus, falem, falem, dialoguem, no diálogo está a chave de qualquer porta, *ex abundantia cordis os loquitur*, mas eles só inclinavam a cabeça, o cérebro fraco e o cérebro forte, e elas talvez só inclinassem as pálpebras (as pálpebras não se inclinam, disse-me certo dia Toni Melilla, quão errado ele estava, claro que se inclinam, as pálpebras até se ajoelham), orgulhosas como cadelas, a carne fraca e a carne forte, maceradas no encanamento do destino, se me permitem a expressão, uma expressão carente de significado, mas doce como uma cadela perdida na encosta de uma montanha.

Depois internei-me numa clínica de Barcelona, depois internei-me numa clínica de Nova York, depois, certa noite, todo meu sangue ruim galego subiu até meu couro cabeludo, arranquei as sondas, vesti-me e fui para Roma, onde me internei no Ospedale Britannico, onde trabalha um amigo, o doutor Claudio Palermo Rizzi, poeta nas horas vagas, que são poucas, e onde, depois de me submeter a incontáveis testes e iniqüidades (a que eu já me havia submetido em Barcelona e em Nova York), decretou-se que me restavam poucos dias de vida. *Qui fodit foveam, incidet in eam.*

E cá estou, já sem ânimo para voltar a Barcelona, mas também sem coragem para abandonar definitivamente o hospital, embora toda noite eu me vista e saia a passear ao luar de Roma, a esse luar que conheci e admirei em épocas remotas de minha vida, que, iludido, cri felizes e inapagáveis e que hoje só posso evocar com um espasmo de incredulidade. E meus passos me levam, indefectivelmente, pela Via Claudia até o Coliseu, depois pelo Viale Domus Aurea até a Via Mecenate, depois viro à esquerda, passada a Via Botta, pela Via Terme di Traiano, e já estou no inferno. *Etiam periere ruinae.* Ponho-me então a escutar os uivos que saem como rajadas de vento da boca do precipício e juro que tento entender essa linguagem, entretanto, por mais esforços que faça, não consigo. Outro dia contei isso a Claudio. Curandeiro, disse-lhe, todas as noites saio para dar um passeio e tenho alucinações. O que tu vês?, perguntou o poeta galeno. Não vejo nada, são alucinações auditivas. E o que ouves?, indagou visivelmente aliviado o suposto nobre siciliano. Uivos, disse-lhe. Bom, não é nada grave, tendo em vista teu estado, tua sensibilidade, poder-se-ia até dizer que é normal. Valoroso consolo.

Seja como for, não conto tudo o que acontece comigo ao inefável Claudio. *Imperitia confidentiam, eruditio timorem creat.* Por exemplo: não disse a ele que minha família ignora meu atual estado de saúde. Por exemplo: não disse a ele que proibi terminantemente a eles que viessem visitar-me. Por exemplo: não disse a ele que sei com total certeza que morrerei em seu Ospedale Britannico, se não numa destas noites quaisquer, no meio do Parco di Traiano, escondido debaixo de uns arbustos. Serei eu, será minha vontade que me arrastará até meu derradeiro esconderijo vegetal, ou serão outros, meliantes romanos, michês romanos, psicopatas romanos que ocultarão meu corpo, o corpo do delito deles, sob sarças ardentes? Seja como for, sei que morrerei nas termas ou no parque. Sei que o gigante ou a sombra do gigante se encolherá enquanto os uivos sairão sob pressão do Domus Aurea e se espalharão por toda Roma, nuvem negra e violenta, e sei que o gigante dirá ou sussurrará: salvem o menino, e sei que ninguém escutará seu rogo.

Até aqui chega a poesia, essa pécora negra que me acompanhou traiçoeiramente por tantos anos. *Olet lucernam.* Agora seria conveniente contar duas ou três piadas, mas só me ocorre uma, assim, de improviso, só uma, e ainda por cima de galegos. Não sei se vocês conhecem. Uma pessoa vai caminhando por um bosque. Eu mesmo, por exemplo, estou caminhando por um bosque, como o Parco di Traiano ou como as Terme di Traiano, mas desproporcional e sem tanto desmatamento. Vai essa pessoa, eu vou andando pelo bosque e encontro quinhentos mil galegos, que vão andando e chorando. Então eu paro (gigante gentil, gigante curioso pela última vez) e pergunto a eles por que choram. Um dos galegos me diz: porque estamos sozinhos e nos perdemos.

21.

Daniel Grossman, sentado num banco da Alameda, México, DF, fevereiro de 1993. Fazia muitos anos que eu não o via e, quando voltei para o México, a primeira coisa que fiz foi perguntar por ele, por Norman Bolzman, onde estava, o que fazia. Os pais de Norman me disseram que ele dava aulas na Unam e que passava longas temporadas numa casa que tinha alugado perto de Puerto Ángel, uma casa sem telefone em que Norman se enclausurava para escrever e pensar. Depois telefonei para outros amigos. Fiz perguntas. Saí para jantar. Foi assim que soube que estava tudo terminado com Claudia e que Norman agora vivia sozinho. Um dia vi Claudia na casa de um pintor que nós três, Claudia, Norman e eu, tínhamos conhecido quando nenhum de nós tinha vinte anos. Naquela época, o pintor em questão não devia ter nem dezessete, calculo, e todos nós dizíamos que ele ia ser muito bom. O jantar foi delicioso, comida bem mexicana, suponho que em homenagem a mim, que voltava ao México após uma ausência bastante prolongada, depois Claudia e eu saímos ao terraço e começamos a criticar nosso anfitrião, Claudia estava linda, ria do pintor, você se lembra, ela me perguntou, que esse cara jurava que iria ser melhor do que Paleen? Ficou pior do que Cuevas! Não sei se falava a sério, Claudia nunca gostou de Cuevas, mas ela e o pintor, Abraham Manzur, se viam com freqüência, Abraham tinha feito nome no mundo artístico mexicano, suas obras se vendiam nos Estados Unidos, em todo caso já não era certamente aquele rapazola tão promissor, aquele que Claudia, Norman e eu havíamos conhecido no DF dos anos 70 e que, com um pouco de condescendência, o pintor era uns dois ou três anos mais moço que a gente e nessa idade poucos anos de diferença contam, víamos como a encarnação do artista ou da vontade do artista. Em todo caso, Claudia já não o via assim. Nem eu, tampouco. Quer dizer: não esperávamos nada dele. Era somente um judeu mexicano gorducho, gordo mesmo, com muitas amizades e muito dinheiro. Assim como eu, para não ir mais longe: um judeu mexicano alto e magro, sem trabalho, e assim como Claudia, uma judia argentina mexicana lindíssima, relações públicas de uma das mais importantes galerias do DF. Todos de olhos bem abertos, trancados num corredor escuro, imóveis, esperando. Mas não exageremos.

Naquela noite, pelo menos, eu não exagerei nem critiquei ninguém, nem zombei do pintor que tão amavelmente havia me convidado para jantar, nem que só para se gabar, para falar de exposições em Dallas ou em San Diego, cidades que, pelo que me contam, já são quase parte da República. Depois fui embora com Claudia e com o acompanhante de Claudia, um advogado uns dez anos mais velho que ela, talvez quinze anos mais velho que ela, um cara divorciado com filhos universitários, diretor da filial de uma empresa alemã no México, preocupado com tudo, e de quem não lembro mais nem o diminutivo por que Claudia o chamava de vez em quando, pouco depois eles terminaram, Claudia era assim, é assim, nenhum namorado dura mais de um ano. A verdade é que não pudemos conversar muito, trocar confidências, fazer as perguntas que deveríamos ter feito um ao outro. Daquela noite, eu me lembro do jantar, que comi com prazer, dos quadros do pintor e de alguns amigos do pintor espalhados pela sala grande demais de sua casa, do rosto de Claudia sorrindo, das ruas noturnas do DF e do trajeto, menos breve do que eu esperava, até a casa dos meus pais, onde eu me estava hospedado até minha situação ficar um pouco mais clara.

Pouco depois parti para Puerto Ángel. Fiz a viagem de caminhão, do DF a Oaxaca e de Oaxaca, em outra linha, até Puerto Ángel, e, quando finalmente cheguei, estava cansado, com o corpo dolorido e vontade apenas de me deitar numa cama e dormir. A casa de Norman ficava fora da cidade, num bairro chamado La Loma, era um chalé de dois andares, o primeiro de cimento, o segundo de madeira, com telhado de telha colonial e um jardim pequeno e agreste em que abundavam as buganvílias. Norman, evidentemente, não me esperava, mas, quando nos vimos, tive a sensação de que ele era a única pessoa que se alegrava com meu regresso. A sensação de estranheza, que não me abandonava desde que tinha pisado no aeroporto do DF, começou a se diluir imperceptivelmente à medida que o ônibus enveredava pelas estradas de Oaxaca e que eu me abandonava à certeza de que estava outra vez no México e de que as coisas poderiam mudar, muito embora no fundo não soubesse se as mudanças, caso se realizassem, seriam para melhor ou para pior, como quase sempre acontece com as mudanças, como quase sempre acontece no México. A acolhida de Norman, no entanto, foi magnífica, e por cinco dias nos dedicamos a tomar banho de mar, a ler à sombra do alpendre, cada um numa rede pendurada por pregos que pouco a pouco foram cedendo até darmos com o traseiro no chão, a tomar cerveja e a dar longos passeios por uma zona de La Loma em que abundavam os despenhadeiros e, perto da praia, no limite mesmo do bosque, os casebres fechados dos pescadores em que um ladrão, por exemplo, poderia entrar pelo expeditivo método do pontapé na parede, pontapé que não duvidávamos teria aberto um buraco ou derrubado toda construção.

A fragilidade daquelas cabanas, mas isso eu estou pensando agora, não naqueles dias, em mais de uma oportunidade me causaram uma sensação estranha, não de precariedade nem de pobreza, mas de turva ternura e de destino, certamente não estou sabendo me explicar. Norman chamava aquele lugar de "balneário", se bem que durante minha estada lá não vi ninguém se banhando nas praias meio feiosas daquela parte de Puerto Ángel. O resto do dia passávamos conversando, principalmente de política, da situação do país, que víamos de pontos de vista distintos mas que a nós dois parecia igualmente grave, depois Norman se trancava em seu escritório, ele preparava um ensaio sobre Nietzsche que contava publicar na *Revista del Colegio de México*. Pensando a situação do meu ponto de vista atual, acho que não conversamos muito. Quer dizer: não conversamos muito sobre nós. Eu talvez tenha falado de mim alguma noite. Devo certamente ter lhe contado todas as minhas aventuras, minha vida em Israel e na Europa, mas conversar, o que se chama de conversar, não conversamos.

No sexto dia que estávamos ali, um domingo de manhã, voltamos ao DF. Na segunda, Norman precisava dar aula na universidade, e eu, procurar trabalho. Saímos de Puerto Ángel no Renault branco de Norman, que ele só usava quando ia para Oaxaca, pois no DF preferia se locomover utilizando transporte público. No começo, suponho que falamos dos mesmos assuntos que havíamos falado durante aqueles seis dias, da *Genealogia da moral*, de Nietzsche, em que Norman, a cada nova leitura encontrava mais pontos de união (e isso lhe pesava) entre o filósofo e o nazismo, que pouco depois subjugaria a Alemanha, falamos do tempo, das estações de rádio, que eu achava que iam me fazer falta e que Norman garantia que eu não demoraria a esquecer, das pessoas que eu havia deixado para trás, mas a quem planejava enviar de vez em quando e sem falta alguns postais. Não sei em que momento começou a falar de Claudia. Só sei que de alguma maneira eu percebi, pois a partir de então me calei imediatamente e tratei de escutá-lo. Disse que a relação tinha terminado pouco depois de ele começar a trabalhar na universidade, o que eu já sabia, e que a ruptura não havia sido, como muitos pensaram, dolorosa. Você sabe como ela é, Norman falou, e eu disse sim, eu sei. Depois ele disse que a partir de então suas relações com as mulheres tinham esfriado. E riu. Lembro-me de seu riso com toda clareza. Não se via nenhum automóvel na estrada, só árvores, montanhas e o céu, o barulho do Renault deslocando o vento. Disse que ia para a cama com mulheres, quer dizer, ainda gostava de ir para a cama com mulheres, mas que de alguma maneira incompreensível tinha cada vez mais problemas com isso. Que tipo de problemas?, perguntei. Problemas, problemas, Norman disse. Não fica duro?, perguntei. Norman riu. É isso, não tesa?, perguntei. Isso é um sintoma, retrucou, não é um problema. Entendi a resposta, falei, não endurece. Norman tornou a rir. Estava com a janela abaixada, e o ar revolvia seus cabelos. Sua pele estava bem bronzeada. Parecia feliz. Nós dois rimos. Às vezes não tesa, falou, mas que raio de palavra é essa: tesar? Não, às vezes o pau não fica duro, mas isso é só um sintoma, e às vezes nem sequer é um sintoma. Às vezes é só uma piada, falou. Perguntei se não tinha encontrado ninguém esse tempo todo, uma pergunta cuja resposta parecia óbvia, e Norman disse que tinha, que de certa forma tinha encontrado alguém, mas que tanto ele quanto ela, uma professora de filosofia divorciada e com dois filhos, que não sei por que imaginei feia, em todo caso menos bonita que Claudia, prefeririam esperar, não precipitar os acontecimentos, uma relação na geladeira.

Depois Norman falou de crianças, das crianças em geral e das crianças de Puerto Ángel em particular, perguntou o que eu achava das crianças de Puerto Ángel, na verdade eu não achava *nada* das crianças daquela cidade que deixávamos para trás, porque nem sequer tinha prestado atenção nelas, então Norman olhou para mim e disse: cada vez que penso nelas eu me centro. Assim mesmo. Eu me centro. E eu pensei: seria melhor que ele olhasse para a estrada, não para mim, e também pensei: tem dente de coelho aí. Mas não disse nada. Não disse: dirija com cuidado, não disse o que está acontecendo, Norman? Em vez disso, comecei a contemplar a paisagem, as árvores e as nuvens, montanhas, suaves colinas, o trópico, e Norman já falava de outra coisa, de um sonho que Claudia tivera, quando?, fazia pouco, tinha ligado para ele uma madrugada e contado, eram muito bons amigos, evidentemente. Sabe como era esse sonho?, ele perguntou. Por que, mano, quer que eu interprete o sonho? Era um sonho cheio de cores, com uma batalha no fundo, uma batalha que se distancia e que, ao se distanciar, arrasta consigo todas as interpretações. Mas Norman respondeu: sonhou com os filhos que não tivemos. Está me gozando, falei. Era esse o significado do sonho. A batalha que se distancia, para você, eram os filhos que vocês não tiveram? Mais ou menos, Norman respondeu. Aquelas sombras que combatiam. E as cores? O que resta, Norman disse, a simples abstração do que resta.

Pensei então no pintor e em seus quadros abstratos, e não sei por que me ocorreu dizer a Norman (com quem certamente eu já tinha comentado quando estávamos em Puerto Ángel) que o panaca do Abraham Manzur estava pelejando em ringues de segunda linha, vai ver que só para mudar de assunto, vai ver porque era tudo que eu tinha a dizer naquele momento, no qual pouco importava o que eu dissesse, pois a bola estava com Norman, e nada do que eu acrescentasse iria mudar essa verdade incontroversa, o Renault embalado a mais de cento e vinte na estrada deserta. Viu os quadros dele?, Norman perguntou. Alguns, falei. O que achou?, Norman perguntou como se tudo de que havíamos conversado em Puerto Ángel estivesse esquecido. Bons, falei. E Claudia, o que achou? Não me disse sua opinião, falei. Por um momento continuamos assim. Norman começou a falar de pintura mexicana, do estado das estradas, da política universitária, da interpretação dos sonhos, das crianças de Puerto Ángel, de Nietzsche, e eu intervinha só de quando em quando com algum monossílabo, alguma pergunta que só servia para esclarecer os conceitos que pouco me importavam, tudo que eu queria era chegar o quanto antes ao DF e não tornar a pôr os pés no estado de Oaxaca nunca mais em minha vida.

Então Norman disse: Ulises Lima. Você se lembra de Ulises Lima? Claro que me lembrava, como eu o teria esquecido? E Norman disse: ultimamente andei pensando nele, como se Ulises Lima fosse parte de seu cotidiano ou tivesse sido parte de sua vida, embora eu soubesse perfeitamente que mal havia ocorrido um episódio, meio incômodo ainda por cima. Então Norman olhou para mim, como se esperasse uma piscada ou uma palavra de cumplicidade, mas eu só lhe disse cuidado com a estrada, preste atenção, porque o Renault tinha desviado para a direita e já estávamos quase no acostamento, mas Norman nem parecia se preocupar com isso, pois, com uma única guinada, recolocou o carro no meio, no bom caminho, e de novo olhou para mim e eu disse o quê?, Ulises Lima, sim, os dias que passou com a gente em Tel-Aviv, e Norman: você não notou nada de estranho, nada fora do comum?, normalíssimo Norman. Então eu respondi: tudo!, porque Ulises era assim, e secretamente nós desejávamos que ele fosse assim, mas não ele, não Norman, que não era seu amigo e que o conhecia principalmente de ouvir falar, das histórias que os adolescentes contávamos de Ulises, e sim Claudia e eu que, naquela época, ainda acreditávamos que iríamos ser escritores e que teríamos dado tudo para pertencer àquele grupo mais propriamente patético, os real-visceralistas, a juventude é uma tapeação.

Então Norman disse: não se trata dos real-visceralistas, você não entendeu nada, cara. E eu perguntei: de que se trata, então? Norman, para meu alívio, parou de olhar para mim e se concentrou por alguns minutos na estrada, depois disse: da vida, do que perdemos sem perceber e do que podemos recuperar. E o que podemos recuperar?, perguntei. O que perdemos podemos recuperar intacto, Norman disse. Teria sido fácil rebater, em vez disso também abaixei o vidro e deixei que o ar morno me despenteasse, as árvores passavam a uma velocidade espantosa. O que podemos recuperar?, pensei sem me importar com que a velocidade fosse cada vez maior e que a estrada não apresentasse mais tantos trechos em linha reta, talvez porque Norman sempre tivesse guiado com segurança e fosse capaz de falar, de me observar, de procurar o cigarro no porta-luvas, de acendê-lo e até de olhar de vez em quando para a frente, tudo isso sem tirar o pé do acelerador. Podemos voltar e entrar na jogada no momento que quisermos, eu o ouvi dizer. Você se lembra dos dias que Ulises passou conosco em Tel-Aviv? Claro que me lembro, falei. Sabe o que ele foi fazer em Tel-Aviv? Claro que sei, Ulises estava apaixonado por Claudia, respondi. Estava loucamente apaixonado por Claudia, Norman corrigiu, tão loucamente que não percebia o que tinha ao alcance da mão. Não percebia porra nenhuma, falei, para dizer a verdade não sei como não bateu as botas. Você se engana, Norman disse (na realidade, Norman disse isso aos berros), você se engana, você se engana, mesmo que ele quisesse não teria podido morrer. Bom, ele foi até lá por causa de Claudia, foi procurar Claudia, eu disse, e deu tudo errado. Sim, ele foi até lá por causa de Claudia, Norman disse rindo. Ai, Claudia, que linda ela era, você se lembra? Claro que me lembro, falei. E você se lembra onde Ulises dormiu enquanto esteve em nossa casa? No sofá, falei. Na porra do sofá!, Norman disse. Hipóstase do amor romântico. Limiar. Terra de ninguém. Depois murmurou, mas tão baixinho que, com o barulho do Renault, que ia como uma flecha pela estrada, e com o barulho do vento, que subia pelo meu braço até meu perfil direito, fui obrigado a fazer um esforço danado para decifrar suas palavras: certas noites, falou, ele chorava. O quê?, eu disse. Certas noites, quando eu me levantava para ir ao banheiro, eu o ouvia soluçar. Ulises? É, você nunca ouviu? Não, falei, durmo como uma pedra. Que sorte você tem, Norman disse, mas, pela forma como disse, soou mais como que azar você tem, mano. E por que chorava?, perguntei. Sei lá, Norman disse, nunca perguntei, eu só ia ao banheiro e ao passar pela sala ouvia Ulises chorar, só isso, vai ver que nem estava chorando, vai ver que estava batendo uma punheta e os gemidos que eu ouvia eram de prazer, entende? Sim, mais ou menos, falei. Mas pode ser também que não estivesse batendo uma punheta, Norman disse. Talvez também não estivesse chorando. O quê, então? Pode ser que estivesse dormindo, Norman disse, pode ser que os gemidos fossem produzidos pelos sonhos de Ulises. Chorava em sonhos? Nunca aconteceu com você?, Norman perguntou. Pra dizer a verdade, não, respondi. Nas primeiras noites eu tive medo, Norman disse, medo de ficar ali, de pé na sala, na penumbra, ouvindo Ulises. Mas uma vez fiquei e compreendi tudo, de repente. O que tinha para entender?, perguntei. Tudo, o mais importante de tudo, Norman disse, depois riu. O que Ulises Lima sonhava? Não, não, disse Norman, e o Renault deu um pulo para a frente.

O que são as coisas: o pulo me fez lembrar o gigantão austríaco com que Ulises apareceu ao fim de um mês, e eu perguntei a Norman: lembra daquele austríaco, amigo do Ulises? Norman riu e respondeu claro que sim, mas não se trata disso, quando Ulises voltou a Tel-Aviv já não era o mesmo, era o mesmo mas não era o mesmo, não soluçava mais de noite, não chorava mais, eu o vigiava bem e percebi, ou vai ver que o puto do Ulises nem sequer se dava a esse luxo, ou sei lá eu. Depois Norman disse: foi nos primeiros dias, quando estava sozinho e dormia na poltrona. Foi aí, e não depois. Claro, claro, falei. Muito antes de aparecer com o austríaco. E ele nunca disse nada? Nada do quê?, Norman perguntou. Ué, nada de nada, falei. Norman riu outra vez e disse: Ulises chorava porque sabia que nada havia acabado, porque sabia que precisaria voltar a Israel. O eterno retorno? Que se foda o eterno retorno! Aqui e agora! Mas Claudia não vive mais em Israel, eu disse. O lugar em que Claudia vive é Israel, Norman rebateu, qualquer lugar de merda, ponha o nome que você quiser. México, Israel, França, Estados Unidos, o planeta Terra. Deixe ver se estou entendendo, falei: Ulises sabia que a relação entre Claudia e você iria terminar? E que então ele poderia tentar de novo? Você não entendeu nada!, Norman disse. Eu não tenho nada a ver com isso. Claudia não tem nada a ver. Inclusive, em certas ocasiões, o puto do Ulises também não tem nada a ver. Só os soluços têm alguma coisa a ver. É, falei, não estou entendendo mesmo.

Norman olhou então para mim e vi em seu rosto, juro, a mesma expressão de quando ele tinha dezesseis ou quinze anos, a cara que ele tinha quando nos conhecemos na preparatória, muito mais magro, uma cara de passarinho, com os cabelos muito mais compridos, os olhos mais brilhantes e um sorriso que dizia agora estamos aqui, agora não estamos mais aqui. Foi nesse momento que o caminhão veio para cima da gente, Norman manobrou para desviar dele e saímos voando. Norman saiu voando, eu saí voando, os vidros saíram voando. E todos entramos onde entramos.

Quando acordei, estava num hospital de Puebla, e meus pais, ou as sombras dos meus pais, se moviam pelas paredes do quarto. Claudia apareceu mais tarde, me deu um beijo na testa e, segundo me dizem, passou muitas horas sentadas ao lado de minha cama. Dias depois me contaram que Norman tinha morrido. Um mês e meio depois pude sair do hospital e me instalei na casa dos meus pais. De vez em quando, vinham me ver parentes que eu não conhecia e amigos que eu tinha esquecido. A situação não era incômoda, mas resolvi ir morar sozinho. Aluguei uma casinha em Anzures, com banheiro, cozinha e um só quarto, e comecei pouco a pouco a dar longos passeios pelo DF. Mancava, às vezes me perdia, mas esses passeios me faziam bem. Certa manhã comecei a procurar trabalho. Não precisava fazer isso, porque meus pais tinham dito que eu poderia contar com a ajuda deles até que me sentisse suficientemente forte. Fui à universidade e falei com dois colegas de Norman. Pareceram estranhar que eu aparecesse por lá, depois disseram que Norman era uma das pessoas mais íntegras que tinham conhecido. Os dois eram professores de filosofia e ambos partidários de Cuauhtémoc Cárdenas. Perguntei o que Norman pensava de Cárdenas. Estava com ele, disseram, à sua maneira, como todos nós, mas estava com ele. Na verdade, eu soube então, não era a filiação política de Norman que eu estava procurando, e sim outra coisa, algo que eu nem sequer conseguia formular com clareza para mim mesmo. Jantei com Claudia uma ou duas vezes. Quis falar de Norman, quis contar a Claudia o que Norman e eu tínhamos conversado ao voltar de Puerto Ángel, mas Claudia disse que falar daquilo era muito triste para ela. Além do mais, acrescentou, quando você estava no hospital, só o que você fazia era repetir a última conversa com Norman. E o que foi que eu disse? O que dizem todos os que deliram, Claudia respondeu, às vezes você ficava obcecado com algumas frases sobre a paisagem, outras vezes mudava de assunto com tanta rapidez que era impossível acompanhar.

Por mais que insistisse, não consegui tirar nada a limpo. Uma noite, enquanto eu dormia, Norman apareceu e me disse que ficasse tranqüilo, que ele estava bem. Pensei, não sei se no sonho ou ao acordar gritando, que Norman parecia estar no céu do México, e não no céu dos judeus, muito menos ainda no céu da filosofia ou no céu dos marxistas. Mas qual era a porra do céu do México? A alegria assumida ou o que está por trás da alegria, os gestos vazios ou o que se esconde (para sobreviver) por trás dos gestos vazios? Pouco depois comecei a trabalhar numa agência de publicidade. Uma noite, de porre, tentei telefonar para Arturo Belano em Barcelona. Mas me disseram que ali não havia ninguém com esse nome. Falei com Müller, seu amigo, e ele me disse que Arturo vivia na Itália. O que ele está fazendo na Itália? Perguntei. Não sei, Müller disse, acho que trabalhando. Quando desliguei, saí procurando Ulises Lima pelo DF. Sabia que precisava encontrá-lo para lhe perguntar o que Norman tinha pretendido dizer em sua última conversa. Mas procurar alguém no DF é uma empreitada difícil.

Durante meses fiquei indo de um lado para o outro, tomei metrô e ônibus superlotados, telefonei para gente que eu não conhecia nem me interessava em conhecer, fui assaltado três vezes, no início ninguém sabia nada ou não queria saber nada de Ulises Lima. Segundo alguns estudantes, ele tinha virado alcoólatra e drogado. Um cara violento que até seus amigos mais próximos evitavam. Segundo outros, tinha se casado e se dedicava à família em período integral. Uns diziam que sua mulher era descendente de japoneses ou a única herdeira de uns chineses que tinham uma cadeia de cafeterias chinesas no DF. Tudo era vago e lamentável.

Um dia, numa festa, fui apresentado à mulher com que Ulises tinha vivido por um tempo, não a chinesa, uma anterior.

Era magra e tinha um olhar duro. Conversamos um instante, de pé num canto, enquanto seus amigos cheiravam cocaína. Disse que tinha um filho, mas que esse filho era de outro homem. Ulises, no entanto, tinha sido como um pai para ele.

Como um pai para o seu filho? Isso mesmo, ela disse. Como um pai para o meu filho e como um pai para mim. Eu a fitei atentamente, temendo que estivesse me gozando. Com exceção dos seus olhos, tudo nela transluzia o desamparo.

Depois falou de drogas, creio que esse era o único tema que ela achava valer a pena comentar, e eu perguntei a ela se Ulises se drogava. No começo não, disse, só vendia, mas quando esteve comigo passou a usar. Eu lhe perguntei se ela escrevia. Não me ouviu ou talvez não quisesse responder. Perguntei se sabia onde eu poderia encontrar Ulises. Ela não tinha a menor idéia. Vai ver que está morto, falou.

Só nesse momento percebi que aquela mulher estava doente, na certa muito doente, e não soube mais o que lhe dizer, só tinha vontade de deixá-la pra lá e me esquecer dela. Mas fiquei ao seu lado (ou perto dela, pois sua presença por um período prolongado era insuportável) até a festa acabar, ao amanhecer. Ainda saímos de lá juntos e andamos um pedaço do caminho, em direção ao metrô mais próximo. Entramos na estação Tacubaya. Todos os usuários do metrô naquela hora pareciam doentes. Ela foi numa direção, e eu noutra.

* * *

Amadeo Salvatierra, rua República de Venezuela, perto do Palácio da Inquisição, México, DF, janeiro de 1976. Por um instante ficamos em silêncio. Os rapazes pareciam cansados, e eu estava cansado. E o que aconteceu com Encarnación Guzmán?, perguntou de repente um deles. Era a última pergunta que eu esperaria ouvir, e no entanto era a única pergunta que nos permitia prosseguir. Tomei meu tempo para responder. Ou talvez tenha respondido primeiro telepaticamente, coisa usual nos velhos beberrões, depois, ante a evidência, abri a boca e disse: nada, rapazes, disse a eles, não aconteceu nada, do mesmo modo que com Pablito Lezcano e comigo, poderia dizer, até com o Manuel. A vida botou todos nós em nosso lugar ou no lugar que a ela conveio, depois nos esqueceu, como deve ser. Encarnación se casou. Era bonita demais pra ficar para titia. Para nós, foi uma surpresa vê-la aparecer uma tarde na cafeteria em que nos reuníamos e nos convidar para o casamento. Talvez o convite fosse uma piada e no fundo ela tenha ido lá só para nos esnobar e nada mais. Claro, nós lhe demos parabéns, dissemos Encarnación, que felicidade, que grata surpresa, mas não fomos ao seu casamento, se bem que um de nós talvez tenha ido, sim. O quê? Como o casamento de Encarnación Guzmán afetou Cesárea? Afetou no mau sentido, imagino, se bem que, no caso de Cesárea, você nunca soubesse até que ponto mau era mau ou era muito pior ainda, mas ela não digeriu nada bem, disso não há dúvida. Naqueles dias, sem que percebêssemos, tudo estava escorregando irremediavelmente precipício abaixo. Ou talvez a palavra precipício seja enfática demais. Naqueles dias estávamos todos escorregando morro abaixo. E ninguém iria tentar subir de novo, talvez o Manuel, à sua maneira, mas fora ele mais ninguém. Porra de vidinha de merda, não é mesmo, rapazes?, falei. E eles disseram: é o que parece, Amadeo. Pensei então em Pablito Lezcano, que pouco depois também se casaria e a cujo casamento, no civil, esse sim, eu fui, pensei no banquete que o pai da noiva de Pablito deu, uma festança de arromba, num casarão que não existe mais, lá pelas bandas de Arcos de Belén, acho que na rua Delicias, com mariachi e discursos antes e depois do jantar, e vi outra vez Pablito Lezcano, com a testa brilhando de suor, lendo um poema dedicado à noiva e à família da noiva, que a partir de então já era como sua própria família, e, antes de começar a ler o poema, ele olhou para mim, olhou para Cesárea, que estava ao meu lado, piscou o olho para nós, como que nos dizendo não me intimidem, amigos, que vocês vão ser sempre minha verdadeira família secreta, quem diz isso sou eu, mas provavelmente minha interpretação é incorreta. Dias depois do casamento de Pablito, Cesárea se foi para sempre do DF. Nós nos vimos por acaso uma tarde na saída do cinema, como é o acaso, não? Eu tinha ido sozinho, e Cesárea também, e enquanto caminhávamos fomos comentando o filme. Que filme? Não me lembro, rapazes, gostaria que tivesse sido um de Charles Chaplin, mas a verdade é que não me lembro. Lembro, isso sim, que gostamos do filme, lembro também que o cinema ficava lá na Alameda e que Cesárea e eu primeiro começamos a caminhar pela Alameda, depois fomos em direção ao centro e lembro que a certa altura perguntei a Cesárea como ia a vida, e ela me disse que ia embora do DF. Depois comentamos o casamento de Pablito, e a certa altura da conversa veio à tona Encarnación Guzmán. Cesárea tinha ido ao seu casamento. Perguntei, só por perguntar, como tinha sido e ela me disse que fora muito bonito e comovente, foram essas as suas palavras. E tristes, como todos os casamentos, acrescentei. Não, Cesárea disse, e assim contei aos rapazes, os casamentos não são tristes, Amadeo, são alegres. A verdade é que não me interessava falar de Encarnación Guzmán, mas de Cesárea. Que vai ser de sua revista?, perguntei a ela. Que vai ser do realismo visceral? Ela riu quando lhe perguntei isso. Lembro-me do seu riso, rapazes, disse a eles, a noite caía sobre o DF, e Cesárea ria como um fantasma, como a mulher invisível em que estava a ponto de se transformar, um riso que fez minha alma ficar pequenina, um riso que me impulsionava a sair fugindo dela e que ao mesmo tempo me proporcionava a certeza de que não existia nenhum lugar para onde eu pudesse fugir. Então me ocorreu perguntar para onde ela iria. Não vai me dizer, pensei, Cesárea é assim, não vai querer que eu saiba. Mas disse: para Sonora, para a terra dela, e me disse isso com a mesma naturalidade com que outros dizem a hora ou dão bom-dia. Mas por quê, Cesárea, perguntei? Você não vê que, se for embora agora, vai jogar fora sua carreira literária? Tem idéia do deserto cultural que é Sonora? O que você vai fazer lá? Perguntas desse tipo. Perguntas que a gente faz, rapazes, quando não sabe direito o que dizer. Cesárea olhou para mim enquanto andávamos e disse que não tinha mais nada aqui. Está louca?, falei. Perdeu a cabeça, Cesárea? Aqui você tem seu trabalho, seus amigos, Manuel gosta de você, eu gosto de você, Germán e Arqueles gostam de você, o general não saberia o que fazer sem você. Você é uma estridentista de corpo e alma. Você nos ajudaria a construir Estridentópolis, Cesárea, eu lhe disse. Então ela sorriu, como se eu estivesse contando uma piada ótima, mas que ela já conhecia, e disse que fazia uma semana que tinha deixado o trabalho e que, além disso, nunca teria sido estridentista, mas sim real-visceralista. Eu também, eu disse ou gritei, todos os mexicanos somos mais real-visceralistas do que estridentistas, mas e daí, o estridentismo e o realismo visceral são apenas duas máscaras para chegar aonde queremos chegar. E aonde queremos chegar?, ela perguntou. À modernidade, Cesárea, respondi, à porra da modernidade. Então, só então, eu lhe perguntei se era mesmo verdade que ela tinha largado seu trampo com meu general. Ela disse que claro que era verdade. E o que ele disse?, perguntei. Ficou uma fera, Cesárea riu. E? E nada, não acha que estou falando sério, mas, se ele pensa que vou voltar, pode esperar sentado, que vai se cansar. Pobre homem, falei. Cesárea riu. Você tem parentes em Sonora?, perguntei. Não, acho que não, respondeu. E o que vai fazer lá então?, perguntei. Ora, procurar um trabalho e um lugar para viver, Cesárea disse. Só isso?, perguntei. É só esse o futuro que a espera, Cesárea, minha filha?, falei, mas provavelmente não falei minha filha, pode ser que só tenha pensado. Cesárea olhou para mim, um olhar curtinho, meio de lado, e disse que aquele era o futuro de todos os mortais, procurar um lugar para viver e um lugar para trabalhar. No fundo você é um reacionário, Amadeo, ela me disse (mas disse com simpatia). E assim continuamos mais um momento. Como que discutindo, mas sem discutir. Como que nos recriminando coisas, mas sem nos recriminar nada. De repente tentei imaginar Cesárea em Sonora, isso foi pouco antes de chegarmos à rua onde iríamos nos separar para sempre, tentei imaginá-la em Sonora e não consegui. Vi o deserto ou o que eu então imaginava ser o deserto, nunca estive lá, com o passar dos anos vi em filmes ou na televisão, mas nunca estive lá, rapazes, disse a eles, Deus me livre, e no deserto vi uma mancha que se mexia por uma faixa interminável, e a mancha era Cesárea, a faixa era a estrada que levava a uma cidade ou a um povoado sem nome, então, como um urubu melancólico, desci e pousei, ou pousei minha imaginação dolorida numa pedra e vi Cesárea caminhando, mas não era a Cesárea que eu conhecia, e sim uma mulher diferente, uma índia gorda, vestida de preto sob o sol do deserto de Sonora, e lhe disse adeus, ou tentei lhe dizer adeus, Cesárea Tinajero, mãe dos real-visceralistas, mas só me escapou um ganido choroso, cordiais saudações, amiga Cesárea, tentei lhe dizer, saudações da parte de Pablito Lezcano e de Manuel Maples Arce, saudações de Arqueles Vela e do incombustível List Arzubide, saudações de Encarnación Guzmán e do meu general Diego Carvajal, mas só me saiu um gorgolejo como se eu estivesse sofrendo um ataque cardíaco, bato na madeira, ou um ataque de asma, depois voltei a enxergar Cesárea caminhando ao meu lado, tão decidida como era, tão resoluta, tão corajosa, e disse a ela: Cesárea, pense bem, não aja às tontas e de cabeça quente, meça seus passos, falei, e ela riu e me respondeu: Amadeo, eu sei o que estou fazendo, e depois passamos a falar de política, que era um tema de que Cesárea gostava, se bem que cada vez menos, como se a política e ela houvessem enlouquecido juntas, tinha idéias estranhíssimas a esse respeito, dizia, por exemplo, que a Revolução Mexicana iria chegar ao século XXII, um disparate incapaz de dar consolo a quem quer que seja, não é mesmo?, passamos a falar também de literatura, de poesia, dos últimos acontecimentos no DF, das fofocas dos salões literários, das coisas que Salvador Novo escrevia, das histórias de alguns toureiros, de alguns políticos e de algumas vedetes de teatro de revista, temas que tacitamente ninguém aprofundava ou poderia aprofundar. Depois Cesárea parou como se de repente se lembrasse de algo muito importante e que havia esquecido, ficou quieta, olhou para o chão, ou talvez tenha olhado para os transeuntes daquela hora, mas sem os ver, franzindo o cenho, rapazes, disse a eles, depois olhou para mim, primeiro sem me ver, depois me vendo, sorriu e me disse adeus, Amadeo. E foi essa a última vez que a vi com vida. Sereníssima. E aí tudo se acabou.

22.

Susana Puig, rua Josep Tarradellas, Calella de Mar, Catalunha, junho de 1994. Telefonou para mim. Fazia muito tempo que não falava com ele. Disse-me você tem que ir para tal praia, tal dia, tal hora. O quê?, perguntei. Você tem que ir, tem que ir, ele disse. Está doido? Está de porre?, falei. Por favor, vou estar esperando você, ele disse, e voltou a dizer o nome da praia, o dia e a hora em que me esperava. Você não pode vir aqui em casa?, perguntei. Aqui podemos conversar com tranqüilidade, se é o que você quer. Não quero conversar, ele disse, não quero mais conversar, tudo acabou, conversar é inútil, disse. Tive vontade de desligar, mas não desliguei. Tinha acabado de jantar e via um filme na tevê, um filme francês, não lembro como ele se chamava nem o nome do diretor ou dos atores, só me lembro que era sobre uma cantora, uma mulher meio histérica, acho, e sobre um cara miserável pelo qual, inexplicavelmente, ela se apaixona. Como sempre, o volume da tevê estava bem baixinho, e enquanto eu conversava com ele não tirava os olhos da tevê: quartos, janelas, rostos de pessoas que eu não sabia muito bem o que faziam naquele filme. Já havia tirado a mesa, e no sofá havia um livro, um romance que eu pretendia começar a ler naquela noite, quando me cansasse do filme e fosse para a cama. Você vem?, ele perguntou. Pra quê?, perguntei, mas na realidade estava pensando em outra coisa, na obstinação da cantora, em suas lágrimas que escorriam incontidas e com ódio, mas não sei se se poderia falar de ódio, é difícil chorar com ódio, é difícil odiar tanto alguém a ponto de chorar feito uma Madalena. Para que você me veja, ele disse. Pela última vez, insistiu. Está me ouvindo?, perguntei. Por um instante pensei que ele havia desligado, não seria a primeira vez, com certeza ele estava ligando de um telefone público, pude imaginar isso sem nenhum problema, o telefone do Paseo Marítimo de seu vilarejo, que de trem fica a apenas vinte minutos do meu e de carro a quinze, não sei por que naquela noite dei de pensar nas distâncias, mas ele não deveria ter desligado, eu ouvia o barulho dos carros, a não ser que eu é que não tivesse fechado direito as janelas e o que eu estava escutando chegasse da minha rua. Está me ouvindo?, perguntei. Sim, ele disse, você vem? Que saco! Pra que você quer que eu vá se não vamos conversar? Pra que você quer que eu vá se não temos mais nada a nos dizer? Para dizer a verdade, não sei, respondeu. Devo estar ficando louco. Era exatamente o que eu pensava, mas não disse. Viu seu filho? Vi, ele disse. Como vai ele? Muito bem, disse, muito bonito, cada dia maior. E sua ex-mulher? Muito bem, ele disse. Por que não volta com ela? Não faça perguntas cretinas, ele disse. Quero dizer, no plano da amizade, eu disse, para que cuide um pouco de você. Parece que ele achou isso engraçado, eu o ouvi rir, depois disse que sua mulher (não disse ex-mulher, disse mulher) estava muito bem como estava e que ele não iria querer estragar tudo. Você é delicado demais, falei. Não foi ela que me despedaçou o coração, ele disse. Ai, que brega! Que sentimental! A história, é claro, eu sabia de cor e salteado.

    Contou para mim na terceira noite, enquanto me suplicava que lhe aplicasse um Nolotil na veia, assim mesmo, dizia "na veia", e não intravenoso, o que vem a ser a mesma coisa, mas é diferente, e eu é claro aplicava, pronto, agora vá dormir, mas sempre conversávamos, cada noite um pouco mais, até que ele me contou a história toda. Então me pareceu uma história triste, não pela história em si, mas pela forma como ele a contava. Não me lembro agora quanto tempo ele ficou no hospital, vai ver que dez ou doze dias, sim, lembro que não houve nada entre a gente, talvez às vezes nos olhássemos com mais intensidade que a de costume entre um enfermo e uma enfermeira, mais nada, fazia pouco tempo que eu tinha rompido minha relação (não me atrevo a chamá-la de noivado) com um interno, digamos que o ambiente era propício, mas não aconteceu nada. Quinze dias depois de lhe darem alta, durante um plantão, entrei num quarto e lá o encontrei de novo. Pensei que estivesse tendo uma alucinação! Eu me aproximei da cama sem fazer barulho e olhei de perto, era ele. Fui ver seu histórico clínico: tinha uma pancreatite, mas não tinham posto uma sonda nasogástrica. Quando voltei ao quarto (seu colega de quarto estava morrendo de cirrose, necessitava de atenção constante), ele abriu os olhos e me cumprimentou. Oi, Susana, disse. Estendeu a mão. Não sei por quê, não me bastou lhe apertar a mão, então me inclinei e lhe dei um beijo no rosto. Seu colega de quarto morreu na manhã seguinte, e, quando voltei, ele tinha o quarto todo só para si. Naquela noite fizemos amor. Ele ainda estava um pouco fraco, só se alimentava com soro, e o pâncreas ainda doía, mas fizemos amor, e, embora mais tarde tenha pensado que isso havia sido uma imprudência minha, uma imprudência que beirava o criminoso, a verdade é que nunca antes eu tinha me sentido tão feliz no hospital, talvez só ao conseguir o cargo, mas era uma felicidade de outro tipo, incomparável à que senti quando fiz amor com ele. Claro, eu já sabia (ele próprio me contou em sua primeira hospitalização) que fora casado e tinha um filho, no entanto nunca soube que sua mulher tenha lhe feito uma visita no hospital, mas sobretudo ele havia me contado a outra história, a que lhe "despedaçara o coração", uma história comum, aliás, mas ele nem se dava conta disso.

 Qualquer outra (mais experiente, mais prática) saberia que nosso caso não poderia durar muito, no máximo o tempo que ele estivesse internado, mas não tive ilusões e não levei em consideração nenhum dos obstáculos que tínhamos contra nós. Era a primeira vez (e a única) que eu ia para a cama com alguém tão mais velho (dezesseis anos), mas isso não me incomodava nem um pouco, ao contrário, eu gostava. Na cama ele era delicado, refinado e às vezes muito brutal, não me envergonha dizer. Mas, à medida que os dias foram passando, à medida que o hospital foi se diluindo em sua memória, seu ar ausente começou a se tornar mais acentuado e as visitas que ele me fazia foram se espaçando cada vez mais. Ele morava, como eu já disse, num povoado da costa parecido com o meu, a apenas vinte minutos de trem, quinze de carro, e algumas noites ele aparecia em casa e só ia embora na manhã seguinte, outras noites era eu que, em vez de parar em meu vilarejo, continuava guiando até o dele, o que era como ir me meter na boca do lobo porque ele, embora nunca tenha me dito isso eu sabia, não gostava de visitas. Morava num predinho no centro, pegado nos fundos do cinema local, de modo que, se o filme fosse de terror ou se a trilha sonora fosse muito forte, da cozinha era possível ouvir os gritos ou as notas mais altas e saber mais ou menos, principalmente se a pessoa já tivesse visto o filme, em que parte estava, se já tinham encontrado ou não o assassino, quanto faltava para acabar.

Depois da última sessão, a casa imergia num silêncio profundo, como se o prédio caísse de repente no poço de uma mina, só que o poço tinha algo de líquido, de mundo subaquático, porque pouco depois eu me punha a imaginar peixes, aqueles peixes chatos e cegos das profundezas marinhas. Quanto ao mais, a casa era um desastre: o chão era sujo, a sala era ocupada por uma mesa enorme, cheia de papéis, e só havia lugar para um par de cadeiras, o banheiro era um horror (todos os caras solteiros têm o banheiro nessas condições?, espero que não), não tinha máquina de lavar, e os lençóis deixavam muito a desejar, as toalhas também, o pano de prato, sua roupa, enfim, tudo, uma ruína, e olhe que, quando começamos a sair juntos, se é que alguma vez isso aconteceu realmente, eu lhe disse para levar a roupa suja para minha casa que eu colocaria na máquina, tenho uma muito boa, mas era como se eu falasse grego, ele dizia que lavava à mão, uma vez subimos ao terraço, no prédio só moravam a zeladora no primeiro e ele no segundo, no terceiro não morava ninguém, se bem que uma noite, quando fazíamos amor (ou quando ele me comia, isso se ajusta melhor à realidade), ouvi uns ruídos, como se alguém no terceiro movesse uma cadeira ou uma cama, como se alguém andasse da porta à janela ou como se alguém se levantasse da cama e fosse até a janela, que não abria, na certa era o vento, as casas velhas, todo mundo sabe, têm barulhos estranhos, rangem nas noites de inverno, enfim, uma vez subimos ao terraço, e ele me mostrou o tanque, um tanque de cimento descascado como se alguém, um inquilino anterior, o tivesse atacado a marteladas numa tarde de desespero, e me disse que era ali que ele lavava a roupa, à mão, claro, que não precisava de máquina de lavar, depois ficamos admirando o panorama dos tetos do povoado, os terraços da parte velha sempre têm algo de impreciso e de bonito, o mar, as gaivotas, o campanário da igreja, tudo de uma cor marrom-clara, amarela, como que de terra brilhante ou de areia brilhante. Mais tarde, como era inevitável, abri os olhos e me dei conta de que aquilo não tinha sentido. Você não pode amar quem não ama você, não pode manter uma relação baseada só em sexo. Disse a ele que nosso caso tinha acabado, ele não disse nada, como se soubesse disso desde o começo. Mas continuamos amigos, e, de vez em quando, nas noites em que eu me sentia muito só ou deprimida, pegava o carro e ia buscá-lo. Jantávamos juntos, depois fazíamos amor, porém eu não ficava mais para dormir na casa dele. Depois conheci outra pessoa, nada sério, e agora nem isso.

Uma vez, discutimos. O motivo? Esqueci. Foi uma história de ciúmes disso sim eu me lembro, ele não era nada ciumento. Ficamos vários dias sem que ele me ligasse, sem que eu fosse visitá-lo. Escrevi uma carta. Dizia que ele precisava amadurecer, que precisava se cuidar, que sua saúde era frágil (ele estava com o colédoco esclerosado, as taxas do fígado estavam nas nuvens, pancolite ulcerosa, acabava de sair de um hipertiroidismo, de vez em quando tinha uma dor de dente danada!), que acertasse sua vida porque ainda era moço, que se esquecesse daquela que lhe havia "despedaçado o coração", que comprasse uma máquina de lavar. Levei uma tarde toda escrevendo a carta, depois a rasguei e comecei a chorar. Até que recebi seu último telefonema.

Você quer me ver mas não vamos conversar?, perguntei. Isso mesmo, ele disse, isso mesmo, não vamos conversar, só quero saber que você está por perto, mas também não vamos nos ver. Você ficou louco? Não, não, não, ele disse. É muito simples. Mas não era muito simples. O que ele queria, em resumo, era que eu o visse. E você não vai me ver?, perguntei. Não, não terei a menor possibilidade de ver você, estudei muito bem estudado o cenário, você vai parar o carro na curva do posto de gasolina, vai parar no acostamento, de lá vai poder me ver, nem é preciso sair do carro. Está pensando em se suicidar, Arturo?, perguntei. Ouvi como ele ria. Nada de suicídio, pelo menos por ora, disse com um fio de voz apenas. Tenho uma passagem para a África, viajo daqui a uns dias. Para a África, para que parte da África?, perguntei. Para a Tanzânia, ele disse, já tomei todas as vacinas do mundo. Você vai?, ele me perguntou. Não estou entendendo nada, falei, não vejo nenhum sentido nisso. Mas tem sentido!, ele disse. Para mim não, cara, falei. Com você tudo tem sentido, ele disse. E o que tenho que fazer?, perguntei. Só estacionar seu carro na primeira curva depois do posto de gasolina e esperar. Quanto tempo? Não sei, uns cinco minutos, ele disse, se você chegar na hora marcada, só cinco minutos. E depois?, perguntei. Depois você espera mais uns dez minutos e vai embora. Só isso. E a África?, perguntei. A África vem depois, ele disse (sua voz era a de sempre, um tiquinho irônica, mas de maneira nenhuma a voz de um louco), é o futuro. O futuro? Que futuro! E o que pretende fazer lá?, perguntei. Sua resposta, como sempre, foi vaga, creio que disse: coisas, trabalhos, o de sempre, algo assim. Quando desliguei, não sabia o que me causava maior perplexidade, seu convite ou o anúncio de que iria embora da Espanha.

No dia do encontro segui ao pé da letra todas as suas instruções. Do alto da estrada, com o carro parado no acostamento, era possível dominar quase totalmente a enseada, uma pequena praia que no verão recebe os nudistas dos arredores. À minha esquerda eu tinha uma sucessão de colinas e penhascos, onde aparecia de vez em quando um chalé, à minha direita a ferrovia, uma zona de mata e, depois de um barranco, a praia. O dia estava cinzento, e ao chegar não vi ninguém. Num extremo da enseada ficava o bar Los Calamares Felices, uma desengonçada construção de madeira pintada de azul, e não se via vivalma. No outro extremo havia uns rochedos que ocultavam enseadas menores, mais escondidas dos olhares públicos e que no verão eram as que congregavam o grosso dos nudistas. Cheguei meia hora antes da hora indicada. Não quis descer do carro, mas, depois de esperar dez minutos e fumar dois cigarros, o ambiente dentro dele em todos os sentidos se tornou irrespirável. Quando ia abrindo a porta para sair, um carro parou em frente do Los Calamares Felices. Eu o observei com atenção: de dentro dele desceu um homem, um sujeito de cabelos compridos e escorridos, provavelmente jovem, que, depois de olhar para todos os lados (menos para cima, para onde eu estava), contornou o bar e desapareceu da minha vista. Não sei por quê, comecei a ficar cada vez mais nervosa. Voltei para dentro do carro e tranquei as portas. Pensava seriamente em ir embora quando um segundo carro parou na entrada do Los Calamares Felices. Desceram dele um homem e uma mulher. Depois de observar o primeiro carro, o homem levou as mãos à boca e deu um grito ou um assobio, não sei, porque nesse momento passou um caminhão ao meu lado e não pude ouvir nada. Por um momento o homem e a mulher esperaram, depois rumaram para a praia por um caminho de terra. Passado um instante, da parte não visível do Los Calamares Felices saiu o primeiro homem, que foi em direção a eles. Era evidente que se conheciam, pois apertaram as mãos, e a mulher o beijou. Depois, com um gesto que me pareceu excessivamente lento, a mão do segundo homem indicou um ponto na praia. Surgindo dos rochedos, dois homens avançavam em direção ao bar, andando pela areia, bem na linha onde as ondas desapareciam. Embora estivessem muito longe, num deles reconheci Arturo. Saí do carro a toda pressa, não sei por quê, talvez pensando em descer até a praia, mas de imediato percebi que, para chegar a ela, precisaria dar uma volta enorme, atravessar um túnel de pedestres e que, quando houvesse chegado, provavelmente todos já teriam ido embora. Por isso fiquei parada junto do carro, olhando. Arturo e seu acompanhante se detiveram no centro da praia. Os dois homens dos carros avançaram na direção deles, a mulher se sentou na areia e esperou. Quando os quatro se encontraram, um dos homens, o acompanhante de Arturo, botou um pacote no chão e o desembrulhou. Depois se levantou e recuou. O primeiro dos homens se aproximou do pacote, tirou uma coisa dele e também recuou. Depois Arturo se aproximou do pacote, pegou algo por sua vez e fez a mesma coisa que o anterior. Agora Arturo e o primeiro homem seguravam algo comprido na mão. O segundo homem se aproximou do primeiro e lhe disse alguma coisa. O primeiro fez que sim com a cabeça e o segundo se retirou, mas provavelmente estava um pouco confuso, porque o fez em direção ao mar, e uma onda molhou seus sapatos, o que fez o segundo homem dar um pulo, como se tivesse sido mordido por uma piranha, e se retirar rapidamente na direção contrária. O primeiro homem nem olhou para ele: conversava, aparentemente de forma amistosa, com Arturo, e este mexia o pé esquerdo como se ao escutar se distraísse desenhando algo, um rosto, números, com a ponta da bota, na areia úmida. O acompanhante de Arturo se retirou alguns metros na direção das rochas. A mulher se levantou e se aproximou do segundo homem, que, sentado na areia, limpava os sapatos. No centro da praia só restavam Arturo e o primeiro homem. Então ergueram o que tinham nas mãos e entrechocaram as tais coisas. À primeira vista, pareciam cacetes, e ri, pois compreendi que o que Arturo queria que eu visse era aquilo, uma palhaçada, uma palhaçada estranha, mas definitivamente uma palhaçada. No entanto, uma dúvida logo abriu caminho em minha mente. E se não fossem cacetes? E se fossem espadas?

* * *

Guillem Piña, rua Gaspar Pujol, Andratx, Maiorca, junho de 1994. Nós nos conhecemos em 1977. Muito tempo se passou, muitas coisas se passaram. Na época, eu comprava dois jornais todas as manhãs e várias revistas. Lia tudo, estava a par de tudo. Nós nos víamos com freqüência, sempre em meu território, acho que só fui à casa dele uma vez. Íamos comer juntos. Eu pagava. Muito tempo se passou desde então. Barcelona mudou. Os arquitetos barcelonenses não mudaram, mas Barcelona sim. Pintava todos os dias, não como agora, todos os dias, mas eram muitas festas, muitas reuniões, muitos amigos. A vida era emocionante. Naqueles anos, eu tinha uma revista e gostava disso. Fiz uma exposição em Paris, uma em Nova York, uma em Viena, uma em Londres. Arturo desaparecia por temporadas. Ele gostava de minha revista. Eu lhe dava os números atrasados, a ele também dei um desenho. Emoldurado, porque sabia que ele não tinha dinheiro para emoldurar nada. Que desenho era? O esboço de um quadro que nunca pintei: *As outras senhoritas de Avignon*. Conheci marchands interessados em minha obra. Mas eu não estava muito interessado em minha obra. Naqueles anos fiz três falsificações de Picabia. Perfeitas. Vendi duas e fiquei com uma. Vi na falsificação uma luz muito tênue, mas luz, mesmo assim. Com o dinheiro que ganhei comprei uma gravura de Kandinsky e um lote de *arte povera*, na certa também falsificado. Às vezes pegava um avião e voltava a Maiorca. Ia ver meus pais em Andratx e dava longas caminhadas pelo campo. De vez em quando ficava observando meu pai, que também pintava, quando ele ia ao campo com suas telas e seu cavalete, e me passavam pela cabeça idéias estranhas. Idéias que pareciam peixes mortos ou a ponto de morrer nas profundezas marinhas. Mas depois pensava em outras coisas. Naquela época eu tinha um atcliê cm Palma. Transfcria quadros. Eu os levava da casa dos meus pais para o ateliê e do ateliê para a casa dos meus pais. Depois me entediava e pegava o avião de volta para Barcelona. Arturo ia à minha casa tomar banho. Não havia chuveiro na casa dele, obviamente, e ele vinha à minha na rua Moliner, junto da praça Cardona.

Conversávamos, nunca discutíamos. Eu lhe mostrava meus quadros, e ele dizia fantástico, adorei, frases desse gênero, que sempre achei exasperantes. Sei que ele as dizia de coração, mas mesmo assim me exasperavam. Depois ficava calado, fumando, e eu preparava chá ou café, ou pegava uma garrafa de uísque. Não sei, não sei, pensava, pode ser que eu esteja fazendo alguma coisa boa, pode ser que esteja no caminho correto. As artes plásticas são, no fundo, incompreensíveis. Ou são tão compreensíveis que ninguém, eu em primeiro lugar, aceita a leitura mais óbvia. Arturo, naquela época, ia ocasionalmente para a cama com minha amiga. Ele não sabia que ela era minha amiga. Quer dizer, sabia que era minha amiga, como não iria saber, se fui em quem a apresentei a ele, o que não sabia é que era minha *amiga*. Iam para a cama de vez em quando, uma vez por mês, digamos. Eu achava graça. Sob certos aspectos, ele chegava a ser muito ingênuo. Minha amiga morava na rua Denia, a poucos passos de minha casa, eu tinha a chave da casa dela e às vezes aparecia por lá às oito da manhã, para pegar alguma coisa que tinha esquecido para uma de minhas aulas, e encontrava Arturo na cama ou preparando o café-da-manhã, e ele olhava para mim como se perguntasse: é sua amiga ou sua *amiga*? Eu achava graça. Bom dia, Arturo, eu lhe dizia e às vezes precisava fazer força para não rir. Eu também ia para a cama com outra amiga, só que ia muito mais para a cama com ela do que Arturo ia com minha amiga. Problemas. A vida está cheia de problemas, mas em Barcelona, naqueles anos, a vida era maravilhosa, e os problemas nós chamávamos de surpresas.

Então veio o desencanto. Eu dava aulas na universidade e não estava me sentindo à vontade. Com minha obra, não pretendia explicar minhas idéias teóricas. Dava aulas e via meus colegas divididos em dois grupos claramente diferenciados: os que eram uma fraude (os medíocres e os canalhas) e os que tinham, por trás do quadro-negro, uma obra plástica que andava, bem ou mal, a passo com o trabalho docente. De repente me dei conta de que não queria estar em nenhum dos dois grupos e renunciei. Fui dar aulas num instituto. Que sossego. Foi como ser degradado de tenente a sargento? Possivelmente. Talvez, no fim das contas. Mas eu não me sentia nem tenente nem sargento nem cabo, mas sim limpador de fossas e esgotos, trabalhador encarregado da conservação de estradas, perdido de sua turma ou marginalizado por ela. Evidentemente, apesar de na lembrança a passagem de um estado a outro adquirir tintas bruscas, brutais, do irremediável e do repentino, o ritmo desses acontecimentos foi incrivelmente moderado. Conheci um milionário que comprava minha obra, minha revista morreu de inanição e falta de vontade, iniciei outras revistas, fiz exposições; mas tudo isso agora já não existe: é mais uma certeza verbal do que vital. O certo é que um dia tudo acabou e fiquei sozinho com meu Picabia falsificado como único mapa, como único pretexto legítimo. Um desempregado poderia me jogar na cara que, apesar de ter tudo, não fui capaz de ser feliz. Eu poderia jogar na cara do assassino o ato de matar, e este na do suicida seu último gesto desesperado ou enigmático. O caso é que um dia tudo se acabou e comecei a olhar ao meu redor. Parei de comprar tantas revistas e jornais. Parei de expor. Comecei a dar minhas aulas de desenho no instituto com humildade e seriedade, e até (mas não me ufano disso) com certo senso de humor. Arturo fazia muito que havia desaparecido de nossa vida.

Os motivos de seu desaparecimento, eu desconheço. Um dia se indispôs com minha amiga porque soube que era minha *amiga* ou talvez tenha ido para a cama com outra amiga minha e esta tenha lhe dito seu tonto, não percebeu que a amiga de Guillem é *amiga* dele?, ou algo do gênero, as conversas na cama oscilam entre o enigma e a transparência. Eu não sei, e não importa. Só sei que ele foi embora e que fiquei sem vê-lo por muito tempo. Eu, é claro, não queria que isso acontecesse. Tento conservar meus amigos. Tento ser agradável e sociável, não forçar a passagem da comédia à tragédia, disso a vida já se encarrega. Enfim, um dia Arturo sumiu. Os anos se passaram e não voltei a vê-lo. Até que um dia minha amiga me disse: adivinhe quem ligou para mim esta noite. Gostaria de ter dito: Arturo Belano, teria sido divertido eu adivinhar de primeira, mas disse outros nomes, depois entreguei os pontos. Mas, quando ela disse Arturo, fiquei contente. Quantos anos fazia que não o víamos? Muitos, tantos que era melhor não enumerá-los, não lembrá-los, embora eu me lembrasse de todos, um a um. Então um dia Arturo apareceu na casa de minha amiga, ela me telefonou, e fui vê-lo. Fui a bom passo, fui correndo. Não sei por que corri, mas o caso é que assim fiz. Eram cerca das onze da noite, fazia frio, e, quando cheguei, vi um cara que já tinha mais de quarenta anos, como eu, e me senti, enquanto ia em sua direção, como o *Nu descendo a escada*, apesar de eu não estar descendo escada nenhuma, acho.

Depois disso nos encontramos várias vezes. Um dia ele apareceu em meu ateliê. Eu estava sentado, contemplando uma tela pequenina disposta ao lado de uma tela de mais de três metros por dois. Arturo observou a pintura pequena e a pintura grande e me perguntou do que tratavam. O que você acha?, retruquei. Ossários, ele disse. De fato, eram ossários. Naquela época eu só pintava, não expunha nada. Os que haviam sido tenentes comigo agora eram capitães, coronéis e um até tinha chegado à patente de general ou marechal, meu querido Miguelito. Outros tinham morrido de aids, overdose, cirrose hepática ou simplesmente foram dados como desaparecidos. Eu continuava sendo limpador de latrinas. Sei que essa situação se presta a interpretações diversas, e a maioria delas leva a um território em que tudo é sombrio. E minha situação não era nem um pouquinho sombria. Eu me sentia razoavelmente bem, pesquisava, olhava, me olhava olhar, lia, vivia tranqüilo. Produzia pouco. Isso talvez fosse importante. Arturo, pelo contrário, produzia muito. Uma vez, ao sair da lavanderia, eu o encontrei. Ia à minha casa. O que você está fazendo?, perguntou. Não está vendo, repliquei, estou saindo daqui com a roupa lavada. Não tem máquina de lavar em casa?, perguntou. Quebrou faz uns cinco anos, expliquei. Naquela tarde, Arturo desceu à galeria do pátio interno para dar uma espiada em minha máquina de lavar. Preparei um chá para mim (naquela época eu não bebia quase nada) e fiquei espiando Arturo espiar a máquina. Por um instante achei que iria consertá-la. Não teria visto nada de extraordinário nisso, mas teria ficado, isso sim, muito contente. No fim das contas, a máquina de lavar continuou tão quebrada quanto antes. Outra vez contei a ele sobre um acidente que eu sofrera. Creio que contei porque me dei conta de que ele espiava minhas cicatrizes com o rabo do olho. O acidente tinha sido em Maiorca. Um acidente de automóvel. Estive a ponto de perder os dois braços e a mandíbula. No resto do corpo tinha apenas alguns arranhões. Estranho acidente, não? Muito estranho, Arturo disse. Ele também me contou que estivera hospitalizado em seis ocasiões num espaço de dois anos. Em que país?, perguntei. Aqui, respondeu, no vale de Hebron e, antes, no Josep Trueta, de Girona. Por que não nos avisou? Teríamos ido visitar você. Bem, não tem importância. Uma vez me perguntou se eu não me sentia deprimido. Não, falei, às vezes eu me sinto como o *Nu descendo a escada*, o que, aliás, chega até a ser agradável se você estiver numa reunião de amigos, e não tão agradável se você estiver caminhando pelo Paseo de Gracia, por exemplo, mas em geral eu me sinto bem.

Um dia, pouco antes de sumir pela última vez, veio à minha casa e me disse: vão me fazer uma crítica ruim. Eu lhe preparei um chá de camomila e fiquei calado, que é o que se faz, creio, quando se tem que ouvir uma história, triste ou alegre que seja. Mas ele também ficou calado, e por um instante permanecemos assim, ele olhando para o chá ou para a rodelinha de limão que flutuava em seu chá, e eu fumando um Ducados, creio que sou um dos poucos que ainda fuma Ducados, quer dizer, dos poucos de minha geração, até o próprio Arturo agora fumam tabaco virgínia ultralight. Passado um momento, perguntei, só para falar alguma coisa: vai ficar para dormir em Barcelona?, e ele negou com a cabeça, quando ficava para dormir em Barcelona dormia na casa de minha amiga (em quartos separados, mas essa precisão perturba tudo), não em minha casa, jantávamos juntos, sim, e às vezes saíamos os três para dar umas voltas no carro de minha amiga. Enfim, perguntei se iria ficar para dormir, e ele disse que não podia, que precisava voltar ao vilarejo onde morava, um vilarejo da costa a pouco mais de uma hora de trem. Voltamos outra vez a ficar calados os dois, e eu comecei a pensar no que ele tinha dito sobre uma crítica ruim, e por mais que tenha pensado não entendi nada, de modo que parei de pensar e fiquei esperando, que é o que faz, contra todo prognóstico, o *Nu descendo a escada*, e precisamente nisso consiste sua estranha crítica.

Por um instante só ouvi o ruído que Arturo fazia ao tomar chá, sons apagados provenientes da rua, o elevador que subiu e desceu algumas vezes. De repente, quando eu não pensava nem ouvia nada, ouvi Arturo repetir que um crítico iria baixar o sarrafo nele. Não tem muita importância, falei. São os cavacos do ofício. Tem importância sim, replicou. Você nunca deu bola para eles, falei. Mas agora dou, devo estar me tornando um burguês, ele disse. Em seguida explicou que seu penúltimo e seu último livro tinham semelhanças que pertenciam ao território dos jogos impossíveis de decifrar. Eu tinha lido seu penúltimo livro, tinha gostado, e não tinha a menor idéia do seu último livro, de modo que não pude dizer nada a esse respeito. Só pude lhe perguntar: que tipo de semelhanças? Jogos, Guillem, ele disse. Jogos. A porra do *Nu descendo a escada*, as porras das suas falsificações de Picabia, jogos. Mas onde está o problema?, perguntei. O problema, ele disse, é que o crítico, um tal de Iñaki Echavarne, é um casca de ferida. É um crítico ruim?, perguntei. Não, é um bom crítico, ele disse, pelo menos não é um crítico ruim, mas é um casca de ferida fodido. E como você sabe que ele vai fazer a resenha de seu último livro, se ele ainda nem está nas livrarias? Porque outro dia, explicou, quando eu estava na editora, ele ligou para a assessora de imprensa e pediu a ela meu romance anterior. E daí?, perguntei. Daí que eu estava ali, na frente da assessora de imprensa, ela lhe disse olá, Iñaki, olhe que coincidência, Arturo Belano está aqui, bem na minha frente, e o escroto do Echavarne não disse nada. E o que ele deveria ter dito? Pelo menos olá, Arturo respondeu. Como ele não disse nada, você concluiu que ele vai desancar você?, perguntei. E se desancar, qual o problema? Tanto faz! Olhe, Arturo disse, Echavarne brigou faz pouco com o Catão das letras espanholas, Aurelio Baca, conhece? Nunca li, mas sei quem é, respondi. Tudo por causa de uma crítica que Echavarne fez ao livro de um amigo de Baca, não sei se a crítica era justificada ou não, não li o livro. A única coisa certa é que aquele romancista tinha Baca para defendê-lo. E a crítica que Baca dedicou ao crítico foi dessas de fazer chorar. Pois bem, não tenho nenhum papa-hóstias pra me defender, absolutamente ninguém, de modo que Echavarne pode soltar os cachorros em cima de mim com toda tranqüilidade. Nem mesmo Aurelio Baca poderia me defender, porque no meu livro, não no que vai sair, no penúltimo, debocho dele, se bem que duvido muito que ele tenha lido. Você debocha do Baca? Rio um pouco dele, Arturo disse, mas não creio que ele nem ninguém tenha notado. Isso descarta Baca como defensor, admiti, enquanto pensava que eu também não tinha percebido o tal deboche que agora parecia preocupar meu amigo. Pois é, Arturo disse. Deixe o Echavarne soltar os cachorros, ora, falei, e daí, isso tudo é bobagem, você deveria ser o primeiro a saber. Todos nós vamos morrer, pense na eternidade. Mas é que Echavarne deve estar morrendo de vontade de se desforrar em alguém, Arturo disse. Ele é tão medíocre assim?, perguntei. Não, não, é muito bom, Arturo disse. E então? Não é disso que se trata, é uma questão de se exercitar os músculos, Arturo disse. Os músculos do cérebro?, indaguei. Os músculos de alguma parte, e eu vou ser o sparring de Echavarne para seu segundo round ou seu oitavo round com Baca, Arturo disse. Entendi, a disputa vem de longe, eu disse. E o que você tem a ver com tudo isso? Nada, eu só vou ser o sparring, Arturo respondeu. Ficamos um instante sem dizer nada, pensando, enquanto o elevador descia e subia, e o ruído que fazia era como que o ruído dos anos durante os quais não tínhamos nos visto. Vou desafiá-lo para um duelo, Arturo disse finalmente. Quer ser meu padrinho? Foi o que ele disse. Senti como se me aplicassem uma injeção. Primeiro a espetada, depois o líquido que entrava, não em minhas veias, mas em meus músculos, um líquido gelado que provocava calafrios. A proposta me pareceu totalmente disparatada e gratuita. Ninguém desafia ninguém por uma coisa que esse alguém ainda não fez, pensei. Mas logo em seguida pensei que a vida (ou sua miragem) nos desafia constantemente por atos que nunca realizamos, às vezes por atos que nem sequer nos passaram pela cabeça. Minha resposta foi afirmativa, e ato contínuo pensei que talvez na eternidade, sim, exista ou existirá o *Nu descendo a escada* ou quem sabe o *Grande vidro*. Depois pensei: e se a resenha for favorável? E se Echavarne gostar do romance de Arturo? Não seria então, além de um ato gratuito, uma injustiça desafiá-lo para um duelo?

Pouco a pouco começaram a surgir várias interrogações, mas decidi que não era o momento de me mostrar sensato. Tudo tem sua hora. A primeira coisa que discutimos foi o tipo de arma a utilizar. Sugeri bolas cheias d'água com tinta vermelha. Ou uma troca de guarda-chuvadas. Arturo cismou que tinha que ser com espadas. Até o primeiro sangue?, propus. A contragosto, mas no fundo, eu suponho, aliviado, Arturo aceitou minha sugestão. E tratamos de arranjar as espadas.

Minha primeira idéia foi comprá-las numa dessas lojas para turistas que vendem desde espadas de Toledo a sabres de samurai, mas, informada de nossas intenções, minha amiga disse que o pai dela, já falecido, havia deixado um par de espadas, fomos lá vê-las e descobrimos que eram espadas de verdade. Depois de limpá-las conscienciosamente, decidimos utilizá-las. Fomos então procurar o lugar adequado. Sugeri o Parc de la Ciutadella, à meia-noite, mas Arturo se inclinou por uma praia de nudistas a meio caminho entre Barcelona e o povoado onde ele residia. Depois conseguimos o telefone de Iñaki Echavarne e ligamos para ele. Levamos um tempo para convencê-lo de que não se tratava de uma piada. Ao todo, Arturo falou três vezes com ele. No fim Iñaki disse que concordava e que lhe comunicássemos o dia e a hora. Na tarde do duelo, almoçamos num boteco de Sant Pol de Mar. Lula frita e camarão. Minha amiga (que tinha nos acompanhado até ali, mas que não pensava em assistir ao duelo), Arturo e eu. O almoço, reconheço, foi um tanto fúnebre, e durante a refeição Arturo tirou do bolso uma passagem de avião e nos mostrou. Pensei que seria um bilhete com destino ao Chile ou ao México, e que Arturo, de certo modo, naquela tarde se despedia da Catalunha e da Europa. Mas o bilhete era de um vôo com destino a Dar Es-Salaam, com escala em Roma e no Cairo. Descobri que meu amigo tinha ficado completamente pirado e que, se o crítico Echavarne não o matasse com um golpe de espada na cabeça, as formigas negras ou as formigas vermelhas da África iriam comê-lo.

Jaume Planells, bar Salambó, rua Torrijos, Barcelona, junho de 1994. Certa manhã meu amigo e colega Iñaki Echavarne ligou para mim e me disse que precisava de um padrinho para um duelo. Eu estava meio de ressaca, por isso de início não entendi o que Iñaki me dizia, além do mais não era normal que ele me telefonasse, menos ainda numa hora daquelas. Quando me explicou, achei que estava me gozando e entrei na brincadeira, todo mundo costuma me gozar, não é algo que me incomode, além do mais Iñaki é uma pessoa meio esquisita, esquisita mas atraente, o tipo que as mulheres acham bonitão e que os homens acham simpático, talvez um tanto temido e secretamente admirado. Fazia pouco tivera uma polêmica com Aurelio Baca, o grande romancista madrileno, e, apesar de Baca ter despejado sobre ele raios e trovões, não obstante os anátemas, Iñaki tinha se saído bem, digamos empatado, do belicoso embate.

O curioso foi que Iñaki não havia criticado Baca, mas um amigo deste, de modo que já podemos imaginar o que teria acontecido se ele tivesse se metido diretamente com o venerável madrileno. No meu modesto entender, o problema era que Baca seguia o modelo Unamuno de escritor, muito usual nos últimos anos, lançando então a torto e a direito sua peroração cheia de moralismo, a típica peroração espanhola, exemplarizante e iracunda, a peroração do senso comum ou a peroração sacrossanta, e Iñaki era o típico crítico provocador, o crítico camicase, que se divertia fazendo inimigos e que com muita freqüência extrapolava. Por força, acabariam trombando uma hora ou outra. Ou Baca acabaria trombando com Echavarne, chamando o crítico à ordem e lhe dando um puxão de orelhas, um cascudo, algo do gênero. No fundo, no fundo, porém, ambos pertenciam a esse leque cada vez mais ambíguo a que chamamos esquerda.

Então, quando Iñaki me falou do tal duelo, pensei que estivesse de gozação, o ardor suscitado por Baca não podia ser tão forte para que os autores resolvessem agora fazer justiça pelas próprias mãos, ainda por cima de forma tão melodramática. Mas Iñaki me disse que não se tratava disso, enrolou um pouco, disse que o caso era outro e que precisava aceitar o duelo (ou muito me engano, ou citou o *Nu descendo a escada*, mas o que Picasso teria que ver com isso?), que lhe dissesse de uma vez por todas se estava disposto a ser ou não seu padrinho, que não tinha tempo a perder porque o duelo iria ser naquela mesma tarde.

Não tive remédio senão responder claro que sim, onde nos encontramos e a que horas, mas depois, quando Iñaki desligou, fiquei pensando que talvez eu tivesse acabado de me meter numa coisa séria, eu vivo mais ou menos bem e, como qualquer um, gosto de uma peça bem pregada de vez em quando, mas sem passar dos limites, e era bem provável que estivesse me metendo numa dessas histórias que sempre acabam mal. Depois, para completar, refleti bem (coisa que em casos assim nunca, mas nunca mesmo, se deve fazer) e cheguei à conclusão de que era muito estranho que Iñaki me chamasse para ser seu padrinho num duelo, uma vez que eu não sou exatamente um de seus amigos mais íntimos, somos colegas de jornal, às vezes nos encontramos no Giardinetto, no Salambó ou no bar de Laie, mas amigos, amigos mesmo, não, nós não somos.

Como só faltavam poucas horas para o duelo, liguei para Iñaki, quem sabe ainda estava em casa, mas nada, era evidente que telefonara para mim e saíra logo em seguida, sei lá, para escrever sua última crônica ou para ir à igreja mais próxima, de modo que me vesti e liguei para Quima Monistrol, para o seu celular, foi como um flash que me passou pela cabeça, se eu for com uma mulher as coisas não poderão ser tão sórdidas, mas é claro que não contei a verdade a Quima, falei Quima, preciso de você, querida, Iñaki Echavarne e eu temos uma reunião e queremos que você venha conosco, Quima me perguntou a que horas seria, eu disse agora mesmo, coração, e Quima disse tudo bem, venha me pegar no Corte Inglés, algo assim. Quando desliguei, tentei entrar em contato com mais dois ou três amigos, pois de repente me dei conta de que estava muito mais nervoso do que de costume, mas não encontrei ninguém.

Às cinco e meia avistei Quima fumando um cigarro na esquina da praça Urquinaona com Pau Claris, fiz uma manobra um tanto temerária e um segundo depois tinha no banco do acompanhante a audaciosa repórter. Enquanto mil automobilistas buzinavam para nós e pelo retrovisor eu já distinguia a silhueta ameaçadora de um ônibus, pisei no acelerador e lá fomos nós para a A-19, em direção ao Maresme. Evidentemente, Quima me perguntou onde Iñaki estava escondido, ele tem um cartaz incrível com as mulheres, é preciso reconhecer, tive então que lhe dizer que ele nos esperava no bar Los Calamares Felices, que fica nos arredores de Sant Pol de Mar, numa enseada que na primavera e no verão se transforma em praia de nudismo. Durante o resto da viagem, que não levou nem vinte minutos, meu Peugeot corre como um gamo, eu fui na maior aflição, ouvindo as histórias de Quima e sem encontrar o momento oportuno para lhe confessar a verdadeira razão que nos levava ao Maresme.

Para cúmulo dos cúmulos, em Sant Pol nos perdemos. Segundo alguns moradores, tínhamos que sair como quem vai para Calella, mas a uns duzentos metros, passando o posto de gasolina, deveríamos virar à esquerda, como quem vai para a montanha, depois virar de novo à direita, passar por um túnel, mas que túnel?, e sair de novo num caminho à beira-mar, onde se erguia, único e desolado, o estabelecimento conhecido como Los Calamares Felices. Por meia hora Quima e eu discutimos, brigamos e finalmente encontramos o tal bar. Estávamos atrasados e por um instante achei que Iñaki não estaria mais lá, mas a primeira coisa que vi foi seu Saab vermelho, na verdade a *única* coisa que vi foi seu Saab vermelho, estacionado numa faixa de areia e mato, depois vi a construção desolada, as janelas sujas do Los Calamares Felices. Parei ao lado do carro de Iñaki e buzinei. Sem trocar uma palavra, Quima e eu decidimos ficar dentro do Peugeot. Pouco depois vimos Iñaki aparecer, ele estava do outro lado do restaurante. Diferentemente do que eu esperava, ele não reclamou de nosso atraso nem pareceu se aborrecer ao descobrir Quima. Eu lhe perguntei onde estava seu adversário, Iñaki sorriu e deu de ombros. Depois nós três fomos andando para a praia. Quando Quima soube o motivo de nossa presença ali (foi Iñaki quem contou, de forma objetiva e clara, com poucas palavras, eu não teria sido capaz de fazê-lo), pareceu mais excitada que nunca e por um instante tive a certeza de que tudo acabaria bem. Nós três demos boas gargalhadas. Na praia não se via vivalma. Ele não veio, ouvi Quima dizer com um quê de desapontamento.

Do extremo norte da praia, de entre uns rochedos, apareceram então duas figuras. Meu coração quase saltou pela boca. A última briga em que eu me metera havia ocorrido quando eu tinha onze ou doze anos, desde então sempre evitei os atos de violência. Lá estão eles, Quima disse. Iñaki olhou para mim, olhou para o mar, e só então compreendi que a cena tinha algo de irremediavelmente ridículo e que o ridículo não era alheio à minha presença ali. As duas figuras que haviam saído de entre as pedras continuavam avançando, pela beira da praia, e finalmente pararam a uns cem metros de distância, o suficiente para ver que uma delas trazia nos braços um pacote de que sobressaíam as pontas de duas espadas. É melhor Quima ficar aqui, Iñaki disse. Depois de ouvir e rebater os protestos de nossa colega, nós dois nos dirigimos lentamente ao encontro daquele par de loucos. Com que então essa presepada vai prosseguir?, eu me lembro de ter dito isso enquanto andávamos pela areia, com que então esse duelo vai ter lugar na realidade e não no imaginário?, com que então você me escolheu como testemunha desta loucura?, porque precisamente naquele momento intuí ou tive a revelação de que Iñaki havia me escolhido porque seus amigos de verdade (se é que ele os tinha, Jordi Llovet, talvez, algum intelectual desse tipo) teriam se negado rotundamente a participar de semelhante disparate, e ele sabia disso, todos sabiam, menos eu, o foliculário imbecil, e também pensei: meu Deus, a culpa de tudo é do filho-da-puta do Baca, se ele não houvesse atacado Iñaki, isto não estaria acontecendo, depois não pude pensar mais nada porque tínhamos chegado perto dos outros dois, e um deles perguntou: qual de vocês é Iñaki Echavarne?, então olhei Iñaki nos olhos, com um medo repentino de que ele dissesse que era eu (nesse momento, nervoso como estava, eu imaginei que Iñaki seria capaz de tudo), mas Iñaki sorriu, como se estivesse felicíssimo, disse que era ele, então o outro olhou para mim e se apresentou: sou Guillem Piña, o padrinho, e eu me ouvi dizendo: olá, sou Jaume Planells, o outro padrinho, e francamente agora que me lembro me dá vontade de vomitar ou de me jogar no chão e arrebentar de rir, mas naquela hora o que senti mesmo foi como que um nó no estômago, e frio, porque de fato fazia frio, e só uns poucos raios de sol crepuscular iluminavam a praia, essa praia de enseadas pequenas e penedias, em que na primavera as pessoas se despiam totalmente, à vista apenas dos passageiros do trem da costa, que nem ligavam para o espetáculo, o que é a democracia e a civilidade, na Galícia esses mesmos passageiros teriam parado o trem e teriam descido para capar nudistas, enfim, eu pensava nessas coisas quando dizia olá, sou Jaume Planells, o outro padrinho.

Então o tal Guillem Piña desembrulhou o pacote que trazia nas mãos, e as espadas ficaram nuas, até me pareceu ver uma luz mortífera nas lâminas, de aço?, de bronze?, de ferro?, não sei nada de espadas, mas sei o bastante para perceber que não eram de plástico, então estendi a mão e com a ponta dos dedos toquei as lâminas, metálicas, claro, e quando retirei a mão tornei a ver o brilho, um brilho fraquinho, que elas irradiavam como se estivessem acordando, em todo caso é o que teriam dito os amigos de Iñaki se ele houvesse tido a coragem ou a honradez de lhes pedir que o acompanhassem e se eles o tivessem acompanhado, o que duvido, e a mim pareceu demasiada coincidência, em todo caso uma coincidência demasiado densa: o sol que se escondia detrás das montanhas e o refulgir das espadas, e só então, por fim pude perguntar (a quem?, não sei, a Piña, mais provavelmente ao próprio Iñaki) se aquilo iria ser a sério, se o duelo iria ser a sério, e avisar em voz alta, ainda que não muito bem timbrada, que eu não queria encrenca com a polícia, de maneira nenhuma. O resto é confuso. Piña disse alguma coisa em maiorquino. Depois pediu a Iñaki que escolhesse uma espada. Este levou o tempo que achou necessário pesando ambas, primeiro uma, depois a outra, depois as duas ao mesmo tempo, como se em toda sua vida não houvesse feito outra coisa senão brincar de mosqueteiro. As espadas já não brilhavam. O outro, o escritor ofendido (mas ofendido por quem, por quê, se ainda não havia saído a maldita resenha afrontosa?), esperou que Iñaki escolhesse. O céu era cinza leitoso, e das colinas e dos morros do interior descia uma névoa densa. Minhas recordações são meio confusas. Creio ter ouvido Quima gritar: dá-lhe, Iñaki, ou algo assim. Depois, de comum acordo, Piña e eu nos retiramos, recuando. Uma onda mansa molhou as pernas de minha calça. Lembro-me de ter olhado para meus mocassins e soltado uma imprecação. Lembro-me também da sensação de obscenidade, de ilegalidade, que produziram em mim as meias molhadas e o ruído que elas faziam quando eu me mexia. Piña se retirou para as pedras. Quima tinha se levantado e se aproximado um pouco mais dos duelistas. Eles entrechocaram as espadas. Lembro que sentei num montículo, tirei os sapatos e minuciosamente, com o lenço, tirei deles a areia molhada. Feito isso, joguei fora o lenço e fiquei olhando a linha do horizonte, cada vez mais escura, até que uma das mãos de Quima pousou em meu ombro, e sua outra mão pôs nas minhas um objeto vivo, úmido, ríspido, que custei a identificar como meu lenço que volvia, que me devolviam como uma maldição.

Lembro-me de ter guardado o lenço no bolso da jaqueta. Mais tarde, Quima diria que Iñaki tinha manejado a espada como um perito e que o tempo todo tivera a luta a seu favor. Mas eu não garantiria o mesmo. A luta começou igualada. Os golpes de Iñaki eram um tanto tímidos, ele se contentava com entrechocar sua espada com a espada do adversário. E recuava, sempre recuava, não sei se por medo ou porque o estava estudando. Já os golpes do outro eram cada vez mais decididos, a certa altura lançou uma estocada, a primeira em toda a peleja, firmou a espada, adiantou a perna direita e o braço direito, e a ponta da espada quase tocou a costura da calça de Iñaki. Foi então que este pareceu despertar do sono absurdo em que estava e mergulhar de supetão em outro sonho em que o perigo era certo. A partir desse momento, seus passos se tornaram muito mais ágeis, ele se movia mais rápido, sempre recuando, não em linha reta, mas em círculos, de tal modo que às vezes eu o via de frente, outras vezes de perfil e outras de costas. Que faziam enquanto isso os outros espectadores? Quima estava sentada na areia, atrás de mim, e vez por outra dava hurras a Iñaki. Piña, por sua vez, estava de pé, bastante afastado do círculo em que se moviam os espadachins, e sua cara parecia a de alguém acostumado a esse tipo de coisas, e também a cara de alguém que está dormindo.

Durante um segundo de lucidez, tive a certeza de que havíamos ficado loucos. Mas a esse segundo de lucidez se antepôs um supersegundo de superlucidez (se me permitem a expressão), em que pensei que aquela cena fosse o resultado lógico de nossas vidas absurdas. Não era um castigo, mas uma dobradura que se abria de repente para que nos víssemos em nossa humanidade comum. Não era a constatação de nossa ociosa culpabilidade, mas a marca de nossa milagrosa e inútil inocência. Mas não é isso. Não é isso. Estávamos parados, e eles estavam em movimento, e a areia da praia se movia, não pelo vento mas pelo que eles faziam e pelo que nós fazíamos, isto é, nada, isto é, olhar, e tudo junto era a dobradura, o segundo de superlucidez. Depois, nada. Minha memória sempre foi medíocre, o suficiente apenas para ir tocando o barco como jornalista. Iñaki atacou seu antagonista, este atacou Iñaki, entendi que poderiam continuar assim horas a fio, até as espadas lhes pesarem nas mãos, tirei um cigarro do maço, não tinha fogo, procurei em todos os bolsos, então me levantei e me aproximei de Quima só para descobrir que ela tinha parado de fumar fazia tempo, um ano ou um século. Por um instante pensei em pedir fogo a Piña, mas me pareceu demais. Eu me sentei junto de Quima e contemplei os duelistas. Continuavam se movendo em círculo, mas sua movimentação era cada vez mais lenta. Tive também a impressão de que conversavam, mas o barulho das ondas abafava suas vozes. Disse a Quima que aquilo tudo me parecia uma presepada. Que nada, ela respondeu. E logo acrescentou que lhe parecia muito romântico. Estranha mulher essa Quima. Minha vontade de fumar aumentou. Ao longe, Piña tinha sentado, como a gente, na areia, e de seus lábios saía uma coluna de fumaça azul cobalto. Não agüentei mais. Levantei e fui em sua direção, dando uma volta, de modo que em nenhum momento pudesse passar perto da singradura dos duelistas. De uma colina, uma mulher nos observava. Estava encostada no capô de um carro, cobrindo os olhos com as mãos. Pensei que olhasse para o mar, mas depois compreendi que olhava para nós, evidentemente.

Piña me ofereceu seu isqueiro sem dizer nada. Olhei para ele: estava chorando. Eu tinha vontade de falar, mas ao vê-lo perdi a vontade na hora. Voltei portanto para junto de Quima e voltei a olhar para a mulher que estava sozinha no alto da colina, olhei também para Iñaki e seu contendor, que, mais que cruzar espadas, tudo que agora faziam era se movimentar e se estudar. Ao me deixar cair junto de Quima, meu corpo fez um ruído de saco de areia. Vi então a espada de Iñaki se levantar mais alto do que aconselharia a prudência ou os filmes de mosqueteiro e vi a espada de seu contendor se esticar até situar sua ponta a poucos milímetros do coração de Iñaki, e creio, apesar de isso não ser possível, que vi Iñaki empalidecer, ouvi Quima dizer meu Deus ou algo do gênero, vi Piña atirar o cigarro longe, na direção da colina e vi que na colina já não havia ninguém, nem a mulher nem o carro, então o outro retirou a ponta da espada com um movimento brusco, e Iñaki se adiantou e lhe vibrou uma pranchada no ombro, creio que para se vingar do susto que ele lhe fizera passar, Quima suspirou e eu suspirei, e lancei volutas de fumaça para o ar viciado daquela praia espantosa, o vento levou minhas volutas de imediato, sem tempo para nada, Iñaki e seu contendor continuaram vou pegar você, vou pegar você, como duas crianças bobas.

23.

Iñaki Echavarne, bar Giardinetto, rua Granada del Penedés, Barcelona, julho de 1994. Por algum tempo, a Crítica acompanha a Obra, depois a Crítica se desvanece e são os leitores que a acompanham. A viagem pode ser comprida ou curta. Depois os leitores morrem um a um, e a Obra segue sozinha, muito embora outra Crítica e outros Leitores pouco a pouco se ajustem à sua singradura. Depois a Crítica morre outra vez, os Leitores morrem outra vez, e sobre esse rastro de ossos a Obra segue sua viagem rumo à solidão. Aproximar-se dela, navegar em sua esteira é um sinal inequívoco de morte segura, mas outra Crítica e outros Leitores dela se aproximam, incansáveis e implacáveis, e o tempo e a velocidade os devoram. Finalmente a Obra viaja irremediavelmente sozinha na Imensidão. E um dia a Obra morre, como morrem todas as coisas, como se extinguirá o Sol e a Terra, o Sistema Solar e a Galáxia, e a mais recôndita memória dos homens. Tudo que começa como comédia acaba como tragédia.

Aurelio Baca, Feira do Livro, Madri, julho de 1994. Não somente ante mim mesmo, nem somente ante os espelhos ou na hora da morte, que espero demorar para chegar, mas ante meus filhos e minha mulher, e ante a vida serena que construo, devo reconhecer: 1) Que na época de Stalin eu não teria desperdiçado minha juventude no Gulag nem teria acabado com um tiro na nuca; 2) Que na época de McCarthy eu não teria perdido meu emprego nem teria tido que encher tanques num posto de gasolina; 3) Que na época de Hitler, no entanto, eu teria sido um dos que tomaram o caminho do exílio e que na época de Franco não teria composto sonetos ao Caudilho, nem à Virgem Bendita, como tantos democratas a vida inteira. E por aí vai. Minha coragem é limitada, decerto, minha tolerância também. Tudo que começa como comédia acaba como tragicomédia.

Pere Ordóñez, Feira do Livro, Madri, julho de 1994. Antigamente, os escritores da Espanha (e da América hispânica) entravam na arena para transgredi-la, para reformá-la, para incendiá-la, para revolucioná-la. Os escritores da Espanha (e da América hispânica) provinham geralmente de famílias abastadas, famílias estabelecidas ou de certa posição, e, ao empunharem a pena, eles se voltavam ou se revoltavam contra essa posição: escrever era renunciar, era renegar, às vezes era se suicidar. Era ir contra a família. Hoje os escritores da Espanha (e da América hispânica) provêm, em número cada vez mais alarmante, de famílias de classe baixa, do proletariado e do lumpemproletariado, e seu exercício mais usual da escrita é uma forma de escalar posições na pirâmide social, uma forma de se estabelecer tomando o maior cuidado para não transgredir em nada. Não digo que não sejam cultos. São tão cultos quanto os de antes. Ou quase. Não digo que não sejam trabalhadores. São muito mais trabalhadores que os de antes! Mas são, também, muito mais vulgares. E se comportam como empresários ou como gângsteres. Não renegam nada ou só renegam o que se pode renegar, e tomam cuidado para não fazer inimigos ou para escolhê-los entre os mais inermes. Não se suicidam por uma idéia, mas por loucura e por raiva. As portas implacavelmente se abrem para eles de par em par. E assim a literatura vai como vai. Tudo que começa como comédia acaba indefectivelmente como comédia.

Julio Martínez Morales, Feira do Livro, Madri, julho de 1994. Vou lhes contar uma coisa sobre a honra dos poetas, agora que passeio pela Feira do

Livro. Sou poeta. Sou escritor. Ganhei certo renome como crítico. 7 x 3 = 22 stands, no chutômetro, mas são, na realidade, muito mais. Limitada é a nossa visão. Consegui, no entanto, conquistar meu lugar ao sol desta feira. Atrás ficam os encalhes, os limites da escrita, o 3 x 3 = 9. Isso me custou um bocado. Atrás ficam o A e o E, que se dessangram pendurados numa sacada a que às vezes volto em sonhos. Sou um homem educado: só conheço os cárceres sutis. Poesia e cárcere, aliás, sempre estiveram próximos. Não obstante, minha fonte de atração é a melancolia. Estou no sétimo sono ou ouvi mesmo o galo cantar no outro extremo da feira? Pode ser uma coisa ou pode ser a outra. Os galos cantam na alvorada, no entanto, e agora, de acordo com meu relógio, é meio-dia. Perambulo pela feira e cumprimento os colegas que perambulam tão aéreos quanto eu. Aéreo x aéreo = um cárcere no céu da literatura. Perambulo. Perambulo. A honra dos poetas: o canto que ouvimos como pálida condenação. Vejo rostos juvenis que olham os livros expostos e procuram suas moedas no fundo de bolsos escuros como a esperança. 7 x 1 = 8, eu me digo enquanto olho com o rabo do olho esses jovens leitores, e uma imagem informe e lenta como um iceberg se superpõe aos seus rostinhos alheios e sorridentes. Todos passamos debaixo da sacada de onde pendem as letras A e E, e o sangue delas jorra em nós e nos suja para sempre. Mas a sacada é pálida como nós, e a palidez jamais ataca a palidez. Aliás, e digo isso por desencargo de consciência, a sacada também perambula conosco. Em outras latitudes isso se chama máfia. Vejo um escritório, vejo um computador ligado, vejo um corredor solitário. Palidez x iceberg = um corredor solitário que nosso medo vai enchendo de gente, pessoas que perambulam pela Feira do Corredor procurando, não um livro, mas uma certeza que lhe aponte o vazio de nossas certezas. Assim interpretamos a vida nos momentos de máximo desespero. Gregários. Algozes. O bisturi corta os corpos. A e E x Feira do Livro – outros corpos; leves, incandescentes, como se ontem à noite meu editor me houvesse enfiado no cu. Morrer pode parecer uma boa resposta, Blanchot diria. 31 x 31 = 962 boas razões. Ontem sacrificamos um jovem escritor sul-americano no altar dos sacrifícios de nossa mansão. Enquanto seu sangue gotejava pelo baixo-relevo de nossas ambições, pensei em meus livros e no esquecimento, e isso, por fim, tinha sentido. Um escritor, estabelecêramos, não deve parecer um escritor. Deve parecer um banqueiro, um filho de papai que envelhece sem muitos tremores, um professor de matemática, um funcionário de presídio. Dendriformes. Assim, paradoxalmente, perambulamos. Nossa arborescência x a palidez da varanda = o corredor de nosso triunfo. Como é que os jovens, os leitores por antonomásia, não percebem que somos mentirosos? É só olhar para nós! Está marcado a fogo em nossas fuças nossa impostura! No entanto, eles não percebem, e podemos recitar com total impunidade: oito, cinco, nove, oito, quatro, quinze, sete. Podemos perambular e nos cumprimentar (eu, pelo menos, cumprimento todo mundo, jurados e verdugos, patrões e estudantes), podemos elogiar a bicha por sua irrestrita heterossexualidade, o impotente por sua virilidade, o corno por sua honra imaculada. E ninguém geme: não há crueza. Só nosso silêncio noturno, quando de quatro nos dirigimos para as fogueiras que alguém a uma hora misteriosa e com uma finalidade incompreensível acendeu para nós. O acaso nos guia, apesar de não termos deixado nada entregue ao acaso. Um escritor deve parecer um censor, os mais velhos nos disseram, e seguimos essa flor de pensamento até suas penúltimas conseqüências. Um escritor deve parecer um articulista de jornal. Um escritor deve parecer um anão e DEVE sobreviver. Se não tivéssemos, ainda por cima, que ler, nosso trabalho seria um ponto suspenso no nada, um mandala reduzido à sua menor expressão, nosso silêncio, nossa certeza de ter um pé cristalizado do outro lado da morte. Fantasias. Fantasias. Quisemos, nalguma dobradura perdida do passado, ser leões e somos tão-somente gatos castrados. Gatos castrados casados com gatas degoladas. Tudo que começa como comédia acaba como exercício criptográfico.

Pablo del Valle, Feira do Livro, Madri, julho de 1994. Vou lhes contar uma coisa sobre a honra dos poetas. Houve uma época em que eu não tinha dinheiro e não tinha o nome que agora tenho: estava desempregado e me chamava Pedro García Fernández. Mas tinha talento e era amável. Conheci uma mulher. Conheci muitas mulheres, mas conheci principalmente uma mulher. Essa mulher, cujo nome é preferível deixar no anonimato, se apaixonou por mim. Ela trabalhava no correio. Era funcionária do correio, eu dizia quando os amigos me perguntavam o que minha mulher fazia. Na realidade isso era um eufemismo para não dizer que ela era carteira. Vivemos juntos um tempo. De manhã, minha mulher saía para trabalhar e só voltava às cinco da tarde. Eu me levantava quando ouvia o leve ruído que fazia a porta ao se fechar (ela se preocupava com meu descanso) e começava a escrever. Escrevia sobre coisas elevadas. Jardins, castelos perdidos, coisas assim. Depois, quando me cansava, lia. Pío Baroja, Unamuno, Antonio e Manuel Machado, Azorín. Na hora do almoço, eu ia a um restaurante onde me conheciam. De tarde, revisava. Quando ela voltava do trabalho, costumávamos conversar um instante, mas sobre o que um literato poderia conversar com uma carteira? Eu falava do que tinha escrito, do que planejava escrever: uma glosa sobre Manuel Machado, um poema sobre o Espírito Santo, um ensaio cuja primeira frase era: a Espanha a mim também me dói. Ela falava das ruas que tinha percorrido e das cartas que tinha entregado. Falava dos selos, raríssimos alguns, e dos rostos que havia entrevisto em sua longa manhã de distribuidora de cartas. Depois, quando eu não agüentava mais, dela me despedia e ia vagabundear pelos bares de Madri. Às vezes ia a lançamentos de livro. Sobretudo por causa da bebida grátis e dos canapés. Ia à Casa de América e ouvia os convencidos escritores hispano-americanos. Ia ao Ateneo e ouvia os satisfeitos escritores espanhóis. Mais tarde, eu me reunia com os amigos, e falávamos de nossas obras ou íamos todos juntos visitar o Mestre. Mas acima do bate-papo literário eu continuava ouvindo o ruído dos sapatos sem salto de minha mulher, realizando seu percurso de carteira uma e outra vez, silenciosa, arrastando a sacola amarela ou o carrinho amarelo, dependendo da quantidade de correspondência a entregar, e então eu me desconcentrava, minha língua, segundos antes engenhosa, pungente, se dobrava e sumia num sisudo e involuntário silêncio, que os outros, inclusive nosso Mestre, costumavam interpretar, para minha sorte, como uma mostra de meu temperamento reflexivo, introspectivo e filosófico. Às vezes, quando voltava para casa a tantas horas da madrugada, parava no bairro em que ela costumava trabalhar e remedava, simulava, imitava com gestos entre militares e fantasmáticos sua rotina diária. No fim, acabava vomitando e chorando encostado numa árvore, perguntando a mim mesmo como era possível eu conviver com aquela mulher. Nunca encontrei resposta, ou as que encontrei não eram plausíveis, mas o caso é que não a larguei. Vivemos juntos por muito tempo. Às vezes, fazendo uma pausa na escrita, eu me dizia para me consolar que pior seria se fosse açougueira. Eu teria preferido, mais para seguir a moda do que por qualquer outro motivo, que ela fosse policial. Policial era melhor do que carteira. Carteira, entretanto, era melhor do que açougueira. Depois continuava escrevendo, escrevendo, enraivecido ou à beira do desânimo, e dominava cada vez mais os rudimentos do ofício. Assim foram se passando os anos, e durante todo esse tempo vivi às custas de minha mulher. Finalmente ganhei o prêmio Novas Vozes da Cidade de Madri, e da noite para o dia me vi de posse de três milhões de pesetas e de uma oferta para trabalhar num dos mais importantes jornais da capital. Hernando García León escreveu uma resenha elogiosíssima do meu livro. A primeira e a segunda edição se esgotaram em menos de três meses. Apareci em dois programas de tevê, se bem que num deles tenho a impressão de que me levaram para me fazerem de palhaço. Estou escrevendo meu segundo romance. E larguei minha mulher. Disse a ela que nossos temperamentos são incompatíveis, que eu não queria magoá-la, que desejava tudo de bom para ela e que ela sabia que poderia contar comigo em qualquer momento, para o que quer que fosse. Depois enfiei meus livros numas caixas de papelão, minha roupa numa mala, e fui embora. O amor, não me lembro que clássico disse isso, sorri para os que triunfam. Não demorei a me juntar com outra mulher. Aluguei um apartamento na Lavapiés, um apartamento que eu pago e em que sou feliz e produtivo. Minha mulher atual estuda filologia inglesa e escreve poesia. Costumamos falar de livros. Às vezes ela tem idéias muito boas. Acho que formamos um casal estupendo: as pessoas olham para a gente e nos aprovam, de certo modo personificamos o futuro e o otimismo não divorciado da sensatez e da reflexão. Algumas noites, porém, quando estou em meu escritório dando os últimos retoques em minha crônica semanal ou revisando algumas páginas de meu romance, ouço passos na rua e tenho a impressão, quase a certeza, de que é a carteira distribuindo a correspondência numa hora inoportuna. Saio à varanda, e não vejo ninguém, ou às vezes vejo o costumeiro beberrão voltando para casa, perdido numa esquina. Não acontece nada. Não há ninguém. Quando volto à minha mesa, no entanto, os passos se repetem, e então sei que a carteira está trabalhando, que, muito embora não a veja, ela está fazendo seu percurso na pior hora para mim. Largo então minha crônica semanal, largo o capítulo de meu romance e tento escrever um poema para ela ou dedicar o resto da noite às minhas contas pessoais, mas não consigo. O ruído de seus sapatos sem salto ressoa dentro de minha cabeça. Um som apenas perceptível e que eu sei como exorcizar: levanto, vou até o quarto, me dispo, me enfio na cama, onde encontro o corpo perfumado de minha mulher, e faço amor, às vezes com muita doçura, às vezes de forma violenta, depois durmo e sonho que entro na Academia. Ou não. É uma maneira de dizer. Às vezes, na realidade, sonho que entro no Inferno. Ou não sonho nada. Ou sonho que me castraram e que, com o passar do tempo, uns testículos bem miúdos, como duas azeitonas incolores, voltam a brotar em minhas virilhas e que eu os acaricio com um misto de amor e temor e os mantenho em segredo. O dia afugenta os fantasmas. Claro, não falo disso com ninguém. Preciso me mostrar forte. O mundo da literatura é uma selva. O preço que pago por minha relação com a carteira são uns tantos pesadelos, uns tantos fenômenos auditivos. Não é tão ruim assim, eu aceito a paga. Se tivesse menos sensibilidade, certamente nem me lembraria mais dela. Às vezes tenho até vontade de ligar para ela, de segui-la em seu percurso diário e de vê-la, pela primeira vez, trabalhar. Às vezes tenho vontade de me encontrar com ela em algum bar do seu bairro, que não é mais o meu, e lhe perguntar por sua vida: se já tem um novo amante, se distribuiu alguma carta proveniente da Malásia ou da Tanzânia, se ainda recebe, no Natal, a gratificação dos carteiros. Mas não o faço. Só me conformo com ouvir seus passos, cada vez mais débeis. Eu me conformo em pensar na imensidão do Universo. Tudo que começa como comédia termina como filme de terror.

Marco Antonio Palacios, Feira do Livro, Madri, julho de 1994. Eis algo sobre a honra dos poetas. Eu tinha dezessete anos e um desejo irrefreável de ser escritor. Então me preparei, mas não fiquei parado enquanto me preparava, pois compreendi que se assim fizesse não triunfaria nunca. Disciplina e certo charme maleável, são essas as chaves para chegar aonde se quer. Disciplina: escrever toda manhã não menos de seis horas. Escrever toda manhã, revisar de tarde e ler como um possesso de noite. Encanto ou charme maleável: visitar os escritores em casa ou abordá-los nos lançamentos de livros e dizer a cada um exatamente aquilo que ele quer ouvir. Aquilo que ele quer ouvir desesperadamente. E ter paciência, porque nem sempre funciona. Tem uns caras que dão uma palmadinha nas suas costas, e depois se já o vi não me lembro. Tem uns caras duros, cruéis, mesquinhos. Mas nem todos são assim. É preciso ter paciência e procurar. Os melhores são os homossexuais, mas, cuidado, é preciso saber em que momento parar, é preciso saber com precisão o que é que você quer, senão você pode acabar enrabado de repente por uma tia velha de esquerda qualquer. Com as mulheres ocorrem três quartos da mesma coisa: as escritoras espanholas que podem dar uma mão costumam ser velhas e feias, e o sacrifício às vezes não compensa. Os melhores são os heterossexuais já entrados nos cinqüenta ou no limiar da velhice. Em todo caso: é inevitável se aproximar deles. É inevitável cultivar um pomar à sombra dos rancores e ressentimentos deles. Claro, é preciso encarar as obras completas deles. É preciso citá-los duas ou três vezes em cada conversa. É preciso citá-los sem descanso! Um conselho: nunca criticar os amigos do mestre. Os amigos do mestre são sagrados, e um comentário inoportuno pode mudar o rumo do destino. Um conselho: é imperativo abominar e desancar a gosto os romancistas estrangeiros, principalmente os americanos, franceses e ingleses. Os escritores espanhóis odeiam seus contemporâneos de outras línguas, e publicar uma resenha negativa de um deles é sempre bem-visto. Calar o bico e ficar de olho. Delimitar as áreas de trabalho. De manhã escrever, de tarde revisar, de noite ler e nas horas vagas exercer a diplomacia, a dissimulação, o charme maleável. Aos dezessete anos eu queria ser escritor. Aos vinte publiquei meu primeiro livro. Agora estou com vinte e quatro, e às vezes, quando olho para trás, algo como uma vertigem se instala em meu cérebro. Percorri um longo caminho, publiquei quatro livros e vivo folgadamente da literatura (se bem que, para ser sincero, nunca necessitei de muito para viver, só de uma mesa, um computador e livros). Escrevo uma colaboração semanal para um jornal de direita de Madri. Agora pontifico, solto palavrões e baixo o sarrafo (mas sem passar das medidas) em alguns políticos. Os jovens que desejam fazer carreira de escritor vêem em mim um exemplo a seguir. Alguns dizem que sou uma versão melhorada de Aurelio Baca. Não sei. (A Espanha também nos dói a ambos, mas creio que neste momento dói mais a ele do que a mim.) Pode ser que digam isso sinceramente, mas pode ser que o digam para ganhar minha confiança e para que eu baixe a guarda. Se for por esta última razão, vou lhes dar o gostinho: continuo trabalhando com o mesmo afinco de antes, continuo produzindo, continuo cuidando com carinho de minhas amizades. Ainda não fiz trinta anos, e o futuro se abre como uma rosa, uma rosa perfeita, perfumada, única. O que começa como comédia acaba como marcha triunfal, não é verdade?

* * *

Hernando García León, Feira do Livro, Madri, julho de 1994. Tudo começou, como tudo que é grande, com um sonho. Faz tempo, menos de um ano, dei um giro por um dos cafés de maior consistência literária e conversei com diversos autores de nossa Espanha doente. Em meio ao bochicho de costume, todos aqueles com quem dialoguei afirmaram (e aqui a unanimidade não é suspeita) que meu último livro era, se não um dos mais vendidos, um dos mais lidos. Pode ser, da parte comercial eu não me ocupo. No entanto, por detrás da cortina de elogios, entrevi uma sombra. Meus pares me elogiavam, os mais jovens viam em mim — e se ufanavam disso — um mestre, mas, por trás da cortina de louvores, pressenti a respiração, a iminência de algo desconhecido. O que era? Não sabia. Um mês depois, estava eu numa das salas de embarque do aeroporto, disposto a me ausentar por uns dias de nossa Espanha maldizente, quando se aproximaram de mim três rapazes, espigados e cerúleos, e em bom vernáculo me disseram que meu último livro tinha mudado a vida deles. Curioso, apesar de evidentemente esses não serem, muito pelo contrário, os primeiros a me interpelar desse modo. Segui minha viagem. Fiz escala em Roma. No duty-free shop do aeroporto, um homem de aspecto interessante ficou olhando fixamente para mim. Era um austríaco em viagem de negócios (não perguntei qual era o seu trabalho), chamado Hermann Künst, que, seduzido por meu livro anterior, que havia lido em espanhol, pois, que eu saiba, ainda não foi vertido para o alemão, queria meu autógrafo. Seus elogios me deixaram embasbacado. Ao chegar ao Nepal, no hotel, um rapaz de não mais de quinze anos me perguntou se eu era Hernando García León. Disse que sim e já me dispunha a lhe dar uma gorjeta, quando o moçoilo se declarou um fervoroso admirador de minha obra e, pouco depois, sem perceber, eu me vi estampando minha assinatura num maltratado exemplar de *Entre lobos y ángeles*, para ser mais concreto, na oitava edição espanhola, datada de 1986. Lamentavelmente, naquele momento houve um percalço que não cabe relatar aqui e que me impediu de interrogar aquele jovem leitor sobre as vicissitudes ou os meandros que haviam feito meu livro chegar às suas mãos. Naquela noite sonhei com são João Batista. O decapitado se aproximava de minha cama de hotel e me dizia: vai ao Nepal, Hernando, e se abrirão para ti as páginas de um livro magnífico. Mas estou no Nepal, eu respondia com a língua embolada dos adormecidos. Mas Batista repetia: vai ao Nepal, Hernando, etcétera e tal, como se ele fosse minha agente literária. Ao acordar de manhã, já havia esquecido o sonho. Durante uma excursão pelas montanhas de Katmandu, encontrei de supetão um grupo de turistas de nossa atordoada Espanha. Fui reconhecido (eu estava sozinho, nem é preciso esclarecer, meditando atrás de uma pedra) e submetido à costumeira sessão de perguntas e respostas, tal qual estivéssemos num programa de tevê. A sede de conhecimento de meus compatriotas era grande, compulsiva, inesgotável. Assinei dois exemplares. De volta ao hotel, naquela noite sonhei de novo com são João Batista, mas com a variante, prestigiosa variante, de que dessa vez ele vinha acompanhado por uma sombra, um ser encapuzado que permanecia a certa distância, enquanto o decapitado falava. Sua alocução, em essência, era a mesma da noite anterior. Eu precisava ir com urgência ao Nepal e ele me prometia as delícias de um livro magnífico, digno da pena mais ousada. Esses sonhos se repetiram, uma noite sim, a outra também, praticamente durante toda minha estada no Oriente. Voltei a Madri e, depois de me submeter, com muita má vontade, ao imperativo de dar as entrevistas de praxe, fui para Orejuela de Arganda, um vilarejo ou aldeia na serra, com a sólida intenção de encetar um trabalho de criação. Voltei a sonhar com são João Batista. Porra, Hernando, assim é demais, disse a mim mesmo no meio do sonho, e, com um esforço mental que só podem se permitir os que exercitaram seus nervos em situações limites, consegui acordar de chofre. O quarto estava imerso no fecundo silêncio da noite castelhana. Abri a janela e respirei o ar puro da serra. Não senti falta da época, já distante, em que fumava dois maços por dia, se bem que, por uma microfração de segundo, pensei que não teria sido nada mal fumar um cigarrinho. Feito um homem que não tem tempo a perder, dediquei minha insônia a revisar textos, terminar cartas, preparar rascunhos de artigos e conferências, as obrigações de um autor de sucesso, coisa que jamais compreenderão os ressentidos e invejosos que nunca passam dos mil exemplares. Depois voltei para a cama e, como costuma acontecer, dormi instantaneamente. No negrume como que pintado por Zurbarán, são João Batista ressurgiu e me olhou nos olhos. Fez um gesto com a cabeça, depois disse: deixo-te, Hernando, mas não estás só. Contemplei a paisagem que pouco a pouco foi clareando, como se uma brisa ou um sopro angélico desfizesse as brumas e os negrumes, ainda que preservando, digamos, o luto próprio da manhã. No fundo, a uns três metros de minha cama, junto de um penhasco, aguardava a paciente sombra encapuzada. Quem é você?, perguntei. Minha voz soou trêmula. Estou a ponto de chorar, pensei, aflito, no meio do sonho e daquela tenebrosa manhã. Mas, fazendo das tripas coração, consegui repetir a pergunta: quem é você? Então a sombra tremeu e com um movimento preciso (e de todo o corpo) sacudiu o orvalho da alvorada, ou simplesmente, fora de foco, meus olhos me fizeram perceber como tremor algo que não o era, e depois do tremor a sombra começou a andar em direção à minha cama, seus pés pareciam não tocar o chão, e no entanto eu ouvia o ruído das pedras, o canto das pedras gozosas ao sentir a sola dos seus pés, chiado e tinido ao mesmo tempo, murmúrio e ruído, como se as pedras fossem relva dos campos, e os pés o ar ou a água, então me ergui da cama com penoso esforço e, apoiado num cotovelo, perguntei quem é você, o que quer de mim, sombra, quem se esconde sob esse capuz? E a sombra continuou avançando pela casa de pedras e seixos cinzentos até chegar junto de minha cama, então parou, e as pedras pararam de cantar, ou arrulhar, ou chilrear, um silêncio enorme se instalou em meu quarto, no vale e na encosta das montanhas, eu fechei os olhos e disse a mim mesmo coragem, Hernando, você já se viu em sonhos piores, e tornei a abri-los. Então a sombra tirou o capuz, que talvez fosse apenas uma mantilha, e diante de mim apareceu a Virgem Maria, e sua luz não era ofuscante, como diz minha amiga Patricia Fernández-García Errázuriz, que teve várias experiências desse tipo, e sim era uma luz agradável à pupila, uma luz conforme à luz da manhã. Antes de emudecer, perguntei: o que deseja, Senhora, deste seu pobre servidor? E ela respondeu: Hernando, meu filho, quero que escrevas um livro para mim. O resto de nossa conversa é coisa que não posso contar. Mas escrevi. Pus mãos à obra disposto a deixar o couro na tarefa, e ao fim de três meses tinha trezentas e cinqüenta folhas de caderno, que pus sobre a mesa de meu editor. Seu título: *La nueva era y la escalera ibérica*. Hoje, pelo que me disseram, foram vendidos mais de mil exemplares. Evidentemente, não autografei todos, pois não sou o Super-Homem. Tudo que começa como comédia indefectivelmente acaba como mistério.

Pelayo Barrendoáin, Feira do Livro, Madri, julho de 1994. Primeiro: aqui estou eu, dopado, com os antidepressivos saindo pelas orelhas, percorrendo esta feira aparentemente tão simpática em que Hernando García León tem tantos e tantos leitores, em que Baca, nos antípodas de García León, mas tão beato quanto ele, tem tantos e tantos leitores, em que até meu velho amigo Pere Ordóñez tem alguns leitores e em que até eu, para não ir mais longe, também tenho meu lote de leitores, os arrebentados, os que levam porrada, os que na cabeça têm pequenas bombas de lítio, rios de Prozac, lagos de Heptaminol, mares mortos de Rohipnol, poços sem fundo de Tranquinal, meus irmãos, os que bebem de minha loucura para alimentar a própria. E cá eu estou com minha enfermeira, mas pode ser que ela não seja enfermeira, e sim assistente social, educadora especial, pode ser até advogada, em todo caso estou aqui com uma mulher que parece ser minha enfermeira, pelo menos é o que se poderia deduzir da prontidão com que me oferece as pílulas milagrosas, as bombas que atenazam meu cérebro e me impedem de cometer uma barbaridade, uma mulher que anda ao meu lado e cuja sombra, tão grácil, quando me viro, roça minha sombra, tão pesada, tão volumosa, minha sombra parece se envergonhar por fluir junto com a dela, mas, se alguém observar minha sombra com mais atenção, como eu faço, logo vai percebê-la perfeitamente feliz por fluir com a dela. Minha sombra de Zé Colméia do Terceiro Milênio e sua sombra de discípula de Hipatia. É justamente então que gosto de estar aqui, mais que tudo porque minha enfermeira gosta de ver tantos livros juntos e passear ao lado do louco mais célebre da chamada poesia espanhola ou da chamada literatura espanhola. E é então que dou de sorrir misteriosamente ou cantarolar misteriosamente, e ela me pergunta por que estou rindo ou por que estou cantarolando, e respondo porque tudo isso me parece ridículo, porque me parece ridículo Hernando García León se fazer de são João Batista, ou de santo Inácio de Loiola, ou de beato Escrivá, porque me parece ridícula a grande luta pelo nome e a grande luta pelo leitor de todos esses escritores entrincheirados nos respectivos stands de amianto. E ela olha para mim e pergunta por que estou cantarolando. Respondo que são poemas, que meu cantarolar são poemas que vou pensando e tentando memorizar. Então minha enfermeira sorri e assente, feliz com minhas respostas, e é nessas ocasiões, quando a multidão é enorme e a aglomeração adquire tinturas de perigo (nos arredores do stand de Aurelio Baca, conforme me explica minha enfermeira), que sua mão busca a minha e a encontra sem o menor problema, então atravessamos lentamente as zonas de sol ardente e de sombra gelada de mãos dadas, sua sombra arrastando a minha, mas principalmente seu corpo arrastando o meu. Muito embora seja outra a verdade (sorrio para não berrar, cantarolo para não rezar ou blasfemar), para minha enfermeira basta e sobra a minha versão, o que não diz muito de seus dotes como psicóloga, e sim de sua inclinação para viver, para gozar o sol que cai sobre El Retiro ou de sua irrefreável ânsia de ser feliz. É então que penso em coisas pouco poéticas, pelo menos de certa perspectiva, como o desemprego (de que minha enfermeira acaba de sair graças ao fato de eu estar louco) ou como o estudo de Direito (que minha advogada acaba de trocar pela leitura do romance espanhol graças ao fato de eu estar louco), e tanto o desemprego como as horas perdidas se erguem diante de meus olhos como um único globo vermelho que sobe, sobe, até me fazer chorar, Dédalo condoído pela sorte de Ícaro, Dédalo condenado, depois torno a descer ao planeta Terra, à Feira do Livro, e ensaio um sorriso de lado, só para ela, mas não é ela que me vê sorrir, são meus leitores que vêem, os que levam porrada, os massacrados, aqueles loucos que alimento com minha loucura e que terminarão me matando ou matando minha infinita paciência, são os críticos que me vêem, os que querem tirar uma foto comigo, mas que não suportariam minha presença mais de oito horas seguidas, os escritores-apresentadores da televisão, os que adoram a loucura de Barrendoáin enquanto meneiam sensatamente a cabeça, mas não ela, nunca ela, a boba, a tapada, a inocente, a que chegou tarde demais, a que se interessa pela literatura sem imaginar os infernos que se escondem debaixo das podres ou impolutas páginas, a que ama as flores sem saber que no fundo dos jarros vivem os monstros, a que passeia pela Feira do Livro e me puxa, a que sorri para os fotógrafos que me clicam, a ignorante, a espoliada, a deserdada, a que sobreviverá a mim e que é meu único consolo. Tudo que começa como comédia acaba como um carão no vazio.

Felipe Müller, bar Céntrico, rua Tallers, Barcelona, setembro de 1995. Esta é uma história de aeroporto. Quem me contou foi Arturo, no aeroporto de Barcelona. É a história de dois escritores. No fundo, uma nebulosa. As histórias contadas nos aeroportos são rapidamente esquecidas, a não ser que seja uma história de amor, e esta não é. Acho que conhecemos esses escritores, ou pelo menos ele os conheceu. Em Barcelona, Paris, México? Isso eu não sei. Um deles é peruano, o outro cubano, mas eu não seria capaz de garantir isso cem por cento. Quando Arturo me contou a história, não só estava seguro da nacionalidade deles, como também citou seus nomes. Eu mal prestei atenção, entretanto. Creio, melhor dizendo deduzo, que são de nossa geração, quer dizer, a dos nascidos na década de 50. O destino deles, segundo Arturo, isso sim lembro com clareza, foi exemplar. O peruano era marxista, pelo menos suas leituras seguiam por essa vereda: conhecia Gramsci, Lukács, Althusser. Mas também havia lido Hegel, Kant, alguns gregos. O cubano era um narrador feliz. Isso precisa ser escrito com iniciais maiúsculas: Narrador Feliz. Não lia teóricos, mas literatos, poetas, contistas. Ambos, peruano e cubano, nasceram no seio de famílias pobres, o primeiro numa família proletária, o segundo numa família camponesa. Os dois cresceram como crianças alegres, propensas à alegria, com grande vontade de ser felizes. Arturo dizia que provavelmente haviam sido dois meninos muito graciosos. Bom: para mim, todos os meninos são graciosos. Evidentemente, descobriram sua vocação literária bem cedo: o peruano escrevia poemas, e o cubano, contos. Os dois acreditavam na revolução e na liberdade. Mais ou menos como todos os escritores latino-americanos nascidos na década de 50. Depois cresceram: numa primeira etapa, o peruano e o cubano conheceram o esplendor, seus textos eram publicados, a crítica os elogiava unanimemente, falavam deles como se fossem os melhores escritores jovens do continente, um no campo da poesia, o outro no da narrativa, implicitamente começaram a esperar deles a obra decisiva. Mas aconteceu então o que costuma acontecer com os melhores escritores da América Latina ou com os melhores escritores nascidos na década de 50: tiveram a revelação, como numa epifania, da trindade formada pela juventude, pelo amor e pela morte. Como essa aparição afetou suas obras? No início, de forma apenas visível: como se um vidro sobreposto a outro vidro experimentasse um ligeiro movimento. Só uns poucos amigos perceberam. Depois, inevitavelmente, caminharam para a hecatombe ou para o abismo. O peruano conseguiu uma bolsa e foi embora de Lima. Por algum tempo percorreu a América Latina, mas não demorou muito a embarcar com destino a Barcelona, depois seguiu para Paris. Arturo, eu creio, conheceu o peruano no México, mas a amizade entre os dois se consolidou em Barcelona. Naquela época, tudo parecia indicar que a carreira literária dele seria meteórica, mas, vá saber por quê, os editores e os escritores espanhóis não se interessaram por sua obra, salvo raras exceções. Depois foi para Paris e aí entrou em contato com estudantes peruanos maoístas. Segundo Arturo, o peruano sempre tinha sido maoísta, um maoísta lúdico e irresponsável, um maoísta de salão, mas em Paris, de uma maneira ou de outra, o peruano foi convencido, digamos, de que ele era a reencarnação de Mariátegui, o martelo ou a bigorna, não saberia precisar, com o qual iriam destroçar os tigres de papel que campeavam a seu bel-prazer pela América Latina. Por que Belano achava que seu amigo peruano estava de brincadeira? Bem, motivos não lhe faltavam: um dia ele podia escrever páginas horríveis e panfletárias, no dia seguinte um ensaio quase ilegível sobre Octavio Paz em que tudo eram salamaleques e louvações ao poeta mexicano. Para um maoísta, isso não era nem um pouco sério. Não era conseqüente. Na realidade, como ensaísta, o peruano sempre se revelou um desastre, tanto no papel de porta-voz dos camponeses deserdados como no de cacique da poesia que segue o modelo de Paz. Como poeta, entretanto, continuava bom, às vezes muito bom até, ousado, inovador. Um dia, o peruano decidiu regressar ao Peru. Talvez acreditasse que havia chegado o momento de o novo Mariátegui regressar ao solo pátrio, talvez só quisesse aproveitar o que lhe restava de sua bolsa para viver num lugar mais barato e trabalhar em suas novas obras com tranqüilidade e afinco. Mas teve azar. Mal pôs os pés no aeroporto de Lima, como se estivesse à sua espera o Sendero Luminoso se levantou feito um desafio tangível, feito uma força que ameaçava se estender por todo Peru. Evidentemente, o peruano não pôde se retirar para escrever numa aldeiazinha da serra. A partir daí, tudo desandou para ele. Desapareceu a jovem promessa das letras nacionais e apareceu um cara cada vez mais medroso, cada vez mais enlouquecido, um cara que sofria ao pensar que tinha trocado Barcelona e Paris por Lima, onde os que não desprezavam sua poesia o odiavam mortalmente como revisionista ou cão traidor e onde, aos olhos da polícia, tinha sido, a seu modo, é verdade, um dos ideólogos da guerrilha milenarista. Ou seja, súbita e repentinamente, o peruano se viu encalhado num país em que poderia ser assassinado tanto pela polícia como pelos participantes do Sendero. Estes e aquela tinham motivos de sobra, estes e aquela se sentiam afrontados pelas páginas que ele havia escrito. A partir desse momento, tudo que ele faz para salvaguardar sua vida o aproxima de forma irremediável da destruição. Resumindo: deu um nó na cabeça do peruano. Ele, que fora um entusiasta do Grupo dos Quatro e da Revolução Cultural, acabou se transformando num seguidor das teorias de madame Blavatsky. Voltou ao redil da Igreja católica. E se tornou um fervoroso seguidor de João Paulo II e inimigo acérrimo da teoria da libertação. A polícia, no entanto, não acreditou nessa metamorfose, e seu nome continuou a figurar nos arquivos das pessoas potencialmente perigosas. Já seus amigos, os poetas, os que esperavam algo dele, estes sim acreditaram em suas palavras e pararam de falar com ele. Até sua mulher o abandonou. Mas o peruano perseverou em sua loucura e não arredou pé. Do seu pólo norte final. Evidentemente, não ganhava dinheiro. Foi morar na casa do pai, que o sustentava. Quando seu pai morreu, sua mãe passou a sustentá-lo. E, evidentemente, ele não parou de escrever e de produzir livros enormes e irregulares, em que às vezes se percebia um humor trêmulo e brilhante. Em certas ocasiões, chegou a se gabar, anos depois, de que se mantinha casto desde 1985. Também: perdeu qualquer resquício de vergonha, de compostura, de discrição. Ele se tornou exagerado (isto é, em se tratando de escritores latino-americanos, mais exagerado que o habitual) nos elogios e perdeu completamente o senso do ridículo em suas autolouvações. No entanto, de vez em quando escrevia poemas muito bonitos. Segundo Arturo, para o peruano, os dois maiores poetas da América eram Whitman e ele. Um caso estranho. O caso do cubano é diferente. O cubano era feliz, e seus textos eram felizes e radicais. Mas o cubano era homossexual, e as autoridades da revolução não estavam dispostas a tolerar os homossexuais, de modo que, após um brevíssimo momento de esplendor em que escreveu dois romances (breves também) de grande qualidade, ele não demorou a se ver arrastado pela merda e pela loucura que se fazia chamar de revolução. Pouco a pouco começaram a lhe tirar o pouco que tinha. Perdeu o trabalho, pararam de publicá-lo, tentaram transformá-lo em cagüete da polícia, ele foi perseguido, interceptaram sua correspondência, por fim o puseram na cadeia. Aparentemente, eram dois os objetivos dos revolucionários: que o cubano se curasse de sua homossexualidade e que, curado, trabalhasse pela sua pátria. Ambos os objetivos são de fazer rir. O cubano agüentou firme. Como bom (ou mau) latino-americano, não tinha medo da polícia, nem da pobreza, nem de parar de publicar. Suas aventuras na ilha foram inúmeras, e sempre, apesar de todas as pressões, ele se manteve vivo e atento. Um dia caiu fora. Chegou aos Estados Unidos. Suas obras começaram a ser publicadas. Começou a trabalhar com mais afinco que antes, se é que isso é possível, mas Miami e ele não foram feitos para se entenderem. Foi para Nova York. Teve amantes. Pegou aids. Em Cuba chegaram a dizer: viram só, se tivesse ficado aqui não teria morrido. Por um tempo, morou na Espanha. Seus últimos dias foram duros: queria acabar de escrever um livro, e mal tinha forças para bater à máquina. Mas terminou. Às vezes se sentava junto da janela de seu apartamento nova-iorquino e pensava no que poderia ter feito e no que finalmente fizera. Seus últimos dias foram de solidão e dor, e de raiva por todo o irremediavelmente perdido. Não quis agonizar num hospital. Quando acabou o último livro se suicidou. Foi o que Arturo me contou enquanto esperávamos o avião que iria levá-lo da Espanha para sempre. O sonho da Revolução, um pesadelo ardente. Você e eu somos chilenos, disse a ele, e não temos culpa de nada. Ele olhou para mim, sem responder. Depois riu. Então me deu um beijo em cada face e foi embora. Tudo que começa como comédia acaba como monólogo cômico, mas já não rimos.

24.

Clara Cabeza, parque Hundido, México, DF, outubro de 1995. Fui secretária de Octavio Paz. Vocês não sabem o trabalho que eu tinha. Era escrever cartas, era localizar manuscritos ilocalizáveis, era telefonar aos colaboradores da revista, era arranjar livros que só se encontravam então em uma ou duas universidades americanas. Depois de dois anos trabalhando para dom Octavio eu tinha uma cefaléia crônica que me atacava por volta das onze da manhã e que, por mais aspirinas que eu tomasse, não ia embora antes das seis da tarde. Geralmente o que eu gostava mesmo era da fazer os trabalhos mais propriamente caseiros, como preparar o café da manhã ou ajudar a empregada a preparar o almoço. Aí eu me sentia bem, além de ser um descanso para minha mente torturada. Costumava chegar à casa dele às sete da manhã, hora em que não há engarrafamentos, e, quando há, não são tão demorados e terríveis como nas horas de pico, e preparava café, chá, suco de laranja, um par de torradas, um café-da-manhã simplezinho, depois levava a bandeja ao quarto de dom Octavio e lhe dizia dom Octavio, acorde, já é um novo dia. Em todo caso, a primeira a abrir os olhos era a senhora María José, e seu acordar era sempre alegre, sua voz surgia do escuro e me dizia: deixe o café na mesinha, Clara, e eu lhe dizia bom dia, senhora, já é um novo dia.

Depois voltava à cozinha e preparava o meu café-da-manhã, bem levezinho como o dos patrões, café, suco de laranja e uma ou duas torradas com geléia, depois ia para a biblioteca e começava a trabalhar.

Vocês não sabem a enxurrada de cartas que dom Octavio recebia e como era difícil classificá-las. Como já devem ter imaginado, a ele escreviam dos quatro pontos cardeais e gente de toda classe, desde outros prêmios Nobel como ele, até jovens ingleses, italianos, franceses. Não digo que dom Octavio respondesse a todas as cartas, na verdade só respondia a quinze ou vinte por cento das que recebíamos, mas de qualquer modo o resto eu precisava classificar e guardar, sei lá por quê, eu de muito bom grado teria jogado todas no lixo. O sistema de classificação, por sinal, era simples, separávamos as cartas por nacionalidade e, quando a nacionalidade não era clara (o que acostumava acontecer nas cartas que lhe escreviam em espanhol, inglês e francês), separávamos por idioma. Às vezes, enquanto trabalhava na correspondência, eu pensava no trabalho das secretárias dos cantores de música romântica, ou de música popular, ou de rock, e me perguntava se elas também eram obrigadas a lidar com tantas cartas quanto eu. Pode ser que sim, mas o que é certo é que provavelmente não lhes chegavam cartas em tantas línguas diferentes. Às vezes dom Octavio recebia cartas até em chinês, o que já diz tudo. Nessas ocasiões, eu tinha que separar as cartas num lotezinho à parte, que chamávamos de *marginalia excentricorum* e que dom Octavio passava em revista uma vez por semana. Depois, mas isso acontecia muito de quando em quando, ele me dizia Clarita, pegue o carro e vá ver meu amigo Nagahiro. Está bem, dom Octavio, eu lhe respondia, mas a coisa não era tão fácil quanto ele a pintava. Primeiro eu passava a manhã telefonando ao tal de Nagahiro, e, quando por fim o encontrava, dizia a ele dom Nagahiro, tenho umas coisinhas para o senhor traduzir, e ele marcava um encontro para um dia da semana. Às vezes eu mandava as coisinhas pelo correio ou por um mensageiro, mas, quando os papéis eram importantes, o que eu notava pela cara que dom Octavio fazia, aí eu ia pessoalmente e não saía de perto do senhor Nagahiro enquanto ele pelo menos não me desse um resumo sucinto do conteúdo do documento ou da carta, resumo esse que eu anotava em taquigrafia no meu bloquinho e que depois passava a limpo, imprimia e deixava na escrivaninha de dom Octavio, na ponta esquerda, para que ele, se quisesse, desse uma olhada e matasse a curiosidade.

Depois havia a correspondência que dom Octavio escrevia. Aí sim o trabalho era de enlouquecer, porque ele costumava escrever várias cartas por semana, umas dezesseis mais ou menos, aos lugares mais inesperados do mundo, o que era de deixar qualquer um de boca aberta. Pois a gente se perguntava como é que aquele homem tinha feito tantas amizades em lugares tão diversos e, diria até, antagônicos, como Trieste e Sydney, Córdoba e Helsinque, Nápoles e Bocas del Toro (Panamá), Limoges e Nova Delhi, Glasgow e Monterrey. E para todos tinha uma palavra de alento ou uma reflexão, dessas que ele se fazia como se falasse em voz alta e que, suponho, fazia correspondente pensar e dar tratos à bola. Não vou cometer a incorreção de revelar o que ele dizia em suas cartas, só direi que falava mais ou menos das mesmas coisas de que falava em seus ensaios e em seus poemas: de coisas bonitas, de coisas obscuras e da alteridade, que é algo em que tenho pensado muito, suponho que como muitos intelectuais mexicanos, e que não consegui alcançar de que se trata. Outra coisa que eu fazia de muito bom grado era servir de enfermeira, pois não é à toa que fiz uns cursinhos de primeiros socorros. Dom Octavio já então não estava muito bem de saúde, vamos dizer assim, precisava tomar alguns remedinhos todos os dias, e como sempre andava pensando nas suas coisas, ele esquecia a que horas deveria tomá-los, e no fim das contas se armava a maior confusão, do tipo este eu já não tomei ao meio-dia ou este já não tomei às oito da manhã, enfim, uma bagunça com os remédios à qual, isso tenho orgulho de dizer, eu pus fim, porque até consegui que tomasse com pontualidade britânica os que ele deveria tomar depois de eu ter ido embora. Para isso eu ligava do meu apartamento ou de onde quer que eu estivesse e perguntava à empregada: dom Octavio já tomou os remédios das oito?, e a empregada ia ver se as pílulas que eu tinha deixado arrumadas numa caixinha de plástico ainda estavam lá, depois eu ordenava: leve as pílulas para dom Octavio e faça com que ele as tome. Às vezes não falava com a empregada, e sim com a esposa dele, mas era a mesma coisa: dom Octavio já tomou o remédio?, e a senhora María José desatava a rir e dizia ai, Clarisa, ela às vezes me chamava de Clarisa, não sei por quê, você vai acabar me deixando com ciúme, e, quando a senhora María José dizia isso, eu ficava toda vermelha e com medo de que ela visse como eu ficava vermelha, que boba a gente é, como ela iria ver, se estávamos falando por telefone?, mas mesmo assim eu continuava ligando e insistindo para que ele tomasse os remédios na hora certa, porque senão não servem para nada, não é?

Outra coisa que eu fazia era preparar a agenda de dom Octavio, cheia de atividades sociais, eram festas e conferências, eram convites para vernissages de pintura, eram aniversários e doutorados honoris causa, a verdade é que, se comparecesse a todos esses eventos, o pobrezinho não poderia escrever nem uma linha, já não digo de seus ensaios, mas nem sequer de suas poesias. Assim, quando eu organizava a agenda, ele e a senhora María José a examinavam à lupa e iam descartando coisas, eu às vezes os observava do meu cantinho e dizia comigo mesma: isso mesmo, dom Octavio, castigue-os com sua indiferença.

Depois veio a época do parque Hundido, um lugar que, se querem saber minha opinião, não tem o menor interesse, ou vai ver que tem, hoje se transformou numa selva onde campeiam os ladrões e os estupradores, os bêbados e as mulheres de vida fácil.

A coisa foi assim. Certa manhã, eu acabava de chegar à sua casa, ainda não eram oito horas, encontrei dom Octavio de pé, esperando por mim na cozinha. Mal me viu, disse: pode fazer o favor de me levar a tal lugar, no seu carro, Clarita? Imaginem só! Como se eu alguma vez me houvesse negado a fazer o que quer que ele pedisse. De modo que respondi: é só me dizer aonde vamos, dom Octavio. Ele me fez um gesto, sem dizer nada, e saímos à rua. Dom Octavio se acomodou ao meu lado, no carro, que, diga-se de passagem é um Volkswagen, ou seja, não é lá muito confortável. Quando eu o vi ali, sentado com aquele ar ausente, fiquei com dó de não ter um veículo um pouco melhor para lhe oferecer, mas não disse nada, porque também pensei que, se eu me desculpasse, ele poderia interpretar essa atitude como uma espécie de recriminação, porque afinal de contas era ele quem me pagava e, se eu não tinha um carro melhor, ele poderia se dizer que era por culpa dele, coisa que jamais, nem em sonho, eu lhe recriminaria. Portanto fiquei caladinha, dissimulei o melhor que pude e liguei o motor. Percorremos as primeiras ruas ao acaso. Depois demos uma volta por Coyoacán e por fim pegamos a Insurgentes. Quando apareceu o parque Hundido, ele me pediu que parasse onde pudesse. Descemos do carro, e dom Octavio, depois de dar uma espiada, entrou no parque, que naquela hora não estava muito cheio, mas também não estava vazio. Isso deve lhe trazer alguma recordação, pensei. À medida que caminhávamos, o parque ficava mais solitário. Notei que o descuido, o desleixo, a falta de meios ou a mais vil irresponsabilidade havia deteriorado o parque até limites inacreditáveis. Já bem parque adentro sentamos num banco, e dom Octavio começou a contemplar a copa das árvores ou o céu, depois murmurou algumas palavras que eu não entendi. Antes de sair, eu tinha pegado os remédios e uma garrafinha d'água, e, como estava na hora de tomá-los, aproveitei que estávamos sentados e lhe dei as pílulas. Dom Octavio olhou para mim como se eu tivesse ficado louca, mas tomou as pílulas sem reclamar. Depois me disse: fique aqui, Clarita, então se levantou e saiu andando por uma trilhazinha de terra seca coberta de cascas de pinheiro, e eu obedeci. Era gostoso ficar ali, tenho que reconhecer. Às vezes, por outras trilhas do parque, eu via a figura de empregadas que encurtavam o caminho ou de estudantes que tinham decidido não ir à aula naquela manhã, o ar era respirável, naquele dia a poluição provavelmente não estava tão forte, creio até que de vez em quando eu ouvia o gorjeio de um passarinho. Enquanto isso, dom Octavio caminhava. Caminhava em círculos cada vez maiores, às vezes saía da trilha e pisava na grama, uma grama doente de tanto ser pisoteada e de que os jardineiros provavelmente já nem cuidavam.

Foi então que vi aquele homem. Ele também caminhava em círculos, e seus passos seguiam a mesma trilha, só que em sentido contrário, de modo que forçosamente iria cruzar com dom Octavio. Para mim, foi como um alarme soando em meu peito. Eu me levantei e pus em alerta todos os meus músculos, para o caso de ser necessário intervir, não é por nada que fiz um cursinho de caratê e de judô faz uns anos, com o doutor Ken Takeshi, que na realidade se chamava Jesús García Pedraza e que havia sido da polícia federal. Mas não foi necessário: quando o homem cruzou com dom Octavio, nem sequer levantou a cabeça. Assim sendo, fiquei imóvel e vi o seguinte: dom Octavio, ao cruzar com o homem, parou e ficou como que pensativo, depois fez menção de continuar andando, mas desta vez não ia mais tão ao acaso ou tão despreocupado como minutos antes, ia como que calculando o momento em que ambas as trajetórias, a dele e a do desconhecido, voltariam a se cruzar. E, quando novamente o desconhecido passou ao lado de dom Octavio, este se virou e ficou olhando para ele com verdadeira curiosidade. O desconhecido também olhou para dom Octavio, e eu diria que o reconheceu, o que aliás não tem nada de extraordinário, todo mundo, e quando digo todo mundo digo literalmente todo mundo, conhece dom Octavio. Quando voltamos para casa, o ânimo de dom Octavio havia mudado nitidamente. Estava mais vivo, com mais energia, como se o longo passeio matinal o houvesse fortalecido. Lembro que a certa altura, durante a volta, ele recitou uns versos em inglês muito bonitos, e eu lhe perguntei de quem eram os versos, ele disse um nome, devia ser o nome de um poeta inglês, mas esqueci, depois, para mudar de assunto, ele me perguntou por que eu tinha ficado tão nervosa, e eu me lembro que de início não respondi, talvez só tenha exclamado ai, dom Octavio, mas logo em seguida expliquei que o parque Hundido não era precisamente uma zona tranqüila, um lugar onde se pudesse passear e meditar sem medo de ser assaltado por uns desalmados. Dom Octavio então olhou para mim e me disse, com uma voz que saía como que do coração de um lobo: a mim nem o presidente da República assalta. Disse isso com tanta segurança que eu acreditei e preferi não falar mais nada.

No dia seguinte, quando cheguei à sua casa, dom Octavio já estava me esperando. Saímos sem trocar palavra e dirigi, ingênua que sou, para Coyoacán, mas, quando dom Octavio percebeu, disse que tomasse o rumo do parque Hundido sem mais demora. A história se repetiu. Dom Octavio me deixou sentada num banco e saiu passeando em círculos pelo mesmo lugar do dia anterior. Antes eu lhe dei seus remédios, que ele tomou sem maiores comentários. Pouco depois apareceu o homem que também passeava. Quando dom Octavio o avistou, não pôde evitar de olhar de longe para mim, como que dizendo: está vendo, Clarita, nunca faço nada à toa. O desconhecido também olhou para mim, depois para dom Octavio, e por um segundo me pareceu que hesitava, que seus passos se tornavam mais inseguros, mais duvidosos. Mas não voltou atrás, como cheguei a temer, e ele e dom Octavio tornaram a caminhar, tornaram a se cruzar, e cada vez que se cruzavam erguiam a vista do chão e se encaravam, e eu percebi que os dois estavam a princípio muito atentos um em relação ao outro, mas na terceira volta já iam bem concentrados e então nem sequer se olhavam ao se cruzarem. Creio que foi então que me ocorreu que nenhum dos dois falava, digo, que nenhum dos dois murmurava *palavras*, mas números, que os dois iam contando, não sei se os passos, que é o mais lógico que me ocorre agora, mas algo parecido, números ao acaso, talvez, somas ou subtrações, multiplicações ou divisões. Quando fomos embora, dom Octavio estava bastante cansado. Seus olhos brilhavam, aqueles olhos tão bonitos que ele tem, porém quanto ao mais parecia que tinha corrido. Confesso-lhes que por um momento preocupei-me, achei que, se lhe acontecesse alguma coisa, a culpa seria minha. Imaginei dom Octavio tendo um ataque cardíaco, imaginei dom Octavio morto, depois imaginei todos os escritores do México que tanto gostam dele (em especial os poetas) me rodeando na sala de visitas da clínica onde dom Octavio costuma fazer seus check-ups e perguntando com olhares francamente hostis que diabo eu tinha feito ao único prêmio Nobel mexicano, como é que dom Octavio tinha sido encontrado estirado no parque Hundido, um lugar tão pouco poético e tão distante, além do mais, dos itinerários urbanos de meu chefe. E em minha imaginação eu não sabia que resposta lhes dar, só me restava contar a verdade, que eu sabia que não iria convencê-los, então para que contá-la, melhor era ficar calada, e assim ia eu, dirigindo pelas avenidas cada dia mais insuportáveis do DF e me imaginando metida em situações cheias de palavras acusatórias e de recriminação, quando ouvi dom Octavio me dizendo vamos à universidade, Clarita, que preciso consultar um amigo. Embora nesse momento eu tenha visto dom Octavio tão normal como sempre, tão senhor de si como sempre, a verdade é que eu não podia mais tirar do peito o espinhozinho da inquietude, o peso de uma premonição um bocado negra. Ainda mais quando, por volta das cinco da tarde, dom Octavio me chamou à sua biblioteca e me disse que fizesse uma lista dos poetas mexicanos nascidos, digamos, a partir de 1950, um pedido não mais esquisito que tantos outros, é verdade, mas, dada a história em que havíamos embarcado, perturbador ao extremo. Acho que dom Octavio percebeu minha inquietação, o que não era nada difícil, por sinal, porque minhas mãos tremiam e eu me sentia como um passarinho no meio de uma tormenta. Meia hora depois ele tornou a me chamar e, quando fui ter com ele, dom Octavio me olhou nos olhos e me perguntou se eu confiava nele. Que pergunta, dom Octavio, falei, que idéias são essas. Ele, como se não me ouvisse, repetiu a pergunta. Claro que sim, eu lhe disse, confio no senhor mais que em ninguém. Então ele me disse: do que eu lhe disser aqui, do que você viu e do que verá amanhã, nem uma palavra a ninguém. Estamos entendidos? Juro pela minha mãe, que em paz descanse, respondi a dom Octavio. Ele então fez um gesto como se espantasse moscas e disse eu conheço aquele rapaz. Ah, é?, fiz. E ele: faz muitos anos, Clarita, um grupo de energúmenos da extrema esquerda planejou me seqüestrar. Não me diga, dom Octavio, fiz eu e desatei a tremer outra vez. Pois é, ele disse, são as vicissitudes a que se expõe todo homem público, Clarita, pare de tremer, vá tomar um uísque ou seja lá o que for, mas se acalme. E esse homem é um desses terroristas?, perguntei. Acho que sim, ele disse. E por que cargas d'água queriam seqüestrar o senhor, dom Octavio?, indaguei. Isso é um mistério, ele disse, vai ver estavam magoados por eu não fazer caso deles. É possível, eu disse, as pessoas acumulam muito rancor gratuito. Mas talvez a coisa não fosse bem assim, talvez só se tratasse de uma piada. Piadinha sem graça, eu disse. O caso é que nunca tentaram o seqüestro, ele disse, mas o anunciaram com bumbos e pratos, de modo que a coisa acabou chegando aos meus ouvidos. Quando o senhor soube, o que fez?, perguntei. Nada, Clarita, ri um pouco, depois esqueci deles para sempre, respondeu.

Na manhã seguinte voltamos ao parque Hundido. Eu havia passado uma noite péssima, metade insone, metade com um ataque de nervos que nem mesmo a leitura balsâmica de Amado Nervo foi capaz de aplacar (entre parênteses, eu nunca dizia a dom Octavio que lia Amado Nervo, e sim dom Carlos Pellicer ou dom José Gorostiza, que eu li, evidentemente, mas, vocês vão me perguntar, o que adianta ler a poesia de Pellicer ou de Gorostiza se o que a gente quer é se acalmar, no melhor dos casos dormir, a verdade é que, em casos assim, o melhor é não ler nada, nem mesmo Amado Nervo, e sim ver tevê, e quanto mais bobo o programa, melhor), estava com umas olheiras enormes que a maquiagem não conseguia dissimular, até minha voz estava meio rouca, como se de noite eu tivesse fumado um maço de cigarros, houvesse bebido demais ou coisa do gênero. Mas dom Octavio não percebeu nada, entrou no Volkswagen e partimos para o parque Hundido, sem trocar palavra, como se toda nossa vida tivéssemos feito isso, o que era precisamente uma das coisas que mais me crispava os nervos, essa facilidade do ser humano para se adaptar prontamente ao que quer que seja. Quer dizer: se eu pensasse calmamente, como deveria fazer, e me dissesse que tínhamos ido ao parque Hundido somente duas vezes, que aquela era a terceira visita, bom, seria difícil para mim acreditar, porque parecia *mesmo* que tínhamos ido muitas outras vezes, e, se admitisse que só tínhamos ido duas vezes, pior ainda, porque então me daria vontade de gritar ou de me esborrachar com meu Volkswagen contra algum muro, de modo que precisava me dominar, me concentrar no volante, e não pensar no parque Hundido nem naquele desconhecido que o visitava na mesma hora que nós. Em poucas palavras, naquela manhã eu não só estava cheia de olheiras, muito abatida, mas também estava irracionalmente afetada. Pois bem, o que aconteceu naquela manhã, contrariando minhas previsões, foi bem diferente.

Chegamos ao parque Hundido. Isso está claro. Nós nos embrenhamos no parque e nos sentamos no mesmo banco de sempre, ao abrigo de uma árvore grande e frondosa, mas suponho que tão doente quanto todas as árvores do DF. Então dom Octavio, em vez de me deixar sozinha no banco, como havia acontecido nas ocasiões precedentes, me perguntou se eu havia feito o que ele me pedira no dia anterior e eu respondi sim, dom Octavio, fiz uma lista com muitos nomes, ele sorriu e me perguntou se eu havia memorizado esses nomes, olhei para ele como se lhe perguntasse se por acaso estava zombando de mim, tirei a lista da bolsa e a mostrei a ele, que me disse: Clarita, verifique quem é esse rapaz. Foi o que ele me disse. Eu me levantei como uma idiota e fiquei esperando o desconhecido, e para me distrair enquanto esperava saí andando até me dar conta de que estava repetindo o trajeto de dom Octavio nos dois dias precedentes, então fiquei imóvel, sem me atrever a olhar para ele, com a vista cravada no lugar onde deveria aparecer o desconhecido cuja identidade eu deveria verificar. O desconhecido apareceu na mesma hora das duas vezes anteriores e começou a passear. Eu não quis mais prolongar a situação, logo o abordei e lhe perguntei quem era ele, e ele disse sou Ulises Lima, poeta real-visceralista, o penúltimo poeta real-visceralista que resta no México, tal qual, e a verdade, se quiserem que eu lhes diga, é que seu nome não me dizia nada, apesar de na noite anterior, por ordem de dom Octavio, eu ter consultado os índices de mais de dez antologias de poesia recente e não tão recente, entre elas a famosa antologia de Zarco em que estão recenseados mais de quinhentos poetas jovens. Mas seu nome não me dizia nada. Eu lhe perguntei então: sabe quem é aquele senhor que está sentado ali? E ele respondeu: sim, sei. E eu lhe perguntei: quem é? E ele respondeu: é Octavio Paz. E lhe perguntei: quer vir se sentar com ele um instantinho? Ele deu de ombros ou fez um gesto que interpretei como afirmação e fomos para o banco de onde dom Octavio acompanhava interessadíssimo todos os nossos movimentos. Ao chegar junto dele me pareceu que não seria despropositado fazer uma apresentação formal, de modo que disse: dom Octavio, o poeta real-visceralista Ulises Lima. Então dom Octavio, ao mesmo tempo que convidava Lima a se sentar, disse: real-visceralista... real-visceralista (como se o nome lhe dissesse alguma coisa), não foi esse o grupo poético de Cesárea Tinajero? O tal Lima se sentou ao lado de dom Octavio, suspirou ou fez um ruído esquisito com os pulmões e disse sim, era assim que se chamava o grupo de Cesárea Tinajero. Por um minuto mais ou menos ficaram calados, olhando-se. Um minuto bastante insuportável, para ser sincera. Ao longe, sob umas árvores, vi aparecerem dois vagabundos. Acho que fiquei um pouco nervosa, o que me fez ter a inoportuna idéia de perguntar a dom Octavio que grupo era esse e se ele o havia conhecido. Igualzinho seria se eu tivesse feito um comentário sobre o tempo. Dom Octavio olhou para mim com aqueles olhos tão bonitos que ele tem e me disse Clarita, na época dos real-visceralistas eu nem tinha dez anos, isso foi lá por 1924, não foi?, ele indagou se dirigindo ao tal Lima. Este respondeu que sim, mais ou menos, lá pelos anos 20, mas disse isso com tanta tristeza na voz, com tanta... emoção, ou sentimento, que pensei que nunca iria ouvir uma voz mais triste. Acho até que fiquei enjoada. Os olhos de dom Octavio, a voz do desconhecido, a manhã, o parque Hundido, um lugar tão vulgar, não é mesmo?, tão deteriorado, me feriram, não sei de que maneira, no mais profundo de mim mesma. Então os deixei conversarem sossegados e me afastei alguns metros, até o banco mais próximo, com a desculpa de que precisava estudar a agenda do dia, e de passagem levei comigo a lista que tinha feito com os nomes das últimas gerações de poetas mexicanos, que repassei do primeiro ao último, Ulises Lima não estava em lugar nenhum, posso lhes garantir. Quanto tempo conversaram? Não muito. De onde eu estava se adivinhava, isso sim, que foi uma conversa distendida, serena, tolerante. Depois o poeta Ulises Lima se levantou, apertou a mão de dom Octavio e foi embora. Eu o vi se afastar na direção de uma das saídas do parque. Os vagabundos que eu tinha visto nas moitas e que agora eram três se aproximavam de nós. Vamos embora, Clarita, ouvi dom Octavio me dizendo.

No dia seguinte, como eu imaginava, não fomos ao parque Hundido. Dom Octavio se levantou às dez da manhã e foi preparar um artigo a ser publicado no próximo número de sua revista. Em alguns momentos tive vontade de lhe perguntar mais coisas sobre nossa pequena aventura daqueles três dias, mas algo dentro de mim (meu senso comum, provavelmente) me fez desistir da idéia. As coisas tinham acontecido como tinham acontecido e se eu, que era a única testemunha, não sabia o que havia acontecido, o melhor era que continuasse na ignorância. Uma semana depois, aproximadamente, ele partiu com a senhora María José para uma série de conferências a serem pronunciadas numa universidade americana. Eu, é claro, não os acompanhei. Certa manhã, quando ele ainda não havia regressado, fui ao parque Hundido com a esperança ou com o receio de ver outra vez Ulises Lima. Dessa vez a única diferença foi que não fiquei à vista de ninguém, e sim oculta detrás de uns arbustos, com uma visão perfeita, isso sim, do lugar onde dom Octavio e o desconhecido se encontraram pela primeira vez. Nos primeiros minutos de espera, meu coração batia a mil por hora. Eu estava gelada e no entanto, ao tocar minhas faces, a impressão que tive foi a de que de um momento para o outro meu rosto iria explodir. Depois veio a desilusão e, quando fui embora do parque, por volta das dez da manhã, poderia dizer até que me sentia feliz, mas não me perguntem por quê, pois não saberia dizer.

María Teresa Solsona Ribot, academia Jordi's Gym, rua Josep Tarradellas, Malgrat, Catalunha, dezembro de 1995. A história é triste, mas, quando me lembro dela, caio na risada. Eu precisava alugar um dos cômodos de meu apartamento e ele foi o primeiro a chegar. Embora os sul-americanos me inspirem um pouquinho de desconfiança, ele me pareceu uma boa pessoa e eu o aceitei. Pagou dois meses adiantados de aluguel e se trancou em seu quarto. Eu, naquele tempo, estava em todos os campeonatos e exibições da Catalunha, também tinha um emprego de garçonete no pub La Sirena, que fica na zona turística de Malgrat, junto ao mar. Quando lhe perguntei o que fazia, disse que era escritor e não sei por que me passou pela cabeça que provavelmente trabalhava para algum jornal, e naqueles tempos eu tinha, digamos, um fraco especial pelos jornalistas. De modo que resolvi me comportar muito bem, e na primeira noite que ele passou em minha casa fui até seu quarto, bati na porta e o convidei a jantar comigo e com Pepe num bar paquistanês. Nesse bar, Pepe e eu, claro, nunca comíamos nada, só uma saladinha, coisa assim, mas éramos amigos do dono, o senhor John, o que dava certo prestígio.

Naquela noite soube que ele não trabalhava pra nenhum jornal, e sim que escrevia romances. Pepe ficou entusiasmado com isso, porque Pepe é fanático por romances de mistério, e os dois conversaram bastante. Eu, enquanto isso, ia comendo minha salada, eu o observava enquanto ele falava ou ouvia Pepe e tentava compor sua personalidade. Comia com apetite e era educado, isso eu percebi de saída. Depois, conforme você o observava melhor, ia notando outras coisas, coisas que escapavam como esses peixes que se aproximam da beira da praia, quando a água não cobre você e você enxerga umas coisas escuras (mais escuras que a água) e muito rápidas passando rente às suas pernas.

No dia seguinte Pepe foi a Barcelona competir no Mister Olímpia Catalão e não voltou. Naquela mesma manhã bem cedo, ele e eu nos encontramos na sala enquanto eu fazia meus exercícios. Todo dia faço. Na alta temporada, bem cedinho, porque tenho menos tempo e preciso aproveitar o dia o máximo possível. De modo que ali estava eu, na sala, fazendo flexões no chão quando ele aparece e me diz bom dia, Teresa, depois entra no banheiro, acho que nem respondi ou respondi com um grunhido, não estou acostumada a que me interrompam, depois ouvi novamente seus passos, a porta do banheiro ou da cozinha se fechando, e pouco depois ouvi que ele me perguntava se eu queria tomar um chá, respondi que sim e por um instante ficamos nos entreolhando. Parecia que ele nunca tinha visto uma mulher como eu. Quer fazer um pouco de exercício?, perguntei a ele. Perguntei por perguntar, claro. Estava com uma cara péssima e já fumava um cigarro. Como eu esperava, respondeu que não. As pessoas só começam a se interessar pela saúde quando já estão no hospital. Ele deixou uma xícara de chá em cima da mesa e se trancou em seu quarto. Pouco depois ouvi as batidas de sua máquina de escrever. Naquele dia não voltamos a nos ver. Mas na manhã seguinte ele apareceu outra vez na sala, por volta das seis da manhã, e se ofereceu para preparar meu café-da-manhã. Eu a essa hora do dia não como nem bebo nada, mas fiquei, sei lá, com pena de dizer que não, daí deixei que me preparasse outro chá e de passagem tirasse de um armário da cozinha uns potes de Amino Ultra e de Burner, que eu deveria ter tomado na noite anterior e que tinha me esquecido de tomar. Qual é, falei, nunca viu uma mulher como eu? Não, ele respondeu, nunca. Era bastante sincero, mas dessa sinceridade que você não sabe se é pra você se sentir ofendida ou lisonjeada.

Naquela tarde, ao acabar o expediente, fui buscá-lo e propus que fôssemos dar uma volta. Ele disse que preferia ficar em casa trabalhando. Eu o convido pra tomar alguma coisa, falei. Agradeceu e disse que não. Na manhã seguinte tomamos o café juntos. Estava fazendo meus exercícios e me perguntando onde ele teria se metido, porque já eram sete e quarenta e cinco, e ele ainda não tinha saído do quarto. Eu, quando faço exercício, normalmente deixo minha mente vagar em completa liberdade. No começo penso em algo determinado, como meu trabalho ou minhas competições, mas depois a cabeça começa a funcionar de forma independente e tanto posso pensar em minha infância como no que vou fazer daqui a um ano. Naquela manhã eu estava pensando em Manoli Salabert, que, onde se apresentava, ganhava tudo que tinha pra ser ganho, e eu estava me perguntando como é que Manoli se virava pra que isso acontecesse, quando de repente ouvi a porta do quarto dele se abrindo e logo depois sua voz me perguntando se queria um chá. Claro que quero um chá, respondi. Quando trouxe o chá, eu me levantei e me sentei à mesa com ele. Dessa vez ficamos conversando por umas duas horas, até as nove e meia, quando eu precisei sair em disparada pro pub La Sirena, porque o gerente, que é meu amigo, tinha me pedido pra resolver um assunto com as faxineiras. Falamos de tudo um pouco. Perguntei o que ele fazia, disse que um livro. Perguntei se se tratava de um livro de amor. Ele não soube o que me responder. Tornei a perguntar e ele a responder que não sabia. Se você não sabe, cara, falei, quem vai saber, caralho? Ou vai ver que disse isso de noite, quando já havia mais intimidade entre nós. De qualquer modo, o tema do amor era um dos temas de que eu gostava e ficamos falando nisso até que precisei ir embora. Disse a ele que poderia lhe contar algumas coisas sobre o amor. Que eu tivera uma relação com Nani, o campeão de fisiculturismo da província de Girona, e que depois dessa experiência eu me sentia doutora na matéria. Ele me perguntou quanto tempo fazia que eu não saía com Nani. Uns quatro meses, aproximadamente, falei. Foi ele que a deixou?, perguntou. Sim, admiti, ele é que me deixou. Mas você agora sai com Pepe, falou. Expliquei que Pepe era uma boa pessoa, um pão de Deus, incapaz de fazer mal a uma mosca. Mas não é a mesma coisa, disse. Arturo tinha um costume que não sei se devo considerar bom ou ruim. Ele ouvia e não tomava partido. Gosto que as pessoas expressem suas opiniões, mesmo que elas sejam contrárias às minhas. Uma tarde o convidei para ir ao La Sirena. Ele disse que não bebia e que, portanto, seria babaquice se enfiar num pub. Eu faço um chá pra você, falei. Ele não foi e não o convidei de novo. Sou hospitaleira e simpática, mas não gosto de ficar fazendo média com ninguém.

Pouco depois, no entanto, ele apareceu no pub, e eu mesma lhe prepararei um chá de camomila. Daí em diante, ia todos os dias. Rosita, a outra garçonete, pensou que havia alguma coisa entre ele e mim. Quando ela me disse isso, caí na gargalhada. Pensei no assunto um pouco e ri mais ainda. Como poderia haver alguma coisa entre Arturo e mim! Mas depois, sem que eu percebesse, tornei a pensar no assunto e notei que eu *queria* ser sua amiga. Até então eu só tinha convivido com dois sul-americanos, bem desagradáveis por sinal, e não tinha a menor vontade de repetir. Mas não convivera com nenhum romancista. Este era sul-americano e escritor, e descobri que queria ser sua amiga. Além do mais, é melhor dividir o apartamento com um amigo do que com um desconhecido. Mas não era por motivos práticos que queria ser sua amiga. Eu simplesmente sentia isso e não me perguntava por quê. Ele também precisava de alguém, isso eu logo percebi. Certa manhã pedi que me contasse alguma coisa a seu respeito. Era sempre eu que falava. Daquela vez não me contou nada, mas disse pra perguntar o que quisesse. Fiquei sabendo que tinha morado perto de Malgrat e que tinha deixado sua antiga casa pouco antes. Não me disse por quê. Fiquei sabendo que era divorciado e tinha um filho. Seu filho morava em Arenys de Mar. Uma vez por semana, aos sábados, ia vê-lo. Às vezes tomávamos o trem juntos. Eu ia a Barcelona, ver Pepe ou as amigas e os amigos da academia Muscle, e ele ia a Arenys ver seu filho. Uma noite, enquanto ele tomava seu chá de camomila no La Sirena, perguntei quantos anos ele tinha. Mais de quarenta, disse, mas não parecia, eu teria dado trinta e cinco no máximo, foi o que eu lhe disse. Depois, sem que ele me perguntasse, eu disse minha idade. Trinta e cinco anos. Ele então me sorriu com um sorriso que não me agradou nem um pouquinho. Sou basicamente uma lutadora. Tento ver o lado positivo da vida. As coisas não têm que ser necessariamente ruins ou inevitáveis. Naquela noite, depois do seu sorriso, eu disse a ele, não sei por quê, que eu não tinha filhos embora adorasse ter um, que nunca tinha sido casada, que não tinha muito dinheiro, isso dava pra ver, mas que acreditava que a vida podia ser uma coisa bonita, legal, e que na vida a gente precisava tentar ser feliz. Não sei por que disse a ele todas essas besteiras. Me arrependi no ato. Ele, claro, só disse é verdade, é verdade, como se falasse com uma bocó. Em todo caso: conversávamos. Cada vez mais. De manhã, durante o café, e de noite, quando ele aparecia no La Sirena, terminado seu dia de trabalho. Ou durante uma pausa em seu dia de trabalho, porque os escritores, pelo que parece, estão sempre trabalhando: entre um sonho e outro, eu me lembro de ter escutado as batidas de sua máquina às quatro da manhã. Falávamos de tudo. Uma vez, enquanto me olhava levantar peso, ele perguntou por que eu tinha me dedicado ao fisioculturismo. Porque gosto, ora, respondi. Desde quando?, perguntou. Desde os quinze anos, respondi. Não acha bom? Não acha feminino? Acha anormal? Não, respondeu, mas não existem muitas moças assim. Se querem saber, às vezes ele me desconcertava mesmo. Eu deveria ter respondido que eu não era uma moça, mas uma mulher, mas só disse que havia cada vez mais mulheres que se dedicavam a isso. Depois, não sei por quê, eu lhe contei sobre aquela vez que Pepe me propusera umas apresentações em Gramanet, dois verões atrás, numa discoteca de Gramanet. Deram nomes artísticos pra todos nós. A mim deram o de Sansona. Tinha que dançar no estrado das *go-go girls* e que levantar peso. Só isso. Mas não gostei do nome. Não sou nenhuma Sansona, sou Teresa Solsona Ribot, e ponto final. Mas era uma oportunidade, não pagavam mal, e Pepe dissera que qualquer noite daquelas poderia aparecer um cara em busca de modelos para as revistas especializadas. No fim não apareceu ninguém, ou se apareceu não fiquei sabendo. Mas era um trabalho e eu o fiz. De que você não gostava nesse trabalho?, ele me perguntou. Bem, respondi depois de pensar um instante, não gostava é do nome artístico que me deram. Não que eu tenha alguma coisa contra os nomes artísticos, mas acho que, se alguém resolve ter outro nome, tem o direito de escolhê-lo. Eu nunca teria me dado o nome de Sansona. Não me vejo como Sansona. O nome é fuleiro, brega, enfim, eu não o teria escolhido. E que nome você teria escolhido? Kim, falei. Por causa da Kim Basinger?, ele perguntou. Eu sabia que ele iria dizer aquilo. Não, falei, por causa da Kim Chizevsky. Quem é Kim Chizevsky? Uma campeã desse esporte, expliquei.

    Naquela noite, mais tarde, mostrei a Arturo um álbum de fotos em que se podia ver Kim Chizevsky, Lenda Murray, que é perfeita, Sue Price, Laura Creavalle, Debbie Muggli, Michele Ralabate e Natalia Murnikoviene, depois fomos passear por Malgrat, pena que não tínhamos carro, senão teríamos ido a outro lugar, a alguma discoteca de Lloret, por exemplo, em Lloret conheço muita gente, bem, em tudo que é lugar conheço muita gente. Eu já disse: sou sociável, estou predisposta à felicidade, e onde está a felicidade, senão nas pessoas? Enfim, fomos ficando cada vez mais amigos. Essa é a palavra. Nós nos respeitávamos e cada um levava a sua vida, mas a cada dia conversávamos mais. Quer dizer, conversar foi se tornando um hábito. Geralmente era eu que começava, não sei por quê, talvez porque ele fosse escritor. Depois, democraticamente, ele continuava. Fiquei sabendo de muitas coisas de sua vida. Sua mulher o havia largado, ele adorava o filho, numa época teve muitos amigos, mas não lhe restava quase mais nenhum. Uma noite ele me disse que teve uma briga com uma mina na Andaluzia. Eu o escutei pacientemente, depois disse a ele que a vida é longa, que há muitas mulheres no mundo. Foi aí que tivemos nossa primeira divergência importante. Ele disse que não: que pra ele não havia muitas, depois declamou um poema que eu roguei que escrevesse numa folha de meu bloco de comandas, pra eu aprendê-lo de cor. O poema era de um francês. Dizia mais ou menos que a carne era triste e que ele, o poeta que escreveu o poema, já tinha lido todos os livros. Não sei o que pensar, falei, eu li muito pouco, mas de qualquer modo me parece impossível que alguém, por mais que leia, possa ler todos os livros do mundo, que, imagino, sejam muitíssimos. Nem estou falando de todos os livros, dos bons e dos ruins, só dos bons. Devem ser muitíssimos! Pra passar vinte e quatro horas por dia lendo! E nem falemos dos ruins, que devem ser muito mais que os bons e que, como tudo na vida, deve ter um ou outro que seja bom e que mereça ser lido. Depois falamos da "carne triste", o que ele queria dizer com isso? Que tinha trepado com todas as mulheres do mundo? Que, assim como havia lido todos os livros, tinha ido pra cama com todas as mulheres do mundo? Desculpe, Arturo, falei, mas esse poema é uma autêntica besteira. Nem uma coisa nem outra é possível. Ele caiu na risada, dá pra ver que achava divertido conversar comigo, e disse que era possível sim. Não, falei, não é possível, quem escreveu isso é um fantasma. Com certeza foi pra cama com muito poucas mulheres, com toda certeza. E com certeza também não leu tantos livros quanto diz. Eu gostaria de ter lhe dito umas tantas verdades, mas era difícil manter o fio da conversa porque eu precisava me afastar do balcão o tempo todo pra atender a clientela. Arturo estava sentado num tamborete e, quando eu saía, via o rosto ou o pescoço dele, coitadinho, ou procurava seu rosto nos espelhos das prateleiras de garrafas. Depois encerrei meu expediente, naquele dia saí às três da manhã, e fomos andando até em casa, a certa altura sugeri que fôssemos a um *after* que fica na estrada da costa, mas ele disse que estava com sono, daí fomos pra casa, e, enquanto caminhávamos, perguntei, como se continuasse a conversa, o que se poderia fazer depois de ler tudo e de ir pra cama com todas, segundo o poeta francês, claro, e ele respondeu viajar, ir embora, e eu rebati em matéria de viagens, você não vai nem a Pineda, ele não respondeu nada.

Como são as coisas, não?, a partir daquela noite não pude mais esquecer o poema, pensava nele, não vou dizer continuamente, mas com freqüência. Continuava me parecendo uma besteira, mas não conseguia tirá-lo da cabeça. Uma noite em que Arturo não apareceu no La Sirena fui a Barcelona. Às vezes isso acontece comigo: não sei o que faço. Voltei no dia seguinte, às dez da manhã, num estado lamentável. Quando cheguei em casa, ele estava trancado no quarto. Eu me meti na cama e dormi ouvindo o barulho de sua máquina de escrever. Ao meio-dia ele bateu na minha porta e, como eu não respondia, entrou e perguntou se eu estava passando bem. Não vai trabalhar hoje?, perguntou. Que se foda o trabalho. Vou fazer um chá pra você, falou. Antes que ele trouxesse o chá eu me levantei, me vesti, pus os óculos escuros e me sentei na sala. Achei que iria vomitar, mas não vomitei. Tinha um roxo na bochecha que não dava pra disfarçar com nada e esperei por suas perguntas. Mas ele não me fez pergunta nenhuma. Daquela vez não me despediram do La Sirena por puro milagre. De noite quis sair pra beber com uns amigos, Arturo me acompanhou. Fomos a um pub do Paseo Marítimo, depois encontrei outros amigos e continuamos a noitada em Blanes e em Lloret. Em certo momento da noite eu disse a Arturo que ele precisava parar de ser bobo e se dedicar ao que ele de fato gostava, que era do filho e dos romances. Se é disso que você gosta mais, então se dedique a isso, falei. Ele gostava e não gostava de falar do filho. Mostrou-me uma foto do garoto, ele devia ter uns cinco anos e era igualzinho ao pai. Que sorte você tem, cara, falei. É, tenho sorte mesmo, ele disse. Então por que você quer ir embora, seu panacão? Por que você brinca com sua saúde, se sabe que ela não é nada boa, hem? Por que não trata de trabalhar e ser feliz com seu filho, e não arranja uma mulher que goste de você de verdade? Curioso: ele não estava de porre, mas se comportava como se estivesse. Dizia que somatizava o porre dos outros. Ou vai ver que eu é que estava tão bêbada que não conseguia distinguir quem estava de porre de quem não estava.

Você enchia a cara antes?, eu lhe perguntei certa manhã. Claro que sim, ele me respondeu, como todo mundo, mas geralmente eu preferia estar sóbrio. Já imaginava, falei.

Uma noite tive uma briga com um cara que tentou se exceder. Foi no La Sirena. O cara me insultou, eu disse que fôssemos lá fora e que ele repetisse o que tinha dito. Não percebi que o cara estava acompanhado. Esses estouros é que um dia vão me ferrar. O cara saiu atrás de mim, eu lhe dei uma chave e o joguei no chão. Seus amigos tentaram defendê-lo, mas o gerente do La Sirena e Arturo os dissuadiram. Até aquele momento eu não tinha me dado conta de nada, mas, quando vi Arturo e o gerente, não sei o que aconteceu comigo, eu me senti livre, isso acima de tudo, e também me senti querida, amparada, protegida, senti que valia a pena, e isso me alegrou. E, vejam como são as coisas, naquela mesma noite, um pouco mais tarde, apareceu Pepe e às cinco da manhã fizemos amor, e isso já era o máximo, a felicidade completa, enquanto estávamos na cama eu fechava os olhos e pensava em tudo que havia acontecido naquela noite, em todas as coisas violentas, depois em todas as coisas boas, e como as coisas boas tinham se imposto às violentas, isso sem nem sequer ter sido necessário ficarem violentas demais, quer dizer, as coisas bonitas, entenda-se, eu pensava nessas coisas e sussurrava outras no ouvido de Pepe, mas de repente, *plaf*, comecei a pensar no Arturo, *ouvi* o barulho de sua máquina e, em vez de assimilar essa imagem, em vez de me dizer "Arturo também está bem", em vez de me dizer "todos nós estamos bem, o planeta segue seu curso pelos oceanos do tempo", em vez disso, como ia dizendo, comecei a pensar em meu companheiro de apartamento, a pensar em seu estado de espírito e estabeleci para mim o firme propósito de ajudá-lo. Na manhã seguinte, enquanto Pepe e eu fazíamos alongamento e Arturo nos observava, sentado no seu lugar de sempre, comecei a atacá-lo. Naquele dia não sei o que lhe disse. Talvez que tirasse um dia livre, já que ele era seu próprio patrão, que fosse passar o dia com o filho. Se foi isso que eu disse, com certeza devo ter insistido tanto que no fim Arturo deu seu braço a torcer, e Pepe disse que fosse com ele, que ele o levava até Arenys.

Naquela noite Arturo não apareceu no La Sirena.

Voltei pra casa às três da manhã e o encontrei num dos telefones públicos do Paseo Marítimo. Eu o vi de longe. Um grupo de turistas de porre rondava o telefone ao lado, que parecia não estar funcionando. Havia um carro encostado no meio-fio, com as portas abertas e a música a todo volume. À medida que eu me aproximava (ia com Cristina), a imagem de Arturo ficava mais nítida. Muito antes de poder ver seu rosto (ele estava de costas pra mim, enfiado na cabine) soube que estava chorando ou a ponto de chorar. Será que tinha enchido a cara? Estaria drogado? Todas essas perguntas eu me fiz enquanto acelerava o passo, deixando Cristina pra trás, e me aproximava dele. Justo então, enquanto os gringos olhavam esquisito pra mim, pensei que talvez não fosse ele. Vestia uma camisa havaiana que eu nunca tinha visto. Toquei o ombro dele. Arturo, falei, achei que esta noite você fosse dormir em Arenys. Ele se voltou e me disse oi. Depois desligou o telefone e começou a falar comigo e com Cristina, que já tinha me alcançado. Percebi que ele tinha se esquecido de tirar as moedas da ranhura. Havia mais de mil e quinhentas pesetas. Naquela noite, quando ficamos a sós, perguntei como tinha sido em Arenys. Ele disse que bem. Sua mulher vivia com um cara, um basco, com o qual parecia feliz, e seu filho estava bem. Que mais?, perguntei. Só isso, ele respondeu. Estava ligando pra quem? Arturo olhou pra mim e sorriu. Para aquela andaluza de merda?, falei. Para aquela babaca que virou sua cabeça? Sim, ele disse. Falou com ela? Só um pouco, Arturo disse, os ingleses não paravam de berrar, estavam me incomodando. Mas, se você não estava mais falando com ela, que diabo fazia ali, pendurado no telefone?, perguntei. Ele deu de ombros, pensou um pouco e disse que ia ligar pra ela outra vez. Ligue daqui, falei. Não, ele disse, meus telefonemas são compridos demais, sua conta vai ficar muito cara. Você paga sua parte, e eu a minha, murmurei. Não, ele disse. Quando a conta chegar, espero estar na África. Pelo amor de Deus, que bobo você é, falei, ande, ligue sossegado, vou tomar um banho, avise quando desligar.

Lembro que tomei uma chuveirada, passei creme no corpo todo, até tive tempo de fazer uns exercícios na frente do espelho embaçado do banheiro. Quando saí, Arturo estava sentado à mesa, com um chá de camomila e uma xícara de chá com leite pra mim, tapada com um pires pra que não esfriasse. Ligou? Sim, falou. E aí? Desligou na minha cara, falou. Ela é que sai perdendo, falei. Ele deu uma bufada. Pra mudar de assunto, perguntei como ia o livro. Bem, falou. Posso ver? Posso entrar no seu quarto e ver? Olhou pra mim e disse que sim. Seu quarto não estava limpo, mas também não estava sujo. Cama por fazer, roupa jogada no chão, uns poucos livros esparramados por toda parte. Mais ou menos como o meu. Perto da janela, numa mesinha bem pequena, ele havia instalado a máquina de escrever. Sentei-me e espiei seus papéis. Não entendi nada, claro, mas não esperava entender nada mesmo. Sei que o segredo da vida não está nos livros. Mas também sei que ler é bom, nisso nós dois estávamos de acordo, é instrutivo ou é um consolo. Ele lia livros, eu lia revistas como *Muscle Mag*, *Muscle & Fitness* ou *Bodyfitness*. Depois começamos a falar daquele grande amor. Era assim que eu chamava, pra caçoar dele, seu grande amor, uma mina que ele havia conhecido muito tempo atrás, quando ela tinha dezoito anos, e que ele tinha visto novamente fazia pouco. As viagens de volta à Catalunha sempre tinham sido desastrosas. Da primeira vez, contou, o trem quase descarrilhou, da segunda vez ele voltou doente, com quarenta graus de febre, derrubado no leito do trem, suando em bicas, enrolado nas mantas, sem nem tirar o capote. E essa mulher deixou você pegar o trem doente assim?, perguntei enquanto olhava as coisas dele, tão poucas na realidade. Essa mulher não ama você, Arturo, pensei. Melhor esquecê-la, disse a ele. Eu precisava ir embora, falou, precisava ver meu filho. Gostaria de conhecê-lo, falei. Já mostrei uma foto, ele replicou. Eu não entendo, falei. O que é que você não entende?, perguntou. Eu nunca teria deixado um amigo doente, mesmo que eu não o amasse mais, mesmo que não estivesse mais apaixonada por ele, tomar o trem com quarenta graus de febre, expliquei. Primeiro teria cuidado dele, teria feito que recuperasse a saúde, pelo menos uma parte da saúde, só depois o teria despachado. Às vezes tenho muitos remorsos, pensei, mas o mais esquisito é que não sei por quê, o que fiz de errado pra ter remorsos. Você é uma boa pessoa, ele disse. E você gosta das pessoas ruins?, perguntei. Da primeira vez ela teve medo de ir viver comigo, contou, ela só tinha dezoito anos. Não continue, falei, senão vou ficar braba com você. Essa mina é uma covarde, e você é um boboca, pensei. Não tenho mais nada a fazer aqui, ele disse. Por que você é tão melodramático? Eu gostava dela, falou. Stop!, fiz, não quero continuar ouvindo besteira. Naquela noite tornamos a falar da escrota daquela andaluza de merda e do filho dele. Está sem dinheiro?, perguntei. Vai embora porque está sem dinheiro? Não ganha o bastante? Eu empresto. Não precisa pagar o aluguel deste mês. Nem o do mês que vem. Não precisa pagar até ter dinheiro de sobra. Tem dinheiro pra comprar seus remédios? Tem ido ao médico? Tem dinheiro pra comprar brinquedos pro seu filho? Eu posso emprestar. Tenho um amigo que trabalha numa loja de brinquedos. Tenho uma amiga que é técnica de enfermagem no ambulatório. Tudo tem solução.

    Na manhã seguinte tornou a me contar a história da andaluza. Acho que não dormiu naquela noite. É minha última história, disse. Por que há de ser sua última história?, repliquei. Por acaso você está morto? Às vezes você me dá nos nervos, Arturo.

    A história da andaluza era bem simples. Ele a conhecera quando ela tinha dezoito anos. Isso eu já sabia. Depois ela rompera com ele, mas por carta, e ele tinha ficado com uma sensação estranha, como se na realidade o relacionamento nunca houvesse terminado. De tempo em tempo telefonava pra ela. Cada um levava sua vida, cada um se virava como podia. Arturo conheceu outra mulher, ele se apaixonou por ela, se casaram, tiveram um filho, se separaram. Depois Arturo ficou doente. Esteve à beira da morte: várias pancreatites, o fígado virou purê, o cólon uma úlcera só. Um dia telefonou pra andaluza. Fazia muito tempo que não telefonava e naquele dia, talvez por estar muito mal e por se sentir triste, ligou pra ela. Aquele número não era mais dela, tinham se passado muitos anos e ele teve que procurá-la. Não demorou a descobrir seu novo número e a falar com ela. A nojenta estava mais ou menos como ele, na melhor das hipóteses. O diálogo se reiniciou. O tempo parecia não ter passado. Arturo foi para o sul. Estava convalescendo, mas resolveu viajar pra vê-la. Ela estava mais ou menos numa situação parecida, não tinha nenhuma doença física, mas, quando Arturo chegou, ela estava mal por problemas de fundo nervoso. Ela achava que estava ficando louca, via ratos, ouvia os passinhos dos ratos nas paredes do apartamento, tinha sonhos horríveis ou não conseguia dormir, detestava sair à rua. Também estava separada. Também tivera um casamento desastroso e amantes desastrosos. Suportaram um ao outro durante uma semana. Daquela vez, quando Arturo voltou pra Catalunha, o Talgo quase descarrilhou. Arturo contava que o maquinista parou no meio de um campo, os fiscais desceram e percorreram a linha até encontrarem uma lâmina solta, uma parte do assoalho do trem que estava caindo. Eu francamente não sei como não perceberam antes. Ou é o Arturo que explica a coisa muito mal, ou todos os funcionários do trem estavam de porre. O único viajante que desceu e percorreu a linha, segundo Arturo conta, foi ele. Vai ver que nesse momento, enquanto os fiscais procuravam a lâmina ou a chapa que se soltara da barriga do trem, ele começou a endoidar e a pensar na fuga. Mas o pior vem depois: ao fim de cinco dias de estada na Catalunha, Arturo começou a pensar em voltar ou começou a perceber que não lhe restava remédio senão voltar. Durante esses dias, falava com a andaluza pelo menos uma vez por dia, às vezes até sete. Geralmente batiam boca. Outras vezes, diziam quanta falta sentiam um do outro. Gastou uma fortuna de telefone. Finalmente, quando não tinha passado nem uma semana, pegou outro trem e voltou. O resultado dessa última viagem, por mais que Arturo doure a pílula, foi tão desastroso quanto o da primeira ou muito pior. A única coisa de que ele estava seguro era do seu amor pela escrota da andaluza. Então ficou doente e voltou pra Catalunha, ou a andaluza o botou no olho da rua, ou ele não a agüentou mais e resolveu voltar, ou lá o que for, mas o caso é que ele estava muito doente, e a pilantra o deixou pegar o trem com mais de quarenta graus de febre, coisa que eu não teria feito, Arturo, disse a ele, nem mesmo com um inimigo, apesar de não ter nenhum inimigo. E ele me respondeu: precisávamos nos separar, estávamos nos devorando. Dois lobos a menos, repliquei. Essa mulher nunca gostou de você. Falta um parafuso na cabeça dela, e você deve achar isso lindo, mas gostar de você, gostar mesmo, ela jamais gostou. Outro dia, quando o encontrei novamente no La Sirena, disse a ele: você precisa pensar é no seu filho e na sua saúde. Tente se preocupar com seu filho, com sua saúde, cara, e deixe pra lá todas essas histórias. É difícil acreditar que um cara tão inteligente seja ao mesmo tempo tão bobo.

Depois participei de um campeonato de fisioculturismo, um campeonato menor, em La Bisbal, em que fiquei em segundo lugar, o que me deixou muito contente, e me envolvi com um tal de Juanma Pacheco, um sevilhano que trabalhava de porteiro na discoteca em que foi realizado o campeonato e que, por um tempo, também tinha sido fisioculturista. Quando voltei a Malgrat, Arturo não estava. Encontrei um bilhete pregado na porta de seu quarto, em que ele me avisava que ficaria três dias fora. Não dizia onde, mas eu imaginei que tinha ido ver o filho. Mais tarde, pensando melhor, me dei conta de que pra ver o filho não precisava ficar três dias fora. Quando voltou, quatro dias depois, ele parecia mais feliz do que nunca. Não quis perguntar onde tinha ido, nem ele me disse. Simplesmente apareceu uma noite no La Sirena e começamos a conversar como se tivéssemos nos visto minutos antes. Ficou no pub até fechar, depois fomos andando até em casa. Eu estava com vontade de conversar e sugeri que fôssemos tomar alguma coisa no bar de uns amigos, mas ele disse que preferia ir pra casa. De qualquer modo, não nos apressamos, naquelas horas quase não tem mais gente no Paseo Marítimo, e a noite é agradável, com a brisa que vem do mar e a música que sai dos poucos lugares ainda abertos. Eu estava com vontade de conversar e contei a ele meu caso com Juanma Pacheco. O que acha?, perguntei ao terminar. Tem um nome simpático, falou. Na verdade ele se chama Juan Manuel, esclareci. Imagino, falou. Acho que estou apaixonada, falei. Ele acendeu um cigarro e se sentou num banco do Paseo. Eu me sentei ao lado dele e continuei falando, naquele momento até compreendia ou imaginava compreender todas as loucuras de Arturo, as que ele tinha feito e a que estava a ponto de fazer, eu também gostaria de ir pra África naquela noite enquanto olhávamos o mar e as luzes que se viam ao longe, os barquinhos dos pescadores; eu me sentia capaz de tudo e principalmente me sentia capaz de fugir pra bem longe. Gostaria que desabasse uma tempestade, falei. Não insista, ele disse, senão de uma hora pra outra começa a chover. Achei graça. O que você fez estes dias?, perguntei. Nada, ele respondeu, pensei, vi filmes. Que filme você viu? *O iluminado*, contou. Que filme terrível, comentei, vi anos atrás, demorei um tempão pra dormir. Eu também vi faz muito tempo, Arturo disse, e fiquei a noite inteira sem dormir. É um filme estupendo, eu disse. É muito bom, ele disse. Ficamos em silêncio por um momento, contemplando o mar. Não havia lua, e as luzes dos botes de pesca já não estavam lá. Você se lembra do romance que Torrance escrevia?, Arturo perguntou de repente. Que Torrance?, perguntei. O vilão do filme, do *Iluminado*, Jack Nicholson. Lembro, o filho-da-puta estava escrevendo um romance, falei, mas na verdade não me lembrava direito. Mais de quinhentas páginas, Arturo disse, e deu uma cusparada na direção da praia. Eu nunca o tinha visto cuspir. Desculpe, estou ruim do estômago, disse. Não se incomode, falei. Tinha mais de quinhentas páginas, e ele só havia repetido uma frase infinitas vezes, de todas as maneiras possíveis, em maiúsculas, em minúsculas, em duas colunas, sublinhada, sempre a mesma frase, mais nada. Que frase era mesmo?

Não se lembra? Não, não me lembro, tenho péssima memória, só me lembro da machadinha e de que o menino e a mãe se salvam no fim do filme. Só trabalho sem diversão faz de Jack um bobão, Arturo lembrou. Ele estava louco, falei, e nesse instante parei de olhar pro mar e procurei o rosto de Arturo, ao meu lado, ele parecia a ponto de ter um troço. Vai ver que era um bom romance, ele disse. Não me assuste, exclamei, como pode ser um bom romance algo em que só se repete uma única frase? É faltar ao respeito com o leitor, a vida já tem merda bastante por si mesma, para ainda por cima você comprar um livro em que só se diz "só trabalho sem diversão faz de Jack um bobão", é como se eu lhe servisse chá em lugar de uísque, um roubo e uma falta de respeito, não acha? Seu senso comum me desconcerta, Teresa, ele disse. Você deu uma olhada no que escrevo?, perguntou. Só entro no seu quarto quando você me convida, menti. Depois ele me contou um sonho, ou talvez tenha sido na manhã seguinte, enquanto eu fazia meus exercícios diários e ele me observava sentado à mesa, com seu chá de camomila e sua cara de quem não dormia há uma semana.

    Achei o sonho bonito, por isso me lembro dele. Arturo era um menino árabe que, levando pela mão o irmãozinho, vai a uma concessionária indonésia lançar um cabo transoceânico de comunicação. Dois militares indonésios o atendem. A roupa de Arturo é uma roupa árabe. No sonho ele parece ter uns doze anos, seu irmãozinho seis ou sete. A mãe deles os contempla de longe, mas depois a presença dela se dilui. Arturo e o irmãozinho ficam a sós, mas os dois trazem na cintura aquelas adagas árabes grossas e curtas, com a ponta curva. Os dois carregam o cabo, que parece feito à mão ou de fabricação caseira. Levam também um barril com um líquido espesso de cor marrom esverdeada, que é o dinheiro pra pagar os indonésios. Enquanto esperam, o irmãozinho pergunta a Arturo quantos metros de comprimento tem o cabo. Metros?!, exclama Arturo, quilômetros! A guarita dos militares é de madeira e fica à beira-mar. Enquanto esperam, outro árabe, mais velho, passa na frente deles furando a fila, e, embora o primeiro impulso de Arturo seja xingá-lo ou ao menos lhe chamar a atenção pela falta de respeito, antes ele se certifica de que sua adaga está onde deve estar, logo desiste ao ouvir a história que o árabe mais velho começa a contar aos militares indonésios e a quem queira escutá-la. A história é sobre uma festa na Sicília. Arturo me disse que, quando a ouviu, ele e seu irmãozinho se sentiram muito felizes, nas nuvens, como se o outro estivesse recitando um poema. Na Sicília tem uma duna que parece uma geleira de areia. Um grupo dos mais variados espectadores o contempla de uma distância prudente, menos dois: o primeiro sobe no alto de uma colina em que a geleira se *apóia*, o outro se coloca ao pé desta última e aguarda. Então o de cima começa a se mexer ou a dançar ou a sapatear no chão e, pela crosta mais alta, a geleira começa a desmoronar arrastando grandes massas de areia, areia que cai na direção do que está embaixo. Este não se mexe. Por um momento parece que vai ser enterrado pela areia, mas, no último instante, dá um pulo e se salva. Foi esse o sonho. O céu da Indonésia era quase verde, o céu da Sicília era quase branco. Fazia muito tempo que Arturo não tinha um sonho tão feliz. Talvez essa Indonésia e essa Sicília ficassem em outro planeta. Na minha opinião, disse a ele, esse sonho significa uma mudança na sorte, a partir de agora tudo correrá bem pra você. Sabe quem era seu irmãozinho no sonho? Desconfio, ele disse. Era seu filho! Quando eu disse isso, Arturo sorriu. Dias depois, no entanto, tornou a falar da andaluza. Eu não estava bem e o mandei à merda. Agora sei que não deveria ter feito isso, mas não me incomoda muito que tenha feito. Creio que lhe falei das responsabilidades da vida, das coisas em que acreditava, daquelas em que eu me agarrava pra continuar respirando. Parecia irritada com ele, mas na verdade não estava, não. Ele não se irritou comigo. Naquela noite não veio dormir em casa. Lembro porque foi a primeira noite em que Juanma Pacheco veio me ver, ele folgava cada quinze dias e chegou em Malgrat com vontade de aproveitar o tempo. Nós nos enfurnamos no quarto pra fazer amor. Eu não conseguia. Tentei várias vezes, mas não conseguia, vai ver que por culpa dos músculos de Juanma, flácidos depois de tanto tempo sem ir à academia. Bem, provavelmente a culpa foi minha. A todo instante eu me levantava e ia à cozinha beber água. Numa dessas vezes, não sei por quê, entrei no quarto de Arturo. Em cima da mesa, vi sua máquina de escrever e um montão de folhas perfeitamente ordenadas. Antes de folheá-las pensei no *Iluminado* e senti um calafrio. Mas Arturo não estava louco, disso eu sabia. Depois dei uma volta pelo quarto, abri a janela, sentei na cama, ouvi passos no corredor, a cara de Juanma Pacheco assomou à porta, perguntou se estava acontecendo alguma coisa, nada, tudo certo, respondi, estou pensando, e então vi as malas arrumadas e soube que ele iria embora.

 Ele me deu quatro livros que ainda não li. Uma semana depois nos despedimos, eu o acompanhei à estação de Malgrat.

25.

Jacobo Urenda, rue du Cherche Midi, Paris, junho de 1996. É difícil contar esta história. Parece fácil, mas é só chegar mais perto que a gente se dá conta de que é difícil. Todas as histórias de lá são difíceis. Viajo para a África pelo menos três vezes por ano, geralmente para as regiões quentes, e, quando volto a Paris, tenho a impressão de que ainda estou sonhando e tenho dificuldade para acordar, muito embora se suponha, ao menos em teoria, que os latino-americanos não se impressionam tanto quanto os outros com o horror.

Foi lá que conheci Arturo Belano, na agência postal de Luanda, numa tarde calorenta em que eu não tinha nada que fazer, salvo gastar uma fortuna em telefonemas para Paris. Ele estava no guichê de fax, numa luta renhida com o encarregado que queria lhe cobrar mais que o devido, e lhe dei uma mãozinha. Por coisas da vida como estas, nós dois somos do Cone Sul, ele chileno e eu argentino, resolvemos passar o resto do dia juntos, provavelmente fui eu quem sugeriu isso, sempre fui uma pessoa sociável, gosto de conversar e conhecer outras pessoas, não me incomodo de ouvir, se bem que às vezes parece que estou ouvindo, mas na realidade estou pensando em minhas coisas.

Logo percebemos que tínhamos mais em comum do que acreditávamos, eu pelo menos percebi, suponho que Belano também, mas não nos dissemos nada, não nos felicitamos mutuamente, ambos tínhamos nascido mais ou menos na mesma data, ambos tínhamos caído fora das respectivas repúblicas quando aconteceu o que aconteceu, nós dois gostávamos de Cortázar, de Borges, nenhum tinha muita grana e nós dois falávamos um português que nem lhes conto. Enfim, éramos os típicos latino-americanos de quarenta e poucos anos que se encontram num país africano à beira do abismo ou do colapso, o que no caso dá no mesmo. A única diferença estava em que, quando meu trabalho acabasse, sou fotógrafo da agência La Luna, eu iria voltar a Paris e o coitado do Belano, quando acabasse o dele, iria continuar na África.

Mas por quê, irmão?, eu lhe perguntei em algum momento da noite, por que não vem comigo para a Europa? Até falei que, se ele não tivesse grana para a passagem, eu poderia emprestar, essas coisas que a gente diz quando está mesmo de cara cheia, e a noite é não só estrangeira mas grande, muito grande, tão grande que, se você não tomar cuidado, ela o engole, a você e a todos que estiverem a seu lado, mas dessas coisas vocês não sabem, vocês nunca estiveram na África. Eu, sim. Belano também. Nós dois éramos freelancers. Eu, como já disse, da agência La Luna, e Belano de um jornal madrileno que lhe pagava uma miséria por artigo. E, embora não tenha me respondido naquele instante por que não iria embora, continuamos juntos e em harmonia, e a noite ou a inércia da noite de Luanda (o que é uma maneira de falar: em Luanda a inércia só levava você a se enfiar debaixo do catre) nos arrastou à birosca de um tal de João Alves, um negro de cento e vinte quilos; lá encontramos alguns conhecidos, jornalistas e fotógrafos, policiais e cafetões, e continuamos conversando. Ou talvez não. Talvez tenhamos nos separado ali, a fumaça dos cigarros me fez perdê-lo de vista, como tantas pessoas que a gente conhece ao sair para trabalhar, fala com elas, depois as perde de vista. Em Paris é diferente. As pessoas se distanciam, as pessoas vão ficando pequenas, e há tempo, mesmo que não se queira, de lhes dizer adeus. Na África não, lá as pessoas *falam*, contam seus *problemas*, e depois uma nuvem de fumaça as engole e as faz desaparecer, como desapareceu Belano naquela noite, de repente. E a gente nem sequer considera a possibilidade de tornar a encontrar fulano ou beltrano no aeroporto. A possibilidade existe, não digo que não, mas não é levada em consideração. Assim, naquela noite, quando Belano desapareceu, parei de pensar nele, parei de pensar em lhe emprestar dinheiro, e bebi, dancei, por fim acabei dormindo numa cadeira, e, quando acordei (com um estremecimento fruto mais do medo do que da ressaca, pois temia ter sido roubado, uma vez que eu não costumava freqüentar estabelecimentos como o de João Alves), já tinha amanhecido, então saí para a rua a fim de espichar as pernas e o vi ali, no pátio, fumando um cigarro e me esperando.

Muita gentileza, sim senhor.

A partir de então, nós nos vimos todos os dias, às vezes eu o convidava para almoçar, outras vezes ele me convidava para jantar, saía barato, ele não era do tipo que comia muito, tomava de manhã seu chazinho de camomila e, quando não havia camomila, pedia tília, menta ou a erva que houvesse à mão, não tomava café nem chá preto e não comia fritura, parecia um muçulmano, não punha na boca nem porco nem álcool e sempre levava um montão de pílulas. *Che*, Belano, um dia eu lhe disse, você parece uma farmácia ambulante, e ele riu sem vontade, como se dissesse não encha, Urenda, não estou a fim de piada. No item mulheres, que eu saiba, ele se virava sozinho. Uma noite Joe Rademacher, um jornalista americano, convidou vários de nós para uma festa no bairro de Pará para comemorar o fim de sua missão em Angola. A festa era na parte de trás de uma residência, num quintal de terra batida, e mulher sobrava de dar gosto. Homens modernos que éramos, todos levávamos nossas provisões de preservativos bem sortidas, menos Belano, que se juntou ao grupo na última hora, mais que tudo por insistência minha. Não vou lhes dizer que não dançou, porque a verdade é que dançou, sim, mas, quando lhe perguntei se tinha camisinha ou se queria que eu lhe desse uma das minhas, negou redondamente e me disse: Urenda, eu não preciso desses trecos ou coisa do gênero, de modo que imagino que ele se limitou a dançar.

Quando voltei a Paris, ele ficou em Luanda. Tinha pensado em ir para o interior, onde ainda pululavam fora de controle os bandos armados. Antes de partir, tivemos uma última conversa. Sua história era bastante incoerente. Por um lado concluí que a vida não lhe importava nem um pouco, que ele tinha arranjado aquele trabalho para ter uma morte bonita, uma morte fora do comum, uma imbecilidade do gênero, é sabido que minha geração leu Marx e Rimbaud até virar as tripas (não é uma desculpa, não é uma desculpa da maneira que vocês pensam, no caso não se trata de analisar leituras). Mas, por outro lado, e isso era paradoxal, ele se cuidava, tomava religiosamente todos os dias suas pílulas, uma vez fui com ele a uma farmácia de Luanda procurar algo que se parecesse com Ursacol, que é ácido ursodeoxicólico e que era o que mantinha mais ou menos aberto seu colédoco esclerosado, ou coisa que o valha, e Belano nesse aspecto se comportava mais ou menos como se sua saúde lhe importasse muito, eu o vi se meter na farmácia falando um português dos infernos, vi Belano revirar as prateleiras, primeiro por ordem alfabética, depois ao acaso, e, quando saímos, sem o maldito ácido ursodeoxicólico, eu lhe disse *che*, Belano, não se preocupe (porque vi na cara dele uma sombra do demônio), eu mando pra você quando chegar a Paris, e então ele me disse: só se consegue isso com receita médica, eu caí na gargalhada e pensei este pinta tem vontade de viver, o cacete que ele vai querer morrer.

Mas, fosse como fosse, o assunto não estava nada claro. Precisava de remédios. Isso era um fato. Não só de Ursacol, mas também Mesalazina, Omeprazol, os dois primeiros eram para tomar diariamente, quatro comprimidos de Mesalazina para seu cólon ulcerado e seis de ácido ursodeoxicólico para seu colédoco esclerosado. Do Omeprazol ele poderia prescindir, este ele tomava por causa de uma úlcera do duodeno, de uma úlcera gástrica ou de uma esofagite capaz de provocar refluxo, em todo caso tomava todo dia. O curioso do caso, vejam se me acompanham, é que ele se *preocupava* em ter seus remédios, se preocupava em não comer nada que lhe fosse provocar uma pancreatite, já tivera três, não em Angola, na Europa, se tivesse tido em Angola teria morrido na certa, ele se preocupava com sua saúde, quero dizer, e no entanto, quando conversamos, digamos, quando conversamos de homem para homem, soa horrível mas é esse o nome desse tipo de conversa crepuscular, Belano me deu a entender que estava ali para se fazer matar, o que suponho não ser a mesma coisa que estar ali para se matar ou para se suicidar, a diferença sutil está em que você não se dá ao incômodo de fazê-lo você mesmo, mas no fundo é igualmente sinistro.

De volta a Paris, contei o caso para minha mulher, Simone, uma francesa, e ela me perguntou como era o tal Belano, pediu que o descrevesse fisicamente sem poupar detalhes, depois disse que o entendia. Mas como pode entendê-lo? Eu não o entendia. Foi a segunda noite depois de minha chegada, estávamos na cama, de luzes apagadas, e então contei. E os remédios, você comprou?, Simone me perguntou. Não, ainda não. Pois compre amanhã mesmo e envie imediatamente. Está bem, respondi, mas continuava pensando que a história capengava em algum ponto, na África a gente sempre topa com histórias esquisitas. Você acha que é possível alguém viajar para um lugar tão remoto em busca da morte?, perguntei à minha mulher. É perfeitamente possível, ela disse. Inclusive um cara de quarenta anos?, insisti. Se ele tem um espírito aventureiro, é perfeitamente possível, respondeu minha mulher, que sempre teve uma veia meio romântica, coisa rara nas parisienses, que são muito pragmáticas e contidas. Comprei então os remédios, enviei para Luanda e pouco depois recebi um cartão-postal em que ele me agradecia. Calculei que, com o que eu tinha enviado, ele tinha remédio para vinte dias. O que iria fazer depois? Supus que voltaria para a Europa ou que morreria em Angola. E me esqueci do assunto.

Meses depois tornei a vê-lo no Grand Hotel de Kigali, onde eu estava hospedado e aonde de tempos em tempos ele ia para usar o fax. Nós nos cumprimentamos efusivamente. Perguntei-lhe se continuava trabalhando para o mesmo jornal madrileno, e ele me disse que sim, mas que agora colaborava ao mesmo tempo para uma ou duas revistas sul-americanas, o que engrossava ligeiramente seus rendimentos. Já não queria morrer, mas tampouco tinha dinheiro para voltar para a Catalunha. Naquela noite jantamos juntos na casa em que ele morava (Belano nunca se hospedava em hotéis, como os outros jornalistas estrangeiros, mas em casas particulares, por pouco dinheiro costumava alugar um quarto, uma cama ou um cantinho onde pudesse dormir), e falamos de Angola. Ele me contou que havia estado em Huambo, que havia percorrido o rio Cuanza, que havia estado em Cuito Cuanavale e em Uíge, que seus artigos tiveram certa repercussão e que ele havia chegado a Ruanda viajando por terra (coisa em princípio quase impossível, tanto pelos acidentes geográficos quanto pela situação política), primeiro tinha ido de Luanda a Kinshasa e daí, algumas vezes pelo rio Congo, outras pelas inóspitas estradas florestais, até Kisangani, depois até Kigali, ao todo mais de trinta dias viajando sem parar. Quando terminou de falar, eu não sabia se acreditava nele ou não. Em princípio, é inacreditável. Além do mais, Belano contava aquilo com um meio sorriso que me predispunha a não acreditar nele.

Perguntei por sua saúde. Disse que em Angola estivera doente por certo tempo, com diarréia, mas que já estava bom. Contei a ele que minhas fotos se vendiam cada vez melhor e que, se ele quisesse, desta vez creio que disse a sério, eu poderia lhe emprestar algum dinheiro, mas ele não quis nem ouvir falar no assunto. Depois, como quem não quer nada, eu lhe perguntei pela grande morte buscada e ele me respondeu que agora até achava graça ao pensar nisso e que a grande morte de verdade, a mais-mais ou a menos-menos, ele iria vê-la em pessoa no dia seguinte. Belano estava, como dizer, mudado. Poderia passar dias inteiros sem tomar seus comprimidos e não ficava aflito. Mas, quando o vi, estava satisfeito porque acabava de receber remédios de Barcelona. Quem enviou?, perguntei, uma mulher? Não, um amigo, ele me explicou, um tal de Iñaki Echavarne, com o qual uma vez tivera um duelo. Uma briga?, perguntei. Não, um duelo, Belano repetiu. Fantástico!, comentei. É, fantástico, ele disse.

Quanto ao resto, era notório que dominava ou começava a dominar o ambiente, coisa que eu nunca tinha conseguido e que, objetivamente, é uma meta que só está ao alcance dos correspondentes da grande mídia, de gente muito bem respaldada e de uns poucos free-lancers que suprem a falta de dinheiro com amizades múltiplas e com uma sabedoria especial para se movimentar pelo espaço africano.

Fisicamente estava mais magro do que em Angola, na verdade estava pele e osso, mas sua aparência não era doentia, e sim bem saudável, ou assim me pareceu no meio de tanta morte. Os cabelos estavam mais compridos, provavelmente ele próprio os cortava, a roupa era a mesma de Angola, só que infinitamente mais suja e rota. Não demorei a compreender que ele tinha aprendido a gíria, o argot daquelas terras onde a vida não valia nada e que, no fundo, era a única chave — com o dinheiro — que servia para tudo.

No dia seguinte fui aos campos de refugiados, e quando voltei ele não estava mais. Encontrei no hotel um bilhete em que me desejava boa sorte e pedia que, se não fosse muito incômodo, enviasse a ele uns remédios quando eu voltasse a Paris. Com o bilhete, dava seu endereço. Fui vê-lo, não o encontrei.

Quando contei a história à minha mulher, ela não se espantou nem um pouco. Mas, Simone, falei, havia uma possibilidade em um milhão de tornar a vê-lo. Essas coisas acontecem, foi sua enigmática resposta. No dia seguinte ela me perguntou se eu pretendia enviar os remédios. Já enviei, respondi.

Dessa vez não fiquei muito tempo em Paris. Voltei à África, e voltei com a certeza de que mais uma vez eu me encontraria com Belano, mas nossos caminhos não se cruzaram e, embora eu tenha perguntado por ele aos jornalistas mais veteranos do lugar, nenhum deles o conhecia, e os poucos que se lembravam dele não tinham a menor idéia de para onde tinha ido. A mesma coisa na viagem seguinte, e na seguinte. Você o viu?, minha mulher me perguntava quando eu voltava. Não, não o vi, respondia, talvez tenha voltado para Barcelona ou para seu país. Ou, talvez, minha mulher dizia, esteja em outro lugar. Pode ser, eu dizia, disso nunca saberemos.

Até que precisei viajar à Libéria. Vocês sabem onde fica a Libéria? Sim, na costa oeste da África, entre Serra Leoa e a Costa do Marfim, mais ou menos, muito bem, mas sabem quem governa a Libéria? A direita ou a esquerda? Isso com certeza não sabem.

Cheguei a Monróvia em abril de 1996, vindo de Freetown, Serra Leoa, num barco fretado por uma organização humanitária, não me lembro mais qual, cuja missão era evacuar centenas de europeus que esperavam na embaixada americana — o único lugar razoavelmente seguro em Monróvia, na opinião dos que haviam estado lá ou que tinham ouvido testemunhos diretos do que acontecia por lá — e que na hora da verdade se descobriu que eram paquistaneses, indianos, magrebinos e um ou outro inglês de raça negra. Os outros europeus, desculpem a expressão, já fazia muito tinham caído fora daquele buraco, só tinham ficado lá seus secretários. Para um latino-americano, pensar que a embaixada americana pudesse ser um lugar seguro era um paradoxo difícil de digerir, no entanto os tempos mudaram e... por que não? Talvez eu também precisasse me refugiar na embaixada americana, pensei, mas de qualquer modo o fato me pareceu de mau agouro, um sinal inequívoco de que tudo iria acabar mal.

Um grupo de soldados liberianos, nenhum deles tinha vinte anos, nos escoltou até um prédio de três andares, na avenida Nova África, era o antigo hotel Ritz ou o antigo Crillon, em versão liberiana, agora administrado por uma organização de jornalistas internacionais da qual até então eu não tinha ouvido falar. O hotel, então chamado Centro de Enviados da Imprensa, era uma das poucas coisas que funcionavam na capital, ao que não era alheia a presença de um grupo de cinco marines dos Estados Unidos, que às vezes vigiavam mas que passavam a maior parte do tempo no salão principal, bebendo com a imprensa televisiva de seu país e se fazendo de intermediários entre os jornalistas e um grupo de jovens soldados mandinga, que serviam de guias e de guarda-costas nas saídas para os bairros quentes de Monróvia ou, mas isso era raridade ou capricho, às zonas fora da capital, às aldeias sem nome (embora todas elas tivessem nome e tivessem sido habitadas, houvessem tido crianças, atividade produtiva), que, principalmente pelo que contavam os outros ou pelas reportagens que víamos todas as noites na CNN, eram uma cópia fiel do fim do mundo, da loucura dos homens, do mal que se aninha em todos os corações.

O Centro de Enviados da Imprensa, fora isso, funcionava como hotel e, como tal, no primeiro dia tivemos que inscrever nosso nome no livro de registro. Quando chegou minha vez, eu estava tomando um uísque e conversando com dois amigos franceses, e não sei por que tive o impulso de virar para trás uma das páginas do livro e procurar um nome. Sem surpresa, achei o de Arturo Belano.

Estava lá fazia duas semanas. Tinha entrado com um grupo de alemães, dois fulanos e uma fulana de um jornal de Frankfurt. Tentei entrar imediatamente em contato com ele, mas não o encontrei. Um jornalista mexicano me disse que já fazia sete dias que Belano não aparecia no centro e que, se eu quisesse saber alguma coisa sobre ele, poderia perguntar à embaixada americana. Pensei em nossa já remota conversa em Angola, em seu desejo de se fazer matar, e me passou pela cabeça que agora sim ele iria conseguir. Os alemães, disseram-me, já tinham ido embora. Muito a contragosto, mas sabendo em meu íntimo que não poderia fazer outra coisa, fui procurá-lo na embaixada. Ninguém sabia de nada, mas a ida me serviu para tirar umas tantas fotos. Das ruas de Monróvia, dos pátios da embaixada, de alguns rostos. De volta ao centro, encontrei um austríaco que conhecia um alemão que havia visto Belano antes de partir. Aquele alemão, no entanto, passava o dia todo nas ruas, aproveitando a luz solar, e a espera foi longa. Lembro que, por volta das sete da noite, organizamos uma roda de pôquer com uns colegas franceses e nos munimos de velas, prevendo os apagões, que, diziam alguns, se produziam geralmente ao cair da noite. Mas a luz não se foi, e a partida logo naufragou num estado comum de apatia. Lembro que bebemos e conversamos sobre Ruanda, Zaire e os últimos filmes que tínhamos visto em Paris. À meia-noite, quando eu já tinha ficado sozinho no salão principal daquele Ritz de fantasmas, o alemão chegou, e Jimmy, um jovem mercenário (mas mercenário de quem?) que fazia as vezes de porteiro e de barman, me avisou que *Herr* Linke, o fotógrafo, já estava a caminho de seu quarto.

Eu o alcancei na escada.

Linke mal falava um inglês rudimentar, não sabia uma palavra de francês e parecia um bom sujeito. Quando consegui fazê-lo entender que o que eu queria eram notícias sobre o paradeiro de meu amigo Arturo Belano, ele me pediu amavelmente (mas mediante caretas, o que talvez tirasse a amabilidade de seu pedido) que o esperasse na sala ou no bar, que ele precisava tomar um banho e logo depois desceria. Levou mais de vinte minutos, e quando o vi ao meu lado ele recendia a loção e antisséptico. Conversamos, aos trancos e barrancos, por um bom tempo. Linke não bebia álcool, e me disse que fora essa característica que o levara a prestar atenção em Arturo Belano, naqueles dias o Centro de Enviados da Imprensa estava fervilhando de jornalistas, muito mais que então, e todos enchiam conscienciosamente o caneco toda noite, inclusive algumas caras famosas da televisão, gente que deveria dar um exemplo de responsabilidade, de seriedade, segundo Linke, e que depois acabava vomitando da varanda. Arturo Belano não bebia, e isso levara Linke a puxar conversa com ele. Lembrava-se de que Belano tinha passado ao todo uns três dias no centro, saindo todas as manhãs e voltando ao meio-dia ou ao cair da tarde. Só uma vez, mas em companhia de dois americanos, passara a noite fora tentando entrevistar George Kensey, o general mais moço e mais sanguinário de Roosevelt Johnson, da etnia krahn, mas o guia que levavam era um mandinga que sensatamente tinha ficado com medo e os abandonara nos bairros da zona leste de Monróvia, e eles levaram a noite inteira para voltar ao hotel. No dia seguinte Arturo Belano tinha dormido até tarde, segundo Linke, e dois dias depois fora embora, com os mesmos americanos que tentaram entrevistar Kensey, fora de Monróvia, presumivelmente ao norte. Antes de ele partir, Linke lhe dera um pacotinho de balas para tosse, fabricadas por um laboratório naturalista de Berna, pelo menos foi o que entendi, depois não o vira mais.

Perguntei-lhe o nome dos americanos. Sabia o de um: Ray Pasteur. Achei que Linke estava me gozando e pedi que repetisse, talvez eu tenha até rido, mas o alemão falava sério, sem dizer que estava cansado demais para gozações. Antes de ir dormir, tirou um papelzinho do bolso traseiro de seu jeans e escreveu o nome para mim: Ray Pasteur. Acho que é de Nova York, disse. No dia seguinte, Linke se mudou para a embaixada americana a fim de providenciar sua saída da Libéria, e eu o acompanhei para ver se alguém por lá sabia algo do tal Pasteur, mas o caos era total, e me pareceu inútil insistir. Quando fui embora, deixei Linke fotografando no jardim da embaixada. Tirei uma foto dele e ele tirou uma de mim. Na que tirei dele, Linke aparece com a câmara na mão, olhando para o chão, como se de repente alguma coisa brilhante escondida na grama houvesse chamado fortemente sua atenção, desviando seus olhos da minha lente. Na que ele tirou de mim, apareço (é o que creio) com minha Nikon pendurada no pescoço, olhando fixamente para a objetiva. Provavelmente estou sorrindo e fazendo com os dedos o V de vitória.

Três dias depois tentei, por minha vez, ir embora, mas não pude sair. A situação, um funcionário da embaixada me informou, estava melhorando sensivelmente, mas o caos no transporte se produzia na proporção inversa ao clareamento da situação política do país. Não saí da embaixada muito convencido. Procurei Linke entre as centenas de residentes que acampavam nos jardins, mas não o encontrei. Topei com uma leva de jornalistas recém-chegados de Freetown e com alguns que, sabe Deus como, haviam chegado a Monróvia de helicóptero, vindos de algum lugar da Costa do Marfim. Mas a maioria, assim como eu, já pensava em ir embora e vinha diariamente à embaixada para ver se havia lugar em algum dos transportes que partiam para Serra Leoa.

Foi então, naqueles dias em que não havia nada a fazer, quando já tínhamos escrito e fotografado tudo que era imaginável, que propuseram a mim e a mais uns tantos um giro pelo interior. A maioria, evidentemente, declinou a oferta. Um francês da *Paris-Match*, um italiano da agência Reuters e eu aceitamos. O giro era organizado por um dos caras que trabalhavam na cozinha do centro; além de ganhar uns trocados, ele queria ir dar uma olhada em sua aldeia, distante de Monróvia somente uns vinte quilômetros, talvez trinta, mas aonde não ia fazia mais de meio ano. Durante a viagem (íamos num Chevy caindo aos pedaços dirigido por um amigo do cozinheiro, armado com um fuzil de assalto e duas granadas), ele nos contou que pertencia à etnia mano e que sua mulher era da etnia gio, amiga dos mandinga (o motorista era mandinga) e inimiga dos krahn, tachada por ele de canibal, e disse que não sabia se sua família estava morta ou não. Merda, o francês disse, seria melhor a gente voltar, mas já tínhamos percorrido mais da metade do caminho, e tanto o italiano quanto eu íamos usando felizes os últimos rolos de filme que nos sobravam.

Dessa maneira e sem topar uma só vez com nenhum comando na estrada, passamos pelo povoado de Summers e pela aldeia de Thomas Creek; de vez em quando aparecia o rio Saint Paul à nossa esquerda, outras vezes o perdíamos de vista, a estrada era das ruins, às vezes o trajeto passava pelo meio da mata, talvez antigas plantações de seringueira, outras vezes pelo meio da planície, uma planície em que se adivinhavam mais do que se viam as colinas de suaves encostas que se erguiam ao sul. Numa só ocasião atravessamos um rio, um afluente do Saint Paul, numa ponte de madeira em perfeitas condições, e tudo que se oferecia ao olho de nossas câmaras era a natureza, não direi uma natureza exuberante, nem mesmo exótica, a região, não sei por quê, me lembrou uma viagem que na infância eu fizera por Corrientes, até comentei isso, eu disse a Luigi: parece a Argentina, disse em francês, que era o idioma em que os três nos entendíamos, e o cara da *Paris-Match* olhou para mim e opinou que tomara que só se parecesse com a Argentina, o que francamente me desconcertou, sobretudo porque eu não estava falando com ele, não é mesmo? E o que ele quisera dizer com aquilo? Que a Argentina era mais selvagem e perigosa do que a Libéria? Que se os liberianos fossem argentinos já estaríamos mortos? Não sei. Em todo caso, sua observação quebrou de repente todo encanto do passeio, e eu teria com muito gosto pedido explicações pra ele ali mesmo, mas por experiência eu já sabia que não se ganha nada se metendo em discussões desse tipo, sem dizer que o comedor de pererecas já estava meio invocado por termos majoritariamente nos recusado a voltar e precisava desafogar de algum jeito, além de vituperar a cada instante contra os coitados dos negros, que só queriam ganhar uns pesos e ver a família. Por isso me fiz de desentendido, embora mentalmente tenha desejado que um macaco o enrabasse, e continuei conversando com Luigi, explicando-lhe coisas que até aquele momento havia imaginado esquecidas, não sei, o nome das árvores, por exemplo, que em minha opinião se pareciam com as velhas árvores de Corrientes e tinham o nome das árvores de Corrientes, mas que evidentemente não eram as árvores de Corrientes. E, bem, o entusiasmo que eu sentia creio que me fez parecer brilhante, em todo caso muito mais brilhante do que sou, e até divertido, a julgar pelas gargalhadas de Luigi e pelas ocasionais risadas de nossos acompanhantes, e assim fomos deixando para trás as árvores tão correntinas, numa atmosfera de relaxada camaradagem, menos o francês, evidentemente, Jean-Pierre, cada vez mais mal-humorado, e entramos numa zona sem árvores, só com mato ralo, arbustos que pareciam doentes e um silêncio de quando em quando rasgado pelo pio de um pássaro solitário, um pássaro que chamava, chamava, chamava, e ninguém lhe respondia, então começamos a ficar nervosos, Luigi e eu, mas já estávamos perto demais de nosso objetivo e fomos em frente.

Pouco depois de o povoado aparecer começaram os disparos. Foi tudo muito rápido, em nenhum momento vimos os atiradores, e os tiros não duraram mais de um minuto, mas, quando viramos a curva e entramos no que era propriamente Black Creek, meu amigo Luigi estava morto e o cara que trabalhava no centro sangrava de um braço e soltava gemidos abafados, agachado junto ao banco do passageiro.

Nós também tínhamos nos jogado automaticamente no chão do Chevy.

Lembro-me perfeitamente do que fiz: tentei reanimar o Luigi, fiz respiração boca a boca, depois massagem cardíaca, até que o francês tocou em meu ombro e apontou com um indicador trêmulo e sujo a têmpora esquerda do italiano, em que havia um buraco do tamanho de uma azeitona. Quando compreendi que Luigi estava morto, já não se ouviam os disparos, e o silêncio só era quebrado pelo ar deslocado pelo Chevy em seu movimento, pelo barulho dos pneus esmagando as pedras e o cascalho do caminho que levava ao povoado.

Paramos no que parecia a praça principal de Black Creek. Nosso guia se virou e disse que iria procurar a família. Uma atadura feita com farrapos de sua camisa cobria o ferimento no braço. Supus que o próprio motorista a tivesse feito, mas não pude nem imaginar em que momento, a não ser que para eles o tempo houvesse se transformado num fenômeno diferente, alheio à nossa percepção usual do tempo. Pouco depois de o guia partir, apareceram quatro velhos, certamente atraídos pelo barulho do Chevy. Sem dizer palavra, protegidos sob o beiral do telhado de uma casa em ruínas, ficaram olhando para a gente. Eram magros e se movimentavam com a parcimônia dos doentes, um deles estava nu como alguns guerrilheiros krahn de Kensey e Roosevelt Johnson, mas era evidente que aquele velho não era guerrilheiro coisa nenhuma. Parecia que tinham acabado de acordar, como nós mesmos. O motorista os viu e continuou sentado ao volante, suando e fumando, e dando de vez em quando uma olhada no relógio. Passado um instante, abriu a porta do carro e fez um sinal aos velhos, a que eles responderam sem sair da proteção que o beiral lhes proporcionava, depois desceu e foi examinar o motor. Ao voltar se estendeu numa série de explicações incompreensíveis, como se o carro fosse nosso. Em resumo, o que ele queria dizer era que a parte dianteira estava mais furada do que uma peneira. O francês deu de ombros e mudou Luigi de posição, para que pudesse se sentar ao lado dele. Tive a impressão de que ele estava tendo um ataque de asma, mas fora isso parecia calmo. Agradeci mentalmente a ele, pois, se há uma coisa que odeio, é um francês histérico. Mais tarde, apareceu uma adolescente, que olhou para nós sem parar de andar e que vimos desaparecer por uma das tantas ruelas estreitas que desembocavam na praça. Depois que ela sumiu, o silêncio se tornou total, e apurando muito o ouvido podíamos ouvir algo semelhante à reverberação do sol no teto de nosso veículo. Não soprava nem um fiozinho de ar.

Vamos bater as botas, o francês disse. Falou aquilo com simpatia, por isso lhe chamei a atenção para o fato de que os disparos tinham cessado fazia um bom tempo e provavelmente os que nos emboscaram eram poucos, talvez um par de bandidos tão assustados quanto a gente. Merda, o francês disse, esta aldeia está vazia. Só então percebi que não havia mais ninguém na praça e compreendi que aquilo não era nada normal e que o francês tinha lá sua dose de razão. Não senti medo, mas raiva.

Desci do carro e urinei demoradamente na parede mais próxima. Depois me aproximei do Chevy, dei uma espiada no motor e não vi nada que nos impedisse de sair dali como havíamos entrado. Tirei várias fotos do pobre Luigi. O francês e o motorista me olhavam sem dizer nada. Depois, como se houvesse pensado muito, Jean-Pierre me pediu que tirasse uma foto dele. Obedeci à sua ordem, sem me fazer de rogado. Fotografei, ele e o motorista, depois pedi ao motorista que fotografasse Jean-Pierre e eu, depois disse a Jean-Pierre que me fotografasse ao lado de Luigi, mas ele se negou, argumentando que aquilo era o cúmulo da morbidez, e a amizade que começava a crescer entre nós tornou a se esfacelar. Creio que o xinguei. Creio que ele me xingou. Depois entramos novamente no Chevy, Jean-Pierre ao lado do motorista e eu ao lado de Luigi. Acho que ficamos ali mais de uma hora. Durante esse tempo, Jean-Pierre e eu comentamos várias vezes a conveniência de esquecer o cozinheiro e picar a mula do povoado, mas o motorista se mostrou inflexível aos nossos argumentos.

Creio que a certa altura da espera caí num sono breve e agitado, mas sono mesmo assim, e provavelmente sonhei com Luigi e com uma dor de dente imensa. A dor era pior do que a certeza da morte do italiano. Quando acordei, coberto de suor, vi Jean-Pierre dormindo com a cabeça encostada no ombro de nosso motorista, que fumava outro cigarro, os olhos cravados em sua frente, no amarelo mortuário da praça deserta, e o fuzil de través nas pernas.

Finalmente nosso guia apareceu.

Ao lado dele vinha uma mulher magra, que a princípio tomei por sua mãe, mas que depois soube que era sua esposa, e um menino de uns oito anos, vestindo uma camisa vermelha e calça curta azul. Vamos ter que deixar Luigi aqui, Jean-Pierre disse, não há lugar para todos. Discutimos alguns minutos. O guia e o motorista estavam com Jean-Pierre, e eu finalmente fui obrigado a ceder. Pendurei as câmaras de Luigi no pescoço e esvaziei seus bolsos. Eu e o motorista o tiramos do Chevy e pusemos à sombra de uma espécie de toldo de palha. A mulher do guia disse alguma coisa em seu idioma, era a primeira vez que falava, Jean-Pierre ficou olhando para ela e pediu ao cozinheiro que traduzisse. Este de início se mostrou reticente, mas acabou dizendo que sua mulher tinha dito que era melhor pôr o cadáver dentro de uma das casas que rodeavam a praça. Por quê?, Jean-Pierre e eu perguntamos em uníssono. A mulher, apesar de acabada, tinha uma presença de rainha, tamanha era, ou nos pareceu ser, naquele momento sua quietude e sua serenidade. Porque ali os cachorros o comeriam, disse apontando com o dedo o local onde estava o cadáver. Jean-Pierre e eu nos entreolhamos e rimos, claro, o francês disse, como é que não tínhamos pensado nisso. Levantamos de novo o cadáver de Luigi e, quando o motorista abriu a pontapés a porta que lhe pareceu mais frágil, introduzimos o cadáver num cômodo com chão de terra batida, onde se amontoavam esteiras e caixas de papelão vazias, e cujo cheiro era tão insuportável que largamos o italiano estirado ali e saímos o mais depressa que pudemos.

Quando o motorista ligou o motor do Chevy, todos nós demos um pulo, menos os velhos que continuavam nos olhando debaixo do beiral. Por onde vamos?, Jean-Pierre perguntou. O motorista fez um gesto que queria dizer que não o incomodássemos ou que não sabia. Por outro caminho, o guia respondeu. Só nesse momento prestei atenção no menino: havia abraçado as pernas do pai e estava adormecido. Vamos por onde eles decidirem, eu disse a Jean-Pierre.

Por um instante vagamos pelas ruas desertas da aldeia. Quando saímos da praça, pegamos uma rua reta, viramos à esquerda, e o Chevy avançou devagarinho, quase roçando as paredes das casas, os beirais dos telhados de palha, até sair numa esplanada em que se via um grande galpão de zinco, de um só andar, grande como um armazém industrial e em cuja fachada pudemos ler "CE-RE-PA, Ltd.", em grandes letras vermelhas, e na parte inferior: "fábrica de brinquedos, Black Creek & Brownsville". Este povoado de merda se chama Brownsville e não Black Creek, ouvi Jean-Pierre dizer. O motorista, o guia e eu dissentimos sem desviar o olhar do galpão. O povoado era Black Creek, Brownsville provavelmente ficava um pouco mais a leste, mas Jean-Pierre continuou incompreensivelmente dizendo que estávamos em Brownsville e não em Black Creek, como fora o trato. O Chevy atravessou a esplanada e se meteu por um caminho que corria através de uma mata fechada. Agora sim estamos na África, eu disse a Jean-Pierre, tentando em vão lhe insuflar ânimo, mas ele só me respondeu alguma coisa incoerente acerca da fábrica de brinquedos que havíamos deixado para trás.

A viagem durou somente quinze minutos. O Chevy parou três vezes, o motorista disse que o motor, com sorte, só agüentava chegar a Brownsville. Brownsville, como não demoraríamos a saber, não passava de umas trinta casas numa clareira. Chegamos lá depois de atravessar quatro morros carecas. O povoado, como Black Creek, estava semideserto. Nosso Chevy, com a palavra *imprensa* escrita no pára-brisa, chamou a atenção dos poucos moradores, que nos fizeram sinal da porta de uma casa de madeira, comprida como um galpão, a maior do povoado. Dois caras armados apareceram na soleira e gritaram para a gente. O carro parou a uns cinqüenta metros, o motorista e o guia desceram para parlamentar. Enquanto iam em direção à casa, lembro que Jean-Pierre me disse que, se quiséssemos nos salvar, precisaríamos correr para o mato. Perguntei à mulher quem eram os homens. Ela disse que eram mandinga. O menino dormia com a cabeça em seu regaço, e um pe-

553

queno fio de saliva escorria de seus lábios. Disse a Jean-Pierre que, pelo menos em teoria, estávamos entre amigos. O francês me deu uma resposta sarcástica, mas notei fisicamente como a tranqüilidade (uma tranqüilidade líquida) se alastrava por cada ruga de seu rosto. Ao me lembrar disso me sinto mal, mas naquele momento me senti bem. O guia e o motorista riam com os desconhecidos. Depois saíram mais três sujeitos da casa comprida, também armados até os dentes, e ficaram olhando para nós, enquanto o guia e o motorista voltavam ao carro acompanhados pelos primeiros. Soaram tiros ao longe, e Jean-Pierre e eu abaixamos a cabeça. Eu me endireitei, saí do carro, cumprimentei os desconhecidos, um dos negros me cumprimentou, o outro mal olhou para mim, ocupado que estava em levantar o capô do Chevy e examinar o motor irremediavelmente pifado, e eu pensei então que iriam nos matar, olhei para a casa comprida, vi seis ou sete homens armados, e entre eles vi dois sujeitos brancos, que caminhavam em nossa direção. Um deles tinha barba e trazia duas câmaras a tiracolo, colega de profissão, como era fácil deduzir, mas naquele momento, ele ainda longe de mim, eu desconhecia a fama que precedia esse colega em toda parte, quer dizer, conhecia, como todos os de minha profissão, seu nome e seus trabalhos, mas nunca o tinha visto em pessoa, nem em fotografia. O outro era Arturo Belano.

Sou Jacobo Urenda, eu lhe disse trêmulo, não sei se você se lembra de mim.

Lembrava-se. Como não iria se lembrar. Mas eu o enxerguei então tão fora deste mundo que duvidei que se lembrasse de alguma coisa, ainda mais de mim. Com isso não quero dizer exatamente que ele estivesse muito mudado, na verdade não estava *nada* mudado, era o mesmo cara que eu tinha visto em Luanda e em Kigali, talvez eu é que estivesse mudado, não sei, o caso é que pensei que nada poderia ser igual a antes, e isso incluía Belano e sua memória. Por um momento meus nervos quase me traíram. Creio que Belano percebeu, pois me deu um tapinha nas costas e disse meu nome. Apertamos as mãos. As minhas, notei com horror, estavam sujas de sangue. As de Belano, e isso eu também percebi com uma sensação parecida à de horror, estavam imaculadas.

Apresentei-o a Jean-Pierre, e ele me apresentou ao fotógrafo. Era Emilio López Lobo, o fotógrafo madrileno da agência Magnum, um dos mitos vivos da profissão. Não sei se Jean-Pierre tinha ouvido falar dele (Jean-Pierre

Boisson, da *Paris-Match*, disse Jean-Pierre sem se alterar, pelo que é presumível que não o conhecesse ou que, nas circunstâncias em que nos encontrávamos, estivesse pouco se lixando para conhecer tão eminente figura), eu sim, sou fotógrafo e, para nós, López Lobo era como Don DeLillo para os escritores, um fotógrafo magnífico, um caçador de instantâneos de primeira página, um aventureiro, um sujeito que havia ganhado na Europa todos os prêmios possíveis e que havia fotografado todas as formas da estupidez e do descaso humano. Quando foi minha vez de apertar sua mão, falei: Jacobo Urenda, da agência La Luna, e López Lobo sorriu. Era magérrimo, deveria ter uns quarenta e tantos, como todos nós, e parecia de pileque, esgotado ou a ponto de enlouquecer, ou as três coisas ao mesmo tempo.

Dentro da casa se congregavam soldados e civis. Era difícil distingui-los à primeira vista. O cheiro ali era agridoce e úmido, cheiro de expectativa e de cansaço. Meu primeiro impulso foi sair para respirar um ar menos viciado, mas Belano me informou que era melhor não se exibir muito, nos morros estavam postados atiradores krahn, que poderiam nos estourar os miolos. Por sorte nossa, mas isso só soube depois, eles não agüentavam passar o dia todo de tocaia, além de não terem boa pontaria.

A casa, dois cômodos compridos, exibia como única mobília três longas filas de prateleiras irregulares, algumas de metal, outras de madeira, todas vazias. O chão era de terra pisada. Belano me explicou a situação em que estávamos. De acordo com os soldados, os krahn que rodeavam Brownsville e os que haviam nos atacado em Black Creek eram a vanguarda da força do general Kensey, que estava posicionando sua gente para assaltar Kakata e Harbel, depois marchar para os bairros de Monróvia que Roosevelt Johnson ainda dominava. Os soldados contavam sair na manhã seguinte rumo a Thomas Creek, onde, segundo diziam, havia um grupo de homens de Tim Early, um dos generais de Taylor. O plano dos soldados, como Belano e eu não demoramos em convir, era inviável e desesperado. Se era verdade que Kensey estava reagrupando sua gente na região, os soldados mandinga não iam ter a menor oportunidade de voltar para junto dos seus. O plano dos civis, que pareciam liderados por uma mulher, coisa pouco comum na África, era consideravelmente melhor. Alguns pensavam ficar em Brownsville e esperar o desenrolar dos acontecimentos. Outros, a maioria, pensavam ir para noroeste com a mulher mandinga, cruzar o Saint Paul e alcançar a estrada de Brewer-

ville. O plano, no que dizia respeito aos civis, não era descabido, embora em Monróvia eu tivesse ouvido falar de matanças na estrada de rodagem que une Brewerville a Bopolu. A zona letal, no entanto, ficava mais a leste, mais perto de Bopolu do que de Brewerville. Depois de ouvi-los, Jean-Pierre e eu decidimos ir com eles. Se conseguíssemos chegar a Brewerville, segundo Belano, estaríamos salvos. Aguardava-nos uma caminhada de uns vinte quilômetros através de antigas plantações de seringueira e de selva tropical, além de um rio a cruzar, mas, quando chegássemos à estrada de rodagem, estaríamos a apenas dez quilômetros de Brewerville e, dali, a somente vinte e cinco quilômetros de Monróvia, por uma estrada certamente ainda em mãos dos soldados de Taylor. Partiríamos na manhã seguinte, pouco depois que os soldados mandinga seguissem na direção contrária para encarar uma morte certa.
Naquela noite não dormi.
Primeiro conversei com Belano, depois conversei um momento com nosso guia, depois tornei a conversar com Arturo e com López Lobo. Isso deve ter sido entre as dez e as onze, e já então estava difícil se movimentar naquela casa envolta na mais completa escuridão, escuridão que só era rompida pela brasa dos cigarros que alguns fumavam para aplacar o medo e a insônia. Na porta aberta, vi as sombras dos soldados que montavam guarda de cócoras e que não se viraram quando me aproximei. Vi também as estrelas e a silhueta dos morros, e tornei a recordar minha infância. Deve ser porque associo minha infância ao campo. Depois voltei para o fundo da casa, tateando as prateleiras, mas não achei meu lugar. Devia ser meia-noite quando acendi um cigarro e me preparei para dormir. Sei que estava contente (ou acreditava estar contente) porque no dia seguinte empreenderíamos o retorno a Monróvia. Sei que estava contente porque me encontrava no meio de uma aventura e me sentia vivo. Pensei então em minha mulher e em minha casa, pensei em Belano, em como era bom tê-lo visto, na boa aparência que tinha, melhor que em Angola, quando queria morrer, e melhor que em Kigali, quando já não queria morrer mas também não podia sair daquele continente abandonado pela mão de Deus, e quando terminei aquele cigarro acendi outro, este sim o último, e para me dar ânimo até cantarolei baixinho, ou mentalmente, uma canção de Atahualpa Yupanqui, meu Deus, Atahualpa Yupanqui, e só então compreendi que estava nervosíssimo e que o que me fazia falta, se é que eu queria dormir, era conversar com alguém, então me le-

vantei, dei uns passos às cegas, primeiro um silêncio mortal (pensei, durante uma fração de segundo, que todos estávamos mortos, que a esperança que nos mantinha era simples ilusão, e tive o impulso de sair fugindo atropeladamente daquela casa fedida), depois ouvi o ruído dos roncos, os murmúrios apenas audíveis dos que ainda estavam acordados e conversavam na escuridão em língua gio ou mano, em língua mandinga ou krahn, em inglês, em espanhol.

Todas as línguas então me pareceram abomináveis.

Dizer isso agora, eu sei, é um despropósito. Todas as línguas, todos os murmúrios são apenas uma forma vicária de preservar por tempo incerto nossa identidade. Enfim, a verdade é que *não sei* por que me pareceram abomináveis, talvez por eu estar absurdamente perdido em alguma parte daqueles dois cômodos tão compridos, por estar perdido numa região que eu não conhecia, num país que eu não conhecia, num continente que eu não conhecia, num planeta comprido e estranho, ou talvez por saber que precisava dormir mas não podia. Tateei então em busca da parede, sentei no chão e abri os olhos desmedidamente, tentando enxergar alguma coisa, mas sem conseguir, depois me encolhi no chão, fechei os olhos e roguei a Deus (no qual não creio) que eu não ficasse doente, que no dia seguinte me esperava uma longa caminhada, depois adormeci.

Quando acordei, devia faltar pouco para as quatro da manhã.

A alguns metros de onde eu me encontrava, Belano e López Lobo conversavam. Vi o lume de seus cigarros, meu primeiro impulso foi me levantar e me aproximar deles para compartilhar a incerteza quanto ao que o dia seguinte nos traria, mesmo que de gatinhas ou de joelhos me somaria às duas sombras que entrevia atrás dos cigarros. Mas não fiz isso. Algo no tom da voz deles me impediu, algo na disposição das sombras, às vezes densas, acachapadas, belicosas, às vezes fracionadas, desintegradas, como se os corpos que as projetavam já houvessem desaparecido.

Assim, eu me contive, fingi que estava dormindo e escutei.

López Lobo e Belano conversaram até pouco antes do amanhecer. Transcrever o que disseram é de certo modo desvirtuar o que senti enquanto os ouvia.

Primeiro falaram dos nomes das pessoas e disseram coisas incompreensíveis, pareciam as vozes de dois conspiradores ou de dois gladiadores, falavam baixinho e concordavam em quase tudo, mas a voz que mais se destacava era a de Belano, e seus argumentos (que ouvi fragmentados, como se dentro daquela casa comprida uma corrente de som ou tabiques dispostos ao acaso me privassem da metade do que diziam) eram de natureza provocadora, cheia de arestas, imperdoável se chamar López Lobo, imperdoável se chamar Belano, coisas assim, mas pode ser que eu me engane e que o tema da conversa estivesse nos antípodas. Depois falaram de outras coisas: nomes de cidades, nomes de mulheres, títulos de livros. Belano disse: todos temos medo de naufragar. Depois ficou calado, e só então eu me dei conta de que López Lobo quase não tinha falado e que Belano tinha falado demais. Por um instante achei que iriam dormir, então me dispus a fazer o mesmo, pois me doíam todos os ossos, o dia tinha sido esgotante. Bem nesse momento tornei a ouvir suas vozes.

De início, não entendi nada, talvez porque eu tinha mudado de posição ou porque eles falavam mais baixo. Virei-me. Um deles fumava. Distingui a voz de Belano outra vez. Dizia que, quando havia chegado à África, *também* queria que o matassem. Relatou histórias de Angola e de Ruanda que eu já conhecia, que todos os que estamos aqui conhecemos mais ou menos. Então a voz de López Lobo o interrompeu. Perguntou-lhe (ouvi com toda clareza) por que queria morrer naquela época. A resposta de Belano eu não ouvi, mas intuí, o que carece de mérito, pois de certo modo já a conhecia. Tinha perdido alguma coisa e queria morrer, só isso. Depois ouvi uma risada de Belano e supus que ria do que havia perdido, de sua grande perda, dele mesmo e de outras coisas que não sei nem quero saber. López Lobo não riu. Acho que disse: pelo amor de Deus, ou fez algum outro comentário desse tipo. Depois ambos ficaram em silêncio.

Mais tarde, quanto mais tarde não posso precisar, ouvi a voz de López Lobo dizendo alguma coisa, talvez perguntasse as horas. Que horas são? Alguém se mexeu perto de mim. Alguém se agitou inquieto no meio do sono, e López Lobo pronunciou sons guturais, como se tornasse a perguntar que horas eram, mas desta vez, tenho certeza, perguntou outra coisa.

Belano disse são quatro da manhã. Nesse momento eu soube com resignação que não iria conseguir dormir. López Lobo começou então a falar, e sua fala, só muito de tanto em tanto interrompida por perguntas ininteligíveis de Belano, se prolongou até o amanhecer.

Disse que havia tido dois filhos e uma mulher, assim como Belano, como todos, uma casa e livros. Depois disse algo que não entendi. Talvez tenha falado de felicidade. Mencionou ruas, estações de metrô, números de telefone. Como se procurasse alguém. Depois silêncio. Alguém tossiu. López Lobo repetiu que tivera uma mulher e dois filhos. Uma vida satisfatória. Algo assim. Antifranquismo militante e uma juventude, nos 70, em que não faltara nem sexo nem amizade. Tinha se tornado fotógrafo quase por acaso. Não dava a mínima para sua fama, para seu prestígio ou para o que fosse. Tinha se casado apaixonado. Sua vida era o que costuma se chamar de vida feliz. Um dia, por acaso, descobriram que seu filho mais velho estava doente. Era um menino muito esperto, López Lobo disse. A doença do menino era grave, uma doença de origem tropical, e, evidentemente, López Lobo havia pensado que ele é que havia contagiado o menino. Mas, depois dos exames pertinentes, os médicos não encontraram nenhum indício da doença em seu sangue. Durante algum tempo, López Lobo havia procurado os possíveis transmissores da doença no reduzido entorno do menino, mas não tinha encontrado nada. Por fim López Lobo enlouquecera.

Sua mulher e ele então venderam a casa que tinham em Madri e foram morar nos Estados Unidos. Foram com o menino doente e o menino sadio. O hospital em que internaram o menino doente era caro, o tratamento demorado, e López Lobo precisara voltar a trabalhar, de modo que sua mulher ficara com os meninos e ele passara a fotografar por projetos. Estivera em muitos lugares, disse, mas sempre voltava a Nova York. Às vezes encontrava o garoto melhor, como se estivesse vencendo a parada contra a doença, outras vezes sua saúde estacionava ou decaía. Às vezes López Lobo ficava sentado numa cadeira do quarto do filho doente e sonhava com seus dois filhos: via seus rostos bem juntinhos, sorridentes e desamparados, então, sem saber por quê, sabia que era preciso que ele, López Lobo, deixasse de existir. Sua mulher havia alugado um apartamento na 81 Oeste, e o menino sadio estudava num colégio próximo. Um dia, enquanto esperava em Paris um visto para um país árabe, telefonaram para ele e disseram que a saúde do menino doente havia piorado. Deixou os trabalhos pendentes e tomou o primeiro vôo para Nova York. Quando chegou ao hospital, tudo lhe pareceu imerso numa espécie de normalidade monstruosa, e então soube que o fim havia chegado. Três dias depois o menino morreu. Cuidou pessoalmente dos trâmites da cremação, pois sua mulher estava arrasada. Até aqui a narrativa de López Lobo foi mais ou menos inteligível. O resto é uma sucessão de frases e de paisagens que procurarei ordenar.

No mesmo dia da morte do menino ou um dia depois, chegaram a Nova York os pais da mulher de López Lobo. Uma tarde tiveram uma discussão. Estavam no bar de um hotel na Broadway, perto da rua 81, todos juntos, os sogros, o filho menor e a mulher, e López Lobo começou a chorar e disse que amava seus dois filhos, que o culpado pela morte do filho mais velho era ele. Mas pode ser que não tenha dito nada nem tenha havido nenhuma discussão, e tudo só tenha acontecido na mente de López Lobo. Depois López Lobo encheu a cara, esqueceu as cinzas do filho num vagão do metrô de Nova York e voltou para Paris sem dizer nada a ninguém. Um mês depois soube que sua mulher tinha voltado para Madri e queria o divórcio. López Lobo assinou os documentos e pensou que tudo tinha sido um sonho.

Bem mais tarde ouvi a voz de Belano perguntar quando havia ocorrido "a desgraça". Parecia a voz de um camponês chileno. Faz dois meses, López Lobo respondeu. Belano perguntou o que aconteceu com o outro filho, o menino sadio. Mora com a mãe, López Lobo respondeu.

A essa altura eu já podia distinguir suas silhuetas recostadas na parede de madeira. Os dois estavam fumando e pareciam cansados, mas talvez esta última impressão se devesse ao meu próprio cansaço. López Lobo não falava mais, só Belano falava, como no começo e, coisa surpreendente, estava contando sua história, uma história sem pé nem cabeça, repetidamente, com a particularidade de que a cada repetição resumia a história um pouco mais, até que finalmente só dizia: quis morrer, mas compreendi que era melhor não. Só então me dei cabalmente conta de que López Lobo ia acompanhar os soldados no dia seguinte, e não os civis, e que Belano não o iria deixar morrer sozinho.

Creio que dormi.

Em todo caso, creio que dormi por alguns minutos. Quando acordei, a claridade do novo dia começava a filtrar dentro da casa. Ouvi roncos, suspiros, gente falando em sonhos. Depois vi os soldados que se preparavam para sair. Com eles vi López Lobo e Belano. Eu me levantei e disse a Belano que não fosse. Belano deu de ombros. A cara de López Lobo estava impassível. Sabe que agora vai morrer e está tranqüilo, pensei. Já a cara de Belano parecia a de um demente: em questão de segundos dava para ver nela um medo espantoso ou uma alegria feroz. Agarrei-o pelo braço e irrefletidamente saí com ele para dar uma volta.

Era uma lindíssima manhã, de uma leveza azul de arrepiar os cabelos. López Lobo e os soldados nos viram sair, e não disseram nada. Belano sorria. Lembro que andamos em direção ao nosso imprestável Chevy e que eu lhe disse várias vezes que o que ele pensava fazer era uma barbaridade. Ouvi a conversa de ontem à noite, confessei, e tudo me obriga a conjecturar que seu amigo está louco. Belano não me interrompeu: olhava para o mato e para os morros que circundavam Brownsville e de vez em quando assentia. Quando chegamos ao Chevy me lembrei dos franco-atiradores e tive um repentino início de pânico. Tudo me pareceu absurdo. Abri uma das portas e nos instalamos dentro do carro. Belano viu o sangue de Luigi grudado no tapete mas não disse nada, nem eu considerei oportuno lhe dar uma explicação naquela altura. Por um instante permanecemos ambos em silêncio. Eu estava com o rosto escondido nas mãos. Belano por fim me perguntou se eu tinha notado como os soldados eram moços. Todos são moços pra caramba, respondi, e se matam como se estivessem brincando. Não deixa de ser bonito, Belano disse olhando pela janela as matas colhidas entre a névoa e a luz. Perguntei por que ele iria acompanhar López Lobo. Para que ele não fique sozinho, respondeu. Isso eu já sabia, esperava outra resposta, algo que fosse decisivo, mas não lhe disse nada. Eu me senti muito triste. Quis dizer mais alguma coisa, e não encontrei palavras. Saímos do Chevy e voltamos à casa comprida. Belano pegou suas coisas e saiu com os soldados e o fotógrafo espanhol. Eu o acompanhei até a porta. Jean-Pierre ia ao meu lado e olhava para Belano sem entender patavina. Os soldados já começavam a se afastar e ali mesmo nos despedimos. Jean-Pierre lhe deu um aperto de mão e eu um abraço. López Lobo tinha se adiantado, e Jean-Pierre e eu compreendemos que não desejava se despedir da gente. Belano saiu correndo, como se no último instante acreditasse que a coluna iria embora sem ele, alcançou López Lobo, tive a impressão de que entabulavam uma conversa, até me pareceu que riam, como se partissem numa excursão, e assim atravessaram a clareira e depois se perderam na mata.

Quanto a nós, a viagem de volta a Monróvia transcorreu quase sem incidentes. Foi longa e ingrata, mas não cruzamos com soldados de nenhum bando. Chegamos a Brewerville ao cair da noite. Lá nos despedimos da maioria dos que tinham ido conosco, e na manhã seguinte a caminhonete de uma organização humanitária nos transladou a Monróvia. Jean-Pierre não levou mais de um dia para ir embora da Libéria. Eu ainda permaneci duas semanas. O cozinheiro, sua mulher e seu filho, dos quais fiquei amigo, ficaram instalados no Centro de Imprensa. A mulher trabalhava fazendo camas e varrendo chão, às vezes eu ia à janela do meu quarto e via o menino brincando com outros meninos ou com os soldados que guardavam o hotel. O motorista não tornei a ver, mas chegou a Monróvia vivo, o que de certa maneira é um consolo. É claro que, durante os dias que fiquei ali, tentei localizar Belano, averiguar o que havia acontecido na zona de Brownsville-Black Creek-Thomas Creek, mas não descobri nada. Segundo alguns, aquele território estava agora dominado pelos bandos armados de Kensey; segundo outros, uma coluna do general Lebon, creio que era esse seu nome, um general de dezenove anos, tinha conseguido restabelecer o poder de Taylor em todo território compreendido entre Kakata e Monróvia, o que incluía Brownsville e Black Creek. Mas nunca soube se era verdade ou não. Um dia assisti a uma conferência num lugar próximo da embaixada americana. A conferência era dada por um certo general Wellman, que à sua maneira tentava explicar a situação do país. Ao terminar, todo mundo pôde perguntar o que quis. Quando todos tinham ido embora, ou quando todos se cansaram de fazer perguntas que sabíamos de certo modo inúteis, perguntei pelo general Kensey, pelo general Lebon, pela situação na aldeia de Brownsville e de Black Creek, pelo que acontecera com o fotógrafo Emilio López Lobo, de nacionalidade espanhola, e pelo jornalista Arturo Belano, de nacionalidade chilena. O general Wellman olhou fixamente para mim antes de responder (mas ele fazia assim com todos, vai ver que tinha um problema de miopia e não sabia onde arranjar um par de óculos). Disse com economia de palavras que, segundo suas informações, o general Kensey tinha morrido havia uma semana. Tinha sido morto pelas tropas de Lebon. O general Lebon, por sua vez, também tinha morrido, desta vez em mãos de um bando de assaltantes, num dos bairros da zona leste de Monróvia. Sobre Black Creek disse: "Em Black Creek reina a calma". Literalmente. Do povoado de Brownsville, apesar de ter fingido o contrário, nunca tinha ouvido falar.

Dois dias depois fui embora da Libéria e nunca mais voltei.

26.

Ernesto García Grajales, Universidade de Pachuca, Pachuca, México, dezembro de 1996. Com toda humildade, senhor, direi que sou o único estudioso dos real-visceralistas do México e, poderia até dizer, do mundo. Se Deus quiser, vou publicar um livro sobre eles. O professor Reyes Arévalo me disse que talvez a editora de nossa universidade possa publicá-lo. Claro, o professor Reyes Arévalo nunca ouviu falar dos real-visceralistas e em seu íntimo preferiria uma monografia sobre os modernistas mexicanos ou uma edição anotada de Manuel Pérez Garabito, o poeta pachuquenho por excelência. Mas pouco a pouco minha obstinação o convenceu de que não é nada mau estudar certos aspectos de nossa poesia mais raivosamente moderna. Assim, de passagem, trazemos Pachuca para o limiar do século XXI. Sim, seria possível dizer que sou o principal estudioso, a fonte mais autorizada, mas isso não é mérito nenhum. Provavelmente sou o *único* a se interessar por esse tema. Quase ninguém mais se lembra deles. Muitos já morreram. De outros não se sabe nada, desapareceram. Mas alguns continuam ativos. Jacinto Requena, por exemplo, agora faz crítica de cinema e cuida do cineclube de Pachuca. Devo a ele meu interesse por esse grupo. María Font vive no DF. Não se casou. Escreve, mas não publica. Ernesto San Epifanio morreu. Xóchitl García trabalha em revistas e suplementos dominicais da imprensa da capital. Acho que não escreve mais poesia. Rafael Barrios desapareceu nos Estados Unidos. Não sei se está vivo ou morto. Angélica Font publicou faz pouco seu segundo livro de poesia, um volume de não mais de trinta páginas, o livro não é mau, uma edição muito elegante. Pele Divina morreu. Pancho Rodríguez morreu. Emma Méndez se suicidou. Moctezuma Rodríguez anda metido em política. Dizem que Felipe Müller continua em Barcelona, está casado e tem um filho, parece que é feliz, de vez em quando os amigos daqui publicam algum poema dele. Ulises Lima continua morando no DF. Nas férias passadas fui vê-lo. Um espetáculo. Confesso que no começo até me meteu um pouco de medo. O tempo todo que estive com ele me tratou de senhor professor. Mas, mano, disse a ele, sou mais moço que você, por que então não nos tratamos assim, de você? Como o senhor quiser, senhor professor, respondeu. Ah, Ulises. De Arturo Belano não sei nada. Não, Belano eu não conheci. Vários deles, aliás. Não conheci Müller nem Pancho Rodríguez nem Pele Divina. Também não conheci Rafael Barrios. Juan García Madero? Não, esse nome não me diz nada. Com certeza nunca pertenceu ao grupo. Homem, se digo que sou a maior autoridade no assunto, por alguma razão há de ser. Todos eram muito moços. Tenho as revistas deles, os panfletos, documentos inencontráveis hoje em dia. Havia um garoto de dezessete anos, mas não se chamava García Madero. Deixe ver... chamava-se Bustamante. Só publicou um poema numa revista xerocada que fizeram no DF, o primeiro número não teve mais de vinte exemplares, aliás só saiu esse primeiro número. E não era mexicano, mas chileno, como Belano e Müller, filho de exilados. Não, que eu saiba o tal Bustamante não escreve mais poesia. Mas pertenceu ao grupo. Os real-visceralistas do DF. Claro, porque já tinha existido outro grupo de real-visceralistas, lá pelos anos 20, os real-visceralistas do norte. Não sabia? Pois é. Desses sim é que não há muita documentação. Não, não foi uma coincidência. Foi antes uma homenagem. Um sinal. Uma resposta. Quem sabe. De qualquer modo, prefiro não me perder nesses labirintos. Eu me restrinjo ao tema tratado, e que o leitor e o estudioso tirem suas conclusões. Acho que meu livrinho vai ficar bom. No pior dos casos vou trazer a modernidade a Pachuca.

* * *

Amadeo Salvatierra, rua Venezuela, perto do Palácio da Inquisição, México, DF, janeiro de 1976. Todos a esqueceram, menos eu, rapazes, disse a eles, agora que estamos velhos e que já não temos remédio, talvez alguém se lembre dela, mas então todos a esqueceram e depois foram se esquecendo de si mesmos, que é o que acontece quando se esquecem os amigos. Menos eu. Ou é o que acho agora. Guardei sua revista e guardei a lembrança dela. Minha vida provavelmente dava para isso. Como tantos mexicanos, também abandonei a poesia. Como tantos milhares de mexicanos, também virei as costas para a poesia. Como tantos centenas de milhares de mexicanos, eu também, a certa altura, parei de escrever e de ler poesia. A partir de então minha vida correu pelos leitos mais cinzentos que se possa imaginar. Fiz de tudo, fiz o que pude. Um belo dia dei comigo escrevendo cartas, papéis incompreensíveis sob os pórticos da praça Santo Domingo. Era um trabalho como outro qualquer, pelo menos não pior do que muitos que eu tivera, mas não demorei a perceber que eu iria ficar nesse por muito tempo, amarrado à minha máquina de escrever, à minha caneta e às minhas folhas em branco. Não é um trabalho ruim. Às vezes até acho graça. Escrevo tanto cartas de amor como petições, requerimentos para a justiça, reclamações pecuniárias, súplicas que os desesperados enviam para os cárceres da República. E isso me dá tempo para bater papo com os colegas, escribas obstinados feito eu, uma espécie em extinção, ou para ler as últimas maravilhas de nossa literatura. A poesia mexicana não tem remédio: outro dia li que um poeta dos mais sofisticados acreditava que o Pênsil Florido* era um lápis de cor, e não um jardim ou um parque, um oásis mesmo, cheio de flores. *Pênsil* também quer dizer pendente, pendurado, suspenso. Vocês sabiam, rapazes, eu lhes perguntei, sabiam ou dei mancada? Os rapazes se entreolharam e responderam que sim, mas com uma cara que também poderia significar não. De Cesárea não tive nenhuma notícia. Um dia, num restaurante, fiz amizade com um velho de Sonora. O velho conhecia muito bem Hermosillo, Cananea e Nogales, e lhe perguntei se alguma vez tinha ouvido falar de Cesárea Tina-

---

* *Pensil* (jardim pênsil) *florido*: palavras de um célebre soneto de José de Espronceda (1808-42). (N. T.)

jero. Disse que não. Não sei o que deveria ter lhe dito, o caso é que o velho acreditou que eu estava falando de minha mulher, de minha irmã ou de minha filha. Quando me respondeu assim, pensei que na realidade somente eu a tinha conhecido. Creio que a partir de então comecei a esquecê-la. E agora vocês me dizem, rapazes, que Maples Arce lhes falou de Cesárea. Ou List, ou Arqueles, pouco importa. Quem lhes deu meu endereço?, perguntei. List, Arqueles ou Manuel, pouco importa. Os rapazes olharam para mim, ou talvez não tenham olhado, estava amanhecendo já havia um bom tempo, os ruídos da rua Venezuela entravam em vagas na minha casa, e naquele momento vi que um dos rapazes tinha dormido sentado no sofá, mas com as costas bem retas, como se estivesse acordado, e o outro folheava a revista de Cesárea, mas também parecia adormecido. Então eu lhes disse, rapazes, parece que já é dia, parece que já amanheceu. O que estava dormindo abriu a boca e disse sim, Amadeo. O que estava acordado, ao contrário, não me deu bola, continuou folheando a revista, continuou com um meio sorriso nos lábios, como se estivesse sonhando com uma moça inalcançável, enquanto seus olhos percorriam o único poema de Cesárea Tinajero no México. De repente, com a mente alterada pelo cansaço e pelo álcool, eu pensei que o que tinha falado era o que estava acordado. Perguntei-lhe: você é ventríloquo, filho? E o que estava dormindo respondeu eu não, Amadeo, ou talvez tenha dito eu, hem, Amadeo, ou talvez que nada, ou que é isso, ou que história é essa, ou talvez tenha dito tá doido, ou qual é, ou o quê, ou talvez tenha dito apenas não. O que estava acordado olhou para mim, agarrando a revista firme na mão como se fossem tomá-la, depois parou de me olhar e continuou a leitura, como se houvesse alguma coisa a ler, pensei, na maldita revista de Cesárea Tinajero. Baixei os olhos e assenti. Não se diminua, Amadeo, disse um deles. Não quis nem olhar para eles. Mas olhei. E vi dois rapazes, um acordado, o outro dormindo, e o que estava dormindo disse não se preocupe, Amadeo, vamos encontrar Cesárea para você, nem que tenhamos de levantar todas as pedras do norte. Abri os olhos o mais que pude, examinei-os bem e disse: eu não me preocupo, rapazes, não se incomodem por minha causa. O que estava dormindo disse: não é incômodo nenhum, Amadeo, é um prazer. Eu insisti: se for por mim, não precisa. O que estava dormindo riu ou fez um ruído com a garganta, que poderia ser tomado por riso, pigarreou, ou ronronou, ou vai ver que teve um engasgo, e disse: não é por você, Amadeo, é pelo México, pela América Latina, pelo Terceiro Mundo, por nossas namoradas, porque temos vontade de fazer. Estavam caçoando? Não estavam caçoando? Então o que estava dormindo respirou de uma maneira esquisitíssima, como se respirasse pelos ossos, e disse: vamos encontrar Cesárea Tinajero, e também vamos encontrar as Obras Completas de Cesárea Tinajero. Para dizer a verdade, senti então um calafrio, fitei o que estava acordado, que continuava estudando o único poema de Cesárea Tinajero que havia no mundo, e disse a ele: acho que seu amigo está tendo um treco. O que lia ergueu os olhos e me encarou, como se eu estivesse atrás de uma janela ou como se ele é que estivesse do outro lado de uma janela, e replicou: calma, não está tendo nada. Que moleques mais psicóticos! Como se falar dormindo não fosse nada! Como se fazer promessas em sonhos não fosse nada! Olhei então as paredes de minha sala, meus livros, minhas fotos, as manchas do teto, depois olhei para eles e os vi como se estivessem do outro lado de uma janela, um de olhos abertos, o outro de olhos fechados, mas os dois olhando... olhando para fora?, olhando para dentro?, não sei, só sei que o rosto deles havia empalidecido como se estivessem no pólo Norte, eu lhes disse isso, e o que estava dormindo respirou ruidosamente e disse: é muito mais como se o pólo Norte houvesse descido sobre o DF, Amadeo, foi o que ele disse, e eu perguntei: estão com frio, rapazes?, uma pergunta retórica, ou uma pergunta prática, porque, se afirmativa a resposta, eu estava decidido a fazer imediatamente um café para eles, mas o caso é que no fundo era uma pergunta retórica, se estivessem com frio teria bastado se afastarem da janela aberta, então falei: rapazes, vale a pena?, vale a pena?, vale mesmo a pena?, e o que estava dormindo respondeu *simonel*. Então me levantei (todos os meus ossos estalaram), fui até a janela que fica junto da mesa da sala de jantar e a abri, fui até a janela da sala propriamente dita e a abri, depois me arrastei até o interruptor e apaguei a luz.

III. OS DESERTOS DE SONORA (1976)

1º *de janeiro*
Hoje percebo que o que escrevi ontem na verdade escrevi hoje: tudo que correspondia a 31 de dezembro escrevi no dia 1º de janeiro, isto é, hoje, e o que escrevi dia 30 de dezembro é o que escrevi dia 31, isto é, ontem. Na realidade, o que estou escrevendo hoje escrevo amanhã, que para mim será hoje e ontem, e também de certo modo amanhã: um dia invisível. Mas sem exagerar.

2 *de janeiro*
Saímos do DF. Para divertir meus amigos, fiz a eles algumas perguntas delicadas, que também são problemas, enigmas (principalmente sobre o México literário) e até adivinhas. Comecei com uma fácil: o que é o verso livre? Minhas voz ecoou dentro do carro como se eu houvesse falado num microfone.

— O que não tem uma quantidade fixa de palavras — Belano disse.
— Que mais?
— O que não rima — Lima disse.
— Que mais?
— O que não tem uma colocação precisa dos acentos — Lima insistiu.

— Muito bem. Agora uma mais difícil. O que é um tetrástico?
— O quê? — Lupe indagou, ao meu lado.
— Um sistema métrico de quatro versos — Belano disse.
— E uma síncope?
— Ai, caralho — Lima disse.
— Não sei — Belano disse. — Algo sincopado?
— Frio, frio. Entregam os pontos?

Lima fixou a vista no espelho retrovisor. Belano me fitou por um segundo, depois olhou para o que havia atrás de mim. Lupe também olhou para trás. Preferi não fazê-lo.

— Uma síncope — expliquei — é a supressão de um ou vários fonemas no interior de uma palavra. Exemplo: lar por lugar. Bem. Prossigamos. Agora uma fácil. O que é uma sextina?

— Uma estrofe de seis versos — Lima disse.
— Que mais?

Lima e Belano disseram algo que não entendi. Suas vozes pareciam flutuar no interior do Impala. Tem mais, eu disse. E expliquei. Depois perguntei se sabiam o que era um glicônico (verso da métrica clássica que pode ser definido como uma tetrapodia logaédica cataléctica *in syllabam*) e um hemíepes (na métrica grega, é o primeiro membro o hexâmetro datílico) ou um fonossimbolismo (significação autônoma que podem assumir os elementos fônicos de uma palavra ou verso). Belano e Lima não souberam responder a nenhuma pergunta, para não falar de Lupe. Perguntei-lhes então se sabiam o que era uma epanortose, que é uma figura lógica que consiste em voltar sobre o que já se disse para matizar o afirmado, para atenuar ou até para contradizer, perguntei também se sabiam o que era um pitiâmbico (não sabiam), um mimiambo (não sabiam), um homeoteleuto (não sabiam), uma paragoge (isto sabiam), e além do mais achavam que todos os poetas mexicanos e que a maioria dos latino-americanos eram paragógicos, então eu lhes perguntei se sabiam o que era um hápax ou hápax legómenon, e como não sabiam eu disse o que era. O hápax era um tecnicismo empregado em lexicografia ou em trabalhos de crítica textual para indicar um vocábulo registrado uma só vez numa língua, num autor ou num texto. Isso nos deu o que pensar por um bom tempo.

— Pergunte agora uma mais fácil — Belano pediu.
— Está bem. O que é um zejel?
— Caralho, não sei, como sou ignorante — Belano disse.
— E você, Ulises?
— Parece árabe.
— E você Lupe?

Lupe olhou para mim, e não disse nada. Tive um frouxo de riso, acho que por causa dos nervos à flor da pele, mas mesmo assim expliquei o que era um zejel. Quando parei de rir, disse a Lupe que não estava rindo dela nem de sua incultura (ou rusticidade), mas de todos nós.

— Vamos lá, o que é um satúrnio?
— Não tenho a menor idéia — Belano disse.
— Um satúrnio? — Lupe disse.
— E um quiasmo? — perguntei.
— Um o quê? — Lupe disse.

Sem fechar os olhos e ao mesmo tempo que os via, vi o carro que voava como uma flecha pelas avenidas de saída do DF. Senti que flutuávamos.

— O que é um satúrnio? — Lima perguntou.
— Fácil. Na poesia latina arcaica, um verso de interpretação duvidosa. Alguns crêem que tem natureza quantitativa, outros acentual. Se se admite a primeira hipótese, o satúrnio pode ser analisado como um dímetro iâmbico e um itifálico, embora apresente outras variantes. Se se aceita a acentual, é possível dizer que ele é formado por dois hemistíquios, o primeiro com três acentos tônicos, o segundo com dois.

— Que poetas usaram o satúrnio? — Belano perguntou.
— Lívio Andrônico e Névio. Poesia religiosa e comemorativa.
— Você sabe muito — Lupe disse.
— Sabe mesmo — Belano disse.

Voltei a ter um frouxo de riso. O riso foi expelido do carro de forma instantânea. Órfão, pensei.

— É só uma questão de memória. Memorizo as definições, e pronto.
— Você não disse o que é um quiasmo — Lima disse.
— Um quiasmo, um quiasmo, um quiasmo... Bem, um quiasmo consiste em apresentar em ordem inversa os membros de duas seqüências.

Era de noite. A noite de 1º de janeiro. A madrugada de 1º de janeiro. Olhei para trás e me pareceu que ninguém nos seguia.

— Vamos ver esta — falei. — O que é um proceleusmático?

— Essa você inventou, García Madero — Belano disse.

— Não senhor. É um pé da métrica clássica que consta de quatro sílabas breves. Não tem ritmo determinado, portanto pode ser considerado uma simples figura métrica. E um molosso?

— Esta sim você acaba de inventar — Belano disse.

— Não senhor, juro. Um molosso, na métrica clássica, é um pé formado por três sílabas longas em seis tempos. O icto tende a cair na primeira e na terceira sílaba, ou só na segunda. Precisa combinar com outros pés para formar o metro.

— O que é um icto? — Belano perguntou.

Lima abriu a boca e logo tornou a fechá-la.

— Um icto — expliquei — é a pulsação, o compasso temporal. Agora eu deveria lhes falar da ársis, que na métrica romana é o tempo forte do pé, isto é, a sílaba sobre a qual recai o icto, mas é melhor continuarmos com as perguntas. Aqui vai uma fácil, ao alcance de qualquer um. O que é um bissílabo?

— Um verso de duas sílabas — Belano respondeu.

— Muito bem, já era hora — falei. — De duas sílabas. Muito raro e, além disso, o mais curto possível na métrica espanhola. Aparece quase sempre ligado a versos mais longos. Agora uma difícil. O que é asclepiadeu?

— Não faço a menor idéia — Belano disse.

— Asclepiadeu? — Lima disse.

— Vem de Asclepíades de Samos, que foi quem mais o usou, mas Safo e Alceu também o empregaram. Há duas formas: o asclepiadeu menor tem doze sílabas distribuídas em dois cola (membros) eólicos, o primeiro formado por um espondeu, um dátilo e uma sílaba longa, o segundo por um dátilo e por uma diplodia trocaica cataléctica. O asclepiadeu maior é um verso de dezesseis sílabas pela inserção entre os dois cola eólicos de uma diplodia datílica cataléctica *in syllabam*.

Começamos a sair do DF. Íamos a mais de cento e vinte por hora.

— O que é uma epanalepse?

— Sei lá — ouvi meus amigos dizerem.

O carro passou por avenidas escuras, bairros sem luz, ruas em que só havia crianças e mulheres. Depois voamos por bairros onde ainda celebravam o fim do ano. Belano e Lima olhavam para a frente, para a estrada. Lupe estava com a cabeça grudada no vidro da janela. Achei que estava dormindo.

— E o que é uma epanadiplose? — Ninguém respondeu. — É uma figura sintática que consiste na repetição de uma palavra no começo e no fim de uma frase, de um verso ou de uma série de versos. Um exemplo: "Verde que te quero verde", de García Lorca.

Fiquei um instante calado, olhando pela janela. Tive a impressão de que Lima havia se perdido, mas pelo menos ninguém nos seguia.

— Continue — Belano disse —, alguma vamos saber.

— O que é uma catacrese? — perguntei.

— Essa eu sabia, mas esqueci — Lima disse.

— É uma metáfora que entrou no uso normal e cotidiano da linguagem e que já não é percebida como tal. Exemplos: olho de agulha, pescoço da garrafa. E um arquilóquio?

— Esta eu sei — Belano exclamou. — É a forma métrica que Arquíloco usava, com certeza.

— Grande poeta — Lima comentou.

— Mas em que consiste? — insisti.

— Não sei, posso recitar de memória um poema de Arquíloco, mas não sei em que consiste um arquilóquio — Belano disse.

Expliquei-lhes, portanto, que um arquilóquio era uma estrofe de dois versos (dístico) que poderia apresentar várias estruturas. A primeira era formada por um hexâmetro datílico seguido de um trímetro cataléctico *in syllabam*. A segunda... Mas então comecei a cair no sono e me ouvi falar ou escutei minha voz ecoando no interior do Impala dizendo coisas como dímetro iâmbico ou tetrâmetro datílico ou dímetro trocaico cataléctico. Então ouvi Belano recitar:

Coração, coração, se te turvam pesares
invencíveis, coragem!, resiste em vez disso
oferecendo o peito de frente e ao ardil
do inimigo opõe-te com firmeza. E, se saíres
vencedor, dissimula, coração, não te ufanes,
nem, se saíres vencido, te envileças chorando em casa.

Abri os olhos com grande esforço, e Lima perguntou se aqueles versos eram de Arquíloco. Belano disse que sim, e Lima comentou que grande poeta ou que puta poeta. Depois Belano se virou e explicou a Lupe (como se interessasse a ela) quem havia sido Arquíloco de Paros, poeta e mercenário que vivera na Grécia por volta de 650 antes de Cristo, e Lupe não disse nada, o que me pareceu um comentário muito apropriado. Depois fiquei meio adormecido, com a cabeça encostada na janela, e ouvi que Belano e Lima falavam de um poeta que escapava do campo de batalha, sem ligar para a vergonha e a desonra que tal ato acarretava, ao contrário, vangloriando-se dele. Então comecei a sonhar com um sujeito que atravessava um campo de ossos, o sujeito em questão não tinha rosto, em todo caso eu não podia ver o rosto dele porque o observava de longe. Eu estava ao pé de uma colina, e mal havia ar nesse vale. O sujeito estava nu, de cabelos compridos, no início pensei que se tratava de Arquíloco, mas na realidade poderia ser qualquer um. Quando abri os olhos, ainda era noite cerrada e já tínhamos saído do DF.

— Onde estamos? — perguntei.

— Na estrada de Querétaro — Lima disse.

Lupe também estava acordada e, com olhos que pareciam insetos, olhava a paisagem escura do campo.

— Está vendo o quê? — perguntei.

— O carro de Alberto — ela respondeu.

— Não tem ninguém nos seguindo — Belano disse.

— Alberto é como um cachorro. Conhece meu cheiro e vai me encontrar — Lupe disse.

Belano e Lima acharam graça.

— Como vão encontrar você, se desde que saímos do DF não rodei a menos de cento e cinqüenta? — Lima disse.

— Antes que amanheça — Lupe falou.

— Vamos lá — eu disse —, o que é uma alba?

Nem Belano nem Lima abriram a boca. Supus que estavam pensando em Alberto, por isso também pensei nele. Lupe riu. Seus olhos de inseto me procuraram:

— Agora é sua vez, sabe-tudo: o que é um *prix*?

— Um fino de marijuana — Belano respondeu sem se virar.

— E o que é um *carranza*?

— Um velho — Belano respondeu.
— E *lurias*?
— Essa eu respondo — eu disse, pois todas as perguntas na realidade eram dirigidas a mim.
— E então? — Belano disse.
— Não sei — respondi, depois de pensar um instante.
— E você? Sabe? — Lima perguntou.
— Não — Belano respondeu.
— Doido — Lima disse.
— Isso mesmo, louco. E *jincho*?
Nenhum de nós três sabia.
— É muito fácil. *Jincho* é índio — Lupe disse rindo. — E o que significa grandiosa?
— A prisão — Lima disse.
— E quem é Javier?
Um comboio de cinco caminhões de transporte passou pela pista da esquerda em direção ao DF. Cada caminhão parecia um braço queimado. Por um instante só se ouviu o barulho dos caminhões, e o cheiro de carne queimada. Depois a estrada sumiu outra vez na escuridão.
— Quem é Javier? — Belano disse.
— A polícia — Lupe respondeu. — E *macha chaca*?
— Marijuana — Belano respondeu.
— Esta é para García Madero — Lupe disse. — O que é um *guacho de orégano*?
Belano e Lima se entreolharam e sorriram. Os olhos de inseto de Lupe não olhavam para mim, mas para as trevas que se estendiam ameaçadoras pela janela de trás. Ao longe vi os faróis de um carro, depois os de outro.
— Não sei — respondi, enquanto imaginava o rosto de Alberto: um nariz gigantesco que vinha atrás de nós.
— Um relógio de ouro — Lupe disse.
— E um *carcamán*? — perguntei.
— Um carro, ora — Lupe respondeu.
Fechei os olhos: não queria ver os olhos de Lupe e encostei a cabeça na janela. Vi nos meus sonhos o *carcamán* preto, que não parava, onde viajava o nariz de Alberto e um ou dois policiais de férias dispostos a nos arrebentar.

— O que é um *rufo*? — Lupe perguntou.

Não falamos nada.

— Um carro — Lupe disse e riu.

— Quero ver se você me responde esta, Lupe: o que é *o manicure*? — Belano perguntou.

— Fácil. O hospício — Lupe respondeu.

Por um momento me pareceu impossível eu ter feito amor com aquela mulher.

— E o que quer dizer *dar cuello*? — Lupe perguntou.

— Não sei, desisto — Belano respondeu sem olhar para ela.

— A mesma coisa que *dar caña* — Lupe disse —, só que é diferente. Quando *dão cuello* em alguém, matam a pessoa; quando *dão caña* podem matá-la, mas também podem enrabar a pessoa. — Sua voz soou tão sinistra quanto se houvesse dito antibaquio ou palimbáquio.

— E o que é *dar labiada*, Lupe? — Lima perguntou.

Pensei em alguma coisa sexual, no sexo de Lupe que eu só havia tocado mas não havia visto, pensei no sexo de María e no sexo de Rosario. Creio que íamos a mais de cento e oitenta por hora.

— Ora, é dar uma oportunidade — Lupe respondeu e olhou para mim como se adivinhasse meus pensamentos. — O que você estava pensando que era, García Madero? — ela disse.

— O que significa *empalme*? — Belano perguntou.

— Uma coisa divertida, mas que tem utilidade — Lupe respondeu, implacável.

— E um cara *giratório*?

— Um cara que puxa fumo, ora — Lupe respondeu.

— E um *coprero*?

— Um cara que transa cocaína — Lupe disse.

— E dar uma *pira*? — Belano perguntou.

Lupe olhou para ele, depois para mim. Senti os insetos pularem de seus olhos e pousarem em meu colo, um em cada perna. Um Impala branco, idêntico ao nosso, passou como uma exalação na direção do DF. Quando desapareceu pela janela de trás, tocou a buzina várias vezes, desejando-nos boa sorte.

— Dar uma *pira*? — Lima repetiu. — Não sei.

— Quando vários homens abusam de uma mulher — Lupe explicou.

— Um estupro múltiplo, sim senhor, você sabe todas, Lupe — Belano disse.

— E você sabe o que quer dizer você entrou na rifa? — Lupe perguntou.

— Claro que sei — Belano disse. — Quer dizer que você já está metido numa encrenca, que está nela quer queira, quer não. Também pode ser entendido como uma ameaça velada.

— Ou nem tão velada assim — Lupe disse.

— E o que você acha? — Belano quis saber. — Entramos numa rifa ou não?

— Tiramos todos os números, cara — Lupe respondeu.

Os faróis dos carros que nos seguiam desapareceram de repente. Tive a impressão de que éramos os únicos que perambulavam àquela hora pelas estradas do México. Mas, passados alguns minutos, tornei a vê-los ao longe. Eram dois carros, e a distância que nos separava parecia ter diminuído. Olhei para a frente, no pára-brisa havia uma porção de insetos esmagados. Lima dirigia com as duas mãos no volante, e o carro trepidava como se houvéssemos entrado numa estrada não asfaltada.

— O que é um epicédio? — perguntei.

Ninguém respondeu.

Permanecemos um instante em silêncio, enquanto o Impala abria caminho na escuridão.

— Diga o que é um epicédio — Belano disse sem se virar.

— É uma composição que se recita diante de um cadáver — falei. — Não confundam com treno. O epicédio tinha forma coral dialogada. O metro usado era o dátilo epitrito e, mais tarde, o verso elegíaco.

Sem comentários.

— Pô, que bonita é esta estrada — Belano disse passado um instante.

— Faça mais perguntas — Lima pediu. — Como você definiria um treno, García Madero?

— É a mesma coisa que um epicédio, só que não se recitava na frente de um cadáver.

— Mais perguntas — Belano disse.

— O que é uma alcaica? — perguntei.

Minha voz soou estranha, como se não fosse eu quem falasse.

— Uma estrofe formada por quatro versos alcaicos — Lima respondeu —, dois hendecassílabos, um eneassílabo e um decassílabo. Foi empregado pelo poeta grego Alceu, daí seu nome.

— Não são dois hendecassílabos — eu disse. — São dois decassílabos, um eneassílabo e um decassílabo trocaico.

— Pode ser — Lima disse. — Mas no fim das contas tanto faz.

Vi que Belano acendia um cigarro com o acendedor do carro.

— Quem introduziu a estrofe alcaica na poesia latina? — perguntou.

— Pô, cara, esta todo mundo sabe — Lima disse. — Você sabe, Arturo?

Belano estava com o acendedor na mão, ele o olhava fixamente, apesar de seu cigarro já estar aceso.

— Claro — respondeu.

— Quem? — perguntei.

— Horácio — Belano disse, enfiou o acendedor de volta no buraco e baixou a janela. Com o ar que entrou, Lupe e eu ficamos despenteados.

3 *de janeiro*

Tomamos o café-da-manhã num posto de gasolina nos arredores de Culiacán, *huevos rancheros*,* ovos fritos com presunto, ovos com bacon e ovos quentes. Tomamos duas xícaras de café cada um, Lupe tomou um copo grande de suco de laranja. Pedimos quatro sanduíches de presunto com queijo para viagem. Depois Lupe foi ao banheiro feminino, Belano, Lima e eu fomos ao banheiro masculino, para lavar o rosto, as mãos e o pescoço, e fazer nossas necessidades. Quando saímos, o céu era de um azul profundo, como poucas vezes vi, e os carros que subiam rumo ao norte não eram poucos. Lupe não estava em lugar nenhum, então, depois de esperar por um tempo que nos pareceu razoável, fomos procurá-la no banheiro das mulheres. Nós a encontramos escovando os dentes. Lupe nos fitou, e saímos sem dizer nada. Perto de Lupe, debruçada na outra pia, havia uma mulher de uns cinqüenta anos, penteando diante do espelho uma cabeleira negra que chegava até a cintura.

* Ovos estalados, com tomate, cebola, alho, chile e pimenta, servidos sobre tortilhas. (N.T.)

Belano disse que precisávamos nos aproximar de Culiacán para comprar escovas de dentes. Lima deu de ombros e disse que para ele tanto fazia. Opinei que não tínhamos tempo a perder, se bem que, na realidade, tempo era a única coisa que nos sobrava. No fim, prevaleceu a decisão de Belano. Compramos as escovas de dentes e outros utensílios de higiene pessoal que nos faltavam num supermercado nos arredores de Culiacán, demos meia-volta sem entrar na cidade e partimos.

4 de janeiro
Passamos como fantasmas por Navojoa, Ciudad Obregón e Hermosillo. Estávamos em Sonora, mas já desde Sinaloa eu tinha a impressão de estar em Sonora. Dos lados da estrada, às vezes víamos se erguer uma pitaia, nopais e urumbebas no meio da reverberação do meio-dia. Na biblioteca municipal de Hermosillo, Belano, Lima e eu procuramos vestígios de Cesárea Tinajero. Não achamos nada. Quando voltamos ao carro, encontramos Lupe dormindo no banco de trás, e dois homens de pé na calçada, imóveis, que a contemplavam. Belano achou que poderiam ser Alberto e um de seus amigos, e nos separamos para abordá-los. Lupe estava com o vestido levantado até as cadeiras, e os homens, com a mão no bolso, estavam se masturbando. Sumam daqui, Arturo disse, e os dois caras se afastaram, virando para nos espiar enquanto retrocediam. Estivemos depois em Caborca. Se a revista de Cesárea se chamava assim, alguma razão deveria haver, Belano disse. Caborca é um pequeno povoado, a noroeste de Hermosillo. Para chegar lá tomamos a estrada federal até Santa Ana, e de Santa Ana desviamos para oeste por uma estrada pavimentada. Passamos por Pueblo Nuevo e Altar. Antes de chegar a Caborca, vimos um desvio e uma placa com o nome de outro povoado: Pitiquito. Mas fomos em frente e chegamos a Caborca. Estivemos na prefeitura e na igreja, falando com todo mundo, procurando em vão alguém que pudesse nos dar notícia de Cesárea Tinajero, até que a noite começou a cair e entramos de novo no carro, porque Caborca não tinha nem sequer uma pensão ou um hotelzinho onde pudéssemos nos hospedar (se tinha, não encontramos). Naquela noite, dormimos no carro e, quando acordamos, voltamos a Caborca, enchemos o tanque e fomos para Pitiquito. Tenho um pressentimento, Belano disse. Em Pitiquito comemos muito bem e fomos ver a igreja de são Diego del Pitiquito, por fora, porque Lupe disse que não queria entrar, e nós também não estávamos muito a fim.

5 de janeiro

Vamos para o noroeste, por uma boa estrada, até Cananea, depois para o sul, por uma estrada de terra, até Bacanuchi, depois até 16 de Septiembre e até Arizpe. Não acompanho Belano e Lima quando descem para fazer perguntas. Fico no carro com Lupe ou vamos tomar uma cerveja. Em Arizpe, a estrada torna a melhorar e descemos a Banámichi e Huépac. De Huépac voltamos a subir até Banámichi, desta vez sem parar, e outra vez a Arizpe, de onde saímos em direção ao leste, por um caminho infernal, até Los Hoyos, e de Los Hoyos, por uma estrada bem melhor, até Nacozari de García.

Na saída de Nacozari, um patrulheiro nos pára e pede os documentos do carro. O senhor é de Nacozari, seu guarda?, Lupe lhe pergunta. O patrulheiro a encara e responde que não, ora essa, é de Hermosillo. Belano e Lima riem. Descem para esticar as pernas. Lupe também desce e troca umas palavras ao ouvido com Arturo. O outro patrulheiro também desce do carro e se aproxima para parlamentar com o colega, ocupado em decifrar os documentos do carro de Quim e a carteira de motorista de Lima. Os dois patrulheiros espiam Lupe, que se afasta da estrada alguns metros, por uma paisagem rochosa e amarela, onde de tanto em tanto sobressaem manchas mais escuras, plantas minúsculas de uma cor marrom verde lilás, que chega a embrulhar o estômago. Um marrom, um verde e um lilás permanentemente expostos a um eclipse.

E vocês, de onde são?, pergunta o segundo patrulheiro. Do DF, ouço Belano responder. *Mexiquilhos?*, o patrulheiro pergunta. Mais ou menos, Belano responde com um sorriso que me assusta. Mas que babaca!, penso, mas não penso no policial, e sim em Belano, também em Lima, que se encosta no capô e olha para um ponto no horizonte, entre as nuvens e os quebrachos.

O policial enfim nos devolve os papéis, e Lima e Belano perguntam o caminho mais curto para chegar a Santa Teresa. O segundo patrulheiro volta para o seu carro e pega um mapa. Ao partirmos, os patrulheiros nos dizem adeus com as mãos levantadas. A estrada pavimentada logo volta a ser uma estrada de terra. Não passam carros, só de vez em quando uma camionete carregada de sacos ou de homens. Passamos por povoados chamados Aribabi, Huachinera, Bacerac e Bavispe, antes de percebermos que estávamos perdidos. Pouco antes do anoitecer, avistamos de repente um povoado, que talvez seja Villaviciosa, talvez não, mas já não temos ânimo para procurar o caminho de acesso. Pela primeira vez vejo Belano e Lima nervosos. Lupe é imune à visão do povoado. Quanto a mim, não sei o que pensar, pode ser que sinta coisas estranhas, pode ser que só tenha vontade de dormir, pode ser até que esteja sonhando. Depois tornamos a enveredar por uma estrada em péssimo estado, que parece interminável. Belano e Lima me pedem que faça perguntas difíceis. Suponho que se refiram a perguntas de métrica, retórica e estilística. Faço uma, depois adormeço. Lupe também está dormindo. Enquanto adormeço, ouço Belano e Lima conversarem. Falam do DF, falam de Laura Damián e de Laura Jáuregui, falam de um poeta que até então eu nunca tinha ouvido mencionarem, e riem, parece simpático esse poeta, parece uma boa pessoa, falam de gente que publica revistas e que, pelo que dizem, depreendo que são pessoas ingênuas, ou simples, ou puramente desesperadas. Gosto de ouvi-los conversar. Belano fala mais que Lima, mas os dois riem bastante. Também falam do Impala de Quim. Às vezes, quando os buracos da estrada são muito numerosos, o carro dá uns pulos que Belano não acha normais. O que não parece normal a Lima é o barulho do motor. Antes de adormecer profundamente, percebo que nenhum dos dois entende nada de automóveis. Quando acordo, estamos em Santa Teresa. Belano e Lima estão fumando, e o Impala circula pelas ruas do centro da cidade.

Ficamos num hotel, o hotel Juárez, na rua Juárez, Lupe num quarto, e nós três em outro. A única janela de nosso quarto dá para um beco. No extremo do beco que dá para a rua Juárez, reúnem-se sombras que parlamentam em voz baixa, mas de vez em quando alguém profere um insulto ou desanda a gritar sem mais nem menos, e inclusive, depois de um período de observação prolongado, uma das sombras é capaz de levantar um braço e apontar para a janela do hotel Juárez, de onde observo. No outro extremo se acumula o lixo, e a escuridão, se é possível, é maior ainda, mas entre os edifícios se destaca um, levemente mais iluminado, a fachada de trás do hotel Santa Elena, com uma porta diminuta que ninguém usa, salvo um empregado da cozinha que sai uma vez com uma lata de lixo e que, ao voltar, pára junto da porta e espicha o pescoço para observar o movimento da rua Juárez.

6 de janeiro
Belano e Lima estiveram a manhã inteira no Registro Municipal, na re-

partição do censo, em algumas igrejas, na biblioteca de Santa Teresa, nos arquivos da universidade e do único jornal, *El Centinela de Santa Teresa*. Nós nos reunimos para almoçar na praça principal, ao lado de uma curiosa estátua que comemora o triunfo dos moradores sobre os franceses. De tarde, Belano e Lima retomam suas investigações, conseguiram um encontro, dizem, com o número um da Faculdade de Filosofia e Letras, um cara chamado Horacio Guerra, que é, surpresa, o duplo exato, mas em tamanho menor, de Octavio Paz, até no nome, note bem, García Madero, Belano disse, o poeta Horácio não viveu na época de Otávio Augusto César? Eu disse que não sabia disso. Deixe-me pensar, acrescentei. Mas eles não tinham tempo sobrando e começaram a falar de outras coisas, e, quando se foram, tornei a ficar a sós com Lupe, então pensei em convidá-la para ir ao cinema, mas, como eles é que estavam com o dinheiro e eu tinha esquecido de lhes pedir, não pude convidar Lupe, como era minha intenção, e tivemos que nos conformar com passear por Santa Teresa, olhar as vitrines das lojas do centro, depois voltar ao hotel e ver televisão numa sala ao lado da recepção. Encontramos ali duas velhinhas, que, depois de nos espiar por um bom tempo, perguntaram a nós se éramos marido e mulher. Lupe disse que sim. Não tive remédio senão imitá-la. Mas aquele tempo todo andei pensando no que Belano e Lima tinham me perguntado, se Horácio vivera na época de Otávio, eu tinha a impressão de que sim, em princípio eu teria dito que sim, mas também tinha a impressão de que Horácio não era lá grande partidário de Otávio, e Lupe conversava com as velhinhas, umas velhinhas um bocado fofoqueiras, para dizer a verdade, e não sei por que continuava pensando em Otávio e Horácio, escutando com o ouvido esquerdo a novela que passava na tevê, e com o direito o papo de Lupe com as velhinhas, e de repente minha memória fez *plof*, como uma parede bamba vindo abaixo, e vi Horácio lutando *contra* Otávio ou Otaviano, e a favor de Bruto e Cássio, que haviam assassinado César e queriam restaurar a República, caralho, nem que eu tivesse tomado LSD! Vi Horácio em Filipos, com vinte e quatro anos, só um pouco mais velho do que eram Belano e Lima, só sete anos mais velho que eu, e o danado do Horácio, que escrutava à distância se virava sem avisar e olhava para mim! Olá, García Madero, dizia em latim, apesar de eu não entender porra nenhuma de latim, sou Horácio, nascido em Venúsia em 66 a.C., filho de um liberto, o pai mais carinhoso que alguém pode desejar, arrolado como tribuno nas hostes de Bruto, disposto a marchar para a batalha, a batalha de Filipos, que perderemos, mas na qual meu destino me impele a lutar, a batalha de Filipos, na qual se joga a sorte dos homens, e então uma das velhinhas me tocou o braço e me perguntou o que havia me trazido à cidade de Santa Teresa, então vi os olhos sorridentes de Lupe, os olhos da outra velha que fitavam Lupe e me fitavam e que lançavam centelhas, e respondi que estávamos em viagem de recém-casados, de lua-de-mel, senhora, falei, depois me levantei, disse a Lupe que me seguisse, e fomos para o seu quarto, onde nos dedicamos a trepar como loucos ou como se fôssemos morrer no dia seguinte, até que anoiteceu e ouvimos as vozes de Lima e Belano, que haviam voltado para o quarto e falavam, falavam, falavam.

7 de janeiro
Coisas esclarecidas: Cesárea Tinajero esteve aqui. Não encontramos rastros seus nem no Registro Municipal, nem na universidade, nem nos arquivos paroquiais, nem na biblioteca, que abriga, não sei por quê, os arquivos do velho hospital de Santa Teresa, transformado agora em Hospital Geral Sepúlveda, um herói da Revolução. No entanto, no *Centinela de Santa Teresa* permitiram que Belano e Lima vasculhassem a hemeroteca do jornal, e nas notícias de 1928 se mencionava, no dia 6 de junho, um toureiro de nome Pepe Avellaneda, que havia toureado na praça de touros de Santa Teresa dois novilhos bravios da estância de dom José Forcat com notável sucesso (duas orelhas) e de quem haviam publicado um perfil e uma entrevista no número de 11 de junho de 1928, em que, entre outras coisas, está dito que o tal Pepe Avellaneda viaja em companhia de uma mulher chamada Cesárea Tinaja (sic), oriunda da Cidade do México. Não há fotos ilustrando a notícia, mas o jornalista local diz dela que "é alta, atraente e discreta", francamente não sei o que ele quer dizer, a não ser que diga isso para acentuar a assimetria entre a mulher que acompanha o toureiro e este, a quem descreve, com uma ponta de gozação, como um homem baixote, de não mais de um metro e meio de altura, magérrimo, de cabeça grande e arredondada, descrição que faz Belano e Lima pensarem num toureiro de Hemingway (autor que desgraçadamente ainda não li), no típico toureiro de Hemingway, sem sorte e corajoso, mais para o triste, mais para o mortalmente triste, dizem, embora eu não me atreveria a dizer tanto com tão pouco em que me

basear, sem dizer que uma coisa é Cesárea Tinajero e outra Cesárea Tinaja, mas meus amigos passam por cima disso, atribuindo a diferença a um erro de impressão, a uma má transcrição ou a uma má audição do jornalista, e até mesmo a um erro intencional da parte de Cesárea Tinajero, ao pronunciar mal seu sobrenome, uma brincadeira, uma forma humilde de ocultar uma pista humilde.

O resto da notícia carece de relevância: Pepe Avellaneda fala dos touros, diz coisas incompreensíveis ou incoerentes, mas diz em voz tão baixa que nunca soa pedante. Uma derradeira pista, o *Centinela de Santa Teresa* de 10 de julho anuncia a partida do toureiro (e, presume-se, de sua acompanhante) rumo a Sonoyta, em cuja praça de touros dividirá a corrida com Jesús Ortiz Pacheco, toureiro regiomontano. Quer dizer então que Cesárea e Avellaneda estiveram mais ou menos um mês em Santa Teresa, evidentemente sem fazer nada, de turistas, percorrendo os arredores, ou trancados no hotel. Como quer que seja, segundo Lima e Belano, já temos alguém que conheceu Cesárea Tinajero, que a conheceu bem e que, ao que tudo indica, ainda vive em Sonora, ainda que, em se tratando de toureiros, nunca se sabe. À minha observação de que o tal Avellaneda provavelmente já tinha morrido, manifestaram que, nesse caso, restariam seus familiares e amigos. De modo que agora procuramos Cesárea e o toureiro. De Horacio Guerra contaram anedotas disparatadas. Confirmam que se trata do duplo de Octavio Paz. De fato, dizem, mas tendo passado tão pouco tempo em contato com ele não sei como podem saber tanto a seu respeito, seus acólitos deste canto perdido do estado de Sonora são a réplica exata dos acólitos de Paz. Como se na província esquecida poetas, ensaístas e professores igualmente esquecidos reproduzissem de seus ídolos os gestos divulgados pelos meios de comunicação.

No começo, afirmam, Guerra se mostrou interessadíssimo em saber quem era Cesárea Tinajero, mas seu interesse murchou quando Belano e Lima lhe confirmaram a natureza vanguardista de sua obra e o quanto ela era escassa.

8 de janeiro
Não encontramos nada em Sonoyta. Ao voltar, paramos outra vez em Caborca. Belano insistiu em que não poderia ser mera casualidade Cesárea

Tinajero ter chamado assim sua revista. Porém, mais uma vez não achamos nada que indicasse a presença da poeta no povoado.

Na hemeroteca de Hermosillo, em compensação, demos de cara, no primeiro dia de busca, com a notícia da morte de Pepe Avellaneda. Em velhas folhas apergaminhadas, lemos que o toureiro tinha morrido na praça de touros de Agua Prieta, atacado pelo touro ao executar o lance da morte, que nunca havia sido o forte de Avellaneda, dada sua baixa estatura: para matar, conforme o touro, tinha sido preciso dar um pulo e durante esse pulo seu pequeno corpo ficara inerme, vulnerável à menor cabeçada do animal.

A agonia não fora longa. Avellaneda terminara de expirar em seu quarto de hotel, o Excelsior de Agua Prieta, e dois dias depois fora enterrado no cemitério desse mesmo povoado. Não tinha havido missa. Assistiram ao sepultamento o prefeito e as principais autoridades municipais, o toureiro regiomontano Jesús Ortiz Pacheco e mais alguns aficionados das touradas que o viram morrer e quiseram lhe tributar um último adeus. A notícia nos fez refletir sobre duas ou três questões que ficavam em suspenso, além de nos fazer tomar a decisão de visitar Agua Prieta.

Em primeiro lugar, segundo Belano, o mais provável era que o jornalista falasse de segunda mão. Havia, decerto, a possibilidade de que o principal jornal de Hermosillo tivesse um correspondente em Agua Prieta e que este houvesse telegrafado à sua redação o trágico acontecimento, mas o que resultava claro (não sei por quê, aliás) era que aqui, em Hermosillo, tinham enfeitado a história, ela havia sido aumentada, burilada, estava mais literária. Uma pergunta: quem velou o cadáver de Avellaneda? Uma curiosidade: quem era o toureiro Ortiz Pacheco cuja sombra parecia não desgrudar da sombra de Avellaneda? Fazia com ele a turnê por Sonora ou sua presença em Agua Prieta era puro acaso? Como temíamos, não voltamos a encontrar mais notícias de Avellaneda na hemeroteca de Hermosillo, como se, depois de testemunhar a morte do toureiro, o mais absoluto esquecimento houvesse caído sobre ele, o que de resto, encerrado o filão informativo, era mais que natural. De modo que fomos ao Peña Taurina Pilo Yáñez, situado na parte velha da cidade, na realidade um bar familiar com um leve ar espanhol, em que se reuniam os fanáticos da tauromaquia hermosillense. Lá ninguém tinha notícias de um toureiro baixote chamado Pepe Avellaneda, mas, quando dissemos em que época ele havia atuado, os anos 20, e a praça de touros em que havia morrido, eles nos indicaram um velhote que sabia tudo sobre o toureiro Ortiz Pacheco (outra vez!), apesar de seu favorito ser Pilo Yáñez, o Sultão de Caborca (de novo Caborca), apodo que a nós, pouco a par dos labirintos por que se move o toureio mexicano, pareceu mais adequado a um boxeador.

O velhinho se chamava Jesús Pintado e se lembrava de Pepe Avellaneda, Pepín Avellaneda, disse, um toureiro sem sorte, mas corajoso como poucos, sonorense, pode ser, ou talvez de Sinaloa, ou de Chihuahua, mas que fizera carreira em Sonora, ou seja, fora sonorense pelo menos por opção, falecido em Agua Prieta, numa corrida de touros dividida com Ortiz Pacheco e Efrén Salazar, na festa maior de Agua Prieta, em maio de 1930. Senhor Pintado, sabe se ele tinha família?, Belano perguntou. O velhinho não sabia. Sabe se viajava com uma mulher? O velhinho riu e olhou para Lupe. Todos viajavam com mulheres ou as arranjavam onde estavam, disse, os homens naquela época estavam loucos, e algumas mulheres também. Mas o senhor não sabe?, Belano insistiu. O velhinho não sabia. Ortiz Pacheco está vivo?, Belano perguntou. O velhinho disse que sim. Sabe onde poderíamos encontrá-lo, senhor Pintado? O velhinho nos disse que ele tinha um rancho nos arredores de El Cuatro. O que é isso, Belano perguntou, um povoado, uma estrada, um restaurante? O velhinho nos fitou como se de repente nos reconhecesse de algum lugar; depois disse que era um povoado.

9 de janeiro
Para nos distrair durante a viagem, resolvi desenhar enigmas que me ensinaram na escola há séculos. Só que aqui não há sombreiros. Aqui ninguém usa sombreiro. Aqui só há deserto e povoados que parecem miragens e morros pelados.

— O que é isto? — perguntei.

Lupe olhou o desenho como se não tivesse vontade de brincar e ficou calada. Belano e Lima também não sabiam.

— Um verso elegíaco? — Lima perguntou.
— Não. Um mexicano visto de cima — falei. — E isto?

— Um mexicano fumando cachimbo — Lupe respondeu.
— E isto?

— Um mexicano de triciclo — Lupe respondeu. — Uma criança mexicana de triciclo.
— E isto?

— Cinco mexicanos mijando num penico — Lima respondeu.
— E isto?

— Um mexicano de bicicleta — Lupe respondeu.
— Ou um mexicano na corda bamba — Lima disse.
— E isto?

— Um mexicano atravessando uma ponte — Lima respondeu.
— E isto?

— Um mexicano esquiando — Lupe respondeu.
— E isto?

— Um mexicano sacando os revólveres — Lupe respondeu.
— Caralho, você sabe todas, Lupe — Belano exclamou.
— E você nenhuma — Lupe rebateu.
— É que não sou mexicano — Belano disse.
— E esta? — perguntei, mostrando o desenho primeiro a Lima, depois aos outros.

— Um mexicano subindo a escada — Lima respondeu.
— E esta?

— Nossa, esta é difícil — Lupe respondeu.
Por um instante, meus amigos pararam de rir e olharam o desenho, enquanto eu contemplava a paisagem. Vi algo que de longe parecia uma árvore. Ao passar junto dela, percebi que era uma planta: uma planta enorme e morta.
— Desistimos — Lupe disse.
— Um mexicano fritando um ovo — falei. — E isto?

— Dois mexicanos numa dessas bicicletas para dois — Lupe respondeu.
— Ou dois mexicanos numa corda bamba — Lima disse.
— Agora vou fazer um difícil — falei.

— Fácil: um urubu de sombreiro — Lupe respondeu.
— E isto?

— Oito mexicanos conversando — Lima respondeu.
— Oito mexicanos dormindo — Lupe respondeu.
— Ou até oito mexicanos assistindo a uma briga de galos invisíveis — eu disse. — E isto?

— Quatro mexicanos velando um cadáver — Belano respondeu.

10 de janeiro

A viagem para El Cuatro foi acidentada. Passamos quase o dia todo na estrada, primeiro procurando El Cuatro, que, segundo nos diziam, ficava uns cem quilômetros ao norte de Hermosillo, pela estrada federal, depois, chegando a Benjamín Hill, à esquerda, para o leste, por uma estrada de terra em que nos perdemos e voltamos a cair na federal, mas desta vez uns dez quilômetros ao sul de Benjamín Hill, o que nos fez pensar que El Cuatro não existia, até que de novo nos metemos pelo desvio de Benjamín Hill (na verdade, para chegar a El Cuatro é melhor pegar a primeira bifurcação, a que está a dez quilômetros de Benjamín Hill), demos voltas e mais voltas por paragens que às vezes pareciam lunares e que às vezes exibiam pequenos trechos verdes, mas que eram sempre desoladas, até que chegamos a um povoado chamado Félix Gómez, onde um cara parou na frente do nosso carro com as pernas abertas, as mãos na cintura e nos xingou, depois outras pessoas nos disseram que, para chegar a El Cuatro, tínhamos que ir por ali, depois virar pra lá, e então chegamos a um povoado chamado El Oasis, que de oásis não tinha nada, suas fachadas mais pareciam resumir todas as agruras do deserto, depois tornamos a cair na federal, e Lima disse que os desertos de Sonora eram uma merda, Lupe disse que, se a tivessem deixado guiar, já teríamos chegado havia muito tempo, ao que Lima respondeu freando seco, descendo de seu assento e dizendo a Lupe que nesse caso pegasse a direção. Não sei o que aconteceu então, mas o caso é que todos saímos do Impala e estiramos as pernas. Ao longe víamos a federal e alguns carros que iam para o norte, provavelmente para Tijuana e para os Estados Unidos, outros para o sul, rumo a Hermosillo ou a Guadalajara, ou ao DF, começamos então a falar do DF, a tomar sol (comparamos nossos antebraços queimados), a fumar, a falar do DF, e Lupe disse que não sentia mais falta de ninguém. Quando ela falou isso, pensei que, embora fosse estranho, eu também não sentia falta de ninguém, entretanto fiquei calado. Depois todos entraram novamente no carro, menos eu, que me distraí atirando torrões para lugar nenhum, o mais longe que podia, e, embora ouvisse me chamarem, não virava a cabeça nem fazia o menor gesto de ir para junto deles, até que Belano disse: García Madero, ou você entra no carro, ou fica aqui, então dei meia-volta e comecei a andar em direção ao Impala, sem querer eu tinha me afastado muito, e, enquanto voltava, olhei o carro de Quim, achei que estava um bocado sujo e imaginei Quim vendo seu Impala, ou María vendo o Impala do pai, e de fato estava com péssima aparência, a cor quase havia desaparecido sob a camada de poeira do deserto.

Voltamos a El Oasis, a Félix Gómez e por fim chegamos a El Cuatro, no município de Trincheras, almoçamos lá e perguntamos ao garçom e aos que estavam na mesa ao lado se sabiam onde ficava o rancho do ex-toureiro Ortiz Pacheco, mas eles nunca tinham ouvido falar nele, de modo que fomos perambular pelo povoado, Lupe e eu sem abrirmos a boca, Belano e Lima falando pelos cotovelos, mas não de Ortiz Pacheco nem de Avellaneda nem da poeta Cesárea Tinajero, e sim de fofocas do DF, ou de livros e revistas latino-americanas que haviam lido pouco antes de empreender essa viagem errática, ou de filmes, enfim, falavam de coisas que me pareciam frívolas e provavelmente Lupe tinha também essa opinião, porque nós dois nos mantivemos em silêncio, e, depois de muito perguntar, encontramos no mercado (que naquela hora estava deserto) um sujeito que tinha três caixas de papelão cheias de frangos e que soube nos dizer como chegar ao rancho de Ortiz Pacheco. Então entramos novamente no Impala e empreendemos outra vez nossa jornada.

Na metade do caminho que ligava El Cuatro a Trincheras, deveríamos virar à esquerda, por uma estrada de terra que passava pelas encostas de um morro em forma de codorna, mas, quando pegamos o desvio, todos os morros, todas as elevações e até o deserto nos pareceu ter forma de codorna, uma codorna em múltiplas posições, de modo que vagamos por trilhas que nem chegavam a ser estradas de terra, maltratando o carro e maltratando a nós mesmos, até que a trilha terminou numa casa, uma construção que parecia uma missão do século XVII surgida de repente no meio da poeirada. Um velho saiu para nos receber e nos disse que aquele era de fato o rancho do toureiro Ortiz Pacheco, o rancho La Buena Vida, e que ele era (mas isso só nos disse depois de nos observar fixamente por um bom tempo) o toureiro Ortiz Pacheco em pessoa.

Naquela noite desfrutamos a hospitalidade do ex-matador. Ortiz Pacheco tinha setenta e nove anos e uma memória que a vida no campo, segundo ele, no deserto, segundo nós, havia fortificado. Lembrava-se perfeitamente de Pepe Avellaneda (Pepín Avellaneda, o baixinho mais triste que vi na minha vida, disse) e da tarde em que um touro o matara na praça de touros de Agua Prieta. Estivera no velório, realizado no salão do hotel, por onde passaram para lhe dar um último adeus praticamente a totalidade das forças vivas de Agua Prieta, e no enterro, que fora concorridíssimo, um fecho negro para festas homéricas, disse. Lembrava-se, é claro, da mulher que estava com Avellaneda. Uma mulher alta, como os baixinhos costumam gostar, calada, não por timidez ou por discrição, mas calada como que por imposição, como se estivesse doente e não pudesse falar, uma mulher de cabelos negros, traços índios, magra e forte. Se era amante de Avellaneda? Disso não tinha a menor dúvida. Sua esposa, não, porque Avellaneda era casado, e sua mulher, que ele havia abandonado havia muito, vivia em Los Mochis, Sinaloa; o toureiro, segundo Ortiz Pacheco, todos os meses ou cada dois meses (ou cada vez que podia) lhe mandava dinheiro. As touradas, então, não eram como agora, que até os novilheiros enriquecem. Mas o caso é que na época Avellaneda vivia com aquela mulher. Não se lembrava do nome dela, mas sabia que vinha do DF e que era uma mulher culta, datilógrafa ou taquígrafa. Quando Belano falou em Cesárea, Ortiz Pacheco disse que sim, era esse seu nome. Era uma mulher que se interessava por touros?, Lupe perguntou. Não sei, Ortiz Pacheco disse, pode ser que sim, pode ser que não, mas, se alguém segue um toureiro por este mundo afora, acaba gostando deles. De todo modo, Ortiz Pacheco só havia visto Cesárea duas vezes, a última em Agua Prieta, do que se deduzia que não fazia muito que eram amantes. A influência que ela exercera sobre Pepín Avellaneda, no entanto, fora notória, segundo Ortiz Pacheco.

Na noite anterior à sua morte, por exemplo, enquanto os dois toureiros bebiam num bar de Agua Prieta e pouco antes de ambos irem ao hotel, Avellaneda falara de Aztlán. No começo, Avellaneda falava como se estivesse contando um segredo, como se no fundo não tivesse vontade de falar, mas, à medida que se passavam os minutos, fora se entusiasmando cada vez mais. Ortiz Pacheco não tinha idéia nem mesmo do que significava *Aztlán*, palavra que nunca tinha ouvido na vida. Assim Avellaneda lhe explicara tudo desde o princípio, falara da cidade sagrada dos primeiros mexicanos, a cidade-mito, a cidade desaparecida, a verdadeira Atlântida de Platão, e, quando voltaram ao hotel, meio bêbados, Ortiz Pacheco tinha achado que a culpa daquelas idéias tão loucas só poderia ser de Cesárea. Durante o velório, ela acabara ficando sozinha a maior parte do tempo, trancada em seu quarto ou num canto do salão principal do Excelsior, reservado para as exéquias. Nenhuma mulher lhe dera pêsames. Só os homens, e em particular, pois não escapava a ninguém que ela era apenas a querida. No enterro ela não dissera uma só palavra, falara o tesoureiro da prefeitura, que era, digamos assim, o poeta oficial de Agua Prieta e o presidente da associação de tauromaquia, mas ela não. Tampouco, segundo Ortiz Pacheco, ninguém a vira derramar nem uma lágrima. Mas, isso sim, ela se encarregara de fazer o marmorista gravar algumas palavras na lápide de Avellaneda, Ortiz Pacheco não lembrava quais, palavras estranhas em todo caso, como *Aztlán*, ele parecia se recordar, e que certamente ela mesma inventara para a ocasião. Ele não disse *ditou* mas *inventou*. Belano e Lima perguntaram que palavras eram. Ortiz Pacheco pensou por um instante, mas finalmente disse que tinha mesmo esquecido.

Naquela noite dormimos no rancho. Belano e Lima dormiram na sala (havia muitos quartos, mas todos eram inabitáveis), Lupe e eu no carro. Quando estava amanhecendo, acordei e urinei no pátio, contemplando as primeiras luzes de um amarelo pálido (mas também azuis) que deslizavam secretamente pelo deserto. Acendi um cigarro e fiquei um instante observando o horizonte e respirando. Acreditei divisar ao longe uma nuvem de poeira, mas percebi que era apenas uma nuvem baixa. Baixa e estática. Pensei que era estranho não ouvir o barulho dos animais. De vez em quando, porém, se a gente prestasse atenção, ouvia o canto de um pássaro. Quando virei, vi Lupe olhando para mim de uma das janelas do Impala. Seus cabelos negros e curtos estavam despenteados, e ela parecia mais magra do que antes, como se estivesse se tornando invisível, como se a manhã a estivesse desfazendo sem dor, mas ao mesmo tempo parecia mais bonita do que antes.

Entramos juntos na casa. Na sala, sentados cada um numa poltrona de couro, encontramos Lima, Belano e Ortiz Pacheco. O velho toureiro estava enrolado num poncho e dormia com uma expressão de espanto desenhada no rosto. Enquanto Lupe preparava o café, acordei meus amigos. Não me atrevi a acordar Ortiz Pacheco. Acho que está morto, sussurrei. Belano se esticou, seus ossos estalaram, disse que fazia muito tempo que não dormia tão bem, depois ele próprio se encarregou de acordar nosso anfitrião. Enquanto tomávamos café, Ortiz Pacheco nos disse que tivera um sonho muito esquisito. Sonhou com seu amigo Avellaneda?, Belano perguntou. Não, que nada, Ortiz Pacheco disse, sonhei que tinha dez anos e que minha família se mudava de Monterrey para Hermosillo. Naquela época devia ser uma viagem demoradíssima, Lima comentou. Demoradíssima, sim, Ortiz Pacheco disse, mas feliz.

11 de janeiro
Fomos a Agua Prieta, ao cemitério de Agua Prieta. Primeiro do rancho La Buena Vida a Trincheras, depois de Trincheras a Pueblo Nuevo, Santa

Ana, San Ignacio, Ímuris, Cananea e Agua Prieta, bem na fronteira com o Arizona.

Do lado de lá fica Douglas, um povoado americano, e, no meio, a alfândega e a polícia de fronteira. Para lá de Douglas, uns setenta quilômetros a noroeste, fica Tombstone, onde se reuniam os melhores pistoleiros americanos. Numa cafeteria, enquanto comíamos, ouvimos contarem duas histórias: numa se ilustrava a coragem do mexicano, na outra a coragem do americano. Numa o protagonista era natural de Agua Prieta, na outra de Tombstone.

Quando o homem que contava a história, um sujeito de cabelo comprido e grisalho, que falava como se tivesse dor de cabeça, saiu da cafeteria, o que havia escutado desatou a rir sem motivo aparente, ou como se somente passados alguns minutos tivesse conseguido encontrar um sentido para a história que acabara de ouvir. Na verdade, eram duas piadas. Na primeira, o xerife e um de seus auxiliares tiram um preso da cela e o levam para um lugar ermo do campo, a fim de matá-lo. O preso sabe disso e está mais ou menos resignado com a sorte que o espera. É um inverno inclemente, está amanhecendo, e tanto o preso quanto seus carrascos se queixam do frio que se levanta no deserto. A certa altura, no entanto, o preso começa a rir, e o xerife lhe pergunta que raios lhe provoca tanta vontade de rir, se ele esqueceu que vão matá-lo e enterrá-lo num lugar onde ninguém vai poder encontrá-lo, se ficou definitivamente doido. O preso responde, e é a isso que se reduz toda piada, que ele acha graça de saber que dentro de poucos minutos ele não vai mais sentir frio, enquanto os homens da lei vão ter que fazer o caminho de volta.

A outra história relata o fuzilamento do coronel Guadalupe Sánchez, filho pródigo de Agua Prieta, que na hora de enfrentar o *paredón* disse, como derradeiro desejo, que gostaria de fumar um charuto. O oficial do pelotão lhe concede o desejo. Dão a ele seu último havana. Guadalupe Sánchez o acende com calma e começa a fumá-lo sem pressa, saboreando o charuto e contemplando ao amanhecer (porque esta história, como a de Tombstone, também se passa ao amanhecer, e é até provável que se desenrolem no mesmo amanhecer, 15 de maio de 1912); envolto na fumaça, o coronel Sánchez estava tão tranqüilo, tão sonhador, tão sereno, que a cinza se manteve pegada ao charuto, vai ver que era precisamente isso que o coronel pretendia, ver com seus próprios olhos se seu pulso fraquejava, se no último suspiro um tremor lhe desvendaria sua falta de coragem, mas ele terminou o havana, e a cinza não caiu no chão. Então o coronel Sánchez jogou fora a guimba e disse: quando quiserem.

Era essa a história.

Quando o destinatário da história parou de rir, Belano se fez algumas perguntas em voz alta: o preso que vai morrer nos arredores de Tombstone é natural de Tombstone?, os naturais de Tombstone são o xerife e seu auxiliar?, o coronel Guadalupe Sánchez era natural de Agua Prieta?, o oficial do pelotão de fuzilamento era natural de Agua Prieta?, por que mataram como um cão o preso de Tombstone?, por que mataram como um cão meu coronel (sic) Lupe Sánchez? Na cafeteria todos olharam para ele, mas ninguém respondeu. Lima deu de ombros e disse: vamos embora, mano. Belano olhou para ele com um sorriso e pôs várias notas no balcão. Depois fomos ao cemitério procurar o túmulo de Pepe Avellaneda, que morrera por causa de uma chifrada de touro ou por ser baixote e inábil demais no uso da espada, um túmulo com um epitáfio escrito por Cesárea Tinajero, entretanto, por mais voltas que tenhamos dado não o encontramos. O cemitério de Agua Prieta era o mais parecido que já tínhamos visto com um labirinto, e o coveiro mais veterano do cemitério, o único que sabia com exatidão onde estava enterrado cada morto, tinha saído de férias ou estava doente.

12 de janeiro

Se uma mulher segue um toureiro, com o passar do tempo acaba gostando do mundo do toureiro?, Lupe perguntou. Parece que sim, Belano respondeu. E se uma mulher sai com um policial, acaba gostando do mundo do policial? Parece que sim, Belano respondeu. E se sai com um cafetão, acaba gostando do mundo do cafetão? Belano não respondeu. Estranho, porque ele sempre procura responder a todas as perguntas, mesmo que estas não necessitem de resposta ou não venham ao caso. Lima, ao contrário, fala cada vez menos, limita-se a dirigir o Impala com uma expressão ausente. Creio que não nos damos conta, cegos como estamos, da mudança que Lupe começa a experimentar.

13 de janeiro

Hoje telefonamos pela primeira vez para o DF. Belano falou com Quim Font. Quim disse a ele que o cafetão de Lupe sabia onde estávamos e tinha ido à nossa procura. Belano disse que era impossível. Alberto nos seguiu até a saída do DF e lá conseguimos despistá-lo. Sim, Quim disse, mas depois ele voltou à minha casa e ameaçou me matar se eu não lhe dissesse para onde iríamos. Peguei o telefone e disse que queria falar com María. Ouvi a voz de Quim. Estava chorando. Alô?, eu disse. Quero falar com María. É você, García Madero?, Quim soluçou. Achei que você estava em sua casa. Estou aqui, falei. Tive a impressão de que Quim sorvia o ranho. Belano e Lima estavam falando em voz baixa. Tinham se afastado do telefone e pareciam preocupados. Lupe ficou junto de mim, junto do telefone, como se estivesse com frio, apesar de não fazer frio, de costas, olhando para o posto de gasolina onde estava nosso carro. Pegue o primeiro ônibus e volte para o DF, ouvi Quim dizer. Se não tiver dinheiro, eu envio. Temos dinheiro de sobra, falei. María está aí? Não tem ninguém, estou sozinho, Quim soluçou. Por um instante nós dois guardamos silêncio. Como está meu carro?, perguntou de repente sua voz, que chegava de outro mundo. Bem, falei. Está tudo bem. Estamos nos aproximando de Cesárea Tinajero, menti. Quem é Cesárea Tinajero?, Quim perguntou.

14 de janeiro
Compramos roupa nova em Hermosillo, e um traje de banho para cada um. Depois fomos pegar Belano na biblioteca (onde passou a manhã toda, convencido de que um poeta sempre deixa vestígios escritos, por mais que as evidências até agora mostrem o contrário) e fomos para a praia. Alugamos dois quartos numa pensão de Bahía Kino. O mar é azul-escuro. Lupe nunca tinha visto o mar.

15 de janeiro
Uma excursão: nosso Impala enveredou pela estrada que corre do golfo da Califórnia até Punta Chueca, em frente da ilha de Tiburón. Depois fomos a El Dólar, em frente da ilha de Patos. Lima a chama de ilha Pato Donald. Deitados na praia deserta, puxamos fumo horas a fio. Punta Chueca-Tiburón, Dólar-Patos, evidentemente são apenas nomes, mas enchem minha alma de obscuros presságios, como diria um colega de Amado Nervo. Mas o que é que nesses nomes consegue me alterar, me entristecer, me tornar fatalista, fazer que olhe para Lupe como se fosse a última mulher na face

da Terra? Pouco antes de anoitecer, continuamos subindo para o norte. Ali se ergue Desemboque. A alma absolutamente negra. Creio que eu até tremia. Depois voltamos a Bahía Kino por uma estrada escura em que, de vez em quando, cruzávamos com camionetes repletas de pescadores cantando canções seri.

16 de janeiro
Belano comprou uma faca.

17 de janeiro
Outra vez em Agua Prieta. Saímos às oito da manhã de Bahía Kino. O itinerário seguido foi de Bahía Kino a Punta Chueca, de Punta Chueca a El Dólar, de El Dólar a Desemboque, de Desemboque a Las Estrellas e de Las Estrellas a Trincheras. Uns duzentos e cinqüenta quilômetros por caminhos em péssimo estado. Se houvéssemos pegado a estrada Bahía Kino-El Triunfo-Hermosillo, de Hermosillo a federal até San Ignacio e dali a estrada que leva a Cananea e Agua Prieta, sem dúvida teríamos feito uma viagem mais agradável e teríamos chegado antes. Mas todos decidimos que era melhor viajar por caminhos pouco ou nada transitados, sem falar que passar de novo pelo rancho La Buena Vida nos seduzia. Mas no triângulo que formam El Cuatro, Trincheras e La Ciénaga nos perdemos e finalmente decidimos ir em frente, até Trincheras, e adiar nossa visita ao velho toureiro.

Quando estacionamos o Impala nos portões do cemitério de Agua Prieta, havia começado a anoitecer. Belano e Lima tocaram a campainha do zelador. Passado um instante chegou um homem tão queimado pelo sol que parecia negro. Usava óculos e tinha uma grande cicatriz do lado esquerdo do rosto. Perguntou o que queríamos. Belano disse que estávamos procurando o coveiro Andrés González Ahumada. O sujeito nos encarou e perguntou quem éramos e por que queríamos falar com ele. Belano disse que era por causa do túmulo do toureiro Pepe Avellaneda. Queremos vê-lo, dissemos. Andrés González Ahumada sou eu, o coveiro disse, e esta não é hora de visitar um campo-santo. Vamos, seja compreensivo, Lupe disse. E por que essa curiosidade, se posso saber?, o coveiro perguntou. Belano se aproximou do portão e conversou com o homem em voz baixa por uns minutos. O coveiro assentiu várias vezes, entrou na guarita e voltou a sair com uma chave enorme, com que nos liberou a entrada. Seguimos o coveiro pela alameda principal do cemitério, um caminho margeado de ciprestes e antigos carvalhos. Quando enveredamos pelas ruas laterais, em compensação, vi alguns cactos típicos da região: *choyas*, *sahuesos* e também um ou outro nopal, como para que os mortos não se esquecessem de que estavam em Sonora, e não em outro lugar.

Este é o túmulo de Pepe Avellaneda, o toureiro, ele nos disse indicando um nicho num canto abandonado. Belano e Lima se aproximaram e procuraram ler a inscrição, mas o nicho estava no quarto andar, e a noite já descia pelas ruas do cemitério. Nenhum túmulo tinha flores, salvo um onde havia quatro cravos de plástico pendurados, e a maioria das inscrições estava coberta de poeira. Belano cruzou os dedos das duas mãos formando uma cadeirinha ou estribo, e Lima subiu até grudar o rosto no vidro que protegia a foto de Avellaneda. O que fez em seguida foi limpar a lápide com a mão e ler em voz alta a inscrição: "José Avellaneda Tinajero, matador de touros, Nogales, 1903 — Agua Prieta, 1930". Só isso?, ouvi Belano perguntar. Só isso, respondeu a voz de Lima, mais rouca que nunca. Depois se deixou cair de um pulo e fez o mesmo que Belano tinha feito: formou com as mãos um degrau em que Belano trepou. Passe o isqueiro, Lupe, eu o ouvi dizer. Lupe se aproximou daquela figura patética formada por meus dois amigos e sem dizer nada lhes estendeu uma caixa de fósforos. E o meu isqueiro?, Belano indagou. Não está comigo, mano, Lupe respondeu com uma voz bem doce, com a qual eu não chegava nunca a me acostumar. Belano acendeu um fósforo e o aproximou do nicho. Quando esse fósforo se apagou, ele acendeu outro, depois outro. Lupe estava encostada na parede em frente, com suas pernas compridas cruzadas. Olhava para o chão e parecia pensativa. Lima também olhava para o chão, mas seu rosto expressava somente o esforço para manter Belano no alto. Depois de consumir uns sete palitos e ter queimado um par de vezes a ponta dos dedos, Belano desistiu e desceu. Voltamos sem abrir a boca até a porta de saída do cemitério de Agua Prieta. Ali, junto do portão, Belano deu um dinheiro ao coveiro e fomos embora.

18 de janeiro
Em Santa Teresa, ao entrar num café com um enorme espelho atrás do balcão, pude calcular o quanto havíamos andado. Belano não se barbeia faz

dias. Lima é imberbe, mas eu diria que não se penteia mais ou menos desde a mesma data em que Belano parou de fazer a barba. Estou que é puro osso (toda noite trepo três vezes em média). Só Lupe está bem, quer dizer: está melhor do que estava quando saímos do DF.

19 de janeiro
Cesárea Tinajero era prima do toureiro morto? Era parente distante? Mandou gravar na lápide seu próprio sobrenome, deu seu próprio sobrenome a Avellaneda, como uma forma de dizer que aquele homem era dela? Acrescentou seu nome ao do toureiro por piada? Uma forma de dizer *Cesárea Tinajero passou por aqui*? Pouco importa. Hoje telefonamos de novo para o DF. Em casa de Quim tudo está calmo. Belano falou com Quim, Lima falou com Quim, quando eu quis falar caiu a ligação, apesar de termos moedas de sobra. Tive a impressão de que Quim não queria falar comigo e desligou. Depois Belano telefonou para Laura Jáuregui. As duas primeiras conversas foram relativamente longas, formais, e a última muito curta. Só Lupe e eu não telefonamos para ninguém, como se não tivéssemos vontade ou não tivéssemos ninguém com quem falar.

20 de janeiro
Esta manhã, quando tomávamos o café da manhã num café de Nogales, vimos Alberto ao volante de seu Camaro. Vestia uma camisa da mesma cor do carro, amarelo reluzente, e a seu lado ia um cara de casaco de couro e pinta de polícia. Lupe o reconheceu na mesma hora: empalideceu e disse olha o Alberto ali. Não deixou que o medo transparecesse, mas eu percebi que ela estava com medo. Lima olhou na direção que os olhos de Lupe indicavam e disse que, de fato, era Alberto e um de seus comparsas. Belano viu o carro passar diante das vidraças do café e disse que estávamos alucinando. Vi Alberto com total nitidez. Vamos embora daqui agora mesmo, falei. Belano olhou para nós e disse que nem pensar. Primeiro iríamos à biblioteca de Nogales, depois, como tínhamos planejado, voltaríamos a Hermosillo para continuar nossa investigação. Lima concordou. Gosto de sua obstinação, cara, falou. Eles terminaram de tomar café (nem Lupe nem eu conseguimos comer mais nada) e saímos, entramos no Impala e deixamos Belano na entrada da biblioteca. Sejam corajosos, caralho, não vejam fantasmas, ele

disse antes de desaparecer. Lima contemplou por um momento a porta da biblioteca, como se estivesse pensando na resposta a dar a Belano, depois pôs o carro em movimento. Você viu, Ulises, Lupe disse, era ele. Acho que sim, Lima disse. Que vamos fazer se ele me encontrar?, Lupe disse. Lima não respondeu. Paramos o carro numa rua deserta, num bairro de classe média, sem bares nem lojas à vista, salvo uma vendinha de frutas, e Lupe começou a contar episódios de sua infância, depois eu também contei histórias de quando era criança, para matar o tempo, só para isso, e, embora Ulises não tenha aberto a boca em nenhum momento e tenha ficado lendo um livro, sem abandonar seu lugar ao volante, era fácil notar que ele estava nos ouvindo porque às vezes erguia os olhos, nos fitava e sorria. Passado o meio-dia, fomos pegar Belano. Lima parou perto de uma praça próxima e me disse para ir à biblioteca. Ele ficava com Lupe e o Impala, para o caso de Alberto aparecer e termos de sair fugindo. Atravessei rapidamente, sem olhar para os lados, as quatro ruas que me separavam da biblioteca. Encontrei Belano sentado numa comprida mesa de madeira escurecida pelos anos, com vários volumes encadernados do jornal local de Nogales. Quando cheguei, ele ergueu a cabeça, era o único usuário da biblioteca, e com um gesto fez que me aproximasse e sentasse ao seu lado.

21 de janeiro
Do necrológio feito pelo jornal de Nogales na época de Pepín Avellaneda, só me resta a imagem de Cesárea Tinajero caminhando por uma triste estrada do deserto de mãos dadas com seu toureiro baixinho, um toureiro baixinho, que, além do mais, luta para não continuar a se apequenar, que luta para crescer e que, de fato, pouco a pouco vai crescendo até alcançar um metro e sessenta, chutemos, e depois desaparece.

22 de janeiro
Em El Cubo. Para ir de Nogales a El Cubo, é preciso descer pela federal até Santa Ana e dali para o oeste, de Santa Ana a Pueblo Nuevo, de Pueblo Nuebo a Altar, de Altar a Caborca, de Caborca a San Isidro, em San Isidro é preciso pegar a estrada que vai a Sonoyta, na fronteira com o Arizona, mas antes é preciso desviar, por uma estrada de terra, e percorrer uns vinte e cinco ou trinta quilômetros. O jornal de Nogales falava de "sua fiel amiga,

uma abnegada professora de El Cubo". No povoado vamos à escola, e um só olhar basta para perceber que se trata de uma construção posterior a 1940. Cesárea Tinajero não pode ter dado aula aqui. Mas, se escavássemos sob a escola, poderíamos encontrar a velha escola.

Falamos com a professora. Ensina espanhol e pápago às crianças. Os pápago vivem entre o Arizona e Sonora. Perguntamos à professora se ela é pápago. Não, não é. Sou de Guaymas, ela nos diz, e meu avozinho era índio maia. Perguntamos a ela por que ensinava pápago. Para que não se perca essa língua, ela nos disse. Eles são de fato muito poucos. No Arizona há uns dezesseis mil, mas no México somente duzentos. E quantos pápago restam em El Cubo? Uns vinte, a professora diz, mas não tem importância, vou continuar ensinando. Depois nos explica que os pápago não chamam a si mesmos assim, mas de ó'otham, que os pima se autodenominam óob e os seri, konkáak. Contamos a ela que estivemos em Bahía Kino, Punta Chueca e El Dólar e que ouvimos os pescadores cantando canções seri. A professora se mostra espantada. Os konkáak, explica, são apenas setecentos, se tanto, e não se dedicam à pesca. Pois aqueles pescadores, dissemos, tinham aprendido uma canção seri. Pode ser, a professora disse, porém o mais provável é que vocês tenham se enganado. Mais tarde ela nos convidou para almoçar em sua casa. Vive sozinha. Perguntamos se não gostaria de ir morar em Hermosillo ou no DF. Responde que não. Gosta desse lugar. Depois vamos ver uma velha índia pápago que vive a um quilômetro de El Cubo. A casa da velha é de taipa. Tem três cômodos, dois vazios e um onde vivem ela e seus animais. O cheiro, porém, mal é perceptível, varrido pelo vento do deserto que entra pelas janelas sem vidro.

A professora explica à velha na língua desta que queremos saber notícias de Cesárea Tinajero. A velha escuta a professora, então nos encara e diz: ui. Belano e Lima se entreolham por um segundo, e sei que estão pensando se o *ui* da velha quer dizer alguma coisa em pápago ou se é a exclamação que todos estamos pensando. Boa pessoa, a velha diz. Viveu com um bom homem. Os dois bons. A professora olha para nós e sorri. Como era esse homem?, Belano pergunta, indicando com gestos diferentes estaturas. Mediano, a velha diz, magrinho, mediano, de olhos clarinhos. Clarinhos assim?, Belano pergunta arrancando um raminho cor de amêndoa da taipa da parede. Clarinhos assim, a velha confirma. Mediano assim?, Belano pergunta assinalando com o indicador uma estatura bem mais baixa. Medianinho, sim, a velha diz. E Cesárea Tinajero?, Belano pergunta. Sozinha, a velha diz, foi com seu homem e voltou sozinha. Quanto tempo ficou aqui? O tempo da escola, boa professora, a velha diz. Um ano?, Belano pergunta. A velha olha para Belano e para Lima como se não os visse. Para Lupe, olha com simpatia. Pergunta a ela algo em pápago. A professora traduz: qual deles é seu homem? Lupe sorri, não a vejo, está atrás de mim, mas sei que sorri e diz: nenhum. Ela também não tinha homem, a velha diz. Um dia foi embora acompanhada e outro dia voltou sozinha. Continuou sendo professora?, Belano perguntou. A velha diz algo em pápago. Morava na escola, a professora traduz, mas não dava mais aulas. Agora as coisas estão melhores, a velha diz. Não creia, a professora diz. E o que aconteceu depois? A velha fala em pápago, desfia palavras que só a professora entende, mas olha para nós e no fim sorri. Morou um tempo na escola, depois foi embora, a professora diz. Parece que emagreceu muito, estava pele e osso, mas não estou muito certa, ela confunde as coisas, a professora diz. Mas, se levarmos em conta que não trabalhava, que não tinha salário, parece normal que tenha emagrecido, a professora diz. Não devia ter dinheiro para comer. Comia, a velha diz de repente, e todos nos sobressaltamos. Eu lhe dava comida, minha mãe lhe dava comida. Ela estava pele e osso. De olhos cavos. Parecia um *coralillo*. *Coralillo*?, Belano indaga. Uma *Micruroides euryxanthus*, a professora explica, uma cobra venenosa. Está se vendo que eram muito amigas, Belano diz. E quando foi embora? Um tempo depois, a velha responde sem especificar a quanto tempo se referia. Para os pápago, a professora explica, mais ou menos tempo é quase equivalente a mais ou menos eternidade. E como estava ela quando foi embora?, Belano perguntou. Magra como um *coralillo*, a velha respondeu.

 Mais tarde, pouco antes do anoitecer, a velha nos acompanhou a El Cubo para nos mostrar a casa em que Cesárea Tinajero tinha morado. Ficava perto de uns currais que despencavam de tão velhos, com a madeira das cercas apodrecida, junto de uma choça onde provavelmente antes guardavam utensílios de lavoura, mas que agora estava vazia. A casa era pequena, com um pátio de terra seca ao lado, e, quando chegamos, vimos uma luz através da única janela da frente. Chamamos?, Belano perguntou. Não tem sentido, Lima disse. Voltamos, portanto, caminhando por entre os morros até a casa da velha pápago e lhe agradecemos por tudo que havia feito por nós, demos boa-noite e voltamos sozinhos para El Cubo, mas na verdade quem ficou sozinha foi ela.

Naquela noite dormimos na casa da professora. Depois do jantar, Lima começou a ler William Blake, Belano e a professora foram dar uma volta pelo deserto e ao retornarem foram para o quarto dela, e Lupe e eu, depois de lavarmos os pratos, saímos para fumar um cigarro e olhar as estrelas e fizemos amor dentro do Impala. Quando voltamos para a casa, encontramos Lima dormindo no chão, com o livro nas mãos, e escutamos um murmúrio familiar vindo do quarto da professora, que nos indicava que nem ela nem Belano iam aparecer de novo no que restava da noite. Assim sendo, cobrimos Lima com uma manta, preparamos nossa cama no chão e apagamos a luz. Às oito da manhã, a professora entrou no quarto e acordou Belano. O banheiro ficava no pátio dos fundos. Ao voltar, as janelas estavam abertas e em cima da mesa havia um *café de olla*.

As despedidas foram na rua. A professora não quis que a levássemos de carro até a escola. Quando voltávamos a Hermosillo, tive a sensação de não só já ter percorrido estas terras mas de ter nascido aqui.

23 de janeiro
Visitamos o Instituto Sonorense de Cultura, o Instituto Nacional Indigenista, a Administração Geral de Culturas Populares (Unidade Regional de Sonora), o Conselho Nacional de Educação, o Arquivo da Secretaria de Educação (Área de Sonora), o Instituto Nacional de Antropologia e História (Centro de Sonora) e a Peña Taurina Pilo Yáñez pela segunda vez. Só nesta última fomos bem recebidos.

As pistas de Cesárea Tinajero aparecem e se perdem. O céu de Hermosillo é vermelho-sangue. Pediram os documentos a Belano, seus documentos, quando ele pedia os velhos livros dos professores das escolas rurais, em que deveria estar escrito o posto que coubera a Cesárea depois que ela se fora de El Cubo. Os documentos de Belano não estão em ordem. Uma secretária da universidade disse a ele que por muito menos poderia ser deportado. Para onde?, Belano gritou. Para o seu país, jovem, ora essa, a secretária respondeu. A senhora é analfabeta?, Belano perguntou, não leu aí que sou chileno?, melhor seria eu me dar um tiro na boca! Chamaram a polícia e saímos correndo. Eu não sabia que Belano estava ilegal no país.

24 de janeiro
Belano está cada dia mais nervoso, e Lima mais fechado. Hoje vimos Alberto e seu amigo polícia. Belano não viu ou não quis ver. Lima, sim, viu, mas ele não dá a mínima. Só Lupe e eu estamos preocupados (e muito) com o previsível encontro com seu ex-cafetão. Não é tão sério assim, Belano disse para encerrar a discussão, afinal de contas somos o dobro deles. Desandei a rir, de tão nervoso que estava. Não sou covarde, mas também não sou suicida. Eles estão armados, Lupe disse. Eu também, Belano disse. De tarde me enviaram aos Arquivos da Educação. Disse que estava escrevendo um artigo para uma revista do DF sobre as escolas rurais de Sonora na década de 30. Que repórter mais mocinho, disseram as secretárias, que estavam pintando as unhas. Encontrei a seguinte pista: Cesárea Tinajero tinha sido professora durante os anos 1930-1936. Seu primeiro posto fora em El Cubo. Depois fora professora em Hermosillo, Pitiquito, Bábaco e Santa Teresa. A partir de então deixara de pertencer ao corpo docente do estado de Sonora.

25 de janeiro
Segundo Lupe, Alberto já sabe onde estamos, em que pensão dormimos, em que carro viajamos e só espera o momento propício para nos pegar de surpresa. Fomos ver a escola de Hermosillo, onde Cesárea havia trabalhado. Perguntamos por velhos professores dos anos 30. Deram-nos o endereço do antigo diretor. Sua casa fica junto da antiga penitenciária do estado. É uma construção de pedra. Tem três andares e uma torre que se sobressai em meio às outras torres de vigilância e que parece oprimir quem a observa. Uma obra arquitetônica destinada a perdurar, o diretor diz.

26 de janeiro
Fomos até Pitiquito. Hoje Belano disse que talvez fosse melhor voltarmos ao DF. Para Lima tanto faz. Diz que no início se cansava de tanto dirigir, mas que agora pegou gosto pelo volante. Até quando dorme sonha que está guiando o Impala de Quim por estes caminhos. Lupe não fala em voltar ao DF, mas diz que o melhor seria nos escondermos. Não quero me separar dela. Também não tenho planos. Em frente, então, Belano disse. Suas mãos, noto quando me inclino para o banco dianteiro a fim de lhe pedir um cigarro, estão trêmulas.

27 de janeiro
Em Pitiquito não encontramos nada. Por um instante, paramos o carro na estrada que vai a Caborca e que depois bifurca para El Cubo, pensando se faríamos ou não uma nova visita à professora. A última palavra era de Belano, e esperamos sem nos impacientar, olhando a estrada, os poucos carros que de vez em quando passavam, as nuvens branquíssimas que o vento arrastava do Pacífico. Até que Belano disse vamos para Bábaco, e Lima sem dizer uma palavra ligou o motor, virou para a direita e nos afastamos dali.

A viagem foi longa e por lugares onde nunca tínhamos estado, mas, pelo menos para mim, a sensação de coisa vista persistiu o tempo todo. De Pitiquito fomos a Santa Ana e pegamos a federal. Pela federal fomos até Hermosillo. De Hermosillo pegamos a estrada que leva a Matazán, a leste, e de Matazán a La Estrella. A partir dali acabou a estrada pavimentada, e prosseguimos por estradas de terra até Bacanora, Sahuaripa e Bábaco. Na escola de Bábaco nos disseram para voltar a Sahuaripa, que era a sede do distrito, onde supostamente poderíamos encontrar os registros. Mas era como se a escola de Bábaco, a escola da Bábaco dos anos 30, houvesse desaparecido, varrida por um furacão. Dormimos novamente, como nos primeiros dias, dentro do carro. Ruídos noturnos: o da aranha-lobo, o dos escorpiões, o das centopéias, o das tarântulas, o das viúvas-negras, o dos sapos bufos. Todos venenosos, todos mortais. A presença (melhor seria dizer a iminência) de Alberto em certos momentos é tão real quanto os ruídos noturnos. Com as luzes do carro acesas, nos arredores de Bábaco aonde voltamos não sei por quê, antes de dormir falamos de qualquer coisa, menos de Alberto. Falamos do DF, falamos de poesia francesa. Depois Lima apaga as luzes. Bábaco também está às escuras.

28 de janeiro
E se encontrarmos Alberto em Santa Teresa?

29 de janeiro
Encontramos o seguinte: uma professora ainda em atividade nos conta que conheceu Cesárea. Foi em 1936, quando nossa interlocutora tinha vinte anos. Acabara de ganhar o posto, e Cesárea trabalhava na escola havia poucos meses, de modo que foi natural as duas se tornarem amigas. Não sabia a história do toureiro Avellaneda nem a história de nenhum outro homem.

Quando Cesárea largou o trabalho, ela demorou a entender, mas aceitou o fato como uma das peculiaridades de sua amiga.

Por um tempo, meses, talvez um ano, ela esteve desaparecida. Mas certa manhã a viu na porta da escola e reataram a amizade. Na época Cesárea tinha trinta e cinco, trinta e seis anos, e ela a considerava, embora se arrependesse disso agora, uma solteirona. Arranjou trabalho na primeira fábrica de conservas de Santa Teresa. Vivia num quarto da rua Rubén Darío, que na época ficava num bairro da periferia, o que era perigoso ou pouco recomendável para uma mulher solteira. Se sabia que Cesárea era poeta? Não sabia. Quando ambas trabalhavam na escola, em muitas ocasiões a vira escrever, sentada na sala vazia, num caderno de capa preta muito grosso que Cesárea sempre trazia consigo. Supunha que fosse um diário. Na época em que Cesárea trabalhou na fábrica de conservas, quando se encontravam no centro de Santa Teresa para ir ao cinema ou para que ela a acompanhasse nas compras, quando chegava tarde ao encontro costumava encontrá-la escrevendo num caderno de capa preta, como o mencionado, mas de formato menor, um caderno que parecia um missal e em que a letra da amiga, de caracteres diminutos, deslizava como uma revoada de insetos. Nunca leu nada para ela. Uma vez lhe perguntou sobre o que escrevia, e Cesárea respondeu que sobre uma grega. O nome da grega era Hipatia. Tempos depois procurou o nome numa enciclopédia e descobriu que Hipatia era uma filósofa de Alexandria morta pelos cristãos no ano de 415. Pensou, talvez impulsivamente, que Cesárea se identificasse com Hipatia. Não perguntou mais nada ou, se perguntou, já tinha esquecido.

Quisemos saber se Cesárea lia e se ela se lembrava de alguns títulos. Sim, lia muito, mas a professora não se lembrava de nenhum dos livros que Cesárea tirava da biblioteca e que costumava carregar para toda parte. Trabalhava na fábrica de conservas das oito da manhã às seis da tarde, de modo que muito tempo para ler ela não tinha, mas supunha que roubava horas ao sono para dedicá-las à leitura. Depois fecharam a fábrica de conservas, e Cesárea ficou certo tempo sem trabalho. Isso foi por volta de 1945. Uma noite, depois de saírem do cinema, ela acompanhou Cesárea até seu quarto. Na época, a professora já tinha se casado e via Cesárea menos que antes. Só havia estado uma vez naquele quarto da rua Rubén Darío. Seu marido, que era um santo, não via com bons olhos sua amizade com Cesárea. A rua Rubén

Darío, na época, era como o esgoto onde iam dar todos os dejetos de Santa Teresa. Tinha uma ou duas pulquerias nas quais, pelo menos uma vez por semana, havia uma briga sangrenta; os quartos dos cortiços eram ocupados por operários desempregados ou por camponeses que tinham imigrado recentemente para a cidade; a maioria das crianças não freqüentava a escola. A professora sabia disso, porque Cesárea em pessoa havia levado umas tantas para sua escola e as tinha matriculado. Também moravam por lá algumas putas e seus cafetões. Não era uma rua recomendável para uma mulher decente (talvez o fato de Cesárea morar nesse lugar é que tenha predisposto o marido da professora contra a amiga), e, se a professora ainda não havia percebido isso, é porque a primeira vez que estivera ali fora antes de casar, quando era, segundo suas próprias palavras, inocente e distraída.

Mas essa segunda visita foi diferente. A pobreza e o abandono da rua Rubén Darío caíram sobre ela como uma ameaça de morte. O quarto em que Cesárea vivia estava limpo e arrumado, como era de esperar do quarto de uma ex-professora, mas emanava dele algo que lhe pesou no coração. O quarto era a prova feroz da distância quase insuperável que havia entre ela e sua amiga. Não que o quarto estivesse desarrumado ou cheirasse mal (como perguntou Belano), ou que sua pobreza houvesse ultrapassado os limites da pobreza decente, ou que a sujeira da rua Rubén Darío tivesse seu correlato em cada canto do cômodo de Cesárea, era algo mais sutil, como se a realidade, no interior daquele quarto perdido, estivesse distorcida ou, pior ainda, como se alguém, Cesárea (quem mais?), houvesse torcido a realidade imperceptivelmente, com o lento passar dos dias. Cabia até uma alternativa pior: a de que Cesárea havia deformado a realidade conscientemente.

O que a professora viu? Viu uma cama de ferro, uma mesa cheia de papéis onde se empilhavam, em dois montões, mais de vinte cadernos de capa preta, viu os poucos vestidos de Cesárea pendurados numa corda que ia de um lado a outro do quarto, um tapete indígena, uma mesinha de cabeceira e, em cima da mesinha, um fogareiro à vela, três livros emprestados pela biblioteca cujos títulos não recordava, um par de sapatos sem salto, meias pretas aparecendo debaixo da cama, uma maleta de couro num canto, um chapéu de palha tingido de preto pendurado num minúsculo cabide pregado atrás da porta, e mantimentos: viu um pedaço de pão, um pote de café e outro de açúcar, viu uma barra de chocolate comida pela metade, que Cesárea lhe ofereceu e que ela recusou, e viu a arma: um canivete de mola, com o cabo de chifre e a palavra *Caborca* gravada na lâmina. Quando perguntou a Cesárea para que precisava de um canivete assim, ela respondeu que estava jurada de morte, depois riu, um riso, lembra-se a professora, que trespassou as paredes do quarto e as escadas da casa até chegar à rua, onde morreu. Nesse momento pareceu à professora que caía sobre a rua Rubén Darío um silêncio repentino, perfeitamente combinado, o volume dos rádios foi abaixado, o tagarelar dos vivos se apagou de repente e só ficou a voz de Cesárea. Então a professora viu ou lhe pareceu ver pregada na parede uma planta da fábrica de conservas. E enquanto ouvia as palavras que Cesárea tinha a lhe dizer, palavras que não hesitavam mas que tampouco se atropelavam, palavras que a professora prefere esquecer, mas das quais se lembra perfeitamente e até as compreende, agora compreende, seus olhos percorreram a planta da fábrica de conservas, uma planta que Cesárea havia desenhado, em algumas áreas detalhadamente e em outras de forma apagada ou vaga, com anotações nas margens, mas às vezes a letra era ilegível, outras estava em maiúsculas e até com sinais de exclamação, como se Cesárea, com sua planta feita à mão, estivesse se reconhecendo em seu próprio trabalho ou estivesse reconhecendo facetas que até então ignorava. Então a professora teve que sentar, apesar de não querer fazê-lo, na beira da cama e teve que fechar os olhos e ouvir as palavras de Cesárea. E até, embora se sentisse cada vez pior, teve forças para perguntar por que razão havia desenhado a planta da fábrica. Cesárea disse algo sobre os tempos que se aproximavam, mas a professora supunha que, se Cesárea tinha se entretido na confecção daquela planta sem sentido, não era por outra razão senão a solidão em que vivia. Mas Cesárea falou dos tempos que iriam vir, e a professora, para mudar de assunto, perguntou que tempos eram aqueles e quando. Cesárea mencionou uma data: lá pelo ano 2600. Dois mil seiscentos e tanto. Depois, ante o riso que provocou na professora uma data tão esquisita, risinho abafado que mal se ouvia, Cesárea tornou a rir, mas desta vez o estrondo de seu riso se manteve nos limites de seu quarto.

A partir desse momento, a professora lembra, a tensão que pairava no quarto de Cesárea ou que ela percebia foi baixando até se diluir completamente. Então foi embora e só voltou a ver Cesárea quinze dias depois. Naquela ocasião, Cesárea disse que iria embora de Santa Teresa. Trazia um presente de despedida, um dos cadernos de capa preta, provavelmente o mais fino de todos. Ainda o guardava?, Belano perguntou. Não, não o guardava mais. Seu marido leu e jogou no lixo. Ou simplesmente se perdeu, a casa em que agora morava não era a mesma de então, e nas mudanças a gente costuma perder as coisas pequenas. Mas a senhora leu o caderno?, Belano perguntou. Sim, tinha lido, consistia basicamente em anotações, algumas muito sensatas, outras totalmente despropositadas, sobre o sistema educacional mexicano. Cesárea odiava Vasconcelos, mas às vezes esse ódio mais parecia amor. Havia um projeto para a educação em massa, que a professora mal entendeu porque o rascunho era caótico, e uma série de listas de leituras para a infância, a adolescência e a juventude, que se contradiziam, quando não eram nitidamente antagônicas. Por exemplo: na primeira lista de leituras para a infância havia as *Fábulas* de La Fontaine e de Esopo. Na segunda lista, desaparecia La Fontaine. Na terceira lista aparecia um livro popular sobre o gangsterismo nos Estados Unidos, leitura talvez, e somente talvez, indicada para os adolescentes, mas de maneira nenhuma para crianças, na quarta lista ele desaparecia por sua vez, em benefício de uma recopilação de textos medievais. Em todas as listas se mantinham A *ilha do tesouro*, de Stevenson, e A *idade de ouro*, de Martí, livros que a professora achava mais indicados para a adolescência.

Depois daquele encontro levou muito tempo sem saber nada dela. Quanto tempo?, Belano perguntou. Anos, a professora disse. Até que um dia tornou a vê-la. Foi durante as festas de Santa Teresa, quando a cidade se enchia de feirantes vindos de todos os cantos do estado.

Cesárea estava numa banquinha de ervas medicinais. A professora passou a seu lado, mas, como estava acompanhada do marido e de um casal amigo, ficou com vergonha de cumprimentá-la. Ou talvez não tenha sido vergonha mas timidez. Pode ser até que não tenha sido vergonha nem timidez: simplesmente duvidou que aquela mulher que vendia ervas fosse sua velha amiga. Cesárea tampouco a reconheceu. Estava sentada atrás de sua mesa, um tabuleiro posto sobre quatro caixotes de madeira, e falava com uma senhora sobre a mercadoria que tinha à venda. Havia mudado fisicamente: agora estava gorda, desmedidamente gorda, e, embora a professora não tenha visto nem um só fio branco a enfear seus cabelos negros, ao redor dos olhos havia rugas e olheiras profundíssimas, como se o trajeto feito até

Santa Teresa, até a feira de Santa Teresa, houvesse se dilatado por meses, anos até.

No dia seguinte a professora voltou sozinha e a viu de novo. Cesárea estava de pé, e lhe pareceu muito maior do que em sua lembrança. Provavelmente pesava mais de cento e cinqüenta quilos e usava uma saia cinzenta até os tornozelos, que acentuava sua gordura. Os braços, nus, eram como troncos. O pescoço havia desaparecido detrás de uma papada de gigante, mas a cabeça ainda conservava a nobreza da cabeça de Cesárea Tinajero: uma cabeça grande, de ossos salientes, crânio arredondado e fronte ampla e franca. Ao contrário da véspera, desta vez a professora se aproximou e lhe deu bom-dia. Cesárea a fitou e não a reconheceu, ou fez que não a reconhecia. Sou eu, a professora disse, sua amiga Flora Castañeda. Ao ouvir o nome, Cesárea franziu o cenho e se levantou. Deu a volta ao tabuleiro de ervas e se aproximou dela como se não conseguisse vê-la direito, à distância em que se encontrava. Pôs-lhe as mãos (duas garras, segundo a professora) nos ombros e por uns segundos lhe escrutou o rosto. Ai, Cesárea, que desmemoriada você é, a professora disse só para dizer alguma coisa. Somente então Cesárea sorriu (feito uma boba, segundo a professora) e lhe disse que claro, como iria se esquecer dela. Conversaram um bom tempo, as duas sentadas do outro lado da mesa, a professora num assento dobrável de madeira, e Cesárea num caixote, como se as duas fossem sócias da banca de ervas. Apesar de a professora ter logo percebido que tinham muito pouco a se dizer, contou-lhe que tinha três filhos, que continuava trabalhando na escola e comentou com Cesárea fatos absolutamente sem importância que haviam ocorrido em Santa Teresa. Depois pensou em perguntar a Cesárea se tinha se casado, se tinha filhos, mas não chegou a formular pergunta alguma, pois se deu conta de que Cesárea não tinha se casado nem tinha filhos, de modo que se contentou em lhe perguntar onde vivia, e Cesárea disse que às vezes em Villaviciosa, outras em El Palito. A professora sabia onde ficava Villaviciosa, apesar de nunca ter ido lá, mas de El Palito era a primeira vez que ouvia falar. Perguntou a ela onde ficava esse lugar, e Cesárea disse que ficava no Arizona. A professora então deu uma risada. Disse que sempre havia desconfiado que Cesárea acabaria morando nos Estados Unidos. E isso foi tudo. Despediram-se. No dia seguinte a professora não foi ao mercado e passou as horas livres pensando se seria conveniente convidar Cesárea para almoçar em sua casa. Falou com o marido, discutiram, ela venceu. No dia seguinte, na primeira hora, voltou ao mercado, mas, quando chegou ao ponto de Cesárea, ele estava ocupado por uma vendedora de lenços. Nunca mais tornou a vê-la.

Belano perguntou se achava que Cesárea havia morrido. É possível, a professora disse.

E isso foi tudo. Depois da entrevista, Belano e Lima ficaram horas pensativos. Nós nos hospedamos no hotel Juárez. Ao entardecer nós quatro nos reunimos no quarto de Lima e Belano para conversar sobre o que iríamos fazer. Para Belano, a primeira coisa a fazer era ir a Villaviciosa, depois veríamos se voltávamos ao DF ou se iríamos a El Palito. O problema com El Palito era que ele não poderia entrar nos Estados Unidos. Por quê?, Lupe perguntou. Porque sou chileno, disse. Também não vão me deixar entrar, Lupe disse, e não sou chilena. García Madero também não vai conseguir. Por que não?, perguntei. Alguém aqui tem passaporte?, Lupe perguntou. Ninguém tinha, salvo Belano. De noite Lupe foi ao cinema. Quando voltou ao hotel, disse que não pensava em voltar ao DF. Vai fazer o quê?, Belano quis saber. Morar em Sonora ou ir para os Estados Unidos.

30 de janeiro
Ontem à noite nos descobriram. Lupe e eu estávamos em nosso quarto, trepando, quando a porta se abriu, e Ulises Lima entrou. Vistam-se rápido, disse, Alberto está na recepção falando com Arturo. Sem dizer uma palavra, fizemos o que ele mandou. Enfiamos nossas coisas numas sacolas de plástico e descemos ao térreo procurando não fazer barulho. Saímos pela porta dos fundos. O beco estava às escuras. Vamos pegar o carro, Lima disse. Na avenida Juárez não havia vivalma. Nós nos afastamos três quadras do hotel até chegar ao lugar onde o Impala estava estacionado. Lima temia que houvesse alguém junto do carro, mas o lugar estava deserto e arrancamos. Passamos pelo hotel Juárez. Da rua, era possível ver parte da recepção e a janela iluminada do bar do hotel. Lá vimos Belano, e diante dele Alberto. O polícia que acompanhava Alberto não vimos em lugar nenhum. Belano também não nos viu, e Lima não achou prudente tocar a buzina. Demos a volta no quarteirão. O capanga na certa subiu até nossos quartos, Lupe disse. Lima negou com a cabeça. Uma luz amarela caía sobre as cabeças de Belano e Al-

berto. Belano falava, mas o outro também poderia perfeitamente estar falando. Não pareciam brigar. Quando tornamos a passar, os dois estavam fumando. Tomavam cerveja e fumavam. Pareciam amigos. Belano falava: mexia a mão esquerda como se desenhasse um castelo ou o perfil de uma mulher. Alberto não tirava os olhos dele e às vezes sorria. Toque a buzina, falei. Demos outra volta. Quando o hotel Juárez tornou a aparecer, Belano olhava pela janela, e Alberto levava aos lábios uma lata de TKT. Um homem e uma mulher discutiam na porta principal do hotel. O polícia amigo de Alberto os observava encostado no capô de um carro, a uns dez metros de distância. Lima fez a buzina soar três vezes e diminuiu a marcha. Belano já nos havia visto. Contornou a mesa, então se aproximou de Alberto e lhe disse alguma coisa, Alberto o agarrou pela camisa, Belano lhe deu um empurrão e saiu correndo. Quando apareceu na porta do hotel, o polícia foi em sua direção, metendo a mão dentro do casaco. Lima tocou a buzina mais três vezes e parou nosso Impala a uns vinte metros do hotel Juárez. O polícia sacou a pistola, e Belano continuou correndo. Lupe abriu a porta do carro. Alberto apareceu na calçada do hotel com uma pistola na mão. Eu contava que ele estivesse com a tal faca. No momento em que Belano entrou no carro, Lima arrancou e nos afastamos a toda pelas ruas mal iluminadas de Santa Teresa. Saímos, sem saber como, em direção a Villaviciosa, o que nos pareceu um bom augúrio. Por volta das três da manhã estávamos completamente perdidos. Descemos do carro para esticar as pernas, não se via nenhuma luz em parte alguma. Eu nunca tinha visto tantas estrelas no céu.

 Dormimos dentro do Impala. Acordamos às oito da manhã, duros de frio. Demos voltas e mais voltas pelo deserto sem encontrar um só povoado, um só mísero rancho. Às vezes nos perdemos por morros pelados. Às vezes o caminho corre por entre pirambeiras e penhascos, e logo descemos de novo para o deserto. Por aqui andaram as tropas imperiais em 1865 e 1866. A simples menção ao exército de Maximiliano nos faz morrer de rir. Belano e Lima, que antes de viajar a Sonora sabiam alguma coisa da história do estado, dizem que houve um coronel belga que tentou tomar Santa Teresa. Um belga comandando um regimento belga. Morremos de rir. Um regimento belgo-mexicano. Claro que se perderam, apesar de os historiadores de Santa Teresa preferirem crer que foram as forças vivas do povo que os derrotaram. Que risada. Também está registrada uma escaramuça em Villaviciosa, provavelmente entre a retaguarda dos belgas e os habitantes da aldeia. Lima e Belano conhecem essa história muito bem. Falam de Rimbaud. Se tivéssemos feito caso de nosso instinto, dizem. Que risada.

Às seis da tarde encontramos uma casa em um dos lados da estrada. Nos dão tortilhas com feijão, que pagamos generosamente, e água fresca, que bebemos diretamente de uma cabaça. Os camponeses nos vêem comer sem fazer um só gesto. Onde fica Villaviciosa? Do outro lado daqueles morros, dizem.

31 de janeiro
Encontramos Cesárea Tinajero. Alberto e o polícia por sua vez nos encontraram. Tudo foi muito mais simples do que eu poderia imaginar, mas nunca imaginei nada assim. O povoado de Villaviciosa é um povoado de fantasmas. O povoado de assassinos perdidos no norte do México, o reflexo mais fiel de Aztlán, Lima disse. Não sei. É muito mais um povoado de gente cansada ou entediada.

As casas são de taipa, mas, ao contrário das casas das outras aldeias por onde passamos neste mês louco, as daqui têm, quase todas, um pátio na frente e um pátio nos fundos, alguns pátios são cimentados, o que é curioso. As árvores do povoado estão morrendo. Pelo que pude ver, há dois bares, um armazém e mais nada. O resto são casas. O comércio se faz na rua, na beirada da praça ou sob os arcos da construção mais alta do povoado, a casa do prefeito, onde ao que parece não mora ninguém.

Chegar à casa de Cesárea não foi difícil. Perguntamos por ela e nos disseram para irmos ao lavadouro, na parte oriental do povoado. Os tanques são de pedra e estão dispostos de tal modo que um jorrinho d'água, que sai na altura do primeiro e que desce por uma canaletinha de madeira, é suficiente para dez mulheres lavarem. Quando chegamos só havia três lavadeiras. Cesárea estava entre elas, nós a reconhecemos na hora. Vista de costas, debruçada sobre o tanque, Cesárea não tinha nada de poética. Parecia uma pedra ou um elefante. Suas nádegas eram enormes e se mexiam ao ritmo que seus braços, dois troncos de carvalho, imprimiam ao esfregar e enxaguar a roupa. Seus cabelos chegavam praticamente até a cintura. Ela estava descalça. Quando a chamamos, ela se virou e nos encarou com naturalidade. As duas outras lavadeiras também se viraram. Por um instante Cesárea e suas acompanhantes nos fitaram sem dizer nada: a que estava à sua direita teria uns trinta anos, mas poderia muito bem ter quarenta ou cinqüenta, a que estava à sua esquerda não devia passar dos vinte. Os olhos de Cesárea eram negros e pareciam absorver todo o sol do pátio. Olhei para Lima, ele havia parado de sorrir. Belano piscava como se um grão de areia lhe estorvasse a vista. A certa altura que não sei precisar, saímos andando rumo à casa de Cesárea Tinajero. Lembro-me que Belano, enquanto atravessávamos ruelas desertas sob um sol implacável, ensaiou uma ou várias explicações, lembro-me de seu posterior silêncio. Depois sei que alguém me guiou para um quarto escuro e fresco, que me joguei num colchão e dormi. Quando acordei, Lupe estava ao meu lado, dormindo, seus braços e suas pernas enlaçavam meu corpo. Demorei a entender onde eu estava. Ouvi vozes e me levantei. No cômodo contíguo, Cesárea e meus amigos conversavam. Quando apareci, ninguém olhou para mim. Lembro-me que me sentei no chão e acendi um cigarro. Nas paredes do quarto, havia feixes de capim amarrados com pita. Belano e Lima fumavam, mas o cheiro que notei não era de tabaco.

Cesárea estava sentada perto da única janela que havia, e de vez em quando olhava para fora, olhava para o céu, e então eu também, não sei por quê, teria chorado, mas não chorei. Ficamos assim por muito tempo. A certa altura Lupe apareceu no cômodo e sem dizer nada se sentou ao meu lado. Depois nós cinco nos levantamos e saímos à rua amarela, quase branca. Devia estar entardecendo, mas o calor ainda chegava em ondas. Caminhamos até onde havíamos deixado o carro, durante o trajeto só cruzamos com duas pessoas: um velho que levava um rádio de pilha na mão e um menino de uns dez anos que ia fumando. O interior do Impala estava ardendo. Belano e Lima sentaram na frente. Eu fiquei emparedado entre Lupe e a imensa humanidade de Cesárea Tinajero. Depois o carro saiu proferindo queixumes pelas ruas de terra de Villaviciosa, até chegar à estrada.

Estávamos fora do povoado quando notamos um carro vindo em sentido contrário. Provavelmente ele e o nosso eram os dois únicos automóveis em muitos quilômetros à volta. Por um segundo achei que fôssemos bater, mas Lima deu uma guinada e freou. Uma nuvem de poeira cobriu nosso precocemente envelhecido Impala. Alguém soltou um palavrão. Pode ter sido Cesárea. Senti que o corpo de Lupe se grudava ao meu. Quando a nuvem de poeira se desfez, do outro carro tinham descido Alberto e o polícia, que nos apontavam suas pistolas.

Senti que estava doente: não conseguia ouvir o que diziam, mas os vi mexerem a boca e supus que nos mandavam sair do carro. Estão nos xingando, escutei Belano dizer com incredulidade. Filhos-da-puta, Lima disse.

1º *de fevereiro*
Eis o que aconteceu. Belano abriu a porta do seu lado e saiu. Lima abriu a porta do seu lado e saiu. Cesárea Tinajero olhou para Lupe e para mim e disse que não nos mexêssemos. Que acontecesse o que acontecesse não nos mexêssemos. Não usou essas palavras, mas foi isso o que ela quis dizer. Sei, porque foi a primeira e última vez que falou comigo. Não se mexa, falou, depois abriu a porta do seu lado e saiu.
Pela janela vi Belano avançar fumando, com a outra mão no bolso. Junto dele vi Ulises Lima, e um pouco mais atrás, balançando como um navio de guerra fantasma, vi o dorso encouraçado de Cesárea Tinajero. O que aconteceu em seguida foi confuso. Suponho que Alberto os xingou e pediu que lhe entregassem Lupe, suponho que Belano disse que fosse pegá-la, que era toda dele. Talvez nesse momento Cesárea disse que iriam nos matar. O polícia riu e disse que não, que só queriam a putinha. Belano deu de ombros. Lima olhava para o chão. Então Alberto dirigiu seu olhar de gavião para o Impala e nos procurou em vão. Suponho que o sol que se punha impedia, com seus reflexos, que o cafetão nos enxergasse claramente. Com a mão que segurava o cigarro, Belano apontou para nós. Lupe tremeu como se a brasa do cigarro fosse um sol em miniatura. Eles estão ali, cara, são todos seus. Está bem, vou ver como está minha mulher, Alberto disse. O corpo de Lupe se grudou ao meu, e, embora seu corpo e o meu fossem elásticos, tudo começou a estalar. Seu ex-cafifa só conseguiu dar dois passos. Ao passar junto de Belano este pulou em cima dele.
Com uma das mãos reteve o braço de Alberto que carregava a pistola, a outra saiu disparada do bolso empunhando a faca que havia comprado em Caborca. Antes que ambos rolassem no chão, Belano já tinha conseguido lhe enterrar a faca no peito. Lembro-me que o polícia abriu a boca, bem aberta, como se de repente todo oxigênio houvesse desaparecido do deserto, como se ele não acreditasse que uns estudantes estivessem resistindo a eles. Depois vi Ulises Lima se jogar sobre ele. Ouvi um disparo e me agachei. Quando tornei a levantar a cabeça do banco traseiro, vi o polícia e Lima ro-

lando no chão até pararem na beira da estrada, o polícia em cima de Ulises, a pistola na mão do polícia apontando para a cabeça de Ulises, e vi Cesárea, vi a massa enorme de Cesárea Tinajero, que mal podia correr mas que corria, abatendo-se sobre eles, ouvi mais dois tiros e saí do carro. Custou-me apartar o corpo de Cesárea dos corpos do polícia e do meu amigo.

    Os três estavam manchados de sangue, mas só Cesárea estava morta. Tinha um buraco de bala no peito. O polícia sangrava de um ferimento no abdome, e Lima tinha um arranhão no braço direito. Peguei a pistola que havia matado Cesárea e ferido os outros dois e a guardei no cinto. Enquanto ajudava Ulises a se levantar, vi Lupe soluçando junto ao corpo de Cesárea. Ulises me disse que não conseguia mexer o braço esquerdo. Acho que quebrou, disse. Perguntei se doía. Doer, dói, respondeu. Então não está quebrado. Onde foi parar o Arturo?, Lima perguntou. Lupe parou de soluçar instantaneamente e olhou para trás: a uns dez metros de nós, a cavalo sobre o corpo imóvel do cafetão, vimos Belano. Você está bem?, Lima gemeu. Belano se levantou sem responder. Sacudiu a poeira e deu uns passos incertos. O cabelo estava grudado em seu rosto por causa do suor e ele esfregava constantemente as pálpebras porque as gotas que caíam de sua testa e das sobrancelhas entravam em seus olhos. Quando se debruçou ao lado do cadáver de Cesárea, percebi que o nariz e os lábios dele sangravam. O que vamos fazer agora?, pensei, mas não disse nada, em vez disso saí andando para desentorpecer meu corpo gelado (mas gelado por quê?) e fiquei um instante olhando para o corpo de Alberto e para a solitária estrada que levava a Villaviciosa. De vez em quando ouvia os gemidos do polícia, que pedia que o levássemos para um hospital.

    Quando me virei, vi Lima e Belano conversando, encostados no Camaro. Ouvi Belano dizer que tínhamos feito uma cagada, que só tínhamos encontrado Cesárea para lhe trazer a morte. Depois não ouvi nada até que alguém tocou em meu ombro e disse que entrasse no carro. O Impala e o Camaro saíram da estrada e entraram no deserto. Pouco antes de cair a noite, tornaram a parar e descemos. O céu estava coberto de estrelas, não se via nada. Ouvi Belano e Lima conversarem. Ouvi os gemidos do polícia, que estava morrendo. Depois não ouvi mais nada. Sei que fechei os olhos. Mais tarde Belano me chamou, e nós dois pusemos os cadáveres de Alberto e do polícia na mala do Camaro, e o cadáver de Cesárea no banco de trás. Fazer esta última coisa demorou uma eternidade. Depois ficamos fumando ou dormimos dentro do Impala, ou ficamos pensando, até que o dia finalmente amanheceu.

Então Belano e Lima nos disseram que era melhor nos separarmos. Eles nos deixavam o Impala de Quim. Ficaram com o Camaro e os cadáveres. Belano riu pela primeira vez: um trato justo, falou. Agora você vai voltar para o DF?, perguntou a Lupe. Não sei, Lupe respondeu. Saiu tudo errado, desculpe, Belano disse. Creio que não disse isso a Lupe, mas a mim. Mas agora vamos tentar consertar, Lima disse. Ele também ria. Perguntei o que pensavam fazer com Cesárea. Belano deu de ombros. Não tinha remédio, senão enterrá-la com Alberto e o polícia, disse. A não ser que quiséssemos passar uma temporada atrás das grades. Não, não, Lupe disse. Claro que não, eu disse. Nós nos abraçamos, e Lupe e eu entramos no Impala. Vi que Lima tentava entrar pela porta do motorista, mas Belano o impedia. Vi conversarem por um instante. Vi Lima se instalar no assento do passageiro, e Belano pegar o volante. Por um momento interminável não aconteceu nada. Dois carros parados no meio do deserto. Vai saber voltar à estrada, García Madero?, Belano perguntou. Evidentemente, eu disse. Vi o Camaro se pôr em movimento, vacilante, e durante um trecho os dois automóveis rodaram juntos pelo deserto. Depois nos separamos. Eu fui em frente procurando a estrada, e Belano virou para o oeste.

2 de fevereiro
Não sei se hoje é 2 ou 3 de fevereiro. Pode ser que seja 4 de fevereiro, talvez até 5 ou 6. Mas para os meus propósitos tanto faz. Este é nosso treno.

3 de fevereiro
Lupe me disse que somos os últimos real-visceralistas que restam no México. Eu estava deitado no chão, fumando, fiquei olhando para ela e não disse xongas.

4 de fevereiro
Às vezes me ponho a pensar e imagino Belano e Lima cavando horas a fio uma cova no deserto. Depois, ao cair da noite, vejo os dois se irem dali e

se perderem por Hermosillo, onde abandonam o Camaro numa rua qualquer. A partir desse momento não há mais imagens. Sei que eles contavam seguir de ônibus para o DF, sei que esperavam se juntar a nós lá. Mas nem Lupe nem eu temos vontade de voltar. A gente se vê no DF, disseram. A gente se vê no DF, eu disse antes de os carros se separarem no deserto. Eles nos deram metade do dinheiro que sobrava. Depois, quando ficamos a sós, dei metade a Lupe. Para qualquer eventualidade. Ontem à noite voltamos a Villaviciosa e dormimos na casa de Cesárea Tinajero. Procurei seus cadernos. Estavam num lugar bem visível, no mesmo cômodo em que eu dormira da primeira vez que lá estivera. A casa não tem luz elétrica. Hoje tomamos o café-da-manhã num dos bares. As pessoas olhavam para a gente e não diziam nada. Segundo Lupe, poderíamos ficar vivendo aqui todo tempo que quiséssemos.

5 de fevereiro
Esta noite sonhei que Belano e Lima deixavam o Camaro de Alberto abandonado numa praia de Bahía Kino, entravam no mar e nadavam até a Baixa Califórnia. Perguntei por que queriam ir para a Baixa Califórnia, e eles responderam: para escapar, e então uma grande onda os ocultava de minha vista. Quando lhe contei o sonho, Lupe disse que era bobagem, que não me preocupasse, que Lima e Belano certamente estavam bem. De tarde fomos comer noutro bar. Os freqüentadores eram os mesmos. Ninguém nos disse nada a respeito de estarmos ocupando a casa de Cesárea. Ninguém parecia se importar com nossa presença no povoado.

6 de fevereiro
Às vezes penso na briga como se fosse um sonho. Volto a ver o dorso de Cesárea Tinajero como a popa de um navio que emerge de um naufrágio de cem anos atrás. Volto a vê-la arremetendo contra o polícia e contra Ulises Lima. Eu a vejo recebendo um tiro no peito. Finalmente a vejo disparando no polícia ou desviando a trajetória do último disparo. Eu a vejo morrer e sinto o peso de seu corpo. Depois penso. Penso que talvez Cesárea não tenha tido nada a ver com a morte do polícia. Penso em Belano e Lima, um cavando uma cova para três pessoas, o outro observando o trabalho com o braço direito enfaixado, e penso então que foi Lima quem feriu o polícia,

que o polícia se distraiu quando Cesárea o atacou e que Ulises aproveitou esse momento para desviar a trajetória da arma e dirigi-la para o abdome do polícia. Às vezes, para variar, tento pensar na morte de Alberto, mas não consigo. Espero que os tenham enterrado junto com suas pistolas. Ou que tenham enterrado estas noutro buraco do deserto. Mas que em todo caso não as tenham abandonado! Lembro-me que, quando pus o corpo de Alberto na mala do carro, revistei seus bolsos. Procurava a faca com que ele media o pênis. Não encontrei. Às vezes, para variar, penso em Quim e em seu Impala, que ele provavelmente nunca mais verá. Às vezes acho graça. Às vezes não.

7 de fevereiro
A comida é barata. Mas aqui não há trabalho.

8 de fevereiro
Li os cadernos de Cesárea. Quando os encontrei, pensei que mais cedo ou mais tarde iria enviá-los por correio para o DF, para a casa de Lima ou de Belano. Agora sei que não farei isso. Não tem nenhum sentido fazê-lo. Toda a polícia de Sonora deve estar no encalço dos meus amigos.

9 de fevereiro
Voltamos ao Impala, voltamos ao deserto. Neste povoado eu fui feliz. Antes de partirmos, Lupe disse que poderíamos voltar a Villaviciosa quando quiséssemos. Por quê?, perguntei. Porque as pessoas nos aceitam. São assassinos, como nós. Nós não somos assassinos, repliquei. A gente de Villaviciosa também não, é uma maneira de falar, Lupe disse. Um dia a polícia vai pegar Belano e Lima, mas nunca vai nos encontrar. Ai, Lupe, eu amo tanto você, mas você está enganada.

10 de fevereiro
Cucurpe, Tuape, Meresichic, Opodepe.

11 de fevereiro
Carbó, El Oasis, Félix Gómez, El Cuatro, Trincheras, La Ciénega.

12 de fevereiro
Bamuri, Pitiquito, Caborca, San Juan, Las Maravillas, Las Calenturas.

13 *de fevereiro*
O que há detrás da janela?

Uma estrela.

14 *de fevereiro*
O que há detrás da janela?

Um lençol estendido.

15 *de fevereiro*
O que há detrás da janela?

1ª EDIÇÃO [2006] 13 reimpressões

ESTA OBRA FOI COMPOSTA EM ELECTRA PELO GRUPO DE CRIAÇÃO
E IMPRESSA EM OFSETE PELA GRÁFICA BARTIRA SOBRE PAPEL PÓLEN
DA SUZANO S.A. PARA A EDITORA SCHWARCZ EM JANEIRO DE 2025

A marca FSC® é a garantia de que a madeira utilizada na fabricação do papel deste livro provém de florestas que foram gerenciadas de maneira ambientalmente correta, socialmente justa e economicamente viável, além de outras fontes de origem controlada.